W0390695

ro
ro
ro

Corinna Rückert lebt als freie Autorin in der Lüneburger Heide und Berlin. Sie promovierte über Frauen und Pornographie. Seitdem schreibt sie sehr erfolgreich erotische Literatur. Beim Rowohlt Taschenbuch Verlag sind außerdem erschienen: «Lustschreie» (rororo 23962) und «Er stöhnt, sie stöhnt» (rororo 24893).

Corinna Rückert

Gestohlene Lust

Kammern der Begierde

Erotische Romane

Rowohlt Taschenbuch Verlag

Sonderausgabe

Veröffentlicht im Rowoht Taschenbuch Verlag,
Reinbek bei Hamburg, April 2011
«Gestohlene Lust»
Copyright © 2006 by Rowohlt Verlag GmbH,
Reinbek bei Hamburg
«Kammern der Begierde»
Copyright © 2007 by Rowohlt Verlag GmbH,
Reinbek bei Hamburg
Umschlaggestaltung any.way,
Barbara Hanke/Cordula Schmidt
(Foto: neuebildanstalt/Lang)
Druck und Bindung
CPI – Clausen & Bosse, Leck
Printed in Germany
ISBN 978 3 499 25571 7

Corinna Rückert

Gestohlene Lust

Erotischer Roman

Prolog

Der letzte Tag der Freiheit war regnerisch. Grauer Himmel. Wallende Wolken, die sich von Zeit zu Zeit ihrer feuchten Last mit kräftigen Regenschauern entledigten.

Josephine saß kerzengerade in ihrem Ankleidezimmer und starrte in den Regen hinaus. Alles wirkte an diesem Tag düster und schwer: der Himmel, die fein geschnitzten Kirschholzmöbel, die sonst hier in ihrem Lieblingsraum eine warme Geborgenheit ausstrahlten. Sogar die Rosenblüten auf den Seidentapeten schienen ihre zartrosa Köpfe hängen zu lassen.

Aus weiter Ferne drangen die Geräusche emsiger Geschäftigkeit zu ihr hinauf. Im Erdgeschoss der riesigen Villa wurden Stühle gerückt und Teppiche aufgerollt. Im Salon wurden das gute Porzellan und die Silberbestecke aus den Vitrinen geräumt, um sie für das große Ereignis zu polieren. Als plötzlich die Flügeltür zu ihren Gemächern geöffnet wurde, konnte Josephine deutlich die aufgeregten Stimmen des Personals hören, das sich gegenseitig Anweisungen zurief.

«Fräulein Josephine. Sie müssen sich beeilen!» Das Kammermädchen trat ungeduldig von einem Bein auf das andere. «Ihre Frau Mutter erwartet Sie bereits in der Bibliothek.»

Die Zofe knickste artig und lief über den langen Flur zur Wäschekammer, wo sie bereits seit Stunden das Leinen sortierte. So viele Tischdecken und Servietten mussten noch geplättet werden. Sie schüttelte sich bei dem Gedanken an die heißen Kohlen, die sie für das Plätteisen würde heranschleppen müssen. Wenn die Herrschaft doch nur eines von diesen elektrischen Bügeleisen anschaffen würde, die es seit kurzem zu kaufen gab.

Inzwischen hatte sich Josephine endlich aus ihrem Sessel erhoben, strich sich die langen Röcke glatt und folgte missmutig dem Wunsch ihrer Mutter. Langsam stieg sie die schwere Mahagonitreppe hinab, die nach Leinöl duftete und frisch poliert glänzte.

Als sie schließlich die Bibliothek betrat, rührte ihre Mutter ungeduldig in einem zierlichen Teetässchen. Sie blickte der Tochter streng entgegen und winkte sie zu sich heran.

«Ihr wolltet mich sprechen, Mama?» Josephine setzte sich ihrer Mutter gegenüber auf das zartgelbe Canapé und senkte in gespielter Demut den Blick.

«Lass das Getue!» Die Hände der Hausherrin flatterten aufgebracht durch die Luft.

«Es gibt größere Ziele im Leben einer Frau, als einer verliebten Laune zu folgen. Das weißt du genau!»

Plötzlich änderte sich der herrische Ton ihrer Stimme, und zärtlich fuhr sie fort: «Mein Kind, ich will doch nur das Beste für dich. Der Heinrich ist ein vollendeter Gentleman, und er betet dich an.»

«Mich? Oder die Reederei, die ich mit in die Ehe bringe?»

«Kind, sei doch vernünftig. Du weißt, wie es um uns steht.»

Ja, Josephine wusste, dass es keine andere Wahl gab, den Fortbestand des väterlichen Unternehmens und damit das Auskommen ihrer Familie auf Dauer zu sichern. Aber das hieß noch lange nicht, dass sie sich zum Opferlamm machen lassen würde.

«Mama, ihr wisst am besten, dass eine unglückliche Frau ihrem Ehemann das Leben zur Hölle machen kann. Wenn Heinrich die Erweiterung seines Unternehmens so viel wert ist, bitte, an mir soll es nicht liegen.» Josephine schaute ihrer sprachlosen Mutter trotzig in die Augen.

«Meine Liebe», flehte die Mutter, «wenn du erst ein Kind unter dem Herzen trägst, wirst du die Vorzüge dieser Ehe erkennen, glaube mir.» Schluchzend zupfte sie ein Spitzentuch aus dem Ärmel ihres Mousselinkleides und wischte sich eine Träne aus dem Augenwinkel. Sosehr sie ihre Mutter für dieses Ehearrangement hasste, ihre Tränen berührten Josephine trotzdem.

«Verzeiht mir, Mama! Es wird schon alles gut werden.» Sie sprang auf, ließ sich auf das Fußbänkchen vor ihrer Mutter sinken und ergriff ihre Hand.

Sie liebte Heinrich nicht, aber er war ein guter Kerl und würde sicher einen respektablen Ehemann abgeben. Solange sie ihr Herz und ihren Körper in Friedrichs sanften Händen wusste, würde sie nicht klagen. Aber das konnte sie ihrer Mutter nicht erklären, und so beschloss sie, der braven Frau wenigstens nicht länger mit offenem Trotz zu begegnen. Sie würde ihr Geheimnis für sich behalten, und es musste ja keiner wissen, dass sie nicht auf ihren Geliebten verzichten würde.

Später in der Nacht, als Mama und Papa schon lange schliefen, lag Josephine noch wach und wartete auf den Klang der Kieselsteine. Bevor er sich auf ihren Balkon schwang, warf Friedrich immer eine Hand voll Steinchen an ihr Fenster, damit sie ihm rasch die Tür öffnete.

Plingplingplong, da war er endlich. Josephine sprang auf. Ihr Nachthemd raschelte leise im Wind, als sie in der offenen Balkontür auf ihren Geliebten wartete. Sie sah zuerst seine kräftigen Hände, die sich am Geländer festhielten. Dann schwang er seine Beine geschmeidig über die Brüstung und landete mit weichen Sohlen auf dem

Mosaik, das ihre Terrasse mit üppigen Blütenkelchen überzog. Dieser abendliche Besuch war mittlerweile zu einem Ritual geworden, das sie zwei- bis dreimal die Woche zelebrierten.

Seit sie Friedrich vor einem halben Jahr bei einem Theaterbesuch kennen gelernt hatte, konnte sich Josephine ein Leben ohne ihn nicht mehr vorstellen. Er hatte damals den Major Tellheim in der «Minna von Barnhelm» gespielt. Josephine war vom ersten Anblick hingerissen von der Anmut seiner Bewegungen und der Kraft seines Ausdrucks. Als er ihr später bei einem kleinen Umtrunk im Foyer vorgestellt wurde, reichten ein Handkuss und der samtige Klang seiner Stimme, um sie erröten zu lassen. Josephines Wirkung auf den jungen Schauspieler war nicht minder betörend. Er hing an ihren Lippen, sog jedes ihrer Worte in sich auf und erschauerte bei einer zufälligen Berührung.

Josephine hatte kurz zuvor Goethes Briefroman «Die Leiden des jungen Werthers» gelesen. Die im Laufe einer Kutschfahrt entfachte Leidenschaft des jungen Mannes für die neunzehnjährige Lotte erschien ihr übertrieben und wenig nachvollziehbar. Wie sollte allein der Anblick eines fremden Menschen so tiefe Gefühle entfachen können?

Nach der Begegnung mit Friedrich wusste sie es.

Wenn sich ihre Blicke trafen, fing Josephines Herz aus unerklärlichen Gründen heftig an zu pochen. Ergriff er ihre Hand, brach ihr der Schweiß aus. Und als sie schließlich gehen musste, schnürte ihr die Sehnsucht nach seiner Nähe die Kehle zu, kaum dass sie das Theater verlassen hatte. Zwei Tage hielt sie diesen Zustand aus, dann überredete sie ihre Mutter zu einem weiteren Theaterbesuch. Die erbauliche Wirkung von Lessings Schauspiel über gekränkte Ehre und die Kraft einer liebenden Frau hätten es ihr derart angetan, dass sie das Stück unbedingt noch einmal sehen müsste. Verwundert folgte die Mutter dem Wunsch des jungen Mädchens. Doch als sie den jungen Schauspieler ein zweites Mal im Foyer aufsuchen mussten, ahnte sie, was Josephine umtrieb. Argwöhnisch wachte sie fortan über jeden Schritt ihrer einzigen Tochter. Und obwohl die gestrenge Mutter jedes weitere öffentliche Zusammentreffen mit dem Mimen verhinderte und sich schon in Sicherheit wähnte, ließ sich Josephine nicht von ihrer Liebe zu dem jungen Mann abbringen. Was die Mutter nicht ahnte, war, dass die beiden längst alle Widerstände überwunden hatten und sich leidenschaftlich liebten, sooft es Friedrich gelang, sich unbemerkt auf Josephines Balkon zu schwingen.

Als er seine Angebetete an diesem Abend in die Arme schloss, trug er noch sein Theaterkostüm: eine hautenge Hose und ein mit Rüschen besetztes weites Hemd. Vor einer Stunde noch hatte er sich als Romeo in glühender Leidenschaft den Todesbecher an die Lippen gesetzt, und nun presste er *seine* Julia endlich ans Herz. Josephine atmete seinen betörenden Duft nach Puder und Schweiß ein. Sie spürte die Muskeln unter dem dünnen Stoff, ließ die Hände an seinem kräftigen Rücken hinunterwandern bis zu der runden Wölbung seines festen Hinterns. Nie hätte sie es für möglich gehalten, dass ein Mann solch ein Begehren in ihr auslösen könnte. Es genügte, dass er seine Arme um sie schlang, sie an sich zog, um ein deutliches Kribbeln in ihrem Schoß zu verursachen. Unter dem Nachthemd trug sie keine Unterwäsche, und als sie ihre Schenkel aneinander rieb, spürte sie die warme Feuchtigkeit in ihrer Mitte. Sie wusste, dass ihr Verhalten in jeder Hinsicht der Rolle einer jungen Dame aus gutem Hause widersprach, zu der sie erzogen worden war. Doch gerade die Schamlosigkeit ihres Verhaltens verstärkte das Verlangen zu einer unerträglichen Gier.

«Oh, Friedrich, nimm mich!», seufzte sie in sein Ohr, während sie ihre Brüste an den Rüschen seines Hemdes rieb. Der junge Schauspieler fuhr mit den Händen über die Rundungen ihres fraulichen Körpers. Als er die beiden Hälften ihres herrlichen Popos zu fassen bekam, presste er Josephines Unterleib gegen seine Hüften, damit sie spüren konnte, wie hart er bereits war. Sie dankte ihm diese Aufmerksamkeit mit einem lüsternen Stöhnen, einem Stichwort gleich, das ihn zu forscherem Handeln antrieb.

«Nimm mich, gleich hier!», hauchte sie atemlos, als hätte es noch einer weiteren Aufforderung bedurft. Josephine taumelte leicht. Ihr Geliebter drängte sie sanft zurück, bis sie mit dem Hintern gegen ein zierliches Nähtischchen stieß. Er packte sie bei den Hüften und hob sie mühelos hoch. Josephine spreizte bereits die Beine, und er stellte sich zwischen sie. Sie wartete sehnsüchtig darauf, dass er den Latz seiner Hose öffnete, um sie endlich mit seinem Liebesstab zu beglücken.

Friedrich hatte es jedoch nicht eilig. Er liebte dieses Mädchen, das seinen kühnsten Träumen zu entspringen schien. Und nichts bereitete ihm mehr Freude, als sie zu beglücken. Besonders an diesem letzten Abend, der noch ihm allein gehören würde, den er nicht teilen musste mit einem Ehemann und dessen Ansprüchen. Er würde Josephine immer lieben und begehren, dafür brauchte es kein Ehegelübde, keine Truhen voller kostbarer Verlobungsgeschenke, keinen Segen, sei es den der Kirche oder den ihrer Eltern. Was er ihr zu bieten hatte, war einzig seine unerschütterliche Liebe und ein Geschenk, das sie für immer an ihn erinnern sollte. Gerade wollte er nach der kleinen Schatulle greifen, in der er es für sie aufbewahrte, da schlang sie ihre weichen, alabasterfarbenen Arme um seinen Hals und küsste ihn fordernd, ungeduldig.

«Worauf wartest du noch, Liebster?» Sie schmiegte ihren warmen Körper an ihn und knöpfte sein Hemd auf, teilte die üppigen Rüschen vor seiner männlichen Brust und streifte ihm den Stoff von den muskulösen Schultern. Bewundernd senkte sich ihr Blick über seinen herrlichen Körper, der nur noch mit den engen Theaterhosen bekleidet war. Sie wusste, dass er nichts darunter trug. Als ihre Augen die kräftige Wölbung seines Gemächts erreichten, brach sie das letzte Tabu, indem sie selbst seine Hose öffnete und den prächtigen Schwengel hervorlockte. Das hatte sie noch nie zuvor getan. Ihre kleine feuchte Hand schloss sich um den harten Schaft. Friedrich stöhnte auf und vergaß, dass er ihr eigentlich ein ganz besonderes Geschenk überreichen wollte. Das musste warten. Die Lust dieser göttlichen Frau hatte Vorrang.

Friedrich umfasste seine Geliebte, hob sie sanft empor und trug sie zu den seidigen Laken ihres Bettes, wo er sie behutsam niederließ. Josephine streckte sich aus und räkelte sich wollüstig. Der junge Schauspieler kniete am Fußende nieder und bedeckte ihre Zehen mit zarten Küssen. Seine Daumen strichen über die Fußsohlen, während er sich langsam an ihren wohlgeformten Beinen hinaufküsste. Mit kleinen Bissen, mit seiner Zunge und dem warmen Hauch seines Atems folgte er den Linien ihres Körpers. Er spürte, wie ein Zittern sie durchlief, hörte ihr Seufzen, fühlte ihre Lust. Ganz vorsichtig drängte er sich zwischen ihre Schenkel, die sie bereitwillig öffnete, und sog den süßherben Duft ein, der ihm entgegenströmte. Josephine wünschte, er würde sie endlich nehmen, aber er wusste genau, dass sein Zögern sie erregte und ihr Begehren steigerte. Endlich erreichten seine samtigen Lippen die Mitte ihrer Schenkel. Er ließ seine Zunge vorschnellen und nippte an dem köstlichen Nektar, der sich in ihrer Blüte gesammelt hatte. Sie schmeckte so wunderbar und duftete wie die Versuchung selbst. Er wollte in sie eintauchen. Seine Zunge strich über die vollen Blütenblätter, teilte sie ungeduldig und doch voller Genuss und stieß vor in den glänzenden Kelch. Die darin verborgene Knospe drängte sich ihm entgegen, und er liebkoste sie mit der Spitze seiner Zunge. Josephine stieß kleine hohe Schreie aus, die ihren heraneilenden Höhepunkt ankündigten. Friedrich verstärkte den Druck auf ihr Lustknöpfchen und folgte dem Kreisen ihres Beckens. Als ihr Atmen immer schneller wurde, strich er mit der ganzen Zunge über ihre saftigen Lippen und schlürfte den betörenden Saft, der ihm entgegenfloss. Er spürte das Pochen ihres Herzens an diesem geheimen Ort, und er konnte sehen, wie die geschwollenen Lippen im Kerzenschein glänzten.

«Oh, mein Liebster ...», brachte Josephine atemlos hervor. «Komm zu mir.»

Friedrich zog sich hinauf auf das Bett, neben die Frau seines Herzens, und blickte in ihre dunklen Augen. Sie hatte die makellose Haut eines ganz jungen Mädchens und den Körper einer Frau. Ihre Lippen waren sinnlich und rot, ein wunderschöner Kontrast zu den dunklen Locken, die ihr Gesicht umrahmten. Sie war die schönste Frau, die er je gesehen hatte, und gerade in diesem Moment, da die Lust in ihren grünen Augen schimmerte, wäre er für sie zu sterben bereit. Aber Josephine wollte ihn lebend, wollte seine Kraft spüren, das Gewicht seines Körpers, wenn er sie umarmte. Sie öffnete ihre vollen Lippen zu einem leidenschaftlichen Kuss, während sie sich unter ihn drängte.

«Komm, Geliebter ... ich will dich in mir spüren!» Sie hauchte ein Stöhnen in sein Ohr, das bis hinunter in seine

Lenden vibrierte. Sein Zepter ragte prall und hart vor ihm auf, als er sich über sie schob, zwischen ihre Schenkel, bis die Spitze seines Stabes ihre geheime Frucht berührte. Josephine schlang die Beine um seine Hüften und zog ihn zu sich heran, zwang ihn, in sie einzudringen. Sie wollte ihn jetzt und hier mit seiner ganzen Kraft. Sein Liebesdolch drang mühelos in ihr heißes Fleisch. Josephine stöhnte erregt und stemmte sich ihm entgegen, fing seine Stöße auf und presste ihre Scham gegen das raue Fell seines Gemächts. Sie wollte schreien, «Schneller, schneller!», aber er erstickte jeden Laut mit wilden Küssen, bis sich ihrer beider Stöhnen zu einer Symphonie der Lust vermischte.

Später, als sie sich erschöpft in den Armen lagen, fiel Friedrich das kleine Kästchen wieder ein, das er vorhin auf den Tisch neben ihrem Bett hatte liegen lassen. Er griff danach, ohne sich aus Josephines Umarmung zu lösen. Mit einer Hand öffnete er den Deckel.

«Mein Liebling, ich möchte dir etwas schenken, das dich für immer an unsere Liebe erinnern soll.» Josephine hob neugierig den Kopf aus seiner Armbeuge und schaute ihn erwartungsvoll an.

«Ich weiß, dass du es nur heimlich wirst tragen können. Aber wann immer du an mich denkst und ich nicht bei dir sein kann, schau in dieses Kästchen.» Er schlug den abgerundeten Deckel auf. «Ich habe es selbst angefertigt.»

Die Schatulle war mit dunkelblauem Samt ausgeschlagen und enthielt zwei Schmuckstücke: eine Kette und einen Ring. Friedrich nahm zuerst das zarte goldene Halsband mit einem fein gearbeiteten Amulett daran. Goldene Sonnenstrahlen umrandeten einen blassen Stein, der ein wenig wie Perlmutt schimmerte. In ihn war ein kleiner Rubin eingelassen.

«Sieh nur! Das ist ein Mondstein, so vollkommen und klar, wie man ihn nur selten findet. Und hier, dieser Ring ist geschmückt mit dem fehlenden Stück von dem Mondsteinsplitter aus dem Amulett. Die beiden Schmuckstücke sind untrennbar miteinander verbunden, so wie wir.»

Das Kerzenlicht funkelte in den glänzenden Steinen und spiegelte sich in Josephines Augen.

«Sie sind wunderschön!»

«Komm, meine Geliebte, stecke mir den Ring an. Ich binde die Kette um deinen bezaubernden Hals. So sind wir Mann und Frau, solange einer an den anderen denkt.»

Die junge Frau strahlte ihren Verehrer an. Sie war so gerührt, dass sie nur hauchen konnte: «Friedrich Fugger, ich werde dich immer lieben!»

Eins

Jo schüttelte ihre dunkle Lockenmähne, kniff die Augen zusammen und betrachtete den Aufbau noch einmal durch den Sucher ihrer Kamera. Im Fotostudio herrschte atemlose Stille. Die Models verharrten in ihrer arrangierten Pose, und selbst der anwesende Art-Direktor und seine Auftraggeberin wagten kaum auszuatmen. In der Mitte des Studios war eine riesige Stoffbahn ausgerollt, die von der fünf Meter hohen Decke herabhing und in einem ausladenden Bogen in den Raum hineingezogen war und schließlich auf den Boden traf. Der Stoff war aus anthrazitfarbenem Molton, leicht knittrig und matt, sodass das gleißende Licht der vielen Scheinwerfer nicht reflektiert wurde. Stattdessen zauberte der Faltenwurf eine bizarre Schattenlandschaft von Linien und Mustern auf die Stoffbahn, die durch die Kamera betrachtet die Illusion eines grenzenlosen Raums erzeugte. In dieser scheinbar unendlichen Weite erhoben sich drei nackte Körper so formvollendet, dass sie wie Marmorstatuen wirkten. Zwei junge Frauen standen sich auf Zehenspitzen gegenüber, die langen schlanken Beine bis zu ihrer Scham aneinander gepresst, während sich ihre Oberkörper in entgegengesetzte Richtungen nach außen bogen, die Arme graziös in die Höhe gereckt, wie zwei Tänzerinnen, die im Sprung eingefroren waren. Wie die Körper der Schwerkraft widerstehen konnten, blieb rätselhaft. In der Mitte dieses symmetrischen V ragte der perfekt definierte Rücken eines Mannes empor. Seine Arme bildeten ein Oval um seinen Kopf. Seine dunklen Locken endeten über dem kräftigen Hals und bildeten einen sinnlichen Kontrast zu den streng hochgesteckten Frisuren der Mädchen. Die perfekt definierten Muskeln waren angespannt und warfen weiche Schattenlinien auf seine makellose Haut, die im Gegensatz zu den scharfen Kanten des Hintergrundes standen. Die drei Körper strebten auseinander wie die Wasserstrahlen einer Fontäne, in deren Zentrum eine goldene Kugel tanzt. Und tatsächlich, wie durch Zauberhand gehalten, schwebte in der Mitte dieser herrlichen Körper der Flakon eines Parfüms, das in den nächsten Wochen auf den Markt gebracht werden sollte. Die Werbeagentur hatte Jo engagiert, um die Kampagne für einen spektakulären Medienauftritt zu produzieren, zu Recht, wie sich in diesem Augenblick zeigte.

Jo atmete noch einmal tief durch, konzentrierte sich und drückte dann den Auslöser, der gleichzeitig grelles Blitzlicht erstrahlen ließ. Die Blende der Kamera öffnete sich und verschloss sich wieder. Der Vorgang wiederholte sich noch dreimal, bevor Jo in die Hände klatschte und den Models zu verstehen gab, dass sie nun nicht mehr posieren mussten. Augenblicklich kippten sie zur Seite und schnappten nach Luft. Die riesigen Scheinwerfer erloschen. Die Anwesenden entspannten sich. Erst jetzt konnte man erkennen, welche technischen Hilfsmittel nötig waren, um die Illusion der Schwerelosigkeit zu erzeugen. Ein Gestänge aus Plexiglas hatte die der Kamera abgewandten Oberschenkel der Frauen gehalten, und der Flakon hing an einer unsichtbaren Schnur von der Decke. Die Mädchen rieben sich ihre Beine, auf denen die Stangen tiefe rote Striemen hinterlassen hatten. Zwei Assistentinnen massierten die schmerzenden Füße, und ein Praktikant brachte flauschige Bademäntel, in die sich die drei Schönen dankbar einhüllten, als schämten sie sich plötzlich ihrer Nacktheit.

«Das war perfekt!» Aus Jos Stimme klang weder Stolz noch Arroganz. Als wäre ihr Anteil an dem Endergebnis eher unwichtig, lobte sie ihr Team für die hervorragende Leistung. «Ihr habt wirklich gute Arbeit geleistet.» Dann lief sie an den Anwesenden vorbei und winkte ihnen zu, ihr zu folgen. «Kommt, jetzt haben wir uns eine Stärkung verdient.» Jo öffnete die riesigen Türen ihres Ateliers und gab den Blick auf einen ebenso großen Raum frei, in dem ein üppiges Büffet aufgebaut war. Die Auftraggeberin, die Jo als Erste gefolgt war, hob angesichts der kostspieligen Fülle der angerichteten Speisen und Getränke missbilligend die Augenbrauen. Sie rechnete sich in Gedanken wahrscheinlich aus, wie viel Produktionskosten ihr Unternehmen hätte sparen können, wenn die Leute einfach gleich nach Hause geschickt würden. Sie kannte Jos Arbeitsweise offenbar noch nicht. Sosehr die Fotografin berühmt war für ihre schnörkellosen, graphischen Bilder, in denen nichts von ihrer eigentlichen Aussage ablenkte, so sehr liebte sie Opulenz und Luxus in ihrem persönlichen Umfeld. Das ganze Team hatte hart bis in die Nacht hinein gearbeitet und verdiente nun eine entsprechende Belohnung für die Anstrengungen dieser Produktion. Als alle Anwesenden ihre Teller mit köstlichen Speisen gefüllt hatten und ein Glas Champagner in der Hand hielten, löste sich allmählich die Anspannung der vergangenen Stunden. Die Praktikantinnen standen kichernd beieinander und warfen sehnsüchtige Blicke auf John, dessen weißer Bademantel seine perfekte Brust entblößte. «Was meinst du? Ob er wohl schwul ist?», fragte die kleine blonde Jeannette gerade ihre Mitstreiterinnen. Die anderen Mädchen zuckten mit den Schultern und hofften inständig, dass dies nicht so wäre. Jos Assistenten hatten sich inzwischen bewundernd zu den weiblichen Models gesellt und versuchten, sie mit Witz und Charme zu einem Date zu überreden, bislang mit mäßigem Erfolg. Ein wenig abseits von diesen schnatternden Grüppchen nahm Jo die Glückwünsche des Art-Direktors und der Auftraggeberin entgegen, die sich nach ein paar Bissen in cremige Lachs-Mousse und würzige Chili-Frikadellen wieder beruhigt hatte. Die Dame wirkte in ihrem strengen Jil-Sander-Anzug fast selbst wie ein Fotomodell. Über ihre Schulter hinweg konnte Jo ungestört den jungen Mann im Bademantel mustern. Er stand am Ende des Büfetts und lud sich verschiedene Blattsalate auf den Teller, ignorierte die köstlichen Dressings und gönnte sich wenigstens einen kleinen gebackenen Hähnchenschenkel in Mandelkruste, der seine Figur wohl nicht ruinieren würde. In respektvollem Abstand warteten die Stylistinnen wohl darauf, dass er sich ihnen vielleicht nähern würde, damit sie ihn in ein Gespräch verwickeln konnten. Er tat ihnen diesen Gefallen nicht, sondern blieb abseits von den anderen, um sich ungestört durch seine Salatblätter arbeiten zu können. Jo seufzte innerlich. Warum waren diese wunderschönen Jungs nur immer so kapriziös? Sicher, die Branche war erbarmungslos in ihrer Forderung nach Perfektion. Die Körper sollten makellos sein, die Gesichter hinreißend und die Bewegungen fließend und das Ganze jederzeit abrufbereit, sodass die Models sich selbst kasteien mussten, um diesen Anforderungen standzuhalten. Aber würde ein wenig Genuss und Sinnenfreude wirklich so schlimme Spuren hinterlassen, wie sie immer befürchteten? Jo wagte, das zu bezweifeln. Viel wahrscheinlicher war es, dass kaum jemand so viel Schönheit ertragen konnte, wenn er nicht wüsste, dass sie hartem Training und schonungsloser Abstinenz entsprang. Die Fotografin nahm sich vor, dem Schönling später eine kleine Lektion zu erteilen. Dann widmete sie ihre ganze Aufmerksamkeit wieder der begeisterten Auftraggeberin, die bereits zukünftige Kampagnen vor ihrem inneren Auge entstehen ließ, für die sie Jo unbedingt gewinnen wollte.

Es war bereits nach Mitternacht, als sich das Studio langsam leerte. Die Praktikanten waren schon längst gegangen, nun folgten auch die anderen des Teams. Die beiden jungen Frauen hatten sich inzwischen wieder angekleidet. Jos Assistenten begleiteten sie gerade hinaus, wohl immer noch in der Hoffnung, ein Date zu bekommen. Der Art-Direktor der Werbeagentur hakte seine elegante Auftraggeberin unter und führte sie zu dem bereits wartenden Taxi.

Jo schaute sich in dem Chaos um, das von den Strapazen des Tages zeugte. Der Rest des Teams würde morgen wieder für Ordnung sorgen, während sie selbst sich einen freien Tag gönnen würde. Als sie den Blick durch den Raum schweifen ließ, fiel Jo auf, dass sie den jungen Adonis im Laufe des Essens und der Gespräche aus den Augen verloren hatte. War er gegangen, ohne sich von ihr zu verabschieden? Jo überlegte noch, was sie eigentlich mit ihm hatte anstellen wollen, da entdeckte sie plötzlich seinen weißen Bademantel. Der schöne Mann hatte sich erschöpft auf die großen Kissenstapel in der Ecke des Raumes gesetzt und war dort offensichtlich eingeschlafen. Der flauschige Frotteemantel hing leicht verrutscht um seinen anbetungswürdigen Körper und gab den Blick auf eine pikante Stelle frei. Seine Beine waren auseinander gefallen, der Kopf lag entspannt auf der Seite und ruhte dabei auf einem Seidenkissen. Jo fragte sich, ob sie diese verlockende Situation wohl ausnutzen sollte, entschied sich aber dagegen. Sie würde noch ein wenig warten. Fürsorglich schloss sie den Mantel über seiner Mitte und deckte den Schlafenden mit einer weichen Kaschmirdecke zu. Er schlief so fest, dass er nichts davon bemerkte. Jo ging zurück zu dem immer noch gefüllten Büfett und nahm sich eine ausgehöhlte Papaya, in deren rotglänzendem Inneren ein köstlicher Obstsalat aus exotischen Früchten angerichtet war. Dazu häufte sie verschiedene Cremes, eingelegte Gemüse und Dips auf einen Teller. Das Ganze trug sie zu dem schlafenden Jüngling und stellte es auf eine kleine Metallkiste, die normalerweise Teleobjektive enthielt. Schließlich griff sie sich eines der großen Schaumstoffkissen und rückte es an den ausgestreckten Körper heran. Dann tauchte sie ihren Zeigefinger in eine rote Lachscreme und tupfte sie dem Jungen auf seine geschwungenen Lippen. Ein würziger Geruch breitete sich aus und zog in seine Nase. Unbewusst begann er zu schnuppern und fuhr sich mit der Zunge über die Lippen. Sofort erneuerte Jo den Cremeklecks und sah zufrieden zu, wie er sich auch diesen ableckte. Langsam schienen Geruch und Geschmack in sein Bewusstsein vorzudringen, denn die Augenlider begannen zu flattern, und endlich öffnete er die Augen. Jo hielt ihm eine weitere Cremekugel vor den Mund, die er ohne nachzudenken von ihrem Finger schleckte. Verwirrt blickte er die Fotografin an, die ihm diesmal eine safranfarbene Paste aus Schafskäse und Curry anbot. Der Duft, der ihm entgegenströmte, war so verlockend, dass er gehorsam auch diesen Bissen zu sich nahm. Jo tauchte ihre Finger nacheinander in die köstlichen Cremes, schnappte sich hier eine Olive und da einen eingelegten Champignon, die sie wie selbstverständlich in seinen folgsamen Mund schob. Er war auf den Geschmack gekommen. Gierig leckte er sich die Lippen und wartete ungeduldig auf die nächste Köstlichkeit, die Jo für ihn bereithielt.

Sie sprachen kein Wort miteinander. Die Augen des jungen Mannes flatterten zwischen den duftenden Speisen und Jos unbefangenem Lächeln hin und her. Als der Teller mit den salzigen Speisen geleert war, präsentierte Jo ihm die Papayaschale mit den glänzenden Früchten. Der Junge sog das Aroma ein und schloss genüsslich die Augen. Jo zupfte eine saftig triefende Brombeere aus dem Arrangement, hielt sie unter die perfekt geschwungene Nase des Jungen, damit er einen Moment schnuppern konnte.

«Öffne deine Lippen!», waren ihre ersten Worte.

Der junge Mann gehorchte, und Jo ließ die reife Frucht auf seinen Mund fallen, wo sie zerplatzte und dunkelrote Spuren hinterließ. Die Fotografin verrieb den Saft auf seinen sinnlichen Lippen, schob dabei einen Finger in seinen Mund, um die Zunge hervorzulocken. Johns Zungenspitze folgte ihren Bewegungen und leckte brav alle Frucht- und Saftreste auf. Die nächste Brombeere traf sein Kinn, prallte ab und verschwand in den Tiefen des züchtig geschlossenen Bademantels. Immer schneller regneten nun die leuchtenden Fruchtstücke auf den jungen Mann nieder. Einige fing er mit den Lippen auf, andere kullerten über sein Gesicht, die meisten landeten zwischen den Falten des flauschigen Mantels, dessen weißer Stoff sich immer bunter verfärbte. Jo betrachtete den jungen Mann, wie er die Früchte hungrig verschlang. Sie konnte seiner Unschuld nicht länger widerstehen. Langsam öffnete sie den Bindegürtel des Bademantels und schob den dicken Stoff über seiner Brust auseinander. Darunter kamen die saftigen Spuren der verlorenen Früchte zum Vorschein, die in den Wellen seiner Muskeln gelandet waren. Jo strich mit den Händen über die Fruchtreste, ohne dabei seine Haut zu berühren. Sie zeichnete rote, orange, grüne Spuren auf seine symmetrische Brust, die sich in immer kürzeren Abständen hob und senkte. John leckte sich die Lippen und hielt die Augen geschlossen, so als wollte er sich ausliefern oder um nicht die Verantwortung übernehmen zu müssen für das, was hier mit ihm geschah.

Jo war sich nicht sicher, wie weit sie wirklich gehen wollte. Der schöne Junge wirkte so hilflos und verloren. Aber hinter seinem Hunger nach Speisen konnte Jo noch eine andere Gier spüren, die er bisher wohl ebenso versucht hatte zu unterdrücken. Jo hatte das Gefühl, dass er zum ersten Mal ahnte, wie viele Köstlichkeiten er sich bisher versagt hatte. Das Verlangen, ihn ins Leben zurückzuholen, wurde plötzlich unwiderstehlich.

Die Fotografin beugte sich über die Brust des jungen Mannes und begann, den Linien ihrer Malerei zu folgen. Sorgfältig leckte sie die Säfte aus den Furchen und Rundungen seines muskulösen Oberkörpers. Dabei schob sie spielerisch die Reste einer Mango vor sich her bis hinauf zu seinen winzigen Brustwarzen, die selbst wie kleine Beeren wirkten. Mit der schleimigen Frucht umkreiste sie die rote Haut, tupfte auf die kleine Spitze. Und als sie unvermittelt in sein Fleisch biss, stöhnte John auf und streckte sich tiefer in die Kissen. Selbst unter der Decke war die Wölbung über seiner Körpermitte nicht zu übersehen. Seine Sinnlichkeit war geweckt, und alles sprach dafür, dass sie weitermachen sollte, dass er sich ihr hingeben wollte. Und Jo wollte ihn auch, wollte die Makellosigkeit seiner Haut spüren, sich in seinen frischen Duft vergraben und ihre unerschöpfliche Lust mit ihm teilen.

Mit einem Ruck riss sie die Decke herunter. Der Bademantel hatte sich wieder geteilt, war von seinem Schwanz auseinander geschoben worden, der nun nicht mehr schläfrig auf seinem Schenkel lag, sondern lüstern emporragte. Selbst dieser Körperteil war perfekt, jedenfalls für Jo, die kräftige, nicht zu lange Schwänze bevorzugte. Die junge Frau fischte noch eine letzte Mangoscheibe aus der Fruchtschale und fuhr mit dem Obstsaft über Johns Rippen hinunter zu den Wellen seiner Bauchmuskulatur, umspielte die runde Kuhle des Bauchnabels. Kein einziges Härchen stellte sich ihr entgegen auf dem klebrigen Weg bis hinunter zum Schaft seines Penis. John atmete tief und schnell, als sie die Schwanzwurzel umkreiste. Mit den letzten Resten der Mango strich sie an der zarten Haut hinauf bis zu seiner Eichel, die von keiner Vorhaut verdeckt wurde. Der ganze Mann war so unglaublich appetitlich, dass sie am liebsten in ihn hineinbeißen würde. Stattdessen senkte sie sich langsam bis zu seiner Schwanzspitze hinunter und leckte ganz sanft über ihre Kuppe. Der Mangosaft schmeckte köstlich auf seiner Haut, und sie umrundete die Eichel in gleichmäßigen Kreisen, die sich immer tiefer zogen, bis sich Jos Lippen über die Spitze stülpten. Mit quälender Langsamkeit senkte sie ihren Mund über seinen Schwanz, nahm ihn ganz in sich auf und begann, vorsichtig an ihm zu saugen. John warf seinen Kopf auf den Seidenkissen hin und her, sein Stöhnen wurde lauter, aber er hielt sein Becken still, um Jos Rhythmus nicht zu stören. Als sie sich langsam zwischen seine Beine drängte, öffnete er sofort die Schenkel und bot ihr seine prächtigen Hoden dar. Jo ließ sich nicht lange bitten. Sie umfasste die Kugeln mit einer Hand und knetete sie im Takt ihrer leckenden Zunge und saugenden Lippen. John war so aufgeheizt, dass sie das Pulsieren seines Schwanzes spüren konnte und die ersten Tropfen seiner Lust schmeckte. Tiefe Laute drangen aus seiner Kehle und verursachten in Jos Unterleib ein heftiges Ziehen. Sie konnte ihre geschwollenen Schamlippen spüren, die sich gegen das feuchte Höschen drängten und nach Berührung lechzten, ebenso wie ihre Klitoris. Jo wusste, dass John nicht mehr lange brauchen würde. Sie wollte seinen Genuss nicht unterbrechen und versuchte, sich nicht von der eigenen Lust ablenken zu lassen. Umso mehr überraschte es sie, als John sich plötzlich aufbäumte, sie an den Schultern packte und hochzog, um sie dann auf den Rücken zu drehen. Mit unglaublicher Sicherheit öffnete er ihre leichte Hose und zog mit einem Handgriff alle störenden Stoffe inklusive feuchtem Slip und Socken hinunter. Im nächsten Atemzug hatte er bereits ihre Beine gespreizt und eine Hand auf ihre Möse gelegt, um sie für seinen harten Schwanz zu öffnen. Dann stieß er in ihre klitschnasse Spalte und fickte sie. Seine Stöße kamen schnell und fest. Er rammte tief in ihr geschwollenes Fleisch und nagelte sie so in die Kissen, dass sie nur noch die Beine um ihn schlingen konnte und sich von ihm ficken ließ. Er wartete auf ein Zeichen von ihr, und als sie gurgelnde Schreie ausstieß, rammte er seinen Schwanz ein letztes Mal in sie hinein. Dann presste er sein ganzes Gewicht auf ihre Möse und ließ sie explodieren. Ihre Muskeln schlossen sich um seinen Schwanz und das Sperma schoss aus ihm heraus, füllte sie aus und vermischte sich mit ihren sprudelnden Säften.

Als sie endlich ihre schweren Lider öffnen konnte, schaute sie in seine grünen Augen. Er strahlte von innen heraus und sein gemeißeltes Gesicht war schöner denn je.

«Du hast mich an der Nase herumgeführt mit deiner scheinheiligen Unschuld.»

«Ja, aber du hast mich zum Essen verführt. Dafür muss ich jetzt tagelang büßen.» Er lachte sie schelmisch an. Dann richtete er sich auf, und sie konnte ihn das erste Mal in seiner ganzen Schönheit bewundern, ohne dabei durch eine

Kamera zu schauen. Galant hob er ihre Kleidung auf und reichte sie ihr.

«Du bist die einzige Frau, mit der ich wirklich gern einmal essen gehen würde. Darf ich dich einladen?»

Sie lachte ihn an. «Du willst ein Date mit mir?»

«Ja, aber nur wenn ich *dich* das nächste Mal lecken darf.»

«Dafür musst du nicht mit mir ausgehen.» Jo stand auf und zog sich wieder an. «Ich könnte dir einen gemütlichen Platz unter meinem Schreibtisch einrichten, wo du dich ganz ungestört deiner Aufgabe widmen darfst. Was meinst du dazu?» Sie gab ihm einen Klaps auf seinen hinreißenden Hintern und beantwortete seinen verdutzten Blick mit einem frechen Grinsen.

«Ach, komm, John. Wir arbeiten zusammen. Das führt doch zu nichts.» Sein Gesicht spiegelte deutlich seine Enttäuschung wider.

«Aber ich habe nichts dagegen, bei Gelegenheit eine Nacht mit dir zu verbringen, damit du mir zeigen kannst, welche Überraschungen noch so in dir stecken.»

«Versprochen?» Seine Miene hellte sich auf und ließ ihn wieder überirdisch schön erstrahlen.

«Versprochen! So und nun mach, dass du nach Hause zu deinem Schönheitsschlaf kommst.»

Er lachte und betrachtete sich im Spiegel. «Den brauch ich heute nicht. Du bist besser als jedes Schönheitselixier.»

Jo war schon zu ihrem Büro hinübergegangen, um ihm ein Taxi zu rufen. Sie war befriedigt, aber auch furchtbar erschöpft und wollte nur noch nach Hause in ihr Bett, und zwar allein. Auf keinen Fall konnte sie jetzt noch irgendwelche Liebessäuseleien gebrauchen und verliebte Küsschen, während sie ihn nach Hause fuhr. Er hatte heute genug verdient, sodass er sich ein Taxi leisten konnte.

Wenig später standen sie beide unten vor dem Studio. Jo verabschiedete ihren neuen Verehrer mit einem flüchtigen Kuss und schob ihn energisch in das wartende Taxi. Dann stieg sie in ihren Jaguar und fuhr zu der Villa, die sie vor ein paar Jahren von ihrer Großmutter geerbt hatte.

Zwei

Charlotte zupfte ihr graues Kostüm zurecht, sammelte die Hausarbeiten ihrer Studenten ein und machte sich auf den Weg in die Mittagspause. Wie jeden Donnerstag ging sie zuerst hinüber in den Trakt der Historiker. An der Tür von Professor Sander wartete sie einen Augenblick, bis es Punkt 13 Uhr war, dann klopfte sie an und trat ein, ohne eine Antwort abzuwarten.

Der Professor saß an einem imposanten Eichenschreibtisch und telefonierte. Er warf Charlotte einen ärgerlichen Blick zu und bedeutete ihr, sich zu setzen. Die Dozentin für Kunstgeschichte folgte seiner übellaunigen Aufforderung. Sie schlug elegant die langen Beine unter ihrem mausgrauen Rock übereinander, setzte sich kerzengerade hin und wartete auf das Ende des Telefonats. Nach einigen umständlichen Verabschiedungsfloskeln war es endlich so weit.

«Charlotte, ich habe dich schon mehrmals darum gebeten zu warten, bis ich ‹Herein› sage. Du weißt, ich mag keine Störungen», tadelte er seine Besucherin.

«Ach Paul, es ist genau ein Uhr, und wir sind verabredet. *Ich* sollte ärgerlich auf *dich* sein.» Dabei lächelte sie ihn jedoch nachsichtig an. «Bist du jetzt fertig?»

«Natürlich, verzeih, meine Liebe. Du hast ja Recht, es ist unhöflich von mir, dich warten zu lassen.» Professor Paul Sander räumte die wenigen Utensilien auf seinem Schreibtisch ein und hinterließ seinen Raum in perfekter Ordnung. Charlotte hatte manchmal Lust, irgendeine kleine Spur von Chaos zu verbreiten, damit das Arbeitszimmer belebter wirkte. Sie seufzte und folgte ihrem Verlobten auf den Flur.

Donnerstag hatten beide am Vormittag Vorlesungen. Sie hielt eine Vortragsreihe über ihr Lieblingsthema, den Impressionismus. Er führte seine Studenten in die mittelalterliche Geschichte ein. Danach trafen sie sich zu einem gemeinsamen Mittagsessen. Charlotte hatte lange dafür gebraucht, ihn von seiner geliebten Mensa fortzulocken und ihn zu einem richtigen Restaurantbesuch zu überreden. Paul hielt es für sinnlose Vergeudung, am Mittag bereits in einem Restaurant zu sitzen. Aber Charlotte hatte ihn überzeugt, indem sie ihn nun donnerstags immer einlud. Heute wollte sie einen neuen Italiener ausprobieren, den ihr eine Freundin empfohlen hatte. Es sollte dort außergewöhnlich gute hausgemachte Gnocchi mit einer vorzüglichen Tomaten-Pfifferling-Sauce geben. Das würde Paul milde stimmen, dessen war sie sicher. Als sie aus dem Unigebäude traten, schien ihnen die Sonne entgegen, und sie beschlossen, einen Spaziergang zum «Bella Italia» zu machen. Der Frühling ging bereits in den Sommer über, nicht mehr kühl und noch nicht zu heiß. Das perfekte Wetter, um entspannt an den Jugendstil-Fassaden des Univiertels vorbeizuflanieren. Charlotte hakte sich bei Paul unter. Trotz ihrer Größe war sie immer noch einen halben Kopf kleiner als er – ein auffälliges Paar, das gut zusammenpasste. Sie hatten sich vor einigen Jahren auf einem Historiker-Kongress kennen und schätzen gelernt. Paul hatte nichts übrig für mondäne Frauen, die sich zu sehr in Szene setzten. Charlotte mit ihrer zurückhaltenden Art, den klassischen Kostümen und hochgesteckten Haaren traf seinen Geschmack dagegen vollauf. Als sie ihn auch noch in ein interessantes Gespräch über die Auswirkungen mittelalterlicher Rechtssprechung auf die Entwicklung moralisch-ethischer Grundsätze bis in die heutige Zeit verwickelte, hatte er seine Entscheidung bereits gefällt. Eines Tages würde er um ihre Hand anhalten. Dazu war es bisher allerdings nie gekommen. Die beiden lebten noch nicht einmal zusammen, wofür jeder schlüssige Gründe nennen konnte. Tatsache war jedoch, dass sie beide Eigenbrötler waren und keinen fordernden Partner in ihrer Nähe haben wollten. Es war gut so, wie es war. Sie aßen einmal in der Woche zusammen zu Mittag und verbrachten die Wochenenden abwechselnd bei ihr und bei ihm. Der Samstag war für Theater- und Opernbesuche reserviert. Am Sonntagmorgen besuchten sie eine Ausstellung – nachdem sie im Bett gefrühstückt und sich geliebt hatten. Paul war auch in diesem Bereich zuverlässig, wenn auch ein wenig penibel, und Charlotte war zufrieden mit ihrem Leben, das sie hauptsächlich der kunsthistorischen Forschung und Lehre widmete.

Das Restaurant lag direkt am Hafen mit Blick auf die imposanten Container- und Tankschiffe, die zu jeder Jahreszeit hier anlegten, um ihre Frachten zu löschen und neue Waren aufzunehmen. Charlotte hatte einen Tisch reserviert, von dem aus sie das Treiben im Hafen beobachten konnten. Sie liebte das Tönen der Schiffshörner und den Anblick der gigantischen Stahlkonstruktionen, die viel zu groß und schwer zu sein schienen, als dass sie wirklich schwimmen könnten. Sie weckten Fernweh in ihr und machten Lust aufs Reisen, obwohl oder gerade weil Charlotte so selten von ihrer Universität loskam.

Als sie den Speiseraum betraten, nahm Paul ihr höflich die Jacke ab und hängte sie sorgfältig über einen Stuhl, den er ihr heranschob. Er setzte sich neben sie, damit auch er in den Hafen hinüberblicken konnte. Vielleicht war ihm heute nicht nach Reden zumute, und so konnten sie entspannt schweigen und beobachten. Der Chef persönlich brachte ihnen zwei Speisekarten und empfahl ihnen die

Gnocchi, von denen auch Katie geschwärmt hatte. Beide bestellten noch einen Salat dazu und gönnten sich ausnahmsweise einen kühlen Frascati zum Mittag, obwohl sie sonst selten Alkohol tranken. Paul nahm Charlottes Hand und drückte ihr einen zarten Kuss auf den Handrücken, doch diese selten innige Geste wurde von einem jungen Kellner unterbrochen, der ihnen den Wein brachte.

«Signora, per favore!» Er stellte ihr ein langstieliges Glas auf den Tisch und sah ihr dabei bewundernd in die Augen. Wahrscheinlich hatten es ihm die roten Haare angetan oder doch die üppige Oberweite, die sich unter ihrem kurzärmeligen Pulli deutlich zeigte? Jedenfalls konnte er kaum den Blick von ihr wenden, und Charlotte musste zugeben, dass er ausgesprochen hübsch war, wenn auch auf eine etwas vulgäre Weise.

Paul war der Blickwechsel keineswegs entgangen. Als er sich vernehmlich räusperte, stellte der Kellner ihm sein Glas so energisch vor die Nase, dass es ein wenig überschwappte. Gerade wollte der Professor sich beschweren, da legte ihm Charlotte beschwichtigend die Hand auf den Arm.

«Lass ihn doch, Paul, und nimm es als Kompliment, dass deine Freundin sogar von jungen Männern angehimmelt wird.» Charlotte kicherte ungewöhnlich mädchenhaft, woraufhin Paul sie vorwurfsvoll anschaute.

«Ach komm, nun lass dir doch nicht die Laune verderben. Stattdessen könntest *du* mir mal ein Kompliment machen, damit ich mich nicht von jungen Italienern anflirten lassen muss.» Sie knuffte ihren Lebensgefährten in den Arm. Manchmal benahm sie sich wie ein ungezogenes Gör, aber eigentlich liebte Paul auch das an ihr, er hätte es nur niemals laut zugegeben.

«Sei nicht albern, Charlotte. Der Junge könnte dein Student sein, wenn er überhaupt etwas studieren würde, was ich allerdings bezweifle. Eine intelligente und anerkannte Kunsthistorikern wie du hat doch solche Spielchen gar nicht nötig.» Das war das höchste der Gefühle, das er ihr als Kompliment bieten konnte, aber sie war damit zufrieden und belohnte ihn mit einem flüchtigen Kuss auf die Wange, bevor sie aufstand.

«Entschuldige mich eine Minute. Ich möchte mich kurz frisch machen.» Sie strich Paul noch einmal über den Arm und suchte die Toiletten auf. Das ganze Restaurant war stilvoll eingerichtet mit viel Terrakotta und zarten Gelbtönen. In dem Damen-WC waren die Waschbecken sogar in rosa Marmor eingelassen, und alles wirkte frisch und sauber. Als sie sich die Hände gewaschen und ihre langen roten Haare zu einem neuen Knoten aufgesteckt hatte, trat sie wieder auf den Flur hinaus und überlegte, ob sie einen kurzen Blick in die Herrentoilette wagen könnte, um zu sehen, wie diese eingerichtet war. Sie sah sich kurz um und öffnete neugierig die Tür. Tatsächlich, auch hier war Marmor verarbeitet, allerdings in Grau. Charlotte hatte eine Schwäche für solche Details, besonders wenn sie auf der Suche nach einem neuen Lieblingsrestaurant war. Gerade wollte sie die Tür wieder schließen, da stand plötzlich der verdutzte italienische Kellner vor ihr. Er hatte gerade die Handtücher ausgewechselt und wollte die Toilette wieder verlassen. Er war fast so groß wie Charlotte und deutlich erfreut, sie allein zu treffen, denn er ließ ein anzügliches Lächeln über seinen tadellosen Zähnen aufblitzen.

«Ah, mia bella donna! Ich liebe Ihre roten Haare.» Damit drängte er sie auf den Flur hinaus, als wollte er sie von dem verbotenen Terrain vertreiben. Charlotte trat noch einen Schritt zurück und musterte den jungen Mann mit wohlwollendem Blick. Er hatte eine wunderbare Figur mit schmalen Hüften und breiten Schultern, und seine schwarzen Haare fielen ihm neckisch in die dunklen Augen. Er registrierte ihre Bewunderung sofort und fühlte sich offensichtlich ermutigt, ihr Avancen zu machen. Forsch trat er auf sie zu und wollte ihr einen Kuss auf die Lippen drücken, aber Charlotte war schneller, drehte sich weg und wandte ihm den Rücken zu. Der Kellner ließ sich dadurch nicht entmutigen, warf seine Handtücher kurzerhand auf den Boden und erfasste Charlottes Handgelenk. Da sie ihm nun nicht mehr entwischen konnte, drängte er sich gegen sie, schnappte sich auch das andere Handgelenk und zog sie fester an sich. Charlotte konnte deutlich seinen Ständer spüren, den er von hinten an sie presste. Je weiter er ihre Arme nach hinten zog, desto mehr musste die Kunstdozentin ihre üppige Brust herausstrecken. Gegen ihren Willen zeichneten sich ihre Spitzen wie kleine Kirschen unter dem dünnen Wollpulli ab, und Charlotte bemerkte ein verräterisches Kribbeln zwischen ihren Beinen. Das durfte doch nicht wahr sein. Wahrscheinlich bekam sie bald ihre Tage und war deshalb so leicht erregbar, jedenfalls wehrte sie sich nicht gegen die Annäherungsversuche des jungen Italieners. Für einen Moment standen sie dicht aneinander gepresst, und der Kellner sog den Duft ihrer roten Haare ein. Am liebsten hätte er von hinten die Arme um diese atemberaubende Frau geschlungen und ihre runden Brüste in seine Hände gebettet. Aber das ging wohl doch zu weit, also ließ er sie noch einmal seine harte Bewunderung spüren und gab sie dann wieder frei. Charlotte sammelte sich kurz, strich den Rock glatt und drehte sich zu dem frechen Kerl um. Ein feines Lächeln verriet ihm, dass sie seinen Überfall als Kompliment aufgefasst hatte und sich nicht bei seinem Chef beschweren würde. Erleichtert sammelte er die Handtücher wieder ein und sah ihren stolzen Schritten nach, als sie zu ihrem Begleiter zurückging.

Während des Essens wurden sie höflich und zuvorkommend bedient. Nichts deutete auf den kleinen Zwischenfall hin, abgesehen vom Kribbeln, das sich in Charlottes Unterleib eingenistet hatte. Zu Pauls Verwunderung war sie sehr anhänglich, schmiegte sich immer wieder an ihn und tätschelte ihm sogar einmal das Knie, ein Signal, das sie normalerweise nur am Wochenende verwendete. Als sie ihn entgegen dem üblichen Arrangement sogar noch fragte, ob er am Nachmittag mit zu ihr kommen wolle, war seine Verwirrung perfekt. Er schaute kurz auf die Uhr und überlegte, wie viel Zeit ihm noch für seine Korrekturen bleiben würde. Gut, es war noch früh am Nachmittag, er könnte sich also einmal zu einer außerplanmäßigen Verabredung hinreißen lassen, wenn auch nicht ganz so bereitwillig, wie seine Partnerin gehofft hatte.

Charlotte hatte bereits die Rechnung inklusive angemessenen Trinkgelds bezahlt. Sie stand auf und wartete, bis Paul ihr in die Jacke half. Als er ihr das Revers glatt strich, stolperte sie und fiel leicht gegen ihn. Wie unbeabsichtigt fasste sie kurz hinter sich, berührte Pauls Schritt und packte einmal kräftig zu. Mit einem empörten Schnauben schob der Professor sie von sich und schnappte sich seine Jacke.

«Charlotte, ich bitte dich!», zischte er ihr empört ins Ohr. «Der Wein war wohl keine so gute Idee.» Mit diesen tadelnden Worten rauschte er an ihr vorbei, hielt aber immerhin die Tür für sie auf. Charlotte drehte sich noch einmal um. Sie konnte den jungen Kellner nirgendwo entdecken. Ein wenig enttäuscht, hakte sie sich bei Paul unter und zog ihn mit sich. Ganz selbstverständlich bog sie vor dem Restaurant nach links ab und dirigierte ihren wortkargen Gefährten auf die Uferpromenade. Der Verdauungsspaziergang tat ihnen beiden gut, und nach zwanzig Minuten war die Stimmung wieder entspannt und friedlich. Die letzten Meter mussten sie einen schmalen Waldweg hinaufsteigen, der vom Flussufer zu einer breiten Chaussee führte. Hinter blickdichten Zäunen und breiten elektrischen Toren vor den parkartigen Grundstücken stieg der Uferhang weiter an bis hinauf zu den Villen, die auf seiner Kuppe thronten. Früher residierten hier die Eigentümer der großen Reedereien und die reichen Kaufleute, die mit der ganzen Welt Handel trieben. Ein paar der Villen waren auch heute noch in Familienhand, andere hatten längst die Besitzer gewechselt. Prominente Schauspieler wohnten nun neben berühmten Modedesignern. Neureiche Bauunternehmer hatten sich ebenso in dieses Paradies eingekauft wie die Gewinner der New Economy mit ihren Computerkonzernen und Internetfirmen.

Charlotte war erst vor einigen Monaten hierher gezogen. Sie hatte sich eingemietet in eine malerische Villa, deren vergangener Glanz an manchen Ecken immer noch erstrahlte, obwohl die Renovierungsbedürftigkeit des gesamten Anwesens nicht zu übersehen war. Die eiserne Pforte neben der Toreinfahrt quietschte in den Angeln und ließ sich nur widerwillig öffnen. Neben der breiten Auffahrt führte ein geschwungener Kiesweg hinauf zum Haus. Die Kieselsteine waren früher mit Sicherheit hell und sauber gewesen, nun überzog sie feines Moos, und braune Blätter klebten in den Zwischenräumen. Auch der kleine Park, der sich bis zur Villa erstreckte, bedurfte dringend der Pflege. Die Heckenrosen waren an einigen Stellen so weit in den Weg hineingewachsen, dass Paul hinter Charlotte gehen musste, um sich nicht die Hosenbeine an den dornigen Zweigen aufzureißen. Aber als sie um die letzte

Windung des Kiesweges bogen, öffnete sich das wuchernde Grün plötzlich und gab den Blick auf ein hochherrschaftliches Gebäude frei. Die Auffahrt führte im Kreis um einen Brunnen aus mittlerweile schwarz verfärbtem Sandstein herum. Auch hier wucherten Rosen, die bereits mit unzähligen Knospen übersät waren und eine üppige Blütenpracht im Sommer erahnen ließen. Links und rechts neben der breiten Eingangstreppe rankte Wein an der Fassade empor und verlor sich in der steinernen Brüstung eines ausladenden Balkons. Das ganze Anwesen wirkte verwunschen wie in einem Märchen aus längst vergangenen Zeiten. Jedes Mal, wenn Charlotte den schmalen Pfad hinaufgestapft war und die prächtige Fassade der Villa erblickte, musste sie einen Moment innehalten und ehrfürchtig den Anblick genießen. Sie hatte wirklich Glück gehabt, dass sie ihre schmucklose Neubauwohnung vor ein paar Monaten gegen dieses Domizil hatte eintauschen können. Wenn es nach ihr ginge, könnte alles so bleiben, wie es war. Sie würde den erhabenen Charme dieser Villa nicht antasten. Charlotte seufzte, als sie an die vielen Kartons und Kisten dachte, die bereits vom Dachboden heruntergeräumt waren. Ihre Vermieterin hatte beschlossen, das Dachgeschoss zu einem Atelier mit Oberlicht auszubauen. Die Pläne für komplizierte technische Vorrichtungen zur Verdunkelung der entstehenden Fensterflächen lagen bereits überall im Hause herum, denn das Atelier sollte sich wahlweise in ein Fotostudio verwandeln lassen.

«Charlotte. Wie lange willst du noch hier herumstehen?» Paul riss sie aus ihren Gedanken. «Ich dachte, du wolltest mir einen Kaffee anbieten.» Ungeduldig trat der Herr Professor von einem Bein aufs andere. Charlotte kannte diese Geste, die ein Zeichen deutlichen Unmuts war. Normalerweise würde sie ihm diese Unhöflichkeit nicht durchgehen lassen, aber heute wollte sie ein Auge zudrücken. Sie hatte ja schließlich noch etwas mit ihm vor. Um gute Stimmung bemüht, sprang sie leichtfüßig die breiten Treppenstufen hinauf und schloss die geschnitzte Eichentür auf. Sofort strömte ihnen der süße Duft von Jasminblüten entgegen, die in bauchigen Bodenvasen in der Eingangshalle standen. Auch hier war die Vernachlässigung in den letzten Jahren nicht zu übersehen, besonders das Mahagoniholz der Treppe zum ersten Stock musste dringend mal wieder geölt werden.

«Ich verstehe einfach nicht, wie du es in diesem Gerümpel aushalten kannst.» Paul schüttelte zum wiederholten Male den Kopf. «Und außerdem wohnst du viel zu weit von mir entfernt», murmelte er, während er hinter Charlotte die Treppe zu ihren Räumen hinaufstieg. Ohne auf sein Murren zu achten, ließ sie ihre Hüften kreisen und hoffte, dass ihn der Anblick ihres Hinterteils im engen Rock auf andere Gedanken bringen würde. Im zweiten Stock angekommen, bogen sie nach rechts in einen langen Flur ab, an dessen Ende die vier riesigen Räume von Charlottes neuem Reich lagen. Alle Zimmer waren mit großen Schiebetüren miteinander verbunden, sodass Charlotte ungestört von einem Raum zum anderen gehen konnte, ohne wieder auf den Flur hinaustreten zu müssen. Hinter der ersten Tür, die sie nun öffnete, verbarg sich eine behagliche Wohnküche. Ein langer Esstisch aus heller Buche stand im Zentrum des Raumes, der groß genug war, um noch zwei Anrichten und einer Küchenzeile Platz zu bieten. Durch ein hohes Sprossenfenster strahlte die Nachmittagssonne herein und tauchte die hellen Holzfarben in goldenes Licht. Charlotte setzte den Wasserkessel auf den Herd, dann zog sie die Schiebetüren auf und lud Paul ein, in seinem Lieblingssessel Platz zu nehmen, einem klobigen, herrlich bequemen Möbel, das ihrem Vater gehört hatte. Die beiden Türhälften zwischen den Räumen konnten komplett in die Wände hineingeschoben werden. Auf diese Weise entstand ein riesiger Wohn- und Essbereich, in dem eine ganze Partygesellschaft Platz hätte. Die Wände des Wohnzimmers waren mit zarten Aquarellen geschmückt, die Charlotte als Kunststudentin gemalt hatte. In der Küche hingen dagegen neuere Werke, die sich durch kräftige Farben und großflächige Abstraktionen auszeichneten. Während Charlotte den Kaffee zubereitete, lehnte Paul sich entspannt zurück und hielt sein Gesicht in die Sonne. Es dauerte nicht lange, dann war er eingenickt. Wenig später trug Charlotte ein Silbertablett herein, Kaffee in einer zierlichen Kanne, dazu zwei zarte Porzellantassen mit passendem Zucker- und Milchtöpfchen. Vorsichtig stellte sie alles auf einen kleinen Beistelltisch. Dann setzte sie sich auf das weiche Sofa und goss sich selbst eine Tasse Kaffee ein. Sie mochte ihn am liebsten heiß und schwarz mit einer Prise Zucker, während Paul ihn gern abgekühlt mit viel Milch trank. Sie konnte ihn also noch ein wenig schlafen lassen und in Ruhe den bittersüßen Geschmack des heißen Getränks genießen. Während sie an ihrer Tasse nippte, betrachtete sie ihren schlafenden Lebensgefährten. Paul war eigentlich ein sehr stattlicher Mann, groß und kräftig gebaut, mit grauen Schläfen im dunklen Haar. Seine Gesichtszüge waren markant, die Augen grau und klug. Wenn er ein paar kleine Veränderungen zulassen würde, könnte er sogar recht gut aussehen. Seinen Haaren fehlte ein frischer Schnitt, der Schnurbart müsste weichen, und seine Garderobe könnte etwas mehr sportliche Eleganz vertragen. Charlotte hatte die Hoffnung noch nicht aufgegeben, dass sie ihn eines Tages zu ein paar Zugeständnissen würde überreden können. Aber all das waren nur Äußerlichkeiten, die nicht wirklich wichtig waren. Paul war klug und gebildet, ein Gentleman der alten Schule, und er schätzte Charlottes Unabhängigkeit. Sie hätte zufrieden sein können. Aber das Einzige, was ihr wirklich fehlte, war ein bisschen mehr Leidenschaft in ihrem Leben. Nicht, dass Paul ein schlechter Liebhaber wäre, nein, gewiss nicht. Er gab sich wirklich Mühe, sie zu befriedigen. Und für einen Akademiker zeigte er ein erstaunlich handwerkliches Geschick. Aber sie wurde nie den Verdacht los, dass er sich ihren intimsten Stellen nach einer geheimen Gebrauchsanleitung widmete, die er gewissenhaft Punkt für Punkt abarbeitete. Vielleicht fehlte es ihm an Phantasie, oder er hatte einfach zu wenig Erfahrung mit anderen Frauen gesammelt. Jedenfalls wünschte sich Charlotte manchmal, dass er einfach seinen Kopf ausschalten könnte, um sich einer Leidenschaft hinzugeben, die irgendwo in ihm schlummern musste.

Sie überlegte, ob sie ihn endlich wecken sollte, aber dann hatte sie eine andere Idee. Ganz leise entledigte sie sich ihrer Kleidungsstücke, bis sie nur noch in BH und Slip in ihrem Wohnzimmer stand. Dann zog sie ihre Pumps wieder an und öffnete den Haarknoten. Die langen roten Strähnen flossen über ihre blassen Schultern und berührten die Seidenspitze, die ihren Busen bändigte. Geräuschlos trat sie an Pauls Sessel heran und spreizte vorsichtig seine Beine. Mit einer eleganten Bewegung glitt sie hinunter und hockte sich zwischen seine Schenkel. Wenn er nur noch ein wenig schlief, konnte sie ihn vielleicht aus der Reserve locken. Millimeter für Millimeter zog sie den Reißverschluss seiner Hose auf, öffnete Gürtel und Knopf und tastete sich behutsam durch den Flanellstoff. Pauls Penis lag weich und eingerollt in den weiten Boxershorts, deren Eingriff unverschlossen war und somit ihr Vordringen erleichterte. Als sie schließlich die warme Schlange ergriff, seufzte Paul leise im Schlaf. Charlotte begann, das weiche Ding zu kraulen und zu kneten. Es dauerte nicht lange, da bemerkte sie eine eindeutige Reaktion. Bevor Pauls Schwanz sich zur ganzen Größe aufrichtete, zog sie ihn aus der Unterhose hervor und fuhr mit ihren Bemühungen fort. Der Professor rutschte unbewusst immer tiefer in seinen Sessel. Er atmete entspannt und gleichmäßig. Nur der erigierte Penis, der aus seiner Hose hervorragte, passte nicht ins Bild. Aber gerade der Kontrast zwischen der Verletzlichkeit des schlafenden Mannes und der eindeutigen Einladung seines harten Schwanzes war unwiderstehlich für Charlotte. Das Kribbeln in ihrem Unterleib verstärkte sich. Sie dachte noch einmal an den frechen Kellner, erinnerte sich an den Stromstoß, der durch ihren Körper gejagt war, als er sich von hinten an sie gepresst hatte. Der unerwartete Übergriff und die Unverschämtheit seines Handelns waren erregender, als sie es sich hatte eingestehen wollen. Und jetzt forderten ihre Sinne endlich Erlösung. So wie der Kellner ihr für einen kurzen Moment seine Lust aufgezwungen hatte, so wollte sie nun selbst die Fordernde sein. Kein langes Bitten und Verführen, keine umständlichen Entkleidungsrituale und kein langsames Herantasten an ihre erogenen Zonen, wie es sonst für Paul üblich war. Sie schob die aufblitzenden Gedanken an mögliche Konsequenzen beiseite und zog kurzerhand ihren Slip aus. Geschmeidig stieg sie auf den Sessel und spreizte ihre Beine neben Pauls ausgestreckte Schenkel, sodass sie rittlings über ihm kniete. Während sie sich auf der Rückenlehne abstützte, senkte sie ihre Spalte ganz langsam hinab, bis die Kuppe des aufragenden Schwanzes ihre intimen Lippen berührte. Kaum merklich bewegte sie ihr Becken vor und zurück, um die Schwanzspitze mit ihren Säften zu benetzen und sie an die richtige Stelle zu bringen. Und dann stieß sie plötzlich hinab, versenkte den harten Schwengel in ihrem Fleisch und presste ihre Möse gegen Pauls Unterleib. Aber erst als ein tiefes Stöhnen an sein Ohr drang, kämpfte sich Pauls Bewusstsein aus dem Schlaf. Er riss die Augen auf und starrte auf zwei köstliche Hügel, die sich unter champagnerfarbener Spitze direkt vor seiner Nase hoben und senkten.

«Was ist …» Weiter kam er nicht, denn Charlotte hatte seinen Schwanz langsam aus sich herausgleiten lassen und stieß nun mit ganzer Kraft wieder auf ihn hinab. Ihre Schenkel knallten auf sein Becken, während sein Penis von ihrem heißen Fleisch verschlungen wurde.

Paul packte verwirrt ihren Hintern und wollte ihr Einhalt gebieten, aber seine Lebensgefährtin fasste seinen Griff an ihre kräftigen Backen als Zeichen seiner Lust auf und ritt ihn mit solcher Macht, dass er sie nicht stoppen konnte, plötzlich auch nicht mehr stoppen wollte. Seine Hände gruben sich in die weißen Kugeln, sein Schwanz zuckte in ihrer heißen Möse. Er warf den Kopf in den Nacken, während Charlotte sich über ihn beugte und ihm trotz BH ungeduldig eine Brust in den Mund zwang. Sie rieb sich an seinem Gesicht und rammte seinen Phallus unnachgiebig in ihre Tiefen, bis Paul nach Luft schnappte und Charlottes Nippel durch den zarten Stoff ihrer Unterwäsche zu fassen bekam. Seine Zähne gruben sich in das weiche Gewebe und bissen leicht in die Brustspitze, die sich ihm entgegendrängte. Und dann endlich verlor er die Kontrolle. Er stemmte sich gegen Charlottes Stöße, trieb seinen Schwanz weiter in sie hinein und saugte an der harten Knospe, bis Charlotte vor Lust schrie und mit wilden Zuckungen auf seinem Schoß zusammenbrach. Ihr Gesicht fiel auf seine Schulter. Ihre Lippen berührten sein Ohr. Das letzte Keuchen wirbelte in seinem Kopf und öffnete die Schleusen. Tief in ihr drin explodierte sein Schwanz und spuckte das Sperma wie heiße Lava in ihren Leib.

Es dämmerte bereits, als Charlottes Atem sich langsam wieder beruhigte. Sie hatte die Arme um Pauls Hals geschlungen und wimmerte leise. Ihr langes Haar lag wie ein Schleier über ihnen, und Paul streichelte besänftigend ihren Rücken.

«Ich wusste gar nicht, dass eine solche Wildkatze in dir steckt.» Paul klopfte ihr aufmunternd auf den Po. «Das nächste Mal muss ich mich wohl vor deinen Krallen in Acht nehmen.» Er lachte leise und schob Charlottes Haare beiseite. «Nun beruhige dich doch, mein Engel. Was ist nur mit dir los?»

Charlotte wagte noch immer nicht aufzuschauen. «Du bist mir nicht böse?», fragte sie ihn zaghaft.

«Warum sollte ich?» Erstaunt hob er ihren Kopf an und zwang sie, ihn anzusehen. «Du warst ja immerhin so fürsorglich, meine Hose beiseite zu schieben, bevor du mich überwältigt hast. Sonst müsste die jetzt in die Reinigung.»

Beschämt blickte Charlotte an sich hinunter. Der Anblick, der sich ihr bot, war lüstern und peinlich zugleich. Ihre nackte Scham ruhte auf Pauls Unterhose, die von seinen und ihren Säften durchtränkt war. Die Anzugshose knitterte unter ihren Schenkeln, und sein Hemd knüllte über seinem Bauch. In all diesen zerwühlten Stoffen wirkten ihre roten Schamhaare irgendwie obszön. Mit dem verrutschten BH, der ihre rechte Brust kaum noch bedeckte, und den zerzausten langen Haaren, die wild über ihre Schultern fielen, fühlte sie sich wie in einem Pornofilm. Der Titel hätte «Lüsterne Hausfrauen» oder «Schlampen überfallen Professoren» heißen können. Was hatte sie sich nur dabei gedacht?

Von einem Augenblick auf den nächsten spürte sie, wie eine bleierne Müdigkeit sich über sie senkte. «Ich muss mich einen Moment hinlegen», murmelte sie und stieg mühsam von Pauls Schoß herunter. Alle Knochen taten ihr weh, als hätte sie einen Marathon hinter sich. Sie öffnete die nächste Schiebetür zu ihrem Arbeitszimmer und war nun auf der anderen Seite des Flurs. Hinter der letzten Tür war endlich ihr Schlafzimmer, ein ebenfalls großer heller Raum mit kostbaren Seidentapeten und einem Bett im Zentrum, über dessen weiche Kissen und Decken sich ein Baldachin aus glänzendem Taft spannte. Im Vorbeigehen streifte sie das letzte Kleidungsstück ab und ließ den Spitzen-BH achtlos auf ein zartgelbes Canapé fallen, das bereits zur Einrichtung gehörte, als sie hier einzog.

Die Bettwäsche war kühl und duftete nach Lavendel, als sie erschöpft in die Kissen fiel. Sie hörte noch, wie jemand mit lauten Schritten die große Treppe hinaufgestapft kam, und spürte Pauls warme Hände auf ihrem nackten Körper, bevor sie in den Schlaf hinüberglitt.

Drei

Katie schlug die Zimmertür mit lautem Knall hinter sich zu. Die Handtasche flog unter einen Sessel, die Jacke landete daneben. Mit theatralischer Geste fuhr sie mit den Händen durch ihren kurzen Blondschopf.

Wie konnte er es nur wagen? Sie schnaubte wütend und riss die Tür zu ihrem Ankleidezimmer auf. Mit wilder Entschlossenheit zerrte sie Bluse und Rock herunter, griff sich einen einfachen Rollkragenpulli und ihre Lieblingsjeans. Gerade als sie an diesem Donnerstag Feierabend gemacht hatte und die Tür des Möbelhauses abschloss, in dem sie arbeitete, hatte ihr Handy geklingelt. Es war Alex, der ihr erst Komplimente ins Ohr gesäuselt hatte, um dann ihre Verabredung für den Abend abzusagen. Mal wieder hatte ein Kunde den Termin verschoben, weshalb Alex es nicht mehr rechtzeitig zum Kino schaffen würde. Er hatte sich mit süßlicher Stimme entschuldigt und sie zum hundertsten Male auf das Wochenende vertröstet. «Ich bringe dir auch etwas ganz Schönes mit», hatte er ihr noch versprochen, und dann wurde die Leitung unterbrochen. Wahrscheinlich raste er wieder über irgendeine Autobahn auf dem Weg zu einem lukrativen Großauftrag. «Warum beschwerst du dich?», hatte er sie bei ihrem letzten Streit gefragt. «Ich verdiene schließlich eine Menge Geld mit diesem Job.» Und dabei hatte er mit einer entzückenden Kette vor ihrem Gesicht herumgewedelt und sie ihr mit fürsorglicher Geste um den Hals gelegt. «Siehst du, mein Goldstück? Wenn ich viel arbeite, kann ich dir viele Geschenke machen. Da habe ich doch wohl eher ein bisschen Dankbarkeit verdient als deine schlechte Laune.» Mit diesen

Worten hatte er sie herumgewirbelt, auf das Bett geworfen, und im nächsten Moment war seine Hand bereits unter ihrem Rock verschwunden. Sie hatte sich noch ein wenig gewehrt und seinem Drängen dann doch nachgegeben. Als er nach ein paar kräftigen Stößen auf ihr zusammengesackt war und ihr Liebesschwüre ins Ohr geflüstert hatte, blieb sie zwar unbefriedigt, aber die Wut war verflogen.

‹So leicht kommst du mir diesmal nicht davon!› Als sie auch noch die Tür des begehbaren Kleiderschranks zugeknallt hatte, ging es ihr bereits besser. Sie würde ihre Wut gern so lange köcheln lassen, bis sie ihm wirklich einmal die Meinung gesagt hatte. Aber irgendwie schaffte er es immer wieder, sie herumzubekommen. Was sollte es? Dann würde sie eben heute einen gemütlichen Abend zu Hause verbringen und am Wochenende jede freie Minute mit ihm zusammen sein – wenn er nicht wieder von einem Kunden zum Golfspielen eingeladen wurde oder zu einem Segeltörn oder was den Leuten sonst so einfiel, um ihre Geschäftsbeziehungen zu pflegen.

Als Katie Tasche und Jacke vom Boden aufhob, fiel ihr Blick auf die kunstvoll verzierte asiatische Truhe, die Alex ihr vor ein paar Monaten geschenkt hatte. Sie hatte damals gedacht, das schöne Stück wäre einfach als Dekoration gemeint, bis Alex sie aufgefordert hatte hineinzuschauen. Die junge Frau warf Jacke und Tasche auf den Sessel neben der Zimmertür und hob nun wieder den Deckel der Truhe hoch. Die Innenwände waren leuchtend rot lackiert und glänzten beim kleinsten Lichtschein. Die Truhe war groß genug, um einer ganzen Reihe von Spielsachen Platz zu bieten, die Alex für Katie ausgesucht hatte. Sie langte hinein und wühlte in den Ketten- und Lederutensilien, an deren Gebrauch sie sich bislang noch nicht hatte gewöhnen können. Alex liebte es, sie ans Bett zu fesseln, wahlweise mit Handschellen oder Ledermanschetten, je nachdem, wonach ihm gerade der Sinn stand. Er hatte ihr extra ein Bett mit vier aufragenden Metallpfosten gekauft, damit er Arme und Beine spreizen und fixieren konnte. Die Kiste enthielt auch Reitgerten und Lederpeitschen, mit denen er über ihren Körper strich, wenn sie ihm hilflos ausgeliefert war. Katie hatte immer Angst, dass er ihr wehtun könnte, aber bislang hatte er nur mit ihr gespielt und sich an ihrem Ausgeliefertsein aufgegeilt. Seine Spiele endeten immer damit, dass er ihre Haut mit glühenden Küssen übersäte und sie schnell und kräftig fickte. Manchmal leckte er sie auch bis zum Höhepunkt und steckte ihr dann erst seinen Schwanz rein. Bei allem was er tat, achtete er auch auf *ihre* Lust – wenn sie sich ihm nur willig hingab.

Zwischen all den Ketten und Lederriemen gab es auch einen großen, schwarzen Dildo. Alex hatte ihn Katie mit einem Augenzwinkern geschenkt für die vielen Stunden, die sie auf ihn warten oder ganz auf ihn verzichten musste. Vielleicht wollte er mit dieser großzügigen Geste verhindern, dass sie auf dumme Gedanken kam und sich nach einem anderen Gefährten umsah. Sie hatte aber eher den Verdacht, dass es ihn anmachte, sich vorzustellen, wie sie ihn benutzte. Einen Moment war sie versucht, diesen Abend für ihr ganz persönliches Verwöhnprogramm zu nutzen. Sie hätte in die Badewanne gehen können, um sich zu entspannen, und dann den Kunstpenis zwischen ihren Schenkeln zu reiben, bis es ihr kam. Aber eigentlich war sie zu deprimiert, weil sie schon wieder einen Abend allein verbringen musste, den sie lieber in Alex' Armen genossen hätte. Obwohl er sie immer wieder mit seinen merkwürdigen Gelüsten verunsicherte, fühlte sie sich von ihm geliebt und begehrt. Er kümmerte sich um sie, verwöhnte sie mit Aufmerksamkeiten und ließ sich neue Spielarten einfallen, mit denen er ihr Liebesleben auffrischte. Das war mehr, als die meisten Frauen von ihren Ehemännern bekamen, und Katie war froh, nicht mehr als Single durch das Nachtleben streifen zu müssen. Es war besser, einige Enttäuschungen oder Unannehmlichkeiten zu ertragen, als allein zu sein.

Seufzend legte sie den Latexdildo wieder zurück und schloss den Deckel der kleinen Truhe. Sie sollte heute Abend lieber früh ins Bett und sich einmal richtig ausschlafen, damit sie am Wochenende mit Alex' unerschöpflicher Energie mithalten konnte.

Mitten in der Nacht, nachdem sie nach einem ereignislosen Abend mit Fernsehen und Chips tatsächlich früh schlafen gegangen war, spürte sie plötzlich eine Bewegung neben sich. Halb im Traum drehte sie sich zur Seite und tastete nach der Nachttischlampe. Bevor sie den Schalter gefunden hatte, griff eine Hand nach ihrem Arm und zog ihn über ihren Kopf. Gleichzeitig presste sich ein warmer Männerkörper gegen ihren Rücken und begann sich an ihr zu reiben.

«Ach Alex», murmelte sie verschlafen. «Ich bin total müde.»

Statt einer Antwort schob er langsam ihr Nachthemd bis über die Hüfte und streichelte die schlafweiche Haut ihres Schenkels, zuerst außen, dann wanderten die Finger zielstrebig nach innen. Katie versuchte, sich seinem Griff zu entwinden, aber er umklammerte ihr Handgelenk nur umso fester und zwang sie, stillzuhalten. Trotzig presste sie die Beine zusammen, um es ihm nicht zu leicht zu machen. Der Vertreter für Baumaschinen war jedoch nicht in der Stimmung, sich ärgern zu lassen. Er hatte heute einen großen Vertragsabschluss zu feiern und wollte sich auf keinen Fall die Laune verderben lassen. Unbeirrt fuhr er mit seinen Liebkosungen fort und arbeitete sich immer weiter zum Zentrum ihres Körpers vor. Wie unbeabsichtigt strich er ein paar Mal über ihre krausen Haare, die den Eingang zu ihrer Pforte versperrten. Dann zog er wieder größere Kreise, umspielte ihren Bauchnabel und tastete sich zu ihren Brüsten empor, die er sanft knetete, bis ihre Spitzen ihm verrieten, dass seine Bemühungen Wirkung zeigten. Katie spürte, wie seine Erektion immer größer wurde, während er seinen Schwanz an ihrem Hintern rieb. Sie war müde und hatte eigentlich keine rechte Lust, aber vielleicht würde sie ja doch auf ihre Kosten kommen, wenn er bekam, was er wollte – das wäre nicht das erste Mal. Katie konnte sich an einige fantastische Orgasmen erinnern, die so angefangen hatten. Sie lockerte den Schenkelgriff und wartete auf sein weiteres Vorgehen. Kaum hatte er bemerkt, dass sie ihren Widerstand aufgab, fuhr er bereits mit seinen Fingern zwischen ihre Oberschenkel. Er verstärkte den Druck und schob ihre Beine weiter auseinander. Katie tat ihm den Gefallen und seufzte, als er ihre Möse erreichte. Als hätte er nur auf dieses Zeichen gewartet, spreizte er ihre Lippen und berührte sanft die Klitoris. Während er den kleinen Knubbel mit dem Daumen massierte, tasteten sich zwei Finger zu ihrem Eingang und drangen ein. Er tauchte seine Finger in die Feuchtigkeit ihrer Höhle und verrieb den Saft auf ihrem Geschlecht. Dann rutschte er ein wenig tiefer, griff sich seinen Schwanz und presste ihn von hinten zwischen Katies Schenkel, bis er ihre gesalbte Pforte erreicht hatte. Mit einem sicheren Stoß ließ er ihn in ihre geöffnete Möse gleiten. Katie seufzte noch einmal auf und drängte ihren Hintern gegen seine Bewegungen. Er fickte sie zuerst langsam, so als wollte er ihr Zeit geben, sich seinem Rhythmus anzupassen, doch dann wurde er schneller und härter, bis er seinen Ständer tief in sie hineinrammte. Katie bewegte sich kaum, sie versuchte nur, seinen Stößen standzuhalten. Aber Alex wollte sie mitreißen, wollte ihre Lust spüren, wenn er sich in sie ergoss. Er schob einen Schenkel zwischen ihre Beine und bog ihren Oberkörper nach vorn, damit seine Stöße auch ihre Klit erreichten und er besser mit seinen Fingern an sie herankam. Dieses geballten Drängens konnte sich Katie nicht erwehren. Sie rieb sich an seinen Fingern und stemmte sich seinem fickenden Schwanz entgegen, bis die Säfte aus ihr herausflossen. Dann stieß sie endlich einen spitzen Schrei aus und erreichte einen kurzen, befreienden Höhepunkt. Alex hatte nur auf diesen Moment gewartet. Er rammte seinen Schwanz noch einmal tief in die pulsierende Möse und entlud dann seinen Samen in ihr, bevor er sie schließlich losließ.

Katie lag einige Sekunden still da und rollte sich dann zu ihm herum. Nach dem Akt war sie immer sehr anschmiegsam, und darauf nahm er Rücksicht. Er breitete seine Arme aus und zog sie an sich, damit sie an seiner Schulter einschlafen konnte. Mit einem Mal hatte Katie das Bedürfnis, sich ein wenig an ihm zu rächen.

«Und was, wenn ich gar keine Pille nehmen würde?»

Für einen Moment sah Alex sie verdutzt aus seinen blauen Augen an, die so gut zu seinem hellbraunen Haar passten. Dann fing er sich wieder und fragte mit einem leicht spöttischen Lächeln: «Warum solltest du? Oder willst du etwa, dass ich dich mit einem Kind sitzen lasse?» Er gab ihr einen Kuss auf die Wange und strich ihr die blonden Ponyfransen aus dem Gesicht. «Ach, komm schon, mein Schatz. Bist du immer noch sauer, weil ich heute nicht mit dir ins Kino gegangen bin?»

«Ja, bin ich. Und anstatt mitten in der Nacht über mich

herzufallen, hättest du mich nach dem Kino schön stilvoll und langsam verführen können.»

«Hätte ich. Aber so habe ich einen fantastischen Vertrag abgeschlossen mit 'ner fetten Provision für mich und hatte noch einen köstlichen Fick dazu. Was sollte sich ein Mann noch wünschen?» Sein Lächeln bedeutete ihr, dass er das Gesagte nicht ganz ernst gemeint hatte.

Katie knuffte ihn in die Schulter. «Du bist unmöglich», tadelte sie ihn verschmitzt.

«Genau, und deswegen liebst du mich. Und weil ich dir immer so schöne Geschenke mache.» Alex schwang sich leichtfüßig aus dem Bett und griff nach seiner Anzugjacke. Es knisterte, und dann stieg er wieder zu Katie unter die Bettdecke. «Hier, mein Schatz, pack aus!»

Katie wickelte gehorsam das Päckchen auf und hielt einen breiten Ring aus Weißgold in den Fingern. In gleichmäßigen Abständen waren kleine blaue Steine rundherum eingelassen.

«Setz ihn mal auf. Der passt wunderbar zu deinem Samtanzug.» Alex hatte einen guten Geschmack, und der Ring würde bestimmt fantastisch aussehen zu dem mitternachtsblauen Stoff. Aber Katie dachte an die vielen anderen Ringe, die bereits in ihrem Schmuckkasten lagen. Sie wünschte, sie könnte den Schmuck in Zeit umtauschen, die sie mit Alex verbringen könnte. Aber immerhin dachte er an sie, wenn er unterwegs war. Sie sollte dankbarer dafür sein.

«Das ist so lieb von dir. Vielen Dank!» Sie drehte den Ring an ihrem Finger. Sogar im schwachen Schein des Mondes glitzerten die Steine. «Ich werde den Anzug morgen Abend anziehen. Dann kannst du mit mir angeben.» Katie kuschelte sich an seine haarige Brust und freute sich bereits auf die morgige Einladung.

«Morgen Abend? Was willst du da mit einem Anzug? Ich dachte, wir verbringen eine Nacht im Bett.» Er schnurrte ihr ins Ohr. «Du, vollkommen ausgeliefert in meinen Händen und ich …» Er packte ihren Hintern und presste sie an sich. «… ich werde dir qualvolle Lust bereiten.» Das Vibrieren seiner Stimme verriet, dass er schon ganz genaue Vorstellungen vom Ablauf des Abends hatte. Aber Katie reagierte nicht, wie sie es seiner Meinung nach sollte. Sie schlug ihm mit der flachen Hand wütend auf die Brust und fuhr ihn an: «Heißt das etwa, dass du die Einladung vergessen hast?» Sie richtete sich im Bett auf und sah ihren Freund empört an. Konnte er sich nicht wenigstens einmal für das interessieren, was ihr wichtig war? Alex drehte sich langsam um und starrte Katie an. Seine stahlblauen Augen verengten sich. Er hasste es, wenn sie aufmüpfig wurde. Am liebsten hätte er ihr gleich eine kleine Lektion erteilt. Aber eine dunkle Erinnerung sagte ihm, dass er ihr irgendetwas versprochen hatte. Eine Verabredung? Ach ja, tatsächlich, irgend so eine Party mit ihren Freundinnen. Na gut, er wollte sein Versprechen einhalten, aber dafür würde sie einen Preis zu zahlen haben. Diesmal würde sie ihm keine Gefälligkeit abschlagen können. Bei dem Gedanken daran, dass sie ihm nun endlich einen Grund lieferte, sie zwingen zu können, hellte sich seine Miene sofort auf, und er ließ seine Augen schelmisch blitzen. «Aber Herzchen, natürlich habe ich die Einladung nicht vergessen. Ich habe mir doch nur vorgestellt, was ich danach alles mit dir anstellen werde. Wenn ich schon meine kostbare Zeit für deine Freundinnen opfern muss, dann wirst du mir sicher nicht die eine oder andere Bitte abschlagen können, nicht wahr, mein Engel?» Er zog sie wieder zu sich heran und klatschte einmal kräftig auf ihren süßen Hintern. Das viel sagende Grinsen auf seinen scharf gezeichneten Lippen ließ sie bereits ahnen, was er von ihr wollen würde. Sie seufzte und beschloss, seinem Drängen nachzugeben, schließlich war er ja auch bereit, etwas für sie zu tun. Sie musste ihm zeigen, dass sie sein Entgegenkommen zu schätzen wusste, damit er sie wieder einmal begleiten würde. «Alles, was du willst, mein Liebster», murmelte sie in seine Halskuhle und versuchte, das mulmige Gefühl in ihrem Magen zu unterdrücken, um endlich wieder einschlafen zu können. Der morgige Tag und Abend würden anstrengend genug werden.

Alex hielt Katie so fest im Arm, als wollte er ihr zeigen, dass sie ihm mit Haut und Haaren gehörte. Er war mit sich und seiner Welt vollkommen zufrieden. Alles war perfekt, und sogar aus der langweiligen Einladung würde er noch einen Vorteil herausziehen können.

Vier

Der Nebel lichtete sich langsam. Wabernde Schwaden krochen über den Boden und gaben den Blick auf eine eindeutige Situation frei. Eine Frau stand vor einem Zaun und krallte sich in die Drahtmaschen. Ihr Kleid war zerrissen, eine ihrer Brüste unbedeckt. Hinter ihr stand ein Mann und drückte sie mit seinem Gewicht gegen den Zaun. Dann öffnete er seine Hose und holte den bereits erigierten Penis hervor. Mit einer Hand schob er den Rock hoch über ihren Hintern und riss das Höschen herunter, mit der anderen packte er die nackte Brust und begann sie zu kneten.

«Ich verspreche dir, das wird der Fick deines Lebens!»

Die Frau stöhnte leise auf.

«Zier dich nicht so, Lady, niemand will dir wehtun.»

Dann packte er ihr rechtes Bein und stellte es auf eine kleine Kiste, die vor dem Zaun lag. Als sie in dieser Position verharrte, kniete sich der Mann nieder, schob die Pobacken auseinander und bohrte seine Zunge in ihren After, leckte die enge Öffnung und stieß immer wieder mit der Zunge hinein. Dann richtete er sich auf, nahm seinen Penis in die Hand und presste ihn gegen den nassen, geweiteten Eingang. Ganz langsam schob er den harten Schwanz in ihren Anus. Die Frau stöhnte, als er ihn bis zur Wurzel versenkt hatte. Im Zeitlupentempo kam der geschwollene Schaft wieder zum Vorschein, bevor der Mann ihn erneut bis zum Anschlag hineinstieß. Während er die entblößte Brust weiter knetete und die Brustwarze zwischen seinen Fingern zwirbelte, fickte er die Frau tief und fest.

«Komm, beweg dich, du kleine Schlampe!»

Er ließ die Brust auf und ab wippen und beschleunigte sein Tempo, bis die Reibung in der engen Öffnung seinen Schwanz zum Kochen brachte. Der Mann krallte sich in den Zaun und presste seinen harten Penis, so tief er konnte, in den Hintern der stöhnenden Frau.

Die Nebelschwaden wurden wieder dichter und schoben sich langsam vor die Szenerie. Plötzlich drang Licht von allen Seiten herein.

Fred, der eben noch die Frau gefickt hatte, lag nun ausgestreckt in seinem Bett. Er keuchte und drehte sich auf den Rücken, sodass sein erigierter Penis durch die dünne Decke deutlich zu erkennen war. Er ließ die Augen geschlossen und warf das Laken beiseite, um seinen kräftigen Schwanz packen zu können. Seine ganze Faust schnellte über den harten Schaft, bis die Adern unter seinen Fingern zu pulsieren begannen und das Ejakulat herausdrängte. Die milchige Flüssigkeit spritzte in kleinen Schüben aus der glänzenden Eichel und verteilte sich auf dem flachen Bauch des Mannes.

‹Ah›, dachte er. ‹Es geht doch nichts über einen schnellen Fick am Morgen!› Mit diesem Gedanken schlug er seine erstaunlich hübschen Augen auf und sprang gut gelaunt aus dem Bett. Fred liebte es, wenn die Nacht mit solch einer kleinen Sexphantasie endete oder der Tag damit begann, je nachdem, wie man es betrachten wollte. Wenn sein Unterbewusstsein ihn mit so einer Überraschung weckte und sich die Spannung nach einem schnellen Hand-Job löste, dann versprach der Tag Erfolg und Geld. Auch wenn der Zusammenhang völlig unerklärlich blieb, hatte ihn die Erfahrung gelehrt, dass seine Intuition hervorragend funktionierte, wenn der Morgen bereits mit einem überraschenden Orgasmus begonnen hatte. Es wirkte jedoch nicht, wenn er sich einfach einen runterholte. Das war nicht inspirierend genug. Wenn allerdings ein besonders prickelnder Traum der Auslöser für seine Erregung war oder der unerwartete Besuch einer schönen Frau, dann hatte er vielleicht eine besondere Ausstrahlung oder war aufmerksamer als sonst. Jedenfalls ergaben sich an solchen Tagen immer besondere Gelegenheiten, die ihm einen Job einbrachten oder einen aufregenden Flirt, manchmal sogar beides.

Vergnügt ging Fred unter die Dusche und ließ heißes Wasser auf seine nackte Haut prasseln. Er spannte die runden Pobacken an und wand sich unter dem Wasserstrahl, der seine kräftigen Schultern massierte. Männer hielten Fred meist für einen Taugenichts, der in den Tag hineinlebte und sich mit Jobs und kleinen Gaunereien durchs Leben schlug. Allein die Tatsache, dass er immer knapp bei Kasse war und deshalb wenig Wert auf teure Kleidung, Friseurbesuche und Parfüms legen konnte, machte es für seine Geschlechtsgenossen erträglich, dass er so unverschämt gut aussah. Seine kastanienbraunen Haare fielen in zerzausten Wellen um sein markantes Gesicht. Von Zeit zu Zeit strich er sich die Strähnen aus der Stirn, bis sie ihm wieder über die Augen rutschten. Wenn seine kräftigen Finger durch das glänzende Haar fuhren, konnte man die Sehnen unter der bronzefarbenen Haut seines Unterarms erkennen. Während die meisten Männer genervt von dieser herausfordernden Geste waren, schmolzen die Frauen regelmäßig dahin. Ihr Blick folgte den Sehnen bis hinauf zu Freds angespanntem Bizeps und landeten schließlich bei den braunen Augen, die feucht und klar unter langen Wimpern schimmerten, während Fred sich ganz unschuldig die Haare aus dem Gesicht strich. Wenn er den Arm wieder senkte, konnte jeder, ob er oder sie nun wollte oder nicht, die wohl geformten runden Schultern bewundern, die über der perfekt definierten Brust thronten. Die meisten Männer kamen gar nicht so weit in der Betrachtung dieses schönen Mannes, bevor sie den Blick deprimiert abwendeten. Die Frauen allerdings ließen ihre sehnsüchtigen Augen weiter hinunterschweifen über die Wölbung der Brustmuskeln und den flachen Bauch bis zur Wölbung seiner verblichenen Jeans, die einiges versprach. Spätestens jetzt fingen sie an zu seufzen und versuchten, sich diesen Adonis nackt vorzustellen. Am liebsten hätten sie ihn gebeten, wenigstens einmal kurz das T-Shirt zu lüften, damit sie sehen konnten, ob sich auch hier Muskelstränge abzeichneten. Wenn ihm der Ausdruck einer Frau besonders gefiel, stand Fred manchmal unvermittelt auf und schlenderte ein paar Schritte zum Tresen, zur Toilette, zu einer Kasse oder einfach nur die Straße entlang, damit sie ihn auch von hinten bewundern konnte. Dann spürte er ihren Blick auf seinem breiten Rücken, wie er hinunterwanderte zu den schmalen Hüften und schließlich an seinem Knackarsch hängen blieb. Manchmal wünschte er sich, eine von seinen Bewunderinnen wäre so mutig, ihm im Vorbeigehen mal einen kräftigen Klaps auf den Hintern zu geben. Das würde ihm gefallen. Er wusste, dass sie ihn begehrten, aber anstatt sich ihm nur willig hinzugeben, wäre er manchmal gern selbst das Lustobjekt, das sich benutzen ließ. Aber seine Schönheit hemmte die Frauen. Sie trauten sich nicht an ihn ran. Seine Männlichkeit war so präsent, dass es sie einschüchterte. Aber wozu sollte er sich beklagen. Wenn er Lust auf ein Abenteuer für ein paar Nächte hatte oder auch nur für einen schnellen Fick, dann konnte er sich seine Gespielin aussuchen. Manchmal musste er seinen Charme einsetzen, den er zu allem Überfluss auch noch besaß. Oder er musste die Bedenken einer besonders schüchternen Frau mit Galanterien zerstreuen. Am Ende bekam er jede.

Als seine Haut zart und rosig genug war, drehte er den Thermostaten auf eiskalt und hielt der klirrenden Kälte so lange stand, bis sich die Poren zusammengezogen hatten und die Hitze in seinem Inneren speicherten. Er fühlte sich phantastisch. Entspannt und erfrischt trat er wieder in den winzigen Raum, in dem er hauste. Er hatte gerade Platz für ein Bett, einen Schrank und eine kleine Kochnische, die er noch nie benutzt hatte. Aber das störte ihn nicht. Die Butze kostete wenig, und wenn er selbst die geringe Miete einmal nicht aufbringen konnte, ließ sich die Vermieterin gern auch in Naturalien bezahlen – ein Angebot, auf das Fred jedoch nur im Notfall zurückgriff. Sein Leben war leicht, unkompliziert und voll süßer Verlockungen, denen er sich nach Lust und Laune hingeben konnte. Er musste für nichts und niemanden Verantwortung übernehmen, nicht einmal für sich selbst, denn das nahmen ihm seine häufig wechselnden Freundinnen auch gern ab.

Mit der Zahnbürste im Mund beugte er sich über das Waschbecken, stütze sich mit einer Hand auf dem Rand auf und strich sich mit der anderen die geschwungenen Augenbrauen glatt. Als jedes Härchen an seinem Platz lag, richtete er sich auf und schlug sich auf den flachen Bauch. Kein Gramm Fett wagte sich bislang zwischen seine makellose Haut und die welligen Muskeln, die sich von den Rippen bis hinunter in die Lendengegend zogen. Wie mit einem Lineal gezogen, teilte eine dunkle Linie die Bauchmuskeln in zwei Hälften. Sein ganzer Körper war so symmetrisch, als hätte ihn ein Bildhauer erschaffen. Die feinen Härchen führten vom Bauchnabel direkt hinunter zur Schwanzwurzel, wo sie sich mit den dunklen Kringeln seiner Schambehaarung vereinten. Die krausen Locken waren schon wieder nachgewachsen, obwohl er sie doch erst vor ein paar Wochen kurz geschnitten hatte. Er seufzte über diese lästige Pflicht, aber wenn Mann hin und wieder einen Blow-Job haben wollte, dann musste Mann es den Damen so angenehm wie möglich machen, und dazu gehörte nun mal, dass sie sich nicht durch einen haarigen Urwald kämpfen mussten. Also griff er sich die kleine Bartschere, die er extra für diesen Zweck angeschafft hatte, und klappte den Klodeckel hoch. Breitbeinig stellte er sich über die Schüssel und begann die dunklen Löckchen über seinem Penis zu stutzen. Als sein bestes Stück bis zum Ende des Schaftes freigelegt war, klappte er den Penis nach oben und vollendete sein Werk auf dessen Unterseite. Wenn er jetzt noch einen Cockring anlegte, würde jede Frau freiwillig auf die Knie sinken, um in den Genuss dieser herrlichen Pracht zu kommen – zumindest in seiner Phantasie. Während er sich in Gedanken eine vollbusige Blondine auf Knien vorstellte, die willig ihren Mund öffnete, pinkelte er genüsslich auf die dunklen Haarstoppeln in der Kloschüssel. Dabei musste er sich zusammenreißen, um die Phantasie nicht zu weit zu treiben, damit er sein Geschäft beenden konnte, bevor sich sein treuer Gefährte wieder aufrichtete. Schließlich schlug er die letzten Tropfen ab, zog die Spülung und drehte sich wieder zum Waschbecken, wo er sein Pflegeprogramm beendete. Er hängte seinen Schwanz über den Beckenrand, schob die Vorhaut zurück und wusch die letzten Urinreste ab. Fred mochte den zufriedenen Gesichtsausdruck der Frauen, wenn er ihnen seinen Schwanz in den Mund schob und sie feststellten, wie sauber und duftend er war. Dann leckten und saugten sie mit noch mehr Begeisterung, wenn das überhaupt noch möglich war.

Eine Stunde später schlenderte Fred durch die Innenstadt auf dem Weg zu einem Frühstückscafé, in dem er mit einem Kumpel verabredet war. Mit seinem gestreiften, langärmeligen T-Shirt, der weißen Leinenhose und den Segeltuchschuhen sah er aus, als käme er direkt von seiner Yacht. Die Haare wirkten wie frisch vom Seewind zerzaust, und jede Frau, die ihm begegnete, warf ihm verstohlene oder auch herausfordernde Blicke zu. Das Lächeln auf seinem breiten Mund ließ ihn jung und unschuldig erscheinen, wie einen Studenten vielleicht, der eine Karriere vor sich hatte und bis dahin seine Freiheit genießen konnte. Tatsächlich hatte Fred die dreißig bereits überschritten, was seiner jugendlichen Schönheit eine Tiefe verlieh, die ihn noch unwiderstehlicher machte. Gedanken an seine Zukunft, die hin und wieder durch die besorgten Fragen seiner Freundinnen aufgeworfen wurden, schob er immer weit von sich. Wenn es nach ihm ginge, könnte das Leben ewig so weitergehen. Auf die Idee, dass das Glück ihn verlassen könnte, kam er nicht. ‹Jeder ist seines eigenen Glückes Schmied›, dachte Fred, als er einem offensichtlich betrunkenen Penner begegnete, der ihm entgegenwankte. Als sie auf gleicher Höhe waren, stolperte der alte Mann. Er konnte sich gerade noch an Freds Arm festklammern, um nicht umzufallen. «Pass doch auf, Mann!», raunzte Fred ihn an und stellte ihn wieder auf seine wackligen Beine. Für einen kurzen Moment blickte der Alte seinem Gegenüber fest in die Augen. Fred hatte den Eindruck, er würde ihm zuzwinkern, aber vielleicht hatte der Mann auch nur ein nervöses Augenleiden. Dann tätschelte der Alte seinen Arm, entschuldigte sich höflich und schwankte weiter seines Weges.

Als Fred um die nächste Ecke bog, konnte er Edgar bereits vor dem Café in der Sonne sitzen sehen. Sie hatten sich diesen Laden für ein Treffen ausgesucht, weil sie hier die frühsommerliche Morgensonne am besten genießen konnten. So ein Leben von einem Tag zum anderen wollte schließlich in vollen Zügen ausgekostet werden.

«Hi, Mann, wie geht's? Siehst aus als hättest du unter 'ner Brücke geschlafen», begrüßte Fred den Mann, der in einem zerknautschten Anzug und mit ungewaschenen Haaren vor ihm saß.

«Hör bloß auf. Ich hab letzte Nacht kaum ein Auge zugemacht. Die Schnalle, die mich abgeschleppt hat, konnte einfach nicht genug kriegen. Und heute Morgen hab ich dann verpennt.» Edgar setzte ein schuldbewusstes Grinsen auf, das gut zu den Falten in seinem Anzug passte. Fred wusste, dass er maßlos übertrieb oder nur eine Ausrede brauchte für seine ungepflegte Erscheinung. Aber er klopfte ihm dennoch anerkennend auf die Schulter, setzte sich neben ihn und schnorrte eine Zigarette.

«Dachte, du hast aufgehört?»

«Hab ich auch. Das ist eine Ausnahme, die nicht zählt.» In Wirklichkeit hatte er nicht mit dem Rauchen aufgehört, sondern nur seine Ausgaben für die Zigaretten gestrichen. Wenn sich also eine Gelegenheit bot, umsonst zu rauchen, dann nutzte er sie.

Die beiden Männer saßen schweigend nebeneinander und warteten darauf, ihre Bestellung aufzugeben. Aber die Kellnerin war noch dabei, die Lieferung zu sortieren, und so rauchten sie und ließen die Blicke in die Ferne schweifen. Auf der anderen Straßenseite lag ein Spielplatz, der in eine Baulücke eingequetscht war. Hinter der Häuserreihe konnte man die Container und Kräne des Hafens erkennen. Möwen zogen träge ihre Kreise am Morgenhimmel und hielten Ausschau nach Fischresten und allem, was sich sonst noch als Nahrung eignete. Der Spielplatz war noch leer. Die vielen Angestellten der umliegenden Bistros, Friseure und Geschäfte waren schon lange an ihrem Arbeitsplatz, aber für die Flaneure war der Tag noch zu früh. Gegen Mittag würde die Straße belebt sein, mit den Leuten, die ihre Mittagspause für einen kurzen Ausflug in die Sonne nutzten, mit Müttern, die mit ihren Kindern zum Spielplatz gingen, und allen anderen, die an diesem herrlichen Samstag im Juni einfach nur bummeln wollten.

«Mann, ich brauch 'nen Kaffee. Was willst du? Ich geh rein und bestell uns was.» Fred schob energisch den Korbstuhl zurück und wartete, bis Edgar die Karte durchgeblättert hatte. Am Ende nahm er doch immer das Gleiche, aber er wollte gern die Illusion einer Wahl haben.

«Na gut, ich hätte gern das Leichtmatrosen-Frühstück mit einem Latte Macchiato und dazu einen frisch gepressten Orangensaft. Für die Vitamine.»

Fred klopfte ihm auf die Schulter und verschwand in dem kleinen Café. Sein Kumpel Edgar war ein komischer Typ. Ein Gesundheitsfanatiker, der es immer wieder schaffte, ungesund und übernächtigt auszusehen. Aber er war in Ordnung, vor allem, weil er Fred mit kleinen Aufträgen über Wasser hielt.

Die Tür des Cafés stand offen, und die Kellnerin war nirgends zu sehen. Fred schlenderte zum Tresen und setzte sich lässig auf einen Barhocker. Er konnte deutlich hören, wie das Mädchen hinter dem Tresen Flaschen sortierte, und machte sich mit einem Räuspern bemerkbar. Erschrocken fuhr das Mädchen hoch. Dann stieß sie einen Schrei der Überraschung aus.

«Oh, hallo …» Sie lächelte schüchtern und strich sich den glatten Zopf in den Nacken. «Ach, Fred, schön, dich zu sehen. Ich …» Sie verstummte und wischte sich verlegen die Hände an ihrer Schürze ab. Fred lächelte sie aufmunternd an und wartete, ob sie ihm vielleicht noch einen Hinweis geben würde, wer sie war. So wie sie auf sein Lächeln errötete, hatte er wohl mal was mit ihr gehabt. Er konnte sich nur gerade nicht mehr an ihren Namen erinnern.

«Wo hast du so lange gesteckt?», fragte sie mit einem vorwurfsvollen Unterton. Fred dämmerte es, dass er sich mit der üblichen Ausrede, auf Reisen zu gehen, von ihr verabschiedet hatte, um sie loszuwerden. Warum eigentlich? Sie war wirklich süß und hatte ein verlockendes Dekolleté in ihrem engen schwarzen Kleid.

Mit einem charmanten Lächeln antwortete er: «Wenn ich gewusst hätte, dass du mich so vermisst, wäre ich gar nicht erst weggefahren.» Sie strahlte ihn glücklich an.

«Übrigens, wir hätten gern was zum Frühstück.»

Das Mädchen wurde schon wieder rot. «O ja, natürlich. Was kann ich euch denn bringen?»

Fred gab seine Bestellung auf. Sie bereitete schnell den Orangensaft zu, um ihre Verlegenheit zu überspielen, und stellte ihm zwei randvolle Gläser auf den Tresen. Fred ergriff ihre zitternden Hände und küsste sie wie ein Gentleman. Dabei sah er ihr tief in die Augen und raunte: «Du hast mir gefehlt, Baby.» Die junge Kellnerin schlug die Augen nieder.

«Ich hab die ganze Zeit davon geträumt, deine herrlichen Lippen zu küssen.»

Sie schmolz dahin.

«Willst du mir diesen Wunsch nicht jetzt erfüllen?»

Entsetzt blickte sie auf. «Hier?»

Fred neigte seinen Kopf, führte ihre Hand erneut zu seinem Mund und schlug die Augen nieder. Dann biss er zärtlich in ihre Knöchel und sah sie schmachtend von unten an.

«Komm!» Er hielt ihre Hand weiter fest, zog die junge Frau hinter dem Tresen hervor und führte sie den Gang zu den Abstellräumen entlang. Hier war es dunkel. Es roch zwar ein wenig nach abgestandenem Bier, aber sie waren ungestört. Vor der Tür zum Hof standen zwei Bierfässer, die am Morgen angeliefert worden waren. Fred drückte die kleine Kellnerin mit seinem Gewicht gegen eines der Fässer und nahm ihren hübschen Kopf in seine Hände. Er blickte ihr zärtlich in die Augen. Ganz sanft berührte er ihre Lippen, Wangen, Augenlider, bevor er mit der Zunge die Linie ihres geschwungenen Mundes entlangfuhr. Sie seufzte und schlang die Arme um seinen Hals, als er mit der Zunge ihre Lippen teilte und über die glatten Zähne leckte. Sofort öffnete sie sich ihm und begegnete seinem Zungenspiel mit drängender Sehnsucht. Offensichtlich war sie sehr verliebt in ihn, und er war gespannt, wie weit er gehen konnte. Mit einer Hand hielt er ihren Nacken, während er an ihren Lippen saugte. Mit der anderen Hand strich er über ihren mädchenhaften Körper, ohne die herrlichen Brüste zu berühren, hinunter bis zum Rocksaum, den er mit kreisendem Streicheln nach oben schob. Sie ließ ihn nicht nur gewähren, sondern erwiderte seine Küsse atemlos. Obwohl sie in Erwartung seiner forschen Hand bereits leicht die Schenkel öffnete, streichelte Fred sich wieder nach oben, bis er die Rundungen ihrer Brüste erreichte. Unter dem dünnen Stoff ihres Kleides konnte er ihre Brustspitzen ertasten. Er rieb mit den Handflächen über ihre strammen Hügel, massierte die Knospen mit den Fingern, und als sie schneller zu atmen begann, griff er in das weiche Fleisch und knetete ihre köstlichen Möpse. Die junge Frau seufzte und bog ihren Oberkörper zurück, damit er besser an sie herankam. Ihre Hände hingen an ihren Hüften herab. Sie war völlig benommen von der Wirkung seiner kundigen Finger auf ihrem langsam erwachenden Körper und überließ sich seinen Berührungen. Es war Zeit für den nächsten Schritt. Ganz langsam glitten Freds Hände wieder hinab, bis unter das Kleid, wo er sich vorsichtig zu ihrem Höschen emporstreichelte. Als er die zarte Innenseite ihrer Schenkel erreicht hatte, ließ sie ihn widerstandslos mit den Fingerspitzen den dünnen Stoff über ihrer Spalte berühren. Er konnte ihre Feuchtigkeit spüren und wusste, dass er nur ein wenig Stoff zur Seite zu schieben bräuchte, um seine Finger in ihre Möse zu stoßen. Er könnte die feuchten Blütenblätter teilen und in ihrer Spalte wühlen, bis seine Fingerkuppen triefen würden von ihrem Saft und er ihre Möse so weit hätte, dass sie seine Finger verschlingen würde. Dann würde sie die Beine breit machen, und er könnte sie ficken, hier und jetzt. Ihre krausen Schamhaare drückten gegen die Unterhose, und er konnte ihre Liebesperle fühlen, die sich nach seiner Berührung sehnte. Aber Fred hatte sich heute Morgen schon verausgabt, und nun war er hungrig und wollte endlich seinen Kaffee haben. Er setzte einen bedauernden Gesichtsausdruck auf. «Komm, Honey! Wir müssen zurück, bevor du noch Ärger mit deinem Chef bekommst.»

Er küsste sie noch einmal sanft, dann strich er ihr Kleid glatt und zog das enttäuschte Mädchen hinter sich her. Bevor er sie wieder hinter den Tresen schob, führte er ihre Hand noch einmal galant an seine Lippen. Der dazugehörige Augenaufschlag wirkte immer. Die Kleine lächelte ihn zuckersüß an und wäre auf der Stelle mit ihm durchgebrannt, wenn er sie doch bloß gefragt hätte.

«Übrigens, ich nehme doch lieber Schinken statt Salami. Bis gleich, mein Schatz.» Mit diesen Worten ließ er sie stehen, schnappte sich den Orangensaft und ging wieder nach draußen, wo Edgar ihn ungeduldig erwartete.

«Wo warst du? Gab's da drin was umsonst?» Edgar hasste es, auf andere warten zu müssen.

«Reg dich ab. Ich wollte dir doch bloß deinen Saft gleich mitbringen, damit du die Strapazen der Nacht mit Vitaminen ausgleichen kannst.» Formvollendet stellte er die beiden Gläser auf den Tisch und registrierte, wie sich Edgars Miene aufklärte.

«Na, vielleicht wirst du doch noch vernünftig. Da waren meine Bemühungen ja nicht völlig vergeblich.» Edgar grinste zufrieden, dann beugte er sich vertraulich zu Fred hinüber und sagte mit gesenkter Stimme: «Ich hab einen Job für dich.» Fred hatte die ganze Zeit gehofft, dass er das sagen würde, und nickte ihm erwartungsvoll zu.

«Heute Abend veranstaltet sone reiche Fotografin eine Party in ihrer Villa an der Elbchaussee. Da gehst du als Kellner hin.»

«Als Kellner? Spinnst du? Das ist das Letzte, worauf ich heute Lust hab'.»

«Lass mich doch erst mal ausreden!» Edgar fuchtelte genervt mit der Hand vor Fred herum.

«Ich hab da einen stinkreichen Kunden an der Hand. Der zahlt dir zehn Tausender, wenn du ihm ein Gemälde aus der Villa mitbringst. Abzüglich meiner Provision versteht sich.»

«Was für ein Gemälde?» Fred war bislang wenig begeistert von dem Angebot.

«Irgendein Familienportrait von seiner verflossenen Geliebten. Hat keinen besonderen Wert. Er will es nur als Andenken an die schönen Stunden, die er mit ihr verbracht hat.»

«Und warum geht er dann nicht einfach zu der Besitzerin und kauft es ihr ab?»

«Das hab ich ihn auch gefragt.» Edgar versuchte zum wiederholten Male, die Falten auf seinem Anzug glatt zu streichen. «Er hat mir eine Geschichte erzählt von der

Liebe seines Lebens, die einen anderen heiraten musste, um die Reederei ihrer Eltern vor dem Bankrott zu retten. Trotzdem sind sie sich über fünfzig Jahre lang treu ergeben gewesen, ohne dass je einer von dieser Liaison erfahren hat. Vor ein paar Jahren ist sie gestorben. Und nun will er das Gemälde als Andenken, ohne die Reputation dieser Dame in ihrer Familie zu zerstören.»

«Merkwürdige Geschichte. Warum hat er jahrelang gewartet? Warum jetzt?»

Edgar zuckte mit den Schultern. «Keine Ahnung. Er ist schon ziemlich alt. Vielleicht will er ihr Portrait noch einmal sehen, bevor er stirbt. Was weiß ich.»

«Mhh, da hängt doch bestimmt das ganze Haus voll mit alten Schinken. Woher weiß ich, welches das richtige ist?»

«Hier!» Edgar zeigte ihm einen Briefumschlag. «Darin ist eine Anzahlung und die genaue Beschreibung des Gemäldes.»

Fred wollte gerade nach dem Umschlag greifen, als hinter ihm Geschirr klapperte. Die junge Frau, deren Name ihm immer noch nicht eingefallen war, brachte ein voll beladenes Tablett mit lauter Köstlichkeiten, die sie gar nicht bestellt hatten.

«Bitte schön! Eine kleine Aufmerksamkeit des Hauses.» Sie strahlte Fred an und begann, den Tisch zu decken. Immer wieder suchte sie seinen Blick und lächelte ihn viel versprechend an. Er klopfte ihr zärtlich auf den Po und strahlte zurück. «Du bist ein wahrer Schatz! Wie konnte ich es nur so lange ohne dich aushalten?» Versonnen betrachtete er ihren Ausschnitt, als sie sich vorbeugte, um die Brötchen auf den Tisch zu stellen. «Ach, Fred», hauchte sie verzückt. «Komm doch heute Abend zu mir, dann koche ich dir etwas Leckeres. Magst du Huhn?»

Bei diesem Stichwort fiel es ihm mit Entsetzen wieder ein.

Ihr Name war Claudine, und nun wusste er auch wieder, warum er sie aus seiner Erinnerung gestrichen hatte. Sie war hübsch und mochte Sex, aber sie war eine besessene Köchin. Bevor er sie ins Bett bekam, musste sie immer stundenlang komplizierte Gerichte ausprobieren, mit denen sie ihn derart überfütterte, dass er sich nach dem Essen kaum noch rühren konnte. Dann bestand sie darauf, dass sie gemeinsam das Chaos in der Küche beseitigten. Und wenn sie dann endlich fertig waren, hatte er schon keine Lust mehr auf erotische Spielchen mit ihr. Der Aufwand, den er betreiben musste, um seinen Spaß zu bekommen, war einfach zu hoch. Froh, dieser Bedrohung entkommen zu können, setzte er eine enttäuschte Miene auf. «Claudine, mein Engel, es tut mir furchtbar leid, aber mein Freund hier hat mir gerade einen sehr verantwortungsvollen Job angeboten, der meine ganze Aufmerksamkeit erfordert. Ich werde keine Zeit für dich haben, sosehr ich es mir auch wünschte.» Er blickte sie mit seinen sherrybraunen Augen an und verzog zerknirscht den Mund. «Ich melde mich bei dir, wenn ich es einrichten kann.»

«Versprochen?» Sie war ganz unglücklich, dass er bei ihrer kurzen Begegnung vorhin so zurückhaltend geblieben war. Fred dagegen dankte seinem Schicksal für den anregenden Traum, mit dem er geweckt worden war, sodass er Claudines Versuchung hatte widerstehen können. Er hatte es ja immer gewusst, dass ihm solche Tage Glück brachten.

«Heißt das, du nimmst den Job an?», fragte Edgar, als die Kleine wieder im Café verschwunden war.

«Nun gib schon her, den Umschlag, und sag mir, wo ich heute Abend Champagner servieren soll.»

Fred ergriff den Brief, den Edgar ihm wieder hinhielt, und steckte ihn, ohne einen Blick auf den Inhalt zu werfen, in seine hintere Hosentasche. Der Umschlag ließ sich jedoch nur zur Hälfte hineinschieben. Irgendetwas Zerknülltes steckte bereits in der Tasche. Er würde sich nachher darum kümmern. Für diesen Moment war sein Vorschuss sicher verstaut, und er konnte endlich den ersehnten Kaffee genießen.

Fünf

An diesem Samstagmorgen erwachte Jo ausnahmsweise sehr früh. Die Sonne strahlte durch den Nebel in ihr Schlafzimmer, und sie streckte sich noch einmal wohlig aus. Nach einem großen Foto-Shooting brauchte sie immer ein paar Tage, um sich von der Anspannung zu erholen. Sie hatte viel geschlafen, ausgiebige Spaziergänge am Elbstrand unternommen und stundenlang in ihrem Garten in der Sonne gesessen. Wenn zum Abend hin die Sonnenstrahlen hinter den Baumwipfeln verschwanden, war sie in die erste Etage ihrer Villa hochgegangen und hatte sich auf die Terrasse gesetzt, die sich in einem riesigen Halbrund vor die gesamte Hausfront spannte, und dort noch ein wenig gelesen. Dabei hatte sie wieder festgestellt, dass das wunderschöne Haus dringend der Pflege bedurfte. Die ehemals bunten Blütenkelche, die sich in einem fein gearbeiteten Mosaik über den Boden der Terrasse zogen, waren grau und staubig geworden. Die steinerne Brüstung bröckelte an manchen Stellen, an anderen war sie von dicken Efeu- und Rosenranken überwuchert. Sosehr sie die morbide Stimmung mochte, konnte es auch nicht schaden, hier und da etwas von dem alten Glanz des Gebäudes zurückzuholen. Das Haus und die Parkanlage waren schon seit Generationen in Familienbesitz und stammten noch aus einer Zeit, als ihr Ururgroßvater sein erstes Schiff erworben und damit den Grundstein für seine Reederei gelegt hatte. Die Handelsgeschäfte liefen gut, und bald gehörten sie zu den reichsten Familien der Hansestadt, bis Jos Urgroßvater sich in der Wirtschaftskrise zwischen den beiden Weltkriegen verkalkulierte. Jo wusste aus den Erzählungen ihrer Mutter, dass Großmutter Josephine das Unternehmen durch eine geschickte Heirat vor dem Ruin gerettet hatte. Die alte Dame hatte nie darüber gesprochen, ob es ihre eigene Entscheidung war oder ob sie dem Druck der Familie nachgegeben hatte. Für Jo war sie jedoch immer die lebenslustigste und glücklichste Frau der Welt gewesen, mit der sie über alles reden konnte. Großmutter Josephine stammte zwar aus einer anderen Welt, in der es noch echte Damen und gute Erziehung gab, aber sie hatte es faustdick hinter den Ohren, besonders wenn es um Liebesdinge ging. Nach dem frühen Unfalltod ihres Vaters und ihrer Mutter, Großmutter Josephines einziger Tochter, wurden die beiden letzten Frauen des Clans die besten Freundinnen. Die Großmutter war schon seit langen Jahren Witwe. Ihr Mann Heinrich war bei einem Schiffsunglück ums Leben gekommen. Und obwohl Josephine als reiche und obendrein noch schöne Witwe eine Vielzahl von Verehrern um sich scharte, hatte sie nie wieder geheiratet. Es gab Gerüchte über eine angebliche Verbindung zu ihrem Gärtner, der früher einmal ein berühmter Schauspieler gewesen sein soll und das Theater an den Nagel gehängt hatte, um Josephines Rosen zu pflegen. Aber wenn Jo ihre Großmutter darauf angesprochen hatte, dann hatte diese nur gelächelt und das Thema gewechselt. Jo glaubte nicht, dass an den Geschichten etwas dran war, aber dass die alte Dame ein glückliches, wenn auch vollkommen verborgenes Liebesleben geführt hatte, daran zweifelte ihre Enkelin keine Sekunde.

Jo schüttelte sich und ließ ihre dunklen Locken tanzen. Voller Energie sprang sie aus dem Bett. Es gab heute noch so viel zu tun, bevor sie am Abend die ersten Gäste willkommen heißen konnte. Sie sollte am besten sofort mit den Vorbereitungen anfangen. Sie warf sich einen seidenen Morgenmantel über, schlüpfte in ein Paar quietschbunte Flipflops und eilte ins Bad. Das große Pflegeprogramm musste noch warten. Ein kurzer Sprung unter die Dusche und ein wenig Zahnpasta für ihre kräftigen, weißen Zähne reichten fürs Erste. Mit einem rauen Frotteehandtuch, das dringend mal wieder Weichspüler gebrauchen konnte, rubbelte sie sich trocken, bis ihre Haut rosig und samtig war. Dann schlüpfte sie in eine leichte Sommerhose mit passendem fliederfarbenem T-Shirt und eilte die geschwungene Mahagonitreppe hinunter.

Das Erdgeschoss der Villa hatte nicht nur ein imposantes Foyer, in dem man eine ganze Gesellschaft empfangen konnte. Hinter dem Halbrund des Treppenaufgangs öffneten sich riesige Flügeltüren zu einem großzügigen Wohn- und Essbereich, der einen direkten Zugang zu der Großküche des Hauses hatte. Noch zu Großmutters Zeiten hatte das Erdgeschoss immer von dem geschäftigen Treiben zahlreicher Dienstboten und Köchinnen gesummt. Heute dagegen wirkte die gesamte Ausstattung überdimensioniert und unpraktisch – es sei denn, man plante eine Gartenparty für über hundert Gäste, die alle mit Köstlichkeiten versorgt werden wollten. Jo hatte Lust gehabt, einmal alle Menschen einzuladen, die sie in den letzten Jahren auf ihrem Weg zu der angesehenen Fotografin, die sie mittlerweile war, begleitet hatten. Zu diesem Anlass hatte sie sämtliche Köche und Kellner eines angesagten italienischen Restaurants engagiert, die hier im Hause kochen und servieren sollten. Auf diese Weise kam die riesige Küche endlich mal wieder zum Einsatz, besonders, weil Großmutter Josephine sie vor zehn Jahren noch einmal hatte modernisieren lassen. In einer Stunde etwa würde die ganze Mannschaft anrücken, um mit den Vorbereitungen für die Buffets zu beginnen. Bis dahin konnte sie also noch in Ruhe den frühen Morgen mit einem Milchkaffee genießen.

Jo hantierte gerade an einer gigantischen, chromblitzenden Kaffeemaschine herum, als Katie die Küche betrat. Obwohl sie in ihren Räumen im ersten Stock ebenso wie Charlotte eine eigene Küche besaß, zog sie es am Wochenende vor, zusammen mit ihren Mitbewohnerinnen den Tag zu beginnen. Noch im Morgenmantel und mit zerzausten Haaren schlurfte sie zu Jo und lehnte sich von hinten gegen die hellwache Hausherrin, die immer noch mit den vielen Ventilen und Tasten der Maschine kämpfte.

«Na, du Morgenmuffel. Möchtest du auch einen Kaffee?», fragte Jo die gähnende junge Frau, die sich an ihren Rücken kuschelte. «Vorausgesetzt, ich kann dieses Ding dazu überreden, Kaffee zu kochen.»

Nach einigen weiteren Handgriffen sprudelte endlich duftender Espresso in ein vorgewärmtes Kännchen. Und als Jo schließlich eine andere Düse aufdrehte, schoss heißer Wasserdampf hervor, mit dem sie die Milch aufschäumen konnte.

«Vielleicht sollten wir uns doch mal eine stinknormale Espressokanne anschaffen, die man einfach auf den Herd stellen kann. Dieses Ding ist einfach zu kompliziert.» Jo hielt Katie, die sich widerwillig zum Küchentisch schieben ließ, eine Schale Milchkaffee hin. «Obwohl sie wirklich schick ist.» Sie ließ die glänzende Maschine angeschaltet, da sie gerade Charlotte die Treppe herunterkommen hörte.

Nachdem jede mit heißem, duftendem Kaffee versorgt war, setzten sich die drei Frauen an den Dienstmädchentisch und warteten auf die Croissants, die noch im Ofen waren. Hier in der Küche hatte früher das Personal gegessen, nachdem die Familie des Hauses im großen Esszimmer mit allem versorgt war. Meist hatte es nur für ein paar schnelle Happen gereicht, bevor wieder die Klingel läutete, weil irgendjemand noch etwas Soße haben wollte oder nach einem Glas Wasser verlangte. Damals war die Küche ein Ort, an dem hart gearbeitet wurde: Heute dagegen strahlte der riesige Raum Sachlichkeit und Ruhe aus und der ehemalige Dienstmädchentisch hatte sich zu einer gemütlichen Frühstücksecke gemausert. Die harten Schemel und Bänke waren bequemen Küchenstühlen des dänischen Designers Arne Jacobsen gewichen, die in allen Regenbogenfarben um den unbehandelten Holztisch herumstanden. Mit ihrer runden Form und den bunten Lackierungen glänzten sie ebenso fröhlich wie die frühsommerliche Sonne, die sich in den Chrom- und Edelstahlflächen der Küche spiegelte.

«Ein wunderbarer Tag für eine Party», meinte Charlotte. Sie nippte noch einmal an ihrem Milchkaffee und leckte sich den weißen Schaum von den Lippen.

«Hast du eigentlich auch eine Band engagiert?», wollte Katie wissen, die gerade am Herd stand und die duftenden Croissants in einen Korb füllte. «Hier, Mädels, lasst es euch schmecken.»

Jo griff sich ein Hörnchen und tunkte es nach französischer Art in die Kaffeeschale. Mit vollem Mund erwiderte sie: «Nein, ich habe keine Lust, den ganzen Abend die gleiche Musik zu hören. Ich habe neulich eine fantastische DJane kennen gelernt, die mit einem Trommler zusammenarbeitet. Die beiden haben ein riesiges Repertoire an wirklich tanzbarer Musik. Wir wollen schließlich nicht nur gut essen», sie griff sich ein zweites Croissant, «sondern uns auch mal wieder bewegen.»

Jo schaute ihre beiden Freundinnen mit kritischem Blick

an: «Was machen eigentlich eure Männer? Sind die noch oben und warten auf den Zimmerservice?»

Katie schaute mit schuldbewusster Miene in ihren Kaffee, aber Charlotte erwiderte Jos herausfordernden Blick und meinte: «Du brauchst gar nicht zu lästern. Wenn du dich endlich mal für einen deiner zahlreichen Verehrer entscheiden könntest, würdest du ihm mit Freude einen Kaffee ans Bett bringen, damit er sich bei dir wohl fühlt.»

«Ach, du meinst, ich müsste ihn bestechen, damit er mich nicht für die nächste, bessere Hausfrau verlässt?», erwiderte Jo neckisch.

«Das hast du ja nicht einmal nötig. Dir liegen sie doch sowieso alle zu Füßen. Aber normale Frauen müssen eben auch mal Opfer bringen für eine gute Partnerschaft. Ich finde das in Ordnung», mischte sich Katie etwas kleinlaut ein.

«Katie, du kleines Lämmchen.» Jo strich ihrer Freundin liebevoll eine störrische blonde Strähne aus dem Gesicht. «Dein Alex sollte *dir* lieber das Frühstück ans Bett bringen, damit *du* dir keinen anderen suchst, der dich zu schätzen weiß.» Sie ließ mal wieder ihre Locken tanzen, was in diesem Moment ein Zeichen ihres Unmuts war. «Wie kann eine so fabelhafte Frau wie du sich nur solch einem Macho unterordnen? Der behandelt dich, als wärest du sein Eigentum. Und du verteidigst sein Verhalten auch noch, anstatt ihn mal in seine Schranken zu verweisen.»

Charlotte grinste über Jos Enthusiasmus, mit dem sie alle Männer abschrieb, die ihre Frauen nicht zur Göttin erhoben.

«Und gerade du brauchst gar nicht so zu grinsen. Dein Herr Professor ist doch auch nicht viel besser. Er kann seine Allüren nur geschickter hinter seiner unterkühlten Wohlerzogenheit verstecken.» Jo lächelte ihre Freundinnen entschuldigend an. «Ihr wisst doch genau, dass ich nur das Beste für euch will, und dazu gehören eben auch die passenden Männer, die euch auf Händen tragen, wie ihr es verdient.» Sie wischte Charlottes Versuch eines Einwands mit einer eleganten Handbewegung weg. «Ich weiß, ich weiß, ich kenne sie nur nicht richtig. Stimmt ja auch. Wenn ihr beide nur glücklich seid, bin ich es doch auch.» Jo erhob sich, bevor Katie und Charlotte zu den immer gleichen Verteidigungsreden ansetzen konnten. Sie hantierte wieder an der Maschine herum und zauberte zwei weitere Milchkaffees, die sie auf je ein lackiertes Holzbrett stellte. Daneben richtete sie die verbliebenen Butterhörnchen auf Tellern mit Servietten an und reichte sie ihren Freundinnen hinüber. «So, und nun behauptet nicht wieder, ich würde euch nicht unterstützen mit euren anstrengenden Männern. Genießt den Tag, bevor hier die Horden von Gästen einfallen. Die Küchenmannschaft müsste jeden Moment hier sein. Ich werde ihnen mal das große Tor aufsperren.» Fröhlich pfeifend machte Jo sich auf den Weg zur Toreinfahrt, während die beiden anderen Frauen wie früher die Dienstmädchen ihren Herrschaften das Frühstück ans Bett brachten.

Sechs

Später am Nachmittag ging Fred noch einmal zu seinem Zimmer zurück, um sich umzuziehen. Nach dem üppigen Frühstück hatte er sich brav von der kleinen Kellnerin verabschiedet, die ihn kaum gehen lassen wollte, und hatte dann schnell mit seinem Freund und Geschäftspartner Edgar das Weite gesucht. Dabei hatte er beinahe den Briefumschlag verloren, der halb aus seiner Hosentasche heraushing. Edgar war so geistesgegenwärtig gewesen, den Umschlag rechtzeitig aufzufangen und ihn zusammengefaltet in die aufgenähte Hemdtasche von Freds T-Shirt zu stecken, schließlich enthielt er nicht nur Geld (Fred wusste immer noch nicht, wie viel eigentlich), sondern auch wichtige Informationen. Dann waren die beiden Männer zum Hafen hinuntergeschlendert, wo sie ungestört die Einzelheiten des Jobs besprechen konnten. Wenn alles so lief, wie ihr Auftraggeber es sich vorstellte, sollte Fred am nächsten Tag mit dem Bild zu einem kleinen Yachthafen kommen, der ein Stück flussaufwärts vor den Toren der Stadt lag. Edgar nannte ihm den Namen eines Segelbootes, auf dem ihn der geheimnisvolle Unbekannte erwarten würde, um ihm den Rest der verabredeten Summe zu übergeben.

Die ganze Sache erschien Fred ziemlich undurchsichtig, zumal er immer noch nicht verstand, warum der Mann nicht irgendeinen Vorwand erfand, um der jetzigen Besitzerin das Bild einfach abzukaufen. Wenn es tatsächlich nichts wert war, warum wollte er dann zehntausend für einen unsinnigen Diebstahl zahlen? Oder hatte es mit dem Gemälde etwas ganz anderes auf sich? Vielleicht handelte es sich um ein sehr wertvolles Original von einem berühmten Maler, und der Auftraggeber hatte seinen Wert heruntergespielt, damit Fred nicht auf die Idee kam, es eigenhändig auf dem Markt anzubieten. Aber so oder so, würde er an diesem Tag genug Geld verdienen, um sich die nächsten Wochen ein unbeschwertes Leben leisten zu können. Vielleicht, überlegte Fred, als er die Tür zu seiner bescheidenen Behausung aufschloss, vielleicht sollte ich einen Teil des Geldes in etwas investieren, das mir ein geregeltes Einkommen sichert. Edgar hatte ihm vor einiger Zeit angeboten, in seinen Antiquitätenhandel mit einzusteigen. Er besaß ein paar kleine Läden quer über die Stadt verteilt, in denen er allen möglichen Trödel aus Haushaltsauflösungen anbot. Edgar behauptete immer, dass er sich nicht mit Hehlerware abgeben würde, aber Fred glaubte das nicht wirklich. Dafür gingen die Geschäfte zu gut, und für einen Trödelhändler verdiente sein Kumpel zu viel Geld. Auch wenn sich bei den Auflösungen von Witwenhaushalten immer wieder tatsächlich Antiquitäten finden ließen, konnte man es mit einem ehrlichen Geschäft überhaupt zu etwas bringen? Außerdem erhielt er von seinem Kumpel immer wieder dubiose Aufträge, wenn er zum Beispiel eine geschnitzte Statue aus dem Hafen abholen oder ein sorgfältig verpacktes Gemälde an einen unbekannten Empfänger liefern sollte. Aber Edgar hatte ihm immer wieder versichert, dass alles seine Richtigkeit hätte und es schließlich nur darauf ankäme, ein guter Verkäufer zu sein. Er meinte, dass Fred mit seinem Charme und Aussehen mehr Erfolg haben müsste als er, denn Edgar wirkte immer etwas heruntergekommen, sosehr er sich auch um eine gepflegte Eleganz bemühte. Aber Fred hatte nur gelacht und regelmäßige Arbeit weit von sich gewiesen.

Aus einem unerfindlichen Grund dachte er gerade in

diesem Augenblick anders über Edgars Angebot, und er fragte sich, ob es wohl immer noch gelten würde?

Nachdem er seinen Schlüssel auf die Ablage in der kleinen Kochecke geschmissen hatte, streifte er sich die Turnschuhe von den Füßen, zupfte den Briefumschlag aus seiner Hemdtasche, dann zog er sich das gestreifte Shirt über den Kopf. Barfuß und mit nacktem Oberkörper warf er sich auf das Bett, um im gleichen Moment wieder hochzuschnellen, weil ihn etwas in den Hintern drückte. Er setzte sich auf und tastete zuerst über die Bettdecke, ob sich dort vielleicht etwas versteckte. Als er nichts entdecken konnte, fiel ihm die Sache mit dem Brief wieder ein. Fred stand auf und griff in die Gesäßtasche seiner Leinenhose. Erstaunt zog er ein zusammengeknülltes Stofftuch hervor, das er noch nie zuvor gesehen hatte. Wie kam das in seine Hose? Er schüttelte den Stoff auseinander, und dabei fiel mit lautem Klirren ein glänzender Gegenstand auf den Boden. Fred bückte sich danach. Fassungslos hielt er einen schweren Silberring in den Händen, der auf den ersten Blick sehr wertvoll aussah. Er setzte sich wieder auf das Bett und betrachtete seinen Fund genauer. Der Ring war eindeutig kein maschinell gefertigtes Produkt, das schwere Silber war an einigen Stellen unregelmäßig verarbeitet und wies Spuren von Handarbeit auf. In der Mitte war der Splitter eines blassen Steins eingearbeitet, dessen unregelmäßige Ränder sorgfältig in den Silberring eingelassen waren. Ein schönes Stück, dachte Fred und schob sich den Ring über den Mittelfinger, wo er so perfekt passte, als wäre er für ihn angefertigt worden. War er das vielleicht sogar? Hatte die kleine Kellnerin ihm den Ring als Geschenk zugesteckt? Aber woher hätte sie wissen können, dass er heute ins Café kommen würde?

Nur, wenn sie es nicht gewesen war, wer dann?

Für den Bruchteil einer Sekunde schob sich der eindringliche Blick des Penners, der ihn angerempelt hatte, vor sein inneres Auge. Den Gedanken verdrängte er jedoch sofort wieder, weil er ihm zu absurd vorkam.

Er entschied sich dafür, dass der Tag es einfach gut mit ihm meinte, und griff nach dem Briefumschlag, der auf das Bett gefallen war. Unschlüssig drehte er ihn hin und her. Es gab weder einen Absender noch einen Adressaten. Der Umschlag war aus teurem Büttenpapier, das sich leicht aufreißen ließ. Zwei nagelneue Fünfhunderter-Scheine, die herrlich zwischen seinen Fingern knisterten, fielen ihm in die Hand, dazu ein Zettel mit einer Wegbeschreibung sowie weiteren Anweisungen und ein zusammengefaltetes Blatt aus ebenfalls feinem Bütten. Fred klappte es auseinander und las die altmodisch geschwungene Handschrift:

Eine Frau, so schön wie eine Rosenblüte im Morgentau.
Das zarte Gesicht von kastanienbraunen Locken umspielt.
Rote Lippen, zu einem süßen Lächeln geöffnet.
Die grünen Augen so klar und sinnlich, dass ihr Blick ein liebendes Herz erwärmt.

Der Mann wurde ihm langsam unheimlich mit seiner geschwollenen Ausdrucksweise und dem seltsamen Auftrag, das Bildnis von irgend so einem Schneewittchen zu klauen. Aber während er sich noch lustig machte über den seltsamen Kauz, stieg vor seinem inneren Auge das Bild einer schönen jungen Frau auf, die ihn mit moosgrünen Augen betrachtete, während ein spöttisches Lächeln um ihre vollen, roten Lippen spielte. Eine Welle des Begehrens spülte durch seine Eingeweide, als er versuchte, sich die Rundungen ihres Körpers vorzustellen. Und ehe er es verhindern konnte, erwachte sein Penis zum Leben und drängte sich gegen den rauen Stoff seiner Hose. Fred stöhnte lustvoll auf und ließ sich nach hinten auf das Bett sinken. Mit geschlossenen Augen versuchte er, das Bild dieser sinnlichen Göttin festzuhalten, deren grüne Augen eine seltsame Sehnsucht in ihm weckten. Während sie ihn noch anblickten, wagte er es nicht, nach seinem Schwanz zu greifen, aber als die Schöne ihre Lider senkte, knöpfte Fred seine Hose auf und ließ den erhobenen Schwengel herausschnellen. Ungeduldig packte er seinen Schwanz mit der beringten Hand und begann ihn zu wichsen. Seine kräftigen Finger umschlossen den pulsierenden Knüppel und schoben die samtige Haut mit schnellen Bewegungen hoch und runter, in gleichmäßigem Rhythmus, immer wieder, bis die entblößte Eichel glänzte und ihr kleiner Schlund sich öffnete, um die ersten Tropfen auszuspucken. Fred wand sich unter dem harten Griff seiner Hand, die Muskeln seines Oberkörpers zuckten im Takt der Bewegungen, die immer schneller wurden, atemlos und geil. Die geballte Faust pumpte über die rot glänzende Eichel, bis sich die Hoden zusammenzogen, um ihren fruchtbaren Samen auszuspeien. «Aahhh!», stöhnte Fred. «Oh, jaaah!» Und dann spritzte die milchige Flüssigkeit aus der Schwanzspitze hervor, dicke Tropfen klatschten auf Freds Bauch, verfingen sich in den feinen Härchen, die sich bis zum Schwanz hinunterzogen, und bildeten winzige Lachen in den Kuhlen seiner Muskelstränge. Mit einem letzten Stöhnen ließ er die Hand sinken und verrieb seinen eigenen Saft auf der glatten Haut, die sich über den muskulösen Bauch spannte. Dabei wischte der Silberring über die glühende Eichel, und ein kleiner Samentropfen landete auf dem Mondsteinsplitter, dessen Farbe blass und unergründlich glänzte.

Sieben

«Endlich», seufzte Katie und ließ sich auf einen bequemen Sessel im Salon fallen, während im Garten vor den Fenstern Tische aufgestellt, Stühle geschoben und bunte Sonnenschirme aufgespannt wurden. Charlotte saß bereits und blickte die junge Frau verständnisvoll an. Auch sie war erleichtert, noch ein paar Stunden für sich zu haben, bevor der Trubel losging. Etwas Ruhe würde ihr nicht schaden, denn seit dem ungewöhnlichen Intermezzo mit Paul am Donnerstag fühlte sie sich verunsichert im Umgang mit ihrem Lebensgefährten. Einerseits hatte sie das kleine Liebesspiel am Nachmittag genossen und war angenehm überrascht, dass Paul so lustvoll auf ihren Überfall reagiert hatte. Andererseits traute sie sich nicht, mit ihm über ihre Wünsche zu reden, aus Angst, er könnte das als verletzende Kritik auffassen. Aus unerfindlichen Gründen ließ sie sich von Paul leicht einschüchtern, obwohl das mit Sicherheit nicht seine Absicht war. Wenn sie es recht überlegte, reagierte er eigentlich immer verständnisvoll, wann immer sie gegen seine Dominanz aufbegehrte. Vielleicht musste nicht *er* sein Verhalten ändern, sondern sie selbst?

«Alex war heute Morgen ganz lieb zu mir», unterbrach Katie Charlottes Gedanken.

«Ach, ist er das sonst nicht?» Charlotte reagierte zwar immer etwas säuerlich, wenn Jo ihre Beziehung zu Paul kritisierte, aber sie stimmte ihrer Freundin insgeheim zu, wenn sie – wie es regelmäßig geschah – Alex' machohaftes Auftreten gegenüber Katie anprangerte.

«So meinte ich das doch nicht. Er war eben heute besonders lieb, wollte ich damit sagen.» Katie machte einen

Schmollmund, der wunderbar zu ihrem zerzausten Blondschopf passte. Charlotte beneidete die junge Frau manchmal um ihre jugendliche Naivität, hinter der sich jedoch eine energische Lebensenergie verbarg, wie sie in den Monaten ihres Zusammenlebens herausgefunden hatte.

«Hat er dir wieder etwas geschenkt, weil er dich heute Abend versetzen will?»

«Nein, im Gegenteil!», rief Katie erfreut aus. «Er hat *mich* daran erinnert, dass ich mich heute bloß nicht verspäten soll, weil er sich schon auf den Abend hier freut.»

«Das ist tatsächlich erstaunlich.» Charlotte legte den Kopf schief und schaute Katie verwundert an. «Was musstest du ihm denn versprechen, dass er dich mal zur Priorität erklärt?»

Katies sommersprossiges Gesicht lief rosarot an. Sie konnte doch Charlotte unmöglich von Alex' geheimen Phantasien erzählen, für die er sie begeistern wollte. Sie grinste nur verlegen und zeigte Charlotte den Ring, den er ihr geschenkt hatte.

«Also doch wieder ein Bestechungsgeschenk. Wollte er dich nicht am Donnerstag ins Kino ausführen?»

«Ja, wollte er, aber er hat eben immer so viel zu tun. Glaubst du, ihm macht das Spaß, ständig durch die Gegend zu reisen?» Katie hatte geschickt vom Thema abgelenkt, aber Charlotte dachte sich ihren Teil. Sie glaubte tatsächlich, dass es ihm Spaß machte, sein ungebundenes Leben genießen zu können und die Freuden einer hingebungsvollen Geliebten, die immer brav auf ihn wartete.

«Vielleicht solltest *du* ihn mal zappeln lassen, damit er von sich aus mehr Zeit als Geld in eure Beziehung investiert.» Als sie Katies beleidigten Gesichtsausdruck sah, fügte sie schnell hinzu: «Aber der Ring ist wirklich wunderschön. Er hat Geschmack, dein Alex, das muss man ihm lassen. Was willst du denn dazu anziehen?» Sie wollte Katie nicht die Freude verderben. Vielleicht ärgerte sie sich auch nur über ihre eigene Unentschlossenheit in ihrem Verhältnis zu Paul, die sie nun an Katie abreagierte. Aber Katie war nicht böse, sie hatte sich diese Gedanken selbst schon oft genug gemacht. Doch sie konnte die Hoffnung nicht aufgeben, dass ihre Beziehung für Alex im Laufe der Zeit noch wichtiger werden würde, schließlich kam er in jeder freien Minute zu ihr und überhäufte sie mit kleinen und großen Aufmerksamkeiten.

Sie seufzte und erzählte von dem blauen Samtanzug, den sie letzte Woche zusammen ausgesucht hatten und für den er extra diesen Ring gekauft hatte. Charlotte musste bewundernd zugeben, dass Alex' schlechtes Gewissen auch seine Vorteile hatte. Paul dagegen kam selten auf die Idee, dass er Charlotte verwöhnen müsste, weder aus schlechtem Gewissen noch aus einem anderen Grund, aber dafür war er wenigstens zuverlässig und behandelte sie mit dem nötigen Respekt.

«Du wirst fantastisch aussehen heute Abend. Ich muss mir auch noch etwas überlegen, ein graues Kostüm ist wohl nicht das richtige für eine Gartenparty.»

Katie lachte, froh darüber, dass das Gespräch eine andere Wendung genommen hatte und sich nicht mehr um die offensichtlichen Schwächen ihrer Beziehung drehte. Sie wusste selbst, dass sich auf Dauer etwas ändern musste, aber bis ihr einfiel, wie sie das erreichen konnte, wollte sie die Annehmlichkeiten ihres jetzigen Lebens an der Seite eines viel beschäftigten Mannes einfach genießen.

«Wenn du willst, helfe ich dir beim Aussuchen», bot Katie mit einem frechen Lächeln an. «Es kann nicht schaden, dich mal etwas mehr herauszuputzen, damit Paul endlich bemerkt, was für eine schöne Frau er an seiner Seite hat.» Die Retourkutsche war offensichtlich. Pauls fehlender Charme war den beiden anderen Frauen schon oft unangenehm aufgefallen, und Charlotte musste sich immer wieder anhören, dass sie ihren Begleiter besser erziehen sollte. Bei ihrem letzten gemeinsamen Abendessen war er einfach vom Tisch aufgestanden, ohne beim Abräumen zu helfen oder auch nur der Köchin – an diesem Abend hatte Katie für alle ein köstliches Gulasch zubereitet – ein Lob auszusprechen. Dass Charlotte sich für dieses Abendessen besonders zurechtgemacht hatte mit tiefem Ausschnitt und einem für ihre Verhältnisse ungewöhnlich kurzen Rock hatte er natürlich mit keinem Wort erwähnt.

«Du hast Recht, Katie, wer im Glashaus sitzt, sollte nicht mit Steinen werfen. Mein Paul kann genauso viel von Alex lernen wie umgekehrt.» Charlotte lachte, stand auf und setzte sich auf Katies Sessellehne. «Vielleicht sollten wir mal gemeinsam eine Strategie entwickeln, wie wir unsere Männer besser in den Griff bekommen.» Sie umarmte die junge Frau, die sich wohlig in ihre Arme schmiegte.

«Da haben meine Moralpredigten wohl endlich doch noch gefruchtet.» Jo kam fröhlich in den Salon gestürmt. Sie strahlte ihre beiden Untermieterinnen vergnügt an. «Wenn ihr so weitermacht, bekehrt ihr mich doch noch zur Monogamie. Aber bis dahin», sie winkte die beiden Frauen zu sich heran, «bitte ich euch um einen prüfenden Blick.» Jo war schon wieder auf dem Weg nach draußen. Katie und Charlotte eilten hinter ihr her, um zu sehen, was denn so dringend war.

«Die machen mich hier noch wahnsinnig. Seht euch doch mal dieses Chaos an.» Sie wirbelte herum und fauchte, halb im Spaß, halb im Ernst, einen Mann an, der einen Turm aufeinander gestapelter Stühle trug und offensichtlich keinen Plan hatte, wohin er damit eigentlich wollte. «Wir haben das doch letzte Woche ausführlich besprochen. Ich möchte die Sitzgruppen im Halbrund um die Terrasse herum aufgebaut haben, nicht *auf* der Terrasse. Das ist doch nicht so schwer zu verstehen.»

Charlotte und Katie schauten sich grinsend an. Sie wussten genau, wie sehr Jo es liebte, Veranstaltungen zu organisieren und eine Horde von Leuten herumzukommandieren. Vielleicht war das sogar das Geheimnis ihres Erfolgs als Fotografin. Aber sie brauchte Publikum, um zur Höchstform auflaufen zu können. Also taten sie ihr den Gefallen und gaben ihr in allem Recht, was sie zu bemängeln hatte.

Bevor das Restaurant-Team mürrisch werden konnte, klatschte Jo laut in die Hände und lud alle zu einer kleinen Verschnaufpause ein. Sie hatte schon Säfte, Limonaden und Sprudelwasser kalt gestellt. Und ihre Freundinnen sollten wohl als schmückendes Beiwerk dienen, um die Männer bei Laune zu halten.

Gerade wollte Charlotte sich einen Krug greifen, um Saft einzuschenken, als sie jemand von hinten anrempelte. Sie drehte sich um, eine schnippische Bemerkung auf den Lippen – und stutzte, bevor sie das erste Wort ausgesprochen hatte.

«Oh, bella donna, was für eine Freude, Sie hier zu treffen.» Der Kellner, der ebenso verdutzt war, hatte sich schneller wieder gefangen als Charlotte. Es war der freche junge Mann, der sie am Donnerstag bedrängt hatte, als sie mit Paul in dem neuen Restaurant essen gewesen war. Ein äußerst angenehmes Ziehen in ihrem Unterleib zeigte deutlich, dass ihr Körper die erregende Begegnung nicht vergessen hatte.

«Ich weiß nicht, was Sie meinen», entgegnete Charlotte kühl und ließ den erstaunten Mann stehen. Ohne sich noch einmal umzusehen, verschwand sie im Haus.

Jo war diese kleine Szene nicht entgangen, und sie freute sich diebisch darüber zu sehen, dass die wohl erzogene Frau Doktor auch einmal aus der Fassung geraten konnte. Was zwischen den beiden wohl vorgefallen sein mochte, dass Charlotte sich entgegen ihrer sonstigen Art so unhöflich verhielt?

Jo nahm sich vor, diesem kleinen Geheimnis im Laufe des Abends nachzugehen. Jetzt musste sie sich erst einmal darum kümmern, dass der Abend überhaupt anfangen konnte. Sie sah sich um und zählte die anwesenden Kellner. Die Kochmannschaft hatte sich bereits in der Küche ans Werk gemacht und ein buntes Durcheinander an Farben und Gerüchen angerichtet. Die ersten Lasagne-Schüsseln dampften schon in den Backöfen, während grüne, rote und gelbe Nudelsoßen auf den Kochplatten brodelten.

Wenn sie richtig gezählt hatte, waren es elf statt zehn Männer in schwarzen Hosen und weißen Hemden, die sich jetzt eine Pause gönnten. Sie waren allesamt ansehnlich. Il Maestro, wie sich der Chef des Restaurants gern nennen ließ, hatte also nicht zu viel versprochen. Bei näherem Hinsehen gab es allerdings einen, der besonders appetitlich aussah, wenn auch etwas zu schön für Jos Geschmack, die es fast täglich mit arroganten Models und ihren Neurosen zu tun hatte. Der schöne Mann strich sich gerade eine widerspenstige Strähne seiner kastanienbraunen Haare aus der Stirn. Sie bewunderte kurz sein markantes Profil, bevor er sich plötzlich zu ihr umdrehte, als hätte er ihren Blick bemerkt. Er sah ihr direkt in die Augen. Die Andeutung eines Lächelns huschte über seinen sinnlichen Mund, während sie einen Ausdruck der Überraschung in seinen dunklen Augen zu erkennen glaubte. Jo überlegte, ob sie ihn vielleicht von irgendwoher kannte. Vielleicht sollte sie ihn einfach fragen, denn er kam direkt auf sie zu und blieb nur einen halben Schritt von ihr entfernt stehen. Es schien, als wollte er sie sich nur genauer ansehen, aber dann öffnete er seinen herrlich geschwungenen Mund und fragte sie, wo er wohl die Toiletten finden könnte.

Einen Moment starrte Jo ihn verwirrt an, bevor sie ihm den Weg beschreiben konnte. «Äh, im Erdgeschoss.» Sie musste sich räuspern. «Am Ende des Ganges auf der rechten Seite.» Er lächelte, nickte und verschwand in die angegebene Richtung. Jo blieb wie angewurzelt stehen.

«Welcher Geist ist dir denn begegnet?» Katie strich ihr besorgt über den Arm. «Du bist ja ganz blass.»

«Hast du diesen Mann eben gesehen? Oder habe ich mir den nur eingebildet?» Jo schaute suchend zum Eingang des Salons, aber er war bereits verschwunden.

«Seit wann lässt du dich denn von einem Mann aus der Fassung bringen? Das habe ich ja noch nie erlebt», meinte Katie mit amüsiertem Unterton.

«Blödsinn!» Jos Locken tanzten in ihrem Nacken. «Ich dachte nur, ich hätte ihn schon mal irgendwo gesehen. Hab mich wohl geirrt. Komm!», forderte sie ihre Freundin auf. «Gehen wir nach oben. Ich muss euch noch etwas zeigen.» Sie rief den Männern noch ein paar Anweisungen zu, bevor sie Katie hinter sich her ins Haus zog. Auf dem Weg nach oben blickte sie sich noch ein paar Mal verstohlen um.

Gehorsam folgte Katie ihrer Freundin in den zweiten Stock, wo Jo an Charlottes Zimmertür anklopfte und, ohne eine Antwort abzuwarten, eintrat. Sie fanden die Dritte im

Bunde vor ihrem Kleiderschrank, in dem sie lustlos ihre Blusen und Röcke hin und her schob.

«Charlotte, wir suchen nachher etwas Passendes für dich in meinem Fundus. Aber jetzt musst du mal kurz mitkommen.» Energisch zog sie ihre zweite Mitbewohnerin ebenfalls hinter sich her. Katie warf Charlotte einen fragenden Blick zu, aber diese zuckte nur mit den Schultern. Ihr Erstaunen wuchs noch, als Jo die etwas schmalere Treppe zum Dachgeschoss hochstieg und sich weigerte, die neugierigen Fragen der beiden Frauen nach ihrem Vorhaben zu beantworten. Oben angekommen, blieben sie vor einer staubigen Holztür stehen, die abgeklebt war, um den Rest des Hauses vor den Spuren der Ausbauarbeiten zu schützen. Mit aller Kraft stieß Jo die Tür nun auf und bedeutete den Frauen, ihr zu folgen.

Die Arbeiten waren schon weit vorangeschritten. Die gewaltigen Giebel der Villa waren bereits verglast. In den nächsten Tagen, wenn das Wetter weiter mitspielte, sollte das Dach geöffnet werden, um auch dort die geplanten Glasfenster einsetzen zu können. Jo stapfte zur gegenüberliegenden Seite des riesigen Dachgeschosses, dabei kleine Staubwolken hinter sich aufwirbelnd. An einer gemauerten Säule blieb sie stehen und zeigte auf etwas, das die beiden anderen noch nicht sehen konnten.

«Schaut euch das mal an!» Jo klopfte auf eine kleine Klappe aus Holz, die in das Mauerwerk eingelassen war. «Ich habe sie letzte Woche entdeckt, als die ersten Fenster eingesetzt wurden. Bis dahin war diese Ecke so dunkel, dass niemandem die Klappe auffallen konnte. Der Bauleiter meinte, das wäre irgendeine Schornsteinklappe zur Reinigung, aber sie lässt sich nicht öffnen. Was meint ihr dazu?» Sie sah ihre Freundinnen erwartungsvoll an.

«Keine Ahnung.» Katie konnte nichts Besonderes an dieser Klappe entdecken. «Warum sollte es keine Schornsteinklappe sein? Vielleicht klemmt sie einfach nur.»

«Merkwürdig nur, dass sie überhaupt keinen Griff hat, an dem man sie anfassen könnte.» Charlotte bückte sich, um die Klappe näher betrachten zu können.

«Genau, das habe ich auch gedacht.» Jo wirkte sehr zufrieden mit ihrer Entdeckung. «Und deshalb habe ich das hier schon mal hochgebracht.» Sie zeigte den beiden ein Brecheisen, das sie hinter der Säule versteckt hatte. «Ich wollte euch nur gern dabeihaben, wenn ich es öffne. Wer weiß», sie senkte ihre Stimme zu einem geheimnisvollen Flüstern, «vielleicht verbirgt sich dahinter ja ein dunkles Geheimnis.» Mit diesen Worten setzte Jo die Metallstange am Rand der Klappe an und begann, sie aufzuhebeln. Einige Male rutschte sie ab, bevor sie einen Einlass im Mauerwerk als Halt für das Werkzeug finden konnte. Mit einem lauten Knirschen schwang die Klappe schließlich auf. Die drei Frauen drängten sich neugierig vor die erstaunlich geräumige Öffnung: Alles, was sie entdecken konnten, war ein großer, staubiger Pappkarton. Gemeinsam zogen sie ihn aus seinem Versteck und hoben erwartungsvoll den Deckel hoch, der keinerlei Beschriftung aufwies. Zu ihrer großen Enttäuschung enthielt der Karton jedoch anscheinend nichts weiter als altes Spielzeug wie Puppen in Spitzenkleidchen mit Porzellanköpfen, Miniatur-Oldtimer aus bunt bemaltem Blech und grob geschnitzte Holztierchen. «Und dafür hast du uns hierhin geschleppt?», empörte sich Charlotte.

Auch Jo war die Enttäuschung deutlich anzusehen, aber wie immer nahm sie das Ganze von der positiven Seite. «Ach, es war doch einen Versuch wert. Vielleicht hat Großmutter hier ihre alten Spielsachen versteckt, weil sie sich nicht davon trennen mochte, es aber auch nicht zugeben wollte. Das würde ihr ähnlich sehen.» Jo wühlte in dem alten Krempel herum.

«Wir nehmen den Karton mit runter», entschied sie energisch, «und dann kann sich jede ein schönes Stück aussuchen. Den Rest verscherbeln wir auf dem Flohmarkt.»

«Als würdest du jemals auf einem Flohmarkt stehen und Sachen verkaufen.» Katie lachte. Sie hatte auch eine Hand in den Karton gesteckt und strich liebevoll über die kleinen Puppen. «Als Kind hab ich mir immer so eine gewünscht.» Sie holte eine der zierlichen kleinen Damen mit den Spitzenkleidern und bunten Häubchen heraus.

«Na bitte», meinte Jo zufrieden. «es wird für jede etwas Schönes dabei sein, auch für dich, Frau Doktor.» Sie klopfte Charlotte zuversichtlich auf die Schulter, «aber jetzt müssen wir erst einmal etwas Tolles für dich zum Anziehen finden.» Sie schnappte sich den staubigen Karton, der nicht besonders schwer war, und machte sich wieder auf den Weg nach unten.

Im zweiten Stock stellte sie die Spielzeugkiste vor Katies Tür. «Du darfst als Erste», meinte sie gönnerhaft, bevor sie die Treppe zu ihrer eigenen Etage hinunterhüpfte.

«Na, toll, noch ein Karton mehr, der hier herumsteht. Wir kommen bald nirgends mehr durch.» Katie schaute auf die anderen Fundsachen vom Dachboden, die in Kisten und Kartons zu kleinen Türmen gestapelt überall im Haus verteilt waren. Neben dem ganzen Gerümpel lehnten auch zahllose Bilder an den Wänden. Bisher hatte noch keine von ihnen Lust gehabt, die Sachen durchzusehen und auszusortieren. Stattdessen hofften sie insgeheim, dass sich das Problem irgendwie von selbst lösen würde. Schnell schob Katie den Karton mit den Spielsachen hinter ihre Zimmertür, damit er nicht unauffindbar zwischen all den anderen verschwinden konnte. Sie wollte sich die Püppchen noch einmal in Ruhe ansehen, aber erst nachdem sie geholfen hatte, Charlotte in einen Vamp zu verwandeln.

Das erste Geschoss war ähnlich aufgeteilt wie das Stockwerk darüber, nur dass Jo dieses allein bewohnte, sodass sie keine Trennwand zwischen dem rechten und dem linken Flügel benötigte. Obwohl jeder der neun Räume einen Zugang zum Flur besaß, waren alle Zimmer auch hier durch große Schiebetüren miteinander verbunden, mit Ausnahme ihres Yoga-Raumes. Am Ende jeden Flures befand sich ein geräumiges Badezimmer, eine Extra-Küche gab es hier nicht. Stattdessen hatte sich Jo den Luxus gegönnt, einen der riesigen Räume als Ankleidezimmer einrichten zu lassen, um den gesamten Fundus ihres Fotostudios hier unterbringen zu können. Fast jedes namhafte Modehaus hatte sie mit einer Kollektion ausgestattet, in der Hoffnung, auf einem ihrer Fotos verewigt zu werden.

«Wenn wir hier nichts für dich finden, dann nirgendwo», behauptete Jo und schob Charlotte durch die Tür. In dem riesigen Raum gab es zwei mit rotem Samt bezogene Barock-Stühle, auf denen schon so manche Stylistin und Art-Direktorin Platz genommen hatte, um die passende Auswahl an Outfits für ein Foto-Shooting zu treffen. Charlotte ließ sich seufzend auf eine dieser erstaunlich robusten Antiquitäten fallen und wartete auf das Unvermeidliche. Jo war hier in ihrem Element, und auch Katie, die gerade den Raum betrat, konnte Stunden in dieser heiligen Halle verbringen und die Kreationen der Modeschöpfer bewundern.

Die beiden würden es wahrscheinlich nicht einmal merken, wenn ich mich jetzt davonstehle, dachte Charlotte. Doch damit hatte sie sich geirrt. Mit einem Ruck drehten sich ihre beiden Freundinnen plötzlich um und starrten sie herausfordernd an.

«Mal ehrlich, wie verführerisch willst du heute Abend aussehen?» Katie und Jo drängten sich dicht aneinander, sodass Charlotte nicht sehen konnte, was sie entdeckt hatten.

«Na los, zieh dich schon aus!», forderte Jo unnachgiebig. «Wir haben noch viel zu tun.» Sie stieß Katie den Ellbogen in die Rippen und grinste sie verschwörerisch an.

«Erst zeigt ihr mir, was ihr da versteckt», protestierte Charlotte, doch auf dieses Stichwort hatten die beiden Frauen nur gewartet. Mit einem Johlen stürzten sie sich auf die noch Sitzende und zerrten ihr bereits die Schuhe von den Füßen. Bevor sie sich wehren konnte, wurde Charlotte vom Stuhl gezogen, und schon hatte Jo ihren Rock geöffnet, der mit leisem Rascheln hinunterfiel. Zwei Minuten später stand sie in einem rosafarbenen BH mit weißem Slip vor den Freundinnen, die ihre mädchenhafte Unterwäsche amüsiert musterten. Sie verständigten sich mit einem kurzen Blick, und dann rissen sie Charlotte, die sich vergeblich mit empörtem Schnauben und deftigen Schlägen zu wehren versuchte, auch noch die letzten Stoffreste vom Leib.

«Ihr seid ja völlig verrückt», schnappte Charlotte nach den beiden, doch Jo und Katie standen nur mit verschränkten Armen vor ihrer zeternden Freundin und betrachteten sie ungeniert.

«Wie alt bist du eigentlich, Charlotte?»

«Das wisst ihr ganz genau!»

«Mmh, Ende dreißig. Das ist doch wirklich ganz erstaunlich. Oder was meinst du, Katie?»

«Wenn ich es nicht wüsste, würde ich es nicht glauben. Nimm doch mal die Arme runter, Liebes.»

«Jetzt hört doch endlich auf mit dieser Fleischbeschau und gebt mir was zum Anziehen!», befahl Charlotte mit leicht verzagtem Unterton.

«O. K., du Zimperliese.» Jo grinste Katie wieder an, die wie auf Kommando beiseite trat und einen Bügel von der Kleiderstange nahm.

«Bitte sehr, versuch das mal.» Katie hielt ihrer Mitbewohnerin einen Hauch von nichts entgegen.

«Das zieh ich nicht an», protestierte Charlotte sofort.

«Na gut, dann dreh dich mal im Kreis, damit wir dich noch ein bisschen bewundern können.» Katie kicherte über Jos Schamlosigkeit, die sofort die gewünschte Wirkung hervorrief. Charlotte griff sich den Kleiderbügel und schlüpfte in das ihr dargebotene Kleid, um endlich dem prüfenden Blick der beiden Frauen zu entkommen.

Damit kam sie allerdings vom Regen in die Traufe.

Das Stoffgebilde konnte man nur mit Mühe als Kleid bezeichnen. Es betonte Charlottes Nacktheit mehr, als dass es sie verbarg. Hauchdünne Chiffonstreifen fielen an ihrem Körper hinab. Sie wurden durch nichts weiter gehalten als eine Strasskette mit feinen Trägern aus silbernen Perlen, die sich an Charlottes Schultern schmiegten. Die Stoffe flatterten in allen Regenbogenfarben um den fraulichen Körper der Universitätsdozentin. Ihre helle Haut schimmerte zwischen den Stoffbahnen hindurch, ebenso wie ihre kirschroten Brustwarzen, die sich durch das zarte Kitzeln der Stoffe aufgestellt hatten.

«Also, wenn Paul dich so sehen könnte …» Jo ordnete die Farbkaskaden auf Charlottes Körper, in dem sie jeden einzelnen Streifen glatt strich und fein säuberlich neben den anderen drapierte. Dabei berührte sie kaum merklich

Charlottes üppige Brust, deren Vorhöfe sich immer mehr zusammenzogen und dabei die Kirschspitzen röter und fester werden ließen. Katie half ihrer Freundin bei der Rückenpartie und nutzte die günstige Gelegenheit, um die Stoffbahnen auf Charlottes rundem Hintern glatt zu streichen.

«Aphrodite wäre bei deinem Anblick vor Neid erblasst», stellte Jo zufrieden fest, als sie einen Schritt zurücktrat, um ihr Werk zu begutachten. Charlotte hatte keinen weiteren Mucks von sich gegeben und stand auch jetzt noch atemlos vor ihren Freundinnen, die sich nicht satt sehen konnten an der üppigen Schönheit.

«Rühr dich nicht von der Stelle! Ich hole nur schnell meinen Fotoapparat. Diesen Anblick muss ich für die Ewigkeit festhalten.» Sie drehte sich noch einmal um. «Katie, sorg dafür, dass sie sich nicht bewegt!» Doch diese Aufforderung war überflüssig, denn Charlotte wagte kaum auszuatmen aus Angst, sie könnte die Stoffe durcheinander bringen, sodass ihre Freundinnen sie von neuem sortieren müssten. Seltsamerweise hatte sie nichts dagegen einzuwenden, für Jo zu posieren, obwohl sie sich noch nie in ihrem Leben so nackt gefühlt hatte. Aber sie genoss das sanfte Schmeicheln der hauchdünnen Stoffe auf ihrer Haut und das Farbenspiel, das so einen herrlichen Kontrast zu ihrer eigenen Blässe darstellte. Und sie konnte sich nicht gegen die leise Erregung wehren, die von ihr Besitz ergriffen hatte, als die Hände der beiden Frauen über ihren Körper gewandert waren.

Was ist bloß los mit mir, dachte Charlotte verzweifelt. Erst bringt mich dieser unverschämte Kellner aus der Fassung, und dann lasse ich mich auch noch von meinen Freundinnen auf eine Weise berühren … Weiter kam sie nicht in ihren Überlegungen. Katie hatte wortlos an einem

Schrank gelehnt und sie nicht aus den Augen gelassen, bis Jo wieder in den Raum gestürmt kam und sofort an ihrer Kamera hantierte.

«Das Licht ist perfekt. Es zaubert einen Strahlenkranz um deine Formen, einfach atemberaubend!» Jos Begeisterung breitete sich in Sekundenschnelle aus und erfasste die beiden anderen, die darüber fast den Anlass dieser Anprobe vergaßen. Der Apparat in Jos Händen klickte und surrte auf altmodische Weise, obwohl es eine der modernsten Digitalkameras war, die der Markt zu bieten hatte. Und plötzlich erwachte in Charlotte eine sinnliche Lust, sich vor der Kamera zu bewegen und ihren Körper zur Schau zu stellen. Davon war sie selbst am meisten überrascht. Als hätte Jo immer geahnt, dass in ihrer Mitbewohnerin ein Talent als Model schlummerte, trieb sie sie zu immer neuen Posen an, mal lasziv nach hinten gelehnt, mal verschämt zur Seite gedreht, mal herausfordernd der Kamera zugewandt. Katie stand gebannt in einer Ecke des großen Raumes und ließ das Schauspiel auf sich wirken. Sie bewunderte Charlottes fraulichen Körper, der sich völlig von ihrer eigenen mädchenhaften Erscheinung unterschied. Sie konnte sich nicht satt sehen an ihren runden Brüsten, die mittlerweile kaum noch von den Chiffonstreifen bedeckt waren, und der weiß schimmernden Haut, die zwischen den bunten Kaskaden hervorlugte.

«Katie, ich habe eine großartige Idee!», riss Jo die junge Frau mit einem Mal aus ihren Gedanken. «Zieh dich aus und stell dich mal neben Charlotte. Ihr beide seid der Inbegriff weiblicher Erotik in all ihren Facetten.»

«O nein, da irrst du dich», antwortete Katie lachend. «das sind wir erst, wenn du auch noch mitmachst. Erst dann hast du wirklich alle Kontraste versammelt.» Sie umarmte Jo und knöpfte ihr wie selbstverständlich die fliederfarbene Sommerhose auf. «Dieses neumodische Ding hat doch bestimmt auch einen Selbstauslöser, oder?» Jo stimmte in Katies unbeschwertes Lachen ein und zog sich zu Charlottes großer Verblüffung tatsächlich auch aus. Als die beiden Frauen schließlich nackt waren, stellte Jo die Digitalkamera auf ein Regalbrett in passender Höhe und stellte den Selbstauslöser ein. Dann zog sie Katie mit sich und arrangierte ein Bild mit Charlotte auf einem der Barockstühle, Katie ihr zu Füßen kniend. Sie selbst stellte sich hinter die Frauen und beugte sich zu Charlottes Hals hinab. Dabei fielen ihre dunklen Locken wie ein Wasserfall über die weiße Schulter der Sitzenden bis hinab zu ihren Brüsten, die sich zwischen den bunten Stoffstreifen hoben und senkten. Die Kamera klickte und blitzte und hielt diesen kurzen Moment fest, der so viel weibliche Schönheit und Anmut in sich vereinte, dass dieses Foto später, viel später als eines der Meisterwerke der Fotografin Josephine Ahrens gelten sollte.

In diesem Augenblick aber ahnten die drei Grazien noch nichts von dem bevorstehenden Ruhm. Sie gaben sich stattdessen dem einmaligen Zauber hin, der sich in dem Raum verbreitete, als die Wärme der sich berührenden Körper miteinander verschmolz. Katie hatte eine Hand auf Charlottes übereinander geschlagene Beine gelegt, genau zwischen zwei Stoffstreifen, die zur Seite gefallen waren. Ihre weiche kleine Hand berührte die zarte Haut der älteren Freundin, während ihre Blicke sich zärtlich trafen. Jo beugte sich noch ein wenig weiter hinunter und strich mit ihren Lippen über den langen Hals ihres Models und sog den schwachen Duft eines teuren Parfüms ein. Und selbst Charlotte gab ihre damenhafte Zurückhaltung auf, bog den Hals etwas zur Seite und legte eine Hand auf Katies seidiges Haar. So verharrten sie ein paar Sekunden, bis sie gleichzeitig den Mut fanden, ihre Bewegungen fortzusetzen. Es dauerte nicht lange, und die drei Frauen waren ineinander verwoben, berührten die weichen Formen und Rundungen, strichen sich die Haare aus den erröteten Gesichtern und ließen ihre Lippen über die samtige Haut wandern.

Doch bevor eine von ihnen es wagen konnte, die feuchte Wärme zwischen den Schenkeln der anderen zu erforschen, wurden sie plötzlich von einem lauten Geräusch aus ihrer Verzauberung gerissen. Direkt vor dem Ankleidezimmer krachte und klirrte es, als wäre ein Karton mit zerbrechlichem Inhalt umgeworfen worden. Jo fuhr als Erste hoch, fluchte und schnappte sich einen Seiden-Kimono, bevor sie die Tür zum Flur aufriss.

Ein Mann eilte bereits die ersten Treppenstufen hinunter. Ohne darüber nachzudenken, sprang Jo hinter ihm her, erwischte den Ärmel seines weißen Hemdes und zwang ihn, sich umzudrehen.

«Was fällt Ihnen eigentlich ein?», fuhr sie ihn an, doch als er sich umdrehte, blieben Jo alle weiteren Worte im Munde stecken, denn sie blickte in die schönen bernsteinfarbenen Augen, die sie vor kurzem das erste Mal gesehen hatte.

«Ich … äh.» Fred entschied sich, die Wahrheit zu sagen, jedenfalls so weit das sein eigentliches Vorhaben nicht verriet. «Ich konnte einfach nicht widerstehen, mich in diesem wunderbaren Haus umzusehen. Sorry!» Er versuchte es mit einem besonders schmelzenden Lächeln, das ihm aus unerfindlichen Gründen jedoch nicht recht gelingen wollte.

«Dann fragen Sie mich nächstes Mal wenigstens um Erlaubnis. Was haben Sie da eigentlich umgeworfen?», fragte Jo misstrauischer, als es normalerweise ihre Art war.

«Ach, nichts weiter, ich bin nur versehentlich an einen Karton gestoßen. Tut mit leid, wenn ich Sie erschreckt habe.» Er sah mit zerknirschter Miene zu ihr auf. Jo stand eine Treppenstufe über ihm und wurde sich gerade bewusst, dass sie ihn immer noch am Ärmel festhielt.

Irgendetwas an diesem Mann irritierte sie. Zugegeben, er war sehr schön, aber schließlich hatte sie es schon mit ganz anderen schönen Männern zu tun gehabt. Etwas an seiner Art kam ihr seltsam vertraut vor, obwohl sie sicher war, ihm vorher noch nie begegnet zu sein.

«Sie sollten sich jetzt besser wieder um ihre Arbeit kümmern.» Jo versuchte den Bann zu brechen, der sie immer noch gefangen hielt. «Bis die ersten Gäste kommen, ist nicht mehr viel Zeit.» Sie schüttelte ihre herrlichen Locken und lächelte ihn versöhnlich an, schließlich konnte sie seine Begeisterung für dieses Haus allzu gut nachvollziehen. Warum war sie nur so aufgebracht, als sie ihn in der Nähe ihrer Räume entdeckt hatte?

Fred konnte sich kaum von dem Anblick der tanzenden Locken lösen, und als sie ihre vollen Lippen auch noch zu einem Lächeln verzog, kreisten die Worte wieder durch seinen Kopf, die sich ihm bereits bei ihrem ersten Anblick aufgedrängt hatten, und er musste an die Wirkung denken, die sie auf ihn gehabt hatten.

‹Eine Frau, so schön wie eine Rosenblüte im Morgentau. Das zarte Gesicht von kastanienbraunen Locken umrahmt. Rote Lippen, zu einem süßen Lächeln geöffnet. Die grünen Augen so klar und sinnlich, dass ihr Blick ein liebendes Herz erwärmt.›

Er selbst hätte dies vielleicht nicht ganz so poetisch ausgedrückt, aber die Beschreibung traf ohne Zweifel auf diese Frau zu, die für heute Abend seine Chefin war. Vor ein paar Minuten hatte er das fragliche Gemälde zwischen all dem Gerümpel im ersten Stock entdeckt. Und wenn die Frau darauf nicht offensichtlich nach der Mode der 1920er Jahre gekleidet gewesen wäre, hätte er schwören können, dass er die Portraitierte gerade vor sich hatte. Er blickte noch einmal in ihre meergrünen Augen und wandte sich dann mit einem Bedauern zum Gehen, das ihn, den Frauenschwarm, ehrlich erstaunte.

Acht

Zwei Stunden später schritt Jo in Begleitung von Katie und Charlotte die große Treppe zum Foyer hinunter, und nichts ließ mehr die Erregung erahnen, welche die drei Frauen vor kurzem noch miteinander verbunden hatte. Nachdem Jo wieder zu ihren Freundinnen in das Ankleidezimmer zurückgekehrt war, hatte Katie – selbst wieder züchtig angezogen – gerade ein hochgeschlossenes Abendkleid aus dunkelgrünem Samt aus den Schränken gezogen, das sie Charlotte reichte, die in ihrer mädchenhaften Unterwäsche auf Katies Vorschläge wartete. Die beiden hatten Jo erwartungsvoll angesehen und waren ziemlich überrascht über ihren verstörten Gesichtsausdruck gewesen. Bevor Katie etwas fragen konnte, erklärte Jo ihnen wenig überzeugend, dass sich irgendein Kellner auf der Suche nach der Toilette in den ersten Stock verirrt und dabei einen Karton umgestoßen hätte. Was der Grund für ihren Gemütsumschwung war, blieb unerklärt.

Es hatte eine Weile gedauert, bis die drei sich einigen konnten. Nach etlichen weiteren Versuchen hatten sie sich schließlich für das grüne Samtkleid entschieden, das den perfekten Kontrast zu Charlottes roten Haaren bildete. Die seidig glänzenden Strähnen fielen jetzt auf den grünen Stoff und umrahmten das zart gepuderte Gesicht mit den klaren Augen und dem chanelrot geschminkten Mund. Hinter der grünen Robe funkelte Katies blauer Anzug, der den frechen Blondschopf in einen verruchten Dandy verwandelte. Auch Katie hatte, mit Ausnahme eines leuchtenden Lippenstifts, auf jedes Make-up verzichtet. Sie wirkte jungenhaft und frisch und strahlte gleichzeitig eine abgründige Erotik aus, die an diesem Abend nicht nur Alex' Herz schneller schlagen ließ. Die beiden Schönen bildeten den perfekten Rahmen für Jos Auftritt, der die Gespräche der bereits zahlreichen Anwesenden zum Verstummen brachte. Neben ihren Freundinnen wirkte Jo wie eine Amazone in einer farbenprächtigen Operninszenierung, als sie in einem sündhaft roten, knallengen Leder-Outfit neben ihren Begleiterinnen die breite Treppe hinunterschritt. Sie hätte auch die grausame Herrscherin eines dunklen Reiches darstellen können oder eine Hexe aus Eastwick, die gerade mit Jack Nicholson geschlafen hatte. Ihre dunklen Locken waren zu einer Löwenmähne aufgebürstet, die die ungebändigte Wildheit dieser verführerischen Frau widerspiegelte. Ihre moosgrünen Augen wurden von Lidstrich, Kajal und Mascara betont und strahlten über ihren vollen ungeschminkten Lippen, auf denen ein herausforderndes Lächeln spielte. Der lange Hals war nackt, ebenso wie die Schultern bis hinab zum Dekolleté, das von einer geschnürten Korsage gehalten wurde. Schlangenartige Silberringe umkreisten ihre weißen Oberarme, ein Diamant glitzerte in ihrem Bauchnabel, und erst an den Hüften schmiegte sich wieder das handschuhweiche Leder einer hautengen Hose, die aussah, als wäre sie direkt auf die nackte Haut geklebt. Es war offensichtlich, dass Jo keine Unterwäsche trug. Auf silberfarbenen Highheels schritt sie die Stufen hinunter, bis wirklich jedes Augenpaar auf sie gerichtet war. Dann blieben die drei Frauen gleichzeitig mitten auf der Treppe stehen, als hätten sie diesen Auftritt lange geübt. Sie sahen sich in der Menge zu ihren Füßen um.

Jos Assistent hatte sich als Erster aus der erstarrten Verzückung gelöst und eine Kamera hervorgeholt, die er immer einsatzbereit bei sich trug. Das grelle Blitzlicht zuckte, und er hatte einen weiteren bedeutenden Augenblick festgehalten, der später mit Jos Bildnis der drei Grazien zusammen ausgestellt werden würde. Der junge Mann wusste noch nicht, dass dies der fehlende Anstoß zu seiner Karriere als selbständiger Fotograf war, aber er freute sich schon jetzt darauf, den Film noch in der Nacht in seinem eigenen Labor zu entwickeln und erste Abzüge von den Fotos zu erstellen. Während er noch in seiner Funktion als Assistent durch den Sucher blickte, erhob sich langsam ein Murmeln und Raunen unter den Gästen.

«Sie hätte Jane Fonda die Rolle der Barbarella streitig gemacht.»

«Wer ist denn diese Meeresgöttin hinter ihr?»

«Der kleinen Blonden würde ich zu gern mal aus der Jacke helfen.»

Die Kommentare überschlugen sich. Jeder und jede, die schon einmal mit Jo gearbeitet hatte, konnte eine Anekdote über ihre tatsächlichen oder erfundenen Affären zum Besten geben. Die Frauen ergingen sich in verstecktem Neid oder offener Bewunderung, und die Männer machten keinen Hehl daraus, dass sie jetzt gern mit einer der Damen die Party verlassen hätten oder am liebsten mit allen dreien zusammen. Aber unter den Anwesenden gab es vier Männer, die andächtig den Mund hielten. Paul und Alex, ein ebenso gegensätzliches Paar wie Charlotte und Katie, standen nebeneinander, beide ein Glas Champagner in der Hand haltend auf halbem Wege zum Mund, bevor der Anblick ihrer Freundinnen sie gelähmt hatte. Am Fuße der Treppe war John, der Jüngling aus der letzten Fotoproduktion, zu einer Salzsäule erstarrt. Und mitten im Foyer stand ein Kellner mit einem Silbertablett in der Hand, das er einem Gast vor die Nase hielt, obwohl kein einziger Sektkelch mehr darauf stand. Vor ihren geistigen Augen entblätterten die vier Männer die Frauen auf der Treppe, jeder seine ganz persönliche Angebetete, und die Phantasien, die dem Entkleiden folgten, ähnelten sich auf sehr männliche Weise. Die vier waren allerdings nicht die Einzigen, die bei dem Anblick dieser verführerischen Weiblichkeit eine Erektion bekamen, aber zumindest Paul und Alex konnten darauf hoffen, dass ihre noch eine Verwendung finden würde.

Katie und Charlotte hatten mittlerweile ihre Lebensgefährten entdeckt und gingen zielstrebig durch die Menge zu ihnen hinüber. Amüsiert nahmen die beiden Frauen die Begeisterung ihrer Männer wahr, als sie sich zur Umarmung an sie schmiegten. Die Beule in der jeweiligen Hose war deutlich zu spüren. In dem Gedränge wagte Katie einen kurzen Griff zwischen Alex' Beine, was er mit einem beherzten Klaps auf ihre knackigen Hinterbacken beantwortete.

«Na warte, du kleines Biest, ich werde dir deine Schamlosigkeit heute noch austreiben», versprach er ihr mit rauer Stimme. Katie kicherte nur und packte noch einmal so kräftig zu, dass ihr Freund lüstern aufstöhnte.

Obwohl Paul nicht weniger erregt war, fiel seine Begrüßung wie immer distinguiert und höflich aus.

«Liebe Charlotte, ich freue mich, dich zu sehen.»

«Das will ich dir auch geraten haben», erwiderte Charlotte und konnte die Enttäuschung in ihrer Stimme nicht ganz unterdrücken. Sie dachte an die Vorbereitungen am Nachmittag, die nur dem Zweck gedient hatten, Paul aus der Reserve zu locken. Und obwohl die Wirkung offensichtlich war, konnte er ihr nicht einmal ein Kompliment machen?

«Soll ich dir etwas zu trinken besorgen?», fragte Paul mechanisch, ohne etwas von Charlottes Enttäuschung mitbekommen zu haben.

«Ja. Danke», gab sie resigniert zurück, froh, ihn für einen Moment loszuwerden, um ihre Erwartungen wieder auf Pauls Niveau hinunterschrauben zu können.

Alex knabberte sich gerade an Katies Hals fest, während die junge Frau ungeniert ihre Hände unter sein Hemd gleiten ließ. Charlotte wandte ihren Blick ab, um nicht noch neidisch auf Katies Macho zu werden, dessen Verhalten sie sonst so häufig kritisierte. Sie schaute sich neugierig unter Jos vielen Gästen um, zu denen Schöne und Reiche und Ausgeflippte gehörten. Besonders einige von Jos Models fielen in der Masse auf: unwirklich schlank, überirdisch schön oder einfach nur betörend jung. Charlotte beugte sich ein wenig vor, um den athletischen Mann besser betrachten zu können, der Jo verzückt anhimmelte, als sie die letzten Stufen der Treppe hinunterstieg und direkt neben ihm stehen blieb. Die beiden gaben ein großartiges Paar ab, der Schöne und die Versuchung. Warum konnte sich Jo nicht einfach für einen solchen Adonis entscheiden und ihn für eine Weile als ständigen Begleiter auswählen? Er würde ihr mit Sicherheit jeden Wunsch von den Lippen ablesen und ein wenig Ruhe in Jos unstetes Leben bringen. Aber während der junge Mann mit großen Gesten und Worten Jo zu halten versuchte, lachte sie nur über ihn und erbat sich mit einer energischen Handbewegung Durchlass. Der Schönling blickte ihr enttäuscht hinterher, aber sie drehte sich noch einmal um und warf ihm einen Handkuss zu. Vielleicht war doch noch nicht alles verloren.

Als Jo am Ende der Treppe angelangt war, lief sie John, der bereits sehnsüchtig auf ihre Ankunft gewartet hatte, direkt in die Arme.

«Jo, du siehst umwerfend aus!», empfing er sie und versuchte, ihr zur Begrüßung einen Kuss auf die Wange zu drücken. Doch Jo wehrte ihn lachend ab. «He, nur weil wir einmal gevögelt haben, sind wir noch lange kein Paar», wies sie ihn spielerisch zurecht.

«Du bist grausam.» John breitete seine Arme aus, um ihr den Weg zu versperren. «Außerdem hast du mir eine Fortsetzung versprochen», erinnerte er sie genüsslich.

«Keine Angst.» Jo schob ihn energisch beiseite, «die habe ich keinesfalls vergessen.» Dann ging sie einfach weiter. Nach ein paar Metern überlegte sie es sich anders, drehte sich noch einmal um und rief ihm zu: «Bei Anruf Sex!» Es folgte ein vollendeter Handkuss, der ihm die Enttäuschung aus dem Gesicht wischte. Wenn sie ihn tatsächlich anrief, würde er sie schon dazu überreden, mit ihm essen zu gehen. Zufrieden mischte er sich unter die anderen Gäste und ließ damit das eine oder andere Frauenherz höher schlagen. Hätte er es nicht ausgerechnet auf Jo abgesehen, wäre die Auswahl an potenziellen Bettgefährtinnen an diesem Abend sicher groß gewesen.

Als Jo in der Mitte ihrer Gästeschar angelangt war, klatschte sie dreimal laut in die Hände und ließ zur Sicherheit noch einen Pfiff durch die Finger folgen, der jedem Cowboy zur Ehre gereicht hätte. Augenblicklich verstummten die Gespräche, und alle sahen ihre Gastgeberin erwartungsvoll an, die auf eine schnell herbeigetragenes Podest gestiegen war.

«Schön, dass ihr heute Abend Zeit habt», begrüßte Jo die Anwesenden, die ihr mit zustimmendem Gelächter antworteten.

«Ich möchte mit euch feiern, weil ihr mir alle besonders am Herzen liegt.» Sie breitete die Arme aus, als wollte sie sämtliche Gäste umarmen.

«Jeder und jede von euch hat mich ein Stück meines bisherigen Weges begleitet, und ich hoffe, dass wir noch viel

Zeit miteinander verbringen werden – auf die eine oder andere Weise», fügte sie etwas leiser hinzu. Eine Reihe von Männern fühlte sich von diesen Worten anscheinend besonders angesprochen, und sie riefen Jo eindeutig zweideutige Bemerkungen zu. «Ja, das meinte ich auch», erwiderte Jo fröhlich, ohne jede Scham. Sie hatte ihre überschäumende Libido noch nie verleugnet, was die Männer begeisterte und den Frauen imponierte.

«Aber ich meinte damit vor allem die vielen wunderbaren Frauen, die mich unterstützt, gefördert und gefordert haben.» Diesmal kamen die begeisterten Zwischenrufe von den weiblichen Gästen.

«So, das war's. Ich habe jetzt einen kleinen Überblick, wem ich morgen die Hölle heiß machen muss, weil sie oder er nicht erschienen ist.»

Gelächter breitete sich aus.

«Für alle anderen gilt: Lasst es euch gut ergehen, esst, trinkt und tanzt. Es ist angerichtet!»

Eine allgemeine Bewegung in Richtung Terrasse wogte durch die Menge.

«Oh, eine Kleinigkeit noch.» Jo grinste ihre wartenden Gäste verschmitzt an. «Die Kellner sind nur zum Angucken. Finger weg, meine Damen – und Herren.»

In Anbetracht des Spektrums an Schönheit, das an diesem Abend versammelt war, machte der eine oder andere Kellner ein enttäuschtes Gesicht. Aber der Abend war noch lang, es konnte noch viel passieren.

Jo schlängelte sich durch die Menge, begrüßte jeden Einzelnen persönlich, verteilte Küsschen und ließ sich umarmen. In ihrem Fahrwasser bewegten sich die Gäste langsam nach draußen in den Garten, der einen festlichen Anblick bot. Ein opulentes Büfett war in der Mitte der Rasenfläche aufgebaut. Tische und Stühle waren zu kleinen

Sitzgruppen zusammengestellt und mit bunten Sonnenschirmen versehen, die den Garten in ein Blütenmeer verwandelten. Zahlreiche Stehtische säumten die riesige Terrasse, auf der ein beeindruckendes Mischpult thronte, das riesige Boxen speiste und einen lauten Abend versprach. Jetzt allerdings säuselte klassische Musik durch die warme Sommerluft.

Katie und Alex hatten sich bereits einen der Stehtische ausgesucht, von wo aus sie den ganzen Garten überblicken konnten. In dem Gedränge der nach draußen strebenden Menschen sah sich Charlotte gerade nach ihrem Professor um, der sie im Gewühl bislang noch nicht wieder gefunden hatte. Sie wanderte einen verschlungenen Kiesweg entlang, der einmal um das ganze Areal herumführte, und bewunderte die bunte Mischung der Eingeladenen. Ein paar Gesichter kannte sie schon, die meisten allerdings sah sie heute zum ersten Mal. Jo hatte durch ihre Arbeit mit vielen verschiedenen Menschen zu tun, die im Bereich der Modefotografie die unterschiedlichsten Aufgaben erfüllten. Charlotte musste allerdings feststellen, dass Jo offensichtlich nicht nur für die Kollegen hinter den Kulissen, sondern auch für die Stars vor der Kamera eine Schwäche hatte. Zwischen den vielen sympathischen Gesichtern ragte eine ganze Reihe von großen Frauen auf, die sich so elegant bewegten und gekonnt zur Schau stellten, dass man geradezu spürte, wie sie es gewohnt waren, im Mittelpunkt des Geschehens zu stehen. Sie alle waren sehr hübsch, für Charlottes Geschmack allerdings viel zu mager, um wirkliche Schönheiten zu sein. Ganz anders dagegen die männlichen Models, von denen sich hier noch sehr viel mehr tummelten. Jeder Einzelne von ihnen war ausgesprochen appetitlich. Und obwohl alle Haut- und Haarfarben vertreten waren, bevorzugte Jo anscheinend einen ganz besonderen Typ von Mann vor der Kamera – und auch in ihrem Bett, wie Charlotte bisher feststellen konnte. Meistens pflegte Jo ihre erotischen Abenteuer nicht in den eigenen vier Wänden stattfinden zu lassen. Aber hin und wieder bekamen ihre Mitbewohnerinnen doch einmal ein besonders gelungenes Exemplar von Liebhaber am Frühstückstisch zu sehen. Es war wirklich bewundernswert, mit welch einer Leichtigkeit Jo ihre Gelüste auslebte. Ich wünschte, ich könnte etwas von ihr lernen, dachte Charlotte wehmütig, das ganze Leben ist so viel bunter und strahlender mit einer Prise Erotik und einem Schuss Leidenschaft. Aber Paul schaffte es noch nicht einmal, ihr in aller Öffentlichkeit ein Kompliment zu machen. Wie sollte sie ihn erst dazu bekommen, sie einmal so richtig zu verführen. Er müsste mich packen, eine Hand an meinem Hintern, und mit einem obszönen Lächeln seine Erektion gegen meinen Unterleib pressen, dachte sie sehnsuchtsvoll, als plötzlich jemand von hinten an sie herantrat. Bevor sie sich überrascht zu dem vermeintlichen Paul umdrehen konnte, spürte sie, wie sich etwas sehr Hartes gegen ihren Po drängte. Eine Hand griff um ihre Taille herum und zog sie fester gegen den Ständer. Eine kribbelnde Welle jagte durch Charlottes Eingeweide. Doch als eine fremde Stimme ihr zuraunte, wie umwerfend sie heute Abend aussah, drehte sich Charlotte entsetzt um.

«Verdammt! Jetzt reicht es aber mit Ihren Unverschämtheiten!» Charlotte war lauter geworden, als es ihre Art war.

«Warum beschimpfen Sie einen Mann, der Ihnen seine Bewunderung offenbart?»

Charlotte schnappte nach Luft und wusste darauf nichts zu erwidern.

«Sie sind eine der begehrenswertesten Frauen, die mir je begegnet sind. Darf ich Ihnen wenigstens ein Glas Champagner reichen?», fragte der Kellner mit Unschuldsmiene. «Es scheint sich ja sonst niemand um Sie zu kümmern», fügte er mit gespieltem Bedauern hinzu. Das saß. Wo war eigentlich Paul mit dem versprochenen Getränk? Er hätte sie doch längst finden müssen.

Der aufdringliche Mann trat einen Schritt näher, und Charlotte musste widerwillig feststellen, dass er unglaublich gut roch. Es war kein Parfüm, das sie kannte, und als sie noch einmal tief einatmete, erkannte sie beschämt, dass es der Geruch seines Schweißes war, der sie magisch anzog. Das Kribbeln in ihrem Bauch wurde stärker, je näher er ihr kam. Sie hätte sich auf der Stelle umdrehen und ihn stehen lassen müssen. Stattdessen stand sie immer noch da und atmete diesen berauschenden Duft der Männlichkeit ein. Dem Kellner entging die Verwirrung nicht, die sich in ihren Augen spiegelte. Er bemerkte mit der Sicherheit eines erfahrenen Verführers seine Wirkung auf diese Frau und wusste gleichzeitig, dass sie nicht so leicht über ihren Schatten springen würde. Aber er liebte die Herausforderung, besonders wenn sie rote Haare hatte und umwerfende Brüste. Er blieb ein paar Zentimeter vor ihr stehen und beugte sich vor, ohne ihren Körper zu berühren. Nur seine Lippen strichen sanft über ihr glänzendes Haar, als er ihr ins Ohr flüsterte: «Ich würde Sie auf Händen tragen, wenn Sie meine Frau wären, bella donna.» Dann ließ er sie stehen und bot den umstehenden Gästen Champagner an. Sie bemühte sich, es nicht zu tun, aber drehte sich schließlich doch nach ihm um. Darauf hatte er nur gewartet, denn er überreichte ihr mit vollendeter Verbeugung den letzten Kelch von seinem Tablett, blickte noch einmal ruhig in ihre Augen und verschwand dann in Richtung Haus, um für Nachschub zu sorgen.

Charlotte versuchte, mit tiefem Ein- und Ausatmen ihren Puls zu beruhigen, bevor sie ebenfalls zur Villa zurückging. Das Büfett war mittlerweile umringt von hungrigen Gästen, doch Charlotte war der Appetit vergangen. Beim ersten Mal hatte sie die erregende Wirkung dieses Mannes auf ihren Unterleib auf den Wein geschoben, doch nun musste sie sich eingestehen, dass er selbst es war, der ein verbotenes Verlangen in ihr weckte. Warum eigentlich verboten?, stichelte ihre Libido. Weil sie einen Lebenspartner hat, erwiderte ihr Gewissen unerbittlich. Na und?, blaffte die Libido zurück, sie sind nicht verheiratet und wohnen noch nicht einmal zusammen. Ach, und wenn es keiner merkt, ist es kein Verrat, oder was?, fragte das Gewissen. Genau!, antwortete die Libido voller Überzeugung.

«Da bist du ja endlich», stellte Paul genervt fest, als Charlotte den Stehtisch von Katie und Alex erreichte, mit denen er sich seit einer Viertelstunde angeregt unterhielt. «Da hätte ich mir ja die Mühe sparen können, wenn du dir schon selbst ein Glas besorgt hast.»

Charlotte starrte ihn an, als würde sie ihn heute zum ersten Mal richtig sehen. Während die beiden Kontrahenten in ihrem Inneren miteinander fochten, fragte sich Charlotte, wie lange sie sich noch auf diese Weise von Paul behandeln lassen wollte. Sie hatte ein Recht darauf, dass ihr Freund sie bewunderte und anhimmelte, oder etwa nicht? Beschämt musste sie sich im nächsten Moment eingestehen, dass Paul sie wirklich verehrte, und zwar nicht nur wegen ihrer üppigen Formen, sondern vor allem, weil sie eine intellektuelle und selbstbewusste Frau war. Warum konnte sie nicht mit dem zufrieden sein, was sie hatte? Warum ließ sie sich von dem Annäherungsversuch eines Kellners erregen?

«Tut mir leid, Paul, ich hatte dich aus den Augen verloren», versuchte sie die Wogen in ihrem Inneren zu glätten. Paul brummte in seinen Bart. Dann schien er den Entschluss zu fassen, sich nicht die Laune verderben zu lassen, und erhob sein Glas, um mit Charlotte anzustoßen.

«Auf diesen schönen Abend!» Die Gläser erklangen, und dann fügte er etwas leiser hinzu: «Und auf die schöne Frau an meiner Seite!» Charlotte sah ihn verdutzt an, bevor sie ihm ein strahlendes Lächeln schenken konnte, das aber sofort wieder erstarb, als er sie stehen ließ, um sich etwas zu essen zu holen.

«Blödmann!», zischte sie sehr, sehr leise hinter ihm her. Katie und Alex sahen sie fragend an. Aber Charlotte wechselte schnell das Thema: «Alex, was ich dir schon den ganzen Abend sagen wollte: Du hast wirklich einen tollen Geschmack.»

«Ach, so viel Zustimmung aus deinem Munde habe ich ja noch nie erfahren. Meinst du damit die Wahl meiner Gespielin oder meine tolle Garderobe heute?»

«Noch ein Wort und ich ziehe mein Kompliment wieder zurück», ließ sie sich lachend auf sein Geplänkel ein. «Ich meine Katies Anzug und den dazu passenden Ring. Du hast eine gute Wahl getroffen. Solche Feinsinnigkeit hätte ich dir gar nicht zugetraut.» Sie grinste ihn herausfordernd an. An irgendjemandem musste sie schließlich ihren Frust auslassen.

«Tja, da gibt es vieles, das du noch nicht an mir kennst.» Alex verlieh seiner Stimme einen verführerischen Klang.

«Heh, was fällt dir ein, mit meiner Freundin zu flirten?», fuhr Katie energisch dazwischen. Sie knuffte Alex in die Seite und biss ihm dann zärtlich ins Ohr. «Du gehst jetzt auf der Stelle los und besorgst uns etwas zu essen.» Zu ihrer Überraschung machte er sich widerstandslos auf den Weg zum Büfett.

«Na, wenigstens eine von uns scheint Fortschritte zu machen», meinte Charlotte seufzend.

«Was ist denn mit dir los? Du bist doch sonst nicht so empfindlich.» Katie sah ihre Freundin besorgt an. «Habt ihr euch gestritten?»

«Wenn es das mal wäre. Dann könnten wir uns auch wieder vertragen.»

«Was ist es dann?», fragte Katie.

«Es ist eigentlich alles wie immer. Und das macht mich langsam wütend. Wir hatten neulich …» Charlotte suchte nach den passenden Worten. «Also, es gab da eine sehr erotische Begegnung zwischen uns, sodass ich schon dachte, es würde langsam etwas leidenschaftlicher werden, aber …» Charlotte verstummte und sah die jüngere Frau Hilfe suchend an.

«Und jetzt ist er wieder der wohl erzogene Herr Professor?»

«Genau. Ich weiß nicht, wie ich es sagen soll. Ich fühle mich ernst genommen und geschätzt, aber manchmal wünschte ich mir, er würde mich auch hemmungslos begehren. Ach, Katie, ich finde mich selbst albern. Dauernd kritisiere ich deine Beziehung, weil dein Freund dich wie ein Spielzeug behandelt, dabei beneide ich dich manchmal um dein Liebesleben.»

«Wir wollen eben immer genau das haben, was wir nicht bekommen», stellte Katie betrübt fest. «Ich wünschte, ich könnte mich mehr gegen Alex durchsetzen. Und was den Sex anbelangt …» Katie zuckte mit den Schultern. «Ja, der ist toll. Aber die Rollenverteilung ist bei uns auch immer die gleiche.»

Charlotte sah ihre Freundin erstaunt an. «Was meinst du damit? Spielt ihr Spiele?»

«Nicht direkt.» Katie senkte ihre Stimme zu einem verschwörerischen Flüstern und rückte etwas näher an Charlotte heran, damit die vorbeidrängenden Gäste nichts mitbekamen. «Alex steht auf Sextoys.» Charlotte runzelte ihre hohe Stirn. «Und er liebt es, mich zu fesseln.»

«Schlägt er dich?», fragte Charlotte entsetzt.

«Nein!», erwiderte Katie entrüstet. Etwas kleinlauter fügte sie hinzu: «Zumindest bislang nicht. Er ist dominant und dabei total zärtlich. Ich kann mich wirklich nicht beklagen. Nur manchmal überkommt es mich, und ich würde *ihn* gern mal fesseln.»

«Warum versuchst du es nicht einfach?»

«Warum verführst du deinen Paul nicht öfter?», fragte Katie zurück.

«Du hast Recht. Erstens trau ich mich nicht, und zweitens möchte ich, dass *er* mich mal verführt.»

«Genau das meinte ich. Wie fängt man so etwas an? Soll ich sagen: Weißt du Alex, das war ja alles ganz schön und gut bislang, aber nun bist du mal dran. Leg dich da hin und halt still?»

«Tja, und was kann dabei herauskommen, wenn ich zu Paul sage: So, nun gib dir mal Mühe und mach mir den Verführer?»

Die beiden Frauen sahen sich an und brachen in Gelächter aus.

«Die Gesichter würde ich gern mal sehen», kicherte Katie.

«Ja, und danach suchen sie das Weite, weil ihre Frauen verrückt geworden sind.»

Als sie sich wieder beruhigt hatte, meinte Katie ernst: «Weißt du was, Charlotte? Ich hätte da einen Vorschlag für dich.» Ihre Mitbewohnerin sah sie erwartungsvoll an. «Greif doch auf den ältesten Trick aller Frauen zurück. Mach ihn eifersüchtig! Wenn er selbst *darauf* nicht anspringt, dann weißt du wenigstens, dass Hopfen und Malz verloren sind. Dann kannst du dir immer noch überlegen, ob du dir einen anderen Liebhaber zulegen willst.»

«Mmmh», machte Charlotte wenig überzeugt. «Wie soll ich das denn anstellen?»

«Also, wirklich!» entrüstete Katie sich. «Tu nicht so unschuldig. Was ist denn mit dem Kellner, der dich die ganze Zeit mit den Augen verschlingt?»

Charlotte starrte ihre Freundin verlegen an. «Das hast du mitbekommen? Verdammt! Dann wissen das alle anderen auch?»

«Keine Angst», beruhigte Katie sie. «Hier sind alle viel zu sehr mit sich selbst beschäftigt. Mir ist es nur aufgefallen, weil er dauernd an unserem Tisch vorbeigeht und jedes Mal versucht, deine Aufmerksamkeit zu gewinnen.»

Charlotte blickte sich sofort suchend um, konnte ihn aber nirgendwo entdecken.

«Flirte doch einfach mal mit ihm. Vielleicht lockt das deinen Paul aus der Reserve.»

Als wäre das sein Stichwort gewesen, tauchte Paul wieder an ihrem Tisch auf.

«Also, meine Liebe, du solltest dir unbedingt auch etwas zu essen holen. Die Auswahl ist fantastisch.» Als er ihren vorwurfsvollen Blick sah, fügte Paul schnell hinzu. «Ich habe dir extra nichts mitgebracht, weil du das Ganze mit eigenen Augen sehen musst.» Er bemerkte wohl selbst, wie lahm seine Ausrede klang, und bot ihr gönnerhaft an, etwas von seinem Teller zu probieren. Doch Charlotte lehnte dankend ab und machte sich selbst auf den Weg. Katie zwinkerte ihr noch einmal aufmunternd zu und zeigte hinter Pauls Rücken auf den besagten Kellner, der bereits wieder im Anmarsch war. Zu seinem Erstaunen lächelte ihn die schöne Rothaarige lieblich an und nahm sich ein Glas Wein von seinem Tablett.

Charlotte wartete, bis Paul wieder von seinen Nudelvariationen aufblickte, dann prostete sie dem verdutzten Kellner zu, der nun endlich seine Chance gekommen sah. Mit wiegenden Schritten stolzierte Charlotte zum Büfett und hoffte, dass Paul dieses kleine Schauspiel nicht sofort durchschauen würde. Während sie sich weiter im verführerischen Catwalk übte, kam ihr Alex mit zwei voll beladenen Tellern entgegen. Er ließ den Blick über ihr hautenges Kleid wandern und schnalzte bewundernd mit der Zunge, als sie lächelnd an ihm vorbeischritt.

Sie musste sich eingestehen, dass ihr diese Anerkennung gut tat. Und als sie das vor sich selbst zugeben konnte, war sie plötzlich bereit, auch die Annäherungen des Kellners als Kompliment aufzufassen. Was konnte verwerflich daran sein, die Aufmerksamkeit eines Mannes zu genießen?, fragte sie sich selbst. Mein Reden, frohlockte ihre Libido und drängte das sprachlose Gewissen in die Ecke.

Neun

Jo hatte von den Gesprächen ihrer beiden Mitbewohnerinnen nichts mitbekommen. Sie stand umringt von Bewunderern und angeregt plaudernden Frauen in der Mitte ihres Gartens und beobachtete aus den Augenwinkeln heraus den sündhaft schönen Kellner, von dem sie sicher war, ihn nicht persönlich eingestellt zu haben. Während sie mit einem Ohr den Gesprächen folgte, beobachtete sie aufmerksam, wie geschmeidig er sich durch die Menge bewegte, mit welcher Anmut er sich immer wieder eine Haarsträhne aus der Stirn strich und vor allem sein hinreißendes Lächeln, mit dem er seine Getränke verteilte. Auch er schien sie zu beobachten, denn ihre Blicke trafen sich in immer kürzeren Abständen, bis Jo sich zwang, in eine andere Richtung zu sehen, um ihre Verlegenheit vor ihm zu verbergen. Was hatte dieser Kerl bloß an sich, dass sie ihn so gern anschaute? Er schien einer dieser unverschämt gut aussehenden Jungs zu sein, die mit Anfang zwanzig noch unwiderstehlich waren, aber ab dreißig wahrscheinlich die Haare verloren oder einen Bauch ansetzten, wenn sie zur Ruhe kamen. Im Moment jedoch wirkte seine Schönheit lebendiger, natürlicher als die makellose Oberfläche von John, die er sich hart erarbeitet hatte. Aber war es das allein? Auch dass er sich offensichtlich für sie interessierte, war nichts, was sie nicht schon hunderte Male erlebt hatte. Jo schüttelte ihren Kopf, um die Gedanken an diesen Mann zu vertreiben. Und in der Hoffnung, wieder Klarheit in ihre Gefühle bringen zu können, wandte sie sich John zu, der den ganzen Abend nicht von ihrer Seite wich. Sie bedachte ihn mit einem betörenden Lächeln und erlaubte ihm, ein wenig näher zu rücken. Als er ihr hoffnungsvoll kleine Schweinereien ins Ohr flüsterte, lachte sie herzhaft über seine Angebote und ließ ihn noch ein wenig näher heran.

Langsam brach die Nacht herein. Die Stimmung wurde immer ausgelassener und Jo fand, es war an der Zeit, der DJane endlich ein Zeichen für ihren Einsatz zu geben. Sie legte einen Arm um Johns kräftige Schultern und erteilte ihm den Auftrag, die junge Frau und ihren Trommler zu suchen und sie zu bitten, mit dem Plattenauflegen anzufangen. Die Leute hatten genug gegessen. Jetzt sollten sie sich mal ein bisschen bewegen. Begeistert, etwas für die schöne Fotografin erledigen zu dürfen, erwiderte John ihre Umarmung und flüsterte zurück: «Der erste Tanz gehört mir! Versprochen?»

«Versprochen», antwortete Jo und ließ sich sogar zu einem kleinen Biss in sein Ohrläppchen hinreißen.

Junge Männer sollte man pflücken, solange sie noch knackig sind, hatte ihre Großmutter einmal mit großem Nachdruck erklärt. Merkwürdig, dass sie gerade jetzt an sie denken musste.

Als John sich zum Gehen umwandte, schlug Jo ihm genüsslich auf seinen entzückenden Hintern. Du hast ja Recht, Großmama, dachte sie, so einen Hintern sollte ich mir wirklich nicht entgehen lassen.

Ein paar Minuten später wurde die Klaviermusik langsam ausgeblendet. Harte Bässe und sanftes Saxofon mischten sich in die ausklingenden Töne und veränderten die Stimmung. Jo schlenderte durch die Menge und zog immer mehr Leute mit in Richtung Terrasse, die zu einer riesigen Tanzfläche umfunktioniert war. Ein einzelner Mann bewegte seinen muskulösen Körper im Rhythmus der immer lauter werdenden Musik. Es war John, der Jo nun seine Hand hinhielt, um mit ihr die Party zu eröffnen. Lachend nahm sie die Einladung an und schritt wie eine Raubkatze in ihrem roten Dress auf die Tanzfläche, bis sie ganz dicht vor ihm stand. Seine Bewegungen waren geschmeidig. Er streckte seine Arme nach ihr aus und zog sie an sich. Als ihre Hüften sich trafen, packte er ihren Hintern und presste Jo gegen seinen warmen Körper. Sie ließ ihn gewähren, folgte seinen Bewegungen und wiegte sich im Takt der hämmernden Bässe. Ihre Locken tanzten im Licht von hundert bunten Lämpchen, die die Veranda umrahmten. Und nach und nach schlossen sich immer mehr Paare ihrem Auftakt an und füllten die Tanzfläche. In der Mitte der wogenden Menge lieferte sich die Gastgeberin mit ihrem Model ein berauschendes Vorspiel. Ihre Beine waren verschlungen, ihre Arme umfassten einander. Jo rieb das blutrote Leder an Johns Schenkel, bis ihm heiß wurde und er seine Hände auf ihren Hintern presste. Sie spürte, wie hart er war, und genoss die erregenden Wellen, die die Berührung seines Schwanzes in ihrem Unterleib auslöste. Wenn sie so weitermachten, wäre ihre Lederhose bald durchnässt von ihren Säften. Jo ließ eine Hand über Johns flachen Bauch wandern, ganz langsam, bis sie die harte Wölbung in seiner Hose erreichte. Sein Schwanz war so groß und kräftig, wie sie ihn in Erinnerung hatte, und sie wollte ihn. Als sie ihn vorsichtig durch den rauen Stoff seiner Jeans massierte, stöhnte John lüstern auf. Sein Griff verstärkte sich, und er saugte sich an ihrem Hals fest, um nicht aufzuschreien.

«Komm!», forderte sie ihn auf. «Ich will dich! Jetzt!» Sie ergriff Johns Hand und zog ihn durch die tanzenden Menschen, am Mischpult vorbei und führte ihn ins Haus.

Er folgte ihr, willig, mit einer Erektion, die für jeden sichtbar war. Auch für Fred, der die beiden nicht aus den

Augen gelassen hatte, denn er wartete auf eine günstige Gelegenheit, das Bild zu entwenden, das er vorhin im ersten Stock entdeckt hatte. Er wollte es in ein schwarzes Bettlaken einwickeln, das er in seinem Rucksack verstaut hatte, um es auf der unbeleuchteten Seite des Hauses zu deponieren. Später, wenn alle gehen würden, zu betrunken, um noch etwas zu bemerken, würde er das Gemälde vom Grundstück schaffen. Er hatte nicht gedacht, dass es so einfach werden würde. Nur die Gastgeberin machte ihm einen Strich durch die Rechnung. Den ganzen Abend ließ sie ihn nicht aus den Augen, so als hätte sie einen Verdacht. Aber woher sollte sie wissen, dass er es auf einen der alten Schinken abgesehen hatte, die überall achtlos an den Wänden standen?

Dieser ganze Auftrag wurde für ihn immer unverständlicher. Warum sollte jemand so viel Geld für ein Bild bezahlen, dass er wahrscheinlich bald für ein Taschengeld auf dem Flohmarkt wieder finden würde? Die Bilder und Kisten standen im ganzen Haus herum, wie Gerümpel, das demnächst entsorgt werden sollte.

Die ganze Sache wurde noch merkwürdiger durch die frappierende Ähnlichkeit der Hausherrin mit der portraitierten Dame. Er hatte sie erst für ein Gespenst gehalten, als sie am Nachmittag plötzlich vor ihm gestanden hatte. Und er musste sich eingestehen, dass sie hinreißend aussah, besonders als sie ihn wütend angefunkelt hatte. Auf jeden Fall war sie die Inkarnation ihrer Ahnin, und vielleicht war das der Grund, warum der alte Knacker, sich nicht direkt mit ihr in Verbindung setzen wollte. Die konnte einem schon den Verstand rauben in ihrem heißen Outfit, in dem sich nicht nur ihre Nippel deutlich abzeichneten. Als sie vorhin auf der Treppe gestanden hatte, wäre ihm fast einer abgegangen, so umwerfend sah sie aus. Trotzdem war Fred froh, dass sie sich dem jungen Schnösel an den Hals geworfen hatte. Und dass sie ihn jetzt offensichtlich vernaschen wollte, passte gut in seinen Plan.

Er folgte den beiden unbemerkt, als sie wild knutschend die Treppe zum ersten Stock hinaufstiegen und in einem der Zimmer verschwanden. Ein paar Minuten Zeit wollte er ihnen lassen, damit sie zu beschäftigt wären, um die Geräusche auf dem Flur zu bemerken. Also ging er in die Küche und holte ein paar Flaschen Weißwein aus dem Kühlschrank. Die Köche und ihre Mannschaft waren schon dabei aufzuräumen. Sie hatten den größten Teil ihrer Arbeit hinter sich. Um Mitternacht sollte es noch eine mehrstöckige Eistorte geben, aber die stand bereits fertig in einem Tiefkühl-Container und musste später nur noch mit frischer Sahne verziert werden. Fred machte ein paar Bemerkungen über das tolle Essen, von dem er zwischendrin probiert hatte, und zwinkerte einer hübschen Köchin zu, die in ihrer weißen Arbeitsbekleidung sehr adrett aussah. Dann hatte er genug gewartet, schnappte sich eine Kiste für die gekühlten Getränke und tat so, als würde er wieder nach draußen gehen. Vor der Küchentür schob er die Kiste unter ein Sideboard und schlich sich die Treppe hinauf.

Die Hausherrin schien sich gut zu amüsieren, denn er konnte deutlich hören, dass es ihr gefiel, was der Jüngling mit ihr anstellte. Von ihm war allerdings nichts zu hören. Wahrscheinlich hatte er gerade den Mund voll, überlegte Fred amüsiert. ‹Bei dem Weibsbild hätte ich auch nichts dagegen, auf die Knie zu gehen.›

Wenn es nach seinem Schwanz ginge, hätte er gern noch ein wenig zuhören können. Aber Fred dachte an das viele Geld, das ihm morgen gehören würde, und zog vorsichtig das Gemälde hinter einem Karton hervor. Er warf noch einmal einen Blick auf das gelungene Portrait, dann schlich er zu dem Versteck von seinem Rucksack.

Der Kellner lief schon längst wieder mit einem Tablett durch die Gästeschar, doch davon bekam Jo nichts mit. John hatte sie Millimeter für Millimeter aus ihrer engen Hose geschält, als sie die Tür zu ihrem Schlafzimmer geschlossen hatte. Dann hatte er sie hochgehoben und auf ihr Bett geworfen, wo sie wie hingegossen in ihrer roten Korsage liegen blieb. Er hatte ihren Anblick in sich aufgesogen, bevor er ihre Beine spreizte und sich zwischen sie kniete. Ohne Vorwarnung hatte er ihr einen Finger in die Möse geschoben, ihn sofort wieder herausgezogen und ihn zum Ablecken vor ihren Mund gehalten. Genüsslich hatte Jo ihren Nektar gekostet und dabei Johns Finger verschlungen, als wäre er sein Schwanz. Sie hatte sich unter ihm gewunden, als er mit quälender Langsamkeit zarte Küsse über ihren Körper gehaucht hatte. Seine Finger hatten jeden Zentimeter ihrer Haut erkundet, seine Zunge den Diamanten in ihrem Bauchnabel umspielt und sein Atem Schauer durch ihre Nervenbahnen gejagt, bevor er endlich ihre nasse Spalte erreichte.

Was er da mit ihr anstellte, war fantastisch. Die Frau, die ihm das beigebracht hatte, verdiente einen Orden. Aber jetzt wollte sie mehr. Sie wollte, dass er sie fickte, um sie von dieser qualvollen Lust zu erlösen.

«Nicht so eilig, Baby», murmelte John, als sie ihn an den Haaren packte, um ihn hochzuziehen. «Ich bin noch lange nicht fertig mit dir.»

Er leckte noch einmal über ihre geschwollenen Lippen, dann stand er auf und öffnete seine Hose. Doch er zog sich nicht aus. Stattdessen befreite er seinen harten Schwanz aus der Unterhose und ließ Jo zusehen, wie er ihn mit der

Hand rieb. Er sah so geil aus mit seinem mächtigen Ständer in der Faust, dass Jo aufstöhnte und eine Hand zwischen ihre Schenkel schob, um es sich selbst zu machen.

«Finger weg!», herrschte John sie an und bevor sie nachdenken konnte, gehorchte sie ihm. Ihre Beine waren weit gespreizt, und die Hände lagen brav neben ihrem Körper, als John langsam auf das Bett stieg, sich über ihren Kopf kniete und seinen Schwanz in ihren Mund schob. Sie stöhnte auf und ließ ihre Zunge gehorsam über seine Eichel tanzen. John hielt seinen Schwanz immer noch in der Faust.

«Ja, komm, leck meinen Schwanz!», spornte er sie an. Aber Jo brauchte keine Aufforderung. Er hatte sich eine Belohnung verdient für das Intermezzo zwischen ihren Schenkeln. Sie spannte ihre Lippen um seinen Schaft und sog ihn tief in sich hinein, während ihre Zunge die zarte Haut umspielte. Doch John brauchte anscheinend keine Zungenküsse mehr, denn er fickte sie immer schneller in den Mund, sodass sie jeden Moment damit rechnete, sein Sperma zu schlucken.

Sie hatte ihn jedoch unterschätzt.

Er hatte sich besser im Griff, als sie ahnte.

Völlig unerwartet zog er den Schwanz wieder aus ihrem Mund. Mit der feuchten Eichel strich er über ihre Lippen, zog eine nasse Spur über ihren Hals bis hinunter zum Rand der Korsage, die ihre runden Brüste noch immer zusammenpresste. John ließ seine Schwanzspitze über ihre helle Haut wandern, rieb sie an ihren steifen Nippeln, die sich in dem weichen Leder abzeichneten, und glitt langsam mit der Kuppe über ihren Bauch, der sich schnell hob und senkte. Ganz vorsichtig rieb er seinen Schwanz an ihrer triefenden Möse, spaltete ihre nassen Lippen und umkreiste die heiße Öffnung. Jo wimmerte um Gnade: «Mach schon, steck ihn mir rein», flehte sie ihn an, «ich halt es nicht mehr aus!»

Aber John wollte, dass sie ihn nicht so schnell wieder vergaß. Er hatte sich Hals über Kopf in diese Frau verliebt, die ihn zum Essen verführen konnte, und er wollte sie erobern. In ihren Augen war er vielleicht noch sehr jung, aber eine Lektion hatte er bereits verstanden. Wenn ein Mann es schaffte, eine Frau auf den Gipfel der Lust zu bringen und sie so lange dort zu halten, bis sie ihn anflehte, sie endlich zu ficken, dann würde sie mehr davon wollen. John hatte bereits Erfahrungen in diesem Spiel. Aber bislang war er eher genervt gewesen, wenn er seine Gespielin nicht mehr loswurde. Diese hier wollte er nicht verlieren, also bereitete er ihr alle Qualen, zu denen er fähig war.

Er ließ seine Schwanzspitze in ihr heißes Loch gleiten, zog sie dann wieder zurück und massierte mit der nassen Kuppe ihre Klitoris, die hart und rot vor ihm aufragte. Vor Lust schreiend, warf Jo ihren Kopf hin und her und krallte sich in den zerknüllten Laken fest. Heiße Lava brodelte in ihrem Leib und war kurz davor zu explodieren. Aber John spürte den herannahenden Ausbruch, und er verringerte den Druck auf ihre Knospe, in der es bereits pulsierte.

«Nein!», schrie Jo auf. «Hör nicht auf! Bitte!»

Bevor sie ihn mit der Umklammerung ihrer Beine zwingen konnte, in sie einzudringen, packte John sie an den Hüften, warf sie auf dem Bett herum und zwang sie, sich hinzuknien. Auf allen vieren bot sie einen Anblick, dem John nicht mehr widerstehen konnte. Sie reckte ihm den Arsch entgegen, die Beine so weit gespreizt, dass er ihre nasse, geschwollene Möse betrachten konnte.

Und dann endlich fickte er sie.

Er teilte ihre inneren Lippen, hielt seinen Schwanz einen Moment vor ihre enge Öffnung, bevor er ihn tief in sie hineinrammte. Jo stöhnte und bäumte sich auf wie eine wilde Stute vor dem ersten Ritt. Sie warf sich Johns hartem Schwanz entgegen. Durch die heftigen Stöße rutschten ihre Brüste aus der engen Lederhülle. John griff um ihren herrlichen Körper und packte die tanzenden Kugeln.

«Jaaa! Fick mich!», schrie Jo.

Während er seinen Schwanz tief und fest in sie hineinstieß, packte John ihre Brustwarzen und zwirbelte sie im Rhythmus seiner Stöße. Sein Becken klatschte gegen ihren strammen Hintern, seine Hände gruben sich in das weiche Gewebe ihrer Brüste, bis er die Beherrschung verlor und Jo mit seiner Gier mitriss und sie vor Ekstase zuckend unter ihm zusammenbrach.

Zehn

Charlotte umrundete noch einmal das Büfett, um zu sehen, ob sie auch keine Köstlichkeit übersehen hatte. Auf ihrem Teller leuchteten bereits rote Hummerschwänze in Avocadosalat, Tortellini mit Chili und Paprika, kleine weiße Bällchen Büffelmozzarella in Basilikumöl und knuspriges Ciabatta. Sie würde noch ein paar Mal zurückkommen müssen, um die anderen Verlockungen auch noch zu kosten.

Elegant balancierte sie den gefüllten Teller durch die Tische, an denen immer noch gespeist und geplaudert wurde, obwohl laute Musik von der Terrasse herüberscholl. Jo wusste wirklich, wie man Partys feiert. Ihr Zweierteam hatte es tatsächlich geschafft, schon nach den ersten Takten hämmernder Beats die Tanzfläche zu füllen. Als Charlotte an ihren Stehtisch zurückkam, musste sie enttäuscht feststellen, dass Katie und Alex auch tanzen gegangen waren. Blieb also nur Paul übrig, auf den sie immer noch nicht gut zu sprechen war.

«Ah, das hätte ich dir auch empfohlen, Charlotte.» Paul begutachtete die Auswahl auf ihrem Teller. «Das Hummerfleisch ist vorzüglich.»

«Was du nicht sagst.» Charlotte war nicht zu Smalltalk mit ihrem Lebensgefährten aufgelegt. Sie sah sich nach dem Kellner um, den sie seit ihrem inszenierten Abgang vorhin noch nicht wieder gesehen hatte. Paul nippte an einem Glas Rotwein und war sichtlich genervt von der lauten Musik, die überhaupt nicht seinem Geschmack entsprach. Es war deutlich zu spüren, dass ihm der erste Teil des Abends besser gefallen hatte. Nervös trat er von einem Bein aufs andere, ein sicheres Zeichen für seine inneren Qualen. Normalerweise hätte Charlotte ihm jetzt vorgeschlagen zu gehen. Es war schließlich schon spät, und sie wollten am nächsten Tag zu einer Ausstellungseröffnung. Aber an diesem Abend hatte sie kein Mitleid mit ihm. Und die Aussicht auf das übliche Beischlaf-Programm lockte sie wenig.

«Eine tolle Party, findest du nicht?»

«Ja. Außer dass man bei diesem Krach kaum noch sein eigenes Wort verstehen kann», brummte Paul.

«Ach, benimm dich nicht wie ein alter Mann», erwiderte Charlotte kühl. «Wir sollten auch tanzen, was meinst du?»

«Wenn sie etwas Ruhigeres spielen, gern», antwortete Paul säuerlich.

«Mir gefällt die Musik», versuchte Charlotte ihn zu provozieren. «Dann tanze ich eben allein.»

«Tu, was du nicht lassen kannst. Aber dann kannst du wohl auf meine weitere Anwesenheit hier verzichten.» Demonstrativ rückte er seine Jacke zurecht und holte die Autoschlüssel hervor.

«Du willst jetzt tatsächlich schon gehen?», fragte Charlotte mit warnendem Unterton.

«Was bleibt mir anderes übrig? Hier bekommt man doch die ganze Nacht kein Auge mehr zu.»

«Aber wir wollten morgen gemeinsam frühstücken und dann zur Vernissage gehen», empörte Charlotte sich.

«Dann schlage ich vor, du kommst jetzt mit, und wir fahren gemeinsam in meine Wohnung.» Paul wandte sich bereits zum Gehen.

«Moment mal», hielt Charlotte ihn zurück. «Nur weil du dich nicht amüsieren kannst, heißt das noch lange nicht, dass ich mir von dir den Abend verderben lasse.» Sie funkelte ihn wütend an. «Meinetwegen kannst du nach Hause fahren, aber ich bleibe hier!»

Der Mann an ihrer Seite war völlig überrascht von diesem Ausbruch. Charlotte war sonst immer so verständnisvoll und zurückhaltend.

«Was ist nur los mit dir? Habe ich dir irgendetwas getan?»

Jetzt wäre der richtige Moment gewesen, ihm zu sagen, was ihr auf dem Herzen lag. Dass sie sich mehr Aufmerksamkeit wünschte, verwöhnt und verführt werden wollte, dass sie sich nach Überraschungen sehnte und Leidenschaft. Am liebsten hätte sie ihm auch erzählt, wie sehr sie die Begegnung mit dem Kellner im Restaurant erregt hatte und dass sie von ihm, Paul, auch gern einmal überrumpelt werden wollte. Aber als sie den Mund öffnete, um etwas zu sagen, blieben ihr die Worte im Halse stecken. Sie schüttelte nur den Kopf und blickte betrübt auf ihren Teller. Wie sollte sich jemals etwas ändern, wenn sie es nicht einforderte?

Paul wartete immer noch auf eine Antwort. Er spielte mit dem Autoschlüssel und sah Charlotte forschend an. Irgendetwas war anders, seit sie ihn verführt hatte letzte Woche. Sie benahm sich seitdem geradezu pubertär. Erst schämte sie sich für ihr kleines Intermezzo, und dann schien sie die Schuld auf ihn abzuwälzen. Dabei hatte er ihr glaubhaft versichert, dass er den Nachmittag sehr genossen hatte und ihr keinerlei Vorwürfe mache für die Überrumpelung. Im Gegenteil: Wenn es nach ihm ginge, könnte sie das ruhig öfter machen. Er war schließlich nicht prüde und durchaus zu dem einen oder anderen Experiment bereit. Aber wie sollte er ihr das sagen, ohne es wie Kritik klingen zu lassen? Im Grunde war er vollkommen zufrieden mit ihrer Beziehung. Er hatte eigentlich nicht das Bedürfnis, etwas an den eingespielten Ritualen zu verändern. Aber wenn sie ab und zu mal den Vamp spielen wollte, bitte, an ihm sollte es nicht liegen.

«Charlotte, ich denke, es ist das Beste, wenn ich mich für heute verabschiede. Es war ein schöner Abend, aber für mich ist es genug.» Er wartete, ob sie Einspruch erheben würde, aber als sie nichts erwiderte, fuhr er gönnerhaft fort: «Du kannst selbstverständlich den Abend mit deinen Freundinnen verbringen, und wir sehen uns dann morgen im Museum.» Er beugte sich vor, um ihr einen Abschiedskuss auf die Stirn zu drücken. «Also dann, bis morgen.» Nach kurzem Zögern fügte er noch hinzu: «Amüsier dich gut!» Dann ließ er seine Freundin stehen und drängelte sich durch die Menge.

Charlotte schaute ihm verdrossen nach. Lustlos pickte sie in ihrem Salat und überlegte, was sie jetzt machen sollte. Hinterherlaufen? Auf keinen Fall. Warum sollte sie immer nachgeben, damit er seinen Willen bekam? Allein hier herumstehen? Na ja, es gab Schlimmeres. Jetzt würde sie erst einmal das Essen genießen und dann weitersehen.

Der junge Kellner hatte die Szene aus der Ferne beobachtet und voller Genugtuung mit angesehen, wie der Begleiter dieser schönen Rothaarigen die Party verließ. Nun stand sie allein an ihrem Stehtisch und aß trotz schlechter Laune mit sichtlichem Appetit ihren Teller leer. Wenn er sich beeilte, könnte er es noch schaffen, bevor sie fertig war. Schnell drückte er vorbeikommenden Gästen die letzten Gläser von seinem Tablett in die Hand, dann hastete er zum Büfett. Er nahm sich zwei Teller. Auf den einen füllte er Herzhaftes, auf den anderen eine Auswahl an Süßspeisen. Die beiden Teller balancierte er zwischen den Tischen hindurch zu der Frau, die es ihm so angetan hatte.

«Darf ich Ihnen das abnehmen?» Der junge Mann räumte den gerade leer gegessenen Teller fort und lächelte die überraschte Charlotte an.

«Wonach steht Ihnen der Sinn, mia bella?» Er sah sie fragend an. Verdutzt betrachtete Charlotte die süßen und deftigen Köstlichkeiten, die er ihr präsentierte.

Das ist der richtige Moment, nutze ihn, flüsterte ihre Libido. Ihr Gewissen hatte es bereits aufgegeben, an ihre Vernunft zu appellieren. Charlotte gab sich einen Ruck, blickte zu dem galanten Mann auf und erwiderte sein Lächeln.

«Nach allem. Danke, sehr aufmerksam von Ihnen.» Mit diesen Worten nahm sie ihm beide Teller ab.

«Kann ich sonst noch etwas für Sie tun?» Der Unterton in seiner Stimme machte deutlich, dass er damit nicht das Servieren von Speisen meinte.

Charlotte senkte den Kopf, um mit einem Augenaufschlag zu ihm aufsehen zu können.

«Vielleicht», meinte sie geheimnisvoll und senkte mädchenhaft ihre Augenlider.

«Alles, was sie wollen.» Er rückte ein wenig näher. «Ich stehe Ihnen vollkommen zur Verfügung.»

Sie hob den Kopf und erwiderte den Blick aus seinen dunklen Augen, die von langen Wimpern umrahmt waren. Ob Italiener wohl wirklich so egoistische Machos waren, wie der Ruf verkündete, der ihnen vorauseilte? Aber war es nicht gerade eine machohafte Eroberung, nach der sie sich sehnte?

«Ich werde darauf zurückkommen», versprach sie dem schmachtenden Mann, um ein wenig Zeit zu gewinnen. «Jetzt hätte ich gern noch ein Glas Weißwein.» Sie hielt ihm ihr leeres Glas hin und bedachte ihn wieder mit einem ihrer kühlen Blicke, die sie unnahbar und verführerisch zugleich erscheinen ließen.

«Sofort, Signora!» Der Kellner war sich nicht sicher, ob er es jetzt verpatzt hatte oder nicht. Für einen Moment hatte er den Eindruck gehabt, sie wäre nicht abgeneigt. Aber vielleicht hatte sie sein Angebot gar nicht verstanden und wollte ihn nun wieder loswerden? Verwirrt nahm er das Glas entgegen und verschwand damit im Haus, um ihren Auftrag unverzüglich auszuführen. So leicht würde er nicht aufgeben.

Unterdessen besah sich Charlotte die leckeren Speisen, die dieser kühne junge Mann für sie ausgesucht hatte, und stellte fest, dass sie plötzlich keinen Hunger mehr hatte. Bei dem Gedanken daran, wozu sie möglicherweise imstande war, wurde ihr ganz leicht und unbeschwert zumute. Sie hatte eine eigene Wohnung in diesem Haus, in der sie tun und lassen konnte, was sie wollte. Niemand brauchte etwas mitzubekommen, schon gar nicht Paul, der jetzt bereits zu Hause sein musste. Sie könnte ihn noch einmal anrufen unter dem Vorwand, sich mit ihm versöhnen zu wollen. Dann wäre sie vor einer unliebsamen Überraschung von seiner Seite sicher. Nun ja, falls er überhaupt auf solch eine Idee kommen würde.

Aber was dann?

Wenn sie das eindeutige Angebot des Kellners annahm, würde das später Konsequenzen haben? Was wäre, wenn er sich in sie verlieben und ihr ständig nachstellen würde? Glaubst du das wirklich, höhnte ihre Libido über die faden Einwürfe des Gewissens.

Viel schlimmer wäre allerdings, wenn sie nie wieder in diesem hervorragenden italienischen Restaurant würde essen gehen können. Schade, aber vielleicht war es das wert?

«Scusi Signora», riss der Kellner sie aus ihren verwirrten Gedanken. «Ihr Wein.»

Sie nahm ihm das Glas aus der Hand und berührte dabei wie zufällig seine Finger, die sich warm und glatt anfühlten.

«Ich habe es mir anders überlegt.» Charlotte hatte einen Entschluss gefasst. «Ich werde mich auf meine Zimmer im rechten Seitenflügel des zweiten Stocks zurückziehen.» Sie machte eine bedeutungsvolle Pause. «Wenn Sie mir dort, bitte, in einer Viertelstunde eine Flasche Champagner servieren würden, wäre ich Ihnen sehr dankbar.» Bevor der verdutzte Mann etwas erwidern konnte, stellte sie das Weinglas neben die beiden Teller und verschwand in Richtung Haus.

Sie konnte Jo nirgends entdecken, aber Katie und Alex wirbelten immer noch über die Tanzfläche und bemerkten ihren Abgang nicht. Als sie gerade durch die Terrassentür schlüpfen wollte, stieß sie fast mit einem anderen Kellner zusammen. Er blickte Charlotte bestürzt an, so als hätte sie ihn bei irgendetwas erwischt, und wirkte dabei hinreißend jungenhaft. Was für appetitliche Männer es gibt, dachte Charlotte und musste über ihre eigene Frivolität lächeln. Der gut aussehende Mann erwiderte ihr Lächeln, und Charlotte musste feststellen, dass er doch nicht mehr ganz so jung zu sein schien, was seine Schönheit allerdings eher noch verstärkte.

«Danke», murmelte sie, als er ihr galant den Vortritt ließ, und verschwand in der Villa.

Unbemerkt erreichte sie die große Treppe, blickte sich noch einmal vorsichtig um und huschte dann nach oben. Als sie auf der ersten Etage anlangte, hörte sie Geräusche, die aus Jos Räumen kamen. Charlotte ging langsam an eine Zimmertür heran und erfasste bei näherem Hinhören schnell die Bedeutung der Laute. Jo hatte die Party offensichtlich als Auftakt für Vergnügungen ganz anderer Art genutzt. Vielleicht werde ich mir das zum Vorbild nehmen, dachte Charlotte und versuchte, sich damit selbst über den längst gefassten Entschluss zu täuschen. Wenn er überhaupt meiner Bitte folgen sollte, versuchte sie eine weitere Einschränkung. Jos Begeisterung erreichte gerade höchste Ausmaße, und Charlotte beeilte sich, ihren indiskreten Lauschposten zu verlassen.

Genau fünfzehn Minuten später hatte Charlotte dem erleichterten Paul eine gute Nacht gewünscht, sich ein wenig frisch gemacht und für eine gedämpfte Beleuchtung gesorgt. Nach weiteren zehn Minuten sank sie enttäuscht auf Pauls Lieblingssessel, um dann erschrocken wieder hochzufahren, als es an ihrer Tür klopfte. Noch kannst du zurück, unternahm ihr Gewissen einen letzten aussichtslosen Versuch, und dann öffnete Charlotte die schwere Holztür. Mit einem strahlenden Lächeln hielt der Kellner ein Silbertablett mit einer Champagnerflasche im Kühler und zwei Sektschalen hoch. Die rothaarige Signora musterte ihn kühl von oben bis unten, und für eine Schrecksekunde fragte er sich, ob er das Ganze vielleicht falsch verstanden hatte. Aber dann trat sie beiseite, lächelte ihn honigsüß an und machte eine einladende Geste. Elegant schob er das Tablett an ihr vorbei, drehte sich auf dem Absatz herum und sah sie fragend an, wo er für sie servieren sollte. Wortlos schritt sie durch den Raum, der eine Bibliothek oder ihr Arbeitszimmer zu sein schien, und deutete auf eine behagliche Sitzecke vor einer riesigen Bücherwand.

Charlotte setzte sich auf einen der kleinen Sessel und schlug ihre langen Beine übereinander, sodass der Seitenschlitz des Abendkleides auseinander fiel und ihre blasse Haut entblößte. Der Kellner starrte gebannt auf ihre nackten Beine. Er rührte sich nicht von der Stelle.

«Ich könnte jetzt ein Glas Champagner vertragen. Und Sie?», versuchte Charlotte die Spannung zu lösen.

Der Mann ließ seinen Blick nach oben wandern, verharrte kurz bei ihren üppigen Brüsten und erreichte schließlich ihre Augen, die ihm mit letzter Gewissheit verrieten, dass er sich nicht geirrt hatte. Sie hatte keinen anderen Mann hier oben, mit dem sie Champagner trinken wollte, und sie hatte das Ganze nicht inszeniert, um ihm eine Abfuhr zu erteilen. Sie hatte ihm ihre Absichten gerade so deutlich mitgeteilt, wie es eine Dame nur vermochte. Und als er sich endlich sicher war, keinen Fehler zu machen, kehrte sein Selbstbewusstsein zurück, das für einen Moment von ihrer kühlen Art erschüttert gewesen war. Ein Ruck ging durch seinen Körper, der nun gerade und aufrecht vor ihr stand, und zauberte die dominante Männlichkeit wieder hervor, die sie so anziehend gefunden hatte. Der Kellner stellte das Tablett auf das Tischchen zwischen den beiden Sesseln, öffnete geschickt die Flasche und ließ den rosafarbenen Champagner in die Schalen perlen. Er nahm sich selbst ein Glas, das zweite bot er Charlotte an. Sie musste sich vorbeugen, um ihm das Glas aus der Hand nehmen zu können, während er stolz und aufrecht vor ihr stand wie ein römischer Gott, der spöttisch auf eine Sterbliche hinabsieht.

«Cin cin», sagte er und hob das Glas zum Gruße, bevor er es bis zum letzten Tropfen leerte. Charlotte fühlte sich mit einem Mal wie ein unerfahrenes junges Mädchen, das unwissentlich in eine Situation hineingeraten war, der es sich nicht gewachsen fühlte. Sollte sie jetzt den ersten Schritt wagen? Aber der Kellner ließ ihr keine Zeit für weiteres Kopfzerbrechen. Er stellte sein Glas ab und reichte ihr eine Hand. Als Charlotte sie ergriff, zog er sie mit erstaunlicher Kraft hoch und umfing ihren Körper mit beiden Armen. Sie waren etwa gleich groß, sodass Charlotte das lüsterne Glitzern in seinen Augen erkennen konnte, während er sie langsam immer dichter heranzog. Ihre Brüste berührten fast das weiße Hemd, durch das sie seine Behaarung erkennen konnte. Seine kräftigen Hände ruhten auf ihrem Rücken, und er zog sie unerbittlich näher, bis sich sein Ständer gegen ihren Unterleib drängte und sie seinen Atem an ihrem Hals spüren konnte. Ohne ein Wort packte er ihren Hintern und presste ihren Unterleib gegen seine Erektion. Wie ein Magnet zog sein Schwanz das Blut in ihrem Körper zusammen und ließ ihre Muschi anschwellen. Er hatte sie noch nicht einmal geküsst, und ihr Atem ging bereits schneller. Reglos blieb sie in seiner Umarmung stehen. Mit rauen Bewegungen strich er jetzt über ihren Körper, fasste mit einer Hand nach ihrer Brust und knetete mit der anderen ihren Hintern. Mit seinen kräftigen Händen massierte er Brüste und Po durch den dünnen Stoff des Abendkleides, während Charlotte sich ihm willenlos auslieferte. Ihre Brustwarzen wurden hart unter seinem festen Griff, ihr Hintern bebte, und die Schamlippen waren nass von ihrem Saft.

Der Kellner hielt sich nicht mit Zärtlichkeiten auf, er spürte, dass diese Frau kein langes Vorspiel mehr brauchte. Sie wollte gevögelt werden, und das konnte sie haben. Er beugte sich zur Seite, schob Bücher und Papiere von ihrem Schreibtisch. Dann hob er sie hoch und setzte ihren herrlichen Hintern auf das polierte Holz. Sie umarmte ihn nicht, sondern stützte sich mit beiden Händen auf der Tischplatte ab und beugte sich nach hinten, sodass ihre runden Brüste mit den erregten Spitzen in die Höhe standen. Er hätte sie gern nackt gesehen, aber dafür war jetzt keine Zeit. Er musste bald wieder runter. Also fuhr er mit einer Hand ihre nackten Beine hinauf, glitt unter den grünen Stoff ihres Kleides und spreizte ihre Schenkel. Sie ließ ihn gewähren und stöhnte leise auf, als er mit einem Finger über ihr feuchtes Höschen strich. Schnell öffnete er seine

Hose und holte den harten Schwengel hervor, dessen beschnittene Kuppe rosig glänzte. Während er sein bestes Stück in erwartungsvoller Vorfreude wichste, zog er mit der anderen Hand ihren Slip beiseite, tastete sich durch die warme Feuchtigkeit ihrer Lippen, teilte sie und schob seinen Daumen in ihre heiße Spalte. Die Rothaarige rutschte bis an den Rand der Tischplatte, damit er tiefer in sie eindringen konnte. Doch er hatte keine Lust zu langen Spielereien. Er zog den Daumen wieder raus und verstrich den Saft auf ihrer harten Knospe. Dann steckte er ihr erst zwei Finger in die Möse und einen dritten hinterher, um sie für seinen Schwanz zu weiten. Als sie lüstern aufstöhnte, packte er ihre Beine, zog sie mit einem Ruck nach vorn, sodass sie rücklings auf dem Schreibtisch landete. Ihre Beine waren angewinkelt, und er konnte ihre nasse Möse sehen, die kaum noch von ihrem Slip verdeckt war. Er führte seinen Schwanz an ihre geschwollenen Lippen und ließ seine Faust noch ein paar Mal hin und her gleiten, um mit seiner Penisspitze die Klitoris zu massieren. Dann griff er ihre Kniekehlen, drückte die Beine nach oben zu sich hin und steckte ihr seinen Schwanz rein. Sie gurrte wie eine rollige Katze und legte ihre Waden auf seine Schultern. Mit seinem ganzen Gewicht drückte er ihre Beine nach unten, packte ihre großen Brüste und spaltete ihre Möse mit seinem harten Schwanz.

«Das gefällt dir, du geiles Luder», spornte er sie an, während sie seine tiefen Stöße mit lauten Schreien begleitete.

«Ja, komm, ich fick dich!» Seine Stimme war rau und tief. Wie eine Maschine rammte er seinen Schwanz in ihre Möse. «Komm! Sag's mir! Sag mir, dass ich dich ficken soll!», feuerte er sie an. «Jaaaahh! Fick mich!», sprudelte es aus Charlotte hervor. «Schieb mir deinen geilen Schwanz rein! Oooohhh ... jaaaaahhh!»

Charlotte lag da und spürte nur noch ihre pulsierende Möse, die geile Wogen in ihren Eingeweiden und seinen heißen Atem an ihrem Ohr. Ein Orkan braute sich zusammen und wirbelte sie auf lüsternen Wellen davon, während sein dicker Schwanz in ihr steckte und zu zucken begann.

«Ich komme …!», stöhnte er in ihr Ohr. «Ich … jetzt … aaaaaaaahhh!» Und dann pumpte er sein Sperma in ihre nasse Spalte, die sich um seinen Schwanz zusammenzog, als wollte sie ihn melken.

Ein Stoß noch und auch Charlottes Schleusen brachen. Ein Schwall ihres Saftes spritzte ihm entgegen und sein Schwanz spuckte immer noch in Intervallen sein heißes Sperma aus. Mit einem letzten Röcheln wich die Spannung aus seinem Körper, und er sackte zusammen. Zärtlich küsste er Charlotte auf den Mund.

Völlig erschöpft zog er seinen Penis aus ihrer Vagina, rollte das Kondom herunter und trocknete seinen nassen Schwanz an dem Kellnertuch ab. Charlotte setzte sich vorsichtig auf und rutschte vom Schreibtisch runter. Der Versuch, ihr Abendkleid wieder in Form zu bringen, scheiterte. Der grüne Stoff hing knitterig herunter, von Eleganz keine Spur mehr. Aber das spielte jetzt keine Rolle mehr. Der Kellner hatte seine befriedigte Männlichkeit mittlerweile wieder in der Hose verstaut, das Kondom entsorgt und räumte nun die Gläser zusammen. Wann hatte er nur die Zeit gefunden, sich ein Präservativ überzustreifen? fragte sich Charlotte verwirrt und zugleich erleichtert über sein Verantwortungsbewusstsein. Als er ihren verunsicherten Blick bemerkte, stellte er das Tablett wieder ab, ging zu ihr hinüber und legte einen Arm um ihre Schulter. Galant führte er ihre Hand zum Mund, hauchte einen Kuss darauf und sah ihr ergeben in die Augen.

«Danke für deine Gunst, bella.» Ein schmachtender Blick unterstrich seine höflichen Absichten. «Ich stehe dir immer zu Diensten.» Er lachte über sein gelungenes Wortspiel und auch Charlotte musste grinsen über seinen Versuch, den kleinen Zwischenfall mit Würde zu beenden. Sie war dankbar, dass er jetzt nicht noch zärtlich werden wollte. So erschien ihr die ganze Angelegenheit ehrlicher. Sie hatten beide bekommen, was sie wollten, und nun war es gut.

«Wer weiß?» Sie zwinkerte ihm verschwörerisch zu. «Vielleicht komme ich bei Gelegenheit auf das Angebot zurück.» Sie klopfte ihm anerkennend auf den Hintern. «Aber bis dahin wäre ich dir dankbar für deine Diskretion.»

Auch er lächelte erleichtert. Nichts war schlimmer als eine Frau, die Sex gleich in Liebe umwandeln wollte. Sofort nutzte er diese Chance und nahm die Haltung des pflichtbewussten Kellners an.

«Darauf können Sie sich verlassen, Signora.» Er griff sich das Tablett und öffnete die Tür zum Flur. Für etwaige Zuhörer sagte er laut: «Ich wünsche Ihnen eine angenehme Nacht, Signora.» Und weg war er.

Elf

Es war das erste Mal, seit sie zusammengezogen waren, dass alle drei Freundinnen in derselben Nacht Sex hatten. Ob es an der lauen Sommernacht lag, an der gelungenen Party oder an einer anderen Kraft, die sich in diesem Haus entfaltete, darüber machte sich keine der drei Frauen Gedanken. Jede von ihnen war zu sehr gefangen in der Leidenschaft, die sie erfasst hatte, und zu sehr damit beschäftigt, eine neue Seite an sich selbst zu entdecken. Erstaunlicherweise gingen ihre Erfahrungen in dieser Nacht in die gleiche Richtung. Natürlich ahnten sie noch nichts von dem seltsamen Zusammentreffen dieser Zufälle, aber jede der drei Frauen lernte in dieser Nacht, sich fallen zu lassen in ihre Lust und in die Arme eines Mannes, der ihre Leidenschaft erwiderte.

Als John sich langsam aus seiner Geliebten zurückzog, hinterließ er eine Leere in ihr, die ihr völlig unbekannt war. Jo pflegte ihre Liebschaften wie eine gute Flasche Wein zu genießen: mit Vorfreude auf den ersten Schluck, tiefer Zufriedenheit, wenn sich das Bouquet voll entfaltete, und einer wohligen Sättigung, wenn die Flasche geleert war. Nie öffnete sie eine zweite Flasche am gleichen Abend. Und ebenso wenig verlangte es sie nach der Fortsetzung einer Affäre, wenn sie satt war. Doch in dieser Nacht hatte eine Sehnsucht von ihr Besitz ergriffen, die sie so noch nie gespürt hatte. John war ein begnadeter Liebhaber. Der erste Eindruck hatte sich heute bestätigt. Und sie musste zugeben, dass sie nach seiner Zunge süchtig werden könnte. Aber sie hatte ihre sexuellen Begegnungen bisher immer als befriedigend empfunden. Schließlich kam es darauf an, was frau daraus machte. Warum nur wurde diesmal das Gefühl erschöpfter Zufriedenheit von einer leisen Trauer begleitet? So, als wäre etwas sehr Vertrautes verloren gegangen, auf das sie nun für immer würde verzichten müssen.

Jo kannte solche widerstreitenden Gefühle nicht. Bislang war ihre Welt klar nach ihren eigenen Vorstellungen und Wünschen geordnet gewesen. Sie hatte Angst, dass diese Sehnsucht ihr Gleichgewicht durcheinander bringen könnte. Und gleichzeitig wollte sie genau diese Sehnsucht festhalten, weil sie ihr kostbar und unersetzlich erschien.

John hatte sich bereits in ihrem Bett zusammengerollt und war eingeschlafen. Er sah so unschuldig aus, aber jetzt würde sie auf diesen Schein nicht mehr hereinfallen. In ihm schlummerte ein wahrer Casanova. Mit leichtem Bedauern sammelte sie ihre Sachen zusammen und zog sich wieder an. Schließlich war sie die Gastgeberin. Sie musste sich noch einmal unten sehen lassen, und sei es, um ihre Gäste zu verabschieden. Die Musik war inzwischen leiser geworden. Der sportliche Teil der Party war wohl vorbei. Nun würden alte und neue Paare ihre Hüften eng umschlungen im Takt wiegen und den Abend entweder ausklingen lassen oder diese Nähe als Auftakt für erotische Aktivitäten nutzen.

Als Jo wieder auf die Terrasse trat, musste sie überrascht feststellen, dass viele Gäste bereits gegangen waren. Sie würde morgen eine Menge Anrufe tätigen müssen, um ihr Verschwinden zu erklären. Aber diejenigen, die noch aßen und plauderten oder tanzten, schienen sich sehr wohl zu fühlen. Es herrschte eine entspannte Stimmung. Als Jo sich umschaute, entdeckte sie die Reste der mehrstöckigen Eistorte, die pünktlich um Mitternacht serviert worden war, und sie hatte ein schlechtes Gewissen, weil sie das Meisterwerk nicht persönlich aufgeschnitten hatte. Sie wusste genau, wie stolz der Koch auf seine Arbeit gewesen war. Und auch ihre Gäste werden auf sie gewartet haben, bevor sie die Messer selbst in die Hand nahmen. Jedenfalls schien es allen geschmeckt zu haben, denn es war nicht mehr viel übrig.

Ein paar der Gäste winkten ihr vergnügt zu, als sie Jo auf der Terrasse entdeckten, und widmeten sich dann wieder ihren Unterhaltungen. Die Gastgeberin machte einmal die Runde, verteilte Komplimente, nette Worte und ließ sich überall kurz sehen, bevor sie in die Küche ging, um nachzuschauen, ob die Mannschaft des Restaurants auch schon gegangen war. Tatsächlich war hier bereits alles sauber und aufgeräumt. Auch die meisten Kellner hatten schon Feierabend gemacht, bis auf vier von ihnen, die bis zum Schluss bleiben sollten.

Jo hatte noch Lust auf ein Bier, und sie öffnete einen der großen Kühlschränke auf der Suche nach einer gekühlten Flasche.

«Was hätten Sie denn gern?», fragte eine Stimme hinter ihrem Rücken. Jo schrak zusammen und schlug die Kühlschranktür zu. Als sie sich umdrehte, wurden für einen Moment ihre Knie weich. Vor ihr stand der Kellner mit den schönen braunen Augen.

Verdammt! Was war nur heute los mit ihr? Langsam hatte sie die Nase voll von diesem Zustand der Verwirrung, der von ihr Besitz ergriffen hatte. Sie räusperte sich und versuchte mit fester Stimme eine Antwort: «Ich kann das Bier nicht finden.»

Er sah sie nur kurz an, dann ging er an ihr vorbei zu einem zweiten Kühlschrank, griff hinein und reichte ihr ein Bier. Sie ließ den Bügelverschluss ploppen und trank einen Schluck, unschlüssig, ob sie mit ihm ein Gespräch anfangen sollte oder nicht. Bevor ihr Schweigen peinlich wurde, schnappte er sich eine leere Kiste und ging zur Tür. Im Rahmen drehte er sich noch einmal um und sah sie an, als würde er etwas in ihrem Blick suchen. Dann verschwand er wortlos und überließ Jo dem Stimmengewirr in ihrem Kopf.

Einen Moment später erschien ein anderer Kellner in der Küche. Er trug ein Silbertablett mit Sektkühler und zwei Gläsern herein, die er nun wegräumte. Jo erkannte in ihm den jungen Mann, den Charlotte vorhin so rüde abserviert hatte. Schade, nun würde sie wohl nicht mehr herausfinden, was zwischen den beiden vorgefallen war.

«Ich denke, Sie können jetzt auch Feierabend machen. Morgen kommt eine Putzkolonne, die hier die Reste aufräumt.» Sie lächelte ihn freundlich an. «Für heute haben Sie genug Arbeit gehabt.» Weil sie seinen Blick missverstand, fügte sie noch hinzu: «Ich komme am Montag zur Abrechnung ins Restaurant. Dann gibt es noch ein ordentliches Trinkgeld. Versprochen!»

Zu ihrer Überraschung antwortete er ihr: «Das Trinkgeld ist nicht so wichtig. Der Abend bei Ihnen hat Spaß gemacht. So eine Party können Sie gern mal wieder veranstalten.» Er ließ das Tablett auf einer Anrichte stehen und verabschiedete sich mit einer Verbeugung. «Stets zu Diensten.» Dann warf er sein Kellnertuch in einen Wäschekorb und ging.

Jo folgte ihm nach draußen und hielt Ausschau nach Katie und Alex. Sie hätte jetzt gern mit ihrer Freundin geplaudert, statt sich mit Smalltalk die Zeit zu vertreiben, bis die letzten Gäste gehen würden. Aber die beiden waren nirgends zu entdecken, genauso wenig wie Charlotte und Paul, und so ging sie zu der DJane hinüber, die immer noch unermüdlich Musik auflegte.

Was Jo nicht ahnte, war, dass Charlotte allein in ihrem Bett lag und sich über den denkwürdigen Abend den Kopf zerbrach, während Katie und Alex eine ebenso denkwürdige Nacht miteinander verbrachten.

Die beiden hatten lange zusammen getanzt, zuerst wild und ausgelassen, dann kamen sie sich immer näher, bis ihre Körper in synchronen Bewegungen miteinander verschmolzen. Katie war hingerissen von ihrem Begleiter, der den ganzen Abend aufmerksam und zuvorkommend gewesen war und der sie nun im Rausch der Musik verführte. Seine Hände glitten über ihren Körper, er wirbelte sie herum und schmiegte sich an sie, bis ihre Sinne elektrisiert waren und sie endlich mit ihm allein sein wollte. Im Gewühl der vollen Tanzfläche stahlen sie sich davon, wie zwei Kinder, die einen Streich ausheckten. Sie schlichen sich in den zweiten Stock. Zu ihrer Überraschung drangen sowohl aus Jos als auch aus Charlottes Räumen eindeutige Laute, die die ohnehin knisternde Atmosphäre noch aufheizten. Katie war so berauscht von der Musik, von Alex, vom Stöhnen ihrer Freundinnen, dass sie in dieser Nacht zu allem bereit war. Und Alex spürte das erste Mal keinen Widerstand in dem, wie Katie ihn küsste und berührte. Obwohl gerade dieses Sträuben ihn sonst immer so antörnte, begehrte er sie in dieser Nacht wie noch nie zuvor.

Als sie knutschend die Tür zu Katies Reich öffneten und rückwärts in den Raum stolperten, stieß Alex mit dem Schienbein gegen einen Karton, der ihm den Weg versperrte. Laut fluchend schob er die Kiste mit dem Fuß beiseite und wunderte sich über sich selbst, weil sein Ärger sich sofort wieder auflöste und alle seine Gedanken augenblicklich zu Katie zurückkehrten. Katie, diese wunderbare junge Frau, bei der er sich zu Hause fühlte, die ihm ihr Herz geschenkt hatte, die er begehrte wie keine andere. Das Blut war bereits aus seinem Gehirn gewichen, es schien geradewegs in seinen Schwanz geflossen zu sein, sodass er sich nicht mehr wundern konnte über die Romantik seiner Gedanken. Am Rande nahm er noch war, wie zärtlich er sie dieses Mal entkleidete, wie hingebungsvoll er sie küsste. Und er hatte eine vage Ahnung davon, dass er sie das erste Mal nicht zu seinem eigenen Vergnügen besitzen, sondern ihr grenzenlose Lust schenken wollte, weil – er sie liebte?

Alex konnte nicht mehr nachdenken. Seine Hände fuhren über Katies mädchenhaften Körper, als spürte er ihre zarte Haut zum ersten Mal, als schmiegten sich ihre festen Apfelbrüste das erste Mal in seine Handflächen, als hätte er ihren betörenden Duft noch nie zuvor wahrgenommen.

Behutsam legte er die nackte junge Frau auf das Bett, begann mit ihren entzückenden Zehen und küsste und leckte sich hinauf bis zu ihren süßen Lippen. Sie räkelte sich, streckte die Arme von sich und suchte an einem der Metallpfosten ihres Bettes Halt, als Alex' Zunge ihre Mitte erreichte und unendlich langsam Kreise um ihr Lustzentrum zog, immer enger, bis er die krausen Haare ihrer Scham erreichte und sein warmer Atem lustvolle Schauer über ihre Haut jagte. Diesmal zwang sie kein fester Griff dazu, die Beine zu öffnen. Alex leckte sie so hingebungsvoll, dass sie ihre Schenkel voller Vorfreude ungeduldig auseinander zog und ihm ihre geöffnete Scham darbot wie eine saftige Frucht, an der er sich laben sollte. Lustvoll vergrub er seine Lippen in ihren, saugte an der kleinen Perle, die ihm entgegenschwoll, und jagte eine Gier durch ihren Körper, die ihn mit fortriss. Er hatte Katie noch nie so lüstern stöhnen gehört. Sie hatte sich ihm noch nie zuvor so vollkommen ausgeliefert wie in dieser Nacht, als er sie zu nichts zwang. Sie schenkte ihm ihren Körper und ihre Lust und entfachte mit ihrer Geilheit eine ungeahnte Leidenschaft in ihm.

Sein Schwanz schmerzte in der engen Hose. Seine Hoden zogen sich zusammen, als wollten sie bereits ihre Ladung verschießen, aber er konnte nicht von ihrer köstlichen Möse lassen, die nass und offen vor ihm lag und sein wildes Zungenspiel mit heißen Säften belohnte.

«Aahh!», stöhnte Katie. Und dann sagte sie etwas, das er immer von ihr hatte hören wollen.

«Nimm mich, Alex!» Sie knurrte lüstern, als er die Zunge in ihre Spalte schob. «Komm, fick mich!», forderte sie. «Ich will, dass du mich fickst!»

Ohne diese Aufforderung hätte er sie mit dem Mund zum Höhepunkt gebracht, aber jetzt, als das Drängen ihrer Worte ihn lockte, riss er sich die Hose vom Leib. Er kniete sich zwischen ihre geöffneten Schenkel, strich zärtlich mit der Schwanzspitze über ihre Möse, bis sie das Becken anhob und ihm die triefende Öffnung darbot. Langsam, ganz langsam versenkte er seinen steifen Penis, drang bis zum Anschlag in sie ein und sog ihr Stöhnen in sich auf. Ihre Hände hielten sich am Bettpfosten fest, als hätte er sie gefesselt. Sie warf ihren Körper hin und her, stemmte ihr Becken gegen seine Stöße und umfing seinen Schwanz, als wollte ihre Möse ihn verschlingen.

Er achtete nicht auf das Pochen in seinen Eiern, auf die heranstürzenden Fluten in seinem Schwanz, sondern vögelte Katie mit langen, gleichmäßigen Stößen, bis es aus ihr herausbrach und sie auf dem Höhepunkt ihrer Lust einen tiefen Schrei ausspie, sich aufbäumte und er endlich seinen Samen in sie vergießen konnte.

Keuchend schlang er seine Arme um ihren Hals, vergrub

seine Nase in ihrem duftenden Haar und schmiegte sich an sie. In der warmen Geborgenheit seiner Umarmung ebbten die Wellen der Lust langsam ab, und als er nach einiger Zeit den Kopf hob, war Katie schon eingeschlafen.

Zwölf

Am Mittag danach trafen sich drei sehr entspannte Frauen in der aufgeräumten Küche zu einem verspäteten Frühstück.

«Was ist?», fragte Jo, als ihre anzüglich grinsenden Freundinnen sie begrüßten.

«Das müsstest *du* uns doch eigentlich erzählen können», flötete Katie. «Oder Charlotte, bei der es wohl auch etwas zu berichten gibt, oder?»

Charlotte errötete, und zu ihrer Verwunderung schlug auch Jo verlegen die Augen nieder. Um vom Thema abzulenken, fragte sie zurück: «Und? Wo ist dein Alex? Hat der sich schon wieder aus dem Staub gemacht?»

Katie antwortete mit einem fröhlichen Lachen: «Mein Liebster hat mir heute Morgen schon einen Kaffee ans Bett gebracht.» Sie sah ihre Freundinnen bedeutungsvoll an. «Und er ist jetzt zum Brötchenholen gefahren!»

Zwei verblüffte Gesichter blickten die junge Frau an.

«Das gibt's doch gar nicht! Was hast du denn heute Nacht mit ihm angestellt?»

«Nicht ich, sondern *er* hat etwas mit *mir* gemacht!» Sie wartete auf die Fragen der beiden anderen, doch die starrten sie nur mit großen Augen an.

«So etwas wie heute Nacht habe ich noch nie erlebt. Es war fantastisch!»

«Was denn nun? Erzähl schon», drängte Jo, die sich lieber Katies unglaubliche Geschichte anhören wollte, als über die Verwirrung ihrer eigenen Gefühle nachdenken zu müssen.

«Also, ich glaube, Alex hat sich letzte Nacht in mich verliebt!», verkündete sie mit voller Überzeugung. «Er hat mich verführt und war so zärtlich und liebevoll wie noch nie zuvor, so als hätte er vorher immer nur mit mir gespielt. Ich bin total geschmolzen in seinen Händen – und in seinem Mund», fügte sie leiser hinzu.

Charlotte und Jo waren immer noch sprachlos.

«Und vorhin hat er mich mit einem perfekt aufgeschäumten Milchkaffee geweckt. Er war schon fertig angezogen, hat mir noch den Rücken massiert, und dann wollte er zum Bäcker. Ich kann's noch gar nicht fassen.»

«Ich auch nicht», meinte Charlotte ehrlich überrascht. «Und wie kam es dazu?»

«Keine Ahnung.» Katie zuckte mit den Schultern. «Er war schon den ganzen Abend total süß, hat mir etwas zu essen geholt, hat mit mir getanzt. Und ständig kamen Komplimente über seine Lippen. Irgendwie scheint bei ihm ein Knoten geplatzt zu sein.» Katie kaute nachdenklich an ihrer Unterlippe. «Das Merkwürdigste war, dass er nicht einmal einen seiner üblichen Wutanfälle bekam, als er sich an dem Karton von deiner Großmutter gestoßen hat. Er hat ihn einfach weggeschoben und mich weiter geküsst. An jedem anderen Tag hätte er mir eine Szene gemacht, weil ich etwas im Durchgang habe rumstehen lassen.»

Das Glück in Katies Augen war unübersehbar. So viel Zufriedenheit hatte sie im bisherigen Verlauf ihrer Beziehung noch nie ausgestrahlt.

«Ach, übrigens.» Sie wandte sich an Jo. «Vielen Dank für die Porzellanpuppe. Sie sind alle noch wie neu und eine entzückender als die andere. Ich habe eine mit braunen Zöpfen und einem roséfarbenen Spitzenkleid ausgewählt. Charlotte, ich stelle dir den Karton nachher vor die Tür, damit du dir auch etwas aussuchen kannst.»

Ihre Freundinnen kamen nicht mehr dazu, etwas zu erwidern, denn in diesem Augenblick stürmte Alex mit einer riesigen Papiertüte unterm Arm in die Küche.

«Guten Morgen, Mädels», begrüßte er die drei überschwänglich. «Ich habe hier Croissants, sämtliche Sorten an Körnerbrötchen und diverse andere Leckereien. Ihr habt ja einen hervorragenden Bäcker um die Ecke.» Er strahlte die Frauen an und verteilte seine Einkäufe auf verschiedene Schalen und Brotkörbe. Alle drei sahen fassungslos zu, wie er den Tisch deckte, frischen Kaffee aufsetzte, dazu Teewasser und zur Krönung auch noch Servietten faltete. Die Sprachlosigkeit der Frauen schien er nicht zu bemerken, denn er pfiff fröhlich vor sich hin und wirbelte so lange herum, bis der Frühstückstisch perfekt hergerichtet war. Dann hauchte er Katie einen Kuss auf die Wange, setzte sich neben seine Freundin und begann, sich ein Brötchen zu bestreichen.

«Lasst es euch schmecken, meine Damen! Wer möchte einen Kaffee?»

Als er alle versorgt hatte, fing er ein angeregtes Gespräch mit Jo über eine neue Fotoausstellung an, fragte Charlotte nach dem Vorankommen ihrer Arbeit und strich Katie von Zeit zu Zeit verliebt über die Wange. Die beiden strahlten perfektes Glück aus, und es dauerte nicht lange, bis sie sich von den anderen verabschiedeten und sich wieder in Katies Räume zurückzogen.

«Was war denn das eben?», fragte Jo ihre Mitbewohnerin.

«Ein verliebtes Paar?»

«Ja, das war nicht zu übersehen. Meinst du, er hat jetzt endlich geschnallt, was für ein Goldstück er da an Land gezogen hat?»

«Auf jeden Fall war Katie noch nie so glücklich. Ich wünsche ihr von Herzen, dass dieser Zustand anhält.» Genüsslich biss Charlotte in ein Roggenbrötchen. «Aber sag mal», fuhr sie mit vollem Mund fort. «Ich hab genau gesehen, dass du vorhin rot geworden bist. Was war denn bei dir heute Nacht los?» Sie sah ihre Vermieterin erwartungsvoll an.

«Du bist auch rot geworden», konterte Jo. «Die gleiche Frage kann ich dir stellen.»

«O. K., du fängst an zu erzählen. Wer war der Glückliche?»

Jo fühlte sich sichtlich unwohl in ihrer Haut. Irgendetwas schien sie aus der Fassung gebracht zu haben.

«Ich habe die Nacht mit John verbracht», sagte sie, als wäre damit alles erklärt.

«War das der Schönling, der dich den ganzen Abend angeschmachtet hat?»

«Ja», erwiderte Jo, nun doch froh, über ihre Verwirrung reden zu können. «Wir hatten neulich ein Foto-Shooting zusammen, na ja, und danach … Du weißt schon.»

Charlotte lachte. «Das ist doch nichts Neues, oder?»

«Nein. Es war sehr nett, und ich habe ihm einen Nachschlag versprochen.»

«Na, den hat er wohl offensichtlich bekommen», stellte Charlotte fest.

«Ja, schon, aber das Ganze lief nicht so wie sonst. Ich habe irgendwie die Kontrolle verloren über die Situation.»

«Du meinst, er hat …?», fing Charlotte besorgt an.

«Nein, nein», wehrte Jo ab. «Es war toll. Sogar unglaublich. Ich habe mich total fallen lassen. Es war so …» Jo sah ihre Freundin ratlos an.

«Vielleicht hast du dich verliebt?»

«Hm», machte Jo wenig überzeugt. «Warum sollte ich mich in ein Model verlieben? Was soll an ihm anders sein als an allen anderen, die mir schon über den Weg gelaufen sind?»

«Ach, du Dummerchen. Wo die Liebe hinfällt, heißt es doch. Mit Sicherheit lassen sich die biochemischen Zusammenhänge nicht genau erklären, wieso du auf diesen Mann anders reagierst als auf andere. Tatsache ist aber nun einmal, dass es immer nur einen bestimmten trifft.»

«Ich weiß nicht», meinte Jo, «da ist noch etwas anderes, das mich verwirrt.»

Charlotte sah sie aufmunternd an, während Jo nach den richtigen Worten suchte.

«Da war gestern so ein Kellner, den ich gar nicht eingestellt hatte.»

Weil Jo ganz versonnen auf ihr Brötchen blickte, konnte sie Charlottes alarmierten Gesichtsausdruck nicht sehen.

«Ich bin ihm ein paar Mal über den Weg gelaufen. Er schien mich zu kennen, aber ich habe keine Ahnung, wer er ist. Er hat mich irgendwie aus der Fassung gebracht. Es ist doch wohl recht unwahrscheinlich, dass mir gleich zwei dieser ‹Auserwählten› an einem Abend begegnen, oder?»

Sie sah Charlotte fragend an und deutete ihren äußerst aufmerksamen Blick als echte Anteilnahme.

«Wie sah er denn aus?», wollte Charlotte mit einem Kloß im Hals wissen.

«Wunderschön!» Jo war selbst überrascht von dem inbrünstigen Ton, mit dem sie das sagte. «Groß, halblange wellige Haare und Augen, die bis auf den Grund meiner Seele zu sehen scheinen», seufzte Jo, während Charlotte sich wieder entspannte. Das war jedenfalls nicht der Kellner, der ihr den Champagner aufs Zimmer serviert hatte, denn der hatte kurze schwarze, sehr italienische Haare.

«Mach dich nicht verrückt, Jo. John wartet oben auf dich. Du kannst gleich zu ihm gehen und herausfinden, ob er dir immer noch gefällt. Tja, und der Kellner … Wenn der sich auch für dich interessiert, weiß er ja jetzt, wo er dich finden kann.» Sie strich ihrer Freundin über die störrischen Locken, die heute noch keine Bürste gebändigt hatte. «Vorausgesetzt, du willst dich wirklich auf einen Kellner einlassen.» Der Unterton in Charlottes Stimme erinnerte Jo daran, dass sie sie noch etwas fragen wollte.

«Apropos Kellner, was war eigentlich gestern mit dir und diesem Kellner, den du so angeschnauzt hast?» Sie sah ihre Freundin herausfordernd an und konnte deutlich die Röte in ihrem Gesicht aufsteigen sehen. «Sag bloß, du hattest was mit ihm …»

Charlotte räusperte sich und entschied sich, ihr Gewissen mit einer Beichte zu erleichtern.

«Als ich ihn für sein unverschämtes Verhalten zurechtgewiesen habe, da hatte ich noch nichts mit ihm.» Leiser fügte sie hinzu: «Aber später.»

«Nun mach's nicht so spannend. Erzähl schon!» Jo war froh, sich auf etwas anderes als sherrybraune Augen konzentrieren zu können.

In allen Einzelheiten berichtete Charlotte ihr von der ersten Begegnung mit dem Mann im Restaurant, wie entsetzt sie gewesen war, als sie ihn am Abend wieder erkannt hatte, wie sie sich mit Paul gestritten und schließlich ihrem Verlangen nachgegeben hatte.

«Meinst du, ich muss Paul jetzt verlassen?», schloss sie ihre Erklärung ab.

«Wenn du ihn nicht mehr liebst, auf jeden Fall.» Bei dieser Vorstellung wurden Charlottes Augen sofort feucht.

«Ich denke allerdings, dass dein Paul der ideale Partner für dich ist. Ihr habt so viele gemeinsame Interessen und Vorlieben, ihr ergänzt euch, und er bewundert dich.»

«Pah!», machte Charlotte.

«Du solltest die Begegnung mit diesem Kellner als kleines Lehrstück in Sachen Erotik betrachten. Wenn du den verführen konntest, warum dann nicht auch Paul? Denn darum geht es doch eigentlich, nicht wahr?»

Charlotte war mittlerweile zu einem Häufchen Elend zusammengesunken. Ihre Libido war befriedigt, und nun meldete sich das Gewissen wieder lauthals zu Wort.

«Aber ich habe ihn betrogen. Das wird er mir nie verzeihen», jammerte sie.

«Nun hör aber auf!», schimpfte Jo und fasste ihre Freundin an den Schultern. «Hast du ihm ewige Treue vor einem Traualtar geschworen? Nein. Willst du ihn für diesen Kellner verlassen? Nein. Und hast du ihm irgendetwas weggenommen? Auch nein. Also lass das Jammern und sieh dir endlich diese einmalige Chance an, das Liebesleben, das dir noch zu deinem Glück fehlt, auf Vordermann zu bringen. Charlotte, in jedem Mann steckt ein Casanova, der nur geweckt werden will. Ich muss das schließlich wissen, ich habe genug Erfahrungen mit Männern.»

Die Schultern ihrer Freundin strafften sich allmählich wieder. Jos vernünftige Argumente besänftigten sogar das unbarmherzige Gewissen.

«Du hast ja Recht. Es gehören immer zwei dazu, wenn etwas nicht richtig läuft. Einer von uns muss wohl mal einen Schritt wagen, damit sich etwas verändert. Und außerdem», sie lächelte Jo verschmitzt an, «hat er sogar ein Kondom benutzt. Ich muss mir nicht einmal Vorwürfe wegen fahrlässiger Gefährdung meines armen Mannes machen.»

«Wenn nur alle Frauen ihre Affären so umsichtig handhaben würden, ohne danach ihren Partner als Beichtvater zu missbrauchen, dann hätten alle sehr viel mehr Spaß am

Leben, und es gäbe weniger Scheidungen und Trennungen», meinte Jo voller Überzeugung. «So, und nun solltest du deinem Paul einen geläuterten Besuch abstatten, und ich überlege mir, was ich mit John anfange.»

Dreizehn

Während Jo sich die morgendliche Erektion des jungen Mannes in ihrem Bett zunutze machte und Charlotte Paul einen Überraschungsbesuch abstattete, bevor er zu der verabredeten Ausstellung aufbrechen konnte, war Fred auf dem Weg zu einem Yachthafen.

Er hatte sich von seinem Vorschuss ein Taxi geleistet und stand nun auf dem Bootssteg und suchte nach einem Segelboot mit dem Namen *Josephine*. Im Gegensatz zu seiner Erwartung fand er jedoch keine weiße Jolle vor, sondern einen altmodischen Zweimaster, der imposant zwischen modernen Yachten und Segelschiffen schaukelte. Wie der alte Mann es in seinem Brief gewünscht hatte, stieg er, ohne eine weitere Erlaubnis abzuwarten, mit dem Gemälde unterm Arm das Fallreep hinauf und sah sich auf dem etwa zwanzig Meter langen Schiff um. Dunkel lackiertes Holz glänzte im Sonnenschein. Dickes Tauwerk war säuberlich an Messingbeschlägen aufgehängt. Das ganze Deck strahlte frisch und sauber, aber von der Mannschaft, die für diese Ordnung verantwortlich sein musste, war niemand zu sehen. Am Heck des Schiffes befand sich ein hölzerner Aufbau, dessen Tür offen stand. Mit einem mulmigen Gefühl im Magen trat Fred in das Ruderhaus ein. Über einen Niedergang gelangte er in das Halbdunkel des Schiffsrumpfes.

«Pünktlichkeit ist eine Tugend, die ich sehr zu schätzen weiß, junger Mann.» Die voll tönende Stimme eines Mannes, der es gewohnt war, dass man ihm zuhörte, wies Fred den Weg zu der hinteren Kabine. Als er die halb offene Tür zur Kajüte weiter aufstieß, war er geblendet von dem Sonnenlicht, das durch große Bullaugen hereinschien und den Raum warm und gemütlich erscheinen ließ. Eine Bank, mit grünem Cord bezogen, schmiegte sich an die ovale Rückseite des Achterschiffes. Auf ihr saß ein Mann in eleganter Kapitänsuniform und lächelte Fred einladend an.

«Bitte, nehmen Sie Platz. Darf ich Ihnen etwas zu trinken anbieten?»

«Ich … Danke, nein.» Fred setzte sich an den Rand der halbrunden Bank und versuchte, seine Augen an das grelle Licht zu gewöhnen.

«Wie ich sehe, waren Sie erfolgreich. Gab es Schwierigkeiten?», wollte der Mann höflich wissen.

«Hören Sie.» Fred wollte die ganze Angelegenheit so schnell wie möglich hinter sich bringen, doch dann nahmen seine Augen langsam wieder alle Einzelheiten wahr, und er stutzte. Der Mann, der ihm gegenübersaß, hatte ein fein geschnittenes Gesicht und aufmerksame braune Augen. Sein Alter war schwer einzuschätzen. Er konnte Mitte sechzig oder auch schon über siebzig sein. Die vielen Fältchen um seine Augen- und Mundwinkel ließen erahnen, dass er gern lachte. Er hatte die Beine lässig übereinander geschlagen und die Hände über dem Knie gefaltet. Fred hatte das vage Gefühl, ihn schon einmal gesehen zu haben. Er kam ihm seltsam bekannt vor, aber an den Kapitän eines so schönen Schiffes würde er sich erinnern.

«Erzählen Sie ein wenig von sich, junger Mann. Was machen Sie beruflich?»

«Sie meinen, wenn ich nicht gerade merkwürdige Aufträge von mysteriösen Kunden annehme?» Fred lachte auf, um die Unsicherheit zu verbergen, die dieser Mann in ihm hervorrief.

Der Kapitän überhörte die Anspielung und wartete geduldig darauf, dass Fred weitersprechen würde.

«Ich schlage mich so durch.» Plötzlich hatte er den Verdacht, dass der Mann ihm vielleicht eine Falle gestellt hatte, also fügte er hinzu: «Auf krumme Sachen lasse ich mich normalerweise nicht ein. Und wenn das Bild nicht ohnehin ausrangiert gewesen wäre, hätte ich es nicht mitgenommen. Warum haben Sie nicht einfach versucht, es der Besitzerin abzukaufen?»

Sein Auftraggeber ging auf diese Frage nicht weiter ein. «Wie sieht sie aus?», wollte er nun wissen.

«Die Besitzerin? Sagen Sie bloß, Sie wissen nicht, dass sie genauso aussieht wie die Frau auf dem Portrait hier?» Fred zeigte auf das Paket, das er immer noch festhielt.

«Was wissen Sie eigentlich über Ihren Vater, Fred?»

Der Mann wurde ihm immer unheimlicher. Es schien ihm gar nicht um das Gemälde zu gehen, denn er hatte es immer noch nicht in Empfang genommen. Wollte er ihm am Ende auch nicht mehr den vereinbarten Preis bezahlen? Was sollte dieses ganze Frage-und-Antwort-Spiel überhaupt?

«Ich weiß nicht, was Sie von mir wollen. Nehmen Sie das Bild nun, oder was?» Freds Geduld war langsam erschöpft. Nicht aber die des geheimnisvollen Mannes, der leise lächelnd darauf wartete, dass Fred sich wieder beruhigte.

«Was ist mit Ihrem Vater?», fing er wieder an.

«Keine Ahnung. Was geht Sie das überhaupt an? Mein Vater ist gestorben, als ich noch klein war. Ich kann mich kaum noch an ihn erinnern. Was ist nun mit dem Bild?»

«Stellen Sie es einfach neben sich an die Wand. Dann können wir uns noch ein wenig unterhalten.» Berechnend fügte er hinzu: «Bevor ich Sie mit ihrem wohlverdienten Lohn entlasse.»

Fred blieb nichts anderes übrig, als sich der Neugier des alten Mannes zu beugen, wenn er sein Geld haben wollte.

«Wie alt sind Sie jetzt, Fred? Sie sehen noch sehr jung aus, aber wahrscheinlich sind Sie schon über dreißig, habe ich Recht?»

«Ja», antwortete Fred mürrisch, der nicht gern an sein Alter erinnert wurde, solange er noch den jugendlichen Verführer spielen konnte. Als der Mann ihn weiterhin fragend ansah, gab er sich geschlagen und fügte hinzu: «Ich werde demnächst fünfunddreißig.»

«Ein schönes Alter. Aber eines, in dem man sich langsam entscheiden sollte, was man mit seinem Leben anfangen will. Und? Wissen Sie das?»

Das war genau die alles entscheidende Frage, die Fred immer geschickt ausklammerte, wenn er sich über seine Zukunft Gedanken machte. Merkwürdigerweise dachte er nun schon zum zweiten Mal in einer Woche an Edgars Angebot, einen eigenen Antiquitätenhandel aufzuziehen, und ehe er es verhindern konnte, hörte er sich sagen: «Ich würde gern in das Geschäft von meinem Kumpel mit einsteigen, der, dem Sie den Auftrag für das Bild gegeben haben. Den Job hier habe ich nur angenommen, um das Startkapital zusammenzubekommen.»

Der Mann sah ihn wohlwollend an. Dann ließ er seinen Blick schweifen, blieb auf dem Ring hängen, den Fred an seiner Hand trug, und meinte: «Ein edles Stück, das Sie da tragen. Ein Familienerbstück?»

Fred wusste nicht, was er darauf antworten sollte. Er drehte den Ring an seinem Finger. Es war wirklich ein sehr schönes Schmuckstück, das perfekt an seine männliche Hand passte. Ohne nachzudenken rutschte ihm wieder die Wahrheit heraus: «Um ehrlich zu sein, habe ich ihn gefunden.»

Der Mann nickte. «Manchmal finden die Dinge ihre Besitzer eher als umgekehrt.»

Bevor Fred sich über diese seltsame Bemerkung Gedanken machen konnte, erhob sich der Mann. Fred konnte deutlich sehen, dass er älter war, als es den Anschein hatte, vielleicht bereits über achtzig, aber sein Händedruck war fest und warm.

«Ich danke Ihnen für Ihr Engagement. Der Umschlag auf der Anrichte dort ist für Sie.»

Doch als Fred sich umdrehen wollte, hielt der Mann seine Hand weiterhin fest und sah ihm eindringlich in die Augen. Es war verrückt, aber Fred musste wieder an den Penner denken, der ihn ebenso angesehen hatte. Was war hier eigentlich los?

Ohne ein weiteres Wort zu sagen, ließ der Mann Fred stehen und ging ihm voran auf das Deck des Schiffes. Fred schnappte sich den Umschlag und folgte ihm, froh, endlich hier herauszukommen.

Der Alte blieb an einem der Segelmasten stehen, tippte zum Gruß an seine Mütze und sah Fred nach, der eilig das Schiff verließ, ohne sich noch einmal umzudrehen.

Kaum war der junge Mann aus seinem Blick verschwunden, ging der Alte wieder unter Deck und zog das Kapitänskostüm aus, das seinem Auftritt einen seriösen Anstrich hatte verleihen sollen. Es war schon lange her, dass er auf einer Bühne gestanden hatte, aber Freds Reaktionen war anzumerken gewesen, dass er ihn nicht erkannt hatte. Im Gegenteil, er hatte ihm den komischen Alten abgenommen, der reich genug war, um für die Umsetzung seiner kauzigen Ideen einen Haufen Geld auszugeben. Nachdem er die Uniform wieder an ihrem Platz verstaut hatte, nahm er einen vergilbten Ordner aus einem der Regale, die die Rückwand der Kajüte bedeckten. Er setzte sich auf seinen Platz in der Mitte der halbrunden Bank und begann, in den alten Papieren zu blättern, die sorgfältig in Prospekthüllen abgeheftet waren. Es gab Briefe auf lavendelfarbenem Papier mit einer zierlichen Handschrift, offizielle Dokumente und viele Fotos, die meisten schwarzweiß mit gezähnten Rändern, aber auch einige Farbabzüge. An manchen Stellen hielt er inne, las ein paar Zeilen oder betrachtete die Menschen auf den Fotos. Alle Briefe begannen mit den gleichen zärtlichen Worten «Mein geliebter Friedrich …» und endeten mit verschiedenen Varianten von «Deine dich immer liebende Josephine». Fast sechzig Jahre hatten sie zusammen gehabt, bevor sie in seinen Armen starb. Niemand hatte je offiziell von ihrer Verbindung gewusst, und Josephine hatte über all die Jahre hartnäckig alle Gerüchte und Nachfragen ignoriert. Ihre Liebe ging niemanden etwas an, obwohl sie Spuren hinterlassen hatte. Als Josephine damals den Reederssohn Heinrich Ahrens geheiratet hatte, um das eigene Familienunternehmen vor dem Konkurs zu retten, war sie bereits schwanger von ihm, Friedrich. Aber der Ehemann wollte die Bedeutung der Geburt seiner einzigen Tochter nur acht Monate nach der Hochzeit nicht erkennen oder wusste es schlicht nicht besser. Jedenfalls hatte er bis zu seinem Tod nie einen Zweifel über ihre Herkunft geäußert, vielleicht auch, weil die junge Frau mit ihrem Mann bei einem Autounfall ums Leben kam und nur noch die entzückende Enkeltochter als Erbin zurückblieb. Friedrich sah sich die Kinderfotos der Kleinen an, die bereits mit fünf Jahren mit ihren langen Locken und den neugierigen Augen die Schönheit ihrer Großmutter erkennen ließ. Er hatte das Kind aus der Ferne heranwachsen sehen, sich über die innige Freundschaft zwischen den beiden Josephines gefreut und ihren Aufstieg zu einer erfolgreichen Fotografin mitverfolgt. Aber er hatte sich ihr nie zu erkennen gegeben, so wie er es seiner Geliebten versprochen hatte.

Ein paar Seiten weiter gab es noch andere Fotografien von einem jungen Mann mit einem kleinen Sohn an der Hand. Der Mann war groß, kräftig und hatte wellige Haare, die ihm leicht ins Gesicht fielen. Der kleine Junge neben ihm blickte ernst in die Kamera. Friedrich hatte seinem Sohn bis heute nicht verziehen, dass er seine Familie im Stich gelassen hatte, um mit einer reichen Witwe in die USA auszuwandern. Im Gegensatz zu Freds Annahme, sein Vater sei früh verstorben, lebte dieser immer noch in den Staaten unter dem Namen seiner zweiten Frau. Friedrich hatte ihn mit Hilfe einer Detektei ausfindig machen lassen, ohne jedoch jemals Kontakt mit ihm aufzunehmen. Sein Sohn wollte nichts mehr wissen von seiner Frau und dem Kind, das hatte er deutlich gemacht. Wozu den kleinen Fred noch quälen mit der Tatsache, dass sein Vater sich nicht für ihn interessierte? Aber Friedrich wollte seinem Enkel die Adresse bei der Testamentseröffnung aushändigen lassen, damit er selbst darüber entscheiden konnte.

Das letzte Mal hatte Friedrich seine Schwiegertochter und seinen Enkel gesehen, als dieser vier Jahre alt war. Die beiden hatten ihn noch einmal besucht, um sich zu verabschieden. Auch die junge Frau wollte einen Strich unter die Vergangenheit ziehen und hatte ihren Schwiegervater gebeten, den Kontakt zu ihr und dem Enkel abzubrechen. Schweren Herzens hatte er diesem grausamen Wunsch all die Jahre entsprochen. Und dennoch hatte er bis heute seinen Enkel nicht aus den Augen verloren. Der junge Mann, der mittlerweile selbst keinen Kontakt mehr zu seiner Mutter hatte, ahnte nichts davon, dass er der Enkel eines Mannes war, der Ende der 1920er Jahre ein berühmter Schauspieler gewesen war.

Wenn er die Folgen seiner Liebe zu Josephine betrachtete, musste Friedrich feststellen, dass sie beide schwere Fehler begangen hatten. Sie hatten es gut gemeint und niemanden unter ihrer Liebesbeziehung leiden lassen wollen, weder seine Ehefrau noch Josephines Mann, die beide früh gestorben waren. Aber am Ende seines langen Lebens musste Friedrich sich eingestehen, dass ihre Kinder und Kindeskinder vielleicht glücklicher hätten werden können, wenn sie die Wahrheit gekannt hätten.

Doch für alles ‹wenn› und ‹hätte› war es nun zu spät – fast zu spät.

Friedrich wollte versuchen, so viel wie möglich wieder gutzumachen an seinen beiden Enkeln. Und er wollte dem Schicksal auf die Sprünge helfen, von dessen Weisheit er gerade jetzt zum Ende seines Lebens überzeugt war.

Der alte Mann zog aus der Schublade eines kleinen Beistelltisches ein Blatt Büttenpapier mit dazu passendem Umschlag und schrieb in seiner altmodischen Handschrift:

Einen zweiten und letzten Auftrag möchte ich Ihnen noch erteilen.
Er wird Ihnen ebenso seltsam erscheinen wie der erste, und dennoch bitte ich Sie, mir diesen Wunsch zu erfüllen, den ich Ihnen großzügig vergüten werde.
Als Anzahlung finden sie die beiliegenden Banknoten. Sie erhalten noch einmal zehntausend, wenn Sie mir die gewünschten Informationen überbringen.
Hier nun mein Anliegen: Vor vielen Jahren habe ich der Großmutter von Josephine Ahrens ein Schmuckstück geschenkt, eine von Hand gefertigte Kette mit einem Anhänger aus Mondstein, der von goldenen Sonnenstrahlen umrandet ist mit einem kleinen, darin eingelassenen Rubin.

Alles, was ich möchte, ist, dass Sie für mich herausfinden, ob sich dieses Schmuckstück noch im Familienbesitz befindet.
In einer Woche werde ich Sie wieder am bekannten Ort zur gleichen Zeit erwarten.

Ohne Anrede und Unterschrift beizufügen, faltete Friedrich das Papier zusammen und steckte es in den Briefumschlag. Wenn seine Ahnung stimmte, dann würde dieser Auftrag das Leben seiner beiden Enkel für immer verändern, zu ihrem Guten, wie er hoffte. Dann nahm er ein Handy aus seiner Hosentasche und rief den Antiquitätenhändler an, der diesen Auftrag an Fred übermitteln sollte. Er hatte nicht mehr viel Zeit, aber er wollte erst abtreten, wenn sich das Schicksal dieser beiden ahnungslosen Menschen zum Guten gewendet hatte und er sich sicher sein konnte, dass sie glücklich waren.

Vierzehn

Charlotte stand in ihrer Küche, die Nachmittagssonne im Rücken, und stöberte in den Spielsachen von Jos Großmutter. Die Porzellanpuppen waren unter Sammlern bestimmt viel wert. Jo sollte sie einem Antiquitätenhändler anbieten, anstatt sie auf dem Flohmarkt zu verramschen. Das Gleiche galt für das handgefertigte Blechspielzeug, ein Feuerwehrauto, mehrere Motorräder mit Seitenwagen und wunderschöne Limousinen aus den Zwanziger Jahren. Alles sah wie neu aus, als hätten noch keine mit Schokolade beschmierten Kinderhände über die Puppenkleider gestrichen oder die Miniaturautos über Sand gerollt. Weiter unten in der Kiste fand Charlotte liebevoll geschnitzte Figuren aus einem hellen, geölten Holz. Es gab sämtliche Tiere eines Bauernhofs, dazu Knechte und Mägde, die bei der Verrichtung typischer Aufgaben wie Melken, Pflügen und Ausmisten dargestellt waren. Die schönste Handarbeit war in Charlottes Augen ein quadratischer Koben mit einer Sau und ihren zehn Ferkeln, die um die liegende Mutter herumtollten. Die Szene war so plastisch aus dem Holz herausgearbeitet, dass die kleinen Figuren sich fast zu bewegen schienen. Die Kunstdozentin entschied sich für dieses stille Mutterglück, packte die anderen Sachen wieder in den Karton und wollte ihn gerade zu Jo hinunterbringen, damit diese auch einen Blick auf die Kostbarkeiten werfen konnte, als es an ihrer Tür klopfte. Charlotte stellte den Karton ab und öffnete die Tür.

«Mein Liebling, ich wollte mich für deinen überraschenden Besuch bei mir revanchieren.» Weil sie ihren Verlobten nur entgeistert ansah, fuhr er schnell fort: «Ich weiß, es ist normalerweise nicht meine Art, unangekündigt vor deiner Tür zu stehen, aber …» Es wollte ihm keine plausible Erklärung für sein unvorhergesehenes Verhalten einfallen. «Darf ich reinkommen?», fragte er zögernd.

Charlotte murmelte eine Entschuldigung und trat beiseite. Es war Montag, Paul hatte am Abend noch Vorlesungen an der Uni. Sein Besuch war also umso erstaunlicher. Als Charlotte gestern ebenso überraschend vor seiner Tür gestanden hatte, war er sichtlich erfreut gewesen und hatte sich sofort noch einmal für sein Verhalten am Abend zuvor entschuldigt. Doch trotz seiner herzlichen Begrüßung und dem kurzweiligen gemeinsamen Ausstellungsbesuch am Nachmittag war Charlottes mulmiges Gefühl im Magen nicht gewichen. Sie fühlte sich schuldig, weil sie kein schlechtes Gewissen mehr hatte wegen ihres kleinen Ausrutschers mit dem Kellner, so paradox das auch war. Einerseits fand sie, dass sie ihm keine Erklärungen schuldete, andererseits wusste sie, dass sie mit ihm reden musste über ihre Erwartungen und Wünsche. Aber wie fängt man so ein Gespräch nur an? Bis sie das herausgefunden hatte, würde sie versuchen, so weiterzumachen wie bisher. Aber genau das funktionierte auch nicht mehr, weil sie nun eine Ahnung davon hatte, wie es sein könnte. Die ganze Situation erschien ihr furchtbar kompliziert, und je mehr sie ihr Hirn zermarterte, desto verworrener wurden ihre Gedanken. Um ihr Schweigen zu überspielen, hantierte sie umständlich an ihrer Espressomaschine und setzte einen Kaffee auf. So musste sie ihn wenigstens nicht anschauen.

Paul sah ihr amüsiert bei ihren fahrigen Handgriffen zu und musterte ihren fraulichen Körper. Er hätte ihr erklären können, dass er spürte, wie sie sich von ihm entfernte. Er hätte vielleicht sogar das Gefühl benennen können, diese unterschwellige Angst, sie zu verlieren. Aber er vermutete, dass ihm Worte hier nicht weiterhalfen. Irgendetwas hatte sich verändert zwischen ihnen, genau genommen seit dem überraschend erotischen Nachmittag vergangener Woche. Als er in Charlottes Umarmung aufgewacht war, hatte für einen kurzen Moment eine Vision davon aufgeblitzt, wie es in ihrer Beziehung sein könnte. Die Raubkatze auf seinem Schoss hatte ihm gefallen, obwohl oder vielleicht gerade weil sie so ganz anders war als die wohlerzogene Universitätsdozentin, die er kannte. Charlotte hatte offensichtlich noch andere Facetten als die bisher gezeigten. Vielleicht war es an der Zeit, ihr zu zeigen, dass in ihm auch noch mehr verborgen war?

Paul fasste einen Entschluss. Es bestand die Möglichkeit, sie zu verlieren, also konnte er genauso gut einen Versuch wagen, sie zurückzuerobern. Wenn der scheiterte, dann hätte er so oder so verloren.

Unbemerkt näherte er sich der immer noch am Herd beschäftigten Frau. Er blieb direkt hinter ihr stehen, ohne sie zu berühren, dann beugte er sich ein wenig vor und atmete den Duft ihrer roten Haare ein. Paul wartete auf ein Zeichen von ihr, auf eine Geste, die ihm weiterhelfen würde, doch Charlotte bereitete unbeirrt den Milchkaffee zu. Sie spürte seine Wärme an ihrem Rücken, aber seine Zaghaftigkeit ging ihr auf die Nerven.

Er war bis hierher gekommen, nun musste er den Weg auch zu Ende gehen. Schlimmer als ihre Teilnahmslosigkeit konnte es kaum kommen. Paul trat noch ein wenig näher, bis ihre runden Hinterbacken sich gegen seinen Unterleib wölbten und er sein Gesicht in ihrem Haar vergraben konnte. Dann stützte er seine Hände links und rechts von ihr auf die Arbeitsplatte und presste sich gegen sie, drückte sie dabei gegen die Kante und wartete auf ihre Reaktion. Sie sagte nichts und sie bewegte sich nicht.

War das ein gutes Zeichen?

Paul spürte, wie ihm ihr Duft zu Kopf stieg. Die Wärme und Weichheit ihres Hinterns trieben das Blut in seiner Körpermitte zusammen, bis sich sein Phallus erhob und sich zwischen die Berührung schob. Paul verstärkte den Druck und rieb sich vorsichtig an ihren runden Backen. Sie sollte spüren, wie sehr er sie begehrte. Ihre einzige Bewegung waren die Handgriffe, mit denen sie den Herd abstellte und die Espressokanne von der Platte rückte.

Ansonsten nichts, kein Laut, keine Regung.

Ihre Passivität begann, ihn zu reizen. Er wollte sie aus der Reserve locken. Während er seine Erektion weiter an ihr rieb, strich er ihr die Haare aus dem Nacken und ließ seine Lippen über ihren weißen Hals wandern. Er blies seinen Atem über die zarte Haut, bis sich die feinen Härchen unter dem Deckhaar aufstellten und ihr wohlige Schauer den Rücken hinunterjagten.

Noch immer nichts. Sie ermunterte ihn nicht, aber sie wehrte sich auch nicht.

Vorsichtig legte er seine Hände auf ihre Schultern und strich die Arme hinunter, erst über den kurzärmeligen Pulli, dann über ihre nackte Haut. Dabei ließ er seine Fingerspitzen wie zufällig an den Rundungen ihrer Brüste entlangstreifen, bis hinab zu ihren Händen, die regungslos herunterhingen. Er umfasste die Handgelenke und legte ihre Handflächen auf der Arbeitsplatte ab, damit sie sich abstützen konnte, wenn er den nächsten Schritt wagen würde.

Sie überließ sich ihm wie eine willenlose Puppe.

Er spreizte die Arme noch ein wenig weiter ab, damit er ihre Taille berühren konnte. Langsam ließ er seine Hände bis zu ihrer Hüfte gleiten, suchte den Rand ihres Pullovers und fuhr mit zwei Fingern leicht darunter. Dann schob er die ganze Hand unter den weichen Stoff und berührte die samtige Haut ihres Bauches. Charlotte trug einen ihrer üblichen grauen Röcke, der weit genug war, dass er seine Hand hätte hineinschieben können. Aber Paul fuhr in die andere Richtung über ihren Körper, mit den Fingerspitzen über ihren straffen Bauch kreisend, bis seine Daumen den Saum ihres BHs berührten. Die üppigen Kugeln waren fest verpackt, aber als Paul seine Hände über den glatten Stoff gleiten ließ, konnte er die Konturen ihrer Knospen erfühlen. Er ließ seine Fingernägel über die dunklen Spitzen tanzen. Ganz deutlich konnte er die köstlichen Erhebungen durch den Stoff spüren. Was hätte er jetzt darum gegeben, ihre roten Vorhöfe zu küssen und an den steilen Warzen zu saugen. Aber diese Belohnung würde er sich erst verdienen, wenn er sie zum Stöhnen bringen konnte. Er versuchte, die Spitzen durch den Stoff zu fassen zu bekommen, aber das Material war zu straff. So musste er sich weiter vorwagen.

Mit festem Griff legte er seine großen Hände um ihre Brüste und massierte die schweren Hügel. Es schien, als drängten sie sich ihm durch ihre enge Verpackung entgegen, je mehr er sie knetete. Die Spitzen wurden so hart, dass selbst der formende Büstenhalter sie nicht mehr zurückzupressen vermochte. Diese indirekte Aufforderung genügte Paul, um sich an die zarte Haut heranzuwagen. Während eine Hand den Hügel von unten abstützte, ließ er die Finger der anderen über den oberen Rand des BHs streifen. Das weiche Gewebe des Busens gab nach, als er eine Hand unter den Stoff steckte und die nackte Brust umfasste. Wie erwartet, war die Spitze hart und fest. Der Vorhof reagierte sofort auf die forsche Behandlung durch Pauls Fingerkuppen. Bei jedem Einatmen von Charlotte wurden seine Bewegungen aber derart eingeschränkt, dass

Paul beschloss, die herrlichen Kugeln endlich zu befreien. Er packte den Rand des Büstenhalters und zog ihn unerbittlich herunter, bis die beiden Königinnen wippend heraussprangen und er sie mit den Handflächen auffangen konnte.

Irrte er sich? Oder lehnte Charlotte sich ein wenig gegen ihn? Rieb sie vielleicht sogar ihren prallen Hintern an seinem harten Penis?

Der Professor grub seine Finger in das weiche Gewebe, aber es reichte ihm nicht, die üppige Pracht zu berühren, er wollte sie auch sehen. Mit sicherer Bewegung zog er den Pulli hoch und entblößte die wogenden Brüste. Er beugte sein Gesicht über Charlottes Schulter und betrachtete die weißen Hügel mit den dunkelroten Spitzen, genoss den Anblick der steifen Knospen, die er mit den Fingern massierte und in die Länge zog, bis sie wie lüsterne Pfeile aufragten.

Charlotte hatte noch immer keinen Laut von sich gegeben, aber er konnte spüren, wie ihr Atem immer schneller wurde. Er war sicher, dass sie ihm bald die Gunst erweisen würde, ihm ihre Erregung zu zeigen.

Paul überließ die Brüste ihrer schamlosen Nacktheit zwischen Pulli und BH und streichelte sich langsam wieder an dem warmen Körper hinab. Diesmal hielt er nicht an ihrem Bauch inne, um den Rand des Rockes zu erkunden, sondern strich zielstrebig an ihren Beinen entlang bis zum Rocksaum. Sie trug keine Strümpfe und er war gespannt, ob seine Bemühungen bereits einen feuchten Fleck in ihrem Höschen verursacht hatten. Ohne lange Umschweife ließ er eine Hand zwischen ihre Schenkel wandern und nach oben gleiten, wo ihn ihre warme, feuchte Lust erwartete.

Plötzlich hatte er es eilig. Sein Penis schmerzte bereits in der Enge der Hose. Er war bereit und wollte seine Aufgabe erfüllen. Ungeduldig zog er ihre seidige Unterhose herunter und ließ sie auf Charlottes Füße fallen. Dann schob er den Rock über den prächtigen Hintern. Seine Verlobte stand nun halb entblößt vor ihm und die Schamlosigkeit ihrer verrutschten Kleidung erregte ihn ebenso wie ihre wogenden weißen Formen.

Mit einem kräftigen Handgriff zog Paul die Dozentin vom Herd weg, drehte sie um und drückte sie bäuchlings auf den großen Esstisch, der hinter ihnen stand. Dann nahm er ihr rechtes Bein, winkelte es an und schob es ebenfalls auf den Tisch, sodass er nun ihren herrlichen Arsch und die zwischen den Backen verborgene Frucht vor sich hatte. Wie eine Schaufensterpuppe lag sie ausgestreckt auf dem Holz. Die Haare bedeckten ihr Gesicht, und er konnte nichts von ihren Gedanken erahnen. Aber als er die Hinterbacken teilte und eine Hand dazwischen verschwinden ließ, konnte er ihre Nässe spüren. Ihre Lust hatte die inneren Lippen bereits gerötet. Er konnte deren Schwellung mit seinen Fingerspitzen ertasten. Paul sog ihren herben Duft ein und beugte sich hinab, bis er das Zentrum erreichte.

Als er mit dem Schnurrbart ihre Labien berührte, zog sie scharf die Luft ein und hob ein wenig den Hintern, damit er besser herankam. Paul nahm seine Finger zu Hilfe, um bis zu ihrem Innersten vorzudringen und die Öffnung mit seiner Zunge zu erreichen. Ohne Vorwarnung stieß er die Zungenspitze in den feuchten Tunnel, kostete ihren fruchtigen Nektar und bohrte sich tief in ihre heiße Spalte.

Und da, endlich stieß sie einen ersten Schrei aus, der eine Orgel von unterschiedlichen Tönen in Gang zu bringen schien. Sie gurrte, während er sie leckte, sie seufzte, wenn die Zunge tief in ihrem Fleisch verschwand, und sie stöhnte, als er die Lustperle einsog und zwischen seinen Lippen massierte.

Schließlich konnte Paul die Spannung nicht länger aushalten. Ebenso wie der Kellner öffnete er nur die Hose, holte seinen harten Schwanz hervor und brachte ihn vor ihrer Öffnung in Position. Er verrieb ihren Saft auf seiner Eichel, bis sie schlüpfrig genug war, um in die dargebotene Spalte einzudringen. Charlotte bäumte sich auf, als er sie penetrierte. Beim nächsten Stoß klatschten ihre Brüste auf die Tischplatte, und sie stöhnte hemmungslos auf, presste ihren Hintern gegen seinen Unterleib und zwang ihn auf diese Weise, noch tiefer in sie einzudringen.

«Jaaaa!», knurrte es aus ihrer Kehle und das Klatschen ihrer Brüste wurde untermalt von dem saftigen Geräusch, das ihre Möse ausstieß. Paul beugte sich über sie, packte ihre wippenden Hügel und hielt sich an ihnen fest, während er ihre heiße Pforte durchpflügte und in wildem Stakkato immer wieder in sie hineinstieß. Ihre beiden Körper verschmolzen in der gemeinsamen Bewegung, rutschten über den Tisch und schlugen mit Wucht aneinander. Die ganze Kraft ihrer so lange aufgestauten Leidenschaft entlud sich in diesem denkwürdigen Augenblick, stöhnend, schwitzend. Charlotte war die wilde ungezähmte Stute, die schon immer in ihr gesteckt hatte, und aus Paul brach eine geballte Männlichkeit heraus, eine Kraft, die er ein Leben lang gebändigt hatte.

Mit einem letzten Schrei erklomm Charlotte den Gipfel ihrer Lust. Sie fiel erschöpft vornüber auf die Tischplatte, geschüttelt von den letzten Stößen, bevor Pauls Schwanz sich in ihr entlud und ihr Geliebter stöhnend auf ihr zusammenbrach. Keuchend verharrten sie endlose Minuten, bis die stürmischen Wellen abebbten und sie sich wieder bewegen konnten.

Bedauernd zog Paul sich aus Charlotte zurück, als sein Penis wieder eine normale Größe erreicht hatte. Er richtete sich auf und versuchte, sein derangiertes Aussehen zu ordnen. Seine Verlobte blieb noch immer ausgestreckt auf dem Tisch liegen und räkelte sich.

«Das war …», begann sie mit brüchiger Stimme. «Das war geil. Entschuldige den Ausdruck.»

«Aber nein, du hast vollkommen Recht. Das war … geil», wiederholte Paul voller Überzeugung.

Charlotte drehte sich verblüfft um. Sie bot einen unglaublichen Anblick. Der Rock war bis unter die nackten Brüste gerutscht, wo er sich mit dem BH verheddert hatte. Der Pulli hing um ihren Hals. Sie sah wild und lasziv aus, immer noch eine Dame, aber eine mit Sexappeal. Paul ließ gierige Blicke über ihre ganze Pracht schweifen. Noch ein paar Minuten, und er könnte ihr einen Nachschlag anbieten. Charlotte deutete das Blitzen in seinen Augen richtig. Ganz langsam öffnete sie ihre Schenkel, bis der krause Busch in ihrer Mitte auseinanderklaffte und einen umwerfenden Einblick in ihr Schatzkästchen bot. Die inneren Lippen waren glühend rot und so geschwollen, dass sie einen großen Schmollmund bildeten. Die vermischten Säfte benetzten diesen Kussmund, als hätte eine Zunge ihn gerade abgeleckt. Paul starrte gebannt auf dieses prächtige Gemälde.

Als das Blut langsam wieder in ihrem Körper zu zirkulieren begann, kehrten die Gedanken zurück, und Charlotte wurde sich plötzlich der Schamlosigkeit ihres zur Schau gestellten Körpers bewusst. Für einen kurzen Moment hatte sie die lüsterne Verführerin erkannt, die offensichtlich in ihr steckte. Doch im nächsten Augenblick schämte sie sich für ihr Verhalten. Wie sollte Paul sie jemals wieder ernst nehmen, wenn sie sich ihm darbot wie eine …, jedenfalls nicht wie eine studierte Frau, die sowohl den Respekt der Studenten als auch des gesamten Uni-Kollegiums genoss.

Und warum muss das eine das andere ausschließen, wagte die Libido einen zaghaften Überzeugungsversuch, aber Charlotte hörte nicht hin. Sie rutschte vom Tisch herunter und ordnete ihre Kleidung, ohne Paul dabei anzusehen.

Der leidenschaftliche Zauber war vorbei.

Auch er zog sich wieder ordentlich an und versuchte die eingetretene Stille zu überspielen, indem er sich nun seinerseits um den Milchkaffee kümmerte, der immer noch auf seine Zubereitung wartete. Charlotte war dankbar für diese Gelegenheit, sich wieder zu sammeln. Schnell verschwand sie im Bad, um das Aussehen einer geachteten Dozentin wiederherzustellen. Als sie ihre Haare bürstete und sie zu einem Knoten aufsteckte, hätte sie sich am liebsten selbst geohrfeigt.

Du bist wirklich eine dumme Pute, schalt sie sich im Stillen. Da jammerst du über die fehlende Leidenschaft in deiner Beziehung, und wenn sie sich zeigt, dann kneifst du wieder. Was muss denn noch passieren, damit du deine Chancen wahrnimmst?

Fünfzehn

Am Montagabend saßen drei schweigsame Frauen am Küchentisch und stocherten in den Resten des Partybüfetts, von denen sie sich noch wochenlang ernähren konnten – zumindest solange die Salate und Soßen nicht schlecht wurden. Eine greifbare Melancholie lastete über dem Raum, sodass die Sonne weniger hell zu strahlen schien und die Geräusche des Sommers nur gedämpft durch die geöffneten Fenster zu dringen schienen. Charlotte hätte diese Stimmung in ihrem Hochschuldeutsch als postkoitale Depression bezeichnet, wenn sie Lust zum Scherzen gehabt hätte. Aber sie war genauso in sich versunken wie ihre beiden Freundinnen.

Jo war die erste, die diese bedrückende Stille nicht mehr ertragen konnte. «Wollen wir heute ins Kino gehen?»

Zwei Augenpaare sahen sie wenig begeistert an.

«Ich hab zwar keine Ahnung, was hier eigentlich los ist, aber vom Vor-sich-Hinstarren wird es auf keinen Fall besser.» Sie ließ den Kopf in beide Hände sinken und versuchte es mit einem hilflosen Dackelblick. «Nun kommt schon! Ich lade euch ein.»

«Mh», machte Katie und blickte fragend zu Charlotte hinüber.

«Na gut», antwortete diese. «Es kann ja nicht schaden.»

«Wunderbar. Wenn jetzt nicht irgendeine alberne Komödie die trübsinnigen Gedanken aus meinem Hirn vertreibt, stürze ich mich heute noch vom Balkon.»

«Aber warum eigentlich, Jo?» Charlotte wagte einen Versuch, die Ursache für die allgemeine Übellaunigkeit zu ergründen.

«Weiß ich auch nicht.» Jo verschränkte trotzig ihre Arme vor der Brust. «Vielleicht PMS?»

«Quatsch, du hattest deine Regel erst letzte Woche.» Katie rührte weiter im Avocadosalat.

«Na, dann bin ich eben schwanger.»

«Nun hör aber auf. Du nimmst doch die Pille. Oder hast du die etwa vergessen?»

«Nein, hab ich nicht. Aber warum bist *du* denn so schlecht gelaunt? Du warst doch gestern noch total begeistert und überglücklich.»

Die drei Frauen sahen sich an und zuckten gleichzeitig mit den Achseln. Gestern sah alles noch so vielversprechend aus, und es hatte den Anschein, als würde sich etwas Grundsätzliches verändern in ihrem Leben. Aber heute war die überschäumende Begeisterung verflogen, und zurück blieb der Blues. Jede von ihnen fühlte sich wie ein Flaschengeist, den man zugekorkt hatte. Gestern waren sie noch frei und unbeschwert gewesen, und heute fühlten sie sich eingesperrt und verzagt.

«Es ist, als könnte ich das Glück direkt vor meiner Nase sehen, und ich kann es einfach nicht greifen», versuchte Katie eine Erklärung. «Ich bin mir sicher, dass Alex mich liebt. Und ich liebe ihn natürlich auch», fügte sie schnell hinzu. «Aber gleichzeitig habe ich einen Kloß im Hals, als müsste ich noch etwas klären, ohne genau zu wissen, was.»

«Komisch, so ähnlich geht es mir auch», führte Charlotte den Gedanken weiter. «Es scheint sich ein Knoten gelöst zu haben zwischen Paul und mir. Er lässt plötzlich eine Ebene zu, die wir immer ausgeklammert hatten, und außerdem …» Sie sah ihre Freundinnen an und suchte nach den passenden Worten. «Er … macht auf einmal Sachen mit mir, von denen ich bislang nur geträumt hatte.»

«Oder für die sonst eher junge Kellner zuständig sind?» Jo konnte sich diese kleine Anspielung nicht verkneifen.

«Was für Kellner?», wollte Katie sofort wissen.

Charlotte blickte unglücklich in die Runde. Sie musste ihr kleines Abenteuer also noch einmal beichten. Als sie fertig berichtet hatte, stellte sie erleichtert fest, dass sie sich immer noch nicht schuldig fühlte. Das war es also nicht, was ihr Kopfzerbrechen bereitete, immerhin.

«Aber wo ist dann eigentlich das Problem?», fragte Katie nach. «Du bist weder verheiratet, noch hast du Paul ewige Treue geschworen.»

Diese Worte hatte Charlotte schon einmal gehört. «Das hat nichts mit dem Kellner oder mit Paul zu tun, sondern ganz allein mit mir selbst. Ich konnte diese Begegnungen genießen und fühlte mich begehrt, aber ...» Sie versuchte die richtigen Worte zu finden. «Ich komme mir total dumm vor, eine Intellektuelle, die sich ...»

«... mal so richtig durchvögeln lässt», vollendete Jo den Satz für sie. «Das ist doch wunderbar, wie ich selbst gerade feststellen durfte. Warum soll eine starke Frau sich nicht auch einmal fallen lassen dürfen?»

Charlotte schüttelte den Kopf. «Du hast ja Recht. Diese Erfahrung ist toll. Da wird plötzlich eine völlig unbekannte Saite angeschlagen, die ich vorher nicht an mir kannte. Aber ich habe das vage Gefühl, dass es da noch mehr in mir zu entdecken gibt. So als wären da noch andere Facetten, die auch zum Strahlen kommen wollen. Versteht Ihr, was ich meine?» Charlotte schaute ihre Freundinnen erwartungsvoll an.

Katie nickte eifrig. «Ganz genau! Jetzt habe ich bekommen, was ich immer wollte, und nun muss ich feststellen, dass ich noch etwas anderes will. Da ist etwas in mir, das ausgelebt werden will. Ich kann es nur nicht erfassen. Was ist mit dir, Jo?»

Jo zog eine Schnute und schaute die anderen beiden verwirrt an. «Ich verstehe zwar, was ihr meint, aber bei mir geht es um etwas anderes, glaube ich.» Sie schob sich einen Löffel mit Schafskäsecreme in den Mund, um Zeit zu gewinnen. «Ich habe bislang immer alle meine Gelüste ausgelebt, das wisst ihr doch. Ich habe euch oft genug versucht zu erklären, dass Männer alles mitmachen, wenn man ihnen nur klar genug sagt, wo es langgeht. Insofern seid ihr doch auf dem richtigen Weg, findet ihr nicht?»

«Du lenkst vom Thema ab. Was ist mit dir?» Katie ließ nicht locker.

Jo seufzte theatralisch. «Ich fürchte, mir kommen das erste Mal Gefühle in die Quere.»

«Hast du dich in John verliebt?», wollte Katie wissen.

Jo antwortete nicht sofort. Sie kaute gedankenverloren auf einem Stück Baguette herum und versuchte, diese Frage für sich selbst zu beantworten.

«Keine Ahnung», war alles, was sie erwidern konnte.

«Was ist daran so schwer? Hast du Sehnsucht nach ihm? Wird dir flau im Magen, wenn du an ihn denkst?»

«Eigentlich nicht», musste Jo zugeben. «Aber es hat sich etwas verändert. Die Tatsache, dass ich mir überhaupt solche Gedanken mache, finde ich höchst beunruhigend. Das ist mir noch nie passiert. Bislang war immer alles ganz einfach.»

Charlotte sah ihre Freundinnen aufmerksam an. «Sagt mal, Mädels, fällt euch eigentlich etwas auf?» Katie und Jo warteten mit großen Augen auf eine Antwort.

«Hatten wir eigentlich Vollmond am Wochenende? Oder gab es eine außergewöhnliche Sternenkonstellation oder etwas in der Art?», fragte Charlotte weiter.

«Seit wann beschäftigst du dich mit sonem Quatsch?» Jo musste über Charlottes ernste Miene lachen.

«Fällt euch denn gar nicht auf, dass an diesem Wochenende hier in diesem Haus merkwürdige Dinge passiert sind?» Charlotte ließ sich nicht aus der Ruhe bringen. Sie glaubte zwar nicht an Horoskope, aber dass hier drei Frauen zeitgleich ungewöhnliche Erfahrungen gemacht hatten, das lag doch auf der Hand.

«Vielleicht haben wir uns gegenseitig inspiriert und einen Prozess in Gang gebracht, der sich jetzt nicht mehr aufhalten lässt. Was meint ihr?»

Katie fiel in Jos Lachen ein. «Na, wenn das so ist, dann sollten wir unsere nächsten Schritte aber genau miteinander absprechen, damit es künftig keine unangenehmen Überraschungen gibt.»

«Lacht ihr nur. Ich sage doch nicht, dass hier höhere Mächte im Spiel sind, aber ein bisschen merkwürdig finde ich das Ganze schon.»

«Tatsache ist jedenfalls», stimmte Jo ihr zu, «dass wir noch nicht am Ziel angelangt sind. Da sind noch einige Erkenntnisse fällig, so viel ist sicher.» Scherzend meinte sie: «Vielleicht sollte ich noch eine Party veranstalten, dann geht's bestimmt schneller.»

Versonnen stocherten die drei auf ihren Tellern herum.

«Jetzt reicht's mir aber», ergriff Jo wieder das Wort. «Wir lassen den Kram hier stehen und gehen auf der Stelle los, bevor sich eure Kummerfalten noch festsetzen.»

Widerstandslos folgten ihr die beiden anderen. Sie ließen alles stehen und liegen und trabten Jo hinterher, die sich schnell eine Handtasche schnappte und zu ihrem Wagen lief. Katie und Jo nahmen auf der bequemen Rückbank des Jaguars Platz. Jo spielte gern den Chauffeur. Sie war froh, noch ein wenig ihre Gedanken schweifen lassen zu können.

Sechzehn

Während sich die drei Frauen von dem Woody-Allen-Film «Geliebte Aphrodite» aufheitern ließen, der gerade in den Kinos angelaufen war, machte sich ein schöner Mann auf den Weg zu ihrer Villa.

Fred hatte gestern noch den Brief von dem seltsamen alten Mann erhalten. Er hatte langsam das Gefühl, der Alte suche nur nach einem Grund, sein Geld zu verteilen, so unsinnig waren seine Aufträge, das heißt, es erschien Fred vielmehr verrückt, so viel Geld für derart simple Erledigungen zu bezahlen. Er hatte sich überlegt, dass er einfach klingeln würde und die Hausherrin direkt nach dem Erbstück fragen wollte. Er musste sich nur noch eine halbwegs plausible Erklärung einfallen lassen, warum er etwas über das Schmuckstück erfahren wollte und warum er überhaupt von seiner Existenz wusste. Am besten, er würde sich einfach auf seine Intuition verlassen und die Sache auf sich zukommen lassen. Vielleicht könnte er diese umwerfende Frau in ein Gespräch verwickeln oder sie bitten, ihm das Haus zu zeigen, für das er sich ja angeblich so interessierte. Irgendetwas würde sich schon ergeben.

Das schmiedeeiserne Tor am Fuße der Gartenanlage stand weit offen, und Fred folgte dem geschwungenen Kiesweg, der neben der Auffahrt zum Haus hinaufführte. An diesem Abend standen keine Autos auf dem Rondell vor dem Eingang. Ohne die vielen Partygäste mit ihrem Gelächter und der lauten Musik wirkte das Gebäude verlassen und leer. Jetzt erst bemerkte Fred den verwunschenen Charme der ganzen Anlage, die verwilderten Rosenstöcke, den mit Efeu umrankten Balkon, die verwitterten Säulen und Türmchen dieser ehemals prachtvollen, alten Villa. Der ganze Ort strahlte eine erhabene Stille aus. Am liebsten hätte er sich auf die hintere Terrasse in die Sonne gesetzt und dem fröhlichen Zwitschern der Vögel gelauscht. Verwirrt schüttelte Fred seine braunen Strähnen, um diesen seltsamen Zauber zu vertreiben, der über dem Haus zu liegen schien. Was sollten diese romantischen Anwandlungen? Hinter der Fassade wohldosierter Vernachlässigung konnte man den Reichtum riechen, der hierher gehörte. Diese ganze bourgeoise Lebensart mit Gartenpartys, Personal und exzentrischen Hausherrinnen war nun wirklich nicht sein Stil. Trotzdem konnte er sich nur schwer gegen die einladende Schönheit erwehren, die ihn hier umgab, inklusive ihrer Besitzerin, an die er gegen seinen Willen immerzu denken musste. Diese Frau hatte irgendetwas an sich, das ihn in den Bann zog.

Während er noch unschlüssig vor dem Haus stand, musste er an seinen Traum in der letzten Nacht denken: Er befand sich auf dem schwankenden Segelschiff des alten Mannes auf dem Meer. Nichts als Wasser bis zum Horizont. Er konnte die Taue knarren hören und das Klatschen der Wellen gegen den Bug. Und dann war da plötzlich eine Stimme, die ihn rief. Er war allein an Deck und konnte niemanden sehen, sosehr er sich auch umschaute. Die Stimme rief immer wieder seinen Namen, und er folgte ihr, nach unten in den Bootsrumpf, die hölzerne Stiege hinab, die in einen langen Gang mündete, der ihn bis zum Heck führte. Angezogen von der Frauenstimme, die immer deutlicher erklang, gelangte er in einen großen Raum, der an eine mittelalterliche Waschküche erinnerte. Dampfende Wassertöpfe brodelten auf offenen Feuern und große hölzerne Zuber standen auf dem Boden verteilt. Der Untergrund hatte zu schwanken aufgehört, und statt Bullaugen hatte der Raum viele bunte Butzenscheiben, durch die gedämpftes Licht hereinfiel. Mitten in der feuchten Schwüle von Dämpfen und Seifengerüchen stand die Lady in ihrem roten Lederdress, breitbeinig mit einer langen Peitsche in der Hand wie die Dompteurin einer Löwenhorde. Sie ließ die lange Lederschnur knallen und winkte Fred zu sich. Als er direkt vor ihr stand, schlang sie ihm das Leder um den Hals und zog seinen Kopf so nah an ihr Gesicht heran, dass sie ihn küssen konnte mit ihren feurigen Lippen, die auf den seinen brannten. Er ergab sich ihrer drängenden Zunge, während sich die Schlinge immer enger zog und ihm den Atem nahm. Doch dann ließ sie plötzlich von ihm ab und zwang ihn mit der Peitsche in die Knie, bis er vor ihr hockte mit einem Ständer, der schmerzhaft gegen den Stoff seiner Hose rieb. Stumm sah Fred zu der Amazone auf, verfing sich in ihrem lüsternen Blick und verfolgte regungslos die Bewegungen, mit denen sie den Reißverschluss ihrer engen Hose öffnete. Wie in Zeitlupe teilte sie das rote Leder, ließ ihn die straffe Haut ihres Bauches sehen, bis sie die enge Hülle abstreifte wie eine Schlange, die sich häutet. Ihr Unterleib war nun nackt, die herrlichen Brüste schienen fast die Lederkorsage zu sprengen. Und dann hörte er ihre Stimme in seinem Kopf, die ihm befahl, die Hände auszustrecken und zu einer Schale zu formen. Breitbeinig stand sie vor ihm, er konnte die auseinander klaffenden Schamlippen erkennen, sah die feinen Härchen, die nur einen schmalen Streifen dieser intimen Stelle bedeckten, und plötzlich fühlte er den warmen Strahl ihres Urins, der sich in seine Hände ergoss. Er sah den goldenen Nektar aus ihr herausströmen und die Mulde seiner Handflächen füllen. Gierig beugte er sich vor, um jeden Tropfen auffangen zu können. Er hörte das Plätschern dieses Strahls. Er war ihr Sklave, der ohne nachzudenken jeden ihrer Befehle ausführte. Und als er wieder ihre Stimme vernahm, legte er sich, ohne zu zögern, auf den Boden zwischen ihre gespreizten Schenkel und ließ den kristallenen Honig über sein Gesicht fließen und seine Augen bedecken. Er öffnete den Mund, und der Strahl schoss gegen seinen Gaumen, füllte ihn aus und zwang ihn zu trinken bis zum letzten Tropfen, der aus ihrem Blütenkelch hinabtroff.

Als er die Augen öffnete, hatte er wieder in seinem Bett gelegen. Der Wasserhahn hatte getropft, und im Treppenhaus stritten laute Stimmen miteinander. Seine Hände waren bereits unter der Bettdecke und massierten seinen harten Schwanz, der nur noch ein paar Auf-und-ab-Bewegungen brauchte, um zu ejakulieren. Aber auch nachdem er seine ganze Ladung verschossen hatte, war die Anspannung in seinem Körper nicht gewichen. Alles in ihm schrie danach, die Frau aus seinen Träumen zu ficken oder sich von ihr benutzen, demütigen zu lassen. Allein der Gedanke an ihre Raubtieraugen jagte ihm Schauer über den Rücken, die auf direktem Weg in seinen Schwanz mündeten.

Er stand immer noch vor ihrer Haustür und wagte nicht zu klingeln, aus Angst, seine Erektion könnte ihn verraten, wenn sie die Tür öffnete. Es war besser, er drehte eine Runde um das Haus, um sich abzukühlen. Wenn sie ihn dabei entdecken sollte, würde er sich bewundernd über den verwunschenen Park auslassen, um seine Anwesenheit zu erklären. Er spazierte an den Rosenbeeten vorbei und spähte dabei durch die Terrassentür und die vielen Fenster, die den Bewohnern einen herrlichen Ausblick auf das Parkgelände boten. Nirgends konnte er jemanden entdecken. Die Küche war ebenso verlassen wie der riesige Salon auf der andern Seite der Villa. Entweder hielten sich alle in den beiden oberen Stockwerken auf, oder es war niemand zu Hause. Vorsichtig trat Fred an den Küchenausgang und drückte die Türklinke. Die Tür war nicht verschlossen. Ganz leise öffnete er sie und trat ein. Die Räumlichkeiten waren ihm seit der Party vertraut, obwohl sie nun ganz anders wirkten als in dem Gewirr von Köchen, Kellnern und Gästen. Er schloss die Tür und lauschte in das Haus hinein.

Nicht das geringste Geräusch war zu hören.

Behutsam betrat er den Flur, sah sich um, lauschte wieder. Es war erst zehn Uhr abends, sehr unwahrscheinlich also, dass alle Bewohner bereits schliefen. Dabei fiel ihm auf, dass er gar nicht wusste, wer überhaupt alles in diesem Haus wohnte. Oder war die rote Lady hier ganz allein?

Bei dem Gedanken an sie, wie sie vielleicht plötzlich vor ihm stehen würde, eingehüllt in den Seidenkimono ihrer ersten Begegnung, packte ihn wieder diese seltsame Erregung. Er hätte vieles gegeben, wenn er jetzt ihre Lippen spüren könnte – oder die Peitsche in ihren Händen.

Widerwillig erinnerte Fred sich an den Auftrag, der ihn eigentlich hierher geführt hatte, und er beschloss, sich umzusehen, solange ihn niemand störte.

Siebzehn

Die breiten Reifen des Jaguars knirschten auf dem Kies, als Jo den Wagen vor dem Haus parkte. Lachend sprangen Katie und Charlotte aus dem Fond und hüpften übermütig die Steinstufen hoch.

«Am besten fand ich die Szene, als sie versucht, ihren Job als Callgirl zu machen, und ihm an die Wäsche geht. Es gibt, glaube ich, keinen Mann, der darauf so unpassend reagieren kann wie Woody Allen.» Katie drehte sich zu den anderen um und wartete darauf, dass Jo die Tüten mit dem Popcorn aus dem Kofferraum holte.

«Mir hat am besten gefallen, als er versuchte, mit ihrem Zuhälter zu diskutieren. Das war zu komisch. Der Typ wusste überhaupt nicht, was er von ihm wollte.» Charlotte fischte ihren Schlüssel aus der Hosentasche und schloss die Tür auf.

«He! Wir haben vergessen, dass Tor unten zu schließen», rief Jo den beiden nach. «Holt ihr schon mal einen Wein. Ich lauf noch mal runter.»

Charlotte schlüpfte aus ihren Sandalen und pfefferte sie in eine Ecke. Dann ging sie in die Küche und holte eine Flasche Weißwein aus dem Eisschrank. Mit drei Gläsern in der einen Hand und dem Wein samt Öffner in der anderen lief sie barfuß in den Salon, stellte die Utensilien für einen Frauen-Plauder-Abend auf den großen Tisch in der Mitte des Raumes und ließ sich in einen der bequemen Sessel fallen. Katie hatte sich noch schnell die Hände gewaschen und machte sich nun daran, den Wein zu öffnen. Als der Korken ploppte, kam auch Jo ins Wohnzimmer und verteilte die Popcorntüten vor ihren Freundinnen, schnappte sich ein Weinglas und streckte sich auf dem Sofa aus.

«Das ist ja doch noch ein schöner Abend geworden», stellte sie zufrieden fest. Nach einem kräftigen Schluck Wein wagte Jo einen Vorschlag: «Was haltet ihr davon, wenn wir nächstes Wochenende mal so ein richtig spießiges Sonntagsfrühstück veranstalten?»

Katie griff sich eine weitere Hand voll Popcorn und fragte zurück: «Was kann an einem Frühstück spießig sein?»

«Die Konstellation von drei Frauen mit den dazugehörigen Männern.»

«Ach, sag bloß, du hast dich für John entschieden und willst ihn uns jetzt als deinen Begleiter präsentieren?» Charlotte konnte sich ein breites Grinsen nicht verkneifen.

«Mach dich ruhig lustig über mich. Ich dachte eigentlich eher, dass ich euch einen Gefallen tue. Und damit ich nicht so überflüssig neben euch glücklichen Pärchen rumsitzen muss, könnte ich mir durchaus vorstellen, John dazu einzuladen.»

Katie und Charlotte tauschten verständnisvolle Blicke.

«Wir können es auch sein lassen. War nur sone Idee», meinte Jo eingeschnappt.

«Nein, nein, das ist toll», beruhigte Katie sie sofort. «Bei den unterschiedlichen Charakteren dürfte das ein amüsanter Vormittag werden. Ich finde die Idee toll. Und du?»

Charlotte hatte nichts dagegen einzuwenden. Es wäre das erste Mal, dass sie zu sechst zusammen sein würden. Das hatte sich bislang nie ergeben.

«Warum nicht? Vielleicht ist das die Grundsteinlegung für eine Riesen-WG, und demnächst werden wir alle gleichzeitig schwanger.»

«Mal bloß den Teufel nicht an die Wand. Vielleicht können wir einen Schritt nach dem anderen wagen.» Jo lachte ihre Freundinnen an und prostete ihnen fröhlich zu. Die drei beugten sich über den Tisch und stießen miteinander an. Doch das Klingen der Gläser war nicht das einzige Geräusch, das in diesem Moment ertönte. Ein Stockwerk höher gab es einen dumpfen Stoß, begleitet von einem schaurigen Klirren.

«Habt ihr das auch gehört?», wollte Jo sofort wissen.

«Was kann das gewesen sein?» Katies ängstlicher Unterton war ebenso wenig zu überhören wie das Rascheln von oben und die Stille, die darauf folgte.

«Am besten sehen wir mal nach.» Jo schnappte sich vorsichtshalber einen Schürhaken vom Kamin und stieg energisch zur ersten Etage hoch. Mit sicherem Abstand folgten ihr die beiden anderen.

Auf dem oberen Treppenabsatz angekommen, stolperten sie fast über einen Karton, der umgekippt im Flur lag. Die Tür zu Jos Wohnzimmer stand offen. Ansonsten war alles still und dunkel.

«Jo, bleib stehen!», versuchte Katie ihre Vermieterin aufzuhalten. «Wenn der Einbrecher noch da ist, sollten wir vielleicht besser die Polizei holen.»

«Quatsch!», antwortete Jo und war bereits auf dem Weg in den dunklen Raum. «Wir wissen doch gar nicht, ob es überhaupt einen Einbrecher gibt.» Für alle Fälle hielt sie den Schürhaken hoch, bevor sie das Licht anschaltete. Der Deckenstrahler flammte auf und leuchtete bis auf die Terrasse. Die Balkontür stand sperrangelweit offen, und Jo konnte gerade noch erkennen, wie sich ein Schatten zum Geländer bewegte.

«Halt! Bleiben Sie stehen, ich habe eine Waffe in der Hand», brüllte sie dem Flüchtenden hinterher und stürzte ebenfalls zum Balkon. Der Unbekannte schwang sich gerade über das Geländer, als Jo die Brüstung erreichte und nach seinem Ärmel griff, doch der Stoff glitt ihr durch die Finger. Ohne zu überlegen, schwang sie den Metallhaken in ihrer Hand und schlug nach dem Hinabkletternden. Ein Aufschrei verriet, dass sie ihn getroffen hatte. Sie beugte sich, so weit sie konnte, über das Geländer und wollte noch einmal nach ihm schlagen, da gab es einen zweiten Aufschrei.

Der Flüchtende hatte den Halt verloren, war an dem rankenden Efeu abgerutscht und hinuntergestürzt.

Katie und Charlotte zerrten Jo wieder auf die Terrasse zurück und blickten fassungslos in den Garten, wo eine Gestalt leblos am Boden lag.

«Du hast ihn umgebracht», jammerte Katie. «Was sollen wir jetzt bloß machen?»

«So ein Blödsinn!» Nach einem kurzen Schock gewann Jo sofort ihre Fassung wieder. «Das waren doch höchstens noch drei Meter. Außerdem habe ich ihn bestimmt nur am Arm erwischt, wahrscheinlich hat er deshalb den Halt verloren.» Sie schaute noch einmal über das Geländer und meinte dann ganz pragmatisch. «Er kann sich höchstens ein Bein gebrochen haben. Lasst uns jetzt endlich nachsehen, wer uns so spät noch einen ungebetenen Besuch abstatten wollte.» Sie drehte sich entschlossen um und zog die beiden Frauen hinter sich her.

Im Schein des Lichts, das aus dem Küchenfenster fiel, konnten sie die immer noch regungslose Gestalt zwischen den Hortensien liegen sehen. Vorsichtig pirschten sich die drei Frauen an. Jo hatte immer noch den Schürhaken in der Hand, doch als sie sah, wer da in ihren Blumenbeeten lag, ließ sie das Metallstück vor Schreck fallen. Sie presste beide Hände vor den Mund und erstickte einen Schrei.

Es war der schöne Kellner, der sie so verwirrt hatte. Was um alles in der Welt hatte er hier verloren? Vor allem, was hatte er in ihrem Haus zu suchen gehabt? Ein schrecklicher Verdacht drängte sich ihr auf. Er war der einzige Kellner, den sie nicht persönlich ausgesucht hatte. Was, wenn er sich nur bei ihr eingeschlichen hatte, um das Haus auszukundschaften, weil er sie später ausrauben wollte? Das würde auch erklären, dass sie ihn an dem Abend auf ihrer Etage überrascht hatte. Natürlich, er hatte sich umgesehen und den Architektur-Interessierten gemimt auf der Suche nach etwaigen Schätzen, die er klauen konnte.

«Jo, was ist denn?», riss Katie sie aus den Gedanken. «Lebt er noch?»

«Es wäre besser für ihn, wenn nicht!», knurrte Jo zurück. Aber dennoch tastete sie nach seiner Hand, um den Puls zu fühlen. «Tja, die Chance, sich auf diese Weise aus der Affäre zu ziehen, hat er verpasst. Sein Herz schlägt regelmäßig, wenn auch etwas langsam.»

«Jo! Wir müssen einen Arzt holen, vielleicht ist es etwas Ernstes.» Katie kreischte fast vor Aufregung. «Und was ist mit seinen Beinen? Ich meine, sind sie gebrochen?»

«Soweit ich das erkennen kann, sind die völlig in Ordnung. Wahrscheinlich hat der Typ bloß einen Schreck bekommen und ist in Ohnmacht gefallen.» Jo packte seine Schultern und versuchte, ihn aus dem Gebüsch zu ziehen. «Los, fasst mal mit an», forderte sie ihre Mitbewohnerinnen auf. «Wir tragen ihn erst mal rein.» Doch das war leichter gesagt als getan. Der Mann war schwerer, als es seine athletische Figur ahnen ließ. Mit großer Mühe zerrten die drei Frauen seinen Körper ins Haus und betteten ihn auf eine weiche Perserbrücke vor der großen Fensterfront des Salons. Dann standen sie einen Moment andächtig um den schönen Mann herum, der in seiner Ohnmacht so unschuldig aussah, dass es schwer fiel, in ihm einen gewalttätigen Einbrecher zu sehen.

«Katie!» Jo zwang sich, ihren Blick von dem Ruhenden abzuwenden. «Hol deine Handschellen! Wir sollten ihn fesseln, bevor er wieder zu sich kommt. Wer weiß, was er im Schilde führt.»

«Woher weißt du von den Handschellen?» Katie rührte sich nicht von der Stelle.

«Ach, Süße, das Haus hat zwar ziemlich dicke Wände, aber alles verschlucken die auch nicht. Außerdem …», fügte sie mit einem Zwinkern hinzu, «… hast du manchmal rote Striemen an den Handgelenken, wenn Alex da war. Vergiss nicht, dass ich schon ein großes Mädchen bin und mir so manches denken kann.»

«Aber es ist nicht so, wie du denkst …» Katie setzte zu einer Erklärung an und verstummte dann doch.

«Ich denke gar nichts, außer: Jedem Tierchen sein Plaisierchen. Du solltest doch langsam wissen, dass mir nichts Menschliches fremd ist. Also, was ist nun? Holst du die Handschellen, oder soll ich ein Seil suchen?»

Ohne ein weiteres Wort stürmte Katie die Treppen hoch und kam zwei Minuten später wieder herunter. In ihren Händen klimperten zwei Paar Handschellen.

«Was hast du denn jetzt mit ihm vor?» Charlotte hatte sich bislang jeglichen Kommentars enthalten. Sie war sich nicht sicher, ob sie diesen Einbrecher im Hause behalten wollte, auch wenn er nun mit beiden Händen an ein Heizungsrohr gekettet und zugegebenermaßen äußerst attraktiv war.

Während die drei Frauen noch unschlüssig herumstanden, regte sich der Mann. Er stöhnte auf, drehte den Kopf zur Seite und versuchte, sich aufzurichten. Verwirrt öffnete er die Augen, blickte sich orientierungslos um und bemerkte dann erst, dass seine Hände gefesselt waren.

«Verdammt!», fluchte er mit kräftiger Stimme. Er schien weder Schmerzen zu haben noch andere offenkundige Defekte, wenn man einmal von den angebunden Händen absah.

«Verdammt noch mal! Was ist hier los? Ich habe doch gar nichts …»

«Halt die Klappe!», herrschte Jo ihn an. Sie war selbst überrascht von der kalten Wut, die in ihrer Stimme mitschwang.

«Wir sollten die Polizei holen!» Katie versuchte noch einmal, die Verantwortung an höherer Stelle abzugeben.

Der Mann bekam einen panischen Gesichtsausdruck. «Warten Sie!» Er schaute die Frauen mit aufgerissenen Augen an. «Können wir nicht darüber reden? Ich meine, es ist doch gar nichts …»

«Halt … deinen … Mund!» Jo trat drohend einen Schritt vor. Sie war erleichtert, dass ihm offensichtlich nichts fehlte, aber gleichzeitig hätte sie ihm am liebsten ins Gesicht geschlagen vor Wut darüber, dass er sich anscheinend nicht für sie, sondern nur für ihren Besitz interessiert hatte und in ihre Privatsphäre eingedrungen war. Sie stemmte die Hände in die Seiten und strafte ihn mit eiskaltem Blick.

«Ich entscheide heute gar nichts mehr.» Sie sah die beiden anderen Frauen an, die sichtlich froh waren, sich aus der Affäre ziehen zu können. «Kommt!», forderte sie ihre Freundinnen auf. «Wir gehen jetzt erst mal alle ins Bett. Morgen sehen wir weiter.»

Ohne sich noch einmal umzudrehen, gingen die drei nach oben zu ihren Schlafzimmern.

Achtzehn

Fred zerrte an den Handschellen, die ihn an das gusseiserne Rohr fesselten. Das Einzige, was er damit erreichte, waren rote Striemen an seinen Handgelenken.

«Verdammter Mist!», schimpfte er vor sich hin. «Die haben doch einen totalen Knall, diese Weiber.» Was hatten sie sich nur dabei gedacht, ihn ohne eine Erklärung und ohne ihn zu Wort kommen zu lassen, hier anzuketten? Fred dachte an den eisigen Blick des Lockenkopfes, der ihn wie Eiszapfen durchbohrt hatte. Am liebsten hätte er sie übers Knie gelegt – und ihr danach den runden Hintern geküsst, wie er sich schamvoll eingestehen musste.

Sollte er vielleicht Radau machen, damit sie herunterkam und ihn anhörte? Aber was könnte er zu seiner Entlastung erzählen? Dass er einen verrückten Auftrag von einem bekloppten alten Mann bekommen hatte? Wer würde ihm das schon glauben?

Er könnte sie rufen. Aber sie hatte vorhin nicht den Anschein gemacht, als würde sie heute noch ihre Meinung ändern.

Fred drehte sich auf den Rücken und versuchte, sich zu entspannen. Er starrte an die Decke und überlegte sich verschiedene Versionen von Ausreden, mit denen er morgen seine Situation retten könnte.

Wie lange er so dalag, konnte er nicht sagen. Das Haus war dunkel und still. Doch plötzlich hörte er ein Geräusch, das er nicht einordnen konnte. Wenig später tapsten nackte Fußsohlen die Treppenstufen hinunter, und die junge Frau mit dem strubbeligen Blondschopf trat in sein Blickfeld. Sie hatte ihre Jeans und T-Shirt gegen einen karierten Herrenpyjama eingetauscht und sah so jung und unschuldig aus, dass er sie für seinen Schutzengel hätte halten können.

«Bitte, kannst du nicht …» Weiter kam Fred nicht, denn sie legte ihm einen Zeigefinger auf die Lippen und bedeutete ihm zu schweigen.

«Nein, kann ich nicht. Jo hat die Schlüssel, und sie ist hier der Boss.» Katie kicherte über den kleinen Scherz. Sie verstand zwar nicht, warum Jo sich vorhin so merkwürdig verhalten hatte, aber wenn ihre Freundin sich etwas in den Kopf gesetzt hatte, ließ man sie am besten in Ruhe. Morgen würde sich die ganz Sache mit Sicherheit aufklären, aber bis dahin …

Die junge Frau strich mit den Fingerspitzen über das Metall der Handschellen. «So rum kenne ich das gar nicht. Bislang waren immer *meine* Hände gefesselt.» Sie ließ den Blick über den wehrlos ausgestreckten Mann schweifen. «Der Anblick gefällt mir!», stellte sie lächelnd fest. «Ich weiß zwar nicht, was du hier wolltest, aber dein Timing war gut.»

Fred sah sie verständnislos an. Er suchte noch nach den richtigen Worten, um sie um Hilfe zu bitten, aber da stand sie schon wieder auf und ging zurück zur Treppe.

«Warte! Geh nicht weg!», rief er hinter ihr hier.

Sie drehte sich zu ihm um und antwortete leise: «Keine Angst, ich komme wieder. Und wenn du ganz brav bist, habe ich eine kleine Überraschung für dich!» Leichtfüßig sprang sie die Treppenstufen hoch und entschwand seinem Blick. Was immer sie mit ihm plante, es würde ihm nichts anderes übrig bleiben, als sich dieser Überraschung zu fügen. Der Unterton in ihrer Stimme hatte eine Ahnung hinterlassen, von dem, was sie mit ihm vorhaben könnte. Dass sie sein Ausgeliefertsein als eine erotische Spielart verstand, war offensichtlich gewesen.

Was ihn jedoch erwartete, als sie die Treppe wieder hinunterkam, darauf war er nicht gefasst.

«Du wirst mir sicher zustimmen, dass du eine Strafe verdient hast!» Katie griff in die Brusttasche ihres Pyjamahemds und holte ein Klappmesser hervor.

«Bist du verrückt geworden?» Wut und Angst schwangen in seiner Stimme mit, doch Katie ließ sich davon nicht beeindrucken. Sie hockte sich auf seinen flachen Bauch und hielt ihm das Messer an die Kehle.

«Warum so ängstlich?», fragte sie ihn, als wäre er zimperlich und würde sich vor einer kleinen Spinne fürchten. «Erst versuchst du, drei wehrlose Frauen zu überfallen, und jetzt spielst du die Mimose.» Sie schüttelte den Kopf und schaute ihn vorwurfsvoll an. «Nicht sehr überzeugend.»

Sie strich mit der Klinge an seinem Kinn entlang und ließ den kalten Stahl vor seinen Augen aufblitzen. Dann nahm sie eine Kerze von der Fensterbank und zündete sie mit einem Streichholz an. Als der warme Lichtschein sich ausbreitete, konnte er die Entschlossenheit in ihrem hübschen Gesicht erkennen. Es schien ratsam, sich ihren Wünschen zu beugen. Wer weiß, wozu sie sonst alles fähig war. Also rührte er sich nicht und wartete auf das Unvermeidliche.

Das Streichholz brannte immer noch in ihren Fingern. Katie bewegte die kleine Flamme dicht vor seinem Gesicht, als wollte sie mit dem Licht seine Gesichtszüge erkunden. Dabei näherte sie das verkohlende Hölzchen seiner Haut, bis er die Hitze spüren konnte. Fred starrte die junge Frau an und versuchte, nicht in Panik zu geraten. Was hatte sie bloß mit ihm vor?

Bevor sie ihre Fingerkuppen versengen konnte, pustete Katie die Flamme aus. Die schwarzen Reste des Streichholzes warf sie auf die Fensterbank. Dann nahm sie das Messer wieder auf und fuhr mit der stumpfen Seite der Klinge über sein T-Shirt, umrundete seine Brustwarzen, die sich durch den dünnen Stoff abzeichneten, und strich über seinen Bauch bis hinunter zu der Stelle, auf der sie saß. Er konnte nicht sehen, was sie dort tat, aber ihrem Gesichtsausdruck nach zu urteilen, presste sie die Klinge gegen ihr Allerheiligstes, denn sie schloss genüsslich die Augen und seufzte leise auf. Ganz langsam ließ sie das blitzende Metall über ihren Körper wandern, liebkoste sich wie mit einer sanften Feder. Fast andächtig hielt sie das Messer vor ihren Mund und küsste den kühlen Stahl, bevor sie ihre Aufmerksamkeit wieder dem Mann zuwandte, der ihr als Sitzkissen diente.

Fred hatte ihre Bewegungen mit Spannung verfolgt. Sie schien so selbstvergessen, als wäre sie allein in diesem Salon, um sich ihren erotischen Spielchen zu widmen. Aber als ihr Blick ihn wieder traf, erkannte er mit Entsetzen, dass sie ihn nicht eine Sekunde vergessen hatte. Das Ziel ihrer Bewegungen war er, und es war noch lange nicht vorbei.

Mit einem diabolischen Lächeln beugte sie sich über ihn und strich mit der Klinge über sein Gesicht. Er wagte es nicht, sich zu rühren, aus Angst, sie könnte ihn verletzen. Ehe er verstand, was geschah, griff sie den Rand seines Hemdes und teilte den dünnen Stoff mit einem sicheren Schnitt in zwei Hälften. Scharf sog sie den Atem ein, als die Reste seines Shirts auseinander fielen und seinen makellosen Oberkörper entblößten. Im Schein des Kerzenlichts glänzte seine Haut wie die Bronze einer Statue, und seine Muskeln warfen Schatten, die sich im Flackern des Lichts veränderten.

«Was für ein Anblick!», rief Katie aus. Sie schien zufrieden mit ihrem Werk.

Für einen kurzen Moment überlegte Fred, ob er ihr mit seinen Knien einen Stoß versetzen sollte, aber dann sah er, wie sie das Messer auf seine Kehle richtete, und unterließ diesen aussichtslosen Versuch, ihr Einhalt zu gebieten. Er tat besser daran, ihr zu Willen zu sein, wenn er seine Haut retten wollte.

Mit glänzenden Augen nahm Katie die Kerze auf und hielt sie über seine Brustmuskeln. Kaum merklich kippte sie den Kerzenständer zur Seite, bis das heiße Wachs über den Rand tropfte und auf der samtigen Haut des Mannes unter ihr landete. Es war mehr Überraschung als Schmerz, doch Fred konnte einen Aufschrei nicht unterdrücken. Zufrieden über seine Reaktion, tropfte Katie ein bizarres Muster auf seine Brust, jeder Tropfen ein kleiner Nadelstich, der seine Nerven reizte. Zu seinem Erstaunen rief diese Behandlung weder Wut noch Angst in ihm hervor. Er kam nicht umhin, sich einzugestehen, dass die Situation ihn erregte. Er war dieser hübschen Frau ausgeliefert, sie konnte mit ihm machen, was sie wollte, und gegen seinen Willen begann er, die Unterwerfung zu genießen. Solange ihre Spielchen so harmlos blieben, wollte er gern ihr Opfer sein.

Doch Katie war noch nicht fertig mit ihm. Sie fand langsam Gefallen daran, ihre dominante Seite auszuleben. Das war es also, was ihr fehlte in ihrem Zusammensein mit Alex: das Wechselspiel zwischen Dominanz und Unterwerfung. Sie mochte das Gefühl des Ausgeliefertseins, wenn Alex sie an ihre Bettpfosten band und ihren Körper zu seinem Spielzeug machte. Aber anscheinend brauchte sie es zu ihrem Glück, auch selbst einmal die Herrin im Bett zu sein.

Der schöne Mann unter ihr hatte die Augen geschlossen, und sie konnte deutlich spüren, dass ihm seine devote

Rolle gefiel, denn sein Schwanz hatte sich aufgerichtet und drückte gegen ihren Hintern. Katie verlagerte ein wenig ihr Gewicht, um den Druck auf seinen Ständer zu erhöhen, und ließ die Wachstropfen in die Täler zwischen seinen Bauchmuskeln fallen. Sie näherten sich langsam seinem Bauchnabel, und Katie musste immer tiefer hinunterrutschen, bis sie auf seinem harten Schwanz saß. Sie rückte noch etwas zur Seite, ja, jetzt hatte sie ihn direkt zwischen ihren Lippen und konnte ihre kleine Perle an ihm reiben. Der Stoff ihres Schlafanzugs wurde an dieser Stelle feucht und rau, doch sie verstärkte den Druck und massierte das zarte Fleisch ihrer Möse mit seinem Zepter.

Der Gefangene begann, sein Becken zu bewegen, um ihren Rhythmus zu unterstützen, aber sie hatte ihm nicht erlaubt, sich zu rühren. Sofort stemmte sie sich auf den Knien hoch. Der Mann öffnete erschrocken die Augen, als er ihr Gewicht nicht mehr auf sich spürte, stattdessen aber den kalten Stahl der Klinge an seinem Hals.

«Wer hat dir erlaubt, dich zu bewegen?», herrschte Katie ihn an. Fred traute sich nicht zu antworten, aus Angst, die Klinge könnte in seinen Kehlkopf schneiden, so fest drückte sie das Messer in seine Haut.

«Du rührst dich erst, wenn ich es dir befehle! Hast du mich verstanden?» Ihre Stimme war gefährlich leise, und Fred brachte nur ein stummes Nicken zustande. Als sie nun aufstand und die Kerze zurück auf die Fensterbank stellte, dachte er enttäuscht, dass sie vielleicht die Lust an ihm verloren hatte, weil er sie aus dem Konzept gebracht hatte, und er bedauerte seine Ungeduld. Sein Schwanz schmerzte in der engen Hose und in seinen Eiern pochte es bereits. Er hätte viel dafür gegeben, diese Frau jetzt vögeln zu dürfen, aber sie machte nicht den Anschein, als würde sie ihm diesen Wunsch erfüllen wollen. Sie genoss die Macht über ihn und wollte ihn spüren lassen, wie bedingungslos er ihr ausgeliefert war. Er musste sich eingestehen, dass er sich diese Situation immer herbeigesehnt hatte. Und nun, da er bekam, was er sich erträumt hatte, verfluchte er die Erregung, die sich in ihm ausbreitete und ihn zu ihrem Sklaven machte, mehr als sie es vielleicht ahnte.

Katie legte das Messer neben die Kerze. Sie stand breitbeinig über ihm.

«Denk daran, es ist immer griffbereit», warnte sie ihn mit dieser leisen Stimme, die Schauer durch seine Eingeweide jagte. Er nickte wieder stumm und sah sie erregt und beklommen zugleich an. Jetzt erst bemerkte er eine seltsame Beule in ihrer Pyjamahose, doch bevor er noch rätseln konnte, was sich darunter verbarg, glitten ihre Hände unter das Gummibündchen, und sie zog die Hose in Zeitlupentempo herunter. Was da zum Vorschein kam, ließ Panik in ihm aufkommen.

Katie trug einen Ledergurt, in den ein leuchtend roter Dildo geschnallt war, der wie ein Schwert vor ihr aufragte.

«Was hast du damit vor?» Gegen seinen Willen zitterte seine Stimme.

«Was glaubst du wohl?» Katie lächelte süffisant auf ihn hinab. «Dreh dich um!», befahl sie dann. Fred dachte an das Messer und die Handschellen, die ihn zum Gehorsam zwangen, und drehte sich langsam auf den Bauch, sodass seine Handgelenke sich nun überkreuzten.

«Du hast einen entzückenden Hintern», stellte Katie fest. «Und? Hat dich schon jemand in die analen Freuden eingeweiht?» Fred lag steif da und sagte kein Wort. «Was ist? Hat es dir die Sprache verschlagen?» Katie schlug mit der flachen Hand auf seine runden Backen, die ebenso muskulös waren wie der Rest seines appetitlichen Bodys. Als er immer noch nicht antwortete, packte sie ihn an den Hüften und zog ihn so weit hoch, dass sie an den Verschluss seiner Hose herankam. Geschickt öffnete sie Knopf und Reißverschluss und zog ihm die Klamotten runter. Zwei weitere Handgriffe, und er hatte keine Schuhe und Strümpfe mehr an. Dann zog sie ihm die Hose ganz aus, sodass er nur noch den Fetzen seines zerschnittenen T-Shirts am Leibe trug.

«Mmh, wenn du dich jetzt sehen könntest», schmeichelte sie ihm. Sie merkte genau, wie unwohl er sich in seiner Haut fühlte. Sie konnte seine Angst spüren, und dennoch ragte seine Rute vor ihm auf und verriet die Erregung, die dieses Spiel in ihm bereitete.

Für Katie gab es kein Zurück mehr.

Sie wollte dieses aufregende Szenario bis zum Ende auskosten. Nie hätte sie gedacht, dass sich ihre Lust auf solche Weise steigern lassen würde. Und jetzt wurde sie von ihrer eigenen Gier mitgerissen, von ihrer Geilheit und dem Verlangen, diesen Mann zu besitzen, so wie sie sich sonst ihrem Geliebten auslieferte, wenn er sie von hinten nahm.

Die junge Frau strich dem vornübergebeugten Mann sanft über den Rücken und schob dabei die Reste seines T-Shirts hoch, bis sie seinen herrlichen Rücken nackt vor sich hatte. Mit den Fingerkuppen erkundete sie jeden Muskelstrang, jedes Muttermal und auch die kleinste Narbe. Sie spürte seine Gänsehaut, als sie ihm mit den Fingernägeln die Wirbelsäule entlangstrich, und bemerkte wie er unmerklich seinen Hintern hob, als sie ihre Hände seinen runden Backen näherte. Sie presste ihre Finger in das weiche Fleisch und berührte mit den Daumen die Furche in der Mitte dieser vollkommenen Halbkugeln. Die Brüste einer Frau konnten nicht verführerischer sein. Voller Genuss streichelte sie über den gestählten Körper des

Mannes, der sich ihr darbot, bereit für seine Opfergabe. Wie eine Tänzerin beugte sie sich über seinen Rücken, krallte sich in seine Schultern und presste ihren Unterleib gegen seine Hinterbacken. Dabei ließ sie den Kunstpenis zwischen seine Beine gleiten und rieb das weiche Latex an seinem erigierten Penis, bis der Mann stöhnte und sich gegen sie drängte. Er hockte mittlerweile auf allen vieren vor ihr. Sie konnte seine Brustmuskeln ertasten, die Bögen seiner Rippen und die Wellen seines Bauches. Mit beiden Händen griff sie um ihn herum und schob ihre Hände unter seinen Penis. Sie spürte die samtige Haut an ihrem Handrücken und die kurz geschorenen Stoppeln seiner Schambehaarung in ihren Handflächen. Mit den Daumen formte sie einen Ring, den sie über die Schwanzwurzel streifte und sanft zudrückte. Ihre Finger hielten dabei seine Hoden, die sich schwer und fest in die Mulde fügten, und Fred stöhnte, als sie begann, sie zu kneten. Die Bewegungen ihrer Hände passten sich seinem Stöhnen an, so wie sich ihr Körper an seinen schmiegte und die Wellen seines Atems in sich aufnahm. Mit einer Hand packte sie seine Eier in festem Griff, mit der anderen massierte sie seinen Schwanz, dann wieder rieb sie die beiden Penisse aneinander und presste den Kunstschwanz gegen Freds pralle Hoden. Der gefesselte Mann gab sich ihren geschickten Händen hin und überließ der jungen Frau seinen Körper. Er würde alles mit sich geschehen lassen – auch das, was als Nächstes kam. Katie rückte etwas von ihm ab, ließ sein Geschlecht los und strich fest über seinen Rücken, hinunter bis zu dem erhobenen Arsch, den er ihr entgegenreckte. Er wusste, was sie wollte, und er würde sie nicht daran hindern können, solange er gefesselt war. Also ergab er sich in sein Schicksal, fest entschlossen, sie zufrieden zu stellen.

Schnell knöpfte Katie ihr Oberteil auf und schmiss die

Pyjamajacke von sich, um ihre nackten Brüste an dem Flaum auf Freds Hintern reiben zu können. Ihre Spitzen waren hart und rot, und sie ließ sie auf seine Arschbacken klatschen, bis es ihr den Atem nahm. Jede Faser ihres Körpers schrie nach Befriedigung. Der heiße Saft ihrer Lust troff zwischen den Lederriemen des Gurtes hindurch. Sie nahm die schwarzen Bänder und legte sie zwischen ihre geschwollenen Lippen auf ihre harte Klitoris. Dann fuhr sie mit einer Hand über Freds Anus, ertastete das kleine Loch und schob die Backen auseinander. Die Finger ihrer anderen Hand tränkte sie mit ihren Säften, um diese auf dem noch verschlossenen Hintereingang zu verteilen. Vorsichtig ließ sie einen ihrer nassen Finger in sein enges Loch gleiten, schmierte seine Hinterpforte und weitete das Türchen für den nächsten Schritt. Als sie bereits zwei Finger hineinschieben konnte und ihr Nektar auch die Innenwände geölt hatte, packte sie den Dildo und führte ihn an die willige Rosette. Die Latexkuppe presste sich gegen den kleinen Schlund, und Katie krallte sich in Freds Hinterbacken, zog sie so weit auseinander, wie sie konnte, und dehnte damit sein Loch, bis sie ihren Schwanz in ihm versenken konnte. Sie schob den Dildo ganz tief in Freds Ofenrohr, während ihre Lustknospe gegen den Lederharness stieß und sie zusätzlich erregte. Als sie sich vorsichtig zurückzog, um erneut zustoßen zu können, stöhnte Fred auf und stemmte sich gegen sie, bereit für ihren zweiten Angriff, bis er sie ganz in sich aufgenommen hatte und sie seine Eingeweide ausfüllte. Katie war so geil, dass allein der Gedanke an ihren Schwanz in seinem Arsch fast ausreichte, um sie auf den Gipfel der Lust zu bringen. Aber sie wollte noch mehr. Sie wollte ihn ficken, wie ein Mann es mit einer Frau tat, von der er nichts weiter wollte, als seinen Samen in sie zu spritzen.

Fred bäumte sich auf, als sie abermals in seinen Anus eindrang. Er war das Pferd und sie seine unbarmherzige Reiterin, die ihn zu immer schnellerem Galopp antrieb, ihm keine Ruhe gönnte und ihn mit ihrer Rute peitschte. Freds enge Pforte leistete keinen Widerstand mehr gegen den Eindringling, der sich in sie bohrte. Der Mann ließ sich reiten von dieser wilden Frau und spornte sie mit seinem Stöhnen an, ihn noch härter ranzunehmen.

Katies wippende Brüste glänzten vor Schweiß. Sie krallte ihre Hände in die Muskeln seines Rückens und fickte ihn in den Arsch, bis es ihr kam, bis sie aufheulte und ihre geschwollene Möse gegen das Leder und den Dildo presste, während sie in ihm und über ihm explodierte und dann kraftlos auf seinem Hintern zusammenbrach.

Freds Flanken zitterten, und er stöhnte ein letztes Mal auf, als sie ihren Schwanz aus seinem dunklen Rohr herauszog. Er ließ die Stirn auf den Teppich sinken und versuchte seine Atmung zu beruhigen. Doch die Erregung schnürte ihm die Kehle zu, sein Penis war prall und heiß und sehnte sich nach Erlösung, die ihm jedoch versagt blieb.

Katie stemmte sich mühsam auf die Beine und sammelte ihren Schlafanzug ein. Sie war so überwältigt von der Erfahrung dieses unglaublichen Gemischs von Macht und Lust, dass sie an nichts anderes denken konnte. Völlig fertig schleppte sie sich die Treppe hoch, erfüllt von einer ungeahnten Befriedigung, die sie vollkommen ausfüllte und in einen Zustand grenzenloser Euphorie versetzte.

Neunzehn

Charlotte hatte kurz geduscht und sich einen elfenbeinfarbenen Hauch von Hemd angezogen. Die Nacht war ungewöhnlich heiß, und sie hatte noch keine Lust zu schlafen. Vielleicht sollte sie die Gelegenheit nutzen und Jo endlich den Karton mit den Spielsachen hinunterbringen, der ihr die ganze Zeit im Wege stand. Und wenn sie schon mal alleine waren, konnte sie eventuell auch mit ihr über den gefesselten Mann in ihrem Wohnzimmer reden. Sie warf sich schnell einen Morgenmantel über und stieg mit dem Karton die Treppe hinunter. Für einen Moment meinte sie, ein Stöhnen zu hören, aber das war wahrscheinlich nur der arme Kerl, dem seine Lage langsam zu unbequem wurde.

Jo öffnete sofort die Tür, nachdem Charlotte angeklopft hatte. Auch sie hatte noch nicht geschlafen. Sie hatte sich noch nicht einmal bettfertig gemacht und trug immer noch Leinenhose und Bluse, jetzt allerdings ohne ihre eleganten Sandalen.

«Ach ja, Großmutters Spielsachen! Die hatte ich schon fast vergessen.» Sie schlug den Deckel auf und kramte in den alten Sachen herum. «Was hast du dir denn ausgesucht?»

«Eine handgeschnitzte Szene vom Bauernhof», antwortete Charlotte. «Eine Schweinemutter mit ihren Ferkeln, das ist echtes Kunsthandwerk, wunderschön!»

«Mmh», machte Jo nur und wühlte weiter in der Kiste.

Charlotte sah ihr eine Weile zu und überlegte, wie sie am besten die Sprache auf den Mann bringen sollte, der immer noch an die Heizung gekettet war. Sie entschied sich schließlich doch für den direkten Weg.

«Was machen wir mit unserem Gefangenen im Salon?»

Jo schaute zu ihr hoch und zuckte mit den Achseln.

«Du kannst ihn doch nicht die ganze Nacht da liegen lassen», versuchte Charlotte es noch einmal.

«Warum nicht?», wollte Jo wissen. «Das ist doch eine milde Strafe für jemanden, der uns ausrauben wollte, meinst du nicht?»

«Du weißt doch gar nicht, was er hier wollte. Hör dir doch wenigstens seine Erklärung an, dann kannst du immer noch urteilen.» Charlotte blickte ihre Freundin prüfend an. «Klar, dass du vorhin aufgebracht warst, aber letztendlich ist doch gar nichts passiert. Oder hast du mittlerweile entdeckt, dass etwas fehlt?»

Jo schüttelte nur den Kopf und vermied es, Charlotte anzusehen.

«Jo!» Die Ältere blieb unerbittlich. «Du hast doch irgendetwas. Willst du nicht darüber reden? Vielleicht kann ich dir helfen.»

«Da gibt es nichts zu reden. Ich habe mich einfach über die Dreistigkeit dieses Typen geärgert.»

«Ach, komm, Jo. Ich kenne dich mittlerweile ganz gut. Das ist doch nicht alles. Das Haus steht immer offen, weil du weißt, dass es hier nichts zu klauen gibt. Warum sollte dich also jemand aus der Fassung bringen, der sich in einem offenen Haus umsieht?»

«O. K., du hast gewonnen», gab Jo endlich zu. «Der Kerl da unten im Salon hat sich als Kellner bei meiner Party eingeschlichen. Ich konnte den ganzen Abend kaum den Blick von ihm wenden. Ich habe mir keine Gedanken wegen John gemacht, sondern seinetwegen, verstehst du? Und nun muss ich feststellen, dass er sich nicht im Geringsten für mich interessiert. Er wollte nur das Haus auskundschaften. Deshalb bin ich so wütend.» Trotzig fügte sie hinzu: «Und deshalb habe ich auch das Recht, ihn für seine Unverschämtheit zu bestrafen.»

Charlotte musste über den kindischen Gesichtsausdruck ihrer Freundin lachen. «Wenn du dich jetzt sehen könntest, du alberne Nuss!» Sie nahm die Fotografin in den Arm und strich ihr die wirren Locken aus dem Gesicht. «Wenn du nichts dagegen hast, gehe ich mal runter zu ihm und bringe ihm wenigstens etwas zu trinken und ein Kissen, damit er die Nacht unbeschadet übersteht.» Sie drückte ihrer unglücklichen Freundin den Karton in die Arme und meinte: «Du solltest in der Zwischenzeit mal einen intensiveren Blick auf diese schönen Spielsachen werfen, die deine Großmutter versteckt hat. Was auch immer der Grund für die Geheimniskrämerei war, heute sind das kleine Schätze, die einen ordentlichen Wert haben.» Sie strich Jo noch einmal übers Haar. «Gute Nacht!»

Während Jo wieder ihren Gedanken nachhing und dabei in dem Karton kramte, ging Charlotte in die Küche und schenkte ein Glas Wasser ein. Dann nahm sie aus der Anrichte im Flur eine Decke heraus, schnappte sich ein Kissen von einem der Stühle, die an der Wand standen, und betrat den Salon.

«Oh!», entfuhr es Charlotte bei dem Anblick, der sich ihr bot.

Auf der Fensterbank brannte eine Kerze, und auf dem Boden lag immer noch der Gefangene, nur diesmal war er nackt. Er hatte sich auf die Seite gestreckt, die Arme über dem Kopf verschränkt. In dem Halbdunkel waren die Handschellen nicht zu erkennen, und es wirkte, als würde er schlafen. Allerdings hatte er eine beeindruckende Erektion, die die männliche Schönheit seines nackten Körpers noch verstärkte. Leise ging Charlotte zu ihm hinüber. Er schien sie nicht zu bemerken, oder schlief er wirklich? Als sie Kissen und Decke auf der Fensterbank ablegte, entdeckte sie das aufgeklappte Messer neben der Kerze. Jo hatte nicht den Eindruck gemacht, als hätte sie ihm einen Besuch abgestattet. Also Katie? Das war schwer vorzustellen, aber wer sonst hätte es gewesen sein können?

Behutsam kniete Charlotte sich neben dem Mann nieder und strich ihm die dunklen Haarsträhnen aus dem Gesicht. Er öffnete langsam die Augen und sah sie mit einem unergründlichen Blick an. Seine braunen Augen flackerten im Kerzenschein, und Charlotte spürte die magische Anziehungskraft, die von ihm ausging.

Warum bat er sie nicht um Hilfe? Warum sagte er nichts?

Sie hatte das Gefühl, dass er etwas anderes von ihr wollte, eine Erlösung, die nicht im Aufschließen der Handschellen bestand. Seine Augen hielten sie gefangen, und Charlotte versuchte, sich hinter einer fürsorglichen Geste vor den verwirrenden Gedanken in ihrem Kopf zu verstecken. Mit einer Hand hob sie sein Gesicht an und hielt ihm das Glas Wasser vor die Lippen. Dankbar trank er ein paar Schlucke, ohne den Blick von ihr zu wenden. Als sie das Glas abstellte, zitterten ihre Hände. Sie holte Atem, um etwas zu sagen, doch er kam ihr zuvor und flüsterte: «Komm her!»

Wie in Trance beugte sie sich zu ihm hinab und berührte mit den Lippen seine kühle Stirn, die Augenlider, den geraden Rücken seiner Nase und schließlich seinen Mund. Er erwiderte ihren Kuss nicht, sondern reckte ihr nur das Gesicht entgegen, damit sie ihn weiter liebkosen konnte. Ohne nachzudenken, glitten ihre Lippen über sein Kinn, den Hals entlang, erkundeten die straffe Haut seiner Brust, fuhren über die kleinen roten Brustwarzen. Ihr Atem blies warme Luft über seinen Bauch, verfing sich in der Kuhle des Bauchnabels und streifte die Spitze seines Penis, der sich ihrem Mund entgegenreckte. Überall auf seiner Haut klebten kleine Wachstropfen, die sich nun unter ihren Händen lösten.

Charlotte spürte, wie die Knospen ihrer Brüste sich versteiften. Sie konnte sich nicht satt sehen an der Symmetrie seiner Muskeln, seinem rasierten Geschlecht, an den perfekten Kugeln seiner Hoden. Ihr Blick verfolgte die blaue Ader, die sich an seinem Schaft hochschlängelte, und blieb an der glänzenden Kuppe hängen, deren kleiner Mund geöffnet war und sie zu rufen schien. «Leck mich!» Die Worte hallten in ihrem Kopf wider, und sie beugte sich hinab, um ihre Lippen über seinen köstlichen Schwanz zu stülpen, der so rein und appetitlich wirkte, als hätte er sich für diesen Moment vorbereitet.

Der schöne Mann stieß einen tiefen Seufzer aus, als sie ihn ganz verschlang. Er gurrte, als sie seinen Schaft mit der Zunge kitzelte, und stöhnte, als die Zähne über seine zarte Haut streiften.

Als wären sie schon lange aufeinander eingespielt, schwang Charlotte ein Bein über seinen Bauch, um rücklings seinen Penis im richtigen Winkel lecken zu können. Sie hielt seine strammen Kugeln fest, massierte mit der anderen Hand seinen Luststab und saugte an der Eichel. Dabei näherte sich ihr üppiges Gesäß langsam Freds Gesicht, der einen königlichen Ausblick auf ihre intime Stelle hatte. Die Schamlippen klafften auseinander. Das Nachthemd war hochgerutscht. Nichts verdeckte die Sicht auf die Hautfältchen, die ihre Spalte umgaben. Wenn sie noch ein wenig näher rückte, könnte er seine Zunge in ihr verlockendes Fleisch stoßen und ihren Seim kosten.

Charlottes lange rote Haare umspielten die Hüften des liegenden Mannes, während sie seinen Schwanz in ihren Mund gleiten ließ, rein und raus, in einem perfekten Rhythmus, der seine aufgestauten Säfte zum Brodeln brachte. Dabei wippte ihr Hintern auf und nieder, und ihre rosige Knospe stieß gegen Freds ausgestreckte Zunge. Ohne es zu bemerken, drängte sie sich ihm entgegen, bis Fred mit seiner Zungenspitze ihre fleischigen Lippen teilen konnte, um in den verborgenen Eingang einzudringen. Charlotte schnappte nach Luft, als er seine Zunge in sie hineinrammte, und je tiefer er sie leckte, desto fester bearbeitete sie seinen Schwanz, in dem das Blut pochte und ihr deutlich zeigte, dass er nicht mehr lange durchhalten würde.

Unvermittelt setzte sie sich auf und stieg von ihm runter. Sie war ebenfalls fast so weit, aber sie wollte ihn dabei ansehen, wenn er kam, sie wollte die Lust, die sie in ihm hervorrief, in seinem Gesicht sehen.

Fred hob sein Becken an, als sie sich auf ihm niederließ, und sein Pfahl glitt in ihre nasse warme Möse, die ihn gierig in sich aufnahm. Charlotte zog die Muskeln ihrer Vagina zusammen und massierte damit seinen Schaft, der tief in ihr steckte und sie ausfüllte, während sie ihre Klitoris an seinem Schambein rieb. Die Bewegungen waren von außen kaum zu erkennen, aber sie brachten Fred fast um den Verstand. Er konnte ihre schweren Brüste unter dem dünnen Hemdchen wippen sehen. Ihre Nippel bohrten sich in den fast durchsichtigen Stoff, und Fred leckte sich die Lippen bei dem Gedanken, an ihnen zu saugen. Aber Charlotte beugte sich nicht vor. Wie eine Hohepriesterin der Lust saß sie auf seinem Zepter. Und plötzlich, ohne Vorwarnung stieg ein lang gezogenes Stöhnen in ihr auf, teilte ihre Lippen und überwältigte Fred, der seine Augen schloss und sich fallen ließ, endlich, endlich den erlösenden Sturm in seinen Lenden spürte, sein eigenes Keuchen hörte, das in Charlottes Stöhnen widerhallte und ihn über den Gipfel der Lust trug. Die Frau, die ihn bestiegen hatte, sog die Leidenschaft, die sich in seinen Gesichtszügen offenbarte, in sich auf. Eine gewaltige Welle riss sie mit sich fort und umspülte das Zentrum ihrer Lust.

Für einen Moment sahen sie einander in die Augen, bis sich endlich die Spannung löste und die Leidenschaft verflog.

«Danke!», sagte Fred und war selbst überrascht, dass er es ehrlich meinte.

«Ich danke *dir*!», erwiderte Charlotte und stand langsam auf. Seine und ihre Säfte rannen an ihren Beinen hinunter, doch das beachtete sie nicht. Sie nahm die Decke von der Fensterbank und breitete sie über seinen schweißnassen Körper, dann schob sie ihm das Kissen unter den Kopf und ließ ihn noch einen Schluck Wasser trinken.

Als sie die Treppe zu ihren Räumen hochstieg, fühlte sie sich befreit und unendlich erleichtert, so als wäre in ihrem Innern endgültig ein Knoten geplatzt. Plötzlich verstand sie, was sie vorher so gequält hatte. Nicht Paul war es, der ihrer Erfüllung im Wege stand, sondern sie selbst. Sie hatte ihre Begierden bislang nicht zulassen können, sie hatte sich gehemmt gefühlt und innerlich zurückgenommen, anstatt ihre Leidenschaft auszuleben. Die stille Zustimmung des gefesselten Mannes hatte ihr den Mut gegeben, sich gehen zu lassen. Und die wilde Lust seines Höhepunkts hatte sie mit fortgerissen und die Schleusen ihrer Begierden geöffnet. Warum nur hatte sie vorher keinen Zugang zu diesem geheimen Garten ihrer Lüste gehabt? Es war doch so einfach. Sie würde dem schönen Unbekannten immer dankbar sein für diese Erkenntnis, die sie von nun an mit ihrem Lebensgefährten teilen wollte. Paul hatte ihr gezeigt, dass er bereit war für sie. Charlotte musste nur noch zugreifen und die Möglichkeiten mit beiden Händen packen.

Zwanzig

«Ich bin also nicht die Erste», stellte Jo ohne Erstaunen fest. Sie saß auf der untersten Stufe der Treppe und spielte mit dem Handschellenschlüssel.

«Waren beide schon hier?»

Der Mann an der Heizung nickte.

«Tja, dann hab ich wohl Pech gehabt.» Sie warf den Schlüssel hoch und fing ihn wieder auf. «Oder unterschätze ich dein Stehvermögen?»

Er antwortete nicht, sah sie nur an.

Langsam ging Jo auf ihn zu und stupste ihn mit dem Fuß an. «Kannst du aufstehen?»

«Soll das 'n Scherz sein?» Er zerrte an den Handschellen.

Jo kniete sich nieder und löste die Metallringe von der Heizung, aber nicht von seinen Handgelenken. «Kannst du es jetzt?»

Er stützte sich mühsam ab, stöhnte und setzte sich auf. Jo sprang auf die Füße und reichte ihm die Hand, um ihm aufzuhelfen. Fred sah sie von unten an. Er registrierte jedes Detail an ihr, die zerzausten Locken, das Funkeln ihrer meergrünen Augen, ihre Rundungen, die sich unter der weiten Bluse und der Hose abzeichneten. Sie stand barfüßig vor ihm mit rot lackierten Nägeln. Und ihr Griff war warm und fest, als sie ihn hochzog. Er blieb dicht vor ihr stehen und wartete auf ihren nächsten Schritt. Dieser Abend war so seltsam gewesen, beängstigend, erregend. Die Begegnungen mit den beiden Frauen hatten etwas in ihm in Bewegung gesetzt. Er hatte sich gefürchtet vor dem, was sie mit ihm vorhaben könnten, aber seine Strafe hatte darin bestanden, sich ihrer und seiner eigenen Lust auszuliefern, grausam und befriedigend zugleich. Das erste Mal war nicht *er* der Verführer gewesen, der sich nahm, wonach es ihn gelüstete, der mit den Sehnsüchten der Frauen spielte, sondern er war der Verführte, der Ausgelieferte, der sich in diesen ungeahnten Genuss fallen lassen musste. Aber er ahnte bereits, dass all das nur die Vorbereitung gewesen war auf die Begegnung, die ihm noch bevorstand.

Seit er sie das erste Mal gesehen hatte, übte diese Frau eine merkwürdige Faszination auf ihn aus. Er fühlte sich zu ihr hingezogen, und doch fürchtete er ihre Kälte, die sie wie einen Schutzschild um sich verbreitete. Er hatte sie verärgert, und es war mehr als die Tatsache, dass er sich ungebeten in ihrem Haus aufgehalten hatte. Er hatte die Verachtung in ihren eisigen Blicken gespürt. Umso mehr verwunderte ihn jetzt, dass sie ihn aus seiner Zwangslage befreite. Oder war das Ganze ein verabredetes Spiel mit ihren Freundinnen, die die günstige Gelegenheit eines besonderen Abenteuers nutzen wollten?

Jo vermied es, seinen nackten Körper zu betrachten. «Zieh dir was an!», forderte sie ihn auf, dann drehte sie sich von diesem undurchschaubaren Mann weg und ging zur Treppe. Auf der ersten Stufe winkte sie ihm, ihr zu folgen. Im ersten Stock bog sie nach links ab und öffnete die letzte ihrer Zimmertüren, die zu einer Art Gymnastikraum führte. Bis auf einen gepolsterten Trainingsboden und einem Spiegel, der eine ganze Wand bedeckte, gab es hier nichts – keine Gegenstände, die man als Waffe benutzen konnte, nichts, das einen ablenken konnte, nur eine lange Bank, die vor dem Fenster stand, und eine milchige Beleuchtung, die in die Decke eingelassen war. Jo hatte diesen Raum ausgesucht, weil sie ein neutrales Umfeld brauchte, um mit diesem Mann zu reden. Sie hatte sich so weit beruhigt, dass sie ihn jetzt fragen konnte, warum er in ihrem Haus war, und sie wollte herausfinden, warum er sie so sehr verwirrte, dass sie sich wie eine Idiotin verhielt.

«Hast du keine Angst, dass ich mich an dir rächen könnte?», fragte Fred die unnahbare Schöne.

«Dazu dürfte dir im Moment die Kraft fehlen», antwortete Jo gelassen. «Außerdem steht *mir* diese Rolle wohl eher zu, meinst du nicht?» Sie sah ihn herausfordernd an. «Was wolltest du hier? Hast du am Samstag noch nicht gefunden, was du suchst?»

Er schaute sie müde an. Obwohl sein athletischer Körper so sportlich und jung wirkte, konnte sie nun deutlich die feinen Fältchen um seine Augen und Mundwinkel erkennen. Wie alt er wohl sein mochte? Er trug nichts weiter als seine Jeans, das zerfetzte Hemd hatte er im Salon liegen gelassen. Er hätte der Mann aus der Cola-Werbung sein können, wenn nicht die Handschellen noch von seinen Gelenken herunterhängen würden.

«Wie heißt du eigentlich?», wollte Jo schließlich wissen.

«Fred», antwortete er sofort. «Fred Fugger.»

Jo wusste, dass er die Wahrheit sagte. Sie stutzte, denn sie hatte diesen Namen schon einmal gehört, konnte sich aber gerade nicht an den Zusammenhang erinnern.

«Setz dich da hin», wies sie ihn schroff an und deutete auf die Bank. Fred folgte ihr und ließ sich rittlings auf dem Holz nieder. Er wartete, dass sie sich dazusetzte, aber sie blieb stehen, sah aus dem Fenster und fing dann an, durch den Raum zu gehen. Er konnte sie im Spiegel beobachten, ohne den Kopf zu drehen.

«Ich frage dich noch einmal: Was wolltest du hier?» Sie blieb stehen und sah ihm ins Gesicht.

«Ich wollte dich wieder sehen.»

«Du lügst», herrschte sie ihn sofort an. «Wenn es dir lieber ist, kann ich auch die Polizei rufen. Vielleicht erzählst du denen die Wahrheit.»

Er saß in der Zwickmühle: Die Wahrheit würde sie ihm nie glauben, aber etwas anderes hatte er auch nicht anzubieten, also wagte er den Sprung ins kalte Wasser.

«Ich habe dir ein Bild geklaut, am Samstag, auf deiner Party.» Er hielt ihrem Blick stand und ertrug die Verachtung, die ihn ins Herz traf.

«Welches?»

«Das Portrait deiner Großmutter.»

«Warum?»

«Ich habe es verkauft, weil ich Geld brauche.»

«Und heute? Was wolltest du da klauen?»

«Nichts. Ich wollte dich wieder sehen.»

«Du lügst», wiederholte sie, diesmal mit Enttäuschung in der Stimme.

«Warum sollte ich?» Er sah sie mit seinen sherryfarbenen Augen offen an, und er senkte auch nicht den Blick, als sie ausholte und ihm ins Gesicht schlug. Unbeirrt fuhr er fort: «Du und deine Freundinnen, ihr wart lange genug unterwegs. Wenn ich etwas hätte klauen wollen, wäre ich längst damit verschwunden gewesen, meinst du nicht?»

«Hast du mich jetzt genug gesehen?» Sie wollte ihm gern glauben, obwohl sie sich selbst nicht verstand. Das Bild bedeutete ihr nichts. Es gab viele Portraits ihrer Großmutter hier im Hause, eines kitschiger als das andere. Sie würde ihr zu Ehren eins aufhängen und den Rest irgendwo verstauen. Der Typ schien keinen Kunstverstand zu haben, sonst hätte er etwas anderes mitgehen lassen, das er besser verkaufen könnte. Aber Jo bezweifelte, dass ihm das viel eingebracht hätte. Die echten Wertgegenstände lagerten alle in Tresoren bei der Bank und waren hoch versichert.

Hier gab es eigentlich nur noch Gerümpel, von dem sie sich schon seit langem trennen wollte.

«Nein, ich kann von deinem Anblick nicht genug bekommen», riss er sie aus ihren Überlegungen.

In diesem Moment, allein mit der Frau, die sich so oft in seine Gedanken gedrängt hatte, funktionierte kein Trick mehr, kein charmantes Plaudern, keine Augenaufschläge oder Vibrationen in der Stimme. Er konnte mit ihr nicht spielen wie mit den Betthäschen, die immer auf seine Masche abfuhren und ihn anhimmelten für einen Handkuss und einen tiefen Blick in ihre verliebten Augen. Heute war er das Spielzeug gewesen, und dieses Erlebnis hatte ihm einen heilsamen Tritt verpasst. Das erste Mal war es nicht um seine Befriedigung gegangen. Die Frauen hatten ihn benutzt und ihn dabei an ihrer Lust teilhaben lassen. Dabei hatte er erfahren, wie viel Begehren die Erregung der beiden in ihm ausgelöst hatte. Er konnte sich nicht daran erinnern, schon jemals so gierig und lüstern gewesen zu sein. Gerade weil er gezwungen worden war, ihre Gelüste zu erfüllen, hatte seine Begierde sich durch ihre Geilheit gesteigert. Er hätte diesem schönen Lockenkopf am liebsten sofort seine neuen Erkenntnisse offenbart, aber sie hielt ihn mit ihren finsteren Blicken auf Abstand.

«So, mein Anblick gefällt dir also? Dann solltest du dir noch eines von den Portraits der ersten Josephine schnappen und zu Hause aufhängen. Ich sehe der Frau auf den Bildern verdammt ähnlich, der Unterschied wird dir gar nicht auffallen.» Sie verschränkte die Arme vor der Brust und wartete auf seine Reaktion.

«Das Bild mitzunehmen war ein Fehler. Es tut mir leid.» Er blickte auf die Metallringe um seine Handgelenke, die sie ihm immer noch nicht abgenommen hatte. Vielleicht wollte sie, dass er sich an die Demütigung erinnerte, an ein

Heizungsrohr gefesselt zu sein. Aber das würde er auch ohne die Handschellen nicht so schnell vergessen, dessen war er sicher.

«Wenn ich an dem Abend nichts gesucht hätte, wärest du nicht wütend hinter mir hergelaufen. Ich ... ich weiß, es klingt nach Heimatfilm oder so, aber du hast so bezaubernd ausgesehen, dass du mir seitdem nicht mehr aus dem Kopf gehst.»

«Tatsächlich? Ist das auch der Grund, warum du mit meinen Freundinnen vögelst?»

«Du hast mich ihnen selbst ausgeliefert. Schon vergessen?» Hatte da etwa ein Anflug von Eifersucht mitgeschwungen? Er sah sie wieder an und versuchte, ihre Gefühle zu ergründen. Was für eine absurde Situation. Warum stand er nicht einfach auf, nahm sie in die Arme und küsste sie. Dann würde er wissen, was sie wirklich von ihm hielt. Hatte er Angst vor einer Zurückweisung? Nein, das war es nicht. Er wollte es richtig machen, dieses eine Mal war es ihm wichtig, was sie von ihm dachte. Er wollte sie nicht als Gespielin fürs Bett, er wollte ... ja, was eigentlich?

Jo wurde immer verwirrter. Was war das hier für eine Schmierenkomödie? Warum schmiss sie ihn nicht einfach raus und warf ihm noch ein paar andere Bilder hinterher, dann hätte sie wenigstens wieder mehr Platz im Flur. Er war offensichtlich harmlos, sonst hätte er schon längst versucht, sie zu überwältigen. Er konnte ja nicht ahnen, dass sie Wing-Tsun-Meisterin war. Warum hörte sie sich sein albernes Geschwätz überhaupt an?

«Geh jetzt!», befahl sie ihm. Entschlossen drehte sie sich um und verließ den Raum. Sollte er zusehen, wo er blieb. Sie wollte fort von diesem Herzklopfen und dem flauen Gefühl im Magen. Sie wollte sich nicht mehr in seinen braunen Augen spiegeln und sich danach sehnen, seine Lippen zu berühren. Langsam ging sie über den Flur zu dem Raum neben ihrem Ankleidezimmer. Da stand immer noch der Karton, den Charlotte ihr heruntergebracht hatte. Sie würde sich jetzt ein Andenken aussuchen und morgen den ganzen anderen Kram von einem Trödler abholen lassen. Das hätte sie schon längst veranlassen sollen.

Ihre Freundin hatte Recht, die Sachen in dem Karton waren wunderschön und wie neu, als hätte noch nie ein Kind damit gespielt. Seltsam, dass ihre Großmutter sie so sorgfältig aufbewahrt hatte, wenn es doch gar nicht ihre liebsten Spielsachen gewesen sein konnten, jedenfalls keine, mit denen sie ihre Kindheit verbracht hatte. Neugierig leerte Jo den Karton aus. Sie schüttete den ganzen Inhalt auf den Boden. Puppen, Autos, Tiere vom Bauernhof kamen zum Vorschein – und ganz zum Schluss fiel ein kleines Kästchen heraus. Es war eine Schatulle mit abgerundetem Deckel, die alt und abgegriffen aussah. Das Scharnier war ein wenig verbogen, aber sie ließ sich ohne Schwierigkeiten öffnen. Als Jo den Deckel aufschlug, entfuhr ihr ein Schrei der Überraschung. Das Kästchen war mit blauem Samt ausgeschlagen und enthielt eine fein gearbeitete Kette mit einem wunderschönen Anhänger.

Fred schaute Jo über die Schulter. Sie hatte ihn nicht hereinkommen gehört und schrak nun zusammen, als er ihr die Hand auf den Arm legte.

«Soll ich sie dir umbinden?» Sie starrte ihn nur an, während er das schöne Schmuckstück aus der Schatulle nahm und es um ihren Hals legte. Die Handschellen klirrten, als er ihre Haare zur Seite strich und den Verschluss der Kette in ihrem Nacken zuschnappen ließ. Der Mondstein glänzte auf ihrer Haut, und der kleine Rubin leuchtete wie ein Stern am Himmel.

«Du bist wunderschön», flüsterte er ihr ins Ohr. Dann drehte er sie herum und sah ihr in die Augen. Sie erwiderte seinen Blick, mit einem Mal ruhig und voll heiterer Gelassenheit. Was sprach eigentlich dagegen, sich diesem berauschenden Gefühl seiner Nähe hinzugeben? Was sollte passieren, wenn sie den Geschmack seiner Lippen kostete oder den Duft seiner warmen Haut einatmete, die nach Lust und Leidenschaft roch? Er stand ganz dicht vor ihr und rührte sich nicht. Er würde keinen Schritt wagen, wenn sie es nicht wollte. Seine Arme hingen herab, und die Handschellen baumelten von seinen Händen. Endlich zog sie den Schlüssel aus der Hosentasche und schloss erst die linke Fessel auf, dann die rechte.

Doch was war das?

Sie hielt seine Hand ins Licht und betrachtete den Ring, den er am Mittelfinger trug. Der Splitter eines Mondsteins war darin eingelassen – und er hatte die gleiche Form wie der Rubin in der Kette, die sie gerade gefunden hatte. Verwirrt blickte sie den Träger dieses Ringes an, der ebenso wie sie versuchte, die Zusammenhänge zu verstehen. Aber was spielte es schon für eine Rolle, ob der Zufall diese beiden Schmuckstücke zusammengeführt hatte oder das Schicksal oder ein alter Mann, der seine Lebensaufgabe vollenden wollte?

Jo, die eigentlich Josephine Ahrens hieß, und Fred, der auf den Namen Friedrich Fugger getauft worden war, standen sich gegenüber und ließen sich von diesem seltsamen Augenblick verzaubern.

Freds nackter Oberkörper glänzte im Lampenlicht, und Jos moosgrüne Augen funkelten. Sie hob die Hände und strich sanft über Freds athletische Formen. Und als er ihre warmen Finger auf seiner Haut spürte, da endlich traute er sich, die letzte Hürde zu nehmen. Er schlang seine Arme um ihren Körper und zog sie zu sich heran, bis sie sich an ihn schmiegte und seinen Kopf in die Hände nahm. Ganz langsam näherten sich ihre Lippen, und dieser erste Kuss löste die Spannung zwischen ihnen und entfachte eine Gier, die ihnen unbekannt und vertraut zugleich war.

Fred hob die Schöne auf seine Arme und trug sie durch die geöffneten Schiebetüren, bis er vor ihrem Bett stand. Sie hatte den Kopf auf seine Schulter gelegt und presste ihre Nase gegen seinen Hals. Ihr Atem kitzelte ihn. Vorsichtig legte er sie auf die Bettdecke und begann, die Knöpfe ihrer Bluse zu öffnen. Er hatte seine Selbstsicherheit wiedergefunden, seine Handgriffe waren geschickt und schnell, als er sie entkleidete, bis sie nackt vor ihm lag. Der Anblick ihrer festen Rundungen erregte ihn, und er spürte, wie sein Schwanz wieder hart wurde und sich in der Jeans aufbäumte. Aber dieser Abend hatte ihn gelehrt, seine Ungeduld zu zügeln.

Jo räkelte sich und streckte ihre Arme über dem Kopf aus. Das Medaillon schimmerte auf ihrem Dekolleté, als Fred sich hinabbeugte, um ihren Schwanenhals zu küssen. Er wollte ihr die gleiche Lust bereiten, die er heute Abend erfahren hatte. Er wollte sie zum Stöhnen bringen, wollte spüren, wie sie sich unter seinen Berührungen wand und sich ihm auslieferte. Aber Jo erwartete das erste Mal etwas anderes von einem Mann als sexuelle Befriedigung. Die konnte ihr auch jeder andere geben, der ihr gefiel. Nein, in diesem Augenblick, als seine Hand mit dem Mondsteinring über das Sonnenamulett auf ihrem Dekolleté streichelte, sehnte sie sich danach, mit diesem einen Mann zu verschmelzen. Jeder Zentimeter ihrer Haut wollte von ihm berührt werden, sie wollte seinen Duft atmen und seinen Geschmack kosten.

Jo reckte die Arme nach ihm und zog ihn zu sich heran,

bis er schwer auf ihr lag und sich gegen ihren weichen Körper schmiegte. Mit ganzer Kraft schlang sie die Beine um ihn und presste die Hände auf seinen Rücken, als versuchte sie, ihn für immer festzuhalten.

Ineinander verschlungen rollten die beiden über Jos Bett, küssten, streichelten sich und genossen diese unglaubliche Nähe und Geborgenheit. Die Umarmung umfasste alles, was sie sich ersehnt hatten, auch die Lust und Leidenschaft, die langsam in ihre Lenden strömte, alles in Besitz nahm und das Denken ausschaltete, bis nichts übrig blieb als die Sehnsucht.

Fred hielt Jo in den Armen und rieb seine Haut an ihrem Körper. Er hatte ein Bein zwischen ihre Schenkel geschoben und spürte die Nässe, die sich ihm entgegendrängte. Jo rieb ihre Vulva an seinem rauen Oberschenkel, während sich ihre Zunge in seinem Mund verlor. Sie ertastete mit der Zungenspitze die Glätte seiner Zähne, die Wölbung seines Gaumens und spielte mit seinen Lippen, die sie immer wieder küssten und liebkosten. Freds Hände wanderten ihren Rücken hinab, strichen über die runden Backen ihres Hinterns und pressten Jos Unterleib gegen seinen. Ihre kurz geschorenen Schamhaare knisterten aneinander, und Freds Phallus glitt in das feuchte Zentrum zwischen Jos Schenkeln. Er massierte ihre fleischigen Lippen mit seiner Lanze, während er sich in ihren Küssen verirrte. Der Kettenanhänger mit den Sonnenstrahlen glänzte im Schweiß, der ihn umgab, und Jos Lippen leuchteten so rot wie der kleine Rubin.

Ganz vorsichtig schob sich Freds Penis immer tiefer in die samtigen Falten des Schamhügels, bis er den feuchten Schlund fand, den sie verbargen. Jo schmiegte sich in seine Bewegungen, öffnete ihre Schenkel und ließ ihn in sich eindringen. Erst zögernd, dann immer kräftiger stieß er in sie, bis sie fest miteinander verzapft waren und sich in einem gemeinsamen Rhythmus fanden.

Die Umarmung war leidenschaftlich und sanft zugleich, keine wilde Akrobatik oder ausgefeilte Zungenfertigkeit entfachte die Begierden, sondern das Verschmelzen dieser beiden Körper, die füreinander gemacht zu sein schienen. Jo näherte sich so langsam und stetig dem Gipfel der Lust, dass sie von der Intensität ihrer Gefühle überrascht wurde, als sie ihn schließlich erreichte in einer nicht enden wollenden Brandung, die durch ihren Leib toste und sich in einem grellen Schrei entlud.

Fred konnte seinen Blick nicht von ihrem Gesicht wenden, in dem sich die höchsten Wonnen widerspiegelten, die durch ihren Körper tobten. Er spürte das Beben bis in seinen Schwanz hinein. Während Jo stöhnte und ihre Fingernägel in seinen Rücken vergrub, stieß Fred noch einmal tief in sie, verlor sich in ihrem warmen Fleisch und ließ sich von ihrem Stöhnen mitreißen, bis sein Sperma aus ihm herausschoss und sie ausfüllte.

Als sich der Sturm ihrer Leidenschaft gelegt und der Atem sich beruhigt hatte, blieben sie noch lange in der Umarmung liegen, streichelten sich, rochen aneinander und küssten sich die Ohrläppchen, bevor Jo sich aus Freds Armen wand und aufstand.

«Ich habe dich tatsächlich unterschätzt», meinte sie auf dem Weg zum Bad. «Da werde ich mich in Zukunft wohl auf einiges gefasst machen müssen.» Sie lächelte ihn an und ließ die Tür offen, als sie auf die Toilette ging.

Fred hörte das Plätschern ihres Strahls und dachte wieder an seinen Traum und die Lust, mit der er sich ihr unterworfen hatte. Behände sprang er aus dem Bett und folgte Jo ins Badezimmer. Sie saß anmutig auf der Porzellanschüssel und ließ sich von seinem Erscheinen nicht stören, auch nicht, als er vor ihr niederkniete und seine Hände zwischen ihre Beine schob. Er fing die letzten Tropfen auf, tupfte ihre noch immer geschwollenen Lippen ab, und dann hob er die schöne Frau hoch, um sie auf das Bidet zu setzen. Nachdem er die Wärme des Wassers geprüft hatte, richtete er den Strahl der kleinen Brause auf ihre benetzten Lippen und spülte sie ab. Gewissenhaft teilte er die wulstigen Blütenblätter und reinigte sie auch im Innern von den Säften und Spuren ihres ersten Liebesaktes. Schließlich nahm er ein flauschiges Handtuch vom Haken, tupfte die Feuchtigkeit von Jos Vulva und trug seine Traumfrau zum Bett zurück, wo er sie sorgfältig auf die Kissen niederließ.

Jo fragte sich nicht, warum ihr das alles so richtig und gut erschien, warum sie diesem Mann vertraute, obwohl er sie belogen hatte, oder warum sie diese sanfte Art, Sex zu haben, so umwerfend und befriedigend empfand. Sie wusste nur eines: Am Frühstückstisch würde nächsten Sonntag Fred neben ihr sitzen und nicht John.

Epilog

In den Tagen, die zwischen der denkwürdigen Begegnung mit Fred und ihrem ersten gemeinsamen Sonntagsfrühstück lagen, schaffte Jo es endlich, die Flure ihres Hauses von alten Bildern, Krempel und gefüllten Kartons zu befreien. Fred nahm ihr die Sachen, die einen großen Transporter füllten, ab und sortierte sie in seinem neuen Antiquitätenladen ein, den er mit Edgar zusammen eröffnete. Er hatte das Geld des alten Mannes dazu genutzt, sich in die Ladenkette seines Freundes einzukaufen, der sich nicht geirrt hatte, als er Fred ein großes Verkaufstalent bescheinigt hatte.

Während Jos Haus endlich leer geräumt wurde, gingen die Bauarbeiten für den Dachboden schnell voran, und Jo konnte zum Ende der Woche ihren Fundus nach oben verlegen zusammen mit den Möbeln eines ihrer Wohnzimmer. Am Samstagmorgen ging sie mit Fred neue Möbel kaufen. Wer wusste es, vielleicht würde er schon bald bei ihr einziehen? Am Sonntag verließ er das Haus und erschien kurze Zeit später wieder in der Villa, mit einem Blumenstrauß und einer riesigen Brötchentüte unter den Arm geklemmt. Feierlich eröffneten sie das erste gemeinsame Frühstück, an dem neben Jo und Fred die sehr verliebte Katie mit ihrem wie ausgewechselt wirkenden Freund und das strahlende Dozentenpaar Charlotte und Paul teilnahmen.

Jo meinte, das wäre für ihren Geschmack zu viel der Harmonie, und versuchte Paul und Alex mit spöttischen Bemerkungen über ihre offensichtliche Verwandlung zu provozieren, wofür sie aber nur ein freundliches Lachen erntete und das Versprechen, dass die beiden Paare sie an ihrem nächsten Streit teilhaben lassen würden.

Über die Nacht, die das Leben dieser drei Frauen verändert hatte, verloren sie kein Wort mehr. Stillschweigend betrachteten sie die Ereignisse als eine seltsame Laune des Schicksals, die ihnen allen Glück gebracht hatte.

Und Friedrich Fugger senior, der ehemalige Schauspieler und heimliche Lebensgefährte von Jos Großmutter?

Der alte Mann verfügte in seinem Testament, dass Jo und Fred die gemeinsamen Erben seines Segelschiffes und einiger Aktienpapiere sein würden, die sie nur gemeinsam würden nutzen können. Er legte dem Dokument noch einen langen Brief auf handgeschöpftem Bütten bei, in dem er seinen Enkeln die Geschichte ihrer Herkunft erklärte mit allen Details, die sein gemeinsames Leben mit der ersten Josephine und ihrer unerschütterlichen Liebe über den Tod hinaus betrafen. Dass dabei eine Kette mit einem Sonnenanhänger und ein dazugehörender Ring eine besondere Rolle spielten, dieses Geheimnis würde er mit ins Grab nehmen, aber er war sich sicher, dass die beiden dieses Rätsel auch ohne ihn lösen würden.

Corinna Rückert

Kammern der Begierde

Erotischer Roman

1

Leonard rieb sich an den seidenen Laken eines riesigen Bettes. Weiße seidige Schnüre rankten um seine Arme, zogen Schlingen um die Handgelenke und verloren sich im Nebel eines endlos scheinenden Raums, in dessen Zentrum ein weißer Kubus stand. Sein nackter Körper lag opferbereit auf diesem Altar der Lust. Alles um ihn herum schien in Bewegung zu sein. Die Luft vibrierte vom Wispern und Seufzen zarter Stimmen. Er spürte sanfte Hände auf seiner Haut, die sich von den Knöcheln der Füße langsam an seinen Beinen emporwanden. Der junge Mann spannte die Muskeln an, während seine gefesselten Arme ihn zur Tatenlosigkeit zwangen, und fieberte dem Moment entgegen, da die zahllosen Hände seine Körpermitte erreichen würden. Unendlich langsam eroberten sie jeden Zentimeter seiner bebenden Haut, deren Härchen sich bei jeder Berührung aufstellten und flammende Signale an seine Nerven sandten. Alles Sehnen und Spüren konzentrierte sich auf einen Punkt in seinem Körper, der auf der empfindlichen Kuppe seines Zepters zu liegen schien. Das Blut strebte auf diesen einen Punkt zu, seine Lust zentrierte sich genau dort, alles Denken richtete sich auf den erlösenden Augenblick, wenn die zarten Hände seinen Luststab berühren würden. Sein eigenes Stöhnen mischte sich unter die anderen Stimmen, aber kein Wort drang durch seine Lippen, nur das Keuchen und Atmen, das die tastenden Finger dem willigen Mund entlockten.

Schon näherte sich ein bezauberndes Geschöpf, so durchscheinend wie die kühlen Nebelschwaden, die ihn umhüllten, und erstickte sein Seufzen mit wilden Küssen. Eine Zunge drang spielerisch in seinen Mund ein, tanzte über seine Zähne und lockte den Muskel, der keine Worte mehr zu formen vermochte und der nichts anderes wollte, als die fordernden Küsse dieses lockenden Wesens zu erwidern. Leonard verschlang die Lippen des Mädchens, das sich ihm so hingebungsvoll widmete, spreizte dabei seine Schenkel, um den zarten Händen das Vordringen zu erleichtern.

Jede Pore seines Körpers verströmte Begehren, jede einzelne Faser ergab sich diesen kundigen Herrscherinnen der Lust. Er hatte sich diesen lüsternen Wesen bedingungslos ausgeliefert, war ein Sklave seiner eigenen Sehnsüchte, die sich den Begierden der Frauen unterwarfen. Seine erhobene Rute diente allein der Befriedigung ihrer Lüste, sein Leib war nichts als ein Spielzeug für ihre sich windenden Körper, seine Lippen wollten den Nektar ihrer Leidenschaft aufsaugen.

Und endlich, endlich tasteten die ersten Fingerspitzen nach seinem harten Schaft, widmeten sich die ersten zierlichen Hände seinen prallen Hoden, die er mit gespreizten Beinen den Blicken dieser Elfen darbot. Sein flacher Bauch hob und senkte sich im Takt seines Keuchens, das sich dem seufzenden Chor der Mädchen anschloss. Er suchte mit der Zunge nach einer feuchten Blüte, die ihn den süßen Sekt der Begierde schlürfen lassen würde, bis eine der Gespielinnen sich erbarmte und ihren duftenden Kelch an seine Lippen führte.

Leonard tauchte seine hungrige Zunge in die fleischigen

Blütenblätter, drang tief in sie ein und leckte rau über die zarte Knospe. Die junge Frau presste ihm ihre offene Spalte entgegen und ritt auf den Wogen der Lust, die er ihr bereitete. Er war so gefangen von ihrem Duft und den süßlich herben Säften, die seinen Gaumen kitzelten, dass er kaum bemerkte, wie ein anderer Kelch sich über seinen prallen Stab stülpte.

Leo lag da und ließ sich benutzen, ein williges Werkzeug, ein Liebesknecht, der seinen Herrinnen zur Befriedigung ihrer Gelüste diente. Eine Frau nach der anderen ritt auf seinem Zepter, bis heiße Wellen der Erlösung über sie hereinbrachen und sich ihr Nektar über Leos Leib ergoss. Dann stiegen die Lustelfen ab und verschwanden im Nebel, um der nächsten Herrin Platz auf seinem harten Ständer zu machen. Sie alle trieben Leo zum Gipfel seiner Lust empor und verwehrten ihm doch, die erlösende Spitze zu erreichen. Er stöhnte und keuchte unter den fordernden Händen, den Liebkosungen weicher Münder und den heißen Schlünden, die seinen berstenden Pfahl verschlangen.

Ein Schrei löste sich aus seiner Kehle – und als hätte er mit diesem rauen Laut die ungeschriebenen Regeln dieses paradiesischen Lustgartens verletzt, lösten sich die zarten Gestalten seiner Gespielinnen im flirrenden Nebel auf.

Leo stöhnte leise auf, als er die Augen öffnete. Verstoßen aus dem Reich der Sinne, fand er sich in seinem Bett wieder, neben ihm lag wie gewohnt seine langjährige Freundin Mia, die sich unruhig im Schlaf hin und her wälzte. Die Muskeln seines athletischen Körpers schmerzten vor Anstrengung, und er spürte, wie das Blut in seinem Schwanz pulsierte. Die Lust, die es ihm bereitet hatte, seinen gierigen Herrinnen als williger Sklave zu dienen, war aus der Traumwelt in die Wirklichkeit hinübergeglitten, und sein praller Ständer forderte nun seinen Tribut.

Leise raschelnd glitten Leos Hände unter die Bettdecke und packten den strammen Phallus, der sich gierig in der Faust des jungen Mannes aufbäumte. Mit der Latte in der einen und den rasierten Eiern in der anderen Hand massierte Leonard sein heißes Geschlecht. Der Traum hatte ihn so aufgeheizt, dass er jetzt nur an die langsam verblassenden Münder und Mösen zu denken brauchte, um in Fahrt zu kommen. Mia hatte sich auf die andere Seite gedreht und schlief wieder tief und fest. Schon wieder, dachte er, verpasste sie eine Gelegenheit, guten Sex mit ihm zu haben.

Je härter er seinen Schwanz wichste und die harten Bälle knetete, desto tiefer vergrub er seinen Kopf in die Kissen, um das Stöhnen und Keuchen zu dämpfen. Die Bilder von lasziven Frauen, die sich an seinem Körper aufgeilten, wirbelten ihm durch den Kopf. In Gedanken stieß er seine Zunge in eine triefende Muschi, während er von einer anderen fest geritten wurde. Es waren nicht mehr seine Hände, die die straffe Haut seines Ständers rieben, es waren die zarten Finger seiner Traumgefährtinnen, die es ihm besorgten. Er hörte sie seufzen und wimmern, weil sein Körper sich willig ihren Forderungen unterwarf. Sie konnten mit ihm machen, wonach es ihnen gelüstete, denn je mehr Lust er ihnen bereitete, desto geiler wurde er selbst.

Seine Hand glitt auf und ab, immer schneller, er schob die Haut fest über die Eichel und legte rhythmisch den geschwollenen Kopf frei. Tropfen von klarer Flüssigkeit pumpten aus der kleinen Öffnung als Vorboten einer gewaltigen Flut, die zum finalen Erguss zusammenströmte. Die Faust wichste in rasender Geschwindigkeit. Leo konnte das heftige Klatschen seiner Hand hören, die kraftvoll gegen seinen Bauch hämmerte. Ein Beben erschütterte plötzlich seine Eingeweide, und sein pulsierender Schwanz spie in wellenartigen Eruptionen eine heiße Fontäne aus. Krämpfe schüttelten seinen

Körper, so heftig überrollte ihn der ersehnte Orgasmus, und Leo biss sich auf die Hand, um Mia nicht mit seinen Schreien der Erlösung zu wecken.

Es dauerte eine Weile, bis der junge Mann sich beruhigt hatte. Schwer atmend lag er neben seiner schlafenden Freundin und dachte an all das, was er vermisste und was sie verpasste.

2

Tage später war der Traum verblasst, der Leonard an jenem frühen Morgen wie eine Vision vorgekommen war. Er hatte noch lange wachgelegen mit lebhaften Bildern vor Augen, die sich auf seine Netzhaut gebrannt hatten. Doch seine geheimen Wünsche nach Hingabe und Unterwerfung waren mittlerweile im Nebel des Vergessens verschwunden. Der Alltag hatte wieder die Oberhand.

«Ach, komm! Hab dich nicht so ...», sagte Leonard und umfasste spielerisch Mias Taille. Er zog die junge Frau mit sanfter Gewalt auf seinen Schoß. Sie kicherte mädchenhaft, als er seine Hand unter ihren Pullover schob und nach dem Rand des Unterhemdes tastete.

«He! Finger weg!» Lachend drohte sie ihm mit dem erhobenen Zeigefinger. «Ich muss gleich los. Noch eine Verspätung kann ich mir nicht leisten.»

Leo ließ sich nicht beeindrucken. Gerade hatte er das Hemdchen unter dem Rockbund hervorgefischt und konnte sich nun ungehindert zu Mias BH hocharbeiten. «Wir haben noch mindestens eine halbe Stunde, wenn ich dich zur Arbeit fahre», antwortete er ungerührt und achtete nicht weiter auf Mias besorgten Blick, der zur Küchenuhr wanderte.

Die junge Frau unternahm einen letzten Versuch, sich aus der Umarmung ihres Freundes zu befreien, bevor sie sich dazu entschied, das Unweigerliche nicht noch länger hinauszuzögern. Leonard würde sie nicht eher in Ruhe lassen, bis er bekommen hatte, was er wollte. Sie seufzte und ergab sich seinen forschen Händen.

Der junge Mann spürte sofort, dass er am Ziel war.

Bevor sie es sich anders überlegen konnte, hob er sie von seinem Schoß, drehte sie wie eine Puppe herum und legte sie bäuchlings auf den Küchentisch. Sie von hinten zu nehmen war das Höchste an Schamlosigkeit, wozu er sie bisher bringen konnte. Während er mit einer Hand gebieterisch ihren Nacken umfasste, fuhr er mit der anderen fordernd unter ihren Rock.

Es versprach ein warmer Tag zu werden, und Mia trug keine Strümpfe, die sein Vordringen hätten erschweren können. Mit sicherem Griff zog er zuerst den zartgestreiften Slip unter Mias Rock herunter und dann den Reißverschluss seiner Bluejeans auf. Sein bestes Stück sprang ihm erfreut entgegen und wartete ungeduldig, endlich in Mias feuchten Schlitz einzudringen. Die junge Frau spreizte die Beine, so weit es der auf Halbmast hängende Slip zuließ, und reckte ihr Hinterteil noch ein wenig höher. Mit sanftem Druck presste Leo die Kuppe seines Penis zwischen die fleischigen Lippen und stieß zu.

Mia begleitete das Eindringen seines Schwanzes mit spitzen Lauten, von denen sie hoffte, dass Leo sie als Äußerungen von Lust auffassen würde. Zum wiederholten Mal fragte sie sich, was eigentlich mit ihr nicht stimmte. Sie hatte einen tollen Freund, nach dessen athletischer Figur sich Frauen gerne umdrehten. Und obwohl es Leo nicht an Gelegenheiten mangelte, war er Mia treu ergeben und teilte jede freie Minute mit ihr. Er ging mit ihr ins Kino, führte sie zum Essen aus, brachte ihr sogar hin und wieder Blumen mit. Drei Wochen nachdem sie sich kennengelernt hatten, war er bereits bei ihr eingezogen. Mit einem Koffer und zwei Umzugskartons hatte er eines Abends vor ihrer Tür gestanden und ihr ewige Liebe geschworen. Mia war außer sich vor Glück, und als er die Tür energisch hinter sich verschlossen und sie an ihren zarten Hüften in die Arme gezogen hatte, glaubte Mia an den Himmel auf Erden.

Während Leo die junge Frau gleichmäßig von hinten fickte, wartete sie vergebens auf die Anzeichen ihres eigenen Begehrens, auf das Ziehen im Unterleib, das Anschwellen ihrer Schamlippen und das Zusammenfließen ihrer geheimen inneren Säfte als Vorboten von Sinnesfreuden, die Mia nur aus den lebhaften Erzählungen ihrer besten Freundin kannte. Ein paar Stöße später spuckte Leo sich auf die Finger und verrieb den Speichel auf seinem Penisschaft. Er war gleich so weit und wollte den Höhepunkt ein wenig beschleunigen. Kaum war die Haut seines strammen Ständers feucht genug, erhöhte er das Tempo, rammte ihn noch ein paar Mal tief hinein und spritzte dann mit einem zufriedenen Stöhnen ab.

Während Leo seinen nun nicht mehr ganz so prächtigen Schwanz wieder in die Hose bugsierte, verschwand Mia schnell im Bad, setzte sich auf die Toilette und hoffte, dass möglichst viel seines Saftes herausfloss. Sie stopfte sich noch etwas Toilettenpapier in den Slip und verließ dann mit Leo, der seine Hand lässig auf ihrem Hinterteil ruhen ließ, die Wohnung.

Zehn Minuten später hatte Leonard seine Freundin vor dem Café abgesetzt, in dem sie seit ein paar Monaten arbeitete. Sie hatte sich noch einmal umgedreht, ihm mit einem süßen Lächeln zugewunken und war dann – mal wieder etwas verspätet – hinter der Ladentür verschwunden. Leonard blieb noch einen Moment im Wagen sitzen und zündete sich eine Zigarette an. Nachdenklich blies er den Rauch aus dem offenen Fenster und starrte in die Ferne.

Was nur stimmte nicht mit ihr? Bisher hatte sich noch keine seiner Freundinnen über schlechten Sex beklagt, es konnte also nicht an ihm liegen, dass sie keinen Spaß dabei hatte. Obwohl sie auf die meisten seiner Wünsche und Forderungen einging, war sie doch immer etwas verklemmt. Er hatte noch nie erlebt, dass sie sich fallen ließ, die Kontrolle verlor oder auch nur eine richtig nasse Muschi bekam. Er fragte sich, mit welchen Tricks er ihr mehr Lust und Gier entlocken konnte.

Mia war genau sein Typ: freche Sommersprossen auf der Nase, große, grüne Augen mit langen Wimpern, dazu ein mondäner Kurzhaarschnitt, der ihre dunklen Locken bändigte, und phantastisch lange Beine. Für seinen Geschmack hätte sie oben herum zwar etwas üppiger ausgestattet sein können, aber ihre Brüste lagen fest und rund in seinen Händen, und die Schwerkraft würde ihnen so bald nichts anhaben können. Trotz der kurzen Röcke, die sie immer gerne trug, wirkte sie schüchtern und weckte den Macho in ihm. Leonard gefiel sich in der Rolle des starken Mannes, wenn sie den Blick senkte und sich vertrauensvoll bei ihm einhakte. Er fand, sie gaben ein schönes Paar ab, und er wollte, dass das noch eine Weile so blieb. Wer weiß, vielleicht war sie sogar die Richtige, um an eine gemeinsame Zukunft zu denken.

Leonard strich über die hellen Stoppeln auf seinem Kopf und war zufrieden, welche Richtung seine Gedanken genommen hatten. Das kleine Problem zwischen ihnen, da war er sich sicher, würde er auch noch lösen.

3

Die blonde Frau stand am Fenster ihrer Stadtwohnung und ließ den Blick über die sensationelle Aussicht wandern: Vor ihr lag der Berliner Alexanderplatz mit dem leuchtenden Funkturm. Das alles würde ihr fehlen, die Großstadt, ihre Freunde, ihre Muttersprache und Mia. Sie hatte ein schlechtes Gewissen bei dem Gedanken, ihre beste Freundin bald sich selbst überlassen zu müssen. Natürlich war Mia erwachsen und musste selbst für sich sorgen, aber Helena war nicht sicher, wie weit die Freundin ohne ihre sanfte Unterstützung damit kommen würde. Mia wirkte manchmal wie ein scheues Reh. Wenn sie ihre langen Beine übereinanderschlug und mit ihren großen Katzenaugen auf die Welt schaute, schien es, als fürchtete sie sich ein wenig vor dem, was sie da sah. In solchen Momenten fühlte Helena stets den Impuls, sich vor die Freundin zu stellen und sie zu beschützen. Es hatte schon Situationen gegeben, in denen Helena sich wie eine Löwin aufführte, die ihr Junges verteidigte. Dabei glaubte sie fest daran, dass die süße, sommersprossige Mia ebenfalls ein Löwinnenherz besaß, das nur geweckt werden musste.

Helena nahm einen Fotorahmen aus dem Regal und betrachtete die ungleichen Freundinnen, die sich im Arm hielten. Es heißt immer, Gegensätze ziehen sich an, und in ihrem Fall traf das wirklich zu. Helena war einen halben Kopf kleiner als Mia, ihre Haare fielen in langen Strähnen bis weit über die Schultern und glänzten wie Rotgold im Sonnenlicht. Der sinnlich geschwungene Mund mit den roten Lippen weckte bei den meisten Männern sofort Assoziationen, die ihre Blicke weiter am Körper hinunterlenkten.

Mia, die dem Betrachter offen und unschuldig entgegenschaute, sah aus wie ein Engel. Helena an ihrer Seite wirkte dagegen wie die fleischgewordene Sünde. Ein Dekolleté, von dessen Anblick sich viele Betrachter nur schwer lösen konnten, eine schmale Taille, die die Rundungen der Hüften noch betonte, und wohlgeformte Beine, deren zarte Fesseln gekrönt wurden von zierlichen Füßen mit rotlackierten Nägeln. Helena kannte ihre Reize, und sie wusste sie einzusetzen.

Sie stellte das Foto wieder ins Regal und trat zurück zum Fenster. Es gab noch so viel zu tun bis zu ihrer Abreise nächsten Monat. Seit Gaetano sie von einer gemeinsamen Zukunft in Italien überzeugt hatte, war sie kaum eine Minute zur Besinnung gekommen. Der schöne Italiener mit dem harten, südländischen Profil war schon nach Varese vorausgefahren, um die Bauarbeiten in ihrem neuen Zuhause zu beaufsichtigen, einer großzügigen mediterranen Villa mit einem weitläufigen Garten.

In der Kleinstadt zwischen Lago Maggiore und Comer See im Norden Italiens besaß Gaetano eine Agentur, die Mailänder Strickwaren nach ganz Europa verkaufte. Helena hatte ihn auf der Düsseldorfer Modemesse kennengelernt, wo sie auf der Suche nach einem neuen Arbeitgeber war. Gaetano Florenti hatte dort seine Agentur präsentiert, um Kooperationspartner für den deutschen Markt zu gewinnen, und sie waren sich gleich am ersten Tag über den Weg gelaufen. Aus den Geschäftsgesprächen über eine mögliche Zusammenarbeit war schnell mehr geworden. Und nun hatten sie beide nicht nur neue Aufgabengebiete gefunden, sondern auch die große Liebe, wie es schien. Helena würde in Varese den Export für den deutschen Markt übernehmen und bald auch die Position der Hausherrin in der Villa Florenti. Am liebsten hätte sie ihre Freundin Mia mitgenommen, um sie nicht zurücklassen zu müssen – mit einem Freund, der zwar ein guter Anlageberater war, aber beim besten Willen nichts von Frauen verstand. Sosehr Mia ihr immer wieder versicherte, wie glücklich sie mit Leonard sei, so wenig glaubte Helena diesem angeblichen Himmel auf Erden. Ein Mann, der so unsensibel und von sich überzeugt war, konnte eine Frau wie Mia gar nicht verstehen. Sie war wie eine kostbare Orchidee, robust zwar, aber es kostete Geduld und Mühe, sie zum Blühen zu bringen. Ein Mann jedoch, der nur selbst bewundert und befriedigt werden wollte, konnte Mias verborgene Saiten unmöglich zum Klingen bringen.

Helena schüttelte ihr üppiges Weizenhaar und sah auf die Uhr. Sie musste sich beeilen. Mia hatte gleich Feierabend, und Helena wollte ihre Freundin zum Essen einladen. Vielleicht ließen sich die verbleibenden vier Wochen dazu nutzen, Mia noch ein wenig wachzurütteln, damit sie besser auf sich achtgab. Wenn sie nur endlich selbst einmal Forderungen stellen würde, anstatt «ihrem» Leo immer die Wünsche von den Lippen abzulesen. Wer weiß, vielleicht könnte sie ihren Macho sogar ein bisschen umerziehen …

4

Leo war sichtlich genervt. «Jetzt mach schon! Ich hab die Karten nicht für den Papierkorb gekauft.» Er stand im Türrahmen und tippte auf seine Armbanduhr. Seine kurzen blonden Haare waren frischgegelt, und sein sportlicher Körper steckte in einer Cargo-Jeans und einem lässigen Leinenhemd, das halb offen über der Hose hing. «Du hast noch genau drei Minuten, dann fahr ich ohne dich los.»

Mia rannte an ihm vorbei auf der Suche nach ihren roten Sandalen. Sie wollte sich schnell noch ein wenig zurechtmachen, weil Leo sich extra einen Abend für sie freigenommen hatte.

Ach, da waren sie ja. Erleichtert fischte Mia ihre Lieblingsschuhe unterm Bett hervor. Gerade noch rechtzeitig, bevor ihr Freund endgültig explodierte, stand sie vor ihm. Der Versuch, ihn mit einem Kuss versöhnlich zu stimmen, scheiterte. Leo schob sie beiseite, riss förmlich die Wohnungstür auf und ging eilig los. Mit klappernden Absätzen eilte sie hinter ihm her. Beim Auto hatte sie ihn endlich eingeholt. Er schloss die Fahrertür auf, setzte sich in den Wagen und startete den Motor.

Er war wütend auf Mia. Sie hatte seine sorgfältige Planung für den Abend mit ihrer blöden Zeichnerei durcheinandergebracht. Statt ihm begeistert um den Hals zu fallen, weil er Karten für den neuesten Film mit Meryl Streep gekauft hatte, war sie an ihrem Zeichentisch sitzen geblieben, der übersät war mit Entwürfen für die Aufnahmeprüfung an der Kunstakademie. Sie hatte ihn nur einmal müde angelächelt und ihm versprochen, sich zu beeilen. Während er die Zeit bis zum Film mit einem erotischen Vorspiel überbrücken wollte, hatte sie ihn immer wieder vertröstet. Am Ende hatte er wartend an der Tür gestanden, weil sie nicht einmal genug Zeit hatte, sich in Ruhe umzuziehen. Manchmal ging sie ihm wirklich auf die Nerven. Er gab sich solche Mühe, und sie verweigerte ihm die verdiente Anerkennung. Alles war wichtiger als er: ihr Job, ihre Zeichnerei, ihre Freundin. Und dann musste er jedes Mal einen Budenzauber veranstalten, um sie ins Bett zu bekommen. Ab und zu konnte er sie zwar zu einem Quickie vor der Arbeit überreden, aber auf Dauer war ihm das nicht genug. Also lud er sie doch wieder zum Essen ein, ins Kino, ging sogar mit ihr ins Museum, nur, damit sie hinterher zugänglicher für seine Wünsche war. Ihre Beziehung war eine ständige Geduldsprobe. Doch er hatte das Gefühl, nicht aufgeben zu können, bevor er den Gipfel erstürmt hatte.

Bemüht, die angespannte Stimmung wieder zu glätten, öffnete er seiner Freundin von innen die Wagentür und ließ sie einsteigen. Sogar ein Lächeln konnte er sich abringen, was sie dankbar erwiderte.

«Es tut mir leid, Liebling!», murmelte sie sofort. «Ich hab die Zeit total vergessen.» Er nickte. Ermutigt fuhr sie fort: «Das Selbstporträt ist endlich fertig. Ich bin so froh, endlich etwas geschafft zu haben. Jetzt habe ich den Kopf frei, und wir können heute Abend ein bisschen feiern. Ich gehöre ganz dir», fügte sie kokett hinzu. Bis zum Parkplatz beim Kino hatte er immerhin den Arm um sie gelegt, während sie sich an seine Schulter schmiegte.

Als sie das Kino betraten, hatte das Vorprogramm bereits begonnen. Leo zog Mia in den dunklen Saal und sah sich suchend um. «Wie wär's mit den Plätzen da vorn? Da haben wir eine ganze Reihe für uns.» Zielstrebig ging er voran und dirigierte Mia bis fast zum Ende einer unbesetzten Reihe. Die Sicht auf den Film war von hier aus mittelmäßig, aber sie waren weit genug von den anderen Kinobesuchern entfernt, was Leo gut in den Plan passte. Er nahm Mia die leichte Jacke ab und tat ganz interessiert, als der Hauptfilm begann.

Tatsächlich hatte er sich nicht einmal den Titel gemerkt, es ging um irgendeine Frauengeschichte, die ihn nicht sonderlich interessierte. Hauptsache, Mia fühlte sich umsorgt und zu einer gewissen Dankbarkeit verpflichtet. Er hatte nämlich ein kleines Experiment mit ihr vor. Es musste doch möglich sein, sie ab und zu aus der Reserve zu locken. Während Mia sich auf die Leinwand konzentrierte, rutschte Leonard näher an sie heran und legte den Arm um ihre Schultern. Sie hatten einen der wenigen sogenannten Knutschsitze ergattert, die keine Armlehne in der Mitte hatten, und so konnte er seine Freundin fest an sich ziehen und sein Bein an ihres schmiegen. Mia kuschelte sich in seine Umarmung und schaute sich den Film an. Leo dagegen blickte Mia in den Ausschnitt ihres Sommerkleides.

Bei dem Gedanken, was er jetzt gern mit ihr anstellen würde, regte sich seine Rute. Er überlegte, ob er es wohl wagen könnte, eine Hand hineinzuschieben und eine ihrer festen Brüste zu umfassen. Vielleicht könnte er ihre Aufmerksamkeit auf sich lenken, wenn er ein wenig an ihrer Brustwarze spielte?

Schließlich entschied er sich für eine andere Taktik. Er

nahm Mias Hand, die entspannt in ihrem Schoß lag, und hob sie langsam an seine Lippen. Ihre schlanken Finger lagen auf seiner Handfläche. Langsam presste er ihren Handrücken an seinen Mund, ließ zwei, drei Mal seine Zunge hervorschnellen und beendete diesen Vorstoß mit einem zarten Kuss. Mia räkelte sich, ohne den Blick von ihrer Lieblingsschauspielerin abzuwenden. Wie selbstverständlich ließ Leo seine Hand sinken und bettete Mias auf seinem Schenkel, dabei öffnete er die Beine ein wenig, sodass ihre Finger in seinen Schoß rutschten.

Eine Weile passierte nichts, außer dass die Hauptdarstellerin sich in ihre Rolle als Biest hineinsteigerte und die Angestellten eines Modejournals durch die Gegend scheuchte.

Wie konnten Frauen nur ernsthaft glauben, dass Männer sie gern in solche Filme begleiteten? Es musste doch jeder Frau klar sein, dass sich ein Mann von diesem Opfer einiges versprach. Mal sehen, wie weit die Dankbarkeit seiner Gespielin heute reichen würde, dachte Leo und rutschte tiefer in seinen Sitz. Damit erreichte er, dass Mias Hand nun gefährlich nahe an seinem Harten ruhte. Leo legte seine freie Hand ebenfalls zwischen seine Beine und schob die Finger der jungen Frau langsam auf seine Beule. Als Mia weder zustimmend noch ablehnend reagierte, bereitete er den nächsten Schritt vor. Er streichelte über Mias Hand, erhöhte dabei den Druck und massierte mit ihren Fingern über seinen Ständer. Er hatte den Eindruck, dass sie die Bewegungen mitmachte, und entschied sich, nicht mehr länger zu warten. Geübt öffnete er seine Hose, nahm Mias Hand und schob sie in den Schlitz seiner Unterhose, wo sie hoffentlich allein weitermachen würde. Stattdessen schnellte Mias Kopf herum, als sie die weiche Haut seines Schaftes berührte, und im gleichen Moment war ihre Hand wieder verschwunden.

«Mensch, Leo, doch nicht hier in aller Öffentlichkeit»,

zischte sie ihrem Freund ins Ohr. «Das ist doch peinlich.» Sie wollte wieder zur Leinwand schauen, aber Leo hielt ihr Kinn fest und drückte ihr einen Kuss auf den Mund. Langsam ließ er seine Lippen über ihre Wange gleiten und zum Ohrläppchen, das er zart mit seinen Zähnen massierte.

«Kein Mensch sieht uns hier», flüsterte er. «Die sitzen alle weit entfernt. Komm schon, Mia, mein Rehlein …» Er ließ seine Stimme verführerisch brummen. «Ich bin so scharf auf dich!» Als sie immer noch zögerte, fügte er hinzu: «Wenn es dir lieber ist, kann ich meine Hand auch in dein Höschen schieben. Möchtest du das?» Er strich über ihre Beine und zog dabei das Kleid hoch.

Doch das wollte Mia auf keinen Fall. Er würde von ihr erwarten, dass sie unter seinen Fingern dahinschmolz, und so müsste sie wieder eine Lust vorspielen, die sie gar nicht fühlte. Also lenkte sie ihn von diesem Vorhaben ab.

Zufrieden bemerkte Leonard, wie Mia sich ihm zuwandte und ihre Hand wieder in seine Hosenöffnung schob.

«Aah», entfuhr es ihm, als sie abermals seinen Ständer berührte. Ihre Finger waren kühl und tasteten sich zaghaft vor. In der engen Hose hatte sie nur wenig Spielraum, aber Leo zog den Schlitz so weit auf, wie es ging, und spreizte die Beine, damit sie auch an seine Hoden herankam. Er griff erneut Mias Hand und schob sie tiefer, bis ihre Fingerspitzen seinen Sack massieren konnten. Nach zwei weiteren Handgriffen hatte er die Knöpfe seiner Boxershorts geöffnet und seinen Prachthammer ins Freie bugsiert.

Allein die Vorstellung, mit einer Riesenlatte im Kino zu sitzen, turnte ihn wahnsinnig an. Wenn sie ihm jetzt noch einen blasen würde …, dachte Leo und leckte sich die Lippen. Während Mia unkonzentriert in seiner Hose herumfingerte, fuhr Leo mit der Zunge die zarte Haut ihres Halses hinauf und stöhnte ihr ins Ohr: «O jaa … Ich bin so geil!» Er küsste die Windungen ihres Ohres und raunte: «Komm, Schätzchen, nimm ihn in den Mund …» Doch Mia starrte ihn nur entsetzt an, schüttelte den Kopf und konzentrierte sich stattdessen auf ihre Hand, die Leos Prachtstück nun fester packte. Das ist besser als gar nichts, dachte der junge Mann und bewegte seine Hüften, um ihr den Rhythmus vorzugeben. Mia hielt den Blick starr auf die Leinwand gerichtet, falls jemand sie beobachten sollte, und massierte gleichzeitig Leos harte Stange. Bei jedem Auf und Ab berührte sie seine Hand, die die Hoden gepackt hielt und sie gegen seinen Schaft presste. Jede Abwärtsbewegung ließ Mias Handkante auf die Bälle prallen und sie zusammendrücken.

Qualvolle Lust machte sich in Leos Lenden breit. Er sog die Luft tief ein und stieß sie wieder hervor, immer schneller, im Takt der zarten Hand, die seinen Ständer bearbeitete, an ihm auf und nieder schnellte, bis seine Eier sich zusammenzogen und das heiße Sperma abfeuerten.

Der Saft lief über Mias Finger. Sie suchte in ihrer Handtasche verlegen nach einem Taschentuch, wischte sich trocken, fand ein zweites und reichte es wortlos ihrem Freund.

Die Handlung des Films hatte ebenfalls ihren Höhepunkt gefunden, auf einer Pariser Modenschau als glamouröses Highlight der gesamten Branche. Doch Leo interessierten die hungerleidenden Models nicht, wie sie in ihren unförmigen Roben über den Laufsteg stelzten. Er tupfte genüsslich seine Schwanzspitze trocken und verfrachtete seinen nunmehr entspannten besten Freund zurück in die Hose. Vielleicht konnte er Mia später noch zu einem Nachschlag überreden, aber fürs Erste war er mit dem Ergebnis seines Experimentes zufrieden.

5

«Worauf hast du Lust?» Helena hakte sich bei Mia unter und zog sie in Richtung Parkplatz. Sie nutzte jede Gelegenheit, um Mia von der Arbeit abzuholen. Die Tage bis zu ihrer Abreise rasten dahin, und sie wollte ihre Freundin so oft wie möglich für sich allein haben.

«Sushi, Spaghetti, Tapas? Ich führ dich heute Abend ganz groß aus.»

Die kurzhaarige Frau wirkte nicht sehr begeistert von dieser Einladung. Sie zuckte nur mit den Schultern und ließ sich zum Auto geleiten.

«Was ist los? Hattest du Stress im Café?» Helena blickte die Freundin skeptisch von der Seite an. «Oder gab's Streit mit Leo?», fragte sie misstrauisch, als Mia nicht antwortete.

Diese schüttelte nur müde den Kopf. «Ich bin einfach geschafft. Können wir uns vielleicht Pizza holen und bei dir einen Film ansehen?»

Das entsprach zwar nicht ganz Helenas Vorstellung von einem gelungenen Abendprogramm, aber sie war froh, dass Mia überhaupt einmal einen Wunsch äußerte.

«Klar, mein Schatz, alles, was du willst. Wir können unterwegs irgendwo anhalten. Komm, steig ein!»

Als sie mit zwei Pizzakartons, frischgebackenem Brot, *insalata mista* und einer Flasche Rotwein bei Helena ankamen, wirkte Mia schon etwas entspannter. Sie streifte sich im Flur die Schuhe ab und ließ sich auf das rote Ledersofa fallen, das mitten im Wohnzimmer stand. Von dort aus hatte man den besten Blick über Berlin mit seinen überfüllten Straßen und endlosen Häuserschluchten. Helena war stolz auf ihre Wohnung, die sie mit einiger Raffinesse einem Makler vor der Nase weggeschnappt hatte. Die Fenster im Wohnzimmer der Dachgeschosswohnung reichten bis zum Boden, sodass einem die Stadt im wahrsten Sinne zu Füßen lag.

Wie viele Abende hatte sie dort gestanden und die Lichter der Großstadt beobachtet? An diesem Fenster mit Blick auf Berlin hatte sie die besten Ideen ihres Lebens gehabt. Es schien fast so, als sei diese Wohnung der Schlüssel zu ihrem heutigen Glück. Sie erinnerte sich noch gut daran, als sie Gaetano das erste Mal hierher mitgenommen hatte. Sie hatten schon einige Dates gehabt, waren tanzen gewesen, hatten die angesagtesten Restaurants der Stadt ausprobiert und eine Fellini-Retrospektive zusammen durchgestanden, bevor Helena bereit gewesen war, diesen Mann in ihre Wohnung und damit in ihr Leben zu lassen. Gaetano war an jenem Abend durch die dunklen Räume gegangen und dann vor dem Fenster stehen geblieben. Er hatte seinen Blick nicht abwenden können von den Farben und der Weite dieser zerrissenen Stadt. Selbst als sie hinter ihn getreten und ihre Hände unter sein Sakko geschoben hatte, suchten seine Augen den Horizont ab, als würde er dort die Antworten auf alle ungestellten Fragen finden.

Ganz behutsam hatte Helena sein Hemd aufgeknöpft und die warme Haut darunter berührt. Ihre Fingerspitzen waren über seine gewölbte Brust gewandert, hatten die Brustwarzen umspielt, die sich augenblicklich aufrichteten. Als sie seinen

Hals erreicht hatte, hatte er seinen Kopf ein wenig nach hinten geneigt, sodass ihre Lippen die duftende Haut berühren konnten. Noch immer hing sein Blick in der Ferne, und sie hatte sich gefragt, ob ihre Zielstrebigkeit vielleicht seinen italienischen Stolz verletzte. Aber im nächsten Moment hatte er sich umgedreht, und in seinen Augen konnte sie ein Versprechen lesen, das ihr noch nie zuvor ein Mann gegeben hatte. Er hatte sie fest an sich gezogen, und sie konnte durch den dünnen Anzugstoff spüren, wie hart er war. Ohne ein einziges Wort hatte er ihr Höschen heruntergezogen, sie gegen das Fenster gedrückt und im Stehen gefickt. Sie hatte die Augen geschlossen, sich gegen seine harten Stöße gestemmt und war sich sicher gewesen, dass er auf die Stadt zu seinen Füßen geblickt hatte, als er in ihr kam.

Später in jener Nacht hatte er sie noch einmal genommen, in ihrem Bett, behutsam und kunstfertig, aber mit diesem ersten kurzen Akt hatte er ihr seinen Stempel aufgedrückt, sie zu seinem Eigentum erklärt und damit aus der Masse der Frauen herausgehoben, die er vor ihr gevögelt hatte.

Helena schüttelte ihren Kopf und verscheuchte die Gedanken an Gaetano, der tausend Kilometer entfernt ein Zuhause für sie errichten wollte.

«Süße!» Sie drehte sich zu Mia um, die in den weichen Kissen des Sofas versank. «Ich habe beim Aufräumen die Sammelbox mit allen Folgen von ‹Sex and the City› gefunden. Wie wär's? Wollen wir in Cosmopolitans und schönen Männern schwelgen?»

«Ich dachte, du kennst die schon alle auswendig?»

«Genau! Ich sehe immer wieder gerne, wie die vier Mädels zu ihrem Glück finden.»

Helena schnitt die Pizza in handliche Stücke, verteilte Teller und Gabeln für den Salat und reichte ihrer Freundin ein Glas Rotwein.

«Salute!» Sie ließ den Weinkelch mit sachtem Anstoßen erklingen.

«Auf dein Glück!», erwiderte Mia und sah ihrer Freundin in die Augen. Helena konnte deutlich erkennen, dass Mia etwas bedrückte, aber sie kannte die junge Frau gut genug, um zu wissen, dass es keinen Zweck hatte, sie auszufragen. Wenn sie reden wollte, würde sie es von sich aus tun.

Während Helena mit den Fernbedienungen hantierte, nippte Mia still an ihrem Wein.

«Ich bin gerade wieder bei der vierten Staffel angelangt», verkündete Helena vergnügt. «Du weißt schon. Charlotte versucht, ihren Ehemann zurückzuerobern, Miranda sitzt mal wieder auf dem Trockenen, Carrie glaubt an eine Freundschaft mit Mr. Big. Ach ja, und Samantha entdeckt gerade ihre lesbische Seite.»

Sie angelte sich ein Pizzastück und startete den DVD-Player. Zielsicher wählte sie die 5. Folge mit dem vielversprechenden Titel «What's sex got to do with it?» aus und kuschelte sich an ihre Freundin, die sich langsam entspannte.

Die Titelmelodie erklang, der Bus fuhr durch eine Pfütze und spritzte Carrie nass, dann erschien die Silhouette von Manhattan bei Nacht, und die beiden Frauen tauchten in die künstlich glitzernde Welt der vier Protagonistinnen ein, in der man für einen Moment seine eigene vergessen konnte.

Drei Pizzastücke und eine Viertelstunde später küsste sich Samantha an ihrer neuen Geliebten Maria herunter, stöhnte und murmelte dabei: «Oh, baby, oh, baby!», bis sie von Maria mit den Worten unterbrochen wurde: «Entschuldige! Aber das bringt es nicht für mich.»

Dies war ein Satz, den Samantha noch nie im Bett gehört hatte, also antwortete sie: «Weißt du, Schatz, ich habe von Männern noch nie irgendwelche Beschwerden bekommen.» Dabei lachte sie selbstgefällig.

«Ach, Männer …», antwortete Maria. «Ich möchte gern, dass du mich ansiehst. Finde eine innige Verbundenheit zwischen uns! Ich will Liebe machen, kein Porno-Video.»

Mia seufzte laut auf: «Ja, das möchte ich auch mal kennenlernen, Liebe machen. Ich glaub, ich habe eher das Porno-Video erwischt.» Sie schaute ihre Freundin an und fügte leise hinzu: «Dabei bin ich eine ganz miese Porno-Darstellerin. Ich kann nicht mal einen ordentlichen Orgasmus vortäuschen.»

Helena war sprachlos. Sie stoppte die DVD und starrte Mia an, die vor Scham errötete und den Blick gesenkt hielt.

«Wieso willst du einen Orgasmus vortäuschen?»

Mia zupfte an ihrem Rocksaum herum. «Na ja, ich meine ja nur.»

Dieser Mistkerl, dachte Helena und legte ihre Hand auf Mias. «Sieh mich an, Süße! Was ist los zwischen dir und Leo?»

«Es liegt bestimmt nicht an Leo», verteidigte sie ihren Freund sofort. «Es ist nur so, dass ich …» Sie stockte. «Ich meine, … ich kann nicht …»

«Willst du sagen, dass du mit Leo nicht zum Höhepunkt kommst?» Mit allem hatte Helena gerechnet, nur damit nicht. Mia schaute aus dem Fenster und nickte zögernd.

«Du meine Güte, Mia!», entfuhr es Helena. «Du kannst doch nicht ernsthaft glauben, es wäre deine Schuld, wenn Leo dich nicht befriedigen kann?»

Das also war das Problem zwischen den beiden. Leo war ein mieser Liebhaber. Wie sollte sie ihrer Freundin nur schonend beibringen, dass sie sich besser einen anderen Mann suchen sollte?

«Aber ich bin es, die sich nie richtig konzentrieren kann. Und er sagt immer, dass sich bei ihm noch nie eine Frau beschwert hätte.»

«Na, er muss es ja wissen …» Helena legte den Arm um

Mias Schultern und zog die Freundin zu sich heran. «Jetzt hör mir mal gut zu. In jeder Frau steckt eine Wildkatze, die nur darauf wartet, geweckt zu werden. Dazu braucht es einen guten Liebhaber, aber auch eine Menge Selbsterkenntnis. Solange du nicht selbst genau weißt, was gut für dich ist ...» Sie ließ den Satz unbeendet und streichelte Mia übers kurze Haar. «Ach, Süße, du weißt, dass ich dir alles Glück der Welt wünsche. Aber ob das wirklich in Leos Händen liegt, wage ich zu bezweifeln.»

«Leo liebt mich!», behauptete Mia trotzig. «Er bemüht sich so sehr um mich, fährt mich morgens zur Arbeit und kocht sogar für uns. Und er sieht so verdammt gut aus.»

«Was ist mit Masturbation?», wagte Helena einen neuen Versuch. Mia sah sie fragend an.

«Ich meine, bekommst du einen Orgasmus, wenn du dich selbst befriedigst?» Jetzt musste mal Tacheles geredet werden.

Mia druckste herum und entschied sich dann doch zu antworten: «Ja, schon. Aber eigentlich mache ich das selten, es kommt mir so einsam vor, und außerdem habe ich doch Leo.»

«Genau! Bei dem du dann lieber gar nicht kommst, als allein zu kommen. Mensch, Mia, wie lange willst du noch so weitermachen?»

«Du übertreibst.» Mia bereute bereits, dass sie von dem Thema angefangen hatte. «Sex wird total überbewertet. Es kommt doch auf ganz andere Sachen an in einer guten Beziehung. Oder gibt es außer Sex nichts zwischen dir und deinem Italiener?»

Helena wusste genau, worauf sie anspielte. Das alte Klischee von der *bella bionda*, die als größte Trophäe im schwarzhaarigen Italien gilt. Helena war es egal, ob Gaetano sie auch deshalb liebte, weil sie in ihrer Gegensätzlichkeit ein so schönes Paar waren. Er hatte ihr schon genügend andere Beweise seiner Liebe gegeben, aber er war eben auch sehr gut im Bett – jedenfalls für ihren Geschmack.

«Erstens würde er wohl kaum sein Elternhaus für mich umbauen, wenn er nicht irgendwann vorhätte, mich zu heiraten. Und zweitens kann frau die sexuellen Fähigkeiten eines Mannes gar nicht hoch genug bewerten, gerade wenn sie eine Beziehung mit ihm haben will.»

Mia ließ sich nicht überzeugen. «Mir ist es wichtiger, dass ein Mann zu mir hält und ich mich auf ihn verlassen kann. Der Rest wird schon noch kommen.»

Damit war für sie die Diskussion beendet. Sie griff sich die Fernbedienung und schaltete den DVD-Player wieder ein.

Während Samantha ihre erste Einführung in die Mysterien der Vagina erhielt, schenkte Helena Wein nach und überlegte, wie sie ihrer Freundin wohl helfen konnte – ohne es sich auf Dauer mit ihr zu verscherzen.

6

Als Mia später am Abend nach Hause kam, hatte sie zu viel Wein getrunken. Jedes Mal, wenn sie Helena verließ, schnürte ihr der bevorstehende lange Abschied die Kehle zu. Wer wusste, wie oft sie sich noch sehen würden, wenn Helena erst in Italien lebte? Gut, sie könnte ihren Urlaub bei der Freundin verbringen, aber sie würde sie kaum noch für sich allein haben können.

In die Trauer um den baldigen Verlust mischte sich jedoch Trotz. Helena benahm sich in letzter Zeit immer mehr, als wäre sie die große Schwester, die auf die kleine Mia aufpassen musste. Trotz aller Lebensgewandtheit und der Fähigkeit, richtige Entscheidungen zu fällen, irrte sie sich in manchem – vor allem, was die Einschätzung von Leo anbelangte. Die beiden hatten sich vom ersten Moment an nicht leiden können. Obwohl oder vielleicht gerade weil Leonard Helenas Beuteschema entsprach, hatte die Freundin Mia von dieser Sorte Mann abgeraten. Sie hielt den jungen Mann, der sich für seinen beruflichen Auftritt gern Anzüge maßschneidern ließ, für arrogant und unsensibel. Wenn die drei sich bei Geburtstagsfeiern oder gemeinsamen Einladungen begegneten – was selten genug war –, stand Mia zwischen zwei Fronten, die sich anfeindeten. Wie sollte sich Helena auf diese Weise ein faires Bild von Leo machen können? Sie kannte ihn doch gar nicht.

Mia konnte zwar nicht leugnen, dass es eine Diskrepanz gab zwischen Leos Erwartungen und ihrer Fähigkeit, seine Wünsche zu erfüllen. Aber diese Unstimmigkeit war bedeutungslos im Vergleich zu den vielen Gemeinsamkeiten, die sie miteinander verbanden. Leo liebte es, mit ihr auszugehen, sie in Kinos, Restaurants, Museen zu begleiten. Sie konnten miteinander lachen, hatten den gleichen Geschmack, was Musik, Reisen und Wohnungseinrichtungen anbelangte. Und sie war sich sicher, dass er später einmal einen guten Vater abgeben würde. Alles in allem könnte er der Mann fürs Leben oder zumindest für einen langen Lebensabschnitt sein, wenn … Ja, wenn nicht eine leise Unzufriedenheit an ihr nagen würde. Mia hatte es Helena gegenüber gar nicht zugeben wollen, um ihren Vorurteilen nicht noch mehr Nahrung zu geben. Es war ihr einfach rausgerutscht, dass sie mit ihrem Liebesleben unzufrieden war.

Natürlich spürte sie schon eine Weile, dass es im Bett nicht so lief, wie sie es sich in einer prickelnden Beziehung immer vorgestellt hatte. Wo war die überschäumende Leidenschaft, die sich doch mit dem Mann der Träume einstellen müsste? Sosehr sie sich bemühte, sich auf Leos Gelüste einzulassen, umso mehr forderte er von ihr. In ihr stieg eine dunkle Ahnung auf, dass sie beide nicht bekamen, was sie sich im tiefsten Inneren wünschten. So wie neulich im Kino. Sie hatte ihm seinen Wunsch erfüllt, zumindest halbwegs, und sich auf eine sexuelle Eskapade in der Öffentlichkeit eingelassen, obwohl sie die Vorstellung, dabei erwischt zu werden, furchtbar peinlich fand. Aber als sie an dem Abend nach Hause gekommen waren, zeigte sich, dass ihm das wieder einmal nicht reichte. Er hatte sie verführen wollen, hatte ihr obszöne Worte ins Ohr geflüstert, sie aufgefordert, für ihn die Beine zu spreizen, weil er sie lecken wollte. Sie hatte ihn abgewehrt, war ins Schlafzimmer gegangen und hatte dort im Bett auf ihn gewartet, wo sie zu einem schnellen Akt bereit gewesen war. Er hatte sich auf sie gelegt, seinen Schwanz zwischen ihre Beine geschoben und sie hart und schnell gevögelt. Doch selbst als er das zweite Mal an diesem Abend gekommen war, schien er nicht befriedigt. Er hatte sich neben sie fallen lassen und sie im Arm gehalten, aber sie hatte in der Dunkelheit spüren können, dass er noch lange neben ihr wach lag.

Mia stand im Badezimmer und spritzte sich Wasser ins Gesicht, um ihren benebelten Kopf zu kühlen. Irgendetwas machte sie falsch. Helena irrte sich. Leo war ganz bestimmt kein schlechter Liebhaber. Vielleicht fehlte es ihr selbst an Phantasie? Oder sie war seinen sexuellen Forderungen einfach nicht gewachsen? Vielleicht musste sie sich nur etwas mehr anstrengen, damit sie auch beim Sex miteinander harmonierten.

Die junge Frau putzte sich die Zähne und ging schlafen. Leo war noch auf einer Mitarbeiterversammlung, die bestimmt wieder in einem ausgedehnten Kneipenbesuch enden würde. Sie kuschelte sich in die Kissen und hoffte, dass er bald nach Hause käme, weil sie in seinen Armen viel besser schlafen konnte.

Als die Nebel sich vor ihrem inneren Auge lichteten, stand Mia mitten in einem Wald, dessen mächtige Bäume sie von allen Seiten umschlossen. Sie drehte sich orientierungslos, suchte nach einem Ausweg. Die rauen Baumstämme tanzten vor ihren Augen, während sie immer schneller um die eigene Achse wirbelte, sich drehte und drehte, bis alle Umrisse verschwammen und sie den Halt verlor. Doch statt zu fallen, fühlte sie die starken Arme eines Mannes, die sie auffingen, sie fest umfassten, sich schließlich mit ihr drehten. Sie spürte den Mann an ihrem Rücken. Sie konnte ihn nicht sehen, aber als sie sich gegen ihn lehnte, witterte sie seinen Duft, der ihr wild und vertraut zugleich vorkam. Noch immer kreisten sie zwischen den Bäumen, auf einem Meer von Blättern. Und je mehr sie sich gegen den starken Körper presste, desto mehr gewannen ihre verschlungenen Leiber an Geschwindigkeit, bis die Blätter unter ihren Füßen in Bewegung gerieten, aufwirbelten und das Paar in einen bunten Herbstmantel hüllten. Mia fühlte sich gelöst und frei in diesem Kokon, und in der Nähe dieses unbekannten Mannes fiel alle Spannung von ihr ab.

Ein kalter Luftzug fuhr über ihre Haut, und Mia schlug die Augen auf. Um sie herum drehte sich alles. Ihr war schlecht von dem vielen Wein. Als sie sich im Bett strecken wollte, bemerkte sie, dass Leo sich an ihren Rücken geschmiegt hatte und tief und fest schlief. Die Wärme, die er ausstrahlte, beruhigte ihre wirren Gedanken, und die Bilder des merkwürdigen Traums verflüchtigten sich. Was blieb, war ein Gefühl von Freiheit, das sie beschwingte und sich gegen ihre Müdigkeit und ihren Schwips durchsetzte.

7

«Ah, meine neue Kundin!» Leonard stand auf und küsste Helena charmant die Hand. Sie hatten sich in einem Café bei den Hackeschen Höfen verabredet. «Du siehst hinreißend aus.» Er schob ihr einen Korbstuhl heran und ließ sie Platz nehmen – eine Galanterie, die sie nur mit einem Nicken zur Kenntnis nahm. Während die blonde Frau einen Blick auf die Karte warf, musterte er sie aufmerksam. Sie hatte ein hübsches Gesicht und einen Mund, der einen Mann an alles andere denken ließ als an eine geschäftliche Besprechung.

Mias Freund hatte sich nach seiner Ausbildung zum Bankkaufmann als Finanzberater selbständig gemacht und verkaufte nun für einen großen Dienstleister Renten- und Aktienfonds an Privatanleger. Sein Erfolg in diesem Gewerbe beruhte neben seiner Begeisterung für die Materie mit Sicherheit auch auf seinem guten Aussehen, denn die Mehrheit seiner Kunden waren Frauen.

Von Helena brauchte er sich jedoch kein besonderes Entgegenkommen zu erhoffen. Er wusste, dass sie ihn nicht ausstehen konnte.

Während sie fieberhaft überlegte, wie sie dieses Gespräch beginnen sollte, tat Helena so, als würde sie die Karte genau studieren. Was sie hier veranstaltete, war eine Gratwanderung, die sie leicht in den Abgrund stürzen konnte. Mia wusste nichts von diesem Treffen, und Helena bezweifelte, dass ihre Freundin Verständnis für diese Art von Unterstützung haben würde. Sie entschied sich, das eigentliche Anliegen noch ein wenig aufzuschieben.

Unvermittelt hob sie den Blick und ertappte Leo dabei, wie er sie ungeniert musterte.

Wie kann er es wagen, dachte Helena. Er weiß doch genau, dass ich ihre beste Freundin bin.

«Na? Konntest du dich für eine der vielen Kaffeevariationen entscheiden?», fragte er sie schelmisch lachend. «Egal, wie lange du in der Karte suchst, am Ende bleibt es doch beim Milchkaffee, stimmt's?»

Er wirkte völlig unbefangen, winkte den Kellner heran und bestellte zwei Latte Macchiato.

«Ich weiß es zu schätzen, dass du mich für deine finanziellen Angelegenheiten engagieren willst, Helena.» Leo beugte sich vor und berührte kurz ihre Hand. «Ich habe bereits ein paar Vorschläge ausgearbeitet und dir mitgebracht. Vielleicht schaust du dir die verschiedenen Möglichkeiten in Ruhe an, und wir überlegen dann gemeinsam, welcher Fonds am besten für dich geeignet ist. Was meinst du?»

Er langte unter den Tisch und holte eine elegante Aktentasche hervor. Helena beobachtete, wie seine schlanken Finger eine Mappe herauszogen und sie vor ihr auf den Tisch legten.

«Wenn du noch Fragen hast …» Er ließ den Satz unbeendet und lächelte sie wieder an. Sie dankte ihm förmlich und steckte die Mappe ein.

Verdammt, dachte sie, der bringt mich völlig aus dem Konzept. Mit seiner charmanten Art nahm er ihr den Wind aus den Segeln. Das Einzige, was jetzt half, war ein direkter Angriff.

«Leo», sagte sie streng. «Ich muss mit dir über Mia reden.» Kaum hatte sie das ausgesprochen, bereute sie ihren Vorstoß schon wieder. Sie konnte doch unmöglich mit diesem eingebildeten Kerl über seine sexuellen Probleme mit ihrer Freundin reden. Wie konnte sie bloß glauben, Mia auf diese Weise zu helfen?

Leonard sah sie interessiert an.

«Ich …», begann sie erneut. «Ich meine …» Sie musste sich jetzt irgendetwas einfallen lassen, um die Situation zu retten. «Ich mache mir einfach Sorgen um Mia», beendete sie den Satz.

«Ach …», war alles, was Leo erwiderte. Er wartete ruhig ab, bis sie fortfuhr.

«Mia wirkt in letzter Zeit so niedergeschlagen.» Jetzt hatte sie einen Aufhänger. «Weißt du, was mit ihr los sein könnte?»

«Du hast vielleicht Nerven!», entgegnete Leo immer noch lächelnd. «Ihre beste Freundin verschwindet aus ihrem Leben, und du wunderst dich?»

Na toll, ein Eigentor, dachte Helena resigniert. Sie musste irgendwie noch die Kurve kriegen. «Mit einem starken Mann an ihrer Seite müsste sie solch eine Situation eigentlich meistern können, meinst du nicht?»

«Helena, lass das Herumgerede.» Leo war nicht aus der Ruhe zu bringen. «Sag doch einfach, was du willst. Du meinst doch, ich bin nicht der Richtige für unsere süße Mia, nicht wahr?»

Das Gespräch nahm einen Verlauf, den Helena nicht beabsichtigt hatte. Nicht sie sollte hier am Pranger stehen. Er war schließlich derjenige, der ihre Freundin nicht glücklich machte.

«Ich denke nur, dass Mia viel sensibler ist, als du dir vorstellen kannst. Du überforderst sie», fügte Helena schließlich angriffslustig hinzu.

Doch Leo lachte nur laut auf. «Ich trage Mia auf Händen, bin ihr treu ergeben und erfülle ihr jeden Wunsch.»

«Wenn sie denn mal einen äußern würde», fügte Helena leise hinzu.

«Ganz genau, meine Liebe! Deine entzückende Freundin hat nämlich Schwierigkeiten, aus sich herauszukommen.» Leo merkte plötzlich, wie erleichternd es war, über seine eigenen Bedenken zu sprechen. Vielleicht sollte er die Gelegenheit nutzen und Helena um Rat fragen.

«Bist du schon mal auf die Idee gekommen, dass es an dir liegen könnte?» Helena fragte sich, ob sie Leo tatsächlich falsch eingeschätzt hatte. Möglicherweise konnte sie ernsthaft mit ihm reden. «Ich meine, vielleicht gibt es etwas, das du ihr nicht geben kannst?»

«Glaub mir, Helena, die Frage ist wohl eher, ob es etwas gibt, das sie *mir* nicht geben kann.»

«Es dreht sich immer alles nur um dich.» Helena schüttelte enttäuscht den Kopf. «Du duldest niemanden neben dir auf deinem hohen Ross. Ich weiß, dass Mia nicht glücklich ist mit dir, aber alles, was dich interessiert, ist *deine* Zufriedenheit.»

Sie blickte ihm in die Augen und konnte für einen kurzen Moment sehen, was Mia sah: einen selbstbewussten Mann mit Charisma.

«Kannst du mal für einen einzigen Moment annehmen, dass ich sie liebe?», konterte Leo. «Und vielleicht ist Mia nur deshalb so verklemmt, weil du immer zwischen uns stehst?»

Jetzt war es raus. Und Helena war fassungslos. Ihre Stimme wurde schrill, als sie antwortete: «Du hältst Mia für verklemmt und glaubst allen Ernstes, das hätte nichts mit dir zu tun?»

Die Leute an den anderen Tischen sahen sich bereits nach ihnen um. Aber nun gab es kein Zurück mehr. Sie musste Leo endlich ihre Meinung sagen. «Du hältst dich für unwiderstehlich, mit deinem aufgesetzten Charme und deiner makellosen Fassade», fuhr sie ihn weit über den Tisch gebeugt an. «Und was verbirgt sich dahinter? Nichts als ein aufgeblasenes Ego. Eines kann ich dir garantieren: Mia ist nicht verklemmt. Du schaffst es nur nicht, ihre Leidenschaft zu wecken!»

Abrupt stand Helena auf, kramte in ihrer Tasche und knallte einen Fünf-Euro-Schein auf den Tisch. Das war ein Abgang, wie sie ihn nicht besser hätte planen können. Sie sah Leonard von oben herab an mit aller Verachtung, die sie in diesem Moment für ihn aufbringen konnte. Sollte er doch zu Mia rennen und sich über sie beklagen. Sie war froh, dass sie ihm endlich gesagt hatte, was sie von ihm hielt. Sie hatte Mia einen großen Gefallen damit getan, da war sie sicher.

Nach diesem bühnenreifen Auftritt blickten die anderen Gäste der schönen Blondine im hautengen Hosenanzug neugierig hinterher. Sie ging anmutig zu ihrem Wagen und warf ihr langes Haar in den Nacken, das in der Abendsonne glänzte. Selbst Leo kam nicht umhin, sie für ihre Chuzpe zu bewundern.

Kaum war Helena gegangen, erschien der Kellner mit ihren Milchkaffees. Was für eine Frau, dachte Leo, ließ sich die beiden Gläser reichen und streckte seine Beine aus. Er rührte braunen Zucker in den Milchschaum und fragte sich, ob an Helenas Vorwurf etwas dran sein konnte.

Obwohl die meisten Leute in seinem Umfeld ihn regelrecht für einen Hallodri hielten, hatte er das Gefühl, langsam reif für eine ernsthafte Beziehung zu sein. Die zarte, hübsche Mia hatte es ihm derart angetan, dass er sogar bereit war, sich mit der kleinen Schwachstelle auseinanderzusetzen, die seiner Verliebtheit regelmäßig einen Dämpfer versetzte. Seine bisherigen Freundinnen und Affären hatten beim Sex immer lustvoll mitgespielt mit wilden Stellungen, lautem Gestöhne und aufregenden Intermezzi in Autos, Fahrstühlen und Umkleidekabinen. Obwohl er Mia auch schon zu einigen Wagnissen überreden konnte, hatte er immer das Gefühl, sie würde sich nie richtig entspannen. Er bekam zwar meistens, was er wollte, aber ihm fehlten die Begeisterungsstürme, die er sonst immer bei Frauen hervorrief.

Mia war ganz anders als seine bisherigen Liebschaften. Vielleicht musste er nach einem anderen Weg suchen, diese Frau aus der Reserve zu locken?

8

Helena war außer sich, als sie in ihrer Wohnung ankam. Das Treffen mit Leonard war eine Katastrophe gewesen. Sie hatte ihm offen den Krieg erklärt. Und war ihrer Freundin in den Rücken gefallen. Was sollte sie jetzt bloß machen? Mia gestehen, dass sie sich mit Leo getroffen hatte? Oder Leo anrufen und sich entschuldigen? Das würde beides nicht viel daran ändern, dass sie ein Tabuthema angesprochen hatte. Vielleicht war sie einen Schritt zu weit gegangen. Außerdem musste sie sich eingestehen, dass Leo alles andere als ein Kotzbrocken war. Sie hatte ihn für einen Moment sogar sympathisch gefunden.

Das Ganze war verrückt. Sie wollte, dass Mia ebenso glücklich war wie sie selbst. Aber vielleicht war dieser Wunsch doch nicht ganz selbstlos? Vielleicht wollte sie nur ihr Gewissen erleichtern, weil sie sich einfach aus dem Staub machte und Freunde und Familie zurückließ. Der Abschied würde ihr leichter fallen, wenn sie sich keine Sorgen mehr um das Wohl dieser geliebten Menschen machen müsste.

Helena seufzte und spürte plötzlich, wie erschöpft sie war. Die Tage rasten dahin, und sie hatte das Gefühl, dass die Aufgaben nicht weniger wurden. Aber für heute hatte sie nun wirklich genug erledigt …! Sie würde duschen gehen und danach einen Roman zu Ende lesen.

Sie ging ins Bad und knöpfte langsam die taillierte Jacke ihres Anzugs auf, den sie mit Gaetano bei einem Lagerverkauf von Versace gekauft hatte.

«Ach, Gaetano», flüsterte Helena und fühlte sich mit einem Mal einsam. Sie wollte seine Stimme hören. Er würde sie bestimmt trösten können. Helena ließ die Jacke auf einen Korbstuhl fallen, der für diesen Zweck im Bad stand, und holte das Telefon. Gaetano würde bestimmt gerade mit einem Glas Wein beim Essen sitzen und an sie denken. Sie wählte eine endlose Ziffernfolge und lauschte dem Klingeln, das in tausend Kilometern Entfernung ihren Geliebten erreichte.

«Pronto», meldete sich eine Frauenstimme.

«Vorrei parlare con Gaetano», herrschte Helena die fremde Frau an und wurde sofort misstrauisch. Eine Minute später hatte sie ihren Liebsten am Apparat, der sich ehrlich über ihren Anruf zu freuen schien.

«Wer war die Frau?», fragte sie sofort, und es war ihr egal, wie unhöflich sie klingen musste. Der Mann am anderen Ende der Leitung schnalzte amüsiert mit der Zunge.

«Ah, *mi'amore*, ich feiere gerade eine kleine Orgie, das macht dir doch nichts aus, nicht wahr?» Er lachte schallend über diesen Witz, doch als Helena nicht reagierte, wurde er wieder ernst. «Es sollte eine Überraschung für dich sein, *mia cara*. Ich habe die beste Haushälterin in ganz Norditalien engagiert. Magdalena putzt, wäscht und kocht die köstlichste Pasta der Welt. Komm schnell her, dann kannst du gleich mit mir *penne arrabiata* essen.»

Sie hörte seine Schritte auf dem Parkett, dann das Zuschlagen einer Tür.

«Nun bin ich ganz allein mit dir», raunte er ihr ins Ohr. Sie antwortete nicht, was er als Aufforderung verstand, fortzufahren. «Wenn du jetzt hier wärst, würde mir noch etwas Besseres als essen einfallen.» Er ließ seine Stimme knurren. «Und du, *bella bionda*?», fragte er leise. «Was würde dir einfallen?»

Helena hatte im Moment keine Lust auf solche Spielchen. Sie hätte ihrem Freund gern von dem Treffen mit Leonard erzählt und ihn um Rat gefragt. Doch bevor sie sich die richtigen Worte überlegen konnte, forderte Gaetano leise: «Komm schon, *carissima*. Du fehlst mir so. Ich habe Sehnsucht nach jedem Quadratzentimeter deines herrlichen Körpers.»

Seine Stimme war tief und rau, und Helena konnte deutlich hören, wie seine Hand über den Stoff seiner Kleidung glitt. In Gedanken sah sie seine kräftigen Finger, die geschickt das Hemd aufknöpften, unter dem er nichts trug als seine braune Haut und ein paar krause Haare, die seine Brust zierten. Sie liebte diesen Anblick, wenn er mit offenem Hemd vor ihr stand und sie herausfordernd ansah, wenn sie das Begehren in seinen Augen lesen konnte und wusste, dass er sie gleich berühren würde.

Helena lief ein Schauer der Erregung über den Rücken. «Lass dein Hemd an!», befahl sie ihm. Ein Rascheln erklang und ein metallenes Klirren. Er hatte offensichtlich die Vorhänge zugezogen.

«Wir sind jetzt ganz allein. Was soll ich für dich tun?»

«Lehn dich an die Wand», forderte sie ihn auf. «Und spreiz deine Beine!»

Wieder Schritte auf dem Holz. «Kreuzige mich, *bellissima*, ich gehöre dir», flehte er.

Helena ging zurück ins Bad und schlüpfte aus ihrer Hose. Sie stand in BH und Tanga in dem zartgelben Raum und betrachtete sich im Spiegel, der eine ganze Wand einnahm.

«Ich habe nur noch rote Seide und Spitze auf der Haut», flüsterte sie in den Hörer.

«Mmh», antwortete er, und seine Stimme vibrierte. «Ich bin bereit, mach mit mir, was du willst.»

«Du hast mir einen Schrecken eingejagt mit dieser Frau. Das wirst du büßen.» Ihre Stimme war streng, und er bettelte: «Ja, bitte, bestrafe mich …»

«Öffne deine Hose und zeig mir deinen Schwanz. Ich will sehen, wie sehr du mich begehrst.» Seine Hand riss die Knöpfe der Leinenhose auf, und sie hörte sein Stöhnen, als er die Kuppe seines Schwanzes berührte. «Aaah, er ist riesig und steinhart, und er gehört dir …»

«Bleib so stehen! Ich will, dass du dich nicht rührst. Und wehe, du wagst es, ihn anzufassen. Ich sehe dich dort an der Wand stehen, mit deinem offenen Hemd und dem Harten, der sich danach sehnt, dass ich ihn in den Mund nehme. Stimmt's? Willst du, dass ich ihn lecke?»

«O ja, *veni qui*, komm her zu mir, ich platze gleich …»

«Meine Hand wandert über meinen Körper, und du wirst mir zusehen, wie ich mich streichle, hast du mich verstanden? Ich setze mich auf den Badewannenrand und spreize meine Schenkel. Sieh genau hin, mein Höschen ist ganz feucht. Ich schiebe es zur Seite. Kannst du es sehen? Meine Spalte ist rasiert.»

Gaetano stöhnte auf. «Ich gehorche dir, *donna mia*, quäle mich, mein Schwanz wartet auf eine Berührung von dir. Lass mich deine Titten sehen, bitte!», flehte er sie an.

«Bleib, wo du bist, und rühr dich nicht!», herrschte sie ihn an. Dann fuhr sie mit lüsterner Stimme fort: «Ich habe den Stoff meines BHs runtergeschoben, meine Nippel sind ganz hart. Ich ziehe sie lang mit meinen Fingern, damit du besser an ihnen saugen kannst. Ah, jaaa … ich bin so nass. Meine Lippen triefen schon vor Geilheit, aber du darfst mich nicht ficken.» Genüsslich knetete Helena ihre Brüste und rutschte lustvoll mit ihrem Po auf dem Rand der Badewanne hin und her. «Nimm deine Finger von deinem Ständer!», knurrte sie ihn an. «Du darfst ihn erst wichsen, wenn ich es dir erlaube, ist das klar?»

«Bitte ...», wimmerte er. «Bitte lass mich dich ficken ... Ich will dir meinen Pfahl in die nasse Spalte rammen. Ich stoße ihn dir ganz tief rein, so, wie du es liebst ... Bitte!»

«Nein, du hast meine heiße Fotze nicht verdient! Ich mach es mir selber, ich stecke mir einen Finger rein ... jaaa ... Ich bin so nass und heiß ... und jetzt noch einen, ganz tief ... aaah, das ist gut ...»

Sie stöhnte hemmungslos in den Hörer und massierte die Lippen ihrer Vagina und den empfindlichen Kitzler. Es dauerte nicht lange, und ihr Atem wurde schneller und lauter. «Jaah ... ohhh ...», seufzte sie. «Ich bin gleich so weit ...» Und endlich erlaubte sie ihm, seinen Ständer zu umfassen. «Jetzt!», entfuhr es ihr. «Nimm deinen Schwanz in die Hand und reib ihn! Ja, komm, ich will sehen, wie du es dir machst, während ich komme ...»

Und Gaetano antwortete ihr mit einem langgezogenen Stöhnen. Sie konnte das Klatschen seiner Hand hören, die seinen Schaft rieb, immer schneller. Er keuchte, als es ihm kam, und Helena presste ihre Hand auf ihre Möse und ließ den Höhepunkt auf sich zu rollen, mit dem Stöhnen ihres Geliebten im Ohr und dem Schmatzen ihrer Säfte.

«Helena», flüsterte der Mann am anderen Ende der Leitung. «Meine Göttin, ich bete dich an!» Und dann legte er ermattet auf.

Helena blieb noch eine Weile auf dem Rand der Badewanne sitzen, um sich zu beruhigen. Sie betrachtete ihre derangierte Unterwäsche im Spiegel und konnte sehen, was Gaetano in ihr sah: eine lüsterne Blondine mit üppigen Formen, die gern die Hauptrolle in heißen erotischen Phantasien spielte. Ob er in ihr auch die Frau sah, mit der er irgendwann eine Familie gründen würde?

Plötzlich überkamen sie Zweifel an ihrer Entscheidung, zu ihm nach Italien zu ziehen. Sie war gerade im Begriff, alles Vertraute aufzugeben für eine ungewisse Zukunft in einem Land, dessen Traditionen sie gar nicht kannte. Aber würde es jemals wieder einen Mann in ihrem Leben geben, der ihre Wünsche und Träume teilte, der sie so begehrte wie Gaetano und der sich willig in ihre Phantasien fügte? Wie viele Chancen bekam ein Mensch, das Richtige zu tun?

Helena fragte sich, was passieren würde, wenn sich ein Zusammenleben mit dem schönen Italiener als Irrtum entpuppte. Gäbe es ein Zurück in ihr altes Leben?

Helena zog ihre Unterwäsche aus, die von Schweiß und Liebessäften noch feucht war, und stieg unter die Dusche. Der Wasserstrahl prickelte auf ihrer Haut, und sie wusch sich die Spuren dieses anstrengenden Tages ab. Als sie sich duftend und erfrischt in ein Badehandtuch wickelte, hielt sie einen Moment inne und dachte nach.

Was wäre, wenn ich die Wohnung in Berlin einfach behalten würde?, fragte sie sich. Zumindest für die nächsten Monate?

Fest entschlossen setzte sie sich an den kleinen Sekretär aus Kirschholz, den sie von ihrer Mutter geerbt hatte, und setzte einen Brief an ihren Makler auf, um ihm mitzuteilen, dass sich der Verkauf der Wohnung noch ein paar Monate verzögern würde.

9

Am nächsten Wochenende musste Mia nicht arbeiten. Sie hatte sich fest vorgenommen, an den freien Tagen ihre Mappe für die Aufnahmeprüfung an der Hochschule der Künste vorzubereiten. Der Termin rückte immer näher, und sie musste noch so viele Zeichnungen und Collagen beenden, mit denen sie sich bewerben wollte. Aber der Frühsommer lockte mit seinen Farben und Gerüchen. Die Straßencafés waren voll mit Flaneuren, die ihre Gesichter der Sonne entgegenhielten. Und Mia sehnte sich danach, einmal selbst bedient zu werden, statt immer nur die Tabletts mit Milchkaffees und Eisbechern zu schleppen. Der Job im *Carras* auf dem Ku'damm war nur eine Übergangslösung. Sie musste die Zeit bis zum Studium überbrücken und wollte ihren Eltern nicht länger auf der Tasche liegen. Sie hatten ihr nach dem Abitur schon eine Lehre als Bauzeichnerin finanziert und danach zwei Wartesemester bis zur ersten Aufnahmeprüfung an besagter Hochschule, die sie entgegen allen Hoffnungen nicht bestanden hatte.

Sie holte ihre Zeichenmappe hervor und verteilte die angefangenen Arbeiten auf dem Tisch. Für die letzte Prüfung hatte sie einfach die besten Skizzen und Collagen der letzten Jahre herausgesucht, um so ein breites Spektrum ihres Könnens zu zeigen. Den Prüfern hatte jedoch ein roter Faden gefehlt, der die unterschiedlichen Herangehensweisen miteinander verband, und sie deshalb abgelehnt.

Für die diesjährige Prüfung musste Mia also eine andere Strategie wählen. Sie hatte sich für ein Motto entschieden, das allen Arbeiten zugrunde liegen sollte. «Schonungslose Ansichten» sollten die Zeichnungen und Skizzen heißen, weil Mia auf alle beschönigenden Elemente und Kaschierungen verzichten wollte. Die Studien einer verwitterten Statue im Park von Sanssouci zeigten zum Beispiel sämtliche Spuren des Verfalls und des Vandalismus, denen sie in den vergangenen zwei Jahrhunderten ausgesetzt gewesen war. Eine Collage, die von weitem wie harmonische Farbkompositionen wirkte, bestand aus kleinen Schnipseln von Fotos, die Krieg, Tod und Verwüstung zeigten. Zur Illustration ihrer Vorgehensweise hatte sie Kopien der Originalfotos angefertigt und auf Briefmarkengröße verkleinert. Thematisch sortiert, füllten diese Zeugnisse menschlicher Schwäche und Verletzbarkeit einen plakatgroßen Papierbogen.

Was noch in ihrer Sammlung fehlte, war eine – am besten männliche – Aktzeichnung, welche die Besonderheiten des menschlichen Körpers nicht unter dem Aspekt der Ästhetik darstellte, sondern seine Makel und Unebenheiten zeigte. Bisher hatte Mia sich noch nicht getraut, jemanden zu bitten, für sie Modell zu stehen. Selbst wenn einer ihrer Kommilitonen sich dazu bereit erklären würde, hätte sie noch nicht das Problem gelöst, wie sie stundenlang möglichst unbefangen seinen Körper studieren sollte. Sie konnte doch wohl kaum ungeniert die Beschaffenheit seiner Haut prüfen, untersuchen, ob er Narben oder Unreinheiten hätte, und nebenbei Smalltalk mit ihm betreiben.

Und was ist mit Leo?, fragte ihre innere Stimme. Warum

fragst du nicht einfach deinen Freund? Diese Frage hatte sie sich schon hundertfach gestellt und war doch zu keiner Antwort gekommen. Leonard hätte wahrscheinlich sogar Spaß daran, sich nackt vor ihr zu produzieren. Aber was würde er zu dem Ergebnis sagen, wenn sie jeden Leberfleck, jede Unebenheit seines Körpers aufgespürt hätte? Wenn er auf dem Bild nicht den liebenden, sondern den kritischen Blick seiner Freundin erkennen würde?

Leo war so empfindlich, was die Wahrnehmung seiner Person anbelangte. Mia hatte das Gefühl, dass er sie nur dann wirklich liebte, wenn sie sich vorbehaltlos seinen Wünschen und Launen anpasste und ihn bewunderte. Sowie etwas nicht ganz so lief, wie er es geplant hatte, kippte seine Stimmung sehr schnell. Eben noch der fürsorgliche Freund, der sie auf Händen tragen wollte, konnte er im nächsten Moment zu einem übelgelaunten Haustyrannen mutieren. Doch je mehr Mia sich um ein harmonisches Zusammenleben bemühte, desto weniger konnte sie es ihm recht machen.

Sie fragte sich zum wiederholten Mal, was eigentlich der Knackpunkt zwischen ihnen war. Vielleicht war er eifersüchtig auf ihre künstlerischen Ambitionen, weil sie zu wenig Zeit für ihn hatte neben dem Job und den Prüfungsvorbereitungen? Andererseits war er ständig bei Kundenbesuchen, die sich oft bis in die späten Abendstunden hinzogen. Sogar am Wochenende war er manchmal unterwegs, sodass sie viel mehr Grund hätte, sich zu beschweren.

Sie strichelte eine Linie auf einer Porträtskizze nach und versuchte im Geiste, die Vor- und Nachteile ihrer Beziehung gegenüberzustellen, wie Helena es immer tat, wenn sie eine Entscheidung fällen wollte. Die Vorteile standen für sie außer Frage und überwogen alles, was sich als Schattenseiten ihrer Beziehung herausstellen konnte. Gewiss, Leo war egozentrisch und manchmal launisch. Und er brachte sie immer wieder dazu, Grenzen zu überschreiten, die sie eigentlich nicht überwinden wollte. Aber was hatte sie dem schon entgegenzusetzen? Es gab nichts, was sie selbst einfordern wollte, und sie hatte auch keine Vorstellung davon, was ihre eigenen Wünsche und Sehnsüchte sein könnten – außer, mit Leo zusammen zu sein.

10

Die Woche in Berlin begann mit einem grauen Himmel. Der Regen hielt sich noch zurück, aber es hatte sich deutlich abgekühlt. Helena schaute auf die geschäftige, brummende Stadt hinunter und freute sich mit einem Mal auf die baldige Abreise. Sie hatte bereits am frühen Morgen den Brief zu ihrem Makler gebracht und fühlte sich jetzt erleichtert. Der Wetterumschwung war wie eine stille Aufforderung, sich endlich um das Kofferpacken zu kümmern. Nachdem Helena sich entschieden hatte, die Wohnung vorerst nicht aufzugeben, musste sie auch keine Spedition mehr suchen, bei der sie ihre Möbel einlagern konnte. Gaetano hatte sie gestern Abend noch einmal angerufen und ihr gestanden, dass das Haus nicht rechtzeitig fertig werden würde, sodass sie ihre Möbel noch nicht nach Italien bringen lassen konnte. Er hatte sie um eine Zwischenlagerung gebeten, bis die Bauarbeiten beendet sein würden, und war ganz überrascht über ihre verständnisvolle Reaktion gewesen. Ihren Entschluss bezüglich der Wohnung hatte sie jedoch für sich behalten. Gaetano sollte nicht denken, dass sie das Scheitern ihrer Beziehung für möglich hielt.

Aber plötzlich machte es ihr nichts mehr aus, die liebgewonnenen Erinnerungen an ihr Berliner Leben einzupacken. Es war nicht verloren, nur weil sie sich für das Abenteuer ihres Lebens entschied. Sie würde diesen einschneidenden Schritt freier und unbefangener gehen können mit diesem Gefühl der Sicherheit im Rücken. Das konnte der Beziehung zu Gaetano nur guttun.

Lächelnd räumte sie die Regale leer und verstaute Bücher, Aktenordner und Dekogegenstände in die Umzugskisten, die schon seit Wochen bereitgestanden hatten. Einen Teil der Sachen wollte sie gleich mit nach Italien nehmen, vor allem natürlich ihre umfangreiche Garderobe. Die meisten Kartons schleppte sie jedoch in die Abstellkammer, die sie abschließen konnte für den Fall, dass sie die Wohnung untervermieten müsste.

Nach drei Stunden wirkte die Wohnung fremd und leer. Die stilvollen Möbel schienen keine Bestimmung mehr zu haben. Sie waren dekorativ, aber die Wohnung hatte kein Flair mehr. Merkwürdig, dachte Helena. Eben waren die Räume noch voller Leben gewesen, und jetzt wirkten sie starr und unbeseelt. Andererseits war die Leere um sie herum wohltuend. Ihre Gedanken konnten frei und unbeschwert in die Zukunft schweifen und wurden nicht länger von den vielen Erinnerungen festgehalten, die nun in den Kisten steckten. Aus den Augen, aus dem Sinn, dachte Helena und fragte sich, ob das auch für ihre Freundschaften gelten würde, wenn sie erst einmal in Italien wäre. Würde ihre Verbindung zu Mia durch die Entfernung leiden? Und was würde aus all den anderen Freunden und guten Bekannten werden, mit denen sie so viel Zeit in Berlin verbracht hatte? Wenn sie ehrlich war, hatten sich in den letzten Wochen nicht mehr allzu viele Leute bei ihr gemeldet, um sich noch einmal mit ihr zu verabreden. Für die meisten schien das Kapitel «Helena» mit ihrer spektakulären Abschiedsparty in der Kulturbrauerei erledigt zu sein.

Sie hatten ihr alles Gute gewünscht, eine letzte Nacht mit ihr gefeiert, und das war's dann.

Sie blickte sich in dem leeren Wohnzimmer um. Je mehr sie darüber nachdachte, desto leichter fiel ihr der innere Abschied aus diesem Leben. Sie würde bald wissen, wer wirklich ihre Freunde waren, wenn sie allen ihre neue Telefonnummer mitteilte und sich herausstellte, wem sie noch einen Anruf wert war.

Ein neuer Anfang, dachte sie, eine neue Chance, alles richtig zu machen. Zufrieden mit diesem Optimismus, den nicht einmal der graue Himmel trüben konnte, ging sie in die Küche. Hier war noch alles beim Alten. Das Frühstücksgeschirr stand auf der Anrichte, ein Strauß zartgelber Rosen zierte die Fensterbank, und auch das Radio befand sich noch an seinem Platz. Helena schaltete den Sender Kiss FM ein, dessen aufgeregte Moderatoren sie normalerweise nicht lange ertragen konnte. Aber heute hatte sie Lust auf lauten Hip Hop und unbeschwertes Geplauder. Mit formvollendetem Hüftschwung griff sie die Espressokanne, drehte sich im Takt irgendeines Gangsta-Raps zur Spüle und füllte Wasser ein. Es war mittlerweile früher Nachmittag, und sie hatte Lust auf einen Milchkaffee, bevor sie sich um die bürokratischen Pflichten kümmern wollte, die der Umzug nach Italien mit sich brachte. Als sie die Kanne gerade auf den Herd gestellt hatte, klingelte es an der Wohnungstür. Überrascht drehte Helena das Radio leise. Sie erwartete niemanden, und für die Post war es schon zu spät. Für einen Moment hoffte sie, es wäre Gaetano, der es ohne sie nicht mehr aushielt.

Die Überraschung war noch größer, als sie die Tür öffnete.

Vor ihr stand Leonard, der sie fragend anschaute und ihr zur Begrüßung die Hand entgegenstreckte. Verblüfft trat sie zur Seite und ließ ihn eintreten. Wenn er gekommen war, um sie für ihre Szene im Café zur Rede zu stellen, dann konnte er sich auf einiges gefasst machen, dachte sie.

Leo ließ seine Hand sinken, die sie ignoriert hatte, und schaute sich um. Fast bereute er seinen Entschluss, noch einmal mit Helena reden zu wollen. Aber nun war es zu spät.

Er drehte sich zu ihr um und sagte freundlich: «Du warst ganz schön fleißig. Wann genau ist deine Abreise?»

Helena stand mitten im Raum und hatte die Arme vor der Brust verschränkt. Feindselig antwortete sie: «Du kannst es wohl nicht mehr erwarten, mich endlich loszuwerden.»

Leo ignorierte diese Kampfansage. Er wollte sich nicht auf einen Streit mit ihr einlassen. Er brauchte ihre Hilfe.

«Kann ich dir noch irgendwie behilflich sein?», fragte er, als er um sich herum die zahlreichen Kisten und Kartons sah. «Falls du ein Paar starke Arme brauchst …»

Helena starrte ihn wortlos an. Er war doch mit Sicherheit nicht hergekommen, um ihr beim Einpacken zu helfen. Was um alles in der Welt wollte er von ihr? Doch bevor sie ihn fragen konnte, begann in der Küche der Espresso zu brodeln. Sie drehte sich auf dem Absatz um und rannte zum Herd. Schnell nahm sie die Kanne von der Platte, holte Milch aus dem Kühlschrank und schüttete sie in einen Topf, mit dem sich die Milch erhitzen und gleichzeitig aufschäumen ließ. Sie griff sich zwei Becher und füllte erst den Milchschaum, dann den Espresso ein. Immer noch schweigend, reichte sie Leo einen der Becher und setzte sich in ihren Lieblingssessel vor dem Fenster.

«Nun setz dich schon», forderte sie den jungen Mann auf, der immer noch unschlüssig im Türrahmen stand. Dankbar nahm Leonard auf dem Sofa Platz und rührte geschäftig in seinem Milchkaffee. Vielleicht war es das Beste, wenn er nicht lange herumredete und gleich zur Sache kam. Er holte tief Atem und sah Mias bester Freundin in die Augen.

«Helena, ich möchte dich etwas fragen.» Die Frau im Sessel zog verwirrt die Augenbrauen hoch. Sie schlug die Beine übereinander, die in einer engen Caprihose steckten, und nippte an dem heißen Kaffee.

«Ich weiß, dass du mir nicht glaubst, aber ich bemühe mich wirklich, Mia glücklich zu machen.» Er schwieg und sah Helena eindringlich an. Als sie seinen Blick wortlos erwiderte, fuhr er fort: «Um ehrlich zu sein, es läuft nicht so gut zwischen uns, in letzter Zeit. Ich habe das Gefühl, sie entfernt sich innerlich von mir. Aber je mehr ich versuche, sie an mich zu binden, desto schlimmer wird es. Helena, ich möchte dich um deine Hilfe bitten. Kannst du nicht mal mit ihr reden?»

Die blonde Frau zog die Beine auf den Sessel und lehnte sich zurück. Sie hatte Leo genau beobachtet und musste zugeben, dass er überzeugend wirkte. Wie er so bittend vor ihr saß, machte er einen rührend hilflosen Eindruck. Und er war wirklich ein gutaussehender Mann, wenn sie mal von einer gewissen zur Schau gestellten Eitelkeit absah. Vielleicht hatte sie ihm unrecht getan, und er war ehrlich um Mia bemüht? Vielleicht liebte er sie sogar? Helena überlegte sich ihre Antwort sehr genau. Wenn sie ihm von ihrem Gespräch mit Mia erzählte, würde sie das Vertrauen ihrer Freundin missbrauchen. Sagte sie aber nichts, würde er wahrscheinlich nie hinter die Ursache für Mias Zurückhaltung kommen.

Also versuchte sie sich als Therapeutin: «Was meinst du denn, was der Grund für Mias Verhalten sein könnte?»

Leo ließ den Kopf hängen und starrte in seine Kaffeetasse. Dieser Canossagang war ihm schwer genug gefallen. Wenn er sich anders zu helfen wüsste, hätte er gern auf dieses Gespräch verzichtet. Aber er schluckte seinen Stolz hinunter und antwortete ehrlich: «Es ist sicher meine Schuld.» Er blickte schnell zu ihr rüber, ob sie über dieses Zugeständnis triumphieren würde. Aber Helena sah ihn mit großen Augen offen an und schwieg abwartend, also fuhr er fort: «Mia arbeitet so viel, in ihrem Job, für die Uni. Mich nervt es manchmal, immer die zweite Geige zu spielen und darauf warten zu müssen, dass sie mal Zeit für mich findet. Wahrscheinlich gebe ich ihr nicht genug Rückendeckung.»

«Und du meinst, das ist alles?»

Leo schaute schuldbewusst auf. Helena vermutete, dass er gleich zum wahren Grund seines Besuches kommen würde. Und tatsächlich gestand Leo nach einigem Drucksen: «Na ja, da ist noch etwas anderes. Du hast da neulich so etwas angedeutet, und ich denke, du hattest nicht ganz unrecht.»

«Reden wir jetzt über Sex?», fragte Helena rundheraus. Leo nickte müde.

«Ich will dir mal was sagen, Leo. Du bist bestimmt ein guter Liebhaber.» Sie sah Hoffnung in seinen Augen aufblitzen und fügte ungerührt hinzu: «Jedenfalls für Frauen, die sich nehmen können, was sie brauchen.» Jetzt sah er aus wie ein geprügelter Hund. Er tat ihr plötzlich leid, und sie beschloss, ihm einen ehrlichen Rat zu geben: «Ich denke, dass Mia selbst nicht so genau weiß, was sie im Bett ändern möchte. Du musst geduldiger mit ihr sein. Wenn du sie ständig forderst und Dinge von ihr verlangst, die eigentlich in einen Pornofilm gehören …»

«Hat sie das gesagt?», unterbrach er sie.

«Nein!», behauptete Helena. «Natürlich nicht. Aber ich schätze dich als den weitaus Erfahreneren von euch beiden ein. Wahrscheinlich kann sie einfach nicht mit deinen Erwartungen mithalten.»

«Und was genau soll ich deiner Meinung nach tun?»

«Mann, Leo, du hast wirklich keine Ahnung von Frauen, oder?» Sie sah ihn mitleidig an und kam nun doch nicht umhin, ihre Überlegenheit zu genießen. Auf die Idee, einen Ratgeber zu lesen, würde ein Mann wie Leo natürlich nie kommen.

«Hast du schon mal von der Existenz der Klitoris gehört?», fragte sie ironisch.

«Mach dich nicht über mich lustig, Helena. Es war schwer genug für mich, hierherzukommen.»

«Das war kein Witz. Ich meine es ernst. Bist du dir sicher, dass du Mia wirklich befriedigst?» Das war das merkwürdigste Gespräch, das sie je mit einem Mann geführt hatte. Aber wahrscheinlich sollten Männer und Frauen viel öfter miteinander über diese Dinge reden. «Ich kann mir vorstellen, dass sie mehr darum bemüht ist, es dir recht zu machen, als dass sie sich um die eigenen Bedürfnisse kümmert.»

Helena blickte nachdenklich aus dem Fenster. Vielleicht sollte sie doch noch einmal mit Mia reden. Es konnte doch nicht sein, dass zwei Menschen so aneinander vorbei agierten, die offensichtlich das Gleiche wollten.

«Leo. Kannst du nicht mal für eine Weile vergessen, was du dir unter tollem Sex vorstellst? Versuch doch, selbst herauszufinden, was Mia gefallen könnte, wenn sie es nicht formulieren kann. Achte auf ihre Reaktionen, vielleicht gehst du einfach nur zu schnell vor.» Sie schüttelte den Kopf. «Meine Güte! Ich rede hier wie 'ne Sexualtherapeutin.» Sie hatte jetzt genug von dem verständnisvollen Gerede. «Hast du schon jemals eine Frau befriedigt, ohne dabei an deinen Schwanz zu denken?»

Leonard sah sie verblüfft an. Worauf hatte er sich mit diesem Besuch nur eingelassen? Hatte er es wirklich nötig, sich derart belehren zu lassen?

«Ich weiß genau, was du jetzt denkst», behauptete Helena. «‹Was bildet diese blöde Kuh sich bloß ein›, nicht wahr?»

Leo schwieg vorsichtshalber.

«Glaub mir, Leo, ich spreche aus Erfahrung. Es gibt kaum eine Frau, die nicht jedem beliebigen Mann einen runterholen könnte, mit der Hand, mit dem Mund, ganz egal. Aber es gibt verdammt wenige Männer, die diese Fähigkeit umgekehrt wirklich virtuos beherrschen. Ich behaupte nicht, dass das eure Schuld wäre, bestimmt nicht. Es ist einfach nur so, dass Frauen anders ticken als Männer. Und wir tragen sicher selbst einen großen Teil der Verantwortung, weil wir es meistens wichtiger finden, als gute Geliebte zu gelten, anstatt euch beizubringen, wie ihr gute Liebhaber werdet.»

Leo sank immer mehr in sich zusammen. Wie sollte er hier jemals wieder rauskommen? Wenn sie so weitermachte, würde er lieber aus dem Fenster springen, als Mia nochmal unter die Augen zu treten. Doch plötzlich kam ihm eine Idee. Er hatte nichts mehr zu verlieren. Seinen Stolz hatte er an der Eingangstür abgegeben, als er sich auf dieses Gespräch einließ. Helena wusste ganz genau, dass sie seinen wunden Punkt erwischt hatte. Er würde ihr nichts mehr vormachen können. Und wenn er verhindern wollte, dass sie mit ihren demütigenden Erkenntnissen zu Mia rannte, musste er jetzt handeln. Fest entschlossen stellte er seine Kaffeetasse auf den leeren Couchtisch und stand auf. Er blickte Helena an, ging zu ihrem Sessel hinüber und kniete vor ihr nieder. «Bring es mir bei», flüsterte er.

«Das ist nicht dein Ernst!», rief Helena verblüfft und wich so weit es ging vor ihm zurück. Doch er stemmte seine Hände auf die Armlehnen und beugte sich vor, bis er den Duft ihrer verschwitzten Haut atmen konnte. Er blickte auf ihre herrlichen Brüste. Sie hoben und senkten sich gleichmäßig unter dem Träger-Shirt, und er spürte, wie sein Schwanz sich regte bei dem Gedanken, an ihren Brustwarzen zu saugen, die sich unter dem Hemdchen abzeichneten. «Sag mir, was ich tun soll, Helena! Bitte!», flehte er sie an, und in seiner Stimme klang Demut mit. Ohne es wissen zu können, hatte er mit seiner Taktik genau ins Schwarze getroffen: Sie liebte es, wenn Männer sich ihrer Dominanz unterwarfen. Helenas

Körper reagierte sofort. Ihre Brustspitzen richteten sich auf und drückten deutlich sichtbar gegen den dünnen Stoff des Hemdes, das sie sonst nur zum Putzen trug. Gleichzeitig zentrierte sich das Blut an einer anderen Stelle, die zum Glück unsichtbar für Leo war.

Was sollte sie tun? Würde sie Mia betrügen, wenn sie ihrem Freund eine Nachhilfestunde gab? Die Chance, dass sie davon erfahren würde, war allerdings sehr gering, denn keiner von ihnen konnte ein Interesse daran haben, es ihr zu gestehen. Helena beschloss, dass sie ihrer Freundin einen Gefallen damit tun würde, der vielleicht sogar ihre Beziehung zu Leo retten könnte. Es war absehbar, dass die beiden ihre Differenzen nicht auf Dauer ignorieren konnten. Und eine Lösung schienen sie allein nicht zu finden. Die Tatsache, dass Leos Flehen sie erregt hatte, strich sie schnell aus ihrem Bewusstsein und schob den Gedanken vor, dass es nicht um sie selbst ginge.

Sie erwiderte nun endlich Leos Blick. In seinen Augen konnte sie Begehren lesen. Und wenn das alles nur ein Vorwand war, um sie vögeln zu können? Na, wenn schon, dachte Helena, dann konnte sie ihm trotzdem eine Lektion erteilen, von der Mia hoffentlich profitieren würde.

«Dein Schwanz bleibt in der Hose, ist das klar?», herrschte sie ihn an.

Ja, dieses Spiel gefiel Helena. Der Gedanke, diesen Mann in die Knie zu zwingen, turnte sie wahnsinnig an. Dennoch unterdrückte sie das Verlangen, ihn zum Zuschauer ihrer Lust zu machen, und befahl ihm: «Stell dich hinter mich und streichle meinen Nacken, meine Schultern und Arme. Und wage es ja nicht, meine Brüste zu berühren!», fügte sie drohend hinzu.

Leo stand wie befohlen auf und lehnte sich hinter den Sessel. Helena hatte ihre Haare hochgesteckt. Nur ein paar feine Strähnen fielen ihr in den Nacken und zeichneten sich auf der leicht gebräunten Haut ab. Leo fuhr vorsichtig mit seinen Fingerspitzen über die zarten Härchen, strich mit den Kuppen über die Rundungen ihrer Schultern und ließ seine warmen Hände über ihre nackten Arme gleiten. Helena schloss die Augen und ließ den Kopf gegen die Sessellehne sinken. «Weiter so», schnurrte sie. «Und denk nicht mal daran, mich zu vögeln. Konzentrier dich auf meine Haut, beobachte meine Reaktionen …» Ihre Stimme verlor sich in den zarten Streicheleinheiten, die Leo über sie vergoss.

«Mmh, das ist schön!» Sie spornte ihn an und wollte gleichzeitig testen, ob er sich unter Kontrolle halten konnte. «Und jetzt streichle über meine Beine bis hinunter zu den Füßen.» Er ging um den Sessel herum und kniete wieder vor ihr nieder. Während seine Hände ihren Befehlen gehorchten, verschlang er Helenas Körper mit den Blicken. Als er sich in Gedanken ausmalte, dass sie sich jetzt vorbeugen würde, um seinen Harten aus der Hose zu befreien und ihm einen zu blasen, wurden seine streichelnden Bewegungen immer mechanischer. Er rieb die Hände auf ihren Schenkeln auf und ab und wünschte sich, es wäre ihr Mund, der an seinem Schwanz auf und ab glitt.

Bevor er wusste, wie ihm geschah, setzte Helena sich ruckartig auf und ließ ihre flache Hand auf seine Wange klatschen. «Ich habe dich gewarnt! Wenn du nicht einmal fünf Minuten bei der Sache bleiben kannst, wundert mich gar nichts.»

«Es tut mir leid», murmelte er betroffen und versuchte, schleunigst die Bilder von Lippen, Schwanz und wogenden Brüsten aus seinem Kopf zu verbannen. Vorsichtig streichelte er wieder Helenas Schenkel und Waden und umfasste schließlich ihre nackten Füße, die sich weich in seine Hände schmiegten. Vor einiger Zeit hatte er einmal eine Fußreflexzonenmassage bekommen, und nun versuchte er, sich an die einzelnen Handgriffe zu erinnern. Er begann mit den Zehen, die er eine nach der anderen zwischen Daumen und Zeigefinger zwirbelte. Dann ließ er den ganzen Fuß im Gelenk kreisen und spürte, wie Helena sich immer mehr entspannte.

«Mmh», seufzte sie wieder, als er seine Fingerknöchel über ihre Fußsohle strich. Er konzentrierte sich auf jeden einzelnen Knochen ihrer Füße und massierte so lange, bis sie anfing, sich auf dem Sessel zu räkeln. Leo schaute an ihr hoch. Sie hatte die Augen wieder geschlossen. Die Haltung ihres Körpers drückte Entspannung aus. Vielleicht war das jetzt der richtige Zeitpunkt, sich zu seinem eigentlichen Ziel vorzutasten?

Ganz langsam ließ Leonard seine Hände wandern. Er umfasste ihre Fesseln, strich über die nackte Haut ihrer Waden, fuhr über die Außenseiten der Schenkel bis hinauf zur Taille und dann wieder hinab zu den Füßen, die er mit sachten Küssen bedeckte. Er wiederholte sein Streicheln bis zur Hüfte, und mit jeder Auf- und Abbewegung seiner Hände zog er engere Kreise auf ihren Beinen. Helena schien seine Aufmerksamkeiten zu genießen. Und so tastete er sich allmählich zu den Innenseiten ihrer Oberschenkel vor und näherte sich ihrem Zentrum. Je dichter er der Stelle kam, die ihn magisch anzog, desto mehr schmerzte sein Schwanz in der Hose. Aber eine weitere Ohrfeige wollte er nicht riskieren, also konzentrierte er sich auf Helenas Lust.

Fast unmerklich glitten nun ihre Beine auseinander und gaben seinen liebkosenden Händen immer mehr Raum. Wie zufällig berührte er mit dem Handballen ihren Schamhügel, der sich unter dem Baumwollstoff der Caprihose verbarg. Er ließ beide Hände zwischen ihre Schenkel gleiten, massierte die Innenseiten und stellte zufrieden fest, dass sie die Beine immer weiter spreizte. Als wollte sie eine entspanntere Haltung annehmen, winkelte sie ein Bein an und gewährte ihm so Zugang zu ihrer Mitte. Leos Finger tasteten sich behutsam vor. Nach und nach erhöhte er den Druck, mit dem er über ihren Schamhügel rieb, bis ihr ein leises Stöhnen entwich und sie sich tiefer in den Sessel sinken ließ. Ihre Hände griffen nach seinen und zogen sie energisch an ihrem Körper hinauf, und endlich, endlich, durfte er ihre köstlichen Hügel ertasten, von deren Anblick er sich nicht losreißen konnte. Sie führte seine Hände auf ihre Brüste, zwang ihn, die ganze Pracht zu kneten und zu umfassen, und schob sie dann wieder in ihren Schritt.

«Öffne meine Hose», forderte sie ihn auf, und er beeilte sich, diesem Wunsch zu entsprechen. Rasch löste er den Knopf und zog den Verschluss herunter. Als er den dünnen Stoff der Hose zur Seite klappte, stellte er überrascht fest, dass sie nichts darunter trug. Seine Fingerspitzen trafen direkt auf ihre warme Haut. Er zeichnete die Streifen nach, die der Stoff in die Haut gedrückt hatte, und tastete sich zum Rand ihres Schamhaars vor. Sorgsam zog er die Hose über ihre Hüften, die sie sich bereitwillig abstreifen ließ. Er warf das Kleidungsstück hinter sich und erstarrte, als er sich wieder zu ihr umdrehte und geradewegs in ihre offene Spalte blickte. Sie war nicht rasiert, und er konnte deutlich erkennen, dass sie eine echte Blondine war, denn die weichen Locken hatten den gleichen Honigton wie ihr Haupthaar. Die roten Lippenpaare lugten aus den zarten Goldkringeln hervor. Nur ihren Lustknopf konnte er noch nicht sehen. Der Eingang zu ihrer Höhle glänzte in der Nachmittagssonne, und ein Duftgemisch aus frischgeschnittenen Äpfeln und Moschus kitzelte seine Nase. Leos Hände lagen auf den Innenseiten ihrer gespreizten Schenkel, und er starrte auf die Pracht, die ihm Helena so schamlos darbot. Er beugte sich vor und wollte seine Lippen in ihr Nass tauchen, doch Helena hielt plötzlich seinen Kopf fest und sagte: «O nein, mein Lieber, das habe ich dir noch nicht erlaubt. Bevor du diesen Genuss verdienst, zeig mir erst einmal deine Fingerfertigkeit.»

Widerwillig setzte er sich auf, um seine sanften Berührungen fortzusetzen. Seine Finger tasteten sich vorsichtig vor und teilten die blondgelockten Schamlippen. Mit großem Interesse erkundete er die zarten Fältchen und die kleine Erhebung in ihrer Mitte, ließ seinen Daumen um den seimigen Eingang streichen und verrieb den Saft auf ihrem Hügel. Während er mit einer Hand die Lippen spreizte und ihre intimste Stelle bloßlegte, massierte er mit der anderen das Innere dieser geöffneten Muschel. Jedes Mal, wenn er das Lustzentrum richtig traf, belohnte Helena ihn mit einem langgezogenen Stöhnen. Wenn sie seine Finger genau auf ihrer Knospe halten wollte, dann schob sie sich ihm entgegen und erhöhte damit den Druck, mit dem er die zarte Erhebung liebkoste. Je mehr er auf diese Zeichen achtete, desto mehr Flüssigkeit flutete ihm entgegen. Sie war so klitschnass, wie er es noch nie zuvor bei einer Frau erlebt hatte. Seine Hände badeten in ihrem Saft. Ihr Atem wurde immer schneller, und das Becken kreiste wie von selbst immer heftiger. Leo konnte genau beobachten, wie die Rötung der zarten Haut intensiver wurde und sich die inneren Schamlippen stetig mit Blut füllten. Auch der Kitzler schien unter seinen Zärtlichkeiten zu wachsen.

«Komm, fick mich mit deinen Fingern!», stöhnte sie ihm entgegen. «Lass den Daumen, wo er ist. O jaa … noch einen», verlangte sie, und Leo bohrte ihr Zeige- und Mittelfinger in die nasse Spalte, bis sie tief in dem gierigen Schlund steckten. Er presste den Daumen weiter auf die fleischige Erhebung und ließ seine Finger in ihrem Loch tanzen.

«Aaah …», stöhnte Helena auf. «Nicht aufhören!» Und plötzlich konnte Leo das pulsierende Zucken in ihrem Unterleib spüren, das ihren Orgasmus begleitete.

«Bleib so!», keuchte sie atemlos und gab sich dem berauschenden Gefühl einer nahenden Ohnmacht hin. «Beweg dich nicht.» Und Leonard gehorchte. Er spürte das wellenartige Zusammenziehen ihrer Liebesmuskeln, die seine Finger rhythmisch zusammenpressten, und fühlte die Feuchtigkeit, die ihm entgegenschwappte.

Es war überwältigend, die Lust einer Frau derart unmittelbar mitzuerleben. Er hatte nicht eine Sekunde mehr an seinen Ständer gedacht, der sich jetzt mit aller Macht wieder in Erinnerung rief. Wie gern hätte er diese unglaubliche Frau jetzt gefickt. Ein paar Stöße nur, um sie mit seinem eigenen Saft vollpumpen zu können. Doch kaum war Helena aus ihrer Trance erwacht, fuhr sie ihn wieder an: «Ich kann sehen, was du denkst. Keine Chance, mein Lieber!» Sie blickte an ihm hinunter bis zu der Beule, die seine Jeans zu sprengen drohte. Aber sie war noch nicht fertig mit ihm, einen kleinen Nachschlag konnte er noch vertragen. Und ich auch, dachte die halbnackte Frau. Laut sagte sie: «Leck mir die Muschi! Schön langsam …»

Genießerisch lehnte sie sich wieder zurück und ließ ihre Beine über die Sessellehnen hängen, und Leo beugte demütig den Kopf, um ihre Säfte aufzulecken. Zuerst tupfte er zaghaft mit seiner Zunge über ihre geröteten Lippen, doch als er das frische Aroma schmeckte und ihren Duft der Wollust einsog, wollte er mehr haben. Sie schmeckte wunderbar, und er grub seine Zunge in ihr Fleisch, das sich ihm heiß und offen darbot.

«Langsam!», ermahnte Helena ihn, doch seine Gier war entfacht. Er tauchte seine Zunge in die Öffnung und ließ sie dort kreisen. Dann presste er die raue Oberfläche seines Leckmuskels kraftvoll auf ihren harten Kitzler. Helena fuhr mit den Händen über seine kurzgeschorenen Haare, aber sie machte nicht den Eindruck, als wollte sie ihm Einhalt gebieten. Stattdessen presste sie seinen Kopf fest zwischen ihre

Schenkel und zwang seine Zunge tiefer in ihre nasse Spalte. Leos Hingabe kannte in diesem Moment keine Grenzen. Er leckte die weichen Lippen, saugte an der geschwollenen Knospe und versenkte seine Zunge immer wieder in der heißen Möse. Helenas Stöhnen erklang wie ein erotisches Konzert in seinen Ohren und jagte ihm lustvolle Schauer über den Rücken. Und er nahm das Zittern und Vibrieren in Helenas Körper wahr, als wäre er selbst ein Teil von ihr.

Doch was war das? Auf seiner Zungenspitze spürte er leichte Stromstöße, die in immer kürzeren Abständen prickelten. Und ehe er überhaupt begriff, was sich anbahnte, bäumte Helena sich unter seiner Zunge auf und explodierte in seinen Mund. Keuchend und stöhnend brach sie auf dem Sessel zusammen und japste nach Luft.

«Das war unglaublich!», verkündete sie, als sie wieder zu Atem gekommen war. «Einer der phantastischsten Orgasmen, die ich in der letzten Zeit hatte.»

Leonard sah sie strahlend an und vergaß sogar, dass er ebenfalls ganz kurz davor war. Er hätte nie gedacht, dass ihn die Geilheit einer Frau dermaßen erregen könnte. Was hatte er nur bislang verpasst?

«Wenn du das mit Mia machst, wird sie dir auf ewig treu ergeben bleiben, das verspreche ich dir.» Sie sah ihn an und ignorierte den Zustand höchster Erregung, in dem er sich offensichtlich befand. «Wann hast du sie das letzte Mal geleckt?», wollte sie wissen.

Mit einem Mal wirkte Leonard wieder wie ein geprügelter Hund. Helena blickte ihm fassungslos in die Augen. «Du willst doch nicht sagen, dass du es ihr noch nie mit dem Mund gemacht hast, oder?» Leo schlug die Augen nieder und nickte. Er hockte auf dem Boden vor Helena und fühlte sich nach dem kurzen Moment der Euphorie, als hätte sie ihm gerade den Boden unter den Füßen weggezogen.

«Sie lässt mich nicht», murmelte er und schaute Helena hilfesuchend an.

«Und das hat natürlich nicht das Geringste mit dir zu tun», höhnte sie. Doch als sie die Hoffnungslosigkeit in seinen Augen sah, beugte sie sich vor und küsste ihn auf die Wange. «Wenn du es bei Mia auch schaffst, deine Wünsche mal hintanzustellen, dann wird sie dich irgendwann lassen, da bin ich mir sicher.» Ermutigend fügte sie hinzu: «Ich danke dir für dieses befriedigende Intermezzo. Du warst wirklich gut.»

Ganz selbstverständlich stand sie auf und holte ihre Hose, die Leo in den Raum geschmissen hatte. «Und jetzt geh», forderte sie ihn auf. «Ich habe noch einiges zu tun.»

Verwirrt stemmte Leo sich auf die Beine, seine Knie schmerzten ebenso wie sein Schwanz, der sich nicht wieder beruhigen wollte. Sie konnte ihn doch jetzt nicht einfach rausschmeißen, dachte er fassungslos. Aber sie war schon an der Wohnungstür, die sie ihm aufhielt. Auf wackligen Beinen verließ er ihr Appartement. Sie rief ihm noch ein «Mach's gut und viel Erfolg!» hinterher, dann fiel die Tür ins Schloss.

Leonard stand im dämmrigen Hausflur und musste sich erst einmal gegen die Wand lehnen. Das eben Erlebte hatte ihn erschüttert. Auf der einen Seite war er glücklich, dass seine Fähigkeiten offensichtlich höchst befriedigend waren. Auf der anderen Seite hätte er vor Scham im Boden versinken können. Er hatte schon mit vielen Frauen Sex gehabt, doch solch eine weibliche Ekstase hatte er noch nie zu spüren bekommen. Oder war er bisher immer so mit seiner eigenen Lust beschäftigt gewesen, dass er die Anzeichen nur übersehen hatte?

Bei dem Gedanken an das Aufbäumen von Helenas Unterleib und das Schmatzen ihrer geöffneten Muschi meldete sich sein Schwanz mit aller Macht zurück. Mit dieser

Beule konnte er unmöglich das Haus verlassen. Er blickte sich schnell um und horchte. Das Haus wirkte verlassen, und so wagte er es, seinen prallen Schaft rasch aus der Jeans zu befreien. Sein Ständer war kurz vorm Platzen. Die Eichel leuchtete dunkelrot in dem schummrigen Flur, und die ersten Tropfen glänzten auf ihrer Kuppe. Er packte seinen Prachtkerl fest mit der Faust und wichste ihn in rasendem Tempo. Seine Hand schnellte vor und zurück. Es dauerte nur einen Moment, und Leo fing an zu keuchen. Er brauchte bloß an die nasse Möse zu denken, die er eben noch mit den Fingern gefickt hatte, und schon zogen sich seine Eier zusammen. Das Blut pulsierte in seinem Schwanz. Und als er an das Aroma der Muschisäfte dachte, deren Duft an seinem Gesicht haftete, schoss das Sperma zwischen seinen Fingern hervor, begleitet von seinem erlösenden Stöhnen. Seine Hoden pumpten und pumpten, und auf dem Linoleumboden entstand eine kleine Pfütze.

Erleichtert spürte Leonard, wie die Spannung langsam aus seinem Penis wich. Mit der freien Hand tastete er in der Hosentasche nach einem Taschentuch. Er trocknete sich notdürftig ab, verstaute sein bestes Stück und machte sich nachdenklich auf den Weg zu einem Kunden, wo er als Erstes auf der Toilette verschwand, um sich Helenas Säfte von Händen und Gesicht zu waschen.

11

Fünf graue Tage lang hielt sich der Regen über der Stadt. Mia war diese Woche nur zweimal verspätet im Café gewesen und hatte versucht, ihre Unpünktlichkeit mit besonders guter Laune wettzumachen. Mal abgesehen von dem Wetterumschwung, hatte die Woche vielversprechend begonnen. Als sie am Montag von der Arbeit kam, war Leo schon zu Hause gewesen und hatte sie mit einem Strauß Rosen begrüßt. Den ganzen Abend hatte er sich rührend um sie gekümmert bis hin zu einer verblüffenden Fußmassage, für die er keinerlei Gegenleistung erwartete. Überhaupt war er die ganzen Tage über erstaunlich zurückhaltend gewesen, sodass Mia sich in seiner Gegenwart zusehends entspannen konnte. Sie hatte nicht ein einziges Mal das Gefühl, dass er irgendetwas von ihr erwartete. Stattdessen war er aufmerksam, charmant und sehr liebevoll. Jeden Tag überraschte er sie mit einer anderen Kleinigkeit, mit Pralinen, einer CD, Kinokarten und am Freitag mit einem Gutschein für ein gemeinsames Picknick. Und als hätte er auch das geplant, verzogen sich am Samstag die Wolken, und der Himmel versprach ein sonniges, warmes Wochenende.

Leo wirkte das erste Mal seit langer Zeit ausgeglichen und

heiter. Sooft Mia ihn nach der Ursache für seine entspannte Stimmung fragte, antwortete er das Gleiche. Die Geschäfte liefen bestens, und er hätte eben einfach nur gute Laune. Sie beließ es schließlich dabei und genoss die Harmonie.

Als er sie am Samstagmorgen mit zarten Küssen und frischem Kaffee weckte, fühlte sie sich wie im siebten Himmel. Sie bereitete sich innerlich schon auf einen Annäherungsversuch vor, auf den sie gern eingegangen wäre, aber Leo hielt seine Freundin nur zärtlich im Arm und strich über ihre kurzen Haare, die am Morgen immer in alle Richtungen abstanden. Mia kuschelte sich in seinen Arm und folgte schläfrig seinen Erzählungen über störrische Kunden. Bevor sie jedoch wieder in süßen Träumen versinken konnte, küsste Leo ihre Nasenspitze, schnappte sich den Kaffeebecher und hüpfte aus dem Bett.

«Na los, du Schlafmütze», spornte er sie an. «Wir haben heute noch viel vor. Raus aus den Federn!» Er riss die Bettdecke hoch und warf lachend ein Kissen nach seiner Freundin, die sich sofort revanchierte und ein anderes zurückfeuerte. Leo fing es auf, doch anstatt eine Kissenschlacht zu beginnen, legte er das Bettzeug ordentlich auf einen Stuhl und hielt der zerzausten Mia galant die Badezimmertür auf.

«Nach Ihnen, Madame!», sagte er mit einer Verbeugung und bugsierte Mia in die Dusche. Sie wollte ihn umarmen und ihren nackten Körper an ihn schmiegen, doch Leo schob sie energisch in die Duschkabine und drehte den Wasserhahn auf. Fürsorglich legte er ihr noch ein Handtuch bereit und verabschiedete sich mit sanfter Stimme: «Beeil dich. In fünfzehn Minuten ist Abfahrt.» Er drohte ihr spielerisch mit dem Finger, küsste sie schnell auf die Wange und schloss die Kabinentür.

Obwohl Mia diese neue Seite an Leo – die sie bisher gar nicht kannte – genoss, war sie gleichzeitig auch verwirrt. Sie hätte nichts gegen eine kleine Liebelei am Morgen gehabt. Wenn sie ehrlich war, vermisste sie Leos Annäherungsversuche sogar. Wie konnte er einerseits so ausgeglichen und fröhlich sein und andererseits keinen Sex mit ihr wollen? Ob er sie betrog? Aber würde er sich dann so viel Mühe mit ihr geben? Oder gab er sich Mühe, weil er ein schlechtes Gewissen hatte?

Mia beschloss, sich den Tag nicht mit solchen trüben Gedanken zu verderben. Sie duschte schnell, zog sich einen bunten Rock mit passendem Pulli an und rannte Leo hinterher, der schon mit Picknickkorb und Decke an der Tür auf sie wartete.

Für dieses Wochenende hatte Leo sich etwas Besonderes ausgedacht. Dafür war ihm sogar das Opfer recht, ein paar wichtige Kundengespräche zu verschieben, um einen ganzen Tag für Mia Zeit zu haben. Als sie neben ihm im Auto saß und sich entspannt zurücklehnte, zweifelte er nicht mehr am Erfolg seines Vorhabens. Er wollte seine neuen sexuellen Fähigkeiten austesten und hatte sich seine Vorgehensweise genau überlegt. Ganz sanft ließ er seine Hand über Mias Knie gleiten, strich über ihre warme nackte Haut und schob vorsichtig den Rock ein wenig höher. Bevor sie reagieren konnte, griff er wieder nach dem Lenkrad und sah sie lächelnd von der Seite an. Sie erwiderte seinen Blick, rutschte zu ihm herüber und schmiegte sich an seine Schulter.

«Die Idee mit dem Bootsausflug ist wirklich süß von dir!» Ihre warmen Lippen suchten seinen Hals und hauchten einen Kuss unter sein Ohr. «Ich habe uns Obst und Kuchen eingepackt.»

Er musste über ihre fürsorgliche Art lachen und strahlte sie an: «Ich habe viel mehr Appetit auf dich, meine Süße!» Und wieder wanderte seine Hand über ihren Schenkel, diesmal noch ein bisschen höher, sodass unter ihrem Rock ein zartgeblümter Slip zum Vorschein kam.

«Ach, Leo …», murmelte sie an seinem Hals, und es war nicht zu erkennen, ob ihre Stimme einen wohlwollenden oder mahnenden Unterton hatte. Aber der junge Mann hatte sich eine Strategie zurechtgelegt, mit der er ihre körperliche Zurückhaltung überlisten wollte. Wieder nahm er die Hand ans Steuer und schielte zur Seite. Mia hatte die Beine hochgezogen und sich seitlich in den Sitz geschmiegt, während ihr Kopf immer noch auf seiner Schulter ruhte. Der Rock verdeckte nichts mehr, und er konnte ihre dunkle Scham durch das Höschen schimmern sehen.

Langsam lichtete sich der Stadtverkehr. Sie fuhren durch eine Villengegend, deren Straßen von imposanten Häusern mit üppigen grünen Gärten gesäumt waren. Große, weitverzweigte Bäume boten Schatten, ließen aber an einzelnen Stellen das Sonnenlicht in hellen Strahlen durch ihr Dach aus Blättern.

Mia hatte die Augen geschlossen, und Leo legte seine Hand erneut auf ihren Oberschenkel, ließ sie dort einen Moment ruhen und schob seine Fingerspitzen dann vorsichtig, ganz vorsichtig, zwischen ihre Beine, wo er abermals innehielt. Sein Handballen ruhte auf ihrem Venushügel. Ohne eine spürbare Bewegung verstärkte er langsam den Druck und erreichte damit, dass sich ihre Schenkel etwas öffneten. Er rückte mit der Hand ein wenig nach, bis er seinen kleinen Finger in der richtigen Position hatte. Ohne ihn wirklich bewegen zu müssen, konnte er die beiden äußeren Hüterinnen der Pforte unter dem dünnen Stoff des Höschens spüren. Er ließ den Finger kreisen, bis sie sich öffneten und er die kleine Erhebung der Klitoris erahnen konnte.

Mia tat so, als wäre sie eingedöst, und rutschte tiefer in den Sitz, wobei sie ihre Schenkel etwas weiter öffnete. Damit konnte Leos Zeigefinger den Rand ihres Slips erreichen, und er nutzte den Moment, um die Fingerspitze unter den Stoff gleiten zu lassen. Nach und nach schob er das Höschen beiseite und legte Mias Kraushaar frei. Jetzt wurde seine Hand energischer. Er drückte so lange gegen Mias rechten Oberschenkel, bis sie nachgab und die Beine so weit öffnete, dass er freie Fahrt hatte. Rasch griff er in ihre heiße, feuchte Mitte, spaltete sie sicher in zwei Hälften und presste den Mittelfinger auf die entblößte Liebesperle. Er verstärkte den Druck und ließ die fleischige Knospe kreisen.

Die junge Frau wurde unruhig. Sie atmete tief ein und drehte sich auf dem Beifahrersitz so, dass sie ihre Scham fast breitbeinig zur Schau stellte.

Leo war zufrieden mit diesem Ergebnis und entschied sich, den nächsten Schritt zu wagen. Er schob den kreisenden Finger tiefer und tiefer, teilte dabei auch die inneren Lippen und arbeitete sich so zu der verborgenen Öffnung vor. Seine Fingerspitze tauchte in schlüpfriges Nass. Leo stutzte:

Mia war feucht, so feucht, wie er sie noch nie erlebt hatte.

Ermutigt durch diesen Erfolg, schob er einen Finger in ihr Loch. Sie ließ ihn gewähren. Er zog sich wieder zurück, um gleich darauf erneut hineinzustoßen, diesmal tiefer und fester. Beim nächsten Stoß war sie so weit und nass, dass er einen zweiten Finger in ihre Lustgrotte hineinzwängen konnte. Jetzt hatte er sie fest im Griff. Er stieß seine Finger in ihr warmes Fleisch und spürte mit Genugtuung ihren Atem an seinem Hals, heiß und feucht, immer schneller. Sie keuchte und wand sich unter seiner Hand. Ihre Lippen klafften auseinander, während sich seine Finger immer tiefer hineinwühlten, ihren Rhythmus fanden und gleichzeitig mit aller Kraft auf ihre Perle pressten.

Er hatte sie so weit.

Sie stöhnte leise an seiner Schulter.

Er hörte das unanständige Schmatzen ihrer Möse und stieß seine Finger wie besinnungslos in ihren gierigen Schlund. Er konnte nicht genug von dieser heißen Nässe bekommen, er hätte am liebsten mitten auf der Straße angehalten, um sie gleich hier zu vögeln. Sein Schwanz schmerzte vor Verlangen, während seine Finger immer noch in ihr steckten, in ihrem Saft badeten und das zuckende Fleisch ertasteten.

Mia presste die Schenkel zusammen und versuchte seine heftigen rhythmischen Bewegungen zu bremsen. So etwas Überwältigendes hatte sie noch nie erlebt. Sie war erregt und nackt und schockiert über ihre Schamlosigkeit.

Sich von ihrem Freund von hinten vögeln zu lassen war eine Sache, im Auto mitten in Berlin die Schenkel zu spreizen eine ganz andere.

«Wie gut, dass der Wagen Automatik hat», grinste Leo selbstzufrieden. Er sog ihren Duft an seinen Fingern ein und kostete den Saft, der an ihnen hinunterlief. «Du schmeckst wirklich gut. Ich sollte dich mal ausgiebig lecken.»

Es brauchte eine Weile, bis Mia sich wieder beruhigt hatte. Leo fuhr mit seinem Ausflugsprogramm fort, als wäre nichts weiter geschehen. Sie konnte ja nicht ahnen, dass er am Morgen extra früh aufgestanden war, um zu onanieren, damit er sich jetzt länger zurückhalten konnte. Er mietete ein Boot, half Mia mit ihrem Picknickkorb und ruderte sie hinaus auf den Wannsee. Die Sonne stand hoch am Himmel und tauchte das Paar in warmes Licht, als sie sich mitten auf dem See treiben ließen. Es wehte kein Wind. Das Holzboot dümpelte ruhig auf dem Wasser, und Mia packte ihre Vorräte aus. Sie versuchte, Leos Blick standzuhalten.

«Möchtest du ein Stück Kuchen?» Sie hielt ihm eine Vorratsdose, gefüllt mit Marmorkuchen, hin. «Du kannst auch einen Apfel oder Weintrauben haben.» Aber Leo tat ihr nicht den Gefallen, Konversation zu machen. Er hatte sich so lange zusammengerissen, während sein Schwanz schmerzte und er unentwegt an Mias nasse Möse denken musste. Jetzt war sie allein mit ihm auf dem See. Die anderen Ruderboote hielten Abstand. Wahrscheinlich waren ihre Insassen ebenso mit sich selbst beschäftigt und hatten gar keine Blicke frei für andere Boote. Ihm sollte es recht sein. Er wollte Sex, und zwar sofort.

Für den Bruchteil einer Sekunde blitzte ein Bild vor seinem inneren Auge auf. Er sah Helena mit gespreizten Beinen und weitgeöffneter Möse vor sich, die ihm befahl, sie zu lecken.

«Mia, mein Liebling ...» Er sah in Gedanken die erregte, keuchende Helena und lächelte. Dann sagte er in zuckersüßem Ton: «Heb deinen Rock und lass mich deine Muschi sehen.»

Mia schnappte nach Luft. Sie wusste überhaupt nicht mehr, wo ihr der Kopf stand. Insgeheim hatte sie sich eine Veränderung gewünscht, und dennoch fühlte sie sich nun von der Erfüllung dieses Wunsches überfordert. Noch nie zuvor hatte sie sich so gehen lassen wie vorhin im Auto. Einerseits schämte sie sich ein bisschen, andererseits war sie Leo dankbar für diese verwirrende Erfahrung. Eigentlich hatte er ein bisschen Entgegenkommen verdient, obwohl sie den Gedanken erniedrigend fand, dass er ihr «einen runtergeholt» hatte.

Ihre Gedanken wirbelten durcheinander. Sie wusste, dass sie sich anstrengen musste, wenn sie ihn halten wollte, es gab mit Sicherheit genügend andere Frauen, die nur zu gern mit ihr tauschen würden. Also gab sie sich einen Ruck, atmete tief durch und zog langsam ihren Rock hoch.

«Weiter!», forderte Leo, und Mia gehorchte.

«Spreiz deine Schenkel!» Mia spreizte die Schenkel.

«Und jetzt zieh dein Höschen zur Seite!» Mia fasste nach dem Stoff, der noch feucht von ihren Säften war, und zog ihn zögernd beiseite. Leos Blick hing wie gebannt an ihren geröteten, leicht geschwollenen Lippen.

«Zieh sie auseinander! Ich will alles sehen ...» Seine Stimme war rau vor Gier, als ihr Kitzler und ihr feuchter Eingang offen vor ihm lagen. Mias zur Schau gestellte Schamlosigkeit stand in solchem Widerspruch zu ihrer spröden Art, dass ihm schon allein bei dem Gedanken, sie so weit gebracht zu haben, fast einer abging. Er griff sich in den Schritt und presste eine Hand auf seinen Ständer. Mit der anderen riss er den Gürtel und die Knöpfe der Jeans auf. Der Druck in seinem Schwanz war unerträglich. So geil war er schon lange nicht mehr gewesen. Er stöhnte, als er seinen Prachtkerl endlich in der Hand hielt, und begann, ihn zu wichsen. Dabei starrte er auf Mias rotes Fleisch, leckte sich die Lippen und entschied, noch einen Schritt weiter zu gehen.

«Komm her, Mia!», befahl er ihr. «Leck meinen Schwanz!» Und tatsächlich rutschte Mia von der Ruderbank herunter, kniete sich zwischen Leos ausgestreckte Beine und beugte sich vor, um seinen Ständer in den Mund nehmen zu können. Er packte ihren Kopf und drückte ihn auf seinen Schaft, den er immer schneller rieb und dabei zwischen ihre Lippen schob. Sie tupfte mit der Zunge über seine Schwanzspitze, schmeckte die ersten salzigen Tropfen und leckte gehorsam über die Eichel. Leos Hand pumpte an seinem Schaft auf und ab. Er sah auf seine kniende Freundin hinunter, spürte ihre Zunge und die warmen Lippen und explodierte plötzlich mit einer Wucht, die ihn fast von der Bank riss. Sein Saft schoss hervor, sammelte sich in Mias Mund und zwang sich in ihre Kehle. Sie leckte und schluckte, und er hielt ihren Kopf fest, bis sie auch den letzten Tropfen in sich aufgenommen hatte. Leo keuchte und rang nach Atem. Sein Schwanz zuckte immer noch in Mias Mund und blieb hart, als verlangte er noch einen Nachschlag. Leo war völlig geschafft. Er ließ sich vornüber von der Bank kippen, fiel in Mias Arme und verbarg seinen Kopf seufzend an ihrem Hals.

Das Boot schwankte gefährlich, pendelte sich aber langsam wieder ein, als keine weiteren abrupten Bewegungen folgten.

Mia hockte zwischen den beiden Ruderbänken und hielt den schweratmenden Mann im Arm. Fassungslos streichelte sie ihm über die stoppeligen Haare und versuchte, ihre Gedanken zu ordnen. Sie konnte nicht genau benennen, was sie fühlte. Stolz? Scham? Sie war sich nicht sicher, wusste nur, dass sie gerade Grenzen überschritten hatte, die ihr Selbstbild ins Wanken brachten. Sie wollte irgendwann einmal die Mutter von Leonards Kindern werden, wollte mit ihm eine Familie gründen, die das Zentrum ihres gemeinsamen Lebens werden sollte. Aber wie könnte er sie als Frau respektieren, wenn sie sich wie eine Hure verhielt? In mancher Hinsicht bewunderte sie die Frauen, die Sexualität als Ware behandeln konnten, für ihre Selbstbestimmtheit, die ihnen mit Sicherheit eine gewisse Macht über Männer verlieh. Sie zweifelte nur daran, dass ein Mann einer Hure wirklich mit Respekt und Hochachtung begegnen konnte, gerade weil sie Macht über ihn besaß.

Wie sollte sie Leo in die Augen sehen können, wenn sie dabei an seinen Blick auf ihre intimste Stelle denken musste? Und würde er jemals wieder ganz normalen Sex mit ihr haben wollen, jetzt, da er sie dazu gebracht hatte, vor ihm niederzuknien und seinen Penis in den Mund zu nehmen?

12

Die beiden Freundinnen hatten sich schon ein paar Tage nicht mehr gesehen. Seit Leos Nachhilfestunde – wie Helena die Eskapade beschönigend nannte – hatte sie einige Male mit Mia telefoniert. Mia war geradezu euphorisch gewesen und hatte Helena von Leos plötzlicher Veränderung vorgeschwärmt. Deren wortkarge Reaktionen fielen ihr gar nicht auf, so begeistert erzählte sie von den Aufmerksamkeiten und der Fürsorge, mit denen ihr Freund sie neuerdings überschüttete. Als Mia sie schließlich am Wochenende versetzt hatte, weil Leo überraschend einen Ausflug geplant hatte, war Helena insgeheim erleichtert, dass ihre unkonventionelle Unterstützung offensichtlich Früchte trug. Obwohl sie sich Vorwürfe machte, sich auf dieses Experiment überhaupt eingelassen zu haben, war sie doch auch stolz auf ihren Erfolg auf dem Gebiet der Erotik. Leo hätte kaum eine bessere Lehrmeisterin finden können, wenn überhaupt eine andere Frau zu solch einer intimen Offenbarung bereit gewesen wäre.

Eigentlich sollte sich der Sexualkundeunterricht in der Schule nicht auf die biologischen Details des menschlichen Körpers beschränken, dachte Helena. Sie hatte einmal von einer Stammeskultur gelesen, in der die jungen Männer von

Schwestern und Müttern in die Geheimnisse der Liebeskünste eingeführt wurden. Zugegeben, das war eine Methode, die sich wohl kaum jemals in den westlich orientierten Kulturkreisen durchsetzen würde. Aber diese jungen Liebhaber wussten nach ihren «Einführungskursen» mit Sicherheit, worauf es ankam. Und ihre zukünftigen Geliebten und Ehefrauen würden sich nicht mit unerfahrenen Stümpern auseinandersetzen müssen. Es sollte bei uns zumindest ein Unterrichtsfach für Selbstlosigkeit und Anteilnahme geben, überlegte Helena schmunzelnd weiter. Schließlich waren genau das die Eigenschaften, die vielen Männern fehlten, und deshalb erklärten sie ja ihr eigenes Vergnügen zum Maßstab aller Dinge. Aber waren Frauen da wirklich anders? Hatte *sie* denn Mitleid mit Leos Zustand höchster Erregung gehabt, als sie ihn aus der Wohnung warf?

Helena tröstete sich mit den besonderen Umständen, die sie zu dieser Unhöflichkeit gezwungen hatten, musste sich aber eingestehen, dass Frauen mit Sicherheit auch nicht immer rücksichtsvoll waren. Der Schlüssel für besseren Sex war wahrscheinlich ein offener und ehrlicher Umgang miteinander. Leonard hatte sich als talentierter junger Mann entpuppt, obwohl anscheinend keine seiner bisherigen Freundinnen diese Qualitäten eingefordert hatte, denn sonst hätte er Helena nicht um Rat fragen müssen. Und die Sprachlosigkeit zwischen ihm und Mia war auch offensichtlich. Würde Mia sich mehr mit ihren eigenen Bedürfnissen auseinandersetzen, könnte sie ihre Wünsche sicherlich auch Leo gegenüber formulieren. Unzufriedenheit auf beiden Seiten war die Folge fehlender Kommunikation, dessen war sich Helena sicher. Sie würde unbedingt noch einmal mit Mia reden müssen, um ihrer Freundin klarzumachen, dass sie auch einen großen Beitrag leisten müsste, wenn sie ihre Beziehung auf Dauer retten wollte.

Das Telefon klingelte und unterbrach Helenas Gedanken. Sie hatte es sich vor ihrem Aussichtsfenster auf dem Sofa gemütlich gemacht und schälte sich nun aus ihrer Kuscheldecke. Es war Sonntagabend, und sie wartete auf einen Anruf von Gaetano, der sich das ganze Wochenende nicht gemeldet hatte. Als sie den Hörer abnahm, schluchzte ihr jedoch eine Stimme entgegen, die Mia zu gehören schien.

«Ich habe alles falsch gemacht …» Die junge Frau war in Tränen aufgelöst und kaum zu verstehen. «Es ist alles nur noch schlimmer geworden!», wimmerte sie in den Hörer. Dann war außer ihrem Schniefen eine Weile nichts mehr zu hören.

«Mia, was ist denn bloß los?», versuchte Helena ihre Freundin wieder zum Reden zu bringen. «Atme tief durch und dann erzähl mal, was passiert ist.»

Kräftiges Ausschnauben ertönte, gefolgt von ein paar tiefen Atemzügen, und Mia beruhigte sich tatsächlich ein wenig. «Der Tag hatte so schön angefangen …», begann sie ihren verworrenen Bericht über die Ereignisse des Wochenendes. Wenn Helena sie richtig verstand, dann hatte Leo es das erste Mal geschafft, seine Freundin aus der Reserve zu locken, nur um dann kurz darauf über ihre Grenzen hinwegzutrampeln. Irgendeine sexuelle Begebenheit in einem Ruderboot auf dem Wannsee hatte Mia dermaßen aus der Fassung gebracht, dass sie ihrem Freund seitdem nicht mehr in die Augen schauen konnte. Ihre ablehnende Haltung hatte wohl schließlich einen Streit heraufbeschworen, der mit knallenden Türen und Leos wütendem Verlassen der gemeinsamen Wohnung endete. Und nun hatte Mia Stunden verzweifelt und weinend vor dem Telefon verbracht und vergeblich auf einen Anruf von ihm gewartet. «Was soll ich nur machen?», schluchzte sie schließlich und brach erneut in Tränen aus.

Helena ließ sie weinen und dachte über die richtige Antwort nach. War Leo ein unsensibler Idiot, oder hatte Mia selbst

Schuld an der Eskalation? Da sie seine Version der Ereignisse nicht kannte, musste sie sich auf Mias Seite stellen. Doch was sollte sie ihrer Freundin raten? Sie versuchte erst einmal, die schluchzende junge Frau zu beruhigen. Als Mia sich so weit im Griff hatte, dass sie wieder zuhören konnte, versuchte Helena es mit Schadensbegrenzung. «Du kühlst dir jetzt das Gesicht, ziehst dich an, und in zehn Minuten schicke ich dir ein Taxi, das dich zu mir bringt. Und pack Schlafsachen ein. Du übernachtest heute bei mir», bestimmte sie und trieb die Freundin an, sich zu beeilen.

Zwanzig Minuten später stand Mia mit verquollenen Augen und geröteter Nase vor der Wohnungstür. Helena nahm sie in die Arme und setzte sich mit ihr auf das Sofa, wo sie schon frischen Tee, eine geöffnete Flasche Rotwein und Kartoffelchips mit Rosmarin bereitgestellt hatte, die Mia so gern aß. Wie ein Häufchen Elend hockte die Freundin auf der Couch. Helena sagte erst einmal nichts, sondern hielt die junge Frau fest im Arm und streichelte ihr beruhigend den Rücken. Nach einer Weile hatte sie das Gefühl, dass Mia sich entspannte: Sie griff in die Schale mit Chips und goss sich einen Schluck Wein ein. Das Schlimmste schien überstanden, und Helena traute sich endlich, das Gespräch auf das Wochenende zu bringen.

«Ich weiß einfach nicht, was ich will», gestand Mia endlich ein. «Leo war die ganze Woche so großartig. Und als er mich dann noch im Auto so in Fahrt brachte, habe ich gedacht, der Knoten wäre doch noch geplatzt. Ich …» Sie stockte. «Ich meine, er hat mich so scharf gemacht, dass ich völlig die Kontrolle verloren habe. Aber als er dann auf dem See von mir verlangt hat … du weißt schon … mit dem Mund …»

Mia ließ den Satz im Raum stehen, doch Helena hakte nach: «Wie hat er dich gezwungen? Hast du nein gesagt?»

Die Freundin starrte in ihr Weinglas und zuckte mit den

Schultern. «Na ja, eigentlich hat er mich nicht gezwungen … Er hat gefordert … Und ich hab's gemacht. Ich hätte bestimmt Nein sagen können, aber in dem Moment wollte ich das gar nicht.»

«Und wo genau liegt dann das Problem?», fragte Helena sichtlich irritiert.

«Verstehst du denn nicht?», antwortete Mia verzweifelt. «Ich komme mir vor wie eine billige Hure, die alles macht, was man von ihr verlangt. Leo sieht jetzt bestimmt nur noch ein williges Betthäschen in mir, wie soll er denn da jemals …» Und schon begann sie wieder zu schluchzen.

Helena schüttelte entgeistert den Kopf. Mias Gedankengänge waren absurd.

«Glaubst du wirklich, dass es seine Achtung vor dir schmälert, wenn er mit dir ein aufregendes Liebesleben hat? Wie kommst du nur darauf, das könnte ein Widerspruch zu deiner Vorstellung von einer Beziehung sein? Mia, sieh mich an!», forderte sie. «Warum hast du solch eine Angst davor, die Kontrolle zu verlieren?»

Mias Schluchzen ging in ein leises Wimmern über. Ihr Körper zitterte in Helenas Armen. Tonlos antwortete sie: «Ich habe vor ein paar Monaten Pornos in seinem Schreibtisch gefunden.»

Helena sah ihre Freundin fragend an.

«Allein die Titel haben mir schon gereicht. Alles drehte sich nur um ‹Schlampen›, ‹Fotzen› und ‹Ficklöcher›, die gestopft werden sollten. Das war so widerlich! Und mein Freund steht auf diese ganzen ekelerregenden Sachen, die die Frauen auf den Titelbildern gemacht haben!»

Sie schniefte in ein Taschentuch, das Helena ihr gereicht hatte. Jetzt, da sie endlich sprach, wollte sie sich das ganze Elend von der Seele reden. «Am Anfang habe ich versucht, das Ganze zu vergessen. Ich weiß ja auch, dass die meisten

Männer sich Pornos ansehen. Aber als Leo mich jetzt dazu gebracht hatte, auch solche Sachen mit ihm zu machen, wurde mir klar, dass er nur noch eine Schlampe in mir sieht. Ich kann nicht mehr mit ihm zusammen sein. Das musst du doch verstehen, Helena.» Sie blickte flehend zu ihrer Freundin auf, dann schnaubte sie sich lautstark die Nase. Die blonde Frau an ihrer Seite starrte aus dem Fenster und suchte nach den richtigen Worten.

«Ich verstehe deine Ängste, Süße», versuchte sie die Freundin zu beruhigen. «Glaub mir, keine Frau möchte gern allein als Lustobjekt betrachtet werden. Aber mal ehrlich, es gibt doch einen großen Unterschied zwischen Phantasie und Wirklichkeit. Hat Leo dich denn in der letzten Zeit schlecht behandelt, oder hat er irgendwelche Äußerungen gemacht, die dich verletzt haben?»

Mia dachte nach und musste zugeben, dass Leo gerade in der letzten Woche äußerst rücksichtsvoll und zärtlich zu ihr gewesen war.

«Dann hat er dir also keinen Anlass gegeben, an seiner Zuneigung dir gegenüber zu zweifeln?», hakte Helena nach. Mia schüttelte den Kopf.

«Und jetzt verrate mir bitte eines: Wie kommst du auf die Idee, dass es entwürdigend ist, deinen Freund mit dem Mund zu befriedigen?» Man muss die Dinge auch mal beim Namen nennen, dachte Helena und wartete auf Mias Antwort.

«Ach, Helena», erwiderte sie. «Ich hab das nicht zum ersten Mal gemacht, wirklich», beteuerte Mia. «Es war mehr die Art und Weise. Er war so fordernd, und ich stand völlig in seinem Bann und habe einfach getan, was er verlangt hat. In dem Moment schien mir das völlig normal, aber hinterher habe ich mich so mies gefühlt. Ich kann ihm einfach nicht mehr in die Augen sehen.»

«Hast du den Spieß schon mal umgedreht?»

Mia blickte auf. «Wie meinst du das?»

«Mensch, Mia, hast du denn wirklich keine Ahnung von diesen Spielchen? Was sind denn deine Phantasien?»

«Ich hab keine», behauptete Mia prompt, ohne nachzudenken.

«Das gibt es doch gar nicht!» Jetzt wurde Helena langsam ärgerlich. So fern von dieser Welt konnte doch heutzutage niemand mehr sein. «Ich glaube, du solltest noch einiges lernen, bevor du deinen Freund so leichtfertig in den Wind schießt, der sich offensichtlich viel Mühe mit dir gibt.»

«Ja, klar, ich bin an allem schuld», erwiderte Mia sofort voller Selbstmitleid. «Ich habe alles falsch gemacht.»

Jetzt waren sie wieder am Anfang ihres Gesprächs, und Helena wollte das Thema nicht noch ein zweites Mal durchkauen. Sie hatte jetzt verstanden, was das eigentliche Problem war, und hatte auch schon eine Idee, wie sie ihrer Freundin vielleicht helfen konnte. Aber für heute war es genug. Mia musste erst einmal zur Ruhe kommen und wieder klare Gedanken fassen können. Dann würde sich alles andere vielleicht von selbst ergeben.

Sie holte Kopfkissen und Decke und bereitete Mia einen Schlafplatz auf dem Sofa. Dann schickte sie die Freundin ins Badezimmer, räumte den Tisch ab und wartete auf Mias Rückkehr, die kurz darauf in einem mit Rosen bestickten Nachthemdchen erschien und sich dankbar von Helena zudecken ließ.

«Wenn du etwas brauchst», bot Helena an, «dann sag Bescheid. Und jetzt schlaf gut. Morgen sieht die Welt schon ganz anders aus.» Sie strich Mia wie einem kleinen Mädchen übers kurze Haar und drückte ihr einen Kuss auf die Stirn.

Helenas erster Gedanke am nächsten Morgen war, dass Gaetano nicht mehr angerufen hatte, und sie verspürte einen eifersüchtigen Stich. Sollte diese Magdalena vielleicht noch andere Aufgaben übernommen haben, als zu putzen und zu kochen? Oder welche Gründe konnte es sonst dafür geben, sich das ganze Wochenende nicht zu melden?

Hilfe, dachte Helena, jetzt lasse ich mich schon von Mia anstecken. Sie verscheuchte diesen Gedanken sofort wieder und ging ins Wohnzimmer, wo ihre Freundin friedlich schlief.

Merkwürdig, überlegte sie, als sie leise in der Küche Kaffeewasser aufsetzte. Warum hatte Leonard eigentlich noch nicht hier angerufen? Er müsste sich doch denken können, dass Mia zu ihrer Freundin flüchten würde. Oder war er noch nicht nach Hause gekommen und wusste somit gar nicht, dass Mia nicht in der gemeinsamen Wohnung war? Wenn sich das Problem zwischen den beiden nicht bald lösen ließe, würde sie ihre Abreise noch verschieben müssen. In diesem Zustand konnte sie ihre liebste Freundin unmöglich allein lassen. Aber wenn ihr Plan aufging, würde Mia vielleicht bald entdecken, dass es gar kein Problem gab.

Als sich der Duft frisch aufgebrühten Kaffees in der Wohnung verbreitete, schlug Mia die Augen auf. Sie waren immer noch etwas verquollen, aber die junge Frau fühlte sich deutlich besser. Sie streckte sich auf dem bequemen Sofa, schwang sich dann auf die Beine und ging zu Helena in die Küche. Dort bekam sie einen dicken Guten-Morgen-Kuss und einen Becher Kaffee mit Sahne, den Helena ihr lächelnd entgegenstreckte.

«Ich habe noch etwas für dich!» Die blonde Frau zog eine Schublade auf, holte ein Buch heraus und reichte es Mia mit einer feierlichen Geste. Das Cover war schwarz und zeigte in Sepia getönt die Gliedmaßen einer nackten Frau, die sich auf dem Boden ausgestreckt hatte, das rechte Bein angewinkelt, das linke darübergeschlagen. Wie ein Kreuz lagen die Arme links und rechts auf dem Boden ausgebreitet. Rumpf und Kopf der Frau waren hinter den Schenkeln versteckt. Die rechte Wade verdeckte den Einblick in ihre Scham.

«‹Lustschreie›», verkündete Helena stolz, «mein absolutes Lieblingsbuch. Wenn du das gelesen hast, dann wirst du deine Phantasien kennen!» Sie lachte. «Sieh mich nicht so kritisch an. Lies dieses Buch, und dann reden wir noch einmal über dich und Leo. Versprochen?»

Sie drückte der skeptischen Mia das Taschenbuch in die Hand.

«So, nun frühstücken wir in Ruhe, und dann gehen wir shoppen. Du wirst sehen, in ein paar Tagen habt ihr beide euch wieder vertragen, und du siehst die Welt mit anderen Augen.» Helena schob ihre Freundin zum Esstisch und begann, ein üppiges Morgenmahl aufzudecken.

13

Am späten Nachmittag lieferte Helena ihre Freundin zu Hause ab. Die beiden Frauen waren beladen mit Tüten voller unnützer Kleinigkeiten wie einer Lichterkette aus Fellpuscheln, einem Porzellanmops, den sie in einem Trödelladen entdeckt hatten, und natürlich diversen modischen Accessoires, ohne die eine Frau diesen Sommer nicht auskommen konnte. Das Ergebnis der Frustkäufe war eine heitere Mia, die zuversichtlich der Versöhnung mit ihrem Freund entgegensah.

Helena war beschwingt von ihrem Erfolg, und doch fehlte noch etwas zur Krönung des Tages. Als sie zurück zu ihrer Wohnung kam, konnte sie die Tür nicht schnell genug aufschließen, weil sie auf einen blinkenden Anrufbeantworter mit einer Nachricht von Gaetano hoffte. Sie ließ ihre Einkaufstüten im Flur fallen und lief zum Telefon. – Nichts! Weder hatte der AB eine Sprachnachricht aufgezeichnet, noch zeigte das Display einen entgangenen Anruf an. Enttäuscht schmiss Helena den Schlüssel auf den Couchtisch und streifte sich die Pumps von den Füßen. Dann eben nicht, dachte die blonde Frau trotzig und stutzte im nächsten Moment. Ein Geräusch irritierte sie, das zu laut war, als dass es aus einer der Nachbarwohnungen stammen konnte. Es hörte sich an, als würde Wasser rauschen, aber sie hatte doch wohl kaum vergessen, einen Hahn zuzudrehen? Jetzt bloß keinen Rohrbruch, dachte Helena genervt, das hätte ihr so kurz vor dem Umzug noch gefehlt. Hastig lief sie ins Badezimmer, wo sie die Quelle des Wasserstroms vermutete. Sie riss die Tür auf und bekam fast einen Herzschlag, als sie den Rücken eines halbnackten Mannes erblickte. Es dauerte ein, zwei Atemzüge, bis sie sich von dem Schreck erholt hatte und den sich umdrehenden Mann endlich erkannte.

«Bist du wahnsinnig, mich so zu erschrecken?», war das Erste, was Gaetano zu hören bekam, bevor seine Liebste ihm schließlich um den Hals fiel und sich an seine nackte Brust schmiegte.

«Überraschung gelungen?», fragte er mit den Lippen in ihrem Weizenhaar, das nach Sonne und Großstadt duftete. «Ich konnte es nicht mehr länger ohne dich aushalten.»

«Du verrückter Kerl», erwiderte die junge Frau liebevoll schimpfend, «und ich habe dich schon in den Armen dieser Magdalena gesehen, weil du dich am Wochenende nicht gemeldet hast.»

«Du wirst diese Perle Siziliens bald kennenlernen, *mia bionda*», lachte Gaetano auf, «und dann versuche noch einmal, mich in den Armen dieser Zwei-Zentner-Frau zu sehen.» Der Italiener schüttelte spielerisch den Kopf bei dem Gedanken daran, was seine Schöne ihm zugetraut hatte. Doch dann wurde er wieder ernst und zog Helena in seine Arme. «Komm her», raunte er ihr zu, «du unwiderstehliche Göttin der Liebe, lass mich dir zu Diensten sein.»

Helena liebte ihren Gaetano dafür, dass er sie beim Sex zu seiner Gebieterin machte. Sie wusste, dass er auch anders konnte. Aber er spielte die Rolle des dominanten Machos nur, wenn sie es so wollte. Im Grunde genommen war er ihr hörig, und sie liebte die Macht, die sie über ihn hatte, obwohl oder gerade weil er sonst ein knallharter Geschäftsmann war. So unglaublich es auch sein mochte, Helena schien ihren Traummann gefunden zu haben.

Sie trat einen Schritt zurück und betrachtete ihren Freund, der auf einen Befehl von ihr wartete. Seine Haut hatte den dunklen Farbton der Süditaliener, die sich vor langer Zeit mit den dunkelhäutigen Menschen vom Kontinent auf der anderen Seite des Mittelmeeres vermischt hatten. Das Profil seines Gesichtes zeigte jedoch die markanten Züge der Nordeuropäer, die bereits die Götterstatuen des antiken Roms gekrönt hatten. Helena fand ihn wunderschön mit der feinen Spur schwarzer Haare, die sich von seiner Brust bis hinunter zum Bauchnabel zog und dann in den engen Shorts verschwand. Ruhig und sicher stand dieser Adonis auf seinen muskulösen Beinen und genoss Helenas Blicke, die über seinen Körper wanderten. Er hatte eine gute Figur, und Helena gefiel es besonders, dass er auch ein wenig Fleisch auf den Rippen hatte. Sie mochte keine Männer, an denen alles hart und kantig war, lieber schmiegte sie sich an einen Mann, der nicht nur muskulös, sondern auch weich war. Da durfte sogar ein winziger Bauchansatz seine Vorliebe für Pasta mit Sahnesaucen verraten.

Helena seufzte bei dem Gedanken an ein Leben mit diesem Mann. Vor ihrem inneren Auge sah sie die sonntäglichen Ausflüge an den Lago Maggiore vor sich oder einen Spaziergang auf der steilen Prozessionsstraße, die auf den Sacro Monte führte, von wo sie in einem Café die herrliche Aussicht über das Tal bei Varese genießen könnten. Und wenn sie gegen Mittag zurückkämen, würde Magdalena mit köstlich duftenden Speisen auf sie warten, für deren Zubereitung sie gern den ganzen Vormittag in der Küche verbracht hätte.

«Ach, Gaetano, ich liebe dich», flüsterte Helena, während

sie ganz langsam die Knöpfe ihrer Bluse öffnete. Die Augen des hübschen Italieners hingen an ihren Bewegungen.

«Ich liebe dich auch, *carissima.* Und jetzt sag mir, was ich für dich tun kann.» Er stemmte die Hände in die Hüften und leckte sich über die Lippen. Helena konnte deutlich sehen, dass die Beule in seiner Unterhose größer wurde. Die blonde Frau knöpfte ihren Rock auf und ließ ihn zu Boden fallen. Schließlich stand sie in zartgelber Spitzenunterwäsche vor ihrem erwartungsvollen Freund. Trotz der mittlerweile überzeugenden Ausmaße seiner männlichen Pracht, die sein Verlangen deutlich zeigte, wagte er es nicht, sich ohne eine Aufforderung zu rühren. Gebannt sah er zu, wie Helena erst den BH öffnete und sich dann mit ihren nackten Brüsten bückte, um den Slip abzustreifen. Gemächlich ging sie zum Bidet, das sich zwischen Duschkabine und Badewanne befand, und hockte sich breitbeinig über die Porzellanschüssel. Als sie den Wasserstrahl auf die richtige Temperatur eingestellt hatte, richtete sie ihn auf ihre geöffnete Scham. Dann schäumte sie sich mit ein paar Tropfen Waschlotion ein und massierte genüsslich ihre zarten Lippen. Helena hatte Gaetano den Rücken zugewandt, daher konnte er nur die Bewegungen ihrer Arme sehen, aber bei dem Gedanken an Helenas schlanke Finger, die gerade ihre Muschi wuschen, verlor er fast die Beherrschung. Er stöhnte laut auf und biss sich schnell auf die Lippen. Er musste auf ihren Befehl warten. Und je länger Helena ihn ausharren ließ, desto mehr steigerte sie sein Begehren. Sie wusste genau, wann der richtige Zeitpunkt kam, ihn zu sich zu rufen, und so ließ sie das Wasser noch ein wenig plätschern und massierte sich selbst. Als sie spürte, dass die Feuchtigkeit zwischen ihren Beinen nicht mehr allein vom Wasserstrahl kam, drehte sie die Intimdusche ab, stand auf und stellte ein Bein auf den Rand des Bidets.

«Trockne mich ab!», befahl sie ihrem Geliebten, der

augenblicklich nach einem Handtuch griff und zu ihr eilte. Mit gesenktem Blick kniete er vor ihr nieder und tupfte die Wassertropfen aus ihrem dunkelblonden Pelz. Die äußeren Schamlippen hatte sie erst vor zwei Tagen rasiert, und dennoch zeigten sich bereits wieder kleine Stoppeln, die Gaetano nun ebenfalls liebevoll mit dem weichen Frottee trocknete. Er machte seine Aufgabe sehr gründlich. Erst widmete er sich eingehend den inneren Lippen, die ein wenig länger waren als die äußeren. Dann führte er das Handtuch zwischen ihre Pobacken und rieb sie auch dort trocken, während Helena gebieterisch mit halbgespreizten Beinen vor ihm stand.

«Gut», sagte Helena und blickte auf den schönen Mann hinab, der vor ihr kniete. «Und jetzt prüfe mit deiner Zunge, ob du mich auch wirklich überall abgetrocknet hast.»

Auf diese Aufforderung hatte Gaetano nur gewartet. Er ließ das Frotteetuch fallen und spreizte mit den Fingern die köstlichen Lippen dieser herrlichen Möse, um mit der Zunge jeden versteckten Winkel erreichen zu können. Vorsichtig leckte er um den kleinen Kitzler herum, fuhr die Linien der äußeren und inneren Lippen entlang und näherte sich der geheimen Öffnung, die bereits wieder feucht glänzte. Dabei zog er mit den Fingern die Spuren seiner Zunge nach und ertastete die kleine Knospe, die sich unter seiner Berührung verhärtete. Helena atmete tief ein und genoss die Liebkosungen an ihrer Muschi, die förmlich zu schnurren begann. Als Gaetano jeden Winkel erkundet hatte, widmete er sich wieder der zarten Knospe, die im Takt seiner Zungenstöße Wellen der Lust durch Helenas Unterleib schickte. Die junge Frau verlor langsam das Gleichgewicht. Sie war gierig auf eine festere Behandlung ihres fleischigen Früchtchens. Abrupt nahm sie den Fuß vom Bidet und setzte sich kurzerhand auf den Rand der Porzellanschüssel. Dann spreizte sie ihre Schenkel, so weit sie konnte, und herrschte den jungen Mann an: «Fick mich mit deiner Zunge! Ich will in deinem Mund kommen.» Das ließ sich Gaetano nicht zweimal sagen. Er starrte auf die geöffnete Muschel, die von seinem Speichel und Helenas Säften glänzte. Die Lippen klafften auseinander und gaben den Blick in ihre Öffnung frei. Gehorsam beugte er sich hinab und tauchte seinen Leckmuskel in das saftige Fleisch, das Helena ihm hemmungslos darbot. Er hielt sich an ihren Schenkeln fest und wühlte sich tief in die nasse Möse. Während Helena sich stöhnend am Badewannenrand festhielt, stieß der Italiener seine harte Zunge in das offene Loch, das sie gierig aufzusaugen schien. Er bohrte sich in ihre Spalte, presste seine Lippen auf ihr Geschlecht und saugte an der kleinen harten Knospe.

«Aah», stöhnte Helena. «Du machst mich wahnsinnig.» Als sie sein Lecken kaum noch aushielt, packte sie seinen Kopf und zog ihn hoch. «Komm, leck mir die Brüste», forderte sie ihn auf. «Jaaa … saug an ihnen, fester!»

Gaetano sog die harten Spitzen in seinen Mund und umspielte sie mit der Zunge, bevor er zu saugen begann, so fest, wie Helena es liebte. Dabei hielt er die üppigen Kugeln in seinen Händen und presste sie zusammen, während er ihre Knospen abwechselnd zwischen die Lippen nahm.

Helena wand sich unter dieser Behandlung wie eine geile Stute. Gaetanos Zunge war göttlich. Doch ebenso sehr liebte sie seinen Schwanz, der endlich auch eine gewisse Aufmerksamkeit verdient hatte. Die junge Frau ließ ihren Geliebten fest an ihren Brüsten saugen und griff mit der freien Hand nach seinem Gemächt, das immer noch in der Unterhose verstaut war. Sie ließ das Bündchen der Unterhose herunterschnappen und legte seinen prächtigen Ständer bloß. Prall und hart ragte er zwischen ihren Schenkeln auf, und Helena massierte den strammen Schaft.

«Ja, mach weiter so … ooo jaaa …», spornte sie den jungen Mann an, während sie seinen Ständer immer schneller rieb. Gaetano stöhnte laut auf, als sie seinen Schwanz zu ihrer nassen Möse führte und mit der Kuppe ihre Lustknospe massierte. Wie von Sinnen lutschte und knetete er ihre Brüste, und Helena wichste seinen Schaft, den sie immer wieder zwischen ihre triefenden Lippen tauchte, um ihn mit ihren Säften zu benetzen.

«Aaah, komm …», trieb sie ihren Geliebten an. «Spritz mich voll! Ich … komme …»

Und als Helenas Worte sich in unkontrolliertem Stöhnen auflösten und sie seinen Schwanz wie wild gegen ihren Kitzler massierte, brachen endlich auch Gaetanos Schleusen. Sein praller Ständer pumpte heiße Fontänen hervor und spie sie gegen Helenas Möse, wo sich Speichel, Mösensäfte und Sahne zu einem köstlichen Cocktail vermischten. Immer noch zuckend, brach Gaetano zwischen den Beinen seiner Angebeteten zusammen und vergrub sein Gesicht in der nassen Spalte, die rhythmisch pulsierte, während Helena stöhnend den Gipfel der Lust erklomm.

Die beiden Verliebten hatten sich so lange nicht gesehen, dass dieser gemeinsame Höhepunkt erst das Vorspiel für einen weiteren Akt war. Gaetano brauchte nur ein paar Atemzüge, um wieder zu sich zu kommen. Sein Penis ragte unvermindert zwischen seinen Beinen auf und war zu weiteren Taten bereit. Helena hatte ihre Arme um den Geliebten geschlungen und die Füße hinter seinem Rücken gekreuzt. Zärtlich küsste sie seine Wangen, seinen Mund, seinen Hals und schmiegte sich in die Umarmung. Für einen kurzen Moment war das Verlangen befriedigt, aber sie spürte immer noch ein Zucken in ihrer gierigen Spalte und genoss das Ziehen in ihrem Unterleib.

«Nimm mich», flüsterte sie dem geliebten Mann ins Ohr. «Vögel mich hier auf dem Boden … Bitte!» Das Flehen in ihrer Stimme genügte Gaetano, um zu wissen, was sie jetzt wollte. Er packte die junge Frau, die sofort ihre Beine um seine Hüften schlang, hob sie vom Bidet herunter und bettete sie auf dem flauschigen Badezimmerteppich. Wohlig schnurrend streckte sie sich aus und überließ sich Gaetanos Händen, die zuerst liebevoll, dann immer fordernder über ihren verschwitzten Körper glitten. Helena lag unter ihm, die Arme über den Kopf gestreckt und dirigierte seinen Unterkörper mit den verschränkten Beinen. Sie bewegte seine Hüften hin und her, bis die Kuppe seines Ständers in der richtigen Position war. Dann verstärkte sie die Beinschere und zwang den harten Schwanz in ihre nasse, geöffnete Möse. Sie war so heiß und geschwollen, dass sich das pralle Rohr in ihre Öffnung zwängen musste. Die Enge und Hitze ihrer Höhle entfachten Gaetanos Leidenschaft aufs neue, und bevor sie ihn bitten musste, stieß er seinen Steifen in ihr williges Fleisch.

«Fick mich», wimmerte sie. «Bitte, fick mich!»

«Jaa, *bella*», raunte er. «So magst du es am liebsten, nicht wahr? Wenn ich dir meinen Schwanz reinramme. Komm, sag mir, wie du es haben willst.»

Helena krallte sich in seinem Rücken fest, als er sie wild vögelte, und antwortete inbrünstig: «Fest … fick mich fester … Ooo jaaa, du machst mich so geil …»

Gaetano steigerte die Geschwindigkeit seiner Stöße und versenkte seinen Prachtkerl tief in ihrem gierigen Leib. Helena schrie ihm ins Ohr und raste gemeinsam mit ihm auf den nächsten Gipfel zu, den sie gleichzeitig erreichten, die Körper aufgebäumt und die Unterleiber wie verschmolzen, ihre Geschlechter rhythmisch zuckend.

Keuchend senkte Gaetano seinen Körper auf Helena und rollte sich mit ihr auf die Seite, wo beide erschöpft und schwer atmend liegen blieben.

Wie viel Zeit vergangen war, wussten sie nicht, aber die Sonne strebte bereits im Westen auf den Horizont zu. Schläfrig streichelte Helena über Gaetanos Rücken und schmiegte sich an ihn. Er lag entspannt neben ihr und genoss seinen Zustand vollkommener Befriedigung.

Schließlich fragte sie ihn: «Wie lange kannst du bleiben?»

«Drei Tage», antwortete er, «drei Tage und Nächte.»

14

Leonard hatte sich seinen Kalender für die kommenden Tage vollgepackt mit Geschäftsterminen und Kundengesprächen. Er versuchte, Mia aus dem Weg zu gehen. Seit der Begegnung mit Helena hatte sich vieles verändert – und im Gegensatz zu seinen Plänen nicht gerade zum Besseren. Der Samstag mit Mia hatte so phantastisch angefangen. Die junge Frau war wie frischverliebt nicht von seiner Seite gewichen. Und das Intermezzo im Auto hatte Leonard das Gefühl gegeben, seinem Ziel ein ganzes Stück näher gekommen zu sein. Als sich Mia dann auch noch auf das kleine Spielchen im Boot eingelassen hatte, schienen sich Leos Wünsche endlich zu erfüllen. Er war so dankbar für das Begehren gewesen, das Mia ihm zum ersten Mal gezeigt hatte, dass er sich seiner Freundin schluchzend zu Füßen geworfen hatte. Einen größeren Beweis seiner tiefen Rührung hatte er ihr doch nicht geben können! Die kühle Unnahbarkeit, mit der sie ihn am Ende dieses wunderbaren Tages plötzlich behandelte, hatte ihn völlig aus der Fassung gebracht. Leonard war so erfüllt gewesen von der gemeinsamen Lust, die sie erlebt hatten, dass er diese erhitzte, leidenschaftliche Frau nur noch fest im Arm halten wollte, um ihr nahe zu sein. Doch sie hatte seine unschuldigen Umarmungen vehement abgewiesen und war jeder Frage nach dem Grund für ihren Stimmungswandel ausgewichen. Frustriert und verletzt durch ihr Verhalten, war sein Ton ihr gegenüber immer rauer geworden, bis der Tag schließlich in einem lautstarken Streit und seiner Flucht vor weiteren Auseinandersetzungen geendet hatte.

Als er spät an diesem Abend wieder nach Hause gekommen war, hatte er nur einen Zettel vorgefunden, auf dem Mia ihm mitteilte, dass sie bei Helena übernachten würde. Das war ihm ganz recht gewesen, vor allem, weil er hoffte, dass Mia ihrer Freundin den eigentlichen Grund für ihre veränderte Stimmung erklären würde. Vielleicht könnte Helena ihn dann darüber aufklären, was er falsch gemacht hatte. Seit der intimen Begegnung mit dieser Frau hatte sich seine Meinung über Mias beste Freundin geändert. Während er sie bis dahin für einen arroganten Vamp gehalten hatte, musste er dieses Bild nun korrigieren. Er wusste selbst nicht genau, warum er es gewagt hatte, sie um Hilfe zu bitten. Aber trotz oder gerade wegen der unkonventionellen Art, wie sie auf seine Bitte reagiert hatte, musste er sich eingestehen, dass diese Frau außergewöhnlich war. Und sie hatte ihn etwas Wichtiges gelehrt. Natürlich hatte er auch vorher schon gewusst, dass ihn das Begehren einer Frau erregte. Aber bislang war dieses Begehren ein notwendiger Schritt auf dem Weg zu seiner Befriedigung gewesen. Wenn er ehrlich war, hatte er noch nie zuvor eine Frau befriedigt, ohne dabei an sein eigenes Vergnügen zu denken. Auf die Idee, dass solch eine scheinbar selbstlose Tat die hemmungslose Leidenschaft einer Frau wecken konnte, war er noch nie gekommen. Um genau zu sein, hatte er bisher auch noch nie das Gefühl gehabt, eine derartige Strategie für guten Sex zu benötigen. Aber mit Mia war das anders. Er war verliebt in dieses entzückende sommersprossige Mädchen. Und er liebte die Rolle des starken Mannes, die er neben ihr einnehmen konnte. Als Mias feuchte Muschi ihm an diesem Wochenende bewiesen hatte, dass er sich auf dem richtigen Weg befand, schien alles perfekt zu laufen.

Abgesehen von Mias unverständlichem Verhalten am Abend irritierte Leonard aber noch etwas anderes. Als er ihr in dem Ruderboot gegenübergesessen hatte, hatte er sich für einen kurzen Moment gewünscht, dass Mia die Initiative ergreifen und ihn auf die Knie zwingen würde. Das Bild der dominanten Helena ging ihm nicht mehr aus dem Kopf. Aber es war nicht die blonde Frau, der er sich unterwerfen wollte. Sie hatte diese überraschende Seite seiner Lust zwar zum Klingen gebracht, aber insgeheim musste Leonard sich eingestehen, dass es Mia war, der er sich zu Füßen werfen wollte. Die Geilheit, die Helena mit ihren Befehlen und der fordernden Stimme hervorgelockt hatte, würde er gern mit Mia teilen. Und *ihre* Muschi war es, in die er tauchen wollte, um sie zum Überfließen zu bringen.

Verdammt, dachte Leo, warum war das alles so kompliziert? Warum konnte er nicht einfach mit Mia über seine Sehnsüchte reden? Doch dann dachte er an die Ablehnung in ihren Augen, als er einen ersten vorsichtigen Versuch in diese Richtung unternommen hatte, und wusste wieder, warum. Jede Bemühung von seiner Seite würde sie als Bedrängung auffassen und sich weiter von ihm zurückziehen. Der Wunsch nach Veränderung musste von ihr selbst gewollt und gefordert werden.

Resigniert klemmte Leonard seine Aktentasche unter den Arm und machte sich auf den Weg zu seinem nächsten Kunden. Er versuchte, sich auf ein Gespräch über Rentenfonds und Aktienmärkte zu konzentrieren und damit die unerfreulichen Gedanken an seine Beziehung zu verscheuchen. Bald würde er Mia um eine Aussprache bitten, aber bis dahin würde er darauf hoffen, dass *sie* sich zuerst um eine Klärung bemühen würde.

15

Es war bereits Dienstag und damit der zweite Tag, den Mia im Café schwänzte. Sie hatte sich bei ihrem Chef krankgemeldet und gehofft, dass ihre Stimme kläglich genug klang, um ihn zu überzeugen. Seine Vorhaltungen wegen ihrer häufigen Verspätungen und nun auch noch wegen ihres plötzlichen Ausfalls hatte sie schweigend über sich ergehen lassen. Wenn sie sich erst wieder gefangen hatte, würde sie ihre Versäumnisse mit doppeltem Einsatz wettmachen. Das nahm sie sich im Stillen fest vor und beendete das Gespräch, bevor er noch eine Krankschreibung von ihr fordern würde. Sie hatte keine Lust, den Tag beim Arzt zu verbringen, um sich ein Alibi zu verschaffen. Leonard hatte schon früh die Wohnung verlassen und ihr erklärt, dass er erst spät am Abend zurück sein würde. Seit dem Streit und ihrer Flucht zu Helena behandelten sie sich gegenseitig mit unterkühlter Freundlichkeit und gingen sich aus dem Weg. Mia war ganz froh darüber, dass Leo im Moment Distanz hielt. Sie brauchte Ruhe und musste nachdenken über die Ereignisse der letzten Tage. Und vor allem musste sie sich darüber klar werden, wie es weitergehen sollte.

Obwohl es schon beinahe Mittag war, lief Mia immer

noch im Nachthemd herum. Sie hatte zu nichts Lust, schon gar nicht dazu, sich anzuziehen und das Haus zu verlassen. Stattdessen holte sie sich noch einen Tee aus der Küche und ging wieder ins Bett. Dabei fiel ihr das Taschenbuch ein, das ihre Freundin ihr mitgegeben hatte. Im Grunde hatte sie auch keine Lust zum Lesen, aber Helena würde sie bestimmt bald fragen, wie ihr die Geschichtensammlung gefiel, spätestens, wenn Gaetano wieder abgereist wäre. Und dann musste sie zumindest irgendeinen Kommentar abgeben können. Also stand sie noch einmal auf und holte das Buch aus ihrer Handtasche. Das Cover ist eigentlich ganz hübsch, dachte Mia, als sie es sich im Bett wieder bequem gemacht hatte. Sie blätterte die Seiten durch, las hier und da eine Überschrift und blieb dann an einer Zeile hängen.

«Los, heb das auf!», las Mia. *Sofort bückte sich der junge Mann und langte neugierig nach dem schwarzen Samt. Er wollte sich wieder aufrichten, doch Laura befahl ihn auf die Knie.*

Mia überflog die nächsten Seiten, auf denen diese Laura einen Stephan zuerst in Ketten legte und sich dann vor ihm entblößte.

«Fang auf!» Der gefesselte junge Mann packte den Slip mit klirrenden Ketten und hielt ihn ehrfürchtig in die Höhe. Laura bückte sich zu ihm hinab, öffnete mit sicherem Griff die Jeans und befreite den erregten Schaft aus der zu eng gewordenen Hose.

«Nimm deinen Schwanz!», befahl sie ihm mit samtiger Stimme. «Ich will sehen, wie du es dir machst – mit meinem Slip.»

Sein Atem war deutlich zu hören. Er sog die Luft tief ein, und die Erregung vibrierte in jedem Atemzug, den er ausstieß. Seine Hände zitterten ein wenig, als er das Höschen um den harten Pfahl schlang, der federnd aus der Hose ragte. Dann begann er zu wichsen, mit beiden Händen, die das kleine Stück Stoff fest um seinen Schwanz pressten.

Mia ließ das Buch sinken. Das Bild eines knienden Mannes war vor ihrem inneren Auge erschienen, der sich von einer Frau demütigen ließ und dabei offensichtlich Lust empfand. Die junge Frau schüttelte ungläubig den Kopf und blätterte weiter.

Der nächste Hieb vertrieb jeden Gedanken an eine Gegenwehr. Der Abstand zwischen den nun leichteren Schlägen wurde gleichmäßig, und die Züchtigung gab den Takt vor, mit dem die Finger ihn in den Mund fickten. Das Bild der silbernen Lady drängte sich in Jons Bewusstsein, und er begann hemmungslos an den Fingern zu lutschen, die immer wieder zwischen seine Lippen glitten, rein und raus, während der lederne Riemen seinen Rhythmus langsam steigerte. Sein Hintern brannte, die Lippen waren geschwollen, und sein Schwanz pulsierte, bis zum Bersten mit Blut gefüllt.

Hilfe, dachte Mia, gibt es denn in diesem Buch nur Männer, die sich den Frauen unterwerfen? Sie blätterte wieder zurück und blieb an einer anderen Stelle hängen.

Marks kräftige Hände strichen über die Innenseiten meiner Schenkel, die sanften Bisse begleitend, die sich ihren Weg zu meiner Möse suchten. Erschauernd ließ ich mich zurücksinken und spürte Toms harten Schwanz, dessen samtige Haut sich an meinen Rücken schmiegte. Erwartungsvoll öffnete ich meine Lippen für Marks Zunge, die mit leichten Stößen auf meiner Knospe zu trommeln begann, bis mir ein erster Seufzer entwich. Derart angespornt, vergrub der junge Mann, dem es offensichtlich zwischen meinen Schenkeln gefiel, seine raue Zunge in meiner Möse und fickte mich. Jeder Stoß löste eine neue Welle der Lust in mir aus. Ich fühlte mich weiblich, begehrt und forderte diese betörenden Geschöpfe mit meinen wollüstigen Bewegungen heraus.

Sämtliche Geschichten in diesem Buch schienen von selbstbestimmten Frauen zu handeln, die sich nahmen, was sie wollten, und von Männern, die das auch noch anturnte. Natürlich gefielen Helena solche Szenen, dachte Mia. Ihre beste Freundin war schließlich genau so eine Frau, die keinen Hehl aus ihren Wünschen und Bedürfnissen machte. Aber ob das wirklich allen Männern gefiel, bezweifelte Mia. Leo jedenfalls hatte keine Probleme damit, dass sie eher schüchtern und keine fordernde und bestimmende Frau war. Oder irrte sie sich? Bei ihrem Streit am Wochenende hatte er Andeutungen gemacht, die sie nicht verstanden hatte. Bislang war sie immer der Meinung gewesen, dass es im Großen und Ganzen gut zwischen ihnen lief. Sie war sich sicher gewesen, dass sie ihren Freund irgendwann schon zufriedenstellen würde, wenn sie auf die eine oder andere seiner Forderungen einging. Doch dann fiel ihr wieder der peinliche Kinoabend ein, nach dem er sie angefleht hatte, für ihn die Beine zu spreizen. Er hatte ihre Muschi lecken wollen, das hatte er sehr deutlich zu verstehen gegeben. Und Mia erinnerte sich auch an die Enttäuschung in seinem Gesicht, als sie ihm das verwehrt hatte.

Nachdenklich nahm die junge Frau das Buch wieder zur Hand und las die gesamte Geschichte über einen besonderen Massagesalon, in dem sich eine Frau den kundigen Händen, Mündern und auch Schwänzen zweier Männer hingab. Als die drei gemeinsam auf ein fulminantes Finale zurasten, spürte Mia ein Ziehen in ihrem Unterleib, das sich mit einem Pochen bis zu ihren Schenkeln fortsetzte. Irritiert tastete sie diesem Gefühl nach, bis ihre Hand die Schamlippen erreichte. Überrascht schob sie ihre Finger weiter und ertastete die Flüssigkeit, die aus ihrem Venushügel drang. Das konnte doch nicht sein, ermahnte sich Mia verwirrt. Die Geschichte konnte sie doch unmöglich gegen ihren Willen erregt haben. Als sie jetzt die Finger in das Zentrum ihrer Feuchtigkeit tauchte, verstärkte sich das Ziehen. Ihre Klitoris kribbelte und verlangte eindeutig nach Aufmerksamkeit. Mia ließ ihre nassen Finger zwischen die Labien gleiten und rieb die kleine Perle. Sie hatte sich schon lange nicht mehr selbst befriedigt. Umso mehr genoss sie jetzt die Lust, die sich plötzlich in ihrem ganzen Körper ausbreitete. Genüsslich verteilte sie den Nektar auf ihrer Muschi und presste die Beine zusammen, um den Druck ihrer kreisenden Finger zu verstärken.

«Ooo jaa», hörte sie sich seufzen und tauchte ihre Fingerspitzen erneut in die feuchte Pforte. Das aufgeschlagene Buch fiel vom Bett, und Mia rutschte tiefer in die Kissen, während sie beide Hände zwischen ihre Beine schob und lustvoll ihre Vulva massierte. Bilder der lasziven Frau tauchten in ihrem Kopf auf. Sie sah die beiden schönen Männer vor sich, nackt mit mächtigen Erektionen. Sie blickten Mia erwartungsvoll an und warteten auf ihre Befehle. Und allein der Gedanke, dass diese Liebesdiener auf sie hören würden, reichte aus, um das Tempo ihrer kreisenden Finger auf der kleinen Knospe zu beschleunigen. Die Lippen ihrer offenen Blüte schienen sich unter den Berührungen auszudehnen. Wie von selbst gaben sie die Öffnung in ihrer Mitte frei, und Mia musste einen Finger in ihre Lustpforte tauchen, während ihr Kitzler heftige Wellen durch ihren Körper jagte. Mit der anderen Hand strich sie sanft über ihren flachen Bauch, schob das Nachthemd hoch und befreite ihre Brüste von dem Stoff. Schnell zog sie das störende Hemd ganz aus und blickte an ihrem nackten Körper hinunter. Die Brüste hatten sich zu zwei festen Kugeln zusammengezogen, gekrönt von den Spitzen, die sich dunkelrot gegen die helle Haut abzeichneten. Mias Hände wanderten wie von selbst über die empfindliche Haut ihres Körpers und trafen sich schließlich zwischen den Schenkeln. Lustvoll teilte sie mit beiden Händen ihre Spalte und knetete die kleine Knospe mit den Daumen. Der Kitzler pulsierte. Und Mias Finger verrieben die geheimen Sekrete auf dem geschwollenen Fruchtfleisch. Während eine Hand in den Säften badete, suchte die andere die erigierten Brustspitzen. Mia packte ihre Brüste abwechselnd, zog an den steifen Knospen und zwang die Finger der anderen Hand in ihr pulsierendes Geschlecht. Die Wogen der Lust, die von den Brustwarzen und dem Kitzler ausgesandt wurden, trafen sich in der Körpermitte und steigerten sich zu einer rauschenden Brandung. Die junge Frau wälzte sich unter den Berührungen ihrer gierigen Hände, der Unterleib bäumte sich auf, und sie spreizte die Beine weit auseinander, um jeden Winkel ihrer lüsternen Möse erreichen zu können. In Gedanken sah sie die beiden Liebesdiener am Fuß ihres Bettes, und plötzlich packte Mia eine nie gekannte Schamlosigkeit. Sie stellte sich vor, wie die beiden Männer gebannt auf ihre pulsierenden Lippen starrten und jede Bewegung ihrer Finger auf dem Lustzentrum beobachteten. Ohne darüber nachzudenken, klappte sie ihre Beine ganz auf, reckte den imaginären Zuschauern ihren Unterleib entgegen und zog die inneren und äußeren Fruchtblätter auseinander. Die Pforte zu ihrem Inneren war rosig glänzend. Das Blut pochte in der kleinen Knospe, die auf die Erlösung durch leckende Zungen wartete. «Kommt, leckt mich», stöhnte Mia und ließ ihre Finger über den Kitzler tanzen, als wären es die gierigen Zungen der Männer, die sich an ihrem Nektar labten. Nun gab es kein Halten mehr. Die junge Frau wälzte sich lüstern auf dem Bett. Und während die eine Hand sich den Forderungen der nassen Möse unterwarf, verteilten die Finger der anderen Mias Säfte auf der zweiten Pforte, die unter der ungewohnten Berührung ebenfalls zu pulsieren begann.

Jede Faser ihres Körpers war in Aufruhr, und plötzlich löste sich ein Schrei aus Mias Mund. Eingetaucht in das Nass ihrer Lust, presste sie die Finger fester auf die heiße Perle, die zum Epizentrum eines gewaltigen Bebens wurde.

Überwältigt von diesem Orgasmus, blieb Mia schwer atmend im Bett liegen. Sie rollte sich zusammen und hielt die Augen erschöpft geschlossen. Einen Moment später war die junge Frau eingeschlafen.

Sie fiel. Immer schneller, immer tiefer. Und plötzlich waren da wieder die starken Arme eines Mannes, die sie auffingen. Er trug sie zurück in den Wald, aus dem er gekommen war, und bettete sie auf einer Lichtung aus Moos. Mia streckte sich genüsslich aus und betrachtete seinen kräftigen Rücken, dessen bronzefarbene Haut im späten Sonnenlicht schimmerte. Mit beiden Händen strich sie die Linien seiner Muskeln hinab, über seine runden Hinterbacken, die er ihr stöhnend entgegenhob. Zwischen seinen Beinen konnte sie seine großen, weichen Hoden sehen. Sie ertastete sie sanft, während sich der Mann unter ihren Händen wand. Er war so aufgeladen mit sexueller Energie, dass er plötzlich kam, ohne dass sie seinen Schwanz berührt hatte. Noch während der Unbekannte Fontänen aus seinem Ständer spie, drehte er sich zu ihr um und vergoss seinen Samen auf ihrem Körper. Zufrieden räkelte sie sich unter ihm, fing die Tropfen mit den Händen auf und rieb sich mit seinem Saft ein.

Mia suchte seinen Blick und sah ihn triumphierend an. Doch seine Augen waren dunkel und ohne Gefühl. «Tu doch nicht so verdammt kühl, sondern gib dich deiner Begierde hin!», sagte er zu ihr, und sie wusste genau, was er damit meinte.

Er wollte nicht ihren Beifall oder ihren Triumph über seine Lust. Er wollte ihre *Begierde*.

So, wie er aus dem Nichts gekommen war, um sie aufzufangen, so verschwand er wieder in der Ferne. Einsam wälzte sich Mia auf dem Moosbett. In die Verlassenheit mischte sich ein Gefühl von Schuld, das sich schmerzend in ihrer Brust festsetzte. Der Mann hatte sie zurückgelassen, hatte ihr seine starken Arme entzogen, weil sie ihn nicht hatte teilhaben lassen an ihrer Lüsternheit und dem unbändigen Begehren in ihrem Schoß.

Mia wühlte in ihren Kissen und verfing sich in einem traumlosen Schlaf.

16

«Helena, knie dich hin, bitte!», flehte Gaetano. Seine Augen glänzten, und er leckte sich die Lippen. Die blonde Frau, die nackt das Schlafzimmer betrat, blickte streng auf ihn herab. Der junge Mann hatte sich in einen Bademantel gewickelt und saß erwartungsvoll auf dem Bettrand. Helena blieb vor ihm stehen und spreizte provozierend die Beine. Nach drei Tagen und Nächten voller Begehren und Ekstase war sie milde gestimmt und schließlich bereit, sich ausnahmsweise seinem Wunsch zu fügen. Mit quälender Langsamkeit stieg sie auf das Bett und ließ sich auf alle viere nieder. Das Haar fiel in goldenen Kaskaden herab und verdeckte ihr Gesicht. Ihre Brüste schwangen sachte zwischen den gestreckten Armen. Gaetano war aufgestanden und ging um seine Liebesgöttin herum. Er konnte sich nicht satt sehen an ihren Kurven. Und als er hinter ihr stand, hielt er fasziniert von der Pracht, die sie ihm darbot, den Atem an. Helena hatte die Knie weit auseinandergestellt und gewährte ihm Einblick in alle ihre Geheimnisse. Obwohl sie es seit Tagen an jeder erdenklichen Stelle der Wohnung miteinander getrieben hatten, genügte dieser Anblick, um seine Rute prompt hochschnellen zu lassen. Helenas Möse war zartrot und leicht geschwollen.

Sie befand sich in einem dauerhaften Erregungszustand, seit Gaetano sie am Montag mit seinen Küssen bedeckt hatte. Es wurde Zeit, dass er wieder abreiste, bevor sie beide völlig wund und ausgelaugt waren. Aber dieses eine Mal wollte er sie noch mit jeder Faser seines Körpers besitzen. Er war die ganze Zeit ihr Sklave gewesen und hatte sich jedem ihrer Befehle gehorsam unterworfen, hatte sie mit seiner Zunge, den Fingern und seinem Schwanz befriedigt, hatte ihr bis zur Erschöpfung gedient. Doch bevor er fahren musste, wollte er ihr zeigen, dass auch sie ihm hörig war. Er wollte eine brennende Sehnsucht in ihr hinterlassen, damit sie ihm auch wirklich nach Italien folgen würde, in der Gewissheit, ohne ihn nicht leben zu können. Er wusste selbst nicht genau, warum er sie bezwingen musste, um sich sicher zu fühlen. Aber vielleicht fürchtete er nur, dass diese Liebe zu schön war, um wahr sein zu können.

Gaetano ließ seinen Daumen zwischen ihren geöffneten Pobacken entlanggleiten, teilte die geschwollenen inneren Lippen und tauchte in den Seim ein, der sie benetzte. Er verstrich den Saft auf ihrem Geschlecht und tippte leicht auf die gereizte Rosenknospe. Helena zuckte zusammen, als diese kleine Berührung ihr Lustzentrum in Erregung versetzte.

«Komm her und lass mich deinen Schwanz spüren», forderte sie ihren Geliebten in gewohnter Manier auf. Doch diesmal widersetzte er sich, mehr noch, er holte aus und ließ seine flache Hand auf ihren nackten Po klatschen.

«Du wagst es …», fauchte sie, was ihr sofort einen zweiten Schlag einbrachte. Gaetano packte die geröteten Backen und zog sie auseinander, bis sich das kleine Löchlein in ihrer Mitte teilte. «Halt still!», befahl der Italiener, als Helena sich zu ihm umdrehen wollte. Und bevor sie noch etwas sagen konnte, stieß er seinen Daumen in ihre enge Pforte. Sofort krampfte die kniende Frau die Backen zusammen. Gaetano zog den Daumen aus dem Loch und schlug ein weiteres Mal auf ihren Hintern, diesmal so kräftig, dass es schmerzte.

«Du wirst genau das tun, was ich von dir verlange», forderte er, «für jedes Vergehen setzt es was. Hast du mich verstanden?»

«Ja», hauchte Helena und spreizte ihre Beine noch ein wenig weiter.

«Was heißt ‹Ja›?», hakte Gaetano sofort nach und versetzte seiner Geliebten einen weiteren Schlag, der sich rot auf dem entzückenden Po abzeichnete.

Helena traten Tränen in die Augen, doch sie antwortete gehorsam: «Ja, mein Gebieter, was verlangst du von mir?»

«So ist es gut, meine Schöne», brummte Gaetano zufrieden und streichelte über die Abdrücke seiner Hand auf ihren runden Backen. Er nahm seinen prallen Ständer in die Hand und zog die Vorhaut zurück, sodass seine dunkle Eichel hervortrat. Der harte Penis schwang in seiner Hand und suchte nach der heißen Öffnung, für die er bestimmt war. «Spreiz deine Beine noch weiter, *bella*», forderte Gaetano. Helenas Möse war nur noch ein paar Zentimeter von seinem Prachtrohr entfernt. Als sie die Beine weiter auseinandergleiten ließ, senkte sich ihr Unterleib, und als sie die richtige Höhe erreicht hatte, rief Gaetano «Stopp!» und untermauerte seinen Befehl mit einem gezielten Schlag auf die Mitte ihrer Backen. Helena zuckte zusammen und berührte dabei die Spitze seines Schwanzes. «Beweg dich!», herrschte der junge Mann sie an. «Weiter!» Und die kniende Frau drückte ihren Arsch weiter heraus und presste ihre nasse Möse auf Gaetanos Eichel. Wieder knallte ein Hieb, und sie hielt sofort inne. Mit der Spitze in ihrer nassen Öffnung wichste Gaetano seinen Ständer, sodass er mit jedem Auf und Ab der Hand gegen Helenas gespaltene Lippen stieß. Der Saft, der ihm dabei entgegenquoll, verteilte sich auf seinen Fingern und schmierte seinen prallen Schaft. Dabei war Gaetanos Blick fest auf die zarte Rosette gerichtet, die bloß und offen vor ihm lag. Für einen kurzen Moment zog er seine Schwanzkuppe aus der nassen Höhle und tauchte stattdessen seinen Daumen in die heiße Grotte, um ihn mit ihren Säften zu benetzen. Und während er sein hartes Rohr diesmal tief in ihrer Spalte versenkte, verrieb er die seimigen Tropfen mit dem Daumen auf Helenas Hintereingang. Sein Ständer pumpte kraftvoll in die vordere Pforte, und er trieb seinen Daumen unnachgiebig in die hintere Öffnung, die seinem Fordern immer bereitwilliger nachgab. Mit dem Daumen konnte er die Bewegungen seines Schwanzes spüren, und die Vorstellung, dass Helena sich ihm vollkommen ausgeliefert hatte, spornte seine Lenden an. Er bearbeitete hingebungsvoll ihre beiden Löcher, während sich Helena stöhnend unter seinen Stößen wand.

«Sag es mir», keuchte Gaetano schweißüberströmt. «Sag mir, dass du es willst!»

«Ja, mein Gebieter!» Helena schrie die Worte fast. «Jaa, fick mich in den Arsch!»

«Ja, du geiles Stück, ich werde dir meinen Riesenschwanz in deinen göttlichen Arsch rammen …» Mit einem Schmatzen zog er seinen Penis aus ihrem Möschen und rieb die Kuppe an ihrer Hinterpforte. Sie presste ihm die Öffnung entgegen, und er zwang seinen prallen Ständer in die enge Rosette. Langsam, ganz langsam, schob er ihn hinein, bis er in seiner vollen Länge in ihrem zweiten Eingang steckte und sie vor Lust japste, als er ihn ebenso langsam wieder herauszog. Ihre Hintertür blieb geöffnet und wartete auf sein erneutes Eindringen. Diesmal verschwand sein Rohr von selbst in dem dunklen Gang. Gaetano begann, sie zu ficken, zuerst in gemächlichem Tempo, doch dann wurde er immer schneller, konnte sich kaum noch zusammenreißen, als er ihre Lustschreie hörte und das Klatschen ihrer Brüste im Takt seiner Stöße. Als er den Höhepunkt herannahen spürte, beugte er sich vor und packte eine ihrer schwingenden Titten, um sie zu kneten und die Brustwarzen zu massieren, wie sie es liebte. Mit der anderen Hand langte er zwischen ihre Beine und rieb die nasse Knospe zwischen Daumen und Zeigefinger, bis sie zu wimmern begann und er das Zucken ihres Unterleibs spüren konnte als Vorboten eines weiteren Gipfels, den sie gemeinsam erreichen würden. Sein Schwanz steckte tief in ihrem Arsch, Gaetano presste seinen Unterleib gegen Helenas runde Pobacken und bewegte sich stakkatoartig vor und zurück. Ihr Orgasmus brandete bereits durch ihre Eingeweide und ließ die Muskulatur rhythmisch zucken. Diese wellenartigen Vibrationen übertrugen sich auf den fickenden Schwanz, der sich im gleichen Atemzug mit einer gewaltigen Eruption entlud.

Helena zitterte am ganzen Leib. Ihre Nervenenden schienen völlig elektrisiert und jagten kleine Nadelstiche über ihre Haut. Ihr Unterleib wurde immer noch erschüttert von der heißen Brandung, die sich gerade entladen hatte. Sie hätte es nie für möglich gehalten, dass die Lust, die sie mit Gaetano teilte, sich noch steigern ließe. Aber das, was sie eben erlebt hatte, war der erschütterndste Orgasmus ihres Lebens. Und es stand für sie außer Zweifel, dass der Mann, der dieses überwältigende Gefühl in ihr hervorzurufen vermochte, der Richtige für sie war. Was auch immer das Leben in Italien mit sich bringen würde, solange das Begehren zwischen ihnen aufrecht blieb, würden sie alle Herausforderungen gemeinsam meistern können.

Als Gaetano sich schließlich langsam aus ihr zurückzog und die beiden Verliebten sich erschöpft aneinanderschmiegten, konnte Helena eine Träne in seinem Augenwinkel erkennen. Und sie meinte, ein leises Schluchzen zu hören, als der Geliebte sein Gesicht in ihren Haaren vergrub. Glücklich über die Gewissheit, dass er genauso empfand wie sie, gönnte sie sich einen kurzen, erholsamen Schlaf.

17

Mia hatte Helena die letzte Woche vor der Abreise nicht mehr gesehen. Sie hatten zwar zwischendrin miteinander telefoniert, doch selbst als Gaetano wieder abgereist war, fanden sie keine Zeit, sich zu treffen. Mia musste im Café Überstunden machen, um die Fehlzeiten wieder aufzuholen, und Helena hatte noch einiges zu tun, während der Umzugstermin näher rückte.

Mit Leonard herrschte immer noch Funkstille. Er behandelte Mia zwar höflich, blieb aber seltsam zurückhaltend, als wartete er auf irgendetwas. Mias Hoffnung, dass sich mit der Zeit alles von selbst wieder einrenken würde, schien sich nicht zu erfüllen. Stattdessen ging jeder seiner Wege und entfernte sich dabei immer weiter von dem anderen.

Helena war ihrer Freundin keine große Hilfe in diesen Tagen. Seit Gaetanos Überraschungsbesuch war sie wie im Rausch. Alle Zweifel, die sie vorher gehabt hatte, schienen sich in Luft aufgelöst zu haben. Sie wollte nichts lieber, als ihrem Geliebten so schnell wie möglich in seine Heimat zu folgen.

Und so versuchte Mia sich allein an der Lösung ihrer Krise, ohne ihre Freundin um Rat zu bitten. Bei der Arbeit war sie unkonzentriert, übersah Gäste, die bezahlen wollten, und verwechselte die Bestellungen. Und ihre Bewerbungsmappe blieb fest verschnürt im Schreibtisch, weil sie keine Muße fand, sich mit den Zeichnungen zu beschäftigen.

In ihrem Kopf kreisten die Gedanken. Es gab so viele verwirrende Bilder, die sie nicht einordnen konnte. Und es gelang ihr ebenso wenig, die widersprüchlichen Gefühle zu begreifen, die in ihr tobten.

Das Chaos erreichte vorläufig seinen Höhepunkt, als ihr Chef die Geduld verlor und Mia wegen einer fehlerhaften Abrechnung fristlos kündigte. Obwohl sie den Job dringend brauchte, war sie doch auch erleichtert. Sie fühlte sich niedergeschlagen und erschöpft und machte die kräftezehrende Kellnerei für diesen Zustand verantwortlich. Ein paar Tage Ruhe sind jetzt genau das Richtige, dachte Mia. Und wenn sie sich erholt hätte, würde sie sich eben in einem anderen Café einen neuen Job suchen. Leonard sagte sie vorläufig nichts von der Kündigung. Er verließ morgens die Wohnung so früh und kam abends so spät zurück, dass er gar nicht mitbekam, dass Mia den ganzen Tag zu Hause war. Doch anstatt die Zeit zu nutzen und ihre Zeichnungen fertigzustellen, fing Mia an, Fenster zu putzen, Schränke aufzuräumen und Blusen zu bügeln. Als sie nach ein paar Tagen schließlich dabei war, auch noch die Küchenschubladen zu reinigen und neu zu sortieren, wachte sie endlich aus diesem Zustand der Teilnahmslosigkeit auf.

Heute war Helenas letzter Tag in Berlin. Für den Abend hatte sie Mia zu einem Abschiedsdrink in ihren gemeinsamen Lieblings-Club eingeladen. Ich sollte mir langsam mal überlegen, was ich anziehen will, dachte Mia und schmiss die Gummihandschuhe energisch auf die Arbeitsplatte in der Küche. Als hätte sie sich den ganzen Frust von der Seele geputzt, war sie mit einem Mal fest entschlossen, diesen Abend zu genießen, und dafür brauchte sie ein passendes Outfit. Unschlüssig blieb sie vor dem Kleiderschrank stehen und begutachtete Röcke, Blusen, Kleider und Hosen auf der Suche nach einer Kombination, mit der sie selbst neben Helena würde glänzen können. Doch dann entschied sie sich erst einmal für eine Dusche, um den Putzstaub und die letzten Reste der melancholischen Stimmung loszuwerden.

Als sie unter dem prasselnden Wasser stand und sich einschäumte, musste sie an den Tag im Bett denken, an die Lustschreie der Figuren im Buch und an ihre eigenen, von denen sie überrascht worden war. Je weniger Leo sie mit seinen Gelüsten bedrängte, desto intensiver schienen sich ihre eigenen Begierden zu entwickeln. Und ohne einen Zeitdruck im Nacken konnte sie zum ersten Mal diese besonderen Momente genießen, in denen sich ihre Haut meldete, die berührt werden wollte. Aus dem harmlosen Einseifen entwickelte sich langsam der Genuss, seidigen Schaum auf der Haut zu spüren. Mias Hände glitten über ihren Körper und ertasteten die empfindlichen Stellen. Die junge Frau hatte den Wasserstrahl ausgestellt und verteilte den Schaum sorgfältig bis in die letzten Winkel ihres Körpers. Die Fingerspitzen streiften die Poritze, drangen zwischen die festen Halbkugeln und massierten die zarte Öffnung in ihrer Mitte. Mit der anderen Hand verstrich Mia den Seifenschaum auf ihrem Schamhügel und tauchte auch dort mit den Fingerspitzen in die Wölbungen dieser intimen Frucht. Ihre Finger waren gleichzeitig an allen empfindsamen Stellen, stöberten in den Furchen und stupsten spielerisch in die zarten Öffnungen. Doch das war nicht genug. Mia wollte auch noch das Vibrieren in ihren Brüsten spüren und sehen, wie die Spitzen ihre Köpfe erhoben. Schnell schaltete sie das Wasser wieder an, drehte die Temperatur etwas höher und hielt ihre Brüste in den prasselnden heißen Strahl. Tausend kleine Finger tupften über die Haut und ließen sie erzittern, während ihre eigenen Hände mit den verborgenen Körperöffnungen spielten. Aber auch diese Lust ließ sich noch steigern. Mia nahm den Duschkopf aus der Halterung und stellte den Massagestrahl ein. Kraftvoll spritzte das Wasser nun hervor und klopfte rhythmisch auf die Haut. Die schöne Nixe richtete den Strahl auf ihre Brustspitzen, die sich den harten Tropfen entgegenreckten. Eine köstliche Qual breitete sich in ihrem Inneren aus. Die Erregung strömte durch den ganzen Körper und sammelte sich zwischen Mias Schenkeln, die sich von ganz allein spreizten, um Platz für den brausenden Wasserstrahl zu machen. Langsam ließ die junge Frau das Wasser über ihren Bauch wandern. Sie zögerte den Moment hinaus, bis der Strahl ihre vibrierende Knospe erreichen würde, umspielte den Nabel und durchkämmte die dunklen Löckchen ihrer Scham. Als sie es nicht mehr aushalten konnte, zog sie die fleischigen Lippen mit den Fingern auseinander, weit, ganz weit, und stülpte die kleine Perle nach außen. Mit voller Kraft trafen die prickelnden Tropfen das Lustzentrum und jagten kleine Stromstöße durch Mias Unterleib. Der Massagestrahl pochte auf dem harten Kitzler, der die pulsierenden Erschütterungen bis zu den entferntesten Nervenenden weiterleitete. Mia seufzte und stöhnte unter dem Ansturm der erregenden Impulse, spürte die heranstürzende Wucht und machte sich bereit für die Explosion, die sich in rasender Geschwindigkeit anbahnte. Und dennoch wurde sie fast von den Füßen gerissen, als der Vulkan ausbrach und sie über den Gipfel schleuderte. Mias Möse zuckte unter dem prasselnden Wasser, ihr ganzer Körper erzitterte und ließ sie den Atem anhalten, bis die rasenden Wogen sich langsam beruhigten und die junge Frau allmählich wieder zu sich kam.

Gut durchblutet, mit rosigen Wangen und straffer Haut stieg sie aus der Dusche und betrachtete sich im Spiegel. Die

Melancholie der letzten Tage schien ebenso von ihr abgefallen wie die Anspannung durch den Streit mit Leonard und den Verlust des Jobs. Eine strahlende junge Frau blickte Mia entgegen, die selbstbewusst und zufrieden in ihrem Körper ruhte. Aber in einem versteckten Winkel ihres Gehirns tauchte für einen winzigen Moment das Bild des muskulösen Mannes auf, der sie mit wissenden Augen betrachtete. Bevor sie den Gedanken erfassen konnte, drehte der Unbekannte sich um und verschwand im Nebel.

18

«Ach, Süße, ich bin so froh, dich zu sehen», rief Helena begeistert quer durch die Bar, als Mia hereinkam. «Ich wollte mir gerade einen Cocktail holen, komm mit.» Sie flatterte an ihrer Freundin vorbei und stemmte sich elegant auf den Tresen am Rande der Tanzfläche. Mia blickte sich um und sog die schwüle Atmosphäre und pumpenden Rhythmen ein.

«Ich bin so glücklich», plauderte Helena drauflos. «Gaetano überschlägt sich im Moment mit Ideen für die Einrichtung der neuen Küche. Ich komme gar nicht mehr hinterher. Es wird Zeit, dass ich vor Ort alle Umbauten kontrollieren kann, sonst stehe ich am Ende in einer Großküche, in der sich täglich die gesamte Familie trifft.» Die blonde Frau drehte dem Barkeeper den Rücken zu, der geduldig auf ihre Bestellung wartete. Der junge Mann strahlte, als Helena sich ihm schließlich zuwandte und ihn um zwei Mojitos bat. Er hatte anscheinend nichts Wichtigeres zu tun, als Cocktails für diese schöne Blondine zu mixen, denn die Versuche aller anderen Gäste, eine Bestellung aufzugeben, ignorierte er geflissentlich. Als er der schönen Frau schließlich die pompös dekorierten Gläser reichte, hoffte er allerdings vergeblich auf einen kleinen Flirt. Doch das strahlende Lächeln, mit dem diese blonde Göttin die Getränke entgegennahm, reichte bereits aus, um seinen Herzschlag für einen Moment aus dem Takt zu bringen.

Der junge Mann hinter dem Tresen war nicht der Einzige, dessen Augen Helena verschlangen. Dieser Abend war für sie nicht nur der Abschied von ihrem bisherigen Leben, sondern auch von ihrem Dasein als Junggesellin. Sie ahnte, dass es an Gaetanos Seite keine solchen Nächte mehr geben würde, in denen sie sich in dem Begehren knackiger Jünglinge würde sonnen können. Und deshalb hatte sie sich in ein hautenges Kleid gezwängt, das mit glitzerndem Strass bestickt war und ihre Kurven mehr enthüllte als verbarg. In dem leuchtenden Rot und mit ihren langen blonden Haaren wirkte sie wie eine Diva aus längst vergangenen Zeiten. Der tiefe Ausschnitt entblößte die prallen Rundungen ihrer Brüste, und jeder Hüftschwung betonte ihre Weiblichkeit. Diesen Abend würde sie in vollen Zügen genießen, um am Morgen ihrem Geliebten entgegenzueilen, der sie bereits sehnsüchtig in Varese erwartete.

Das Leben mit all seinen Facetten ist wunderbar, dachte Helena. Und als sie zu Mia hinüberging, die inzwischen an einem Stehtisch lehnte, bemerkte sie voller Freude, dass ihre Freundin trotz des bevorstehenden Abschieds gelöst und heiter wirkte. Die schlanke Frau trug ein geblümtes Sommerkleid aus zartem Chiffon, das kurz über den Knien endete. Ihre schmalen Füße steckten in hochhackigen Wildlederpumps, die ihre Gazellenbeine endlos erscheinen ließen. Rosige Wangen und Sommersprossen auf der Nase verliehen ihr zusammen mit dem burschikosen Haarschnitt eine Aura mädchenhafter Unschuld.

Engel und Teufel, dachte Helena. Die beiden Frauen symbolisierten das ganze Universum verführerischer Weiblichkeit. Und wenn sie die begehrlichen Blicke an den Nachbartischen richtig deutete, dann waren sie heute Abend die Königinnen der Nacht, denen ein aufregender Abend bevorstand.

«Mia, du siehst hinreißend aus», schwärmte Helena mit aufrichtigem Stolz in der Stimme. «Hast du dich endlich mit Leo versöhnt?» Die Freundin antwortete nicht gleich. Sie ließ den Blick wandern und genoss es, mit Helena im Zentrum der allgemeinen Aufmerksamkeit zu stehen. Obwohl sie wusste, dass sie nie an den offenherzigen Sex-Appeal ihrer Freundin heranreichen würde, war sie sich in diesem Moment ihrer eigenen Wirkung gewiss. Sie schüttelte den Kopf und sah Helena schließlich an. «Wir gehen uns seit zwei Wochen aus dem Weg.» Achselzuckend nippte sie an ihrem Cocktail. «Er scheint auf irgendetwas zu warten. Und ich versuche herauszufinden, was ich eigentlich will.» Helena nahm wortlos die Hand der Freundin und drückte sie verständnisvoll, während sie gleichzeitig von einem Schuldgefühl heimgesucht wurde. Mia deutete ihren Gesichtsausdruck richtig, denn sie nahm die Freundin in den Arm: «Du brauchst dir keine Sorgen zu machen. Mir geht es gut. Merkwürdigerweise genieße ich die momentane Ruhe zwischen uns sogar.» Lächelnd nahm sie das Cocktailglas und prostete ihrer Freundin zu. «Auf dich und eine wunderbare Zeit in Italien!» Die beiden Frauen stießen miteinander an. Und um Helena davon zu überzeugen, dass sie unbesorgt am nächsten Tag abreisen konnte, nahm Mia einen tiefen Schluck des herb-frischen Getränks und begann, zu den hämmernden Beats der Clubmusik zu tanzen. Es dauerte nicht lange, und Helena bestellte die nächste Runde, um die Hitze nach dem Tanzen zu kühlen.

Der Laden war mittlerweile voller partyhungriger Berliner, die den Abschluss der Woche, den Beginn des Wochenendes oder was auch immer feierten. Es wurde getanzt, gelacht und miteinander angestoßen. Die beiden ungleichen Frauen wiegten sich auf der Mitte der Tanzfläche im Takt der Musik und wurden von einer Horde gutgebauter Männer umgarnt. Die Herren der Schöpfung versuchten sich gegenseitig mit wahlweise akrobatischen Tanzeinlagen oder herausfordernden Hüftschwüngen zu übertrumpfen und die Gunst einer der beiden Frauen zu gewinnen. Nach den zwei trübseligen Wochen, die hinter ihr lagen, genoss Mia die ausgelassene Stimmung dieser Nacht. Von allen Seiten wurde sie angetanzt. Ihre Verehrer waren ebenso zahlreich wie die jungen Männer, die Helena wie eine Horde hungriger Wölfe umkreisten. Trotz des im Grunde ja traurigen Anlasses schwebte eine Leichtigkeit in der Luft, die Mia mindestens ebenso berauschte wie der Alkohol, von dem sie schon eine ganze Menge getrunken hatte. Die junge Frau drehte sich wild im Kreis, reckte die Arme übermütig in die Höhe und verlor im nächsten Moment das Gleichgewicht. Sofort war ein Retter in der Not zur Stelle, der sie auffing und wieder sicher auf die Füße stellte. Mia dankte ihm seinen Einsatz, indem sie die Arme um seinen Hals schlang und ihm einen Kuss auf die Wange gab. Dabei schaute sie an seinen kurzgeschorenen Haaren vorbei – und entdeckte Leonard, der an einer Säule lehnte und sie nicht aus den Augen ließ. Augenblicklich löste sie sich aus der Umarmung, die auf ihren Freund verfänglich wirken musste, und winkte Leonard fröhlich zu. Keine Reaktion. Als sie sich durch die Gruppe der Tanzenden in seine Richtung drängelte, schüttelte Leonard den Kopf und wandte sich zum Gehen. Fassungslos blieb Mia auf halbem Weg stehen und sah ihrem Freund hinterher, der schnell den Club verließ. Plötzlich spürte sie Wut in sich aufsteigen darüber, dass er sich seit Wochen weigerte, mit ihr zu reden, und sie nun auch noch so schäbig stehen ließ. Ihr harmloses Herumgeflirte konnte ihn doch unmöglich eifersüchtig gemacht haben. Er musste doch wissen, dass sie ihn liebte.

Entrüstet bahnte sich Mia einen Weg zur Bar, um sich

einen starken Longdrink zu bestellen. Wodka mit Orangensaft, das war jetzt das Richtige. Mit kräftigen Zügen leerte sie das Glas und bestellte gleich das nächste. Lässig an den Tresen gelehnt, beobachtete sie ihre schöne Freundin, die sich gerade gegen einen besonders attraktiven Tänzer schmiegte und ihm etwas ins Ohr flüsterte. Im nächsten Moment löste Helena sich aus der tanzenden Menge und verschwand in Richtung Toiletten. Der Auserwählte wartete ein paar Augenblicke und folgte ihr dann mit einem seligen Lächeln im Gesicht.

Während der Alkohol sich immer mehr in ihrem Blut verteilte, fühlte Mia sich leicht und beschwingt. Was Helena mit den Männern wohl anstellte, dass sie ihr so hörig waren? Vielleicht kann ich noch etwas von ihr lernen?, dachte sie und gab ihrer Neugier nach. Leicht schwankend ging sie den beiden nach. Die Toiletten waren im Keller untergebracht, wo sich neben den Personalräumen auch verschiedene Lagerräume befanden. Der einzige beleuchtete Gang führte zu den WCs. Von oben drang gedämpfte Musik in das Kellergeschoss, und Mia lauschte, in welchen der anderen Gänge Helena mit dem Jüngling verschwunden sein konnte. Vorsichtig wandte sie sich nach rechts und tastete sich an der Wand in den immer dunkler werdenden Flur vor. Nach ein paar Herzschlägen hatten sich ihre Augen an das Dämmerlicht gewöhnt, und tatsächlich hörte sie leise Stimmen. Mia näherte sich ganz langsam, bis sie im Dunkel die Umrisse zweier Menschen erkennen konnte. Auf Zehenspitzen schlich sie weiter und fand in Sichtweite des verschlungenen Paares einen Türrahmen, in dem sie sich halbwegs verbergen konnte. Je länger sie dort verharrte, desto deutlicher war zu erkennen, was die beiden miteinander trieben.

Helena lehnte entspannt an der Wand und hatte ein Bein auf einen Pappkarton gestellt. Mit beiden Händen hatte sie ihr Kleid hochgerafft. Es war deutlich zu sehen, dass sie keine

Unterwäsche trug. Vor ihr auf dem Boden kniete der junge Mann, der sich hingebungsvoll mit ihrer Muschi beschäftigte. Die blonde Frau hatte die Augen geschlossen und trieb ihren Galan mit leisen Befehlen an.

«Mmh, fester … Ja, so ist es gut.»

Er stellte sich offensichtlich geschickt an, denn Helena gurrte und seufzte, während er seine Zunge in ihrem Fleisch vergrub.

«Hör nicht auf … Ooo jaaa, tiefer», stöhnte sie lasziv. Mit einer Hand packte sie seinen Haarschopf und zog ihn fester auf ihre Scham. Rhythmisch presste sie seinen Kopf gegen ihr Lustzentrum. Sie zwang ihn, noch härter zu lecken, und dankte seine Anstrengungen mit heftigem Stöhnen.

«Jaaa … genau so … Ich komme … Oooh, jetzt!» Ihr Busen wogte, und kleine Lustschreie drangen aus ihrem weitgeöffneten Mund. Als der Griff in seinen Haaren sich lockerte, erhob sich der junge Mann schnell und fingerte an seinem Hosenstall.

«Komm, Baby, lass mich deine nasse Möse ficken», stöhnte er, während er seinen harten Prügel befreite. Doch er kannte Helena nicht. Nachdem sie sich beruhigt hatte, strich sie ihr Kleid glatt. Mit spöttischem Blick betrachtete sie seinen prächtigen Schwanz, der lüstern aus der offenen Hose ragte.

«Du hast Glück, dass du dich so geschickt angestellt hast», meinte sie und strich über die beschnittene Kuppe. «Dreh dich um!», herrschte sie den verdutzten Mann an, der sich prompt umdrehte und ihr den Rücken zukehrte. Sie nahm seine Hände und stemmte sie gegen die Wand, mit dem Knie spreizte sie seine Beine, als würde sie einen Verbrecher auf der Flucht stellen. Völlig willenlos ließ der schöne Mann sie gewähren und stand schließlich breitbeinig mit erhobenen Händen an die Wand gelehnt. Er war nicht viel größer als Helena, die sich von hinten an seinem Po rieb, während sie sein Hemd aufknöpfte und es aus der Hose zog. Die Frau im roten Kleid schob ein Bein zwischen seine Schenkel und presste es gegen seine Hoden. Mit den Händen streichelte sie unter dem Hemd über seinen Rücken und ließ die Fingerspitzen zu seiner Brust wandern. Als sie in seine Brustwarzen kniff, seufzte der junge Mann auf und bewegte die Hüften, um seine Eier auf ihrem Schenkel zu massieren.

Mia hörte, wie Helenas lange Fingernägel über die Haut des Schönlings kratzten und zielstrebig ihren Weg zu seinem Penis suchten. Sein lautes Stöhnen verriet schließlich, dass sie eine Hand um seinen Ständer geschlossen hatte und ihn wichste. Der Junge war so aufgeladen, das er bereits nach ein paar Handbewegungen heftig atmete. Helena trat einen Schritt beiseite, ohne das feste und gleichmäßige Wichsen ihrer Hand zu unterbrechen. Mit der anderen Hand holte sie aus und schlug kraftvoll auf den Knackarsch, dessen runde Backen selbst in dem Dämmerlicht deutlich zu erkennen waren.

Mia hielt den Atem an, als der Jüngling sich genüsslich unter den Schlägen wand. Wie war es nur möglich, dass er, der doch so viel stärker war, sich willenlos der Züchtigung durch eine Frau auslieferte? Fasziniert von dem Schauspiel, konnte Mia zusehen, wie Helena zwischen den Schlägen die Arschbacken des Jungen massierte und ihre Hand, so tief es der Stoff der Hose zuließ, in seine Pospalte schob. Der Druck, den sie so auf seine Hintertür ausübte, schien ihn noch mehr aufzugeilen, denn er stöhnte wild, während er sich den wissenden Händen hingab. Als seine Laute tiefer und rauer wurden, erhöhte Helena die Geschwindigkeit ihrer wichsenden Hand und ließ wieder kurze, harte Schläge auf das Gesäß des Jungen prasseln.

«Aaaahh», schrie er in dem dunklen Flur, und plötzlich zuckte sein Becken. Helena griff mit der freien Hand um seinen Körper herum und presste die Finger auf seine prallen Hoden, die sich unter den Falten der Hose zusammenzogen und schließlich ihre heiße Ladung ausspuckten.

«Ooo jaaa …», wimmerte der junge Mann, der unter Helenas Händen förmlich dahinschmolz.

Mia konnte spüren, wie das hemmungslose Stöhnen des Jungen direkt auf ihren Unterleib traf und sich dort vibrierend fortsetzte. Alles Blut in ihren Adern schien diesem Brummen entgegenzuströmen. In ihren Ohren begann es zu rauschen, und im nächsten Moment wurde ihr schwarz vor Augen.

Wie leblos sackte ihr Körper zu Boden, doch davon merkte Mia nichts mehr.

19

Als Mia die Augen aufschlug, wusste sie nicht, wo sie war. Eben noch hatte sie auf Helenas Abschiedsparty getanzt, und nun lag sie in einem Bett, das nach einem vertrauten Parfüm duftete. Sie versuchte, den Kopf zu heben, und ließ sich sofort wieder in die Kissen fallen. Ihr Schädel schmerzte, und der Raum um sie herum begann sich zu drehen. Wenig später hörte sie Schritte und spürte, wie ein kaltes, feuchtes Tuch auf ihre Stirn gedrückt wurde. Der Schmerz ließ ein wenig nach.

«Na, geht's dir besser?», fragte Helenas Stimme, die wie durch Nebel an Mias Ohr drang.

«Du bist in meiner Wohnung.» Sie strich der Freundin über das wirre Haar. «Süße, ich muss jetzt los. Der Möbeltransporter ist schon unterwegs.» Helena schüttelte den Lappen in der Luft, um ihn wieder abzukühlen. «Meinst du, ich kann dich jetzt allein lassen?»

Mia blinzelte unter der kühlenden Kompresse und sah Helenas besorgten Blick auf sich ruhen. «Wie spät?», murmelte sie mit schwerer Zunge, die sich kaum bewegen ließ.

«Es ist schon Mittag. Du hast wie ein Stein geschlafen.» Helena hielt ihr ein Glas Wasser hin und half der Freundin, sich ein wenig aufzurichten.

«Mmh», seufzte Mia dankbar. Ihre Zunge fühlte sich nicht mehr ganz so pelzig an.

«Schlaf dich aus, solange du willst. Ich habe Leo angerufen und ihm gesagt, dass du hier bist. Er wünscht dir gute Besserung und wartet zu Hause auf dich.»

Mia sank wieder in die Kissen zurück und versuchte zu lächeln. «Fahr vorsichtig», brachte sie mühsam hervor. «Ich ruf dich an, wenn ich dazu wieder in der Lage bin.»

«Ich hab dich lieb», flüsterte Helena und hauchte der Freundin einen Kuss auf die Wange. «Es ist alles da, was du brauchst. Wasser steht auf dem Nachttisch, und ich habe einen Eimer neben das Bett gestellt. Für alle Fälle.»

Ächzend rappelte Mia sich auf, um ihre Freundin zum Abschied zu umarmen. «Ich hab dich auch lieb.» Dann fügte sie hinzu: «Und danke. Für alles.»

Bevor Helena die Tür leise hinter sich ins Schloss gezogen hatte, war Mia bereits wieder eingeschlafen. Während ihr Körper mit dem Abbau des Alkohols kämpfte, fiel sie immer tiefer in einen schweren Traum.

II

1

Es war neblig, und die Dämmerung fiel langsam auf den Wald herab. Die Bäume warfen lange Schatten und zauberten bizarre Muster auf das Moos des Waldbodens. Mitten in dieser unwirklichen Kulisse stand die junge Frau und blickte sich verwirrt um. Bei näherem Hinsehen erkannte sie die Lichtung wieder, zu der sie der geheimnisvolle Mann aus ihren Träumen getragen hatte. Hier, direkt vor ihren Füßen, hatte sie sich wollüstig geräkelt und seinen Spott geerntet.

Wo war er? Warum ließ er sie allein in der vorrückenden Dunkelheit?

Mia sah sich ängstlich um. Die Schatten der Bäume griffen mit düsteren Fingern nach ihr. In der Nähe knackte ein Zweig und trieb Mia fort von diesem ungastlichen Ort, dem nichts mehr vom Zauber der letzten Begegnung mit dem Unbekannten innewohnte. Barfüßig und mit wehenden Röcken irrte sie zwischen den Baumstämmen umher. Die Rinde der Baumriesen fühlte sich warm und trocken unter ihren Händen an. Das Moos schmiegte sich weich an ihre Fußsohlen. Je tiefer Mia in den Wald vordrang, desto lichter wurde die Umgebung. Die Bäume rückten weiter auseinander, und silbriges Mondlicht schien vom Nachthimmel.

Plötzlich sah sie aus den Augenwinkeln eine Bewegung. Als sie den Kopf drehte, bemerkte sie eine Gestalt, die hinter den Baumstämmen verschwand. Ein Gefühl von Zuversicht breitete sich in ihr aus, und sie folgte dem huschenden Schatten. Kaum war sie ihm nahe, entschwand er ihrem Blick, aber wie von einer geheimnisvollen inneren Macht getrieben, kannte sie den Weg, den er genommen hatte. Die Zeit schien stillzustehen, während sie der Gestalt folgte, die im nächsten Moment aus dem Dunkel der Bäume heraustrat und deutlich sichtbar über eine Wiese lief. Mia hatte es geahnt, und dennoch machte ihr Herz einen Freudensprung, als sie den kräftigen Rücken des geheimnisvollen Unbekannten erblickte, der nun mit ruhigen Schritten auf ein Herrenhaus zuging. Als er in den Lichtkegel der beleuchteten Villa trat, konnte Mia sehen, dass er vollkommen nackt war. Seine entspannte Körperhaltung verriet, dass ihm dieser Zustand nicht fremd war.

Leichtfüßig rannte auch sie über die Wiese und konnte gerade noch sehen, wie sich die schwere Eichentür des Hauses öffnete und den Mann einließ. Ganz benommen von dem Strahl gleißenden Lichts, das auf die Eingangsstufen gefallen war, blieb Mia am Treppenabsatz stehen. Das Licht zog sie magisch an, ebenso wie der innige Wunsch, dem Unbekannten wiederzubegegnen. Vorsichtig stieg sie eine Stufe nach der anderen zum Eingangsportal hinauf und verharrte dort vor der dunklen Eichentür. Sie ahnte bereits, was sie hinter dieser Tür erwarten würde, und sehnte und fürchtete sich gleichzeitig davor.

Das Tor zu einer anderen Welt lag eisenbeschlagen vor ihr, aber es gab keine Klingel und keinen Türklopfer, mit denen sie um Einlass bitten konnte. Unschlüssig trat die junge Frau von einem nackten Fuß auf den anderen und wusste nicht, ob sie die Tür öffnen sollte oder nicht. Aber je länger sie wartete, desto stärker wurde die Sehnsucht nach dem geheimnisvollen Mann, der ihr mit einem Mal wie der Schlüssel zu ihren innersten Geheimnissen erschien.

Mia atmete tief durch, und im selben Moment öffnete sich das Portal. Die junge Frau wurde in strahlendes Licht getaucht.

Zwei nackte Jünglinge nahmen sie auf der anderen Seite in Empfang, als hätten sie schon lange auf Mia gewartet, und verbeugten sich tief. Ohne ein Wort zu sprechen, fassten sie die junge Frau bei den Händen und führten sie in einen Raum, der ganz und gar mit orientalischen Mosaiken gefliest war. In der Mitte war ein Wasserbecken in den Boden eingelassen, in welchem ein Springbrunnen plätscherte. Am Rande des Beckens blieben die Jünglinge stehen und begannen Mias Kleid aufzuknöpfen. Als auch sie nackt war, stiegen sie gemeinsam mit ihr in das Wasser, das herrlich warm war und nach Blütenessenzen duftete. Wie eine Königin wurde Mia in das Bad getaucht, das seinen betörenden Wohlgeruch mit jeder Bewegung der Badenden aufs neue verströmte. Mit sanften Händen spülten die schönen Männer den Staub von Mias Körper, wuschen ihr Haar und hoben sie dann gemeinsam aus dem Bad, ohne sie auch nur ein einziges Mal unzüchtig berührt zu haben.

Mit duftenden Tropfen auf der Haut stand Mia auf dem Mosaik und breitete die Arme aus. Als wäre sie diese Rolle gewohnt, wartete sie auf die flauschigen Tücher, mit denen die Jünglinge die Wassertropfen von ihrem nackten Körper reiben sollten. Schließlich reichten sie ihr einen mit üppigen Blüten bestickten Kimono aus schwerer Seide, streiften ihn über ihre nackten Arme und banden den Gürtel um ihre Taille. Nachdem sie ihren Dienst getan hatten, verbeugten sie sich nochmals und verließen rückwärtsgehend den Raum.

Mia blickte sich neugierig um und stellte fest, dass der

Raum vollkommen rund war. Sie fühlte sich sicher und geborgen in dieser seltsamen Umgebung, die nur auf sie gewartet zu haben schien. Die junge Frau wunderte sich weder über die hinreißenden Jünglinge, die ihr zu Diensten gewesen waren, noch über ihre eigene Offenheit, mit der sie sich hatte entkleiden und baden lassen. Im Gegenteil, es erschien ihr selbstverständlich, dass sich die Welt hinter der Eichentür ihren Wünschen beugte, ohne dass sie diese aussprechen musste.

Mia strich über die Seide, die ihren nackten Körper einhüllte, und genoss die sanfte Kühle auf der Haut. Nichts beschwerte oder bedrückte sie in dieser heiteren Umgebung. Und so entschied sie sich, ihrer Neugierde nachzugeben und eine der Türen zu öffnen, die kaum sichtbar in die Wände eingebaut waren. Mia hatte das Gefühl, dass es keine Rolle spielte, für welche sie sich entschied, sie würde hinter jedem dieser Tore willkommen sein. Aber tief in ihrem Inneren spürte sie die Sehnsucht nach dem mysteriösen Mann aufsteigen, der sie an diesen Ort geführt hatte, und machte sich auf die Suche nach ihm.

2

Die erste Kammer, die Mia betrat, war leer. Gedämpftes Licht umhüllte sie, leise Klänge eines unbekannten Instruments erfüllten sanft den Raum und schienen ihr eine Richtung zu weisen, der sie, ohne nachzudenken, folgte. Je weiter sie voranschritt, desto intensiver wurden das Licht und die Klänge, die sie wie ein Kokon einhüllten. Der Boden unter Mias Füßen begann nun leicht zu vibrieren, und sie spürte, wie eine wohlige Wärme von ihren Fußsohlen aufstieg und sich langsam im ganzen Körper ausbreitete. Die junge Frau fühlte sich mit einem Mal entspannt und gelöst. Doch kaum hatte sich diese innere Ruhe eingestellt, verstärkten sich die Vibrationen und richteten sich gezielt auf die Mitte ihres Unterleibes. Plötzlich wurde Mia von einer Sinnlichkeit erfasst, die den Zustand paradiesischer Unschuld, den sie eben noch empfunden hatte, ablöste. Und als sie sich dieses neuen Gefühls bewusst wurde, richtete sich ihr Verlangen auf ein Ziel, das jenseits der Tür am Ende der vibrierenden Kammer zu liegen schien. Mit sicheren Schritten ging Mia voran, doch als sie den nächsten Durchgang öffnete und in den dahinterliegenden Raum trat, verharrte sie und blickte schockiert auf die Szenerie, die sich ihr darbot.

Ein junger Mann saß nackt in einem reichverzierten Fauteuil. Er hatte ein Bein lässig über die gepolsterte Armlehne seines Sitzmöbels gehängt und gewährte Mia einen uneingeschränkten Blick auf sein Geschlecht. Wie versteinert stand Mia an der Tür und starrte auf das Zepter, das zwischen den Schenkeln des Mannes aufragte. Der Jüngling steigerte die unerhörte Schamlosigkeit dieses Anblicks noch, indem er langsam mit der rechten Hand nach der strammen Rute griff und mit der linken seinen Hodensack betastete. Die Art, wie er sich anfasste, erweckte den Anschein, als würde er Mia sein mächtiges Geschlecht von allen Seiten präsentieren wollen, damit sie sich ein Urteil bilden konnte. Völlig fasziniert sah sie dieser skandalösen Darbietung zu. Obwohl der gutgebaute Mann am anderen Ende des Raumes saß, konnte Mia jedes Detail genau erkennen. Als Erstes fiel ihr auf, dass kein einziges Härchen auf der Haut des Mannes zu sehen war, weder auf der Brust noch im Schambereich. Selbst die Beine wirkten vollkommen rasiert und schimmerten im diffusen Licht, das den Mann auf seinem Thron umgab.

Nun hob der Jüngling mit der linken Hand seine Hoden an, als wollte er seiner Betrachterin zeigen, wie schwer und prall sie waren. Mit Daumen und Zeigefinger teilte er den Hautsack in der Mitte und ließ jeden Hoden einzeln hervortreten, wie zur Betonung, dass beide absolut symmetrisch angeordnet und gleich schwer waren. Mia folgte der Bewegung seiner Hand, die nun an dem strammen Schaft hinaufwanderte, der von der anderen Hand wie ein Schwert gehalten wurde. Sie hatte den Eindruck, dass sich der Phallus unter den Berührungen noch vergrößerte und sein dunkles Haupt direkt auf ihren Unterleib gerichtet war. Der Mann umfasste die Kuppe seines Ständers und zog die Vorhaut zurück, sodass der eben noch verdeckte Kopf hervortrat. Mia konnte einen Tropfen auf dem kleinen Schlund glitzern sehen. Der nackte Mann war mit dieser Entdeckung zufrieden und hielt die Zeit nun für gekommen, seine Zuschauerin mit einer weiteren Darbietung zu beeindrucken. Er ließ seine Hoden los, die sanft schaukelnd zwischen seine Schenkel fielen, und hob das Becken ein wenig an. Mit dieser Bewegung traten die Muskeln an seinem Bauch hervor und bildeten ein gleichmäßiges Schattenmuster. Mias Augen hingen ungläubig an dem makellosen Körper des Adonis, und sie konnte sich der Bewunderung seiner Schönheit nicht erwehren.

Der Mann hatte jede Regung in ihrem Gesicht beobachtet, und als er sich seiner Wirkung auf die junge Frau gewiss war, begann er wieder damit, seinen prächtigen Penis zu massieren. Wie gewünscht folgte Mia den Bewegungen seiner Hand, die den Stamm fest umschlossen hielt und gleichmäßig an seinem Schaft auf und ab glitt. Der Atem des Mannes ging nun heftiger, und seine muskulöse Bauchdecke bewegte sich ebenso schnell wie die Hand, die seinen Penis bearbeitete. Mia konnte aus der Entfernung jede Ader an seinem Geschlecht erkennen. Sie sah das Blut pulsieren unter den wichsenden Fingern und spürte, wie der Anblick langsam seine Wirkung entfaltete. Kaum hatte sie bemerkt, dass sich das Vibrieren in ihrem Unterleib verstärkte, durchfuhr sie ein unerhörter Gedanke. So ein herrlicher Phallus sollte seiner Bestimmung folgen, dachte Mia. Was wäre, wenn er jetzt eine Gespielin hätte? Sie hatte diese Frage noch nicht zu Ende gedacht, da tauchte hinter dem riesigen Sessel ein wunderschönes Mädchen auf, ebenso nackt und makellos wie der Adonis auf dem Thron. Anmutig schritt sie um den halb liegenden Mann herum und stellte sich vor ihm in Position. Mia konnte ihren geraden Rücken bewundern, der in die formvollendeten Rundungen ihres Gesäßes mündete. Wunderschöne lange Beine trugen den Körper des Mädchens. Mia hätte zu gern die Brüste dieser Schönen betrachtet, und im selben Moment stand sie bereits hinter dem Sitz und blickte auf den Mann hinab, der seine Arme ausstreckte, um das Mädchen zu empfangen. Die Schöne stieg elegant auf den Sessel hinauf und gewährte Mia einen Blick auf ihre entblößten Schamlippen, die beim Spreizen der Beine auseinanderklafften. Auch hier wurde die Nacktheit von keinem einzigen Haar verdeckt, sondern präsentierte sich der Betrachterin mit jedem kleinsten Detail. Die Fältchen der inneren Lippen waren dunkler als ihre äußeren Schwestern, und sie lenkten den Blick direkt auf die kleine Blume, die sich unter Mias Augen zu entfalten schien. Die dunkle Öffnung im Zentrum des weiblichen Geschlechts glänzte feucht, als die nackte Frau sich langsam auf den aufgerichteten Penis gleiten ließ. Mia fragte sich noch, wie es das gigantische Zepter wohl schaffen sollte, in diese enge Pforte einzudringen, da spreizte die junge Schönheit ihre Schamlippen mit den Händen und führte die Kuppe an den glitzernden Rand ihres offenen Tores. Seufzend massierte der Jüngling den harten Schaft und trieb ihn mit jeder Bewegung ein Stückchen tiefer in den nassen Schlund seiner Reiterin, bis seine Hand keinen Raum mehr fand und der Ständer bis zum Anschlag im Leib der jungen Frau steckte. Sie presste sich fest auf seinen Bauch und rieb ihre Scham an seiner. Die Hüften des Mädchens kreisten zuerst langsam auf dem Pfahl und dann immer heftiger und wilder. Und als die Lust die schöne Frau fortriss, hob sie ihren Unterleib, ließ den Ständer bis zur Kuppe aus ihrer Vulva herausgleiten, um ihn dann kraftvoll wieder in ihrem nassen Fleisch zu versenken. Der junge Mann stemmte sich gegen seine Reiterin und warf den Kopf in den Nacken. Mia hörte sein Stöhnen und spürte das Begehren der Schönen, deren Brüste in wildem Ritt auf und ab hüpften. Je stärker sich das Verlangen, das sich vor ihren Augen entfaltete, auch in Mias Unterleib verdichtete, desto näher trat sie an das Geschehen heran, bis sie direkt neben dem Liebespaar stand. Sie sah die feinen Tropfen auf der schweißnassen Haut der beiden, konnte genau die kleinen Erhebungen der erigierten Brustwarzen erkennen. Mia wusste, dass die beiden bald den Höhepunkt erreichen würden, dass sie gemeinsam den kleinen Tod des Orgasmus erleben würden. Obwohl ihre Anwesenheit das Paar nicht zu stören schien, wurde Mia sich plötzlich ihrer eigenen Rolle als Voyeurin bewusst. Wie konnte sie hier stehen und den beiden bei ihrem intimen Akt zusehen? Warum spürte sie die Erregung des Paares in ihrem eigenen Körper, als wäre sie selbst die Reiterin, aufgespießt von dem Luststab dieses wunderschönen Mannes?

Mit einem Anflug von Panik wandte Mia den Blick ab und flüchtete aus der Intimität dieses Raumes. Sie war aufgewühlt von den Empfindungen, die sich in ihrem Körper ausgebreitet hatten. Neugier, Erregung, Begehren – atemlos entfernte sie sich von dem Ort, der diese Verwirrung in ihr hervorgerufen hatte, und folgte den geschwungenen Gängen eines Labyrinths aus Farben, Gerüchen und Klängen.

3

Die Flure, die sie durchschritt, hatten keine Kanten und Ecken. Alles war rund, fast organisch. Die Umgebung hatte keine Ähnlichkeit mit irgendeinem Ort, den Mia kannte. Die gewölbten Gänge waren reich mit Ornamenten verziert. Rankende Blütenzweige und verschlungene Muster, die bei näherem Hinsehen aus winzigen Steinchen zusammengesetzt waren und in allen Farben schimmerten. Mia schien es, als bewegte sie sich in einem Hundertwasser-Gemälde. Ebenso phantastisch und farbenfroh war die Welt, in die sie hineingeraten war. Die junge Frau schaute sich um und suchte nach etwas Vertrautem, an dem sie sich hätte orientieren können. Doch wo immer Mias Blick für einen Moment verharrte, erschien vor ihren Augen wie aus dem Nichts ein Türbogen. Und während sie daran vorbeiging, konnte sie Stimmen hören, Gelächter und manchmal ein Seufzen. Aber Mia fürchtete sich davor, eine der Türen zu öffnen. Sie hatte immer noch die Bilder des schönen Jünglings mit seiner Gespielin vor Augen. Und ohne es zu wollen, drängte sich die Ekstase dieses Liebespaares in allen Einzelheiten in ihr Bewusstsein.

Mia versuchte, sich stattdessen an den Wald zu erinnern, an das Moos unter ihren Füßen und die schräg einfallenden

Sonnenstrahlen, in deren Licht die Mücken tanzten. Aber alles, was ihr in den Sinn kam, war die nackte Haut des einen Mannes, die bronzefarben im späten Sonnenlicht schimmerte. Und plötzlich wurde sie wieder von der brennenden Sehnsucht nach diesem Unbekannten erfasst, dem sie in diese verwirrende Welt gefolgt war. Sie wollte ihn finden, und dafür war sie bereit, sich weiter vorzuwagen. Da es keine Hinweise gab, wo er sich verbergen mochte, musste sie auf ihr Gefühl vertrauen und sich von der Stimme in ihrem Inneren leiten lassen.

Mutig ging Mia auf einen der Torbögen zu, die immer wieder vor ihren Augen erschienen, und streckte die Hand aus. Bevor sie jedoch das glitzernde Material berührte, schwang die Tür auf, und Mia trat durch die einladende Öffnung.

Die suchende Frau brauchte eine Weile, um sich zurechtzufinden. Der Raum, in dem sie stand, war hell erleuchtet und vollkommen weiß eingerichtet, als befände sie sich in einem medizinischen Massagesalon. Und tatsächlich traten in diesem Moment zwei ebenfalls weißgekleidete Männer in den Raum und trugen Handtücher und Flakons zu einem Ruhebett, das sich in der Mitte des Raumes befand. Sie drapierten die Frotteetücher, öffneten die gläsernen Behälter und träufelten sich einige Tropfen der darin enthaltenen Flüssigkeit auf die Hände. Als sie ihre Vorbereitungen abgeschlossen hatten, blickten sie auf und sahen Mia direkt in die Augen. In diesen Blicken konnte Mia eine unausgesprochene Frage lesen, und ohne auch nur einen Moment darüber nachzudenken, schüttelte sie verneinend den Kopf. Die beiden Männer nahmen ihre Weigerung gleichmütig zur Kenntnis und sahen sich zur anderen Seite um, wo sich eine Schiebetür öffnete. Mia hielt den Atem an, als sie eine Frau wie eine Königin in den Raum schreiten sah. Mit hocherhobenem Haupt trat sie ein und ließ im selben Moment den üppigen Bademantel fallen, in den sie sich eingehüllt hatte. Vollkommen nackt stolzierte sie auf die wartenden Männer zu, die bei ihrem Anblick die Köpfe gesenkt hatten und demütig auf diese Schönheit warteten, die sich in aufreizender Langsamkeit auf dem Ruhebett niederließ. Sofort stellten die beiden Männer sich links und rechts in Position. Der eine griff nach den Flakons und ließ einen feinen Strahl der Flüssigkeit auf den Rücken der Frau laufen, während der andere ihren Kopf auf einem der Handtücher bettete. Dann verteilten vier Hände die bernsteinfarbenen Tropfen auf der Haut der Schönen und begannen mit einer Schultermassage. Synchron strichen die Hände über die Schulterblätter, kneteten die weiche Partie am Ende des Halses und fuhren dann sanft an der Wirbelsäule entlang über den ganzen Rücken. Bevor sie das Gesäß erreichten, änderten sie die Richtung ihres Streichelns und arbeiteten sich wieder den Rücken hinauf, bis sie den Nacken erreichten.

Die Frau auf der Liege räkelte sich unter den Berührungen ihrer Masseure und gab wohlige Laute von sich. Dabei wackelte sie ein wenig mit dem Popo und deutete damit an, dass die Hände ihre Aufgabe auch weiter unten fortsetzen sollten. Gehorsam strichen die starken Finger den Rücken wieder hinunter und vergaßen dabei auch nicht die zarte Haut an den Seiten bis hinab zu den Hüften. Als sie die Halbkugeln erreichten, träufelte einer der Männer noch ein paar Tropfen Öl auf die Wölbungen, und alle vier Hände verstrichen die Flüssigkeit auf dieser besonders zarten Haut. Dabei zogen sie die Halbkugeln ein wenig auseinander, um auch die dunkle Spalte dazwischen zu erreichen. Ganz gewissenhaft kneteten sie das Gewebe durch und fuhren abwechselnd an der Ritze entlang, während die Frau ihren Po leicht anhob, um ihnen das Vordringen zu erleichtern.

Mia stand gegen eine der weißen Wände gelehnt am Ende der Massagebank und konnte die rosigen Fußsohlen der Frau sehen. Ihre Zehen zuckten, wenn die Männer eine kitzelige Stelle berührten, und entkrampften sich, wenn die Hände eine Hautpartie erreichten, die sich besonders dankbar unter den knetenden Fingern entspannte.

Während sie vorhin beim Anblick des nackten Paares den verbotenen Reiz des Voyeurismus empfunden hatte, konnte sie sich nun ohne Scheu in die ausgestreckte Frau hineinversetzen und die wohlige Entspannung der Massage spüren.

Wie gern hätte sie jetzt mit der stolzen Schönen getauscht. Weil sie aber die stille Einladung der Männer abgelehnt hatte, war sie nun zum Zuschauen gezwungen. Für einen Moment stieg Enttäuschung in ihr auf, doch dann nahmen die beiden Masseure ihre Arbeit wieder auf, und Mia verfolgte gespannt, wie die Hände immer weiter den Körper hinunterstrichen. Ganz sanft vollendeten sie die Massage der weichen Rundungen am Ende des Rückens, ohne sich von diesem appetitlichen Körperteil irritieren zu lassen. Behutsam umfasste nun jeder der Männer ein Bein, um es anzuheben und ebenfalls mit den streichelnden Berührungen zu verwöhnen. Gleichzeitig erreichten sie die Fußsohlen, über deren weiche Mitte sie fest mit den Daumen strichen und schließlich jeden einzelnen Zeh massierten. Als sie die Beine wieder ablegten, entdeckte Mia, dass sie nun einen freien Blick hatte bis hinauf zum Beinansatz, wo sich die gespaltene Frucht der Frau verbarg. Im Gegensatz zu der empörenden Zurschaustellung des erigierten Schwanzes, den der junge Mann auf dem Sessel ihr so schamlos präsentiert hatte, löste dieser Anblick eine ganz andere Empfindung in Mia aus. Sie beugte sich ein wenig vor, um besser sehen zu können, und versuchte herauszufinden, welche Wirkung die Massage bei der jungen Frau hinterlassen hatte. Während sie selbst ihre Spalte nur allzu deutlich spüren konnte, schien die Frau völlig entspannt dazuliegen. Doch als Mia sich wünschte, besser sehen zu können, spreizte die

Schöne ihre Beine so weit, dass zwischen ihren Schenkeln nichts mehr verborgen blieb. Mia schnappte nach Luft, als sie direkt auf die Fruchthälften blickte. Der kleine Kern in ihrer Mitte lugte neckisch heraus. Er war dunkler als die Fruchtscheiben, die ihn einrahmten. Und jetzt konnte Mia auch genau erkennen, dass die Frucht bereits leicht geöffnet und mit einem feinen Film überzogen war. Die Massage hatte also die gleiche Erregung bei der entspannten Frau ausgelöst wie deren Anblick auf Mia.

Wie würden die beiden Männer die Massage wohl fortsetzen, wenn die Frau sich umdrehte, wagte Mia sich zu fragen. Und im selben Augenblick stützte sich die Schöne auf die Arme. Mit einem Lächeln streckte sie sich nun auf dem Rücken aus und überließ sich erneut den kundigen Griffen. Wieder wurde eine bernsteinfarbene Flüssigkeit auf ihre Haut getropft und gleichmäßig auf jedem Quadratzentimeter verteilt. Doch diesmal waren es nicht die Rundungen des Hinterteils, die eine besondere Aufmerksamkeit erhielten, sondern die wogenden Hügel der Brüste mit ihren dunkelroten Spitzen. Je zwei Hände umfassten eine der Kugeln und zogen leichte Kreise um das üppige Rund. Dann zupften sie an den Spitzen, bis diese ihre Köpfe in die Höhe reckten. Die Frau schien sehr zufrieden mit diesen kundigen Griffen, denn sie seufzte laut auf und ließ die Schenkel entspannt auseinanderfallen.

Mia bemerkte sofort, dass sich der Fruchtkern vergrößert hatte. Er war prall mit Blut gefüllt und hatte die Fruchthälften in der Mitte geteilt. Die zwei Zwillingsschwestern waren rosig und wirkten fleischiger als noch vor ein paar Minuten. Aus ihrer Mitte tropfte eine durchsichtige Flüssigkeit. Unwillkürlich griff sich Mia an das eigene Pfläumchen, und obwohl sie es nicht anders erwartet hatte, erschrak sie, als sie dort das gleiche geheime Sekret ertastete. Ihre zum Leben erwachte

Pflaume verlangte Beachtung, doch Mia wagte es nicht, sich weiter zu bewegen. Vielleicht würde sie damit das Geschehen auf der Liege stören?

Als hätten sie ihre Gedanken gehört, blickten die beiden Masseure sie plötzlich an und lächelten aufmunternd. Sofort zog Mia ihre Hand aus dem Seidenmantel und fühlte sich ertappt. Die Männer schüttelten amüsiert die Köpfe und wandten sich wieder der schönen Frau auf dem Massagetisch zu. Mia war erleichtert, nicht weiter im Zentrum ihres Interesses zu stehen. Gleichzeitig spürte sie Enttäuschung in sich aufsteigen. Die beiden Männer hatten so freundlich gelächelt und dabei versucht, ihr ein Gefühl von Verständnis zu vermitteln, und Mia ärgerte sich nun über sich selbst.

Die ganze Situation war absurd, und trotzdem war alles so selbstverständlich in dieser märchenhaften Traumwelt. Jeder schien hier seine Gelüste auszuleben, ohne Scham und Zurückhaltung. Das Gleiche erwarteten die Menschen anscheinend auch von Mia. Aber anstatt den unausgesprochenen Aufforderungen zu folgen, kämpften Lust und Schüchternheit gegeneinander, ohne dass Mia sich für eine Seite entscheiden konnte.

Während ihre inneren Stimmen miteinander stritten, hatten sich die drei Personen in ihrem Blickfeld offensichtlich für den nächsten Schritt entschieden. Die Schöne streckte ihre Arme über den Kopf und räkelte sich unter den Berührungen der vier Hände, die sich immer noch den runden Brüsten widmeten. Völlig losgelöst und entspannt gab sie sich der Massage hin und ließ sich von allen Seiten verwöhnen. Die beiden Männer hatten sich inzwischen aufgeteilt. Der eine durfte seine Hände weiter in dem weichen Fleisch der Brusthügel vergraben und die roten Spitzen kneten, was der Dame außerordentlich gut zu gefallen schien. Der andere strich dagegen gerade über den Bauch der Schönheit, verrieb Öl um den Bauchnabel und zog Kreise um diesen Mittelpunkt, die sich immer mehr ausweiteten, bis die Daumen endlich den Rand der Scham erreichten. Auch das war anscheinend ganz im Sinne der genießenden Frau. Als sich die Finger langsam ihrer Spalte näherten, ließ die Schöne ihre Beine auseinanderfallen. Der Masseur verstand dieses Zeichen sofort und arbeitete sich zielstrebig zu dem offenen Lustzentrum vor. Seine Hände kreisten über den Unterleib, berührten dabei immer wieder die Schamhaare der Frau, die sich sofort elektrisiert aufrichteten.

Das Verwöhnprogramm erreichte nun ein Stadium, das die Frau in lautstarkes Verzücken versetzte. Sie wand und räkelte sich unter den vier Händen und gab mit deutlichem Stöhnen zu verstehen, was ihr besonders gut gefiel. Kaum hatte der eine Masseur ihre Schamlippen berührt, seufzte sie laut auf: «Ja, genau dort!» Und als der Mann, der für ihre Brüste zuständig war, beide Nippel zwischen den Fingern zwirbelte und in die Länge zog, da spornte sie auch ihn an, genau so weiterzumachen.

Mia blickte gerade fasziniert auf die Hand, welche die Scham der Frau massierte, da griff auch die zweite Hand zu. Und während die Schöne aufstöhnte, zog der Mann die äußeren Schamlippen auseinander und zeigte Mia die gesamte Pracht der geöffneten Rose. Der Zuschauerin blieb nichts verborgen. Sie sah, wie die inneren Lippen der Bewegung der äußeren folgten und sich ebenfalls teilten. Zwischen den Fingern des Mannes thronte der Kitzler in seiner rosigen Erektion, und darunter klaffte der dunkle Schlund. Mia wurde magisch von diesem Anblick angezogen, und ehe sie einen klaren Gedanken fassen konnte, setzten sich ihre Beine in Bewegung, ein Schritt vor den anderen, bis sie am Ende der Ruhebank stand und den Moschusduft der Frau einatmen konnte. Das gerötete Geschlecht schien sie zu sich rufen: «Leck mich, tauche deine Zunge in meine süßen Säfte, willst du meine Lust spüren?» Und Mia stützte ihre Arme auf das weiche Leder der Liege, beugte sich vor und näherte ihren Mund den heißen Lippen der schönen Frau. Die Säfte flossen inzwischen reichlich, und die benetzte offene Blüte duftete verführerisch. Mia streckte ihre Zunge heraus und tupfte vorsichtig auf die Knospe, die der Masseur extra für sie hervorgestülpt hatte. Die Frau zuckte unter dem kleinen Stoß, und diesmal galt Mia das lüsterne «Ooo jaaa …».

Nun fasste Mia Mut. Sie leckte über die Furchen der weitgeöffneten Vulva, strich mit der Zunge über die inneren Lippen, und dann wagte sie einen Vorstoß in die dunkle Höhle.

Wie herrlich fühlten sich die zarten Häutchen an, wie köstlich schmeckten die Sekrete, die sie hervorbrachten!

Gierig schlürfte Mia an der offenen Möse und presste ihren Mund auf den erigierten Kitzler. In dem Moment, da ihre Zunge die rosige Haut berührt hatte, gab es für Mia kein Halten mehr. Sie hatte bisher keine Erfahrungen auf diesem Gebiet, umso neugieriger tastete sie sich nun vor und wollte alle Geheimnisse des weiblichen Geschlechts erkunden. Die schöne Frau auf der Liege war eine geduldige Lehrmeisterin, die Mia anspornte, wenn sie die richtigen Punkte traf, und sie vorsichtig anleitete, um die empfindlichen Stellen zu entdecken. Es dauerte nicht lange, bis sich die schüchterne Beobachterin in eine forschende Zungenkünstlerin gewandelt hatte, die sich auch in die Tiefen des Lustkanals vorwagte. Während Mia kräftig mit der Zunge über die Klitoris strich und gleichmäßigen Druck auf das Lustknöpfchen ausübte, massierte sie mit dem Zeigefinger die Innenwände der Möse, die sich zart und rau zugleich anfühlten. Der Masseur hatte die äußeren Lippen losgelassen und hielt nun die Beine der Schönheit, damit sie in ihren wilden Zuckungen nicht von der Liege glitt. Und während die Möse mit immer größerer Zungenfertigkeit verwöhnt wurde, hatte sich der andere Masseur endlich hinabgebeugt und seine Lippen über die Brustspitzen gestülpt, um fest an ihnen zu saugen. Die ausgestreckte Frau schmiss ihren Kopf hin und her und stöhnte hemmungslos unter den Händen und Mündern auf ihrem Körper.

«Komm her und lass mich an deinem Schwanz lutschen», befahl sie plötzlich. Und der Mann, der eben noch die Beine gehalten hatte, beeilte sich, ihren Wunsch zu erfüllen. Mia war so damit beschäftigt, ihre Finger in die offene Frucht zu stoßen und die Säfte aufzulecken, dass sie nicht sehen konnte, wie der große Mann seine Hose öffnete und seinen prall aufgerichteten Ständer hervorholte. Er stand neben dem Kopf der Frau und führte seinen Penis an ihre Lippen, die sich willig öffneten und den Prachtpfahl hineinsogen. Mit einer Hand griff die Frau nach den harten Kugeln, die unter dem Schaft baumelten, und schloss ihre Finger um den schweren Sack. Als sie fest an dem harten Pfahl zu saugen begann, stöhnte der Mann lustvoll auf und unterstützte ihr Lutschen mit kleinen Stößen, mit denen er die Latte immer tiefer in den Mund der Frau trieb.

Ohne auf einen weiteren Befehl zu warten, brach nun auch beim zweiten Masseur die Erregung hemmungslos hervor. Er richtete sich auf und befreite ebenfalls seinen Ständer aus der Hose. Mit einer Hand massierte er seinen Zauberstab, mit der anderen bearbeitete er die Brüste der Schönen, deren aufgerichtete Spitzen nicht genug von der festen Behandlung bekommen konnten. Als seine wichsenden Bewegungen immer schneller wurden und sich die Kuppe des Schwanzes bereits dunkel gefärbt hatte, strich er mit dem Schwanz über die Brustspitzen, sodass die Brüste der Frau zu hüpfen begannen. Mit leichten Schlägen stimulierte er ihre Knospen.

Die Frau auf der Liege wand sich wie eine Schlange unter den zahlreichen Reizen, die auf ihren Körper einwirkten.

Mit einem harten Schwanz im Mund, einem anderen, der ihre Brüste massierte, und Mias Lippen auf der Möse war ihr ganzer Leib in Aufruhr. Sie lutschte wie von Sinnen an dem köstlichen Stab, der ihren Mund fickte, und streckte Mia gleichzeitig ihre gierige Spalte entgegen. Die junge Frau zwischen ihren Beinen war ganz benommen von den Düften und dem unbekannten Geschmack, und sie war berauscht von der Lust, die sie entfachte. Die Hemmungslosigkeit, mit der sich diese Aphrodite ihren Liebesdienern hingab, verwandelte Mias Schüchternheit in fordernde Begierde. Sie wollte die Frau stöhnen hören, wollte, dass sie schrie vor Lust und unter Mias Zunge den Gipfel erstürmte. Immer schneller und tiefer drang sie in den feuchten Schlund ein. Und als Mia schon das Zucken der Lustgrotte spürte, presste sie ihre Zunge intuitiv auf den harten Kitzler und ließ sie kreisen. Sie hörte, wie die Frau aufschrie, spürte den sich aufbäumenden Unterleib. Und in das heisere Stöhnen aus dem Mund der Schönen mischten sich die rauen Lustschreie der beiden Männer, die im selben Moment den Gipfel erklommen und ihre heißen Fontänen über die Brüste der Liebesgöttin spritzten.

Wellen der Leidenschaft überschwemmten Mia, die atemlos zwischen den Schenkeln kauerte und die strömenden Säfte aufleckte.

Als sich die drei anderen Beteiligten langsam beruhigten, richtete Mia sich auf und betrachtete die erschöpften Gesichter und mit Schweiß überzogenen Körper. Sie konnte die Entspannung sehen, die Gelöstheit und tiefe Befriedigung. Aber in ihren Triumph, selbst diese Gefühle hervorgerufen zu haben, mischte sich die Erkenntnis, dass sie als Einzige nur gegeben hatte, ohne selbst etwas zu verlangen. Und obwohl ihr dieses Verhalten vertraut war, spürte sie das erste Mal den Wunsch, auch ihre eigenen Wünsche zu äußern.

Doch was genau waren ihre Wünsche?

Seltsame Bilder wirbelten vor Mias innerem Auge. Es waren Szenen aus den erotischen Geschichten, die sie gelesen hatte. Verschlungene Körper, leidenschaftlich verwobene Paare und rohe Nacktheit blitzten auf und begannen, sich wie in einem Karussell um Mia zu drehen. Sie versuchte, eine Szene festzuhalten, bemühte sich herauszufinden, welche Bilder ihr angenehm waren und welche nicht, aber die erotischen Blitze schlugen unerbittlich weiter ein. Mia schüttelte den Kopf, um die wirren Gedanken zu vertreiben. Doch das half nichts. Die schwirrenden Szenarien wurden immer schneller und rissen Mia mit, hinein in einen Strudel, der dunkler und dunkler wurde, bis schwarze Nacht sie umfing.

4

Der allzu hohe Alkoholgehalt in Mias Blut wurde langsam, sehr langsam, von Leber und Nieren abgebaut. Die Traumphasen wechselten sich mit tiefem Schlaf ab, der Mia in ein schwarzes Nichts tauchte. Doch während ihr Bewusstsein versuchte, sich an die Oberfläche zu kämpfen, wurde Mia wieder und wieder in wirre Phantasiewelten gerissen, die sich alle um ein Thema drehten. Ein Thema, das sie in den letzten Wochen vor diesem Zusammenbruch beschäftigt und das sie letztlich doch verdrängt hatte. In diesem von Alkohol benebelten Schlaf übernahm nun das Unterbewusstsein die Regie und zwang die junge Frau in eine Welt, die tief in ihrem Inneren schlummerte. Die Gründe, warum sie diese Facetten ihrer Lust bisher nicht wahrgenommen hatte, lagen bestimmt ebenfalls tief verborgen: Erziehung möglicherweise, Vorurteile oder Hemmungen. Aber all das hatte in dieser Welt der erotischen Königinnen keine Bedeutung. Das Einzige, was zählte, war, die verborgenen Kammern ihrer Begierden endlich zu öffnen und ihr zu zeigen, dass eine leidenschaftliche Frau in ihr schlummerte, die geweckt werden wollte.

Mia schlief unruhig und wälzte sich in Helenas Bett. Wie in Trance fand sie sich nun in einer eigenartigen Szenerie wieder. Ein scheinbar endloser Tunnel erstreckte sich vor ihr. In die gewölbten Wände waren Glasscheiben eingelassen, durch welche ein warmes Licht in den Gang hineinstrahlte. Mia war eine von vielen Frauen, die hier zu lustwandeln schienen, denn sie schlenderten entspannt durch den Korridor, plauderten leise miteinander und blieben hier und da vor den Fenstern stehen. Aufmerksam betrachteten sie etwas, das Mia nicht erkennen konnte. Sie selbst stand wie angewurzelt im Eingang. Keine der anderen Frauen nahm Notiz von ihr. Die gedämpften Stimmen, die langen bunten Gewänder der Frauen und die seltsamen Vitrinen an den Wänden vermittelten Mia einen fast sakralen Eindruck. Etwas Angenehmes und gleichzeitig Bedeutsames schien hier zu geschehen, und sie wollte herausfinden, was es war.

Neugierig trat Mia vor und schloss sich den flanierenden Damen an. Als direkt vor ihr eine kleine Gruppe stehen blieb, gesellte sie sich dazu. Die buntgewandeten Frauen verdeckten die Sicht auf das Szenario, doch als sie genug gesehen hatten und weiterschritten, wurde Mia von einem Anblick überrascht, mit dem sie nicht gerechnet hatte. Sie hatte Gemälde hinter den Glasscheiben vermutet oder vielleicht auch seltene Pflanzen und Blüten. Tatsächlich aber waren in den Vitrinen nackte junge Männer zur Schau gestellt.

Mia trat ganz dicht vor die Scheibe und konnte nun erkennen, dass sich dahinter ein zweiter Wandelgang befand, in dem sich die Männer wie in kleinen eigenen Welten bewegten. Manche posierten allein, andere bildeten kleine Gruppen, die verschiedene Szenen darstellten. Es gab so profane Situationen wie hantierende Mechaniker in einer Autowerkstatt oder lesende Männer in einer Buchhandlung, aber auch phantastische Gebilde, in denen die Männer wie Statuen in üppigen Landschaften standen oder wie in einem antiken Fresko angeordnet waren. Mia fiel auf, wie viele unterschiedliche Männertypen hier vertreten waren. Es gab jede Art von Mann, die eine Frau sich vorstellen und anziehend finden konnte. Mit großem Interesse schritt nun auch sie an den Vitrinen vorbei und ließ die Impressionen auf sich wirken. Wie die anderen Frauen um sie herum blieb auch Mia immer wieder stehen, um ein Arrangement zu betrachten, das ihr besonders gefiel, sie faszinierte und anzog.

Eines der Bilder fesselte ihre Aufmerksamkeit mehr als die anderen. Es war eine harmlose Szenerie, unschuldig und hübsch anzusehen. Zwei Männer bewegten sich darin zwischen meterhohen Bambuswedeln, als seien sie auf der Suche nach etwas. Ihre Bewegungen waren geschmeidig, ihre Körper muskulös und sehnig. Auf dem Weg durch den Bambuswald begegneten sie einander immer wieder, ohne den anderen zu erkennen oder zu berühren. Auf ihrer letzten Runde standen sie schließlich Rücken an Rücken und vollführten eine Pantomime, die erahnen ließ, dass sie das Gesuchte gefunden hatten. Jeder hielt anscheinend einen Körper in den Armen, den er behutsam und doch fordernd mit den Händen erkundete. Die Verdoppelung der Szene hatte einen besonderen Reiz, denn Mia stellte sich vor, sie selbst wäre einer dieser Körper und wüsste, dass sich hinter dem Rücken des einen Mannes noch ein zweiter um eine andere Frau bemühte.

Als sie am Ende des Wandelgangs angelangt war, bemerkte sie eine innere Unruhe, die ihren ganzen Körper erfasste. Die vielen Eindrücke hatten sie aufgeregt. Nun glühten ihre Wangen, das Herz schlug einen erhöhten Takt, und Mia musste sich eingestehen, dass ganz besonders ihr Unterleib vibrierte. Sie folgte den schwirrenden Stimmen der anderen Frauen und sah, dass jede in einer anderen Tür verschwand. Und plötzlich wusste Mia, welche die für sie bestimmte Pforte war. Sie schritt darauf zu, doch ehe sie sie erreichte, schwang sie auf und lud sie zum Eintreten ein.

Diesmal war sie nicht überrascht von der Szenerie, die sie hier vorfand. Die beiden Tänzer aus ihrem Lieblingsbild standen vor ihr und sahen sie erwartungsvoll an. Beide waren schön und appetitlich in ihrer Nacktheit, aber Mia zog den dunkleren der beiden vor, dessen Haut einen tiefen Sandton hatte. Unter seinen dunklen Haaren blitzten grüne Augen, und beim Anblick seiner geschwungenen Lippen fragte Mia sich unwillkürlich, wie sich diese wohl auf ihrer Haut anfühlen mochten. Der andere war eine skandinavische Schönheit, dessen kräftige Hände sich Mia besser auf einer üppigeren Frau vorstellen konnte.

Als sie auf den Mann ihrer Wahl zuging, drehte er seinem Gegenspieler den Rücken zu, so wie Mia es in der Vitrine gesehen hatte, und breitete seine Arme aus. Sanft zog er die junge Frau an sich und streifte ihr mit einer einzigen Handbewegung das Gewand von den Schultern ab. Dann hob er sie hoch und trug sie zu einer Liegelandschaft, die in ein Meer von Bambusstämmen eingelassen war. Er bettete seine Auserwählte auf eine Seite der runden Spielwiese und legte sich selbst in die Mitte. Im gleichen Moment spürte Mia, wie sich der weiche Stoff unter ihr bewegte, als sich der andere Mann neben seinen Gefährten legte. Mia musste nicht hinsehen, um zu wissen, dass er ebenfalls eine Gespielin in den Armen hielt, deren runde Formen er nun mit seinen männlichen Händen erkundete. Doch Mia konnte nicht länger über das andere Paar nachdenken, denn der Mann an ihrer Seite beugte sich über sie und bedeckte ihren Körper mit dem seinen. Seine wunderschönen Lippen glitten sacht über ihre Wangen. Er hatte einen Arm unter ihren Kopf geschoben und umfasste mit dem anderen ihre nackte Schulter. Sein linkes Bein drängte sich sanft zwischen ihre Schenkel. Mia lag entspannt auf dem Rücken und ließ die zarten Berührungen geschehen. Während sie die Augen geschlossen hielt und darüber nachdachte, was sie sich jetzt wünschte, waren die Hände des schönen Mannes plötzlich überall auf ihrem Körper. Sie spürte seine Kraft auf ihrer Haut, fühlte seinen warmen Atem über ihren Bauch wandern, räkelte sich unter seinem Streicheln. Alle ihre Sinne richteten sich auf diesen Genuss, der vollkommen schien, als seine Zunge in ihren Mund drang und einen leidenschaftlichen Kuss von ihren Lippen raubte.

Mia schlang die Arme um ihren Verführer und schmiegte sich an seinen gestählten Körper, der so viel Wärme ausstrahlte und nach Lust duftete. Sie lag unter ihm und wartete darauf, dass seine Berührungen energischer würden, dass er ihre erogenen Zonen erkunden und schließlich in sie eindringen würde. Doch der schöne Mann küsste sie nur zart und sanft und hielt sie weiter in seinen starken Armen. Er machte keine Anstalten fortzufahren, und Mias gerade geweckte Lust ebbte in dem Maße ab, in dem seine Küsse sich von stürmischer Leidenschaft zu neckischen Küsschen gewandelt hatten.

Am enttäuschendsten aber war es, dass das Paar neben ihnen genau das machte, was Mia sich insgeheim wünschte. Sie spürte die rhythmischen Bewegungen der beiden, hörte das gemeinsame Seufzen und Stöhnen. Die Wärme, die sie ausstrahlten, drang bis zu Mia vor und weckte eine tiefe Sehnsucht. Sie wollte den gleichen Rausch erleben, den Sturm grenzenloser Lust, Ekstase und lüsterner Gier.

Warum lag sie nach dem erregenden Beginn nun in einer leidenschaftslos zärtlichen Umarmung mit diesem wunderschönen Mann? Ein Mann, der mit Sicherheit zu der gleichen Liebeskunst fähig war wie sein blonder Zwilling auf der anderen Seite des Bettes.

Warum konnte sie nicht selbst die Initiative ergreifen?

Während sie verzweifelt nach einer Antwort suchte, richtete sich ihr Schönling plötzlich auf und sah sie mit einem

Blick an, der ihr schmerzhaft bekannt war. Es war der gleiche Ausdruck wie bei dem Unbekannten, als er sie in einem ihrer ersten Träume wegen ihres unangebrachten Triumphs über seine Lust gescholten hatte.

Doch bevor Mia etwas sagen oder sich verteidigen konnte, stand der Mann auf und hob sie wieder vom Bett. Sie wollte sich an seinen Hals schmiegen, aber er stellte sie vor den Bambusstäben ab, nahm blitzschnell ihre Handgelenke und befestigte sie mit herabhängenden Fasern an den Stangen. Dann kniete er nieder, zog ihre Beine auseinander und schnürte auch diese fest, sodass Mia aussah wie Leonardo da Vincis Proportionsstudie, wie der Mann im Kreis, der alle viere ausstreckt. Obwohl der Tänzer schnell und fest zugepackt hatte, lag keine Aggression oder Feindseligkeit in seiner Handlung. Er erfüllte seine Aufgabe, als wäre sie mit Mia abgesprochen gewesen.

Die junge Frau sah ihn verwirrt an, als er sich wieder aufrichtete und neben sie stellte. Sein Blick war auf das engumschlungene Paar auf der Liegelandschaft gerichtet, das sich stöhnend auf den Laken wälzte. Der blonde Mann hatte gerade eine Brust seiner Gespielin umfasst und spielte mit der aufgereckten Spitze. Dann beugte er sich hinab und küsste die rosige Knospe, während sich die schöne Frau an seinem Bein rieb, das er fest zwischen ihre Schenkel gepresst hatte. Mit einem Griff in seinen Blondschopf trieb sie ihn an, die Rosenknospe in den Mund zu nehmen und an ihr zu saugen. Der junge Mann gehorchte sofort und ließ mit wohligen Lauten erkennen, dass er es genoss, ihre Wünsche zu erfüllen.

«O ja … fester!», stöhnte die Frau, während sie ihr Becken auf seinem Oberschenkel kreisen ließ.

Der dunkelhaarige Mann an Mias Seite verfolgte das Schauspiel aufmerksam, und Mia wagte es, an ihm hinabzublicken. Die Wirkung war unübersehbar. Der aufgerichtete

Penis ragte wie eine Lanze vor ihm auf, mit entblößter Eichel, die feucht und dunkel glänzte. Der Schöne musste Mias Blick gespürt haben, denn in diesem Moment drehte er sich um. In seinen Augen konnte Mia eine unausgesprochene Frage lesen. «Ja! Tu es!», hätte sie ihm am liebsten zugerufen, aber sie brachte diese einfachen Worte nicht über die Lippen. Hilflos erwiderte sie den Blick des Mannes, senkte die Augen, betrachtete seinen herrlichen Phallus und schloss am Ende die Lider.

Der schöne Tänzer schien Erbarmen mit ihr zu haben, denn sie spürte mit einem Mal seine Nähe. Der warme Körper berührte ihre Haut, und seine Hände strichen sacht über die zarten Rundungen und Wölbungen ihres Leibes. Mia atmete tief ein und versuchte, sich auf das paradiesische Gefühl zu konzentrieren, das seine Fingerspitzen auf ihrer Haut hinterließen. Und als er behutsam mit der Zunge über ihre Brustwarzen leckte, seufzte Mia leise auf. Sie drehte ihm den Oberkörper zu, so gut es ihre Fesseln zuließen, und genoss das warme Kribbeln, das die Zungenspitze auf den empfindsamen Knöpfchen verursachte. Der Mann spürte Mias Zustimmung und strich nun mit einer Hand ihren Bauch hinunter, überquerte ihre drahtige Scham und fuhr mit den Fingern zwischen ihre Beine. Er tastete sich zu den inneren Lippen vor und prüfte mit einem kurzen Vorstoß, wie feucht ihre Muschi schon sein mochte. Dann hob er die Hand und verstrich den Nektar, den er dort gefunden hatte, auf Mias Mund. Er schob einen Finger zwischen ihre Lippen und berührte mit der feuchten Fingerspitze ihre Zunge, wie um sie an seinem Fund teilhaben zu lassen. Anschließend küsste er ihren feuchten Mund und leckte den süßen Saft wieder ab.

«Mmh», raunte er ihr ins Ohr, «du schmeckst köstlich.» Zur Bestätigung tauchte er seinen Finger wieder in ihre feuchte Öffnung und verstrich das glitzernde Sekret abermals auf ihren roten Lippen. Der nächste Kuss war fest und fordernd. Er saugte den Nektar von ihrem Kirschmund, berührte mit der Zunge ihre Zähne und bohrte sich dann tief hinein, um sie mit seiner Kunst zu entflammen und ihr liebestrunkene Töne zu entlocken.

Atemlos ergab sich Mia in diesen Kuss. Ihre Brüste spannten, und das Lustknöpfchen in ihrer Muschi pochte. Sie spürte warme Feuchtigkeit ihren Schenkel hinunterrinnen. Der Mann drang wieder und wieder mit seiner Zunge zwischen ihre Lippen, raubte ihr den Atem und ließ die feste Kuppe seines Luststabes gegen ihren Bauch klopfen. Ein Wort von ihr hätte genügt, und er hätte mit ihren anderen Lippen das Gleiche gemacht wie mit ihrem Mund. Eine einzige Bitte, und er wäre vor ihr auf die Knie gefallen, um ihre feuchte Spalte mit all seiner Kunstfertigkeit zu verwöhnen. Und auch sein prächtiger Phallus wäre ihr zu Diensten gewesen, hätte sein dunkles Haupt in ihre Möse gedrängt und die geschwollenen Innenwände gesalbt.

Aber Mia blieb stumm. Ihr Körper schrie nach Erlösung, versammelte alles Blut, das er entbehren konnte, in ihrer Mitte und schickte wohlige Wellen durch ihre Eingeweide. Jede einzelne Zelle wusste, was sie in diesem Moment wollte. Dennoch kamen die befreienden Worte nicht über ihre Lippen.

Als auch die letzten Blutströme dem Lustzentrum entgegenstrebten, begann es in Mias Ohren zu rauschen. Sie sackte zusammen, und eine tiefe Dunkelheit eroberte den Raum.

5

Das runde Bett inmitten des Bambushains war leer. Wann waren die drei anderen gegangen? Hatten sie ihren Höhepunkt erreicht? Oder hatte ihre einzige Aufgabe darin bestanden, Mias Leidenschaft zu wecken?

Die junge Frau hockte erschöpft vor der Liegewiese und hatte ihren Kopf auf das kühle Laken gebettet. Sie war noch ganz benommen von dem Rausch der Gefühle, den sie erlebt hatte. Wann war das gewesen? Wie lange hatte sie seitdem geschlafen? Zeit schien in dieser Welt keine Bedeutung zu haben. Sekunden dehnten sich, und Stunden schmolzen zusammen, genau so, wie es die jeweilige Situation erforderte, in die Mia sich hineinwagte.

Ihre Spalte summte noch immer vor heißem Verlangen. Der Kitzler pochte, und die Lippen waren geschwollen. Mia musste es nicht erst ertasten – sie wusste, dass ihre Muschi getränkt war von ihren Säften. Jetzt, da sie wieder allein war, konnte sie sich eingestehen, dass sie mehr wollte, als eine Zuschauerin in diesem Labyrinth der Lust zu sein. Sie wollte wissen, welche Genüsse ihr bisher verborgen geblieben waren. Sie ahnte, dass dies alles erst eine Art Vorspiel war, und ihre pochende Möse forderte sie auf, den nächsten Schritt zu gehen.

Mia erhob sich schwerfällig und streckte ihren nackten Körper. Als sie sich umschaute, entdeckte sie das farbenfrohe Gewand, das der schöne Mann ihr von den Schultern gestreift hatte, und sie fühlte sich plötzlich einsam und verlassen. Wo waren die Frauen und Männer, die sich hier zusammengefunden hatten, um ihre Gelüste auszuleben? Mia wollte ein Teil von ihnen sein, dazugehören und sich ebenfalls all den Genüssen hingeben, die diese Welt offensichtlich für jeden bereithielt, der sich ihrer zu bemächtigen wusste.

Unvermittelt tauchte der unbekannte Mann in ihren Gedanken auf, und sie erinnerte sich daran, dass er es war, den sie hier suchte. Wenn sie ihn nur finden könnte, dann wären vielleicht all ihre Fragen beantwortet.

Mia hob den Seidenmantel auf und wickelte sich in den glänzenden Stoff. Sie wollte den Raum schnell verlassen, wollte nicht mehr mit ihren wirren Gedanken allein sein.

Sie ließ die künstliche Landschaft hinter sich und trat in einen Gang, der sich bereits weit für sie geöffnet hatte. Doch anstatt wieder in die schon bekannten Flure zu gelangen, stand Mia plötzlich inmitten eines gigantischen Kuppelsaals, der an ein Kirchengewölbe erinnerte. Das Licht war schummrig, und Mia brauchte eine Weile, bis sich ihre Augen daran gewöhnten. So weit sie blicken konnte, saßen und standen Menschen in Grüppchen verteilt in dem riesigen Raum. Mia hörte das Summen ihrer Stimmen, spürte ihre Gegenwart, aber wann immer sie sich einer Gruppe näherte, verschwand diese in einem undurchdringlichen Nebel, und Mia irrte weiter auf der Suche nach dem einen Gesicht, das sie finden wollte. Doch je schneller sie zwischen den umwölkten Menschen umherschweifte, desto orientierungsloser wurde sie. Schließlich musste sie anhalten und nach Atem ringen. In dem Moment aber, da sie endlich stehen blieb und ihren Blick fest auf ein Nebelgebilde richtete, zeichneten sich

Konturen in dem Dunst ab. Körper gaben sich zu erkennen, und Bewegungen wurden sichtbar. Als Mia erkannte, welche Szenerie sich vor ihr entfaltete, spürte sie wieder das Kribbeln und Pochen im Zentrum ihres Unterleibes.

Sie hatte vor einem Paar haltgemacht, das eine Stellung zeigte, die sie selbst vor gar nicht langer Zeit eingenommen hatte. Ein attraktiver Mann lehnte sich entspannt auf einer Bank zurück, ein Bein aufgestellt, das andere lässig von sich gestreckt. Zwischen seinen Schenkeln kniete eine zierliche Frau, die hingebungsvoll seinen Schwanz lutschte. Der Mann genoss diese besondere Aufmerksamkeit seiner Geliebten und ließ sich von ihr verwöhnen. Mia konnte genau sehen, dass es der Frau Lust bereitete, die zarte Haut des stolzen Zepters zu lecken und an seiner Krone zu saugen, denn sie tat dies mit solcher Leidenschaft, dass allein der Anblick Mia erregte.

Für einen winzigen Moment tauchte die Erinnerung an das lustvolle Szenario auf dem Boot vor ihrem inneren Auge auf, und Mia fragte sich, weshalb sie selbst sich in der gleichen Situation geschämt hatte. Doch das Bild verflog ebenso schnell, wie es gekommen war, und Mia ging nachdenklich an dem Paar vorbei.

Ihre innere Hast hatte sich aufgelöst, genauso wie der Nebel, der eben noch das Paar verborgen hatte. Langsam folgte sie den Pfaden zwischen den einzelnen Grüppchen und konnte nun deutlich erkennen, was sich hier abspielte. Sie war in eine ausgedehnte Orgie hineingeraten, an der jede Frau und jeder Mann in dieser Kathedrale beteiligt waren. So weit das Auge reichte, waren Gruppen mit unterschiedlichsten Zusammenstellungen und Personenzahlen in lustvollen Spielen miteinander verwoben. Es gab jede Stellung und Spielart, von der Mia je gehört hatte. Doch statt sich angewidert umzudrehen, war sie von dem Anblick berauscht. Sie schritt an den einzelnen Szenen vorbei und hatte das Gefühl, einer Lehrstunde für Kamasutra beizuwohnen. Dabei entdeckte sie, dass keine Variation besser oder wirkungsvoller als die anderen zu sein schien. Jedes Paar und jede Gruppe hatten anscheinend genau die Spielart gefunden, die ihnen am meisten Lust und Befriedigung verschaffen konnte.

Und als Mia den Blick über all die leidenschaftlich stöhnenden Menschen gleiten ließ, verstand sie plötzlich den Sinn dieser geballten Zurschaustellung menschlicher Begierden. Im Grunde waren hier keine erotischen Spiele zu sehen, die ihr nicht schon zuvor in dem museumsartigen Wandelgang begegnet waren, nur dass dort all die Phantasien und Gelüste angedeutet blieben und es den Wünschen der Frauen überlassen war, sich selbst in eine bestimmte Szene hineinzudenken. Je mehr sich Mia jedoch zierte, die Angebote wahrzunehmen, die ihr unterbreitet wurden, desto deutlicher wurden die Bilder. Die grenzenlose Welt der Begierden, in der sie gefangen zu sein schien, zwang sie mit allen Mitteln, ihre geheimen Wünsche zu erkennen und sich ihnen endlich zu stellen. Diese Erkenntnis brach mit einer Klarheit über Mia herein, die sie erschreckte.

Wusste sie denn wirklich so wenig über sich selbst, dass es solch drastischer Methoden bedurfte, um sie aus ihrem Dornröschenschlaf zu wecken? Im selben Moment, in dem sie sich diese Frage stellte, erkannte sie die Antwort: Sie hatte bisher nichts anderes getan, als die Erwartungen ihres jeweiligen Freundes zu erfüllen, immer in der Hoffnung, dass er schon wüsste, wie sie es gern hätte. Obwohl sie nie das Gefühl hatte, schlechten Sex zu praktizieren, war stets die Ahnung geblieben, dass es jenseits ihrer Erfahrungswelt noch eine andere Art von Befriedigung gab. Doch die würde sie nie kennenlernen, wenn sie so weitermachte wie bisher. Das hatten ihr die Erlebnisse dieser Traumwelt deutlich gezeigt. Jeder ihrer erotischen Partner hatte auf eine Äußerung ihrer

Wünsche gewartet, und weil sie stumm geblieben war, hatten die anderen ihr gezeigt, wie einfach so eine Forderung sein konnte. Als auch das nichts half, entfalteten sich die scheinbar endlosen Möglichkeiten sexuellen Begehrens, um ihr die Wahrnehmung der eigenen Gelüste zu erleichtern. Und nun war sie in eine gigantische Orgie hineingeraten, der sie wahrscheinlich erst dann wieder entkommen würde, wenn sie wusste, was sie wollte.

Doch wo würde es sie hinführen, wenn sie ihre eigenen Begierden tatsächlich entdeckt hätte?

Mit einem unsicheren Gefühl bahnte sich Mia ihren Weg zwischen den kopulierenden Paaren hindurch. Es waren so viele, dass sie nicht bei jedem stehen bleiben konnte, um sich in die Szene hineinzuversetzen. Deshalb wanderte Mia ziellos durch die riesige Halle auf der Suche nach einem Bild, das sie fesselte. In all den Konstellationen, die fremd und ungewohnt für sie waren, entdeckte sie eine Szenerie, die ihr sehr vertraut war. Auf einem runden Podest lag ein engverschlungenes Paar, das wild miteinander vögelte. Neben den beiden ruhte ein dunkelhaariger Mann, der ihnen beim Liebesakt zusah. Sein Penis war steif und ragte dunkel vor ihm auf, doch der Mann machte keine Anstalten, selbst Hand an sich zu legen. Mia näherte sich der Szene, und sofort blickte der schöne Mann zu ihr auf. Sein Lächeln war erwartungsvoll. Er wandte sich der jungen Frau zu und öffnete seine Arme.

Dankbar ließ Mia sich neben ihm auf dem Rand der Liegefläche nieder und erwiderte seine Umarmung. Zärtlich zog der Mann sie an sich, wickelte sie aus ihrem Gewand und ließ seine schönen Hände über ihren Rücken gleiten. Er beugte sich über sie und leckte mit seiner warmen Zunge Mias Hals hinunter, biss zärtlich in ihr Ohrläppchen und suchte ihren Mund, den er mit immer leidenschaftlicheren Küssen beglückte. Mia wand sich in seinen Armen unter den

Liebkosungen und presste ihren Körper gegen seine starke Brust.

Alles, was sie wollte, war, ihn jetzt in sich zu spüren. Kein Vorspiel mehr, keine Neckereien, die den Moment hinauszögerten. Sie öffnete ihre Beine und schlang sie um seinen Leib. Mit ganzer Kraft zog sie ihn auf sich, während seine Hände ihre erogenen Zonen erkundeten.

Mia war heiß und nass. Sie wollte gevögelt werden, und der Mann ließ sich nicht zweimal bitten. Er dirigierte seinen Schwanz, der geduldig auf diesen Moment gewartet hatte, zu ihrer Spalte und bahnte sich seinen Weg zwischen ihre intimen Lippen. Als er die Öffnung gefunden hatte, zögerte er nicht länger, sondern stieß den Schaft tief hinein, bis er Mia mit seinem mächtigen Ständer ausfüllte. Sie hatte es noch nie zuvor so genossen, einen Schwanz in sich zu spüren. Aber sie war zu erregt, um weitere Vergleiche anzustellen. Und bevor sie sich über sich selbst wundern konnte, flüsterte sie dem Mann ins Ohr: «Fick mich!» Die Worte waren ihr rausgerutscht und versetzten sie in einen ungeahnten Rausch. «Jaaa», stöhnte Mia, «ich will, dass du mich fickst!» Und der junge Mann tat ihr den Gefallen. Er zog seinen Schwanz langsam aus ihrer Muschi, die triefend nass auf einen weiteren Vorstoß wartete. Während sich der Schöne mit einer Hand abstützte und seinen Pfahl abermals in der gierigen Spalte versenkte, zog er Mia auf die Seite, sodass sie nun in der Mitte der runden Spielwiese lag.

An ihrem Rücken spürte sie einen anderen warmen Körper. Bevor sie jedoch herausfinden konnte, wem er gehörte, glitten mit einem Mal weitere Hände über ihre Haut, und sie fühlte die warmen Rundungen üppiger Brüste, die sich gegen ihren Rücken pressten. Drahtige Schamhaare kitzelten ihre Pobacken. Und während ihr schöner Liebhaber sie ruhig und gleichmäßig vögelte, registrierte Mias Rücken die Stöße des anderen Paares. Die Frau schlang ihre Arme um Mia und griff nach den Nippeln, um sie sanft und kreisend zu massieren. Gleichzeitig nahm der andere Mann seine Gespielin von hinten und stieß ihr seinen ebenfalls prächtigen Pfahl in die nasse Spalte. Mia war eingekeilt zwischen den nackten Leibern, und sie nahm die fickenden Stöße von beiden Seiten in sich auf, so als wäre die zweite Frau mit ihr verschmolzen. Das Dröhnen und Vibrieren zentrierte sich in ihrer Körpermitte und ließ sie auf einer Welle der Lust dahingleiten. Sie wusste nicht mehr, wem welche Hände auf ihren Brüsten, ihrem Bauch, ihren Schultern gehörten. Und als warme Finger, die nach Liebessäften dufteten, über ihr Gesicht strichen, schnappte sie nach ihnen, bis sie einen der Finger zwischen ihren Lippen gefangen hatte und an ihm saugen konnte. Hemmungslos lutschte sie an dem dargebotenen Daumen, der den Rhythmus des Schwanzes in ihrer Möse aufnahm und ihren Mund im gleichen Takt fickte. Geilheit loderte in Mias Leib und trieb sie bis zur Ekstase. Jede Zelle in ihrem Körper brannte vor Leidenschaft und wollte sich endlich entladen. Die Explosion traf Mia schließlich mit einer solchen Kraft, dass sie sich aufbäumte und schrie. Ihr Körper versteifte sich und wurde von Schockwellen erschüttert, die ihn mit ganzer Macht erfassten.

«Ooo jaaaa …», gellte es in den Ohren ihrer Liebespartner. Die Wucht von Mias Orgasmus durchdrang auch ihre Leiber, und sie pressten sich an die stöhnende Frau in ihrer Mitte, um ihrem plötzlich erschlaffenden Körper Halt zu geben. Zärtlich strichen die Hände nun über Mias schweißnasse Haut, beruhigend flüsterten Stimmen in ihr Ohr, und Mia glitt auf den langsam verebbenden Wellen dahin, die sie in einen weiteren tiefen Schlaf führten.

6

Nachdem sie einmal ihre Schamgrenzen überwunden hatte, schien es kein Zurück mehr zu geben.

Mia kämpfte sich aus der Dunkelheit in das warme Licht dieser utopischen Welt, die ihr nun schon beinahe vertraut schien. Sie hatte ihre Lektion gelernt, und nun war ihr ganzer Körper in Aufruhr. Ihre Gedanken kreisten um die erotischen Phantasien, die gemeinsam mit ihrem Begehren an die Oberfläche stiegen. Es gab so vieles, das sie bisher nicht zu denken gewagt hatte und das nun in aller farbenprächtigen Vielfalt in ihr Bewusstsein drängte. Plötzlich hatte Mia es eilig. Sie wollte die Regisseurin ihrer Lust sein und die Eskapaden ihrer Phantasien kennenlernen.

Erwartungsvoll und neugierig schritt sie auf das nächstliegende Tor zu und riss die Tür auf. Sie hatte sich fest vorgenommen, mit allem zu rechnen, und dennoch wurde sie von der Szenerie überrascht. Eine Traube nackter Frauen bewegte sich auf einem riesigen Bett. Sie küssten und streichelten einander, liebkosten sich gegenseitig die Brüste und rieben die Unterleiber aneinander. Mia ging auf die Mädchentraube zu und entdeckte, dass sich in ihrer Mitte ein dunklerer, ausgestreckter Körper befand, der offensichtlich einem Mann gehörte. Wie sie selbst vor gar nicht langer Zeit, war auch er an Händen und Füßen gebunden. Einem riesigen X gleich lag er auf der Unterlage, während sich die Frauen um ihn herum vergnügten. Mia gesellte sich zu ihnen und wurde sogleich mit offenen Armen empfangen. Von allen Seiten strichen zarte Hände über ihren nackten Körper, Münder berührten ihre Haut, und der Duft weiblicher Lust hüllte sie ein. Die süßen Küsse unterschieden sich von dem rauen Vordringen der Zunge eines Mannes. Die Lippen der Mädchen waren weich und die Berührungen spielerisch, aber ihre Hände konnten mit fester Leidenschaft zupacken und wohlige Schauer erzeugen. Mia schmiegte sich in die Schar junger Frauen hinein und gab sich der Vielfalt der Empfindungen hin. Als eine der Schönen ihren Bauch küsste, spreizte Mia die Beine und schob den Kopf der jungen Frau zum Schamhügel hinunter. Sie spürte den heißen Atem, der über ihre drahtigen Löckchen strich, bis der süße Mund sein Ziel erreichte und die fleischigen Lippen küsste. Mia stöhnte auf und presste ihre Schenkel um den Kopf des Mädchens zusammen. Sie wollte die Zunge spüren, wollte, dass die schöne Frau ihre Muschi leckte. Und als die feuchten Berührungen ihre Lippenpaare erreichten, ließ Mia die Schenkel nach außen zur Seite fallen, um der Schönen das Lecken zu erleichtern. Das hübsche Mädchen verstand sich auf diese Kunst, denn sie ließ die Zunge kreisen, teilte die Blütenblätter und legte das Lustknöspchen frei, das sie sogleich mit einer festen Daumenmassage beglückte.

Während Mias Körpermitte immer feuchter und heißer wurde, beugten sich andere Schönheiten über sie und begannen, an ihren Brustwarzen zu lecken und zu saugen. Ein weiterer Mund fand den ihren und biss zärtlich in Mias Lippen, die den Kuss leidenschaftlich erwiderten. Als die junge Frau den kreisenden Rhythmus zwischen Mias Schenkeln erhöhte, spreizte eine andere Gespielin ihre Beine über Mias Gesicht und bot ihr die süßsaueren Säfte ihrer Liebesmuschel dar. Gierig hob Mia ihren Mund den geöffneten Muschelhälften entgegen, streckte ihre Zunge aus und tauchte tief in das nasse Fleisch ein. Der Lustnektar schmeckte frisch und fruchtig und duftete schwer nach Moschus. Während sich ihr eigenes Geschlecht dem heftigen Lecken und Saugen entgegenstemmte, presste Mias Reiterin ihre nasse Möse fest auf die Zunge und zwang sie tief in die offene Spalte hinein. Mia war so damit beschäftigt, die heiße Muschi zu ficken, dass sie gar nicht bemerkte, dass ihre andere Liebhaberin sie immer schneller auf den Gipfel der Lust zupeitschte. Die Schöne zwischen ihren Schenkeln saugte mit aller Kraft an dem harten Kitzler, der sich willig in ihren Mund drängte. Mit einer Hand spreizte sie die Schamlippen, mit den Fingern der anderen bohrte sie sich tief in das geöffnete Fötzchen und massierte die Innenwände der lüsternen Grotte.

Heiße Säfte strömten von allen Seiten. Mia selbst war klitschnass, und die Möse, die sie gerade schlürfte, spie Fontänen ihres klaren Sekrets in Mias Mund, der den Saft gierig trank. Als ihr Körper sich aufbäumte und orgiastische Krämpfe durch ihren Unterleib jagte, schrie Mia ihre Lust in den Mösenschlund hinein, der ebenfalls zu zucken begann, während die Reiterin in Mias Lustschreie einstimmte. Ihre Lust hatte sich in unbekannte Gefilde hochgeschraubt. Statt den Gipfel zu überwinden und sich langsam wieder zu beruhigen, trafen immer neue Wellenberge auf Mias Lustzentrum. Die Mädchen um sie herum unternahmen alles, um die Erregung nicht so schnell abebben zu lassen. Sie packten Mias Brustspitzen und kniffen in die harten Knospen, hielten ihre Schenkel und pressten sie so weit auseinander, wie es nur ging. Von allen Seiten strichen Hände und Lippen über ihre Haut, saugten sich fest, knabberten und leckten. Mias

Nervenbahnen konnten die sich überschlagenden Reize gar nicht schnell genug an das Gehirn melden, das eine Orgasmuswelle nach der anderen registrierte.

Die lustvolle Ewigkeit dauerte ungezählte keuchende Atemzüge, bevor Mias Körper sich entspannte. Doch das sapphische Treiben auf dem Bett nahm noch lange kein Ende. Als Mia aufschaute, blickte sie überall in nasse Spalten, die geleckt oder von Zungen und Fingern gefickt wurden. Brüste in allen Größen und Formen wogten. Ihre Spitzen wurden lustvoll in die Länge gezogen, verschwanden in feuchten Mündern oder wurden von Frauenhänden geknetet. Ein Chor der Lust brandete durch den Raum. Und in dem Gewirr von weiblichen Körpern entdeckte Mia den einen männlichen wieder, der immer noch gefesselt in dem Zentrum des wilden Treibens ruhte. Doch nun, da sie selbst wieder klar denken konnte, bemerkte Mia, dass auch er als einziger Mann auf dieser Insel Lesbos eine Aufgabe erfüllte. Er diente denjenigen, die es nach einem Phallus gelüstete oder nach der rauen Zunge eines Mannes, als Werkzeug ihrer Wollust.

Im Gegensatz zu den seidigen Leibern der Frauen war die Brust des Mannes von einem dunklen Flaum überzogen. Gerade kletterte eine rothaarige Schönheit auf den mächtigen Brustkorb und rieb ihre Vulva an dem weichen Pelz. Ihre Finger tauchte sie in den Mund des Mannes, der gerade von keiner Reiterin in Anspruch genommen wurde. Eine zweite Frau schwang sich in diesem Moment über seinen nackten Unterleib. Mit beiden Händen packte sie den mächtigen Schwanz, der schon fast zu platzen schien. Zuerst rieb sie ihren Kitzler an dem harten Schaft, doch dann wollte sie die Rute in sich spüren. Sie dirigierte die Eichel zu ihrer Pforte und ließ sie ganz langsam in sich hineingleiten. Als sie fest verzapft im Sattel saß, begann sie ihren wilden Ritt. Um besseren Halt zu haben, griff sie nach den Brüsten der anderen Frau, die sich immer noch an den dunklen Brustlocken des Mannes rieb. Während sie beide Knospen der vorderen Reiterin zwischen den Fingern zwirbelte, ließ die hintere Gespielin ihr Becken kreisen und presste sich fest auf den Unterleib des Mannes. Auf diese Weise massierte sie ihre Klitoris an seinem Schambein, während der heiße Schwengel sie vollkommen ausfüllte. Der Mann gab sich ganz seiner Rolle als Liebeswerkzeug hin. Inbrünstig lutschte er an den Fingern, die immer noch in seinem Mund steckten, und stemmte sich den kreisenden Bewegungen seiner Reiterinnen entgegen.

Mia war völlig fasziniert von dem Anblick dieses wehrlosen Mannes, der sich so lustvoll als Spielzeug benutzen ließ. Sie war bisher nie auf die Idee gekommen, dass ein Mann es genießen konnte, sich ganz und gar den weiblichen Begierden auszuliefern. Sie hatte immer gedacht, dass das männliche Interesse vor allem in der Befriedigung der eigenen Lust lag. Ein engstirniges Vorurteil, wie sie jetzt feststellen musste. So wie sie selbst es genoss, die Ursache für die Lust eines anderen zu sein, so musste das natürlich auch umgekehrt gelten. Plötzlich verstand sie die Enttäuschung ihres Unbekannten im Traum, der sich betrogen gefühlt haben musste, weil Mia ihm ihre Lust vorenthalten hatte.

Natürlich! Das war die Erklärung: Der einzig wahre Lohn für einen guten Liebhaber war das hemmungslose Begehren seiner Geliebten.

Als Mia diesen Gedanken zu Ende gedacht hatte, bemerkte sie, dass die Reiterinnen ihre Plätze inzwischen geräumt hatten. So wie die beiden Gespielinnen auf dem Körper des Mannes hatten auch die meisten anderen Frauen endlich ihre Erfüllung gefunden. Erschöpft lagen sie sich in den Armen, streichelten sich zärtlich die erhitzten Körper und flüsterten sich sanfte Worte zu. Doch der Schwanz des gefesselten Mannes ragte unvermindert in die Höhe. Die dunklen Adern zeichneten sich unter der dünnen Haut ab. Mia konnte das Blut in ihnen pochen sehen. Obwohl auch sie ermattet war, loderte ihre Lust noch immer auf kleiner Flamme. Vor allem aber trieb sie der Wunsch an, ihn, der sich so willig ergab, ebenfalls mit den Gaben ihrer Leidenschaft zu entlohnen.

Mia erhob sich aus der Schar der ermatteten Liebhaberinnen und bahnte sich einen Weg zu dem Mann in ihrer Mitte. Sie kniete sich zwischen seine weitgespreizten Beine und betrachtete den prallen Hodensack, über dem sich das stolze Zepter erhob. Sanft ließ sie ihre Hände über seine Schenkel wandern, berührte wie zufällig das drahtige Schamhaar, welches dunkel und kurz getrimmt den erigierten Ständer umrahmte. Der flache Bauch des Mannes fühlte sich angespannt an. Wie lange würde der Schöne noch durchhalten, ohne sich zu entladen? Mia spürte den Schweißfilm auf seiner Haut und fuhr mit den Fingern durch die feuchten Brustlocken. Als sie am Hals ankam, schmiegte sich der Mann genüsslich in ihre Berührung.

«Du bist wunderschön», flüsterte Mia ihm ins Ohr, «mit deinem prächtigen Schwanz und den herrlichen Muskeln.» Er schnurrte als Antwort auf ihr Kompliment. «Dein Anblick raubt mir den Atem. Ich bin erregt und möchte deinen Schwanz in mir spüren.» Der Mann öffnete die Augen, und sein Blick jagte Mia einen wollüstigen Schauer über den Rücken. Durch einen Schleier der Lust schaute er sie wissend an. Dann rieb er seine Wange an ihrer Hand. «Nimm mich», hörte sie seine raue Stimme. «Ich gehöre allein dir. Reite mich. Benutze mich.» Und während er noch sprach, schwang Mia ein Bein über seine Hüften und ließ sich ohne Umschweife auf seinen harten Pfahl gleiten, der gierig in ihrem saftigen Fleisch verschwand.

«Aaaahhh …» Es war ihre eigene Stimme, die durch den

Raum strömte. «O jaaa …», stöhnte sie und trieb den Ständer wild entschlossen in ihre Möse. Je tiefer sie ihn in sich aufnahm, desto fester konnte sie den Kitzler an seiner Haut massieren. Mia beugte sich vor, um den Druck zu erhöhen, und griff mit beiden Händen in seinen Pelz. Sie strich über seinen Brustkorb und fand die empfindlichen Brustwarzen. Kraftvoll kniff sie in die dunklen Spitzen und zog daran, bis der Mann in Mias Stöhnen einfiel und sich sein Körper unter ihrer Muschi aufbäumte. Es brauchte nicht mehr viel, ein paar Stöße nur noch, aber sie wollte auch ihn von seiner lustvollen Qual erlösen.

«Komm», spornte sie ihn an. «Ich will dich stöhnen hören!» Und als hätte sie mit diesem Befehl endlich sein Begehren entfesselt, stöhnte der schöne Mann unter ihr auf und stemmte seinen prallen Ständer tief in ihre nasse Möse. Sie spürte die Brandung herannahen und wartete darauf, dass er seine Gischt in sie vergoss, bis sie sich ebenfalls über den Gipfel treiben ließ und gemeinsam mit dem keuchenden Mann den Wellenberg hinunterritt.

Sie saß noch auf ihm, während sein Schwanz langsam an Halt verlor. Vorsichtig löste Mia die weichen Fesseln an den Handgelenken. Dann schmiegte sie sich an die starke Brust ihres Liebesdieners, der dankbar seine Arme um sie schlang und sie festhielt, als die Erschöpfung sie überrollte.

7

Mia hatte die Regeln dieser wollüstigen Welt verstanden. Ohne Umschweife machte sie sich nun auf die Suche nach neuen Herausforderungen. Ihre Lust am Experimentieren war geweckt. Das Eintauchen in dieses erotische Labyrinth hatte keine anderen Folgen als die Erkenntnis, wie ihr eigenes Begehren funktionierte. In ihrem anderen Leben hatte sie sich damit begnügt, die Bedürfnisse ihres jeweiligen Partners zu erwidern, und hatte ihre Erfüllung in seiner Befriedigung gefunden. Davon, was ihr dabei entgangen war, bekam sie langsam eine Ahnung. Und noch etwas wurde ihr bewusst: Sie besaß eine dominante Seite.

Die Demut der Männer in dieser Welt, ihre Hingabe und Bereitschaft, sich den Gelüsten ihrer Liebhaberinnen zu unterwerfen, hatten in Mia eine Leidenschaft entfacht, die ihr so noch nicht begegnet war. Je williger sich der Mann den Begierden der Frauen fügte, desto stärker wurde Mias Erregung. Wie groß mochte ihre Lust sein, wenn sie selbst die Königin wäre, der sich der Mann unterwarf? Sie war fest entschlossen, das herauszufinden.

Als sie die nächste Pforte öffnete, musste sie innerlich über sich selbst lachen. Ihre Courage benötigte offensichtlich noch einige Übung. Mia hatte gehofft, endlich ihrem Unbekannten gegenüberzustehen und ihn mit ihren neuen Erkenntnissen beeindrucken zu können. Doch statt seiner fand sie einen Jungen in dem Raum vor, der höchstens achtzehn Jahre alt sein mochte. Er saß mit dem Rücken zur Wand an einem mächtigen Schreibtisch und beugte sich über Papiere und Bücher, die wahllos über den Tisch verstreut waren. Mia ging langsam auf ihn zu. Erst als sie sich sachte gegen die Holzplatte lehnte, blickte der Junge verwirrt auf. Seine Augen waren dunkel und groß unter langen Wimpern. Die feingeschwungenen Augenbrauen verliehen seinen markanten Gesichtszügen einen offenen und intelligenten Ausdruck. Mia konnte seinen irritierten Blick nicht deuten. Sie war deutlich älter als er und spürte die Überlegenheit, die sie auf ihn ausstrahlen musste. Der Körper des Jungen zeigte bereits alle Attribute eines Mannes, aber die Augen verrieten seine Unschuld. Neugierig schaute er zu der Frau auf, die vor ihm stand. Je länger er sich jedoch ihrem prüfenden Blick ausgesetzt fühlte, desto unsicherer wurde sein Lächeln. Er ließ den Stift fallen, mit dem er eben noch Zahlen und Tabellen auf ein Blatt Papier geschrieben hatte, und nahm die Hände vom Schreibtisch, als könnte er so seine Unsicherheit verbergen.

Mia bemerkte, wie der Junge ihren Körper begutachtete. Sie trug immer noch das weichfließende Seidengewand, in das sie nach dem Bad gehüllt worden war. Und während sie sich in seinen Augen spiegelte, wurde ihr bewusst, wie verführerisch ihre mädchenhaften Rundungen unter dem hauchzarten Stoff zur Geltung kamen. Sie war sich sicher, dass die Gedanken des Jungen in eine bestimmte Richtung gingen. Je weiter sich seine Phantasien verselbständigten und ihn in immer größere Verwirrung stürzten, desto selbstsicherer wurde Mia. Sie war sich ihrer Ausstrahlung bewusst und ahnte mit einem Mal, wie sehr sie einen Mann in ihren Bann ziehen konnte. Gewiss, diesem jungen Kerl an seinem Schreibtisch war sie in vielem überlegen. Aber dennoch war auch er bald ein erwachsener Mann, potent und voller Begierden, die er würde ausleben wollen.

Mia durchschaute das Manöver ihres Unterbewusstseins, das ihr diesen harmlosen Jungen geschickt hatte, um sich ohne Versagensängste ausprobieren zu können. Dankbar nahm sie dieses Geschenk an und versuchte sich in der Rolle der Verführerin.

Sie ging um den Schreibtisch herum, blieb hinter dem Stuhl des Jungen stehen. Sein Rücken war kerzengerade. Er wagte es nicht, sich umzudrehen. Mia beugte sich ein wenig vor und blätterte in dem aufgeschlagenen Buch.

«Lernst du schon den ganzen Tag?», fragte sie ihn. Er nickte stumm und starrte auf ihre Hand, die über die Buchseiten strich. Der Junge konnte die Wärme spüren, die Mia ausstrahlte, und er atmete ihren Duft ein, der eine Ahnung von sinnlicher Weiblichkeit in ihm freisetzte.

«Du solltest eine Pause machen.» Mias Stimme erklang dicht an seinem Ohr. Der Lufthauch ihres Atems strich über seinen Nacken und jagte ihm eine Gänsehaut über den Körper. Als sie ihre Hand zart über seinen Haaransatz gleiten ließ, schmiegte sich der Junge unwillkürlich in die Berührung. Ermutigt durch diese kleine Geste, lehnte Mia sich gegen den Stuhl und ließ beide Hände auf seinen Schultern ruhen. Der Junge atmete schwer. Seine Finger lagen auf seinen Oberschenkeln und zitterten leicht. Mia musste behutsam mit ihm sein. Sie war sich der Verantwortung bewusst, diesen Jungen bei seinen ersten Erfahrungen zu begleiten. Aber sie spürte auch die Erregung in sich aufsteigen bei dem Gedanken an ihre Macht über diesen unerfahrenen Körper, dem sie den Weg weisen konnte. Sie beugte sich weiter vor, bis ihre Brüste seinen Hinterkopf berührten und sie von oben auf ihn herabschauen konnte. Die kräftige Brust des Jungen hob sich, während er tief Luft holte. Die Beule in seiner Jeans war nicht zu übersehen, und Mia konnte es kaum erwarten, seinen Schwanz zu befreien. Doch sie wollte sich Zeit lassen, dieses herrliche Gefühl der Überlegenheit auszukosten.

Behutsam tupften ihre Fingerspitzen über seinen Hals, hinauf zu den Ohren, die sie sanft umspielten, wieder hinunter zum Rand seines T-Shirts, an dem sie entlangstrichen. Der Atem des Jungen wurde schneller, als Mia ihre Hände über seine Brust gleiten ließ und die harten Spitzen berührte, die sich unter dem Baumwollstoff abzeichneten. Spielerisch kniff Mia in die kleinen Knospen, rieb ihre eigenen Brüste an seinem Haar. Der Junge atmete scharf ein. Sein Brustkorb hob und senkte sich immer schneller. Unvermittelt langte Mia tiefer mit der Hand. Sie presste ihre Finger auf das erregte Geschlecht des Jungen und brachte ihn mit diesem plötzlichen Vorstoß aus der Fassung. Sanft massierte sie die Beule, spürte die Fülle seines Penis, der sich ihrer Hand entgegendrängte. Der Junge japste nach Luft. Seine Hände krampften sich zusammen, und ein langgezogenes Stöhnen verriet den Aufruhr in seinem Unterleib. Mia konnte sehen, wie seine Hüften zuckten, und sie war sich sicher, dass er in seine Jeans abgespritzt hatte. Genau diese Wirkung hatte sie bezweckt, denn nun war er entspannt genug, um sich besser auf die Wünsche seiner Verführerin zu konzentrieren.

Bevor der Jüngling Scham über seine vorzeitige Explosion empfinden konnte, schob Mia die Papiere auf dem Schreibtisch beiseite und setzte sich auf die Tischplatte. Der Junge verfolgte jede ihrer Bewegungen und starrte auf Mias Schenkel, als sie die Füße links und rechts auf seinen Stuhl stellte. Der Kimono hatte sich geöffnet, aber Mias Schamhügel lag im Schatten der Schleife, die den Seidenmantel locker zusammenhielt. Als sie sich vorbeugte, um eine Hand des Jungen aufzuheben, schoben sich die Stoffbahnen weiter auseinander. Die Ränder ihrer festen Brüste wurden sichtbar, und der Junge leckte sich die Lippen. Mia nahm seine Hand und schob sie unter den dünnen Stoff. Sie presste seine Finger auf die weichen Kugeln und bewegte die Kuppen sanft auf ihrer Haut. Ohne nachzudenken, übernahm der Junge die Bewegung und massierte die Brust, so vorsichtig er nur konnte. Sein Mund war leicht geöffnet, die Zunge fuhr immer wieder über seine schöngeschwungenen Lippen. Mia hielt die Hand des Jungen fest und presste ihre Brust in seine Handfläche, als sie sich erneut vorbeugte und einen Kuss auf seinen feuchten Mund hauchte. Zart strich sie mit der Zungenspitze über die Haut. Dann drang sie in ihn ein und forderte ihn zu einem leidenschaftlichen Kuss heraus, den der Junge sofort erwiderte. Er hielt sich an ihrer Brust fest und überließ sich Mias fordernder Zunge und ihren saugenden Lippen. Es dauerte lange, bis sie sich von ihm lösen konnte, so süß schmeckten seine Küsse.

Als sie sich zurückzog, keuchte der Junge. Sein Blick war dunkel, das Begehren loderte in ihm. Mia hielt die Zeit für gekommen, einen Schritt weiter zu gehen. Sie stemmte ihre Füße zwischen die Beine des Jungen und zwang seine Schenkel auseinander. Dann öffnete sie mit sicherem Griff seine Jeans und befreite den Penis, der ihr kraftvoll entgegenschnellte. Das Sperma, das er vor kurzem vergossen hatte, war bereits getrocknet, aber der Schaft war prall mit Blut gefüllt und hatte nichts von seiner Härte eingebüßt. Verunsichert blickte der Junge auf seinen Ständer, der so fordernd vor ihm aufragte, aber Mia legte ihre Hand unter sein Kinn und zwang ihn, ihr in die Augen zu sehen. Sie konnte seine Lust sehen, vermischt mit der Angst, etwas falsch zu machen.

Sie wollte ihn, wollte ihre Leidenschaft mit diesem Jüngling teilen, wollte ihm zeigen, wie sehr sie ihn begehrte.

Während seine linke Hand immer noch ihren Busen streichelte, nahm sie nun seine Rechte, spreizte ihre Schenkel und führte seine Finger zu ihren Schamlippen. Der Junge zuckte zusammen, als er die warmen, feuchten Blütenblätter berührte. Aber Mia zog ihn tiefer hinein in die schwüle Feuchtigkeit, die ihm zeigte, wie sehr er die schöne Frau auf seinem Schreibtisch erregte. Mit beiden Händen packte Mia seine Finger und führte sie zu ihrem Kitzler, der sich nach Berührungen sehnte. Der Junge war gelehrig. Er verstand sofort, dass er seine Fingerkuppen kreisen lassen sollte auf der kleinen Erhebung, die immer mehr anschwoll. Mia schloss die Augen und seufzte, als er den Punkt traf, und spornte ihn mit ihrem Stöhnen an, ihre Möse zu erkunden. Schließlich spreizte sie ihre Beine so weit, dass sich ihr Geschlecht seinen Blicken öffnete. Und er nahm auch die zweite Hand zu Hilfe, um die symmetrischen Lippenpaare zu erforschen, in deren Mitte sich die geheime Öffnung verbarg, nach der sein Schwanz sich intuitiv sehnte.

«O ja», seufzte Mia, «mach weiter so.» Der Junge starrte gebannt auf die fleischigen Lippen, die so feucht waren, dass seine Finger wie von selbst in die Furchen hineinglitten. Dabei berührte er immer wieder den Kitzler, der dunkel über dem Eingang thronte, und verstand, dass dies der Punkt war, der die schöne Frau zum Stöhnen brachte. Der Junge schaute immer wieder auf, fasziniert von der Lust, die sich in Mias Gesicht spiegelte und deren Ursache er war. Doch dann wurde er wieder angezogen von der samtigen Vulva, die so unanständig unter seinen Fingern schmatzte.

Der Stuhl, auf dem der Junge saß, hatte keine Armlehnen. Als Mias Erregung sich zu einem Donnergrollen verdichtete, glitt sie von der Tischplatte. Sie nahm den Kopf des Jungen in ihre Hände und saugte sich an seinen Lippen fest, während sie langsam auf seinen Schoß glitt und ihre offene Möse auf seinen Schwanz senkte. Plötzlich packte der Junge ihre Hüften und dirigierte ihre Bewegungen, bis sie fest in seinem Sattel saß. Mit erstaunlicher Kraft führte er ihr Becken und bestimmte den Rhythmus, mit dem sie auf seinem Ständer ritt. Mia schlang die Arme um seinen Hals. Ihre Zunge verlor sich in seinem heißen Mund. Die harte Rute füllte ihren Lustkanal aus. Mia rieb ihre nassen Schamlippen an dem rauen Stoff der Hose. Nach seinem ersten Höhepunkt konnte der Junge nun länger durchhalten. Sein praller Schwanz stieß kraftvoll zu. Er hatte den Takt gefunden, den Mia brauchte, um sich in die erlösenden Höhen zu schrauben, in denen sich ihr Orgasmus zusammenbraute.

«Jaaa, so ist es gut!», spornte sie den Jungen an. «Fick mich!» Sie biss ihm ins Ohr und stöhnte laut auf, als das Donnern sich langsam zu einem himmlischen Orkan entwickelte.

«Komm!», forderte Mia. «Ich bin gleich so weit …»

Das Dröhnen in seinen Ohren rollte über die Wirbelsäule hinunter bis zum Damm zwischen der Wurzel seines Schafts und seinem Anus. Er konnte das Vibrieren ihrer Stimme bis dort unten spüren. Und als ihr Stöhnen zu einem Schrei wurde, riss ihre Lust ihn mit. Sein Schwanz pumpte in ihrer Möse, rieb sich an ihren Muskeln, die sich eng zusammenzogen und das Sperma aus ihm herausmolken. Der Rückstoß einer gewaltigen Explosion warf seinen Körper fest in die Sessellehne. Doch Mia klammerte sich an ihn und zwang seinen spuckenden Schwanz in die Tiefen ihres nassen Fleisches zurück, wo ihn die Wellen ihres Orgasmus trafen.

Das Gefühl, das ihn überrollte, war so überwältigend, dass er sich schluchzend in Mias Arme warf. Sie blieben lange in dieser Umarmung, bis sich einer vom anderen lösen konnte. Doch als Mia dem Jungen wieder in die Augen schaute, sah sie, dass er noch lange nicht satt war. Sie hatte seine Leidenschaft geweckt, und nun wollte er alles von ihr lernen, das ihn zu ihrem perfekten Liebhaber machen würde.

Aus dem Dunkel des Raumes tauchte ein Sofa auf. Die breite Sitzfläche war umrahmt von hohen Arm- und Rückenlehnen. Die Polster sahen weich und einladend aus. Der Junge blickte zu dieser Liebeswiese hinüber und verstand. Mit Leichtigkeit hob er die Frau auf seinem Schoß hoch und trug sie hinüber. Seine Hose war noch immer offen. Er setzte Mia auf den Rand des Sofas und zog ihr den Kimono aus. Mia ließ ihn agieren, neugierig, wie weit er sich vorwagen würde. Der Junge suchte ihren Blick, als erhoffte er sich Anweisungen. Doch Mia lächelte nur geheimnisvoll. Sie war erschöpft. Nach dem erfüllenden ersten Akt mit dem schönen Jüngling hatte sich die Anspannung gelöst. Mia wollte nur noch die Wärme seines Körpers spüren und sich in seiner Umarmung entspannen. Der Junge jedoch hatte gerade die Kraft seiner sexuellen Energie entdeckt, die sich noch lange nicht erschöpfen würde. Sein Penis hatte nur kurz das Haupt gesenkt und stand bereits wieder erwartungsvoll in seiner ganzen Pracht. Er würde seine Erektion über Stunden halten können, wenn seine Geliebte es von ihm verlangte.

In dem Aufruhr seiner Erregung deutete er Mias Passivität als Zeichen, dass sie nun ihm die Führung überließ. Und er stellte sich dieser vermeintlichen Herausforderung, indem er die schöne Frau auf die Kissen des Sofas bettete und sich selbst entkleidete. Mia sah ihm dabei zu, wie er aus der Jeans schlüpfte und das T-Shirt über den Kopf zog. Die Haut des Jungen war straff über die Sehnen und Muskeln gespannt, die seinem Körper das Aussehen eines trainierten Sportlers verliehen. Kein Härchen hatte sich bislang auf seine Brust verirrt. Die dunklen Locken, die sein Geschlecht umspielten, wirkten weich und seidig. Mia streckte eine Hand aus, um sie zu berühren. Tatsächlich, das Schamhaar fühlte sich flaumig an. Mias Finger strichen durch die Löckchen und tasteten über die Hoden. Alles an dem Jungen war straff und fest. Die Schönheit seiner Jugend raubte ihr fast den Atem.

Bewegungslos hockte der Junge neben der ausgestreckten Mia. Er wusste nicht, was er mit seinen Händen anfangen sollte. Seine Blöße erregte ihn, und gleichzeitig schämte er sich, den Blicken dieser Frau so schutzlos ausgeliefert zu sein. Mia hätte ihn jetzt neben sich auf die Kissen ziehen können. Sie hätte sich an seine Brust, in seine Arme schmiegen können, um ihm die Unsicherheit zu nehmen. Aber sie genoss die magische Wirkung, die sie auf ihn ausübte. Er schien gebannt von ihrer Weiblichkeit. Seine dunklen Augen starrten auf Mias Lippen, wanderten weiter über ihre runden Brüste bis hinunter zu ihrer Scham und den geschlossenen Schenkeln, die das krause Delta einrahmten. Sein Atem ging unregelmäßig. Er hockte auf seinen Fersen, die Knie weit auseinandergestellt, und seine Hände lagen auf den Oberschenkeln. Wie ein Speer ragte sein Ständer vor ihm auf und zeigte auf Mias Brüste. Die runden Kugeln seiner Hoden prangten symmetrisch links und rechts vom Schaft. Ein perfekter Phallus, so schön, wie auch die griechischen Bildhauer ihn gern dargestellt hatten, nur dass die Vorhaut des Jungen keinen Zipfel bildete, sondern zurückgeschoben die rötliche Eichel entblößte. Mia ließ ihre Fingerspitzen über den strammen Schaft gleiten. Sie zeichnete die Adern nach, die bläulich hervortraten, fuhr über die zusammengefaltete Vorhaut und tupfte mit dem Zeigefinger auf die kleine Öffnung, welche die Schwanzkuppe spaltete. Alles an dem Jungen war appetitlich, und so konnte sie trotz der bleiernen Müdigkeit der Versuchung nicht widerstehen.

Mia beugte sich hinab zu dem schönen Geschlecht und ließ ihre Zunge über die Eichel tanzen. Der Jüngling stöhnte auf. Vorsichtig bohrte Mia die Zungenspitze in das Löchlein und schmeckte das salzige Aroma ihres ersten gemeinsamen Liebesaktes. Die Hände des Jungen krampften sich in seine Oberschenkel. Die Fingerkuppen traten weiß hervor. Mia konnte sehen, wie schnell sich die Bauchdecke des Jungen hob und senkte. Mit zusammengepressten Lippen sah der Schöne zu, wie Mia ihren Mund öffnete und die glänzende Eichel einsog. Während sie ihre Brüste an seine Schenkel schmiegte, umspielte ihre Zunge den Kopf des prächtigen Ständers, der immer härter wurde, weil sich so viel Blut wie möglich in ihm sammelte.

«Aaahhh …», seufzte der Junge, und Mia lutschte mit neuerwachter Begeisterung an seinem Schwanz. Je hemmungsloser das Stöhnen über die Lippen ihres Liebhabers kam, desto mehr reagierte ihr Unterleib mit vibrierender Erregung. Mia spürte ein Pochen zwischen ihren Beinen, als klopfe die neu aufsteigende Lust an ihrer geheimen Pforte. Die Leidenschaft, mit der sich der Junge ihr hingab, löste in Mia ein tiefes Begehren aus, das ihre Kräfte wiedererweckte. Doch diesmal wurde Mia nicht von der Gier nach einem Orgasmus bestimmt. Sie konnte die erregende Sinnlichkeit dieses Jünglings genießen, ohne sich vom Rausch ihrer Begierde mitreißen lassen zu müssen. Stattdessen genoss sie die leisen Wogen der Erregung, die durch ihren Körper schwappten von den Haarwurzeln bis hinunter zu den Fußsohlen. Noch nie hatte sie das körperliche Zusammensein mit einem Mann so auskosten können wie in diesem Moment, in dem die Zeit stillzustehen schien und der Junge unter ihren Berührungen stöhnte. Als sie seinen Schwanz nassgeleckt hatte, nahm sie die Hände des Jungen und legte sie um sein Geschlecht. Die Finger glitten auf der feuchten Haut auf und ab. Seine linke Hand legte Mia um den Schaft des Ständers und bedeutete dem Jungen, seine Eier zu kneten, während die andere Hand den Schwanz wichste. Mia konnte sich nicht sattsehen an der männlichen Pracht seiner Hände, die sich hingebungsvoll ihrer Aufgabe widmeten. Das Auf und Ab der rechten Hand wurde immer schneller. Kraftvoll schob sie die Vorhaut über die Eichel. Mia atmete den herben Duft der jugendlichen Lust ein und tupfte wieder und wieder mit der Zunge auf die geschwollene Eichel, um sie anzufeuchten. Der Junge stöhnte laut und hemmungslos. Seine Hand flog über den Ständer, und als es ihm kam, wurde er von der Macht des Orgasmus überrascht. Er schrie auf, und eine Spermafontäne spritzte zwischen Mias Lippen, die den Saft genüsslich aufleckte. Die milchige Flüssigkeit schmeckte frisch und salzig wie die Gischt des Meeres nach einem erfrischenden Bad. Der Junge keuchte, während Mias Zunge seine Eichel umrundete und die letzten Tropfen aus der kleinen Öffnung presste. Ermattet ließ sich der Jüngling neben Mia in die Kissen fallen. Doch sein Pfahl ragte unermüdlich auf. Mia legte ihre Hand um den Schaft und spürte, wie ein Zucken durch den jungen Körper lief.

«Fick mich», raunte sie dem Jungen zu, der schwer atmend neben ihr lag. Sie streichelte seine Hoden, die nichts von ihrer prallen Beschaffenheit eingebüßt hatten. «Es hat mich so geil gemacht, dir zuzusehen, wie du deinen harten Ständer gerieben hast.» Mia hatte die erotisierende Kraft ihrer Worte bereits kennengelernt, und nun nutzte sie diese Fähigkeit, um den Jungen erneut herauszufordern. Sie gönnte ihm nur eine kurze Pause, die jedoch völlig genügte, um seine jugendliche Energie wieder zu sammeln. Der Schöne drehte sich zu seiner Geliebten auf die Seite und sah ihr in die Augen. Er hatte seine Selbstsicherheit gefunden, und nun war er es, der sie herausfordern wollte. Er beugte sich zu ihr hinab und presste seine Lippen auf ihren sinnlichen Mund. Willig fügte sie sich dem Kuss und öffnete sich ihm folgsam, als er seine Zunge zwischen ihre Zähne zwang und tief in sie eindrang. Ihre Lippen verschmolzen miteinander, während die Zungen tanzten und einer den Mund des anderen erkundete. Der Junge hatte keine Angst mehr vor möglichen Fehlern, er wusste nun, was er wollte, und folgte seinem Instinkt.

Während er sich immer tiefer in diesem leidenschaftlichen Kuss verlor, rollte er sich auf Mias Körper und schob ein Bein zwischen ihre Schenkel, damit sie sich an ihm reiben konnte. Er wollte ihre Nässe spüren, wollte, dass sie ihr geschwollenes Geschlecht auf seine Haut presste, um ihm ihre Lust zu zeigen. Und Mia tat ihm diesen Gefallen. Sie begehrte ihn und wollte ihn an ihrer erotischen Gier teilhaben lassen. Sehnsüchtig schlang sie die Arme um seinen Hals und streckte sich ihm entgegen. Sie umfing ihn mit ihren Beinen und zog ihn zwischen ihre Schenkel, wo sie seinen harten Schwanz bereits an ihren Mösenlippen spüren konnte. Der Junge verlagerte sein Gewicht und drückte Mia in die Kissen, während sie mit der Hand nach seinem Ständer griff und ihn zu ihrer Öffnung zog.

«Komm!», forderte sie ihn auf. «Fick mich mit deinem harten Schwanz!» Und als er ihn tief in sie hineinstieß, belohnte sie ihn mit einem wollüstigen Stöhnen: «O jaaa!»

Mit Armen und Beinen klammerte sich Mia an ihrem Liebhaber fest, der sie vögelte, als wäre das seine einzige Bestimmung. Tief und fest rammte er seinen Harten in die nasse Möse. Mit jedem Stoß stimulierte er die feinen Nerven, die sich von ihrem Kitzler bis weit hinein in ihren Lustkanal zogen. Mias Verlangen schraubte sich unerbittlich in die Höhe. Als seine Lehrmeisterin bereits auf den Gipfel zuraste, raubte der Jüngling ihr mit seiner Zunge den Atem und packte gleichzeitig ihre Brust, um sie kraftvoll zu massieren. Mias Körper zuckte unter dem seinen. Der Junge packte die Brustwarze und kniff in das rosige Fleisch. Mit ganzer Kraft presste er nun seinen Schwanz gegen Mias Mösenlippen und ließ das Becken kreisen. Der Druck verteilte sich auf der Klitoris, die den Reiz über sämtliche verborgenen Nervenbahnen in Mias Unterleib weiterleitete. Dort in ihrem Sonnengeflecht trafen sich die Wellen des stoßenden Schwanzes mit denen, die von der liebkosten Brustwarze ausgesandt wurden, und steigerten sich zu einem gigantischen Wellenberg, der unaufhaltsam durch Mias Körper rollte und mit einem prasselnden Feuerwerk einen weiteren Höhepunkt auslöste. Als sich das Zucken ihrer Möse auf seinen Schwanz übertrug, gab der Junge Mias Mund frei, damit sie ihre Lust hinausschreien konnte.

Der Junge, aus dem im Laufe dieser Begegnung ein junger Mann geworden war, hielt die zitternde Frau in seinen Armen, strich ihr die verschwitzten Haarsträhnen aus dem Gesicht und küsste sanft ihre flatternden Augenlider. Mit seinem Körper bedeckte er Mias nackten Leib, als wollte er sie vor möglichen Gefahren beschützen. Er streichelte ihre Haut und verteilte beruhigende Küsse über ihr Gesicht.

«Und was ist mit dir?», fragte Mia ihren perfekten Liebhaber, als sie langsam wieder zu Atem gekommen war. Doch der lächelte nur. Sein Schwanz füllte sie immer noch aus, und Mia wusste, dass er ohne Schwierigkeiten ein weiteres Mal abspritzen konnte.

«Willst du es?», fragte er zurück, als hätte er ihre Gedanken gelesen. Seine dunklen Augen hatte die Unschuld verloren. Sie blickten ruhig auf Mia hinab und warteten auf ihre Antwort.

«Ja», sagte sie leise. «Ich will dich noch einmal stöhnen hören. Zeig mir, wie sehr du mich begehrst.»

«Das spürst du doch», erwiderte er lachend. «Mein Schwanz kann sich gar nicht mehr beruhigen, so geil machst du mich.» Zur Bestätigung ließ er sein Becken abermals kreisen. Mias Orgasmus war mittlerweile abgeebbt, aber als die pralle Härte seines Penis die Innenwände ihrer Vulva massierte, setzte augenblicklich ein Nachbeben ein, mit dem ihr Unterleib deutlich seine Begeisterung zeigte.

«Bitte. Noch einmal», bettelte Mia. «Ich möchte noch einmal mit dir zusammen kommen.» Doch bevor der schöne Jüngling reagieren konnte, stieß Mia ihn auf den Rücken und rollte sich selbst über ihn. Immer noch fest miteinander verbunden, lag sie nun oben und konnte den weiteren Verlauf bestimmen. Sie packte die Hände des Jungen und verschränkte sie über seinem Kopf. Sie hielt seine Handgelenke umfasst und zwang ihn so zur Tatenlosigkeit. Einmal noch wollte sie die Gewalt über diesen schönen jungen Mann haben, der sie so leidenschaftlich gefickt und seine Lust in den Dienst der ihren gestellt hatte. Und so war sie es diesmal, die ihr Becken kreisen ließ. Inzwischen kannte sie seinen Rhythmus, der schnell und gleichmäßig war. Sie nahm seinen Takt auf, um den herrlichen Schwanz zu reiten, der ihr schon so viel Vergnügen bereitet hatte. Der Junge wand sich unter ihren Stößen, und er schrie ihr seine Lust entgegen, wie sie es sich gewünscht hatte. Mia verlagerte ihr Gewicht, bis ihr Kitzler bei jedem Stoß auf seinem Schambein landete und die Erregung sich abermals in ihrem Unterleib sammelte.

«Sag es mir, wenn du so weit bist», keuchte sie und ritt den Jungen wie eine Wilde. Sie preschte bereits den Berg hinauf und wollte ihn mitreißen, damit er zeitgleich mit ihr den Gipfel erreichen würde.

«Ooo ... jaaa ...», stammelte er. «JA!» Und während er seiner Lust freien Lauf ließ, jagte Mia gemeinsam mit ihm über den Wellenkamm und fiel in sein Stöhnen ein, als die Wucht des Orgasmus ihn erfasste.

Schweißnass klebten ihre Körper aneinander. Mias Brüste berührten seine Brustwarzen. Ihre Bäuche stießen beim Einatmen aneinander. Endlich lagen sie eng umschlungen, um sich von dem überwältigenden Gefühl gemeinsam erlebter Lust zu erholen. Mia hob ein wenig den Kopf. Sie wollte sich die Gesichtszüge dieses unglaublichen Jungen einprägen, um sie sich jederzeit wieder in Erinnerung rufen zu können. Aber als sie seinen Blick suchte, verschwamm sein Gesicht vor ihren Augen, als würde sich eine Nebelwand zwischen das Liebespaar schieben. Immer undurchdringlicher wurde der Nebel, der bald auch den Körper des Jungen verschlang und ihn mit sich nahm, bis Mia allein und fröstelnd auf dem Sofa zurückblieb.

«Er ist nicht der Richtige», schoss es ihr durch den Kopf. «Wo ist er?» Verzweifelt stieß sie die Frage hervor: «Wo ist der Mann, den ich suche?»

8

Mia spürte, wie ihr die Zeit davonraste. Die Kammern der Begierden schienen sich langsam aufzulösen. Und immer noch war sie auf der Suche nach dem Unbekannten. Warum konnte sie ihn nicht finden? Verzweifelt jagte sie durch die Gänge, die grau und rissig geworden waren. Nichts erinnerte mehr an die farbenprächtige Welt voller Lust und Begehren. Der Boden, über den Mia lief, war staubig und kalt. Ihre nackten Füße stießen gegen spitze Steine. Sie fröstelte. Der seidene Kimono flatterte im kühlen Wind, und Donnergrollen rollte aus der Ferne heran. Mia sah sich um und versuchte, die aufkeimende Panik zu unterdrücken. Wohin sollte sie sich wenden? Hatte sie irgendetwas falsch gemacht?

Als sie den Schritt in diese verwirrende Welt hineingewagt hatte, war sie so sicher gewesen, dass sie nur den schönen Mann zu finden bräuchte, damit alle Zweifel sich auflösen würden. Nun hatte sie die verborgene Seite ihres Unterbewusstseins kennengelernt und fühlte sich trotzdem verloren und allein. Ein Schluchzen erschütterte ihren Körper, und sie spürte, wie sich die Tränen ihren Weg bahnten. Unglücklich schlang sie die Arme um die Schultern und versuchte, sich selbst Halt zu geben. Eben noch hatte sie die Wonnen erotischer Abenteuer genossen, hatte ungeahnte Höhen der Ekstase erklommen und sich als unwiderstehliche Verführerin gefühlt. Und nun glich sie einem Häufchen Elend im schmutzigen Grau dieses unterirdischen Gewölbes. Erschöpft stolperte Mia vorwärts und hoffte, dass dieser Albtraum ein baldiges Ende finden mochte. Sie ahnte, dass sie als Taumwandlerin in dieser Welt gefangen war, bis sie den schönen Unbekannten gefunden hatte. Und bis dahin war sie ihrem Unterbewusstsein ausgeliefert, das ihre Handlungsunfähigkeit nutzte, um sie mit ihren verdrängten Wünschen und Ängsten zu konfrontieren.

Die Traum-Mia ahnte nichts davon, dass sie sich in einer Parallelwelt bewegte. Die kalten Steine unter ihren Füßen fühlten sich real an, ebenso wie der Wind, der kühl über ihre Haut strich. Sie lief weiter, immer weiter, in der Hoffnung, einen Ausgang zu finden oder ein Tor, das sich öffnen und sie wieder in die zauberhafte Erotik der letzten Stunden hineinlassen würde. Sie lief, bis sie nicht mehr konnte und sich müde und frierend gegen eine Steinmauer lehnte. Die Tränen rannen unaufhörlich über ihre Wangen, aber ihr Schluchzen war stummer Verzweiflung gewichen. Mia wusste nicht, wie lange sie so dastand. Es gab nichts, an dem sie den Verlauf der Zeit hätte messen können. Kein Sonnenstrahl drang in dieses Gewölbe, kein Fenster gab den Blick auf einen Sternenhimmel frei.

Aber schließlich merkte sie, dass in dieser labyrinthischen Welt nichts Furchterregendes geschah. Und so beruhigte Mia sich langsam wieder. Ihre Tränen trockneten. Sie atmete tief ein und richtete sich wieder auf. Doch gerade als sie sich dazu entschlossen hatte, ihren Weg unbeirrt fortzusetzen, hörte sie ein schnarrendes Geräusch hinter ihrem Rücken. Rasch drehte Mia sich um. Der Gang, aus dem sie gekommen war, lag in tiefer Dunkelheit. Sie überlegte, ob sie dorthin zurückkehren sollte, um dem seltsamen Rascheln nachzugehen.

Nein, lieber vorwärts, weg von diesem unheimlichen Ort, der ihr doch langsam Angst machte. Kaum war sie jedoch ein paar Schritte vorangestolpert, da wurde sie plötzlich von hinten gepackt und zurückgezogen. Kräftige Hände hielten sie an den Schultern fest, und eine tiefe Stimme flüsterte: «Hast du genug gesehen?» Mia versuchte, sich umzudrehen, aber ein großer Körper presste sich an ihren Rücken, und eine Hand hielt ihr Kinn gefangen, sodass sie nur geradeaus schauen konnte. «Dreh dich nicht um, kleine Mia», flüsterte die Stimme. «Du weißt doch, wer ich bin.» Mia nickte, so gut es der feste Griff seiner Hand zuließ. Sie hatte sich die Begegnung mit dem namenlosen Mann anders vorgestellt. Wie sollte sie ihm in dieser kalten Wüste ihre neuen Erkenntnisse offenbaren?

«Bist du endlich von deinem hohen Ross heruntergestiegen?», fragte er sie nun. «Oder brauchst du vielleicht noch eine Lektion in Demut?»

In seiner festen Umklammerung konnte Mia sich nicht bewegen. Sie lehnte sich gegen seinen warmen Körper und hoffte auf ein Zeichen seines Verständnisses. Er musste doch spüren, wie sehr sie sich nach ihm gesehnt hatte. Warum war er jetzt so unnahbar? Nur seinetwegen hatte sie doch dieses Abenteuer auf sich genommen. Aber jetzt, da sie seine Wärme spürte und die starken Arme, die sie festhielten, wich ihre neugefundene Selbstsicherheit der alten Schüchternheit. Sie hatte ihm ihre Weiblichkeit zeigen wollen, die verführerische Macht ihres Körpers, aber nun fühlte sie sich unwohl in der Rolle, die sie vor kurzem noch so genossen hatte.

«Ergib dich, schöne Mia», unterbrach der Unbekannte ihre Gedanken. «Lass dich fallen. Bist du mutig genug?» Noch immer ließ er es nicht zu, dass sie sich umdrehte. Er hatte eine Hand flach auf ihren Bauch gelegt und presste ihren Leib gegen seine Hüften. Die andere Hand löste sich von ihrem

Kinn und strich an ihrem Hals hinunter. Sie glitt zwischen ihren Brüsten hindurch und berührte mit Daumen und kleinem Finger die Brustwarzen. Der offene Kimono bot keinen Schutz vor seinen forschen Händen, die er gebieterisch über Mias Haut wandern ließ. Seine Handflächen waren warm und ein wenig rau. Immer fordernder streichelten sie über Mias Körper. Dann packte er ihre Arme und zog sie bis zu seinem Hals, hinter dem er Mias Hände verschränkte. Während Mia sich an ihm festhielt, küsste er zärtlich ihr Ohr, leckte mit der Zunge über das Ohrläppchen und hauchte seinen warmen Atem über die feuchte Spur. Mia zitterte, doch diesmal war es nicht die Kälte, die ihren Körper reagieren ließ, sondern das Wispern seiner Stimme.

«Ich werde dich ficken, meine Schöne. Und du wirst deine Schenkel für mich spreizen und mir dein heißes Loch öffnen, damit ich dich pfählen kann. Und wenn mein Schwanz tief in dir steckt, wirst du mich anflehen, es dir zu besorgen. Ich will, dass du stöhnst und wimmerst unter meinen Stößen, so lange, bis ich bereit bin, dich zu erlösen.»

Er redete weiter, flüsterte Mia seine unanständigen Gedanken ins Ohr und ließ seinen Worten Taten folgen. Seine kräftigen Hände packten ihre Brüste. Er rieb die Handflächen über die festen Hügel, bis die Spitzen ihm entgegenstachen. Dabei biss er in Mias Hals und saugte sich an der weißen Haut fest wie ein Vampir, der sich auf ein Festmahl vorbereitete. Mia spürte, wie ihre Knie nachgaben. Sie musste sich festhalten, um nicht zusammenzusacken. Aber der Unbekannte fing ihre Schwäche auf und packte ihren Körper mit ganzer Kraft. Seine Hände waren scheinbar überall, sie rieben die erigierten Brustwarzen, strichen über den flachen Bauch, und plötzlich griff eine Hand zwischen Mias Beine. Die junge Frau schrie überrascht auf, doch im selben Moment gab sie dem Drängen nach und öffnete ein wenig die Schenkel. Der

Mann wartete jedoch nicht darauf, dass sie sich langsam ergab. Er schob seine Hand unerbittlich auf ihren Venushügel und rieb die Vulva, als hätte er einen reifen Apfel in der Hand, den er zum Glänzen bringen wollte.

«Mach die Beine breit!», forderte er dicht an ihrem Ohr. Und als sie nicht schnell genug reagierte, schnappte er sich ihr Bein und schob es zur Seite. Von hinten griff er unter dem Schenkel durch und ließ seine Finger zwischen die feuchten Mösenlippen gleiten. Mia stöhnte auf, als er die Öffnung freilegte und einen Finger in ihr Innerstes tauchte. Unter seinen Berührungen war sie vollkommen willenlos, gleichzeitig drehten sich ihre Gedanken nur noch um den Wunsch, von ihm genommen zu werden. Sie wollte *ihn*! Ihr Körper schrie danach, ihn in sich aufzunehmen, und Mia fiel in dieses Schreien ein. Sie keuchte, während er sie mit dem Finger fickte. Ihr Unterleib wand sich. Ihre Brüste zogen sich zusammen und ließen die Warzen wie Pfeilspitzen hervortreten.

«Sag es mir.» Seine Stimme vibrierte vor Lust. «Sag mir, dass du es willst!»

«Ja!», presste Mia hervor. Sie konnte sich kaum noch auf den Beinen halten. Ihre Geilheit raubte ihr den Atem. Sie konnte das Schmatzen ihrer Säfte hören, so als führe ihre Möse ein Zwiegespräch mit dem Finger, der sich immer tiefer in sie hineinwühlte.

«SAG ES!» Der Mann ließ nicht locker. Die eindeutigen Zeichen ihres Körpers waren ihm nicht genug. Er wollte, dass Mia die Kontrolle verlor. Nur noch Körper im Hier und Jetzt. Und er wusste, was er tat. Er kannte jeden ihrer empfindlichen Punkte. Er spürte genau, wie er ihr den Verstand rauben konnte, damit sie sich endlich ihren Gefühlen überließ.

Seine Finger an ihrer Möse fingen die Tautropfen auf und verrieben sie auf ihrem heißen Geschlecht. Seine Hand glitt über die zarte Haut und teilte die fleischigen Falten, während er mit der anderen Hand an den Brustspitzen zog, bis sie einen süßen Schmerz aussandten, der sich in Mias Unterleib sammelte. Dort mischte er sich mit den Lustwellen, die ihre heiße Vulva ausstrahlte. Diese widersprüchlichen Empfindungen kreisten umeinander und bildeten einen Sog, in dem sich Mias Verstand aufzulösen schien. Sie konnte nur noch fühlen, spürte den warmen, vollständig bekleideten Körper an ihrem Rücken, hörte das Brummen seiner Stimme in ihrem Ohr und gab sich den Fingern hin, die ein furioses Lied auf ihrem Fötzchen spielten.

Und dann brach es aus ihr hervor: «Ooo … jaaa …» Mias Stimme überschlug sich.

«Ich … komme … Ich komme … Jetzt!» Und während das Stöhnen aus ihrem Mund sprudelte, ergossen sich ihre Liebessäfte auf die Finger des Mannes, der ihre Möse fest im Griff hatte und den Kitzler erbarmungslos massierte, bis Mia das Bewusstsein verlor.

Als sie die Augen wieder aufschlug, war ihr gesamter Körper noch immer in Aufruhr. Die Klitoris pochte, die Brustwarzen schmerzten, und ihr Unterleib zuckte in gleichmäßigen Wellen. Doch Mia war nicht mehr in dem staubigen Gang. Sie lag auf einer weichen, ledernen Unterlage, und ihre Arme waren über ihrem Kopf verschränkt und festgebunden. Vor ihr stand der Unbekannte, und sie konnte ihn das erste Mal eingehend betrachten. Er war ganz in Schwarz gekleidet mit einer hautengen Lederhose und einem Hemd, das lässig über der Hose hing. Seine Augen verbarg er hinter einer ebenfalls schwarzen Maske, doch die schönen Lippen waren Mia sehr vertraut. Ein erinnertes Bild von seinem schönen Gesicht zuckte blitzartig durch ihre Gedanken, doch dann wurde ihre Aufmerksamkeit wieder von dem Unbekannten gefangen genommen, der ruhig und ohne Eile sein Hemd aufknöpfte. Die muskulöse

Brust darunter war – anders als in ihrer Erinnerung – unbehaart. Mia sah ihm zu, wie er einen Knopf nach dem anderen öffnete und dann mit der flachen Hand über die Muskeln strich, die sich auf seiner Brust erhoben. Er ließ die Hände an seinem Oberkörper hinunterwandern, berührte kurz den Hosenbund. Schließlich fuhr er über die Wölbung in seinem Schritt und packte einmal fest zu, als wollte er überprüfen, ob alles noch am richtigen Ort saß. Zufrieden mit dem Ergebnis, kam er näher und ließ sich neben Mia auf die Lederliege fallen. Elegant ausgestreckt, mit aufgestütztem Kopf, lag er neben seiner Gefangenen. Einerseits fühlte Mia sich seinen forschenden Blicken ausgeliefert, andererseits genoss sie ihre Handlungsunfähigkeit. Sie musste nichts machen, nur hier liegen und die weiche Wärme des Leders an ihrem Rücken spüren, dazu die sanften Hände des Mannes, die bizarre Muster auf ihre nackte Haut zeichneten.

Mia schloss die Augen und spürte den federleichten Berührungen der Fingerspitzen nach, die über ihre Beine huschten, den Schamhügel übersprangen, um den Bauchnabel herumtanzten und schließlich auf ihren Brüsten trommelten. Ganz zart und sanft. Ohne Hast und ohne erkennbares Ziel. Dann hörte sie das Leder knirschen. Der Mann war ganz nah an sie herangerutscht. Sein Atem strich über ihr Haar, seine Lippen berührten ihre Wange.

Mias Eingeweide pulsierten immer noch und jagten kleine Stromstöße zu den Stellen, an denen seine Finger über ihre Haut tasteten.

«Zeig mir deine Muschi», sagte der Mann in einem Plauderton, der in krassem Widerspruch zu seiner unerhörten Forderung stand.

«Lass mich deine Muschi sehen», wiederholte er seine Bitte, diesmal mit mehr Nachdruck.

Mia schüttelte stumm den Kopf.

«Warum nicht?» Ehrliches Erstaunen lag in seiner Stimme. «Du willst doch, dass ich dich vögele, oder?»

Mia starrte ihn an. Ja, er hatte recht, sie wollte ihn. Aber wo blieb die Verführungszeremonie, wenn sie jetzt einfach die Beine breitmachen würde?

Mit einem Satz richtete sich der Mann auf und stellte sich ans Ende der Liege. Er stemmte die Hände lässig in die Hüften und sah Mia fordernd an.

«Na, mach schon.» Da war es wieder, das spöttische Lächeln um seine Lippen, das Mia so verunsicherte. Der Gedanke, dass er von seinem Standpunkt aus direkt zwischen ihre intimen Lippen würde sehen können, trieb Mia die Schamesröte ins Gesicht. Noch nie hatte sie sich dermaßen vor einem Mann exponiert, wenn sie einmal von ihrem Gynäkologen absah. Die Vorstellung, ihm alles zu zeigen, war ihr jetzt geradezu peinlich.

«Ich warte», sagte der Mann, diesmal ungeduldig.

Mia warf den Kopf beschämt zur Seite und öffnete ein ganz klein wenig die Schenkel, in der Hoffnung, ihn mit dieser Geste ihres guten Willens zufriedenzustellen. Aber der Mann lachte nur amüsiert auf.

«Weiter!», forderte er. Und tatsächlich gehorchte Mia seinem Befehl. Während er vorhin selbst nachgeholfen hatte, wollte er nun, dass sie sich ihm öffnete, ohne dass er Hand anlegen musste. Er wollte sehen, wie schamlos sie sein konnte am Ende ihrer Reise. Wollte wissen, ob sie die Grundlagen grenzenloser Leidenschaft verstanden hatte: Vertrauen und Hemmungslosigkeit. Zu seiner Freude schob Mia die Beine immer weiter auseinander, bis sie so weit gespreizt waren, dass er sämtliche Details ihres Pfläumchens sehen konnte. Die äußeren Lippen waren dunkel und prall. Die dunklen Löckchen darauf kringelten sich bis hinunter zu der Ritze zwischen den Pobacken. Wie aus einem Nest lugten die inneren Lippen hervor. Leicht gekräuselt verdeckten sie den Blick auf den Eingang. Aber als Mia unruhig hin und her rutschte, klafften die fleischigen Hüterinnen plötzlich auseinander und gaben das dunkle Loch preis.

«Deine Jadepforte glitzert», sagte der Unbekannte, und die Zärtlichkeit in seinen Worten ließ Mia entspannt aufatmen. Der Mann hockte sich zwischen Mias Füße und strich behutsam über ihre Scham.

«Ich möchte dich lecken.»

Das letzte Mal, als eine solche Bitte an sie herangetragen worden war, hatte sie mit Panik reagiert und war geflüchtet. Doch jetzt spürte sie, wie seine Worte die Erregung steigerten, die nach wie vor in ihrem Unterleib summte. Sie hob ihm ihr Becken entgegen und ließ es kreisen. Ihre Lippen waren heiß und prall. Sie warteten begierig auf seinen intimen Kuss. Doch bevor er seine Zunge in die Quelle ihres Jadewassers tauchte, teilte er den Venushügel in zwei Hälften und rieb die Blütenknospe mit dem Daumen. Mia war immer noch so elektrisiert von dem letzten Höhepunkt, den er ihr bereitet hatte, dass diese erneute erotische Forderung ihr Lustzentrum sofort in Ekstase versetzte. Unruhig bewegte Mia ihren Unterleib und presste sich gegen die massierenden Finger.

«Du bist mir noch eine Antwort schuldig», hörte sie die tiefe Stimme des Mannes. «Du weißt, was ich hören will.»

Jetzt, da Mia sich mit weitgespreizten Beinen vor diesem Mann mit der Maske räkelte und ihm einen Einblick in ihr Innerstes offenbarte, fiel mit einem Mal sämtliche Scham von ihr ab. Sie hatte nichts zu verlieren außer ihrer Schüchternheit, und sie wusste, dass der Unbekannte ihr kein Leid antun würde.

«Ja», sagte Mia. «Ich will es.»

Der Mann sah sie fragend an.

«Leck meine Muschi», fuhr Mia leise fort, und sie streckte ihm die halbgeöffnete Päonie entgegen.

Das zufriedene Gesicht des Unbekannten sah sie nicht mehr, als er sich zwischen ihre Beine beugte und seine Zunge über die Blütenblätter gleiten ließ. Als er seinen Leckmuskel fest auf ihren erregten Kitzler presste, wusste Mia nicht mehr, warum sie sich je gegen einen solchen Liebesdienst gewehrt hatte. Alles Blut in ihrem Körper strömte der leckenden Zunge entgegen und ließ die Lippenblätter so weit anschwellen, bis sich die Blüte der Pfingstrose voll entfaltet hatte. Üppig und rot erwiderte der Kelch die Zungenküsse. Der Mund des Mannes wurde von einem Sog erfasst, der ihn in die fleischigen Tiefen der Vulva hineinzog. Aber die Gier, die ihm entgegentropfte, sammelte sich und rann seine Kehle hinunter, füllte seine Eingeweide aus, wo der Liebestrank seine ganze Kraft entfaltete.

Während sich die Möse unter seinen Küssen aufbäumte, riss der Mann die Knöpfe seiner Lederhose auf und ließ den prallen Ständer hervorspringen. Er hatte sich so lange zurückgehalten, doch nun wollte er diese Frau besitzen. Lange genug hatte er sie behutsam über ihre Grenzen geführt, sie begleitet und zum Leben erweckt. Jetzt wollte er seinen Lohn.

Mit dem harten Schwengel in der Faust rutschte er auf der Lederliege nach oben, bis er neben Mias Kopf kniete.

«Lutsch mir den Schwanz!», knurrte er und schob ihr die Kuppe zwischen die Lippen.

Mias Möse pochte und schickte gierige Lust durch ihren Körper, der sich willenlos ergeben wollte. Bevor Mias Verstand reagieren konnte, öffnete die junge Frau die Lippen und begann, an der Schwanzkuppe zu saugen. Ihre Zunge kreiste um die Eichel, leckte die Lusttropfen auf und bohrte sich in die kleine Öffnung, als wollte sie seinen Schwanz ficken.

Mit einem Satz hockte sich der Unbekannte über Mias

Brust. Das handschuhweiche Leder seiner Hose drückte gegen die aufgerichteten Spitzen. Dann beugte er sich vor und trieb seinen Ständer unerbittlich in Mias Schlund, bis er ihn ganz ausfüllte und Mias Zähne gegen die empfindliche Haut des Schaftes rieben. Der feine Schmerz steigerte seine Lust zu einer rasenden Geilheit. Er zog den Schwengel aus ihrem Mund, ließ sie Atem holen und zwang den Prügel wieder hinein.

Mia stemmte sich gegen seine Schenkel, die sie auf die Unterlage pressten. Ihre Fesseln hielten sie bewegungslos, ihre Beine waren weitgespreizt für einen imaginären Beobachter, dessen Blicke sich in ihre offene Möse bohren konnten. Sie bockte wie ein junges Pferd, das mit harter Hand gezähmt werden musste. Der Mann rammte seinen Schwanz tief in ihren Mund, und Mia lutschte wie besessen an dem Lustpfahl.

In diesem Moment war sie die heilige Hure, Unschuld und Lüsternheit, die demütige Gebieterin, die sich lustvoll einem Mann unterwarf. Der Maskierte spürte, dass sie sich willenlos seiner Geilheit beugte. Sie wollte ihn aussaugen, wollte seinen Saft trinken, um sich diesen Mann einzuverleiben, aber er war noch lange nicht fertig.

Mit Mühe löste er seinen Ständer aus ihrem Mund und entging nur knapp ihren schnappenden Zähnen, als er sich langsam zurückzog.

«Meine gierige kleine Stute», raunte er ihr ins Ohr. «Jetzt werde ich dich ficken. Willst du, dass ich meinen Schwanz in deine Möse ramme? Komm, sag es mir!»

Mia zerrte an ihren Fesseln. Sie klappte die Beine so weit auseinander, wie sie konnte, und zeigte ihm ihr nasses Loch.

«Jaaa», stöhnte sie. «Steck ihn mir rein. Fick mich mit deinem geilen Schwanz, bis es dir kommt …»

Der Unbekannte packte seinen Ständer und drückte seine harte Eichel gegen die geschwollene Öffnung. Die Mösenlippen waren so prallgefüllt, dass er sich anstrengen musste, um in die enge Höhle eindringen zu können. Immer wieder stürmte er gegen das Tor und trieb die Pforten auseinander, bis er seinen Schwanz endlich versenken konnte.

Mia schrie auf, als er den Prügel ganz in sie hineingeschoben hatte und die harte Stange an ihren Scheidenwänden rieb.

Schwer und keuchend lag der halbbekleidete Mann auf ihrem nackten Körper und pumpte seinen Ständer in ihre Möse. Er fickte sie schnell und hart und steigerte sein Tempo zu einem furiosen Stakkato. Sein Stöhnen rollte die Kehle empor und entlud sich in ihre Ohrmuschel, wo das Trommelfell die Vibrationen auffing und direkt in ihre Muschi weiterleitete. Als seine Hoden die Spermafontänen bereits sprudeln lassen wollten, packte der Mann Mias Beine in den Kniekehlen, riss sie hoch und zwang ihren Unterleib zur Bewegungslosigkeit. Er rammte seinen Schaft noch einmal tief und fest in ihre offene Muschi. Während Mia nach Luft schnappte, schoss die heiße Sahne hervor. Das Zucken seines Schwanzes trommelte auf Mias Lustperle, und als sein Saft bereits aus ihr heraustr äufelte, bäumte sich die gepfählte Muschel ein letztes Mal auf und stimmte in das Beben des spuckenden Ständers ein.

Mias Haut war wie elektrisiert, als der stöhnende Mann auf ihr zusammenbrach und die letzten keuchenden Wellen an ihr Ohr drangen. Er bedeckte ihr Gesicht mit wilden Küssen, wobei sein Körper immer schwerer auf ihr ruhte und ihr langsam den Atem raubte.

«Ich kann dir nichts mehr beibringen», stammelte er zwischen zwei Küssen. «Alles, was du wissen musst, ist in dir.» Mühsam rappelte er sich auf und zog seinen erschlaffenden Penis aus ihrer Muschi. Mia wollte ihn festhalten. Kühler Wind strich über ihren Körper, als der Mann sich langsam von ihr entfernte.

«Nein … nein …», stammelte sie, aber sie war wehrlos und ihre Arme immer noch über dem Kopf festgebunden. Noch einmal beugte er sich zu ihr hinunter und überschüttete sie mit seinen süßen Küssen. Er rieb sein Gesicht an ihrem. Sie konnte die rauen Stoppeln auf seinem Kinn spüren. Und während seine Lippen über ihre Wangen huschten, verrutschte seine Augenmaske, ohne dass er es bemerkte.

«Du?!», schrie Mia auf, als ein wohlbekanntes Gesicht sich in ihr Bewusstsein schob. Panisch schmiss sie ihren Kopf hin und her. Sie versuchte, sich aus den Fesseln zu befreien, und zerrte an den Lederbändern, während der Mann, der nun einen Namen hatte, immer weiter im Nebel verschwand.

«Komm zurück!», rief sie ihm hinterher. «Geh nicht weg. Bitte!» Doch er konnte sie schon nicht mehr hören. Verzweifelt kämpfte sich Mia los. Die Bänder rissen und gaben ihre Hände so plötzlich frei, dass sie einen Satz machte und kopfüber von der Liege stürzte.

III

1

Seit Helena am Mittag in Berlin mit ihrem Auto aufgebrochen war, hatte sie fast 700 Kilometer zurückgelegt und war nun in der Nähe von Innsbruck. Die Überquerung der Alpen lag noch vor ihr. Erfahrungsgemäß würde sie nur noch drei bis vier Stunden benötigen, um Varese in Italien zu erreichen. Aber die Ausschweifungen der letzten Nacht machten sich langsam bemerkbar. Ihr Kopf war schwer, und sie fühlte sich matt. Gaetano würde erst gegen Mittag des nächsten Tages von einem Mailänder Geschäftstermin zurückkommen. Bis dahin konnte Helena sich noch eine letzte Nacht allein in dem kleinen Hotel gönnen, das sie abseits der Autobahn gefunden hatte, und dann am nächsten Tag gleichzeitig mit dem Geliebten in ihrem neuen Zuhause eintreffen. Die Möbelpacker hatten ihre Instruktionen. Magdalena, die Haushälterin, würde ihnen den Anbau öffnen, wo sie die Kisten und die wenigen Möbelstücke unterstellen konnten. Danach würde Gaetanos Perle die kräftigen Männer mit den Köstlichkeiten ihrer italienischen Kochkunst verwöhnen und sie frisch gestärkt wieder auf den Rückweg schicken, nicht ohne ihnen das großzügige Trinkgeld auszuhändigen, das Gaetano für diesen Zweck bereitgelegt hatte.

Das Leben kann herrlich einfach sein, dachte Helena zufrieden. Sie parkte ihren Wagen direkt vor dem kleinen Hotel und schnappte sich die kleine Reisetasche mit den Utensilien für eine Nacht, die sie vorsorglich gepackt hatte. An der Rezeption ließ sie sich den Schlüssel aushändigen, bestellte beim Wirt eine Brotzeit aufs Zimmer und zog sich dann zurück.

Nach einer erfrischenden Dusche hüllte sie sich in ein flauschiges Badehandtuch und streckte sich auf dem Bett aus. Dann griff sie zum dritten Mal an diesem Tag zum Telefonhörer, um in ihrer Berliner Wohnung anzurufen. Diesmal hatte sie genügend Zeit und würde nicht eher aufgeben, bis Mia abnahm. Allmählich sollte die Freundin ihren Rausch ausgeschlafen haben. Es dauerte eine ganze Weile, dann hörte Helena ein Knistern und Knacken in der Leitung, gefolgt von einem leisen Fluchen und einem lauten Knall. Mia hatte den Hörer offensichtlich nicht richtig zu fassen bekommen. Helena konnte akustisch mitverfolgen, wie Mia nach dem heruntergefallenen Hörer angelte und ihn sich schließlich mühsam ans Ohr hielt.

«Hallo?», erklang ihre gähnende Stimme.

«Mia, ich bin's. Helena!», meldete sich die Freundin betont laut und fröhlich. Sie hatte die Befürchtung, Mia könnte mit dem Hörer in der Hand wieder einschlafen, bevor sie ein paar Worte mit ihr gewechselt hatte.

«Süße, wie geht's dir? Brummt dir noch der Schädel?»

Eine Weile passierte nichts, doch dann schienen die Fragen in Mias benebeltes Bewusstsein gedrungen zu sein.

«Oh, alles gut. Ich bin anscheinend aus dem Bett gefallen, und meine Arme fühlen sich ganz taub an. Schön, dass du anrufst. Wo steckst du denn?», murmelte Mia immer noch ganz benommen.

In munterem Plauderton erzählte Helena von der bisherigen Fahrt, einem kleinen Stau auf der A 96, weil ein Lkw eines seiner Ersatzräder verloren hatte, und schließlich von dem kleinen Hotel, das sie für die Nacht gefunden hatte, um sich ebenfalls auszuschlafen und ihrem Geliebten am nächsten Tag strahlend frisch und schön entgegentreten zu können.

«Und du?», schloss Helena ihren Bericht. «Willst du nicht mal langsam wach werden?»

«Wie spät ist es denn?», fragte Mia zurück.

«Fast acht Uhr abends. Du liegst seit heute Morgen um fünf im Bett. Wahrscheinlich macht sich Leonard langsam Sorgen um dich.»

Leo, dachte Mia und versuchte die Bilder festzuhalten, die in ihrem Kopf umherspukten.

«Ich habe völlig wirre Sachen geträumt.» Mia machte eine Pause.

«Helena?», fragte sie dann. «Hältst du mich für verklemmt?»

«Hm», überlegte Helena und fragte sich, was sie darauf antworten sollte. Diplomatie war noch nie ihre Stärke gewesen. Es blieb also nur die Wahrheit.

«Ich denke, dass es noch einiges gibt, das du kennenlernen könntest. Zumindest kann es nicht schaden, immer mal wieder neue Erfahrungen zu machen. Wie kommst du jetzt darauf? Hat dich das kleine Intermezzo heute Nacht schockiert?»

Nun war es raus. Sie würden ohnehin darüber reden müssen. Warum also nicht gleich?

«Ach, das!», sagte Mia beiläufig, als wäre es das Normalste der Welt, der besten Freundin beim Vögeln zuzusehen. «Ich hoffe, ich hab dir mit meiner Ohnmacht nicht den Spaß verdorben.»

Helena lachte verdutzt auf. «Wenn das deine einzige Sorge ist, dann weiß ich nicht, warum du dich für verklemmt hältst.»

«Da war etwas in meinen Träumen. Ich meine», versuchte Mia die verworrenen Erinnerungen zu sortieren, «ich habe Sachen gemacht, die ich mich nie im Leben trauen würde. Ich glaube, ich habe von wilden Sex-Orgien geträumt.»

«Wow», meinte Helena amüsiert. «Während ich mich auf der Autobahn langweile, vögelst du im Rausch durch die Gegend. War's denn schön?», wollte sie neugierig wissen.

Mia zögerte mit der Antwort. «Es war …», sie suchte nach dem passenden Wort, «… irgendwie befreiend. So als hätte ich eine Grenze überschritten.»

«Schön für dich.» Helena war erleichtert. Sie musste sich also wirklich keine Sorgen um ihre Freundin machen. «Dann geht es dir also gut?», vergewisserte sie sich noch einmal.

«Ja», antwortete Mia sofort, «ja, alles in Ordnung. Ich sollte vielleicht mal unter die Dusche gehen.»

«Tu das. Und danach kümmerst du dich um deinen Freund. Versprochen?»

«Falls der überhaupt noch mit mir reden will», erwiderte Mia resigniert. «Er war gestern Abend auch in der Bar und hat mich mit einem Typen tanzen sehen.»

«Na und?»

«Na ja, für Leo muss es so ausgesehen haben, als hätte ich den Kerl geküsst, und dann ist er einfach abgehauen, als ich zu ihm rübergehen wollte. Vielleicht habe ich es mir jetzt endgültig mit ihm verscherzt.»

«So ein Quatsch», meinte Helena entrüstet. «Ich habe doch heute noch mit ihm gesprochen. Er hat sich Sorgen um dich gemacht und wartet jetzt auf deinen Anruf. Lass ihn nicht zu lange zappeln.»

«Ach, du bist ein Schatz. Was soll ich nur ohne dich anfangen?» Plötzlich wurde Mia bewusst, dass die Freundin bereits in Österreich und damit weit weg von ihr war. «Ich vermisse dich!»

«Hör auf! Sonst fange ich noch an zu heulen. Ich dich doch auch. Aber sobald ich mich eingerichtet habe, kommst du mit Leo ein paar Tage nach Italien. Es ist so schön dort. Und ich werde ständig irgendwelche Termine in Berlin haben, damit wir uns sehen können.»

Die beiden Freundinnen schwiegen, bis sie sich in ihrem Abschiedsschmerz selbst albern vorkamen und schließlich lachen mussten.

«Wir sehen uns!»

«Bis bald.»

Und dann legten sie auf, um jede für sich das nächste Stück des Weges zu bewältigen.

2

Helenas nächster Schritt bestand darin, «Herein!» zu rufen, als der Zimmerservice klopfte, und sich abrupt im Bett aufzusetzen, während ein außerordentlich hübscher Hüne mit blonden Locken durch die Tür trat. Er trug ein volles Tablett auf dem Arm und sah sie fragend an. Mit diesem Anblick hatte Helena nicht gerechnet. Für einen kurzen Moment war sie sprachlos. Doch dann setzte sie ihr verführerischstes Lächeln auf und klopfte mit der Hand neben sich auf die Bettdecke. Der junge Österreicher musste völlig überrascht worden sein von dem Anblick der halbnackten Helena. Jedenfalls starrte er sie an, während er zum Bett herüberkam und sich wie in Trance auf die Stelle setzte, auf die sie eben geklopft hatte. Helena lachte perlend auf. «Ich meinte eigentlich das Tablett. Aber wenn du schon mal hier bist …» Sie überließ es dem Mann, sich seinen Teil zu denken, und nahm ihm das Tablett ab, das er auf einer Hand balancierte. Seines eigentlichen Auftrags entbunden, blieb der Österreicher unschlüssig auf der Bettkante sitzen und betrachtete ungeniert die blonde Schönheit, der er eigentlich nur das Abendessen bringen sollte.

Helena überlegte, ob sie diese unerwartete Gelegenheit

wirklich ausnutzen sollte. Schließlich war sie auf dem Weg zu dem Mann ihres Lebens. Auf der anderen Seite konnte es nicht schaden, sich noch ein wenig auszutoben, bevor sie es eine Weile mit der Monogamie versuchen wollte. Helena selbst hatte ihr Treiben noch nie als unmoralisch empfunden. Sie war eben eine Frau mit einem stark ausgeprägten Begehren. Und solche kleinen Seitensprünge hatten noch nie ihre Liebe zu einem Mann beeinträchtigt, für den sie sich entschieden hatte. Und ihrem Gaetano konnte so ein harmloser Appetithappen ohnehin nicht gefährlich werden.

Der junge Mann schien ihr Schweigen als Missbilligung aufzufassen, denn er schaute verlegen zu Boden und wollte sich wieder erheben. Aber Helena hielt ihn am Hemdärmel fest und lächelte ihn gewinnend an.

«Hast du es eilig?»

«Ich …», stammelte er, «… ich habe jetzt Feierabend.»

Helena grinste in sich hinein. Manchmal zeigte sich das Leben wirklich von seiner besten Seite.

«Steh auf und mach die Tür zu!», befahl sie dem jungen Mann, um zu testen, wie er auf diese autoritäre Art reagieren würde. «Von innen», fügte sie schnell hinzu, als sie seinen enttäuschten Gesichtsausdruck sah. Die Körperhaltung des athletischen Österreichers entspannte sich sofort. Selbstbewusst schloss er die Tür, drehte sich um und lehnte sich lässig gegen den Rahmen. Er hatte beide Hände in die Taschen seiner engen Jeans gezwängt, was seinen breiten Oberkörper noch mehr betonte.

Helena war sich bewusst, dass sie diesen Mann wahrscheinlich nie wiedersehen würde. Es spielte also keine Rolle, was er am nächsten Tag von ihr denken würde, ob er sie für eine Hure halten oder sich in sie verlieben würde. Sosehr Helena die Vertrautheit mit Gaetano zu schätzen wusste, so sehr liebte sie auch die schamlosen Möglichkeiten, die sich in einer Begegnung zwischen Unbekannten ergeben konnten.

Noch ehe sich der Kellner zu einer Handlung entschließen konnte, ergriff Helena die Initiative. Ganz langsam spreizte sie ihre Beine und beobachtete dabei den Gesichtsausdruck des Mannes. Er lächelte sie an und schien nichts zu bemerken. Doch dann wanderten seine Blicke an ihrem Körper hinab und blieben erstaunt an den Knien hängen, die sich immer weiter voneinander entfernten. Ungläubig starrte er in den Schatten zwischen den Beinen, der sich langsam lichtete und eine pikante Einsicht freigab. Als der Knoten des Handtuchs nachgab und auch Helenas üppige Oberweite entblößte, hatte der blonde Hüne schließlich einen freien Blick auf Helenas gesamten Körper. Um den Mann aus der Fassung zu bringen, ließ Helena ihre Hände zwischen die Schenkel gleiten und strich mit den Fingerspitzen über die kurzrasierten blonden Löckchen. Gebannt folgte der schöne Österreicher ihren Bewegungen. Er stieß sich von der Tür ab und wollte gerade zu Helena hinüberkommen, als ein energisches «Halt!» sein Vorhaben abrupt stoppte. «Bleib, wo du bist!», herrschte Helena ihn an, und er gehorchte.

Während Helena ganz beiläufig mit ihren Schamlippen spielte, beobachtete sie den Mann. Sie liebte die männliche Ausstrahlung eines Liebhabers, dessen Lust gerade geweckt wurde und der sich noch ein wenig anstrengen musste, um zu bekommen, was er wollte. Und Helena liebte es ganz besonders, herauszufinden, wie weit sie gehen konnte.

«Dreh dich um», forderte sie. «Ich will sehen, ob dein Hinterteil auch so knackig ist wie der Rest von dir.» Sie musste lächeln, als er sich tatsächlich umdrehte und ihren Wunsch erfüllte. Mit ziemlicher Sicherheit würde er auch sonst alles machen, was sie verlangte.

«Äußerst appetitlich», sagte Helena mit ehrlicher Bewunderung, und der sprachlose Mann lehnte sich wieder gegen die Tür. Auf den nächsten Befehl brauchte er nicht lange zu warten.

«Mach deine Hose auf.» Helena selbst zog ihre Schamlippen auseinander und gewährte ihm einen Blick auf das Innerste ihrer Möse, um ihm deutlich zu machen, was sie von ihm sehen wollte. Der Mann leckte sich die Lippen und fingerte nervös an seiner Hose. Schließlich bekam er Knopf und Reißverschluss auf und wollte sich die Jeans vom Leib reißen. Doch Helena schüttelte nur den Kopf, blickte auf seinen Schritt und nickte ihm aufmunternd zu. Der junge Österreicher verstand sofort. Er griff in seine gestreiften Shorts und zog einen prächtigen Ständer hervor, der perfekt zu dem stämmigen Erscheinungsbild seines Besitzers passte. Und während Helenas Möse sich bei diesem Anblick erwartungsvoll zusammenzog, fanden ihre Finger die richtige Stelle, um die Vorfreude noch zu steigern. Mit der einen Hand hielt sie die Schamlippen gespreizt, mit der anderen massierte sie gleichmäßig ihren Kitzler. Der Mann an der Tür lieferte ihr die visuelle Anregung dazu, indem er seinen Ständer rieb und mit der anderen Hand seine Hoden bearbeitete. Aber das war nur ein kleines Vorspiel, mit dem Helena gern die Folgsamkeit eines Liebhabers austestete. Da sie nicht wusste, wie schnell sich seine Manneskraft nach einem Höhepunkt regenerieren würde, wollte sie dieses Spielchen lieber nicht zu lange ausweiten. Noch einmal klopfte sie neben sich auf die Bettdecke, und diesmal war der schöne Österreicher sicher, dass er gemeint war.

Mit dem harten Schwanz in seiner Hand ging er langsam auf Helena zu und stellte sich neben das Bett, wo er ihr stolz seinen Prachthammer präsentierte. Helena beugte sich vor und zog die offene Hose herunter. Sie wollte den athletischen Körper nackt in ihrem Bett haben und bei der Gelegenheit herausfinden, ob sie ihn vorher noch ins Bad schicken musste. Als sie dem schönen Mann aus der Hose geholfen hatte, schnupperte sie wie zufällig an seinem Schwanz. Der frische Duft von Kernseife, der ihr entgegenströmte, machte jedes weitere Zögern überflüssig. Dankbar für so viel umsichtige Reinlichkeit, leckte Helena über den strammen Schaft, während der Schönling sich seines T-Shirts entledigte.

«O ja!», entfuhr es ihm, als die nackte Frau auf dem Bett seinen Schwanz ganz in den Mund nahm und heftig an ihm saugte. Diese kleine Geste reichte bereits aus, um ihm den Verstand zu rauben. Doch sich einfach einen blasen zu lassen genügte ihm nicht. Wer wusste schon, wann er jemals wieder einer so schönen und hemmungslosen Frau begegnen würde. Diese hier jedenfalls sollte ihn als steirischen Hengst in Erinnerung behalten, der es ihr so richtig besorgt hatte. Er zog den Schwanz aus ihrem Mund und sprang mit einem Satz auf das Bett. Bevor Helena wusste, wie ihr geschah, hatte er sie unter seinem massigen Körper begraben. Mit einer Hand unter ihrem Po und der anderen auf ihrem Busen brachte er sich in Position zwischen ihren Beinen. Helena blieb nichts anderes übrig, als die Arme um seinen muskulösen Hals zu schlingen und die Schenkel weit für ihn zu spreizen. Geschickt bewegte er seinen Ständer zwischen ihre Muschilippen und ertastete mit der Eichel den geheimen Eingang. Als er die feuchte Nachgiebigkeit ihrer Öffnung spürte, presste er die Kuppe vorsichtig in das heiße Fleisch, das bereitwillig nachgab und seinen Schwanz bis zur Wurzel verschlang. Und wieder überraschte er Helena. Anstatt sie wild zu vögeln, blieb er ganz ruhig tief in ihr drin und widmete sich hingebungsvoll ihren Brüsten.

«Deine Titten sind herrlich», raunte er Helena ins Ohr und zwirbelte die Spitzen, bevor er sie zwischen seine Lippen saugte. Der Mann konnte alles gleichzeitig. Er knetete die üppigen Hügel, leckte ihre roten Spitzen und biss in Helenas weißen Hals, während er sie mit seinem harten Pfahl bewegungslos auf das Bett nagelte. Helena brauchte einen Moment, bevor ihr Verstand erfasste, was mit ihrem Körper geschah. Der blonde Hüne hatte sämtliche ihrer erogenen Zonen gefunden, ohne dass es irgendeines Hinweises bedurft hätte. Er leckte ihre Achselhöhlen, küsste die Innenseiten ihrer Arme und spielte mit ihrem Ohrläppchen, während eine Hand die Pobacke fest im Griff hielt und die andere die Brüste tanzen ließ. Die Sinneswahrnehmungen prasselten von allen Seiten auf Helena hinab und wurden verstärkt durch das Kreisen seines Beckens, mit dem er den empfindlichen Kitzler stimulierte. Und so stürmte Helena auf den Gipfel der Lust, der ihr höher erschien als die österreichischen Alpen. Als der erfahrene Liebhaber das rhythmische Zucken in ihrer Muschel spürte und das Zittern wahrnahm, das durch den Körper der schönen Frau jagte, wusste er, dass der Zeitpunkt gekommen war, ihr den Rest zu geben. Vorsichtig hob er sein Becken an, um seinen Ständer ein wenig herauszuziehen, bevor er ihn wieder tief und fest in die heiße Möse stieß. Helena japste auf, als er sie mit voller Wucht traf und sich sofort wieder zurückzog, um erneut zuzustoßen. Helenas Brüste lagen schwer in seiner Hand, und während sein Schwanz gleichmäßig pumpte, saugten sich seine Lippen an ihrem Mund fest. Schnell und zuverlässig brandete der Orgasmus in ihrem Inneren auf und spülte glitzernde Säfte über seinen harten Schwanz, der sich anschickte, ebenfalls seine Ladung zu verschießen. Wie ein routinierter Liebhaber ließ der Österreicher die Welle heranrollen und zog dann rechtzeitig seinen Ständer aus Helenas zuckender Muschi. Kaum klatschte das harte Rohr auf ihren Bauch, entluden sich die Hoden und sprühten ihre gesammelten Säfte aus dem Penisloch. Sein Höhepunkt hatte eine solche Wucht, dass das Sperma bis zu

Helenas Brüsten spritzte und sich in kleinen Tropfen auf den erigierten Spitzen verfing. Der schöne Mann setzte diesem kunstfertigen Akt noch die Krone auf, indem er an Helenas bebendem Körper hinunterglitt, zuerst die Tropfen von ihren Brüsten leckte und dann seine Zunge in ihr nasses Gemuschel tauchte, um die Ausläufer der vorangegangenen Explosion noch ein wenig zu verlängern. Genüsslich räkelte Helena sich auf dem Bett, während er ihr die Möse ausschleckte. Sie stöhnte und seufzte, um ihm zu zeigen, wie gut er seine Sache machte. Doch als sie den Spieß noch einmal umdrehen und ihn auf den Rücken drängen wollte, lachte er nur auf und sprang federnd aus dem Bett.

«Tut mir leid», sagte er, «ich hab noch eine Verabredung.»

Verdutzt schaute Helena zu ihm auf und war noch überraschter, als sie den wippenden Penis immer noch vor ihm aufragen sah.

«Hast du immer so eine Kondition?», fragte sie ihn bewundernd.

«Das will ich doch hoffen», war seine amüsierte Antwort, als er sich rasch wieder ankleidete. Er warf ihr noch einen Handkuss zu und verließ dann eilig das Zimmer mit einem Gang, der deutlich zeigte, dass sich der Ständer nur ungern wieder in die Hose einsperren ließ.

Helena schüttelte ungläubig, aber tief befriedigt den Kopf.

Die letzten vierundzwanzig Stunden hatten ihrer Berliner Zeit einen würdigen Abschied bereitet. Es wurde Zeit, dass sie sich ausruhte, um erholt und mit neuen Kräften den nächsten Lebensabschnitt zu beginnen. Sie griff nach ihrem Handy und tippte eine SMS für Gaetano: «Ich zähle die Stunden!»

Dann biss sie von dem Schinkenbrot ab, das unberührt auf dem Nachttisch lag, und fühlte sich rundum glücklich.

3

Nach Helenas Anruf blieb Mia noch eine Weile benommen auf dem Boden sitzen. Bei ihrem Sturz aus dem Bett hatte sie die Bettdecke mit heruntergezogen. Das Laken war zerwühlt, das Kopfkissen konnte sie nirgends entdecken. Mia besah sich ihre Handgelenke und war überrascht, dass sich dort keine Striemen abzeichneten. Sie erinnerte sich so deutlich an die Begegnungen der letzten Stunden, dass sie fast glaubte, sie hätten tatsächlich stattgefunden. Aber angesichts der Exzesse, auf die sich eingelassen hatte, musste sie geträumt haben. Sie dachte über den Weg nach, den sie in ihrer Traumwelt zurückgelegt hatte, und versuchte, sich die einzelnen Stationen genau ins Gedächtnis zurückzurufen. Sie erschrak, als sie plötzlich das Gesicht vor sich sah, das sich hinter der Maske ihres Verführers verborgen hatte.

Es waren Leonards Augen gewesen, die sie angeblickt hatten, bevor der Traum endete.

Mia kam sich töricht vor. Denn mit einem Mal erschien ihr alles klar und deutlich. Das Begehren, die Leidenschaften waren ein Teil von ihr, den sie bislang erfolgreich vor sich selbst versteckt hatte. Und alles, was Leonard von ihr verlangte, war, sich dieser Begierde zu öffnen, ihn daran teilhaben zu lassen.

Ihre Probleme lagen nicht darin, dass er von ihr etwas verlangte, das sie nicht zu geben bereit war, sondern dass sie seinem Verlangen bislang nichts entgegengesetzt hatte. Woher sollte er wissen, was sie brauchte, wenn sie es ihm nicht zeigte?

In diesem Moment wusste Mia, was zu tun war. Noch etwas wacklig auf den Beinen, rappelte sie sich auf und ging unter die Dusche. Trotz der sommerlichen Wärme, die sich tagsüber in Helenas Dachwohnung aufgestaut hatte, tat der heiße Wasserstrahl auf der Haut gut. Mia stellte den Duschkopf auf die härteste Massagestufe ein und versuchte, wieder einen klaren Kopf zu bekommen. Nach einer endlosen Weile unter der prasselnden Hitze fasste sie Mut und drehte den Thermostat auf eiskalt. Als das eisige Wasser ihre erhitzte Haut traf, hielt sie geschockt den Atem an, doch die Kältewelle vertrieb die letzten Nebel aus ihrem Gehirn. Nun war sie endgültig wach und fühlte sich frisch und erholt. Mit dem Restalkohol würde ihre Leber auch noch fertig werden.

Als Mia ins Schlafzimmer zurückkam, entdeckte sie einen Zettel, der auf einem Kleiderstapel lag. «Für dich», stand darauf, «und für deine Versöhnung mit Leo!»

Ach, Helena, dachte Mia. Ihre Freundin hatte ein knallrotes Seidenkleid für sie bereitgelegt, vorn durchgeknöpft und hinten mit geschnürten Bändern, mit denen sich das Kleid auf Mias Formen einstellen ließ. Dazu gab es einen transparenten Body, ebenfalls in leuchtendem Rot, den Helena extra eingekauft haben musste, denn er passte perfekt. Er war ganz schlicht gehalten, ohne Spitzeneinsätze oder sonstige Verzierungen. Mit dem transparenten Stoff auf der Haut stellte Mia sich vor den Spiegel. Ihre Brüste wölbten sich unter dem dünnen Stoff, die roten Brustspitzen traten keck hervor. Das durchscheinende Gewebe verdeckte weder die Kuhle ihres Bauchnabels noch die dunklen Locken ihrer

Scham. Ihre Nacktheit wirkte gerade deshalb so verführerisch, weil das leuchtende Rot sie noch betonte. Obwohl die Absicht dieses Wäschestückes so offensichtlich war, gefiel Mia ihr Anblick. Wie Leo wohl reagieren würde, wenn er sie in dieser lasziven Unterwäsche sähe?

Es dauerte eine Weile, bis Mia das Kleid in Form gebracht hatte. Doch als sie sich dann abermals im Spiegel betrachtete, blickte ihr eine sinnliche Frau entgegen, die sich ihrer Ausstrahlung bewusst war. Ob Leo diese Veränderung bemerken würde?

Ein paar U-Bahn-Stationen und zahlreiche bewundernde Blicke später wusste sie es. Obwohl sie ihren Wohnungsschlüssel dabeihatte, klingelte Mia, um ihrem Freund zu so später Stunde nicht unangemeldet gegenüberzutreten. Es gab in ihrem Wohnhaus keine Türspione. Leo öffnete ahnungslos und erstarrte, als er die junge, schöne Frau vor sich sah. Seine Überraschung stand ihm deutlich ins Gesicht geschrieben. Wortlos trat er beiseite, um Mia hereinzulassen. Auf dem Weg nach Hause hatte sie sich eine Strategie überlegt, wie sie möglichen Vorwürfen begegnen wollte. Doch Leo sagte nichts. Er schloss die Wohnungstür und ging in die Küche, wo er – immer noch stumm – Teewasser aufsetzte. Unschlüssig folgte Mia ihm. Im Türrahmen blieb sie stehen und sah ihm beim Hantieren zu. Als der Tee fertig war, stellte Leo zwei Tassen auf den Tisch, goss die dampfende Flüssigkeit ein und setzte sich mit dem Rücken zur Tür auf einen der beiden Küchenstühle. Es war offensichtlich, dass er von ihr den ersten Schritt erwartete.

Leicht gebeugt und mit hängenden Schultern schlürfte er den heißen Tee. Und Mia sah zum ersten Mal seine Verletzlichkeit. Ihr sonst so dominanter Freund wusste nicht mehr weiter. Und im gleichen Moment erkannte sie ihre eigene

Stärke. Sie hatte ihn verletzt, doch sie wusste auch, wie sie es wiedergutmachen konnte.

Vorsichtig näherte sie sich seinem Stuhl und blieb ganz dicht hinter ihm stehen. Als er seinen Kopf zurückbeugte, um einen Schluck zu trinken, berührte er ihren Bauch. Er stellte die Tasse ab, ließ die Hände in seinen Schoß sinken und lehnte sich ganz leicht gegen sie. Für einen Moment verharrten sie so, in dieser zarten Berührung, die nichts verlangte und nichts erwartete. Dann legte Mia ihre Hände auf seine Schultern, und diese Geste schien ihn zu entspannen.

«Wirst du bei mir bleiben?», flüsterte er, und Mia wusste, wie schwer ihm diese Frage fiel.

Statt darauf zu antworten, beugte sie sich zu ihm hinab, schlang ihre Arme um seinen Hals und legte ihre Wange auf seine. Als sie mit den Lippen seine Haut berührte, neigte er den Kopf und ließ es geschehen. Ihr Mund wanderte über seinen Hals, und weil Leo sich immer noch nicht rührte, nahm sie seinen Kopf in die Hände, griff in sein kurzes Haar und zog ihn zurück, bis er sie ansehen konnte. Sie lächelte ihn an und senkte ihre Lippen auf seinen Mund, der nach bitterem Tee schmeckte. Er ließ auch diesen Kuss geschehen, ohne selbst die Initiative zu ergreifen. Und seine Passivität ermutigte Mia zum Handeln.

Von oben betrachtete sie sein Gesicht, die geschlossenen Augen mit den langen Wimpern, seinen schöngeschwungenen Mund, die breiten Schultern. Sie ließ die Hände über seine gewölbte Brust gleiten, packte die festen Muskeln und tastete nach den Brustwarzen. Durch das Hemd hindurch spürte sie die kleinen Erhebungen und rieb mit den Fingern darüber, bis sie reagierten und sich verhärteten. Ganz langsam begann sie, Leos Oberhemd aufzuknöpfen, das er lässig über einer weißen Jeans trug. Einen Knopf nach dem anderen öffnete sie, bis die Stoffbahnen auseinanderfielen und sie seinen flachen Bauch betrachten konnte, der sich im Rhythmus seines Atmens bewegte. Mia zeichnete die Wellen seiner Bauchmuskulatur nach und presste die Hände auf seine warme Haut.

Leo fühlte sich gut an, und sie begehrte ihn mit einer Intensität, die neu für sie war. Angespornt durch seine Regungslosigkeit, mit der er ihr die Handlungsgewalt überließ, wurden ihre Hände fordernder. Mia griff wieder in Leos Haarschopf und zwang seinen Kopf zur Seite. Dann trieb sie ihre Zähne in seinen Hals und ließ den überraschten Mann mit zarten Bissen aufstöhnen. Er wand sich unter diesen wilden Küssen, reckte ihr den Hals entgegen und stöhnte erneut, als sie sich an seiner weichen Haut festsaugte. Je fester sie ihn biss, desto willenloser rutschte er auf seinem Stuhl hinab. Er musste sich am Sitz festhalten, doch Mia ließ nicht von ihm ab. Sie spürte die Gänsehaut in seinem Nacken, sah die erigierten Brustwarzen und wusste, dass er sich ihr ergeben würde, wenn sie es nur endlich von ihm verlangte.

Plötzlich richtete sie sich auf, schwang sich auf den Küchentisch und stellte ihre Füße mit den hochhackigen Wildlederpumps auf Leos Oberschenkel, wo sie auf dem weißen Stoff einen staubigen Abdruck hinterließen. Verdutzt rappelte er sich auf und zog sich wieder hoch. Mia konnte Enttäuschung in seinen Augen erkennen. Als sie jedoch den obersten Knopf ihres roten Kleides öffnete, wich die Ernüchterung einem Ausdruck von Erstaunen. Während Mia den zweiten Knopf löste, heftete sie den Blick auf Leos Schritt. Die Wölbung verriet deutlich den Zustand, in dem er sich befand. Mit den Füßen spreizte sie seine Schenkel, sodass ihr Kleid dabei nach oben rutschte und ihm einen kurzen Einblick gewährte, bevor sie den dünnen Stoff wieder über die Knie schob. Sie wollte die Spannung noch ein wenig erhöhen und ihm außerdem zeigen, dass sie hier die Oberhand hatte. Den dritten Knopf ihres Kleides öffnete Mia noch nicht. Stattdessen fuhr sie mit der Hand in ihren Ausschnitt und umfasste eine Brust, während sie sich genüsslich zurücklehnte und die Augen schloss. Sie konnte hören, wie Leo den Atem einsog. Der Anblick schien ihm zu gefallen. Doch dann überraschte Mia ihren Freund mit einem weiteren Schritt, der ihn vollends entflammte.

«Knöpf deine Hose auf!», befahl sie mit fester Stimme, und das Glitzern in seinen Augen bestätigte ihr, dass sie auch diesmal seinen Geschmack getroffen hatte. Interessiert sah sie zu, wie er ihrem Wunsch folgte und den Hosenstall öffnete.

«Ist das alles?», tadelte sie ihn. «Willst du mir nicht zeigen, wie sehr du dich freust, mich wiederzusehen?»

Seine Fassungslosigkeit wandelte sich sehr schnell, als er begriff, worauf sie hinauswollte. Er lehnte sich zurück, schob sein Becken vor und griff mit der Hand in seine geöffnete Hose. Als er den erigierten Penis hervorzog, stöhnte er laut auf. Fragend schaute er Mia an, die seinen Blick nicht nur ermunternd erwiderte, sondern auch noch einen weiteren seiner geheimen Wünsche erfüllte.

«Reib ihn dir!», forderte sie ihn auf und richtete ihren Blick auf den nackten Ständer, der steil und gerade vor Leo aufragte. Er fragte nicht lange danach, woher diese Wandlung kam, ob sie vielleicht sogar von einem anderen Mann verursacht worden war. Das Einzige, das für ihn in diesem Moment zählte, war, dass diese umwerfende Frau seine Phantasien zu kennen schien und sich nicht mehr scheute, mit ihnen zu spielen. Erregt und lüstern packte er seinen Schwanz mit der Faust und wichste ihn. Sein Stöhnen wurde lauter, und die Eichel färbte sich immer dunkler. Gleichzeitig musste Leo mit ansehen, wie Mia ihr Kleid weiter aufknöpfte und darunter ein roter Hauch von Nichts zum Vorschein kam, der weder ihre entzückenden Brüste noch die dunkle Scham bedeckte.

Schon spürte er, wie sich seine Säfte sammelten, und seine Hand flog über den harten Schaft.

Mia kannte diesen Moment genau. Sie überlegte, ob sie ihn stoppen sollte, doch dann entschied sie sich dagegen. Sie wollte sehen, wie er kam, wollte seinen Saft hervorspritzen sehen und den Ausdruck höchster Anspannung in seinem Gesicht. Die Hand wichste mit rasender Geschwindigkeit über den prallen Ständer. Und als sich das kleine Spritzloch öffnete, um seine Ladung zu verschießen, drang ein tiefer Lustschrei aus Leos Kehle, der die pumpenden Fontänen begleitete.

«O jaaaa …», brüllte er und hielt den zuckenden Penis in der Hand, aus dem immer noch kleine Tropfen hervorschossen.

Ungläubig starrte er von seinem langsam erschlaffenden Schwanz zu Mia, die nicht den Anschein machte, als hätte sie diese Szene irritiert. Im Gegenteil, sie leckte sich über die Lippen und schien langsam in Fahrt zu kommen. Aufrecht, mit geradem Rücken, saß sie auf der Tischkante und streckte ihre Brüste hervor. Dabei spreizte sie die Oberschenkel und lenkte auf diese Weise Leos Blick auf das Zentrum ihres Schoßes. Mit beiden Händen strich sie über die Innenseiten ihrer Beine, fuhr kurz über den geknöpften Schritt ihres Bodys und ließ die Hände weitergleiten bis hinauf zu ihren Brüsten, die sich fest und rund unter dem transparenten Rot wölbten. Leo verfolgte diese Berührungen mit den Augen. Sein Mund war leicht geöffnet, und der Atem ging immer noch schwer. Wie in Trance hielt er immer noch seinen Penis in der Hand, der halb erigiert geblieben war.

«Mia, ich …», begann Leo und brach ab, weil er nicht wusste, was er sagen sollte. Seine Freundin lächelte ihn nur an und schüttelte den Kopf. Dabei legte sie einen Finger auf die Lippen und bedeutete ihm zu schweigen. Dann fuhr sie fort, sich zu streicheln. Ihre Hände tasteten sich von den empfindlichen Stellen des Halses wieder hinab bis zum Haaransatz ihrer Scham. Einzelne Härchen hatten den dünnen Stoff durchbohrt, und als Mia darüberstrich, konnte sie das Knistern hören, wie ihre feinen Haare sich am Gewebe rieben. Leos erste Gier war gestillt, und nun hatte sie Zeit, um die Spannung langsam wieder aufzubauen und sich selbst in Stimmung zu bringen für das, was sie noch vorhatte.

Ohne jede Hast konzentrierte sie ihr Streicheln immer mehr auf das magische Dreieck zwischen ihren Beinen, an dem sich Leos Blick längst festgesaugt hatte. Unter den Druckknöpfen hatte das Rot eine dunklere Färbung angenommen von den ersten Tropfen, die Mias Geschlecht abgesondert hatte. Leos Darbietung hatte sie nicht unberührt gelassen. Als er seinen Saft verspritzt hatte und das Stöhnen an ihre Ohren drang, sah Mia vor ihrem geistigen Auge Helena mit ihrem Liebhaber in der Bar vor sich, und sie spürte das gleiche Ziehen in ihrem Unterleib, das so zielstrebig auf ihr Lustknöpfchen zuströmte. Und während sie Leos Blicke auf ihrem Körper spürte, wurde ihre Muschi immer feuchter und heißer, und Mias Gedanken drehten sich nur noch darum, herauszufinden, ob sich eine raue, warme Zunge dort unten genauso anfühlen würde wie in ihren Träumen. Allein der Gedanke daran ließ ihren Körper erzittern. Sie öffnete die Augen und blickte an sich hinab. Ihre Brustspitzen stachen aus dem dünnen Stoff. Sie atmete schnell. Und ihre Hände fingen die Nässe ihrer Lust auf, als sie mit den Fingern den dünnen Stoffrand zwischen ihren Beinen nachzeichnete. Mit einem Ruck riss sie die Druckknöpfe auf. Das Gewebe schnellte hoch, und die dunklen Löckchen richteten sich auf. Mia teilte den weichen Pelz, fuhr mit den Fingerkuppen zwischen ihre Lippen und rieb die kleine Knospe. Die Lustwellen schossen bei dieser Berührung durch ihren Körper und richteten ihr ganzes Streben auf die Befriedigung ihres Begehrens.

«Küss mich», bat sie Leo, der sie erst ansah und sich dann erheben wollte. «Nein», sagte sie. «Küss meine anderen Lippen.» Und sie lehnte sich auf dem Tisch zurück und gewährte Leo einen atemberaubenden Blick in ihre Muschi. Der überrumpelte Mann konnte sein Glück kaum fassen. Sie wollte von ihm geleckt werden!

Behutsam nahm er ihre Füße von seinen Oberschenkeln und rutschte vom Stuhl auf die Knie vor die göttliche Möse, die funkelte und glitzerte. Mit beiden Händen stützte er Mias Beine. Dann beugte er sich vor, sog den Moschusduft ein und tauchte die Zunge in das fleischige Nass. Mia schmeckte nach frischen Äpfeln. Und ihre Sekrete betörten den Mann zwischen ihren Schenkeln, der den Nektar der Lust wie ein Verdurstender schlürfte. Seine Zunge grub sich in die Furchen und Fältchen, umspielte die harte Knospe und stieß dann endlich in die triefende Möse, die sich nur zu gern von dem rauen Muskel ficken ließ.

Mia wand sich lüstern unter dem Schlecken und Saugen des geliebten Mundes. Die Lust, die Leos Zunge ihr bereitete, war überwältigend und in der Wirklichkeit so viel besser als im Traum. Sie stöhnte und seufzte, und schließlich legte sie sich rücklings auf den Küchentisch, um sich besser entspannen und dem Genuss hingeben zu können. Während die Zunge virtuos auf ihrem Kitzler spielte, wirbelten die Traumbilder vor Mias innerem Auge umher und verstärkten die Reize, die von diesem einen Punkt wie gleißende Blitze durch ihren Körper jagten. Ein Feuerwerk erotischer Bildfetzen explodierte inmitten der Lustwellen, die sich in immer schnelleren Folgen in ihrer Möse ausbreiteten und schließlich bis zu den Haarwurzeln auf ihrem Kopf gelangten. Ein Schauer folgte dem anderen, bis die Wellen sich überschlugen und einen herrlichen, aufwühlenden Orgasmus durch ihren Körper schickten. Und Leo tat das einzig Richtige, als Mias Schreie ihm entgegenklangen und ihre Möse zuckte: Er presste seine Zunge auf den Kitzler und ließ sie rhythmisch kreisen, bis sich Mias Unterleib aufbäumte und glitzernde Fäden ausspie. Als Leo spürte, wie die Spannung nachließ und der Körper seiner Geliebten erschlaffte, hievte er sich hoch und hob die zitternde Frau vom Küchentisch. Willenlos ließ sie sich von ihm forttragen zu ihrem gemeinsamen Schlafzimmer mit dem zerwühlten Bett. Ganz vorsichtig legte er sie auf die unordentliche Bettdecke, zog ein Kopfkissen heran und stopfte es ihr in den Nacken.

Mia keuchte und spürte der abebbenden Brandung nach, die langsam durch ihre Eingeweide rollte.

Sex ist wunderbar, dachte sie. Nein, Sex mit Leo ist wunderbar!

Vielleicht wäre dies der richtige Moment für ein klärendes Gespräch, überlegte sie im nächsten Atemzug, aber vielleicht würden Worte nur die magische Verbindung zerstören, die sie in diesem Moment mit Leo spürte. Sie betrachtete seine entspannten Gesichtszüge, während er ausgestreckt neben ihr lag. Ein feines Lächeln umspielte seinen schönen Mund. Er sah zufrieden aus, und Mia hatte das Gefühl, dass sich alle Spannungen der letzten Wochen in dieser einen erotischen Explosion gelöst hatten.

Sie fühlte sich phantastisch, voller Energie und Lebensfreude, und plötzlich wusste sie, was sie jetzt sehr viel mehr wollte, als zu reden.

Während Leo nach dem Liebesakt eingenickt war, saß Mia auf der Bettkante mit ihrem Zeichenblock auf den Knien. Sie betrachtete ihren Freund und versuchte, jedes Detail an ihm zu erkennen. Beginnend mit den blonden Haarstoppeln, fertigte sie eine schnelle Skizze seines entspannt daliegenden Körpers an. Wie hatte sie sich nur jemals davor fürchten können, ihn als Aktmodell zu wählen? Je genauer sie die einzelnen Leberflecke in die Zeichnung einfügte und die feine Linie einer Narbe mit dem Bleistift wiedergab, desto unbegründeter erschienen ihr die Bedenken, die sie gehabt hatte. Unter ihrem schonungslosen Blick entstand kein abstoßendes Bild des schlafenden Mannes, sondern eine liebevolle Darstellung von Schönheit, die mit jedem Makel umso mehr hervortrat.

Genau diese eine Zeichnung hatte ihr noch zur Vervollständigung der Bewerbungsmappe für die Kunstprüfung gefehlt. Ästhetik als Gegensatz zu ihren bisherigen Collagen von Verfall, Zerstörung und Tod, die ihre Mappe füllten. Nun konnte sie endlich ihr gewähltes Thema «Schonungslose Ansichten» zu Ende bringen. Denn erst die Vollkommenheit dieses schlafenden Menschen ließ die Absurdität der vielen Zeugnisse menschlicher Zerstörungswut hervortreten.

Mia war sich sicher, dass sie die Prüfer diesmal von ihrem Potenzial würde überzeugen können.

4

Leonard rieb sich an den seidenen Laken eines riesigen Bettes. Seine Hände waren über dem Kopf gefesselt. Regungslos musste er sich seiner Gebieterin ausliefern, die seinen Körper zur Befriedigung ihrer Gelüste benutzte. Er räkelte sich unter ihren fordernden Händen und bot ihr seine Lippen, sein Geschlecht zum hemmungslosen Gebrauch an.

«Jaaa, nimm mich!», stöhnte er, während sie ihre feuchte Muschi an seinem harten Prügel rieb. Sie benutzte seinen Ständer wie einen Massagestab und drückte die Kuppe auf ihre lüsterne Perle. Die stöhnenden Laute, die sie dabei von sich gab, peitschten Leos Lust auf. Er musste sich zusammenreißen, um nicht sofort in ihre Möse zu spritzen. Er warf seinen Kopf zwischen den gefesselten Armen hin und her und stemmte sein Becken gegen ihr Gewicht, das ihn tief in die Matratze drückte.

«Oh, nein … ich … aah», stammelte er. Langsam verlor er die Kontrolle. Er spürte, wie sich das Abspritzen unaufhaltsam anbahnte. Es war zu spät. Er konnte es nicht mehr zurückhalten. Mit einem unterdrückten Schrei ließ er seine Sahne fließen.

In dem Moment, da der Saft aus seinem Schwanz pumpte,

ging ein Ruck durch seinen Körper, der ihn aufschrecken ließ. Überrascht riss er die Augen auf und sah sich um.

«Mein Liebling, was hast du nur geträumt?», fragte Mia lächelnd. Sie lag neben ihm im Bett, den Kopf auf eine Hand gestützt, und betrachtete ihren verwirrten Freund.

Amüsiert stellte sie fest: «Das muss ja aufregend gewesen sein, wenn ich mir das Ergebnis so ansehe.» Sie hatte die Bettdecke beiseitegeschoben und betrachtete ungeniert den erigierten Penis, der gerade eine beträchtliche Pfütze auf Leos Bauch hinterlassen hatte.

Der nackte Mann lag starr auf dem Rücken. Seine Arme waren über dem Kopf verschränkt. Er sah aus wie ein Gefangener.

«Der Anblick gefällt mir», flüsterte Mia ihm zu und leckte über die Windungen der Ohrmuschel. Sofort zog sich eine Gänsehaut über Leos Körper und ließ seine Brustwarzen spitz hervortreten. Mia schmiegte sich an ihren Freund, der so verwirrt war, dass er es vorzog, sich nicht zu rühren. Sie streckte ihren Arm aus und umfasste Leos Handgelenke, die über Kreuz auf dem Kopfkissen lagen.

«Der Anblick gefällt mir sogar sehr», sagte sie, diesmal mit lüsternem Unterton. Sie packte die Gelenke mit festem Griff und drückte sie tief in das Kissen. Langsam küsste sie sich an seinem Hals hinunter und weiter bis zu seinen Brustwarzen, die sich ihren Lippen entgegenreckten. Sie nahm eine der harten Spitzen zwischen die Zähne, die sie aneinanderrieb, bis Leo aufstöhnte und eine erneute Gänsehaut seinen Körper erzittern ließ. Dann richtete sie sich auf und schwang ein Bein über seinen Bauch, sodass sie ihr nacktes Pelzchen an seiner Haut reiben konnte.

«Spürst du, wie nass ich bin?», fragte sie dicht an seinem Ohr.

«O jaa … jaaa», seufzte er. Bei jedem Atemzug hob sich

seine Bauchdecke und berührte das feuchte Nest. Mia rutschte ein wenig höher, bis sie auf seiner Brust saß und ihre Muschi auf die straffen Muskeln pressen konnte.

«Rühr dich nicht!», befahl sie, plötzlich streng und fordernd, während sie seine Handgelenke losließ und die Schleife ihres kurzen Nachthemdchens öffnete. Der Ausschnitt reichte nun bis genau zwischen ihre Brüste, und Leo konnte von unten sehen, wie Mia erst die eine Kuppel, dann die andere entblößte. Zwei rote Kirschen prangten auf der hellen Haut, und Leo leckte sich die Lippen bei dem Gedanken, dass er vielleicht gleich an ihnen saugen könnte. Aber Mia hatte andere Pläne. Genüsslich hob sie den weichen Stoff hoch, der ihr bis auf die Oberschenkel gerutscht war, und fuhr mit der Hand über Leos Brustkorb bis zu ihrer Scham. Der ausgestreckte Mann konnte nicht sehen, was sie dort machte, aber ihre geschlossenen Augen und das Seufzen trieben seine Phantasie an. Unruhig rutschte Mia hin und her, doch als er nach ihr greifen wollte, herrschte sie ihn an: «Arme hoch! Hast du mich verstanden?»

Leo beeilte sich, die Arme wieder über seinem Kopf zu verschränken, und flüsterte: «Ja, meine Gebieterin.»

«So ist es gut», antwortete Mia zufrieden. Sie strich mit dem Finger über Leos Lippen und verteilte ihren Honig auf der zarten Haut.

«Möchtest du mehr davon haben?»

«Ja!», keuchte er und leckte sich den Nektar von den Lippen. «Ja, bitte!»

«Na gut», sagte sie, «weil du so gehorsam bist …» Dann rutschte sie höher, richtete sich auf und spreizte die Schenkel über seinem Gesicht. Leo konnte direkt in ihre rosige Möse sehen, und als sie auch noch einen Finger in das glitschige Löchlein schob, hielt er es nicht mehr aus. Er streckte die Zunge aus und hob den Kopf so weit hoch, dass er die saftige

Muschi erreichen konnte. Wild leckte er an ihrem Finger entlang und schlürfte ihren süßen Nektar. Mia stützte sich mit den Händen an der Wand ab und ließ ihre Muschi über der schleckenden Zunge tanzen. Als sie spürte, wie sich das Zucken in ihrer Möse immer mehr verstärkte als sicheres Anzeichen für den nahenden Höhepunkt, wollte sie endlich seinen Schwanz in sich spüren. Mit einem Schmatzen löste sie sich von Leos Mund und glitt über seinen Oberkörper hinunter, wobei sie eine glänzende Spur auf seiner bebenden Brust hinterließ. Mia musste sich nicht umsehen, um zu wissen, dass Leo immer noch einen Ständer hatte. Und als ihr Po die harte Schwanzkuppe berührte, packte sie den prallen Riemen und schob ihn mühelos in ihr gieriges Fötzchen. Während sie den knallharten Penis tief in ihrer Spalte versenkte, krallten sich ihre Hände in Leos Fleisch. Der ausgestreckte Mann stöhnte laut auf, als sie ihren wilden Ritt begann, und er stemmte seinen Schwanz der verschlingenden Möse entgegen. Es dauerte nur ein paar Stöße, dann überschlugen sich die Wellen und spülten kräftige Kontraktionen durch ihre Muschel. Mia kippte vornüber und schmiss sich auf ihren Geliebten, umschlang seine angespannten Arme und saugte sich an seinen Lippen fest. Sie spürte, wie sich sein Schwanz mühsam aus ihrer Grotte zurückzog, um ein letztes Mal fest zustoßen zu können. Mit ganzer Kraft trieb er seine Rute noch einmal in die Tiefen des zuckenden Fleisches und katapultierte einen zweiten Spermaschwall hinaus, der sich diesmal mit den sprudelnden Säften der erhitzten Möse vermischte.

Schwer atmend lagen die beiden Liebenden auf den verschwitzten Kissen, eng ineinander verschlungen, und hielten sich fest.

«Ich bin süchtig nach dir», sagte Leo nach einer Weile der stillen Vertrautheit.

«Ich weiß!», antwortete Mia lachend. Sie hatte sich schon

wieder gefangen und löste sich aus der Umarmung. «Du machst das Frühstück, und ich gehe unter die Dusche», bestimmte sie und sprang aus dem Bett.

Auf dem Weg ins Badezimmer stolperte sie über die beiden gepackten Reisetaschen. Sie hob die Hose auf, die Leo sich schon bereitgelegt hatte, und warf sie nach ihm.

«Nun mach schon», schimpfte sie in gespieltem Ernst. «Du hast noch genau dreißig Minuten, dann fahre ich ohne dich nach Italien.»

«Das könnte dir so passen», lachte Leo und sprang ebenfalls aus dem Bett. «Die Autofahrt mit dir werde ich mir auf keinen Fall entgehen lassen.» Er grinste breit, als er sich an ihr vorbeidrängelte und brav in die Küche ging.

Sie wusste genau, woran er gerade dachte.

Portia Da Costa
Der Club der Lust
Erotischer Roman
Die Journalistin Natalie fährt zu ihrer Halbschwester Patti. Schon im Zug hat die junge Frau ein besonderes Erlebnis: Sex mit einem Fremden. Sie ahnt nicht, dass sie ihn wieder treffen wird. Und auch nicht, dass Patti sie in einen geheimnisvollen Club der Lust einführen will ... rororo 24138

Erotische Literatur bei rororo
Nur Frauen wissen,
wovon Frauen wirklich träumen.

rororo

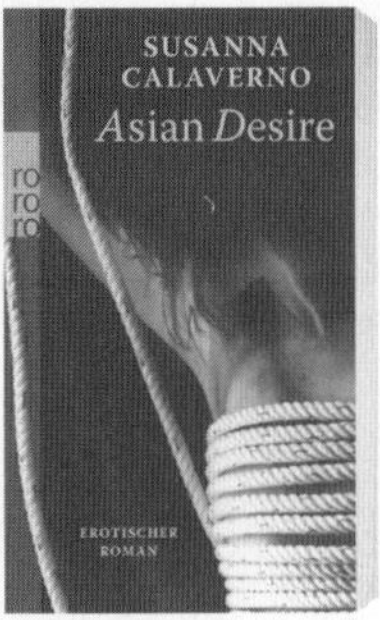

Susanna Calaverno
Asian Desire
Erotischer Roman
Bonsai Gärtnerin Eva entschließt sich nach Japan zu reisen. Im Land der aufgehenden Sonne wird sie überraschend Zeugin einer privaten Bondage-Session. Die japanische Fesselkunst fasziniert sie, und sie beginnt eine leidenschaftliche Affäre. rororo 25417

Corinna Rückert
Lustschreie
Erotische Geschichten
Eine Frau beim Blind Date: Plötzlich hat sie eine Binde vor den Augen und wird zart und doch fordernd von einem Unbekannten verführt. Ihre Erregung ist grenzenlos ...
Außergewöhnlich anregende und sinnliche Geschichten von der grenzenlosen Lust an der Lust. rororo 23962

BW 83/4

Weitere Informationen in der Rowohlt Revue *oder unter* www.rororo.de

MIX
Papier aus verantwortungsvollen Quellen
FSC® C083411

Das für dieses Buch verwendete FSC®-zertifizierte Papier
Holmen Book Cream liefert Holmen, Schweden.